ROMAN WOLF

DIE
NIBELUNGEN

atb aufbau taschenbuch

ROMAN WOLF lebt in der Nähe von Berlin. Schon während seines Studiums hat er sich ausführlich mit deutscher Mythologie und der Siegfried-Saga befasst.
»Die Nibelungen« ist sein erster Roman.
Mehr zum Autor unter www.romanwolf.eu.

Nachdem er einen Drachen getötet hat, genießt Siegfried einen legendären Ruf – und verfügt über einen riesigen Goldschatz, so dass er sich ein kostbares Schwert schmieden lassen kann. Er sucht Rone auf, eine geheimnisvolle Schmiedin, die in Wahrheit jedoch eine Königin ist – Brunhild mit Namen. Die beiden verlieben sich und sprechen bereits von Hochzeit, doch dann entschließt Siegfried sich, dem burgundischen König Gunther gegen die feindlichen Sachsen zur Hilfe zu eilen. Am Königshof in Worms trifft er Kriemhild, die Schwester des Königs, und ist von ihrer zarten Schönheit verzaubert. Nach einer Liebesnacht mit ihr bietet Gunther ihm die Hand seiner Schwester an. Siegfried will ablehnen – schließlich fühlt er sich Brunhild versprochen, doch damit hätte er Kriemhild entehrt. Widerstrebend willigt er ein, Kriemhild zu heiraten, und dann offenbart ihm Gunther, dass auch er eine Ehe eingehen möchte: ausgerechnet mit Brunhild. Dazu muss er sie im Kampf besiegen, doch er weiß, dass sie ihm als Kriegerin überlegen ist. Siegfried soll für ihn kämpfen.

Das große Epos um Liebe, Treue und Rache – völlig neu und sprachmächtig erzählt.

ROMAN WOLF

DIE
NIBELUNGEN

HISTORISCHER ROMAN

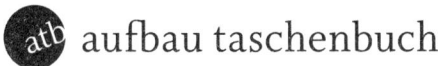
aufbau taschenbuch

MIX
Papier | Fördert
gute Waldnutzung
FSC® C083411

FSC
www.fsc.org

ISBN 978-3-7466-3980-2

Aufbau Taschenbuch ist eine Marke
der Aufbau Verlage GmbH & Co. KG

1. Auflage 2023
Vollständige Taschenbuchausgabe
© Aufbau Verlage GmbH & Co. KG, Berlin 2021
Die Originalausgabe erschien 2021 bei Rütten & Loening,
einer Marke der Aufbau Verlage GmbH & Co. KG
Umschlaggestaltung www.buerosued.de, München
unter Verwendung eines Bildes von
mauritius images / Hans-Peter Merten
Satz Greiner & Reichel, Köln
Druck und Binden CPI books GmbH, Leck, Germany
Printed in Germany

www.aufbau-verlage.de

PROLOG

Germania Magna, 430 A. D.

Ein bleicher Mond schien auf die weite, von unzähligen runden Zelten übersäte Ebene hinab und tauchte die Welt unter ihm in ein gespenstisches Licht. Auf einem Baum schrie eine Eule, eine Maus raschelte im vom Tau feuchten Gras.

Angespannt blickten die Männer auf das Lager, in dem nur wenige Feuer brannten. Bis auf einige Wachtposten schliefen alle. Das dichte Unterholz des ausgedehnten Hügels, auf dem die voll gerüsteten Krieger sich versteckt hielten, bot ihnen ausgezeichnete Deckung vor neugierigen Blicken, während sie selbst die Grasfläche unter ihnen ungehindert im Auge behalten konnten.

»Ihre Jurten füllen den ganzen Horizont. Wie sollen wir gegen sie bestehen?«, stieß Gernot leise hervor. Sein linkes Auge zuckte erregt, die Anspannung war in seinem fein geschnittenen Gesicht deutlich abzulesen. Unsicher blickte er auf das im Mondlicht blitzende Schwert in seiner Hand und hoffte, dass er damit viele der Hunnen da unten töten würde.

»Ich schätze, das sind ungefähr zehntausend Kämpfer da unten«, knurrte Hagen, während er sich unwillkürlich mit der Hand über eine weiße Narbe an der rechten Schläfe fuhr. Seine dunklen Augen unter den buschigen Brauen leuchteten vor Vorfreude auf die bevorstehende Schlacht. Dies waren die besten Momente im Leben eines Kriegers. Nichts genoss er so sehr wie das erhebende Gefühl, einen Feind zu töten, um damit Burgund, das ihm so viel bedeutete wie sonst nichts in seinem Leben, zum Sieg zu verhelfen.

»Und wir haben gerade einmal dreitausend«, stöhnte Gunther, während er sich nervös durch den sorgfältig gestutzten dichten Bart strich. Sein breites Gesicht zeigte diese Unsicherheit deutlich, ihm war nicht wohl bei dem Gedanken, einen zahlenmäßig so weit überlegenen Feind anzugreifen.

Unruhig lüftete Gunther seinen Helm und wischte sich einen Schweißtropfen von der Stirn. Doch dann sah er in das grimmige Gesicht Hagens, das im Mondschein matt glänzte. Der Anblick seines hochgewachsenen Halbbruders, dessen breite Schultern von dem derben Lederpanzer, den er über seinem Kettenhemd trug, noch besonders betont wurden, verlieh ihm Zuversicht.

Entschlossen packte er den mit Edelsteinen verzierten Griff seines blitzenden Schwertes, das genauso eindrucksvoll war wie die rote Tunika mit dem goldenen Saum über seinem schweren Brustpanzer. Der König der Burgunder legte Wert auf eine prächtige äußere Erscheinung, doch er war auch ein weithin gefürchteter Krieger, der sich auf den Schlachtfeldern zwischen Rhein und Elbe viel Ruhm erworben hatte.

»Warum ziehen sie eigentlich gegen uns? Sind wir nicht Verbündete Roms?«, fragte sein Bruder Gernot.

»Genauso wie die Hunnen da unten.« Hagen lachte verächtlich und band sich seinen schweren Helm mit den aufgesetzten Adlerschwingen fester. »Aetius schließt Verträge mit allen und jedem. So kann er sicher sein, dass er bei allen Streitigkeiten immer zumindest *einen* Gewinner auf seiner Seite hat.«

Gunther nickte bedächtig. Zwar hatten die früher so gefürchteten römischen Legionen schon längst den Nimbus der Unbesiegbarkeit verloren, mit dem sie jahrhundertelang alle Feinde in Angst und Schrecken versetzten, aber solange Rom noch Feldherren wie Aetius hatte, der es meisterhaft verstand, vorteilhafte Bündnisse mit den verschiedensten Stämmen zu schließen, war es immer noch das mächtigste Reich in diesem Teil der Welt.

»Gerade mit den Hunnen pflegt er gute Beziehungen«, pflichtete der König bei. »Immerhin war er lange als Geisel bei ihnen, dabei hat er wichtige Kontakte geknüpft.«

»Dieses Drecksgesindel braucht keinen Grund zum Kriegführen«, wandte Hagen sich an Gernot und spuckte abschätzig in Richtung ihres Lagers. »Töten und Plündern liegt ihnen im Blut.«

»Ganz so wie dir, Hagen.« Gunther grinste.

»Aber ich töte und plündere für Burgund«, erwiderte er unbewegt.

Gernot blickte mit einer Mischung aus Scheu und Ehrfurcht auf den berühmten Krieger, der wegen seiner Stärke im Kampf von seinen Freunden bewundert und seinen Feinden gefürchtet wurde. Vieles stieß ihn ab an seinem rauen Halbbruder, aber in der Schlacht war es immer gut, einen wie ihn an seiner Seite zu haben.

»Sie haben ihren Lagerplatz schlecht gewählt, hier sind sie leicht angreifbar«, brummte Hagen, während er sich bemühte, sein Pferd ruhig zu halten. Der Rappe spürte die Spannung der Männer in seiner Nähe und trippelte leicht.

»Sie wissen nicht, dass wir von ihrem Feldzug erfahren haben, darum fühlen sie sich sicher.« Gunther nickte zu seinen eigenen Worten.

»Es wird ihr Verderben sein.« Hagen spuckte aus.

Gunthers Augen zogen sich vor Anspannung zusammen. »Jetzt gilt es«, sagte er eindringlich. »Wir müssen vor allem schnell sein, damit wir sie überrumpeln, bevor sie überhaupt wissen, was geschieht. Wenn sie erst einmal auf ihren Pferden sitzen, sind sie unbezwingbar.«

Er hob die rechte Hand, die Männer in seiner Nähe gaben das Zeichen weiter, und plötzlich wurde der Hügel lebendig. Tausende von Kämpfern, die sich im Gebüsch verborgen hatten, begannen nun, gegen das Lager der Hunnen vorzurücken. Dabei bewegten sie sich langsam und behutsam. Keiner sprach ein Wort, denn sie wussten genau, wie wichtig es war, möglichst lange unbemerkt zu bleiben. An den Flanken des Stromes an Fußtruppen, der sich den Hügel hinabwälzte, führten die Reiter ihre Pferde vorsichtig am Zügel die Anhöhe hinunter. Hin und wieder schnaubte eines der Tiere, wenn es im Dunkeln gegen einen Ast stieß oder wenn sie ein Kaninchen aufscheuchten, das erschrocken davonlief. Es konnte nicht mehr lange dauern, bis sie entdeckt würden.

Dann kam der Moment, auf den sie alle gewartet und gleichzeitig auch gefürchtet hatten. Hunde begannen zu bellen, laute Rufe erschollen, Männer stürzten aus ihren Zelten. Die Feinde hatten sie bemerkt.

Gunther, der sich an der Spitze der Reiter befand, riss sein Schwert in die Höhe und deutete auf die Hunnen.

»Vorwärts, für Burgund!«, schrie er, und ein vielstimmiges Gebrüll seiner Krieger antwortete ihm.

Die Fußtruppen stürmten vor, so schnell sie konnten, während die Reiter links und rechts an ihnen vorbeipreschten. Die vordersten von ihnen waren noch hundert Schritte vom Lager entfernt, als es den ersten Hunnen gelang, sich auf ihre Pferde zu werfen. Aber sie hatten kaum Zeit, ihre Bogen anzulegen, da jagte Hagen mit seinen Männern schon heran, verbissen hieben die Burgunder mit ihren Schwertern und Speeren auf sie ein. Viele Hunnen trugen nur dünne Lederpanzer, die ihnen wenig Schutz gegen die schweren Schläge ihrer Gegner boten, während die meisten Burgunder eiserne Kettenhemden trugen, an denen die Hiebe der leichteren Säbel der Hunnen oft wirkungslos abprallten.

Mitten im dichtesten Kampfgetümmel wütete Hagen, der mit seiner breiten Klinge einen Feind nach dem anderen tötete. Plötzlich ritt ein Hunne heran, um ihn im Rücken anzugreifen, doch einer seiner Reiter warnte ihn rechtzeitig, und Hagen wirbelte im Sattel herum. Er wehrte den Speer seines Gegners mit dem Schild ab, dann spaltete er den Helm des Hunnen mit einem mächtigen Schlag. Blut spritzte auf seinen Arm, aus dem Augenwinkel erkannte er eine heransausende Klinge, rasch wandte er sich zur Seite, so dass sie ihn nicht richtig traf, sondern wirkungslos an seiner Rüstung abglitt. Wütend schlug er auf den Mann ein, der ihn fast überrumpelt hätte. Es gelang dem Steppenkrieger, einige Hiebe abzuwehren, dann wandte er sein Pferd zur Flucht. Doch er kam nicht weit, denn er traf auf einen weiteren Burgunder, der ihn mit seinem Speer durchbohrte.

Inzwischen hatten es einige der Hunnen geschafft, mit ihren Pferden aus dem dichtesten Kampfgetümmel zu entkommen. Sie formierten sich zu kleinen Gruppen von fünf oder sechs Reitern und jagten kreuz und quer über das Schlachtfeld, während sie ständig Pfeile auf ihre Gegner abschossen. Doch viele Geschosse verfehlten ihr Ziel, die Hunnen waren zwar unübertroffene Bogenschützen, aber im Dunkel der Nacht war es schwierig, ihre Feinde genau auszumachen.

Trotzdem gelang es ihnen, so viele der Burgunder zu töten, dass deren Ansturm ins Stocken kam. Doch Gunther ließ sich davon nicht beirren. Sie konnten die Schlacht nur gewinnen, wenn sie weiterhin entschlossen vorrückten. Gelänge es den Hunnen, sich zu formieren, wären sie durch ihre Überzahl im Vorteil.

Hoch richtete er sich im Sattel auf, zeigte mit seinem blutrot gefärbten Schwert auf einen Trupp feindlicher Reiter und warf sich mit seinen Männern auf sie. Die Hunnen wichen zurück, drehten sich dabei aber immer wieder im Sattel um und sandten ihnen ihre Pfeile entgegen. Doch dann trafen sie auf eine Gruppe burgundischer Fußtruppen, die ihnen ihre langen Speere entgegenstreckten. Schon war Gunther mit seinen Kriegern heran, und in dem darauffolgenden Gefecht wurden sie bis auf den letzten Mann niedergemacht.

Auch Gernot gelang es mit seinen Kämpfern, eine Gruppe von Feinden zu umzingeln und zu töten. Im Gegensatz zu Gunther und Hagen ritt er nicht an der Spitze seiner Krieger, sondern hielt sich in der zweiten Reihe. Der jüngere Bruder Gunthers, der die berühmten klassischen Helden Herkules und Achilles bewunderte, von denen ihm ein Römer erzählt hatte, war kein großer Kämpfer, obwohl er es sich so sehr wünschte. Zwar mangelte es ihm nicht an Körperkraft, doch Schwert, Schild und Speer würde er niemals so geschickt handhaben können wie Gunther oder gar Hagen.

In der Dunkelheit hatte er den Überblick über das Kampfgeschehen verloren, umso deutlicher vernahm er dagegen die Geräusche der Schlacht. Die gellenden oder klagenden Schmerzensschreie sterbender und verwundeter Männer drangen an sein Ohr, er hörte das Klirren von Metall auf Metall, den dumpfen Aufprall eiserner Schwerter auf hölzerne Schilde, das Schnauben von Pferden und das Getrappel ihrer Hufe. Gegen seinen Willen freute er sich darüber, gut geschützt inmitten seiner Männer zu sein, gleichzeitig schämte er sich dafür. Hier und jetzt, auf dem Schlachtfeld, war der Ort, ein Held zu werden, dessen Taten weithin gerühmt wurden. Doch er hatte versagt, wieder einmal.

Dann geschah etwas Erstaunliches. Die Hunnen verloren den Glauben an ihre eigene Unbesiegbarkeit. Das hier war nicht wie die Schlachten, die sie sonst schlugen; in denen sie den Feind mit einem Hagel von Pfeilen eindeckten und so aus der Ferne jeden Widerstand erstickten. Jetzt kämpften sie Mann gegen Mann, nur eine Schwertlänge von ihrem Gegner entfernt, und darin waren ihnen die germanischen Krieger überlegen.

Wenn sie sich umblickten, sahen sie überall die verstümmelten Leichen ihrer Kameraden auf dem Boden liegen, während diese kraftstrotzenden Burgunder sie mit wutverzerrten Gesichtern immer wieder angriffen. Mehr und mehr von ihnen stürzten tot oder verwundet zu Boden, wo sie von Pferden zertrampelt wurden oder die Kehlen durchgeschnitten bekamen. Voller Panik wandten die Hunnen sich zur Flucht und versuchten zu entkommen. Doch die Burgunder setzten nach und töteten noch viele von ihnen, bevor sie die Verfolgung endlich aufgaben.

TEIL
I

1

Behaglich räkelte sich Siegfried im warmen Wasser und schüttelte die blonden, leicht gelockten Haare. Unglaublich, wie entspannend solch ein heißes Bad war. Dann griff er nach dem Spiegel, der auf dem Beckenrand lag, und betrachtete sich zufrieden. Anders als die Spiegel, die er kannte, war dieser hier aus Glas und gab ein einigermaßen getreues Abbild wieder, wenn man hineinblickte.

Ebenso wie viele Römer war er glatt rasiert. Mit dem kantigen Kinn, der geraden, leicht hervorspringenden Nase und den kräftigen Backenknochen bot er einen beeindruckenden Anblick. Der offene Blick und seine selbstbewusste Art, sich zu bewegen, verrieten, dass er ein Mann war, der selten Anlass hatte, etwas zu fürchten.

Staunend betrachteten seine blassblauen Augen den prunkvoll ausgestatteten Raum. Er lag in einem rechteckigen Becken mit grünem Grund. Über ihm befand sich ein reich mit Stuck verziertes Dach aus Zement, getragen von vier griechischen Säulen, der Boden war aus blank poliertem Marmor. Kostbare Malereien schmückten die mit roten Tüchern bedeckten Wände, während ein Dutzend Kerzen für eine angenehme Beleuchtung sorgte.

Sein Gastgeber, der reiche Händler Rapold, war schon

gegangen, aber Siegfried hatte darauf bestanden, noch ein wenig im Bad zu bleiben, um seine angenehme Wärme zu genießen. Immerhin hatte er mit seinen Knechten Dietbald und Göbel vier Tage lang im Sattel gesessen. Es war nicht einfach gewesen, die kleine Herde Pferde von Xanten bis hierher zu treiben. Schon kurz nach ihrem Aufbruch gerieten sie in ein schweres Gewitter, mehr als einmal waren ihnen einige der Tiere entwischt, so dass sie mühsam wieder eingefangen werden mussten. Doch als sie erst einmal die gepflasterten Straßen erreichten, die die Römer gebaut hatten, wurde die Reise leichter. Nur das Wetter besserte sich nicht, es regnete fast ununterbrochen, und als sie endlich in Bonna ankamen, waren sie total durchnässt.

Beim Einzug in die bis vor kurzer Zeit noch römische Stadt waren die Xantener tief beeindruckt. Die breiten Straßen wurden von prachtvollen Villen gesäumt, es gab sorgfältig angelegte Gärten mit Brunnen darin, und an vielen Ecken befanden sich kunstvoll gearbeitete Statuen von römischen Göttern. Allerdings war unübersehbar, dass die Franken sich weniger um die Instandhaltung der Stadt kümmerten als die Römer vor ihnen. An vielen Gebäuden bröckelte der Putz ab, die Straßen waren an manchen Stellen beschädigt, und die steinernen Figuren, die früher Wasser für die Brunnen gespendet hatten, taten dies nun nicht mehr.

Siegfried tauchte seinen Kopf unter und genoss die wohlige Wärme dieses Bads. Erstaunlich, dass ein Volk, das in der Lage war, solche Wunderwerke zu bauen, sich nicht mehr gegen seine Feinde durchsetzen konnte. Aber vielleicht war das ja gerade der Grund. Möglicherweise waren die Römer inzwischen zu bequem geworden, und deshalb konnten die raueren Germanen sie nun ein ums andere Mal besiegen.

Man hatte versucht, den Verfall der römischen Macht aufzuhalten, indem man das Imperium zweiteilte, in ein östliches und ein westliches Reich. Doch das hatte nicht viel genützt. Statt einem gab es nun zwei schwache Imperien, die verzweifelt versuchten, ihr Territorium zu behaupten, indem sie Bündnisse mit anderen Völkern schlossen, auf die sie hochmütig herabblickten und die sie abschätzig Barbaren nannten.

Eine Sklavin kam herein und brachte Siegfried frische Kleidung. Bevor sie wieder gehen konnte, stieg er aus dem Bad. Befriedigt sah er, wie sich ihre Augen leicht weiteten, während das Wasser von seinem muskelbepackten Körper abperlte. Mit einer Handbewegung forderte er sie auf, ihm ein Tuch zu reichen, dann trocknete er sich die Haare ab, die ihm bis weit über die Schultern auf den kräftigen Rücken fielen, über den sich eine lange Narbe zog.

Siegfried lächelte die dunkelhäutige Frau an, von der er vermutete, dass sie aus Ägypten oder Mauretanien kam.

»Gefällt dir das Leben in einer römischen Villa?«, fragte er, doch sie huschte schnell davon. Wahrscheinlich verstand sie kein Fränkisch, und ihre Herren sprachen nur Latein mit ihr.

Schnell zog er sich eine leinene Hose an – ein Kleidungsstück, das inzwischen selbst einige Römer trugen – und warf sich eine braune Tunika über. Dann ging er ins Speisezimmer, in dem Rapold mit seiner Familie bereits auf ihn wartete.

Der klein gewachsene Hausherr erhob sich lächelnd, als Siegfried den Raum betrat.

»Wir freuen uns sehr, dass du den Luxus des römischen Lebens zu schätzen weißt«, begrüßte ihn Rapold.

»Ich muss zugeben, ihr habt einige Annehmlichkeiten hier, die ich in Xanten vermissen werde«, erwiderte Siegfried, während er sich an die reich gedeckte Tafel setzte. Auch der Speiseraum wirkte sehr edel, es gab weich gepolsterte Stühle, und der glatte Boden glänzte im Licht der untergehenden Sonne, die durch die großen Fenster hereinfiel.

»Dann nutze die Zeit, um den Aufenthalt hier zu genießen. Ich habe immer gern Geschäfte mit deinem Vater gemacht, ich freue mich, dass es nun mit dem Sohn so weitergeht«, sagte der Kaufmann.

»Mein Vater hat mir viel Gutes über dich berichtet, und ich finde seine Worte bestätigt«, entgegnete der Xantener ebenso höflich.

Rapolds vierzehnjähriger Sohn Marbrecht blickte mit leuchtenden Augen auf Siegfried.

»Wir sind wahrhaft stolz darauf, einen so großen Helden wie dich in unserem Hause zu Gast zu haben«, versicherte er aufgeregt. »Ich weiß alles darüber, wie du auf dem Schlachtfeld die Friesen, Sueben oder Alemannen das Fürchten gelehrt hast.«

»Wodan hat es gut mit mir gemeint«, schmunzelte der Xantener.

»So hängst du dem alten Glauben an?«, meldete sich Ruda, Marbrechts Schwester, und sah Siegfried erwartungsvoll an.

Er betrachtete das schlanke Mädchen nachdenklich, das etwa so alt war wie ihr Bruder. Sie hatte das Haar auf römische Art hochgesteckt.

»Ja, das tue ich«, erwiderte er.

Dann grinste er leicht. »Aber in erster Linie vertraue ich auf mein Schwert. Wenn ich es gut führe, wird Wodan immer an meiner Seite sein.«

»Ruda ist vor Kurzem Christin geworden«, erklärte Rapold mit einem Gesichtsausdruck, als wolle er sagen, junge Mädchen hätten eben oft noch Flausen im Kopf.

»Du solltest das nicht erlauben, so etwas sät Zwietracht in einer Familie«, zischte Marbrecht mit einem giftigen Seitenblick auf seine Schwester.

Rapold seufzte. »Vielleicht bin ich wirklich nicht streng genug mit meinen Kindern.«

Ruda sah ihn liebevoll an. »Ich finde es gut, dass mein Vater uns erlaubt, so zu leben, wie wir wollen. Es sollte mehr verständnisvolle Menschen wie ihn geben, dann hätten wir weniger Streit auf der Welt.«

Rapold erwiderte den warmherzigen Blick. »Es ist wahr, ich erlaube es ihr, auch wenn ich es nicht billigen kann.«

Dann schaute er lächelnd zu Rudas Schwester Rinelda, einer hübschen Sechzehnjährigen, die ihr brünettes Haar, das sie normalerweise in langen Zöpfen um ihren Kopf wickelte, nun offen trug.

»Wenigstens hat meine andere Tochter den Glauben ihres Vaters nicht aufgegeben.«

»Und den ihrer Mutter«, ergänzte Rapolds Ehefrau Halgard, eine kräftig gebaute Frau Mitte dreißig, deren selbstbewusster Haltung man anmerkte, wie stolz sie auf ihr prächtiges Haus war.

Zwei Sklaven brachten das Essen herein. Der gedünstete Fisch, die verschiedenen Sorten Gemüse und die frischen Brotfladen dufteten verheißungsvoll.

»Man sagt, dass es den Menschen in Xanten gut geht«, sagte Halgard, die keinerlei Lust verspürte, die Grillen ihrer jüngsten Tochter zu diskutieren.

»Das ist wahr, wir haben fleißige Bauern und tüchtige Handwerker«, erwiderte Siegfried, während er sich einige Weintrauben nahm.

»Der gute Ruf der Xantener Tücher reicht bis hierher. Glaubst du, daraus könnte man ein schönes Festtagskleid für Rinelda nähen?«, erkundigte sich Rapold.

»Sie kommt jetzt nämlich ins heiratsfähige Alter. Da ist es wichtig, dass sie immer angemessen gekleidet ist«, erklärte Halgard mit einem bedeutungsvollen Blick auf Siegfried.

Er zuckte unwillkürlich zusammen. Schon wieder traf er auf Eltern, die ihn mit ihrer Tochter verheiraten wollten. Auch daran konnte man erkennen, wie stark das Ansehen Xantens in letzter Zeit gestiegen war, was nicht zuletzt mit seinem Ruhm zu tun hatte.

»Es wird sich bestimmt bald ein geeigneter Bräutigam finden. Deine Tochter ist schön und zurückhaltend«, entgegnete er. »So wie man sich eine gute Ehefrau wünscht«, fügte er hinzu, wobei es ihm nicht ganz gelang, einen spöttischen Unterton zu unterdrücken.

Rinelda hatte, seit er hereingekommen war, noch kein Wort gesagt, ihm aber immer wieder verstohlene Blicke zugeworfen, die so offensichtlich waren, dass er sie bemerken musste.

»Obwohl viele Ehefrauen so sind, müssen ja nicht unbedingt alle so sein«, stellte Ruda bestimmt fest und knackte eine Nuss.

Halgard seufzte hörbar. »Ruda hat schon immer ihren eigenen Kopf gehabt. Ob sich das jemals ändern wird?«

Der Xantener tauchte seine Hände in eine Schale Wasser, um sie zu säubern. »Ich bin vielleicht zu jung, um mir ein Urteil erlauben zu können, aber im Allgemeinen habe ich es gern, wenn jemand sagt, was er denkt, egal, ob Mann oder Frau.«

»Vortrefflich, Siegfried, du zeichnest dich nicht nur auf dem Schlachtfeld aus!«, rief Ruda begeistert.

Rinelda hatte inzwischen eine Fibel an der linken Schulter ihres ärmellosen Gewandes gelöst, so dass der Träger leicht nach unten rutschte, was Halgard sofort bemerkte.

»Schau dir Rinelda doch einmal genau an, Siegfried. Glaubst du, dass sie einen Ehemann glücklich machen könnte?«

»Davon bin ich überzeugt.« Er lächelte. »Vorausgesetzt, der Mann ist bereit zu heiraten.«

Rapold verstand. Siegfried hatte also noch nicht vor, sich zu vermählen. Aber das beunruhigte ihn nicht, es gab genügend Bewerber, die begierig darauf waren, seine schöne Rinelda zu heiraten.

Auch Marbrecht war froh, dass sie nicht mehr über seine Schwester sprachen. Er wartete schon lange auf eine Gelegenheit, um über etwas anderes zu reden.

»Hast du schon von dem Drachen gehört, der bei uns sein Unwesen treibt?«, wandte er sich gespannt an Siegfried.

Der Xantener sah ihn belustigt an. »Ich habe schon einige Geschichten über Drachen gehört, aber bis jetzt habe ich noch nie einen gesehen.«

Marbrecht gefiel es nicht, dass Siegfried ihn anscheinend nicht ernst nahm.

»Ich rede nicht von irgendwelchen Geschichten, sondern von einem echten Lindwurm«, versicherte er beleidigt.

Ruda sah ihn beunruhigt an. »Ach, erspar unserem Gast doch diese Ammenmärchen«, sagte sie hastig.

Siegfried spürte ihre plötzliche Anspannung, er wurde aufmerksam. »Was weißt du denn über diesen Drachen?«, wandte er sich an Marbrecht.

»Nicht weit von hier gibt es eine Klippe, die wir Drachenfels nennen. Dort haust er in einer Höhle, er hat schon viele große Krieger getötet.«

»Vielleicht sollte ich ihn einmal besuchen. Ich wollte schon immer mal einen richtigen Drachen kennenlernen«, schmunzelte er.

»Ihn zu bezwingen ist eine Heldentat, die dir würdig wäre, Siegfried«, mischte sich Halgard ein.

•••

Kurze Zeit später brach Siegfried auf. Der Regen hatte endlich aufgehört; die Sonne schien von einem strahlend blauen Himmel. Lautes Vogelgezwitscher erfüllte die Luft. Einige Bewohner der Stadt genossen das schöne Wetter bei einem Spaziergang durch die Straßen, auch wenn sie auf ihrem Weg ständig großen Pfützen ausweichen mussten.

Marbrecht hatte ihm den Weg zur Höhle, in der das Untier leben sollte, genau beschrieben, er konnte ihn nicht verfehlen. Kraftvoll schwang er sich auf Grane, seinen großen Schimmel. Der Sattel knirschte vernehmlich, als er losritt. Wenn er wieder zu Haus war, würde er ihn einfetten. Freundlich winkte er seinen Gastgebern zum Abschied.

Der Xantener war gespannt, was ihn erwartete. Er gab nicht viel auf die Geschichten über Drachen. Doch sowohl

Marbrecht als auch seine Mutter waren anscheinend fest davon überzeugt, dass es ihn gab. Und Ruda schien sogar besorgt um ihn zu sein.

Unwillkürlich berührte er den Knauf seines Schwertes, das er eben noch in Rapolds Villa an einem Wetzstein geschärft hatte. Egal, welche Gefahr nun auf ihn lauerte, er würde schon damit fertigwerden. Seine gewaltige Kraft gab ihm die Gewissheit, jeden Gegner überwinden zu können. Bei fast allen Kampfspielen, an denen er teilnahm, hatte er gesiegt, und auch auf dem Schlachtfeld konnte ihn niemand bezwingen. Wenn es diesen Lindwurm tatsächlich geben sollte, würde er ihn töten – und damit in den Gesängen der Völker unsterblich werden.

Es dauerte nicht lange, die Höhle zu finden, die Marbrecht ihm beschrieben hatte. Enttäuscht stellte er fest, dass nichts auf einen Drachen hindeutete. Der Eingang zur Grotte befand sich auf einer kleinen Lichtung, auf der viel nasses Laub und einige abgebrochene Äste herumlagen. Das Gewitter, in das er auf seinem Weg zu Rapold geraten war, hatte offensichtlich auch hier gewütet.

Vorsichtig trat Siegfried in die Höhle. Er verharrte einen Moment, bis sich seine Augen an die Dunkelheit gewöhnt hatten. Irgendwo vor sich hörte er ein leises Rascheln. Blitzschnell wirbelte er herum und riss sein Schwert aus der Scheide, doch es war nur ein Vogel, der in der feuchten Erde herumwühlte.

Behutsam schlich er tiefer in die Grotte hinein. Wenn hier tatsächlich etwas auf ihn lauerte, würde er bereit sein. Aufmerksam sah er sich um und lauschte auf verdächtige Geräusche. Doch alles blieb ruhig. Langsam ließ seine Anspannung nach, nichts deutete auf eine Gefahr hin.

Plötzlich bemerkte er, wie in einer Ecke vor ihm kurz etwas aufblitzte. Wahrscheinlich war ein Lichtstrahl von außen hereingedrungen und von etwas zurückgeworfen worden. Langsam bewegte er sich auf die Stelle zu. Was war das gewesen? Abgesehen von diesem kurzen Augenblick war es im hinteren Bereich der Höhle stockdunkel, deshalb konnte er nichts erkennen.

Dann stolperte er über einen Gegenstand, neugierig bückte er sich und hob ihn auf. Es war ein großes Trinkgefäß, das allem Anschein nach ganz aus Gold war. Während sich seine Augen immer besser auf die Dunkelheit einstellten, erkannte er verblüfft, dass der ganze Boden vor ihm mit Kostbarkeiten aller Art bedeckt war. Goldene, mit Perlen besetzte Halsketten, Armbänder aus schwerem Silber, verziert mit funkelnden Edelsteinen, oder reich geschmückte Truhen, aus denen riesige Mengen an goldenen Münzen hervorquollen, boten sich seinen staunenden Blicken dar.

Siegfried atmete schwer, noch niemals hatte er auch nur annähernd so viele Reichtümer an einem Ort gesehen. Wie waren all diese Dinge hierher gelangt, wer hatte sie angehäuft und – vor allem, warum lagen sie hier einfach so herum? Gab es denn niemanden, dem dieser gewaltige Hort gehörte?

Der Xantener fand keine Antwort auf diese Fragen. Dann lachte er laut los. Glücklich breitete er die Arme aus und lachte aus vollem Hals. Ja, Wodan meinte es wirklich gut mit ihm; er hatte einen riesigen Schatz gefunden, mit dem er sich alles kaufen konnte, was er wollte. Und er brauchte sich dafür noch nicht einmal in Gefahr zu begeben, weit und breit war kein Drache zu sehen. Wieder lachte er schallend, als er daran dachte, wie er stolz mit dem Schatz in den Hof seiner überglücklichen Eltern in Xanten einziehen würde.

Plötzlich hörte er ein anderes Geräusch, in dem sein Lachen unterging. Es war ein wahrhaft markerschütterndes Brüllen, das die Wände der Höhle erzittern ließ. Siegfried erbebte vor Schrecken, als das ohrenbetäubende Gebrüll noch einmal ertönte. Dann sah er, wie sich inmitten des Schatzes ein gewaltiges echsenartiges Tier erhob. Der Xantener hatte es zunächst im Dunkeln nicht bemerkt, aber nun erkannte er, dass er doch kämpfen musste, wenn er den Hort mit sich nehmen wollte. Es war unglaublich, ein Drache hauste in dieser Höhle, und seine Aufgabe war es, den Schatz zu bewachen.

Das Untier war groß wie ein Haus, aus kalten Augen starrte es auf Siegfried herab. Erneut öffnete es das Maul und brüllte furchterregend. Zwischen den riesigen Zähnen schob sich die lange Zunge lauernd hervor. Siegfried überlegte hektisch, wie er den Lindwurm töten konnte. Er war zu groß, als dass er mit dem Schwert auf Schlagweite herankommen konnte. Das Ungeheuer würde ihn einfach zertrampeln oder ihn mit dem Maul schnappen, wenn er es versuchen sollte.

Verzweifelt machte er sich bittere Vorwürfe, weil er seine Lanze nicht mitgenommen hatte. Doch er hatte es nicht für nötig gehalten, den langen Spieß mit sich zu tragen, zumal er nicht an den Drachen geglaubt hatte.

Das Untier kam langsam auf ihn zu. Als es nur noch wenige Ellen vor ihm war, öffnete es erneut sein Maul. Siegfried bereitete sich schon darauf vor, einem sengenden Feuerstrahl auszuweichen, doch das blieb ihm erspart. Stattdessen traf ihn der Gestank des heißen Atems; würgend rang er nach Luft, während er behände der Schnauze auswich. Wieder schnappte der Lindwurm nach ihm, erneut gelang es Siegfried auszuweichen, aber es war diesmal knapper gewesen, er konnte den Luftzug des an ihm vorbeisausenden Mauls deutlich spüren. Früher oder später würde es ihn erwischen, denn das Untier begann, ihn in die Enge zu treiben. Er hatte kaum noch Raum, sich zu bewegen.

Der Drache beobachtete ihn aufmerksam, sein Opfer konnte ihm nun nicht mehr entkommen. Dann schnellte sein Kopf vor. Siegfried duckte sich flink und stieß dem Lindwurm im Fallen sein Schwert in den Unterkiefer. Getroffen brüllte die Bestie auf, ein armdicker Schwall von heißem, klebrigem Blut ergoss sich über den Xantener, der ihm den Atem nahm. Er versuchte seine Klinge in die Kehle des Drachen zu rammen, doch der Lindwurm senkte seinen Kopf und schwang ihn hin und her. Mit schreckgeweiteten Augen sah Siegfried den gewaltigen Schädel auf sich zukommen, im letzten Moment konnte er sich mit einem Sprung hinter einen großen Felsbrocken retten. Er prallte heftig auf den harten Höhlenboden. Stöhnend rieb er sich die schmerzende Schulter, doch sein Kettenhemd hatte ihn vor Schlimmerem geschützt.

Angespannt beobachtete Siegfried den Drachen. Das Ungeheuer sah sich ratlos um, es wusste nicht, wo sein Gegner war. Dann kam es langsam auf den Felsen zu, hinter dem er sich verbarg; hatte es ihn entdeckt? Aber der Lindwurm bewegte sich achtlos an ihm vorbei, offenbar hatte er eine andere Stelle im Blick, die er untersuchen wollte. Schnell sprang Siegfried hinter dem Felsbrocken hervor und stieß dem Drachen sein Schwert in die Seite.

Das Untier fauchte wütend und wirbelte herum. Die Wunde an seiner Seite blutete stark, doch es schien ihm nichts auszumachen. Siegfried verzweifelte fast, wie sollte er dieses Ungeheuer töten? Seine Angriffe waren wie Nadelstiche, die zwar schmerzhaft waren, aber keinen Schaden anrichteten.

Jetzt hatte der Lindwurm ihn entdeckt. Aber als sein Maul zustieß, sprang Siegfried zur Seite. Dann traf ihn der Drache mit seinem mächtigen Schwanz und warf ihn um. Siegfried war für einen Augenblick benommen; ihm war, als hätte ihn ein Stier umgerannt.

Als er im Kopf wieder klar war, sah er einen gewaltigen Fuß von oben auf sich zukommen. Gedankenschnell rollte er zur Seite, wodurch der Fuß eine Handbreit neben seinem Kopf aufkam. Der Boden erzitterte unter dem Aufprall, und die Höhle erbebte von seinem Widerhall. Siegfried holte weit aus, als ob er einen Baum fällen wolle, und hackte auf das Bein ein. Erneut brüllte das Untier auf, es öffnete sich eine klaffende Wunde, aber das schien das riesige Tier nicht im Geringsten zu beeinträchtigen. Wild schnappte es nach ihm, doch er konnte erneut ausweichen.

Siegfried überlegte fieberhaft. Seine einzige Chance, den Lindwurm zu besiegen, war, den Kopf zu treffen, nur dort konnte er ihm eine tödliche Wunde beibringen. Die Unterseite des Drachen war zwar auch verwundbar, aber die würde er nicht erreichen können. Es blieb also nur der Kopf.

Entschlossen kletterte er auf den Felsbrocken, hinter dem er sich versteckt hatte. Er breitete die Arme aus und schrie den Lindwurm an.

»Hier bin ich! Komm her, du hässliches Ungeheuer, wenn du dich traust!«, rief er ihm zu.

Natürlich konnte das Tier seine Worte nicht verstehen, aber es verstand die Herausforderung. Fauchend starrte es ihn an, dann bewegte es sich auf den Felsen zu. Doch kurz bevor es ihn erreichte, verharrte es unentschlossen. Misstrauisch blickte der Lindwurm auf seinen Gegner. Fragte er sich vielleicht, warum Siegfried nicht mehr vor ihm floh?

Der Xantener ergriff einen faustgroßen Stein und schleuderte ihn gegen den Schädel des Drachen. Das Ungeheuer grollte, aber es bewegte sich nicht. Siegfried warf noch einen Stein auf den Drachen, erneut fauchte er wütend, doch er verharrte weiterhin unentschlossen. Er warf einen weiteren Felsbrocken, der genau die empfindliche Spitze der Schnauze traf. Der Lindwurm knurrte zornig, dann stürmte er vor.

Der Xantener blickte ihm mit klopfendem Herzen entgegen, der Drache wirkte wahrhaft furchterregend. Rasend schnell schoss sein Maul auf ihn zu, doch kurz bevor es ihn erreichte, sprang er ab und landete auf der Schnauze, die unter ihm ins Leere stieß. Der überraschte Lindwurm schüttelte heftig seinen Kopf hin und her, um Siegfried abzuwerfen, aber der hielt sich mit der freien Hand an einem der dicken Augenbrauenwülste des Ungeheuers fest, während seine Rechte auf einen geeigneten Moment wartete, um mit dem Schwert zuzustoßen.

Siegfried biss vor Anstrengung die Zähne zusammen. Er brauchte all seine Kraft, um sich festzuklammern. Das Wutgebrüll des Drachen wurde immer lauter, während seine stampfenden Füße den Boden aufrissen. Dann hörte er plötzlich auf, seinen Kopf zu schütteln, und der Xantener sah entsetzt, wie der Felsen, von dem er abgesprungen war, mit ungeheurer Geschwindigkeit auf ihn zukam. Das Ungeheuer versuchte, ihn zwischen seinem Kopf und dem Felsbrocken zu zerquetschen!

Mit der Gewandtheit einer Katze schwang er sich auf den Schädel des Drachen, im nächsten Augenblick krachte das gewaltige Maul gegen den Felsen.

Brüllend vor Schmerz war der Lindwurm einen Moment verwirrt. Auf diese Gelegenheit hatte Siegfried gewartet. Mit aller Kraft stieß er dem Tier sein Schwert in den Schädel. Aber der Knochen war härter, als er gedacht hatte, und zu seinem Entsetzen brach die Klinge. Er hielt nur noch einen Stumpf in der Hand, während die Spitze klirrend auf den steinernen Boden fiel.

Verzweifelt blickte Siegfried ihr nach. Was konnte er jetzt noch ausrichten? Dann sah er direkt unter sich das linke Auge des Drachen. Entschlossen rammte er den Stumpf seines Schwertes hinein – und mit pochendem Herzen fühlte er, wie sich der klebrige Inhalt des Auges warm über seine Hand ergoss.

Das Untier brüllte ohrenbetäubend, rasend vor Schmerz stampfte es ziellos in der Höhle umher. Siegfried stieß noch einmal zu, und seine Hand färbte sich rot von dem Blut des Ungeheuers. Er tauchte seinen Arm tief in die Augenhöhle hinein, bis er auf einen weichen Widerstand stieß, das Gehirn des Drachen. Er bohrte seine Finger in die butterartige Masse und riss einen Teil heraus. Noch einmal brüllte der Lindwurm auf, dann brach er ächzend zusammen.

Zusammengekrümmt lag das Tier auf dem Boden. An der Stelle, wo vorher das Auge gewesen war, klaffte ein dunkles Loch, aus dem ein Strom von Blut hervorquoll, in dem Teile der grauen Hirnmasse schwammen. Siegfried wartete einen Moment, bis er sicher war, dass der Drache nicht mehr in der Lage war aufzustehen, dann sprang er auf den Boden.

Das Ungeheuer beobachtete ihn kraftlos mit seinem verbliebenen Auge, als der Xantener die zerbrochene Klinge nahm und sie entschlossen in die Kehle des Tieres stieß. Ein Schwall warmen Blutes spritzte ihm entgegen und ergoss sich über ihn.

Schwer atmend wischte Siegfried sich das Gesicht ab, während die Blutlache vor dem Kopf des Lindwurms immer größer wurde. Langsam blickte er sich in der Höhle um, dann schaute er wieder auf den Drachen. Er konnte es nicht glauben, an einem einzigen Tag hatte er sich zum größten Helden weit und breit gemacht und war unermesslich reich geworden. Niemals hatte er so einen großen Hort gesehen wie diesen, der nun ihm gehörte. Stolz reckte er die Arme in den Himmel, während er Wodan für die Gunst dankte, die er ihm erwiesen hatte.

Doch schnell fasste Siegfried sich wieder. Jetzt kam es darauf an, den Schatz nach Xanten zu schaffen. Er hatte nicht die leiseste Ahnung, wie er hierhergekommen war, oder wem diese Reichtümer gehörten, doch er wusste, dass er den Hort so schnell wie möglich in Sicherheit bringen musste, zumal er nun unbewaffnet war.

Auf dem Weg zur Höhle hatte er ein Dorf gesehen, in dem ein ungewöhnlich großes Fuhrwerk stand, das kam ihm nun wie gerufen. Entschlossen stopfte er sich ein paar Handvoll goldener Münzen in den ledernen Beutel an seinem Gürtel, dann sprang er auf Grane. Der Schimmel spürte Siegfrieds überschäumende Freude, wieherte vor Vergnügen und galoppierte los.

Die Siedlung bestand aus fünf Häusern, von denen vier ziemlich schäbig wirkten. Die Bretter der Wände waren löchrig, und die Grasdächer mussten an einigen Stellen ausgebessert werden. Doch das fünfte war ein großes Langhaus, das offensichtlich von seinen Bewohnern gut instand gehalten wurde. Erleichtert stellte Siegfried fest, dass das Gespann noch vor dem Bau stand.

Der Besitzer, ein grobknochiger Mann mit dem Namen Gerwald, wollte zunächst nicht verkaufen, denn er war stolz auf seinen gewaltigen Wagen, um den ihn seine Nachbarn beneideten. Auch Siegfried zeigte sich beeindruckt. Das Gefährt wirkte zwar ziemlich alt, da das Holz an einigen Stellen schon rissig war, doch Achsen und andere bewegliche Teile wurden offenbar regelmäßig eingefettet, so dass es sich in einem ausgezeichneten Zustand befand.

Der Xantener konnte es sich nicht leisten, lange um den Preis zu handeln. Was wäre, wenn in der Zwischenzeit jemand den Schatz fand und ihn mit sich nahm? Also bot er Gerwald so viel Gold, dass dieser gar nicht anders konnte, als ihm sofort den Wagen, vier Pferde und eine große Plane zu überlassen. Glücklicherweise besaß er auch noch ein Schwert, das seinem verstorbenen Bruder gehört hatte. Es war zwar nicht zu vergleichen mit Siegfrieds alter Klinge, doch es war besser als gar keins, darum kaufte er die Waffe ebenfalls.

Eilig band Siegfried Grane an die hintere Wand des Fuhrwerks und schwang sich auf den Bock. Doch als er die Leinen anzog, rührten sich die Pferde nicht, auch leichte Berührungen mit der Peitsche brachten die Tiere nicht dazu, sich in Bewegung zu setzen.

Der Xantener seufzte. Anscheinend fiel es ihm leichter,

einen Drachen zu töten, als ein Fuhrwerk zu steuern. Zwar hatte er schon einmal einen Zweispänner gefahren, aber das war lange her, nun musste er mit einem Vierspänner zurechtkommen. Außerdem kannten ihn die Tiere nicht, offensichtlich waren sie nicht gewillt, ihn als ihren neuen Herrn anzuerkennen.

Als er mit der Peitsche etwas fester zuschlug, trotteten sie zwar los, allerdings nicht in die Richtung, in die er steuern wollte. Erschrocken zog er die Leinen an, als er merkte, dass sie auf einen großen Misthügel zuhielten. Dann sah er erleichtert, wie Gerwald den Tieren ruhig entgegentrat. Die Pferde stoppten ab, dann sahen sie ihn erwartungsvoll an.

»Keine Sorge, ich kümmere mich darum!«, rief er Siegfried schmunzelnd zu.

Er führte eines der vorderen Tiere am Halfter aus dem Dorf heraus, flüsterte ihm etwas ins Ohr und gab ihm einen leichten Klaps auf den Rücken. Gehorsam trabten die Pferde los. Befreit winkte Siegfried Gerwald zu, während das Fuhrwerk rumpelnd vom Hof fuhr.

Doch sie kamen nur langsam voran; als sie die Höhle endlich erreichten, war es bereits dunkel. Ungeduldig sprang der Xantener vom Bock und eilte hinein. Erleichtert stellte er fest, dass der gesamte Schatz noch da war.

Rasch machte er sich daran, ihn aufzuladen, dann deckte er den Hort sorgfältig mit der Plane ab und fuhr los. Ein fast voller Mond leuchtete vom Himmel, so dass es einfach war, dem Weg zu folgen.

Auf seinem Weg zur heimatlichen Burg machte er einen Umweg über Bonna, um Rapolds Familie von dem Kampf mit dem Drachen zu berichten. Das Wichtigste war allerdings, dass er dort seine Knechte abholte und dass Dietbald es gewohnt war, ein Fuhrwerk zu lenken.

Als Siegfried an der Eingangstür zum Innenhof der Villa klopfte, ließ ihn ein älterer Sklave ein. Sofort eilte Rapold mit seiner Familie aus dem Haus, um ihn willkommen zu heißen.

»Wir sind froh, dich unverletzt zu sehen«, begrüßte ihn der Hausherr.

»Was ist mit dem Drachen, hast du ihn getötet?«, platzte Marbrecht heraus.

Siegfried tätschelte ihm lächelnd den Kopf. »Nur nicht so ungeduldig, ihr werdet schon noch alles erfahren.« Er deutete auf seinen Wagen, der an der Straße stand.

»Habt ihr noch Platz für den auf dem Hof?«

»Platz genug schon, aber es könnte schwierig werden, ihn durch das Tor zu bekommen«, meinte Rapold.

Die Xantener Knechte, die in den Quartieren der Sklaven untergebracht waren, kamen ebenfalls in das Atrium.

Siegfried nickte ihnen zu. »Dietbald schafft das schon, macht euch da keine Sorgen«, erwiderte er und winkte den stämmigen Mann heran, der sofort auf den Bock stieg und die Leinen in die Hand nahm.

Tatsächlich schaffte er es, das Fuhrwerk ohne größere Mühe in den Hof zu lenken.

Nachdenklich betrachtete Rapold den Wagen. Den hatte der Xantener noch nicht, als er zum Drachenfels aufgebrochen war. Was mochte da wohl drauf sein? Aber Siegfried machte keinerlei Anstalten über das Gespann zu reden, er würde wohl seine Gründe dafür haben.

Dietbald stieg wieder vom Fuhrwerk. »Brauchst du mich noch, Herr?«, fragte er.

»Nein, das ist alles.« Siegfried nickte seinem Knecht anerkennend zu.

»Gute Arbeit, Dietbald.«

»Danke, Herr«, antwortete er und ging zu einer Säule an einer Ecke des Hofs. Siegfried zog überrascht eine Augenbraue hoch, als er erkannte, dass dort die dunkelhäutige Sklavin wartete, die er im Bad kennengelernt hatte. Die beiden fassten sich an den Händen und verließen das Atrium. Göbel trottete ihnen mit hängendem Kopf hinterher. Anscheinend hatte Dietbald die Zeit seiner Abwesenheit gut genutzt, während Göbel leer ausgegangen war.

Während zwei Sklaven eine kleine Mahlzeit zubereiteten, wurde Siegfried weiterhin mit Fragen über den Drachen bestürmt.

»Eins nach dem andern. Zuerst zu den Geschenken, die ich für euch mitgebracht habe«, wehrte er ab.

Er öffnete einen Beutel an seinem Gürtel, holte einige spitze Gegenstände von der Größe eines Fingers hervor und breitete sie auf einem Tisch aus.

Halgard betrachtete die weißlichen Dinger, die an einigen Stellen rote Spritzer aufwiesen, misstrauisch.

»Was hast du uns denn da mitgebracht?«, fragte sie ratlos.

»Wonach sieht es denn aus?«, fragte er zurück.

Plötzlich schrie Marbrecht erregt auf. »Das sind Zähne des Drachen, du hast ihn tatsächlich getötet«, rief er begeistert.

Siegfried legte ihm lachend die Hand auf die Schulter. »Da hast du recht. Und weil du mir von dem Lindwurm erzählt hast, darfst du dir jetzt den schönsten aussuchen.«

Freudestrahlend blickte der Junge auf den Tisch. Seine

Augen jagten aufgeregt zwischen den Zähnen hin und her, er konnte sich nicht entscheiden. Schließlich wählte er den größten und nahm ihn begierig auf.

»Eine gute Wahl«, befand Siegfried. »Jetzt seid ihr dran«, wandte er sich an die anderen. »Nehmt euch einen, aber beeilt euch. Wer zu lange zögert, muss das nehmen, was übrig bleibt.«

Schnell griffen sie zu, doch am Ende blieb ein gelblicher Zahn mit einem großen Blutfleck zurück.

Überrascht blickte Siegfried auf Ruda, die keinen genommen hatte.

»Was ist mit dir? Willst du keinen Zahn?«, fragte er.

»Nein, daraus mache ich mir nichts.«

Der Xantener sah sie bedauernd an. »Das tut mir leid, dann habe ich ja gar kein Geschenk für dich.«

»Also … Vielleicht könntest du mir ja etwas anderes geben«, erwiderte sie leise.

Verwundert runzelte er die Stirn. »Wenn es mir möglich ist …«

Sie errötete, trat ganz nah an ihn heran und flüsterte ihm etwas ins Ohr. Er spürte, wie ihre warmen Lippen seine Ohrmuschel berührten.

Dann schmunzelte er.

»Habt ihr eine Schere?«, erkundigte er sich.

Mit einem fragenden Ausdruck im Gesicht gab Halgard ihm eine, die noch auf dem Boden lag, weil ein Sklave mit ihr Unkraut beseitigt hatte.

Siegfried ergriff sie, schnitt sich eine Locke aus dem Haar und reichte sie Ruda. Mit einem schüchternen Lächeln nahm sie das Haarbüschel entgegen, dann verstaute sie es hastig in einem Beutel an ihrem Gürtel.

Halgard und Rinelda warfen sich einen missbilligenden Blick zu.

»Dafür musst du aber einen Ehrenplatz finden«, schmunzelte Rapold.

»Das werde ich«, erwiderte sie bestimmt.

Nach dem Essen, das wieder sehr schmackhaft war, besuchte Siegfried noch einmal das römische Bad, das er bei seinem ersten Aufenthalt in Rapolds Villa so lieb gewonnen hatte, und machte sich dann zufrieden auf den Weg nach Xanten. Die Zähne, die er verteilt hatte, würden dafür sorgen, dass sich die Kunde von seinem Sieg über den Drachen rasch verbreitete.

2

Unwillkürlich flog ein Lächeln über Siegfrieds Gesicht, als er die heimatliche Burg erblickte. Sie hatten für den Weg mehr Zeit gebraucht, als er gedacht hatte. Zwar führten sie jetzt nicht mehr die Pferde mit sich, die er Rapold verkauft hatte, aber dafür hatten sie den mit dem Schatz schwer beladenen Wagen dabei.

Das vormals römische Gebäude lag auf einer felsigen Anhöhe. Die massiven Mauern boten immer noch einen beeindruckenden Anblick, auch wenn einige Ziegel schon herausgebrochen waren. Römische Handwerker kamen selten in diese Gegend, und sie waren die Einzigen, die wussten, wie man steinerne Bauten errichtete. Wie zu seiner Begrüßung erhob sich ein Schwarm Tauben von der Burgmauer in die Luft. Erleichtert ritt er den schlammigen Weg zum Tor hinauf, es war eine lange Reise gewesen, und er freute sich, wieder zu Hause zu sein.

Doch Dietbald konnte ihm nicht folgen, die Pferde waren nicht in der Lage, den steilen Anstieg hinaufzukommen. Heftig schnaubend bemühten sie sich, das schwere Fuhrwerk vorwärts zu ziehen, aber die lehmverschmierten Räder fraßen sich schmatzend in den tiefen Boden, der Wagen steckte fest. Siegfried und Göbel sprangen von ihren

Pferden, um von hinten zu schieben. Ächzend stemmten sie sich gegen das aufgewühlte Erdreich und versuchten, das Gefährt aus dem Morast zu befreien. Doch es bewegte sich immer noch nicht. Zu allem Überfluss sanken die Räder auf der linken Seite nun noch tiefer ein, so dass der Wagen sich zur Seite neigte. Er drohte umzukippen.

Aber dann öffnete sich knarrend das Tor, und ein halbes Dutzend Männer stürmte heraus, um ihnen zu helfen. Mit vereinten Kräften schafften sie es, das Fuhrwerk wieder freizubekommen. Während Siegfried den Männern dankte, musste er an die gepflasterten Straßen in Bonna denken. Dort wäre so etwas nicht passiert.

Bei seinem Einzug in die Burg fielen ihm Dinge auf, die er vorher nicht bemerkt hatte. Die strohgedeckten Hütten der Knechte und Mägde waren so verwahrlost, dass es bei schlechtem Wetter hineinregnete, der Boden war verdreckt vom Kot der frei herumlaufenden Hühner und Gänse, und die überall herumliegenden Abfälle verbreiteten einen fauligen Geruch.

Doch das bedrückte ihn nicht lang, gelöst winkte er den Menschen zu, die sich im Hof versammelt hatten und immer wieder »Siegfried, der Drachentöter!« riefen. Die Nachricht von seiner Heldentat hatte sich also schon bis hierhin herumgesprochen. Stolz blickte er zu seinen Eltern Siegelind und Siegmund, die vor dem Tor der Halle standen und ihm zulächelten.

Siegelind, die ebenso wie ihr Sohn ungewöhnlich groß war, sah argwöhnisch auf den schweren Planwagen, den Dietbald mit einiger Mühe in den engen Pferdestall lenkte. Dann sprach Siegfried mit einem Bewaffneten, der sich daraufhin vor den Eingang stellte. Was hatte das zu bedeuten?

Er eilte zur Halle und küsste seine Eltern auf die Wangen.

»Dein Ruf als Drachentöter eilt dir weit voraus«, begrüßte Siegmund ihn lachend und strich sich sein dunkles, mit Spuren von Grau durchsetztes langes Haar aus dem Gesicht.

»Nichts reist schneller als eine gute Geschichte«, erwiderte sein Sohn fröhlich.

Kurz darauf saßen sie am reich gedeckten Esstisch. Um Siegfrieds Rückkehr zu feiern, gab es neben dem üblichen Gemüseeintopf auch einen saftigen Schweinebraten.

Natürlich musste er seinen Kampf mit dem Drachen in allen Einzelheiten erzählen, und er berichtete, wie freundlich ihn Rapolds Familie aufgenommen hatte. Als sein Vater zufällig aus dem schmalen Fenster blickte, sah er, wie der Wachtposten vor dem Stall seinen Speer an einem Wetzstein schärfte.

»Was ist eigentlich auf dem Wagen?«, wollte er wissen.

Siegfried ließ einen Moment verstreichen, dann schaute er seinen Vater verschmitzt an. »Ach ja, ich vergaß zu erwähnen, dass der Drache etwas bei sich hatte.«

Er stand auf und wischte sich seine Hände an einem Tuch ab.

»Kommt mit«, sagte er knapp, dann verließ er den Raum.

Verwirrt folgten seine Eltern ihm zu den Stallungen, wo sie der Geruch von frischen Pferdeäpfeln empfing.

Wortlos ging Siegfried zum Wagen und schlug die Plane zurück. Seine Eltern benötigten einen Moment, um zu begreifen, was sie da sahen.

Fassungslos blickten sie auf die Reichtümer, die sich ihren erstaunten Augen darboten. Einen Moment lang sagte niemand etwas. Siegmund rang nach Atem, während seine

Frau sich an ihrem Sohn festhalten musste, um nicht zu Boden zu stürzen.

»Der Drache war der Hüter dieses Horts, er gehört nun mir – uns«, erklärte Siegfried lächelnd.

Seine Eltern starrten immer noch wie gebannt auf das viele Gold.

»Und wo sollen wir ihn aufbewahren?«, fragte Siegelind mit belegter Stimme.

»Haben wir nicht eine Schatzkammer, in der wir unsere wenigen Kostbarkeiten hüten? Nun können wir dafür sorgen, dass sie ihren Namen auch verdient«, antwortete ihr Sohn leichthin.

Siegelind sah besorgt nach dem Wachtposten, aber der pisste gerade in eine dunkle Ecke.

»Mir ist nicht wohl dabei. Du hast den Hort geraubt, nun ist er verflucht«, raunte sie.

Erstaunt blickte Siegfried sie an. War sie etwa nicht froh darüber, dass sie nun einen riesigen Schatz besaßen?

»Was ist mit dir, Mutter? Ich habe einen furchtbaren Drachen getötet, damit habe ich mir den Hort verdient«, erwiderte Siegfried entschlossen.

»Behalte ihn nicht«, drängte Siegmund. »Schaff ihn wieder in die Höhle und weihe ihn Wodan, dann werden die Götter ihn zurücknehmen.«

Siegfried sah sie ungläubig an. »Was ist nur los mit euch? Ich bringe einen gewaltigen Schatz nach Haus, und anstatt sich mit mir zu freuen, tut ihr so, als hätte ich einen schlimmen Fehler gemacht.« Er blickte ihnen fest in die Augen. »Die Nornen haben mich an ihren Schicksalsfäden in die Höhle geführt, damit ich den Hort gewinne.«

Plötzlich tat es einen gewaltigen Donnerschlag. Von

einem Augenblick auf den anderen zogen große dunkle Wolken auf, und eine von ihnen legte sich so vor die Sonne, dass es für einen Moment düster war wie die Nacht.

Mit einem dumpfen Gefühl der Beklemmung betrachtete Siegfried den Himmel. Doch er fasste sich schnell wieder.

»Wir müssen die Fenster in der Halle abdichten, damit es nicht reinregnet«, rief er und hastete über den Hof.

Seine Eltern sahen ihm besorgt nach, dann folgten sie langsam.

Auf dem Weg zur Halle kam ihnen eine alte Frau entgegen, deren langes graues Haar ihr aufgelöst ins Gesicht hing.

Mit wirrem Blick fasste sie Siegmund am Handgelenk.

»Siehst du, was da draußen vor sich geht, Herr?«, fragte sie eindringlich und streckte den anderen Arm mit einer weit ausladenden Geste zum Himmel. »Ich frage euch, zieht ein normales Gewitter so schnell auf? Die Luft riecht verbrannt, die Mäuse kommen aus ihren Löchern, die Vögel verharren furchtsam auf ihren Ästen …«

Plötzlich begannen die Hunde, laut zu bellen, Pferde wieherten aufgeregt in ihren Ställen, Hühner flatterten nervös von einer Ecke in die andere.

»Seht ihr es?«, rief die Frau mit heiserer Stimme und drückte Siegmunds Arm so fest, dass ihre Nägel sich wie Adlerklauen in seine Haut bohrten.

Siegfried war inzwischen wieder umgekehrt und eilte zurück auf den Hof. Mit einem kräftigen Ruck riss er die Frau von seinem Vater los.

»Tyra, was fällt dir ein, deinen Herrn so zu bedrängen?«, fuhr er sie an.

Ganz langsam, wie entrückt drehte sie sich zu ihm um und richtete ihre durchdringenden dunklen Augen auf ihn. Dann wurde ihr Blick wieder klarer, und sie ließ Siegmunds Arm los.

»Verzeih, Herr, ich habe nur gesagt, was ich sehe«, murmelte sie und schlich in gebückter Haltung zur Hütte der Knechte und Mägde.

Siegfried und seine Eltern atmeten auf. Es wirkte immer beängstigend, wenn eine weise Frau sich so gebärdete, doch anscheinend hatte sie sich nun wieder beruhigt.

Aber unvermittelt wandte sie sich noch einmal zu ihnen um. Ihre Haltung straffte sich, und in ihren Augen loderte ein unheimliches Feuer.

»Ich sehe Unglück und Tod. Ein Fluch ist in diese Mauern eingezogen, einer von euch wird im nächsten Sommer nicht mehr am Leben sein – das sagt euch Tyra!«, verkündete sie mit ihrer heiseren Stimme, die im Heulen des Sturmes kaum zu verstehen war. Dann ging sie langsam zu ihrer Hütte, während der Wind ihr den Regen ins Gesicht peitschte.

Die drei Burgherren sahen sich beklommen an.

Siegfried fasste sich als Erster wieder.

»Wir haben genug Zeit verloren – schnell zur Halle!«, rief er, und sie stürzten hinein.

Es war höchste Zeit, die Fenster abzudichten. Einige Pfützen hatten sich schon auf dem Boden gebildet, und der heftige Wind trieb immer mehr Wasser hinein. Schnell schnappten sie sich Tücher, um damit die kleinen dreieckigen Öffnungen zuzustopfen. Wieder musste er an Bonna denken. Einige der Häuser dort hatten große Fenster mit Scheiben aus Glas, durch die der Regen nicht hineindrang.

Als sie alle Luken abgedichtet und das Wasser vom Boden aufgewischt hatten, setzten sie sich erleichtert an einen Tisch. Schweigend lauschten sie dem Heulen des Windes und dem Prasseln des Regens, der gegen die Wände schlug.

Siegfried wischte sich die nassen Hände an einem prächtigen Wolfsfell ab, das an der Wand hing.

»Das ist ja nicht zu glauben, im ganzen Land rühmt man mich als mächtigen Drachentöter, doch in meinem eigenen Haus will man mir einreden, ich sei verflucht«, spottete er.

Niemand antwortete ihm, seine Eltern blickten betroffen zu Boden.

Siegfried seufzte. »Wir kennen Tyra doch, sie hat jede Woche böse Vorahnungen und sieht schlimme Dinge. Meistens ist nichts davon wahr.«

»Aber manchmal hat sie auch recht«, widersprach Siegelind bedrückt.

»Einmal von hundert«, winkte ihr Sohn verächtlich ab.

Lächelnd fasste er sie an den Hüften und hob sie in die Höhe.

»Mutter, du weißt doch, was ich von Flüchen und anderem Hexenwerk halte«, grinste er sie an. »Sie haben nur Macht, wenn man sie fürchtet.«

Vorsichtig ließ er sie wieder hinunter. Gegen ihren Willen musste Siegelind sein Lächeln erwidern. Irgendwie schaffte er es doch immer, sie zu überzeugen.

Auch Siegmund lächelte. Es stimmte schon, Tyras Weissagungen kamen in regelmäßigen Abständen. Wenn er all ihren unheilvollen Prophezeiungen glauben würde, könnte er sich morgens gar nicht mehr aus dem Bett trauen.

Gelöst verzehrten sie die Reste ihres Essens. Dabei erzählte Siegfried seinen Eltern die Geschichte von einem Fluch auf eine uralte Burg, in der angeblich eine weise Frau ermordet worden war. Immer wieder öffnete sich auf geheimnisvolle Weise das Tor der Halle und knallte laut zu. Auch fielen häufig Gegenstände zu Boden, außerdem ging in der Nacht manchmal der alte Burgherr im Nachtkittel über den Hof, obwohl er augenscheinlich in tiefen Schlaf versunken war. Erst viele Jahre nachdem diese seltsamen Erscheinungen erstmals auftraten, stellte sich heraus, dass die angeblich tote Seherin in Wahrheit höchst lebendig war und ihre Kinder dazu angehalten hatte, Unruhe zu stiften. Sie hatte sich nämlich tödlich beleidigt gefühlt, als man sie wegen einer ihrer Weissagungen verspottete, und war im Zorn von der Burgmauer gesprungen. Bei der Landung hatte sie sich den Kopf angeschlagen, wodurch sie ohnmächtig wurde.

Die Menschen glaubten, sie sei tot, aber aus Angst vor ihrem Geist, der noch in der Nähe sein musste, überprüfte es niemand. In der Nacht kam sie wieder zu sich und ging davon. Als die Burgbewohner sie am nächsten Morgen nicht mehr sahen, waren sie überzeugt, dass die Seherin sie von nun als Wiedergängerin heimsuchen werde, und lebten seitdem in ständiger Furcht vor ihr. Aus Rache nutzte die weise Frau nun die Schläue ihrer Kinder, um die Kunde zu verbreiten, die Burg sei verflucht. Überdies litt der Schlossherr zu ihrem Glück unter einer seltenen Krankheit, die ihn dazu zwang, im Schlaf durch die Burg zu wandeln, wodurch die Geschichte von ihrem Fluch weiter an Glaubwürdigkeit gewann.

Seine Eltern lachten Tränen über diese Geschichte und die witzige Art, in der er sie erzählte, und bald konnte Tyras düstere Wahrsagung sie nicht mehr beunruhigen. Es stimmte schon, Seherinnen nahmen sich selbst viel zu wichtig und machten Prophezeiungen oft nur, damit man ihnen Beachtung schenkte.

Siegfried nahm einen Schluck von dem würzigen Met, den sein Vater ihnen eingeschenkt hatte.

Als er sein Trinkgefäß wieder absetzte, schaute er seine Eltern gelöst an. »Um euch noch den letzten Rest an Sorge zu nehmen, versichere ich euch, dass ich den Hort nicht mehr lange behalten werde.«

Sie blickten ihn erwartungsvoll an. Glaubte er doch an den Fluch, den Tyra verkündet hatte?

»Jedenfalls nicht den ganzen«, schränkte er ein.

Dann sah er sie bedeutungsvoll an.

»Die Welt ist in Bewegung geraten. Im Osten bedrängen die Hunnen ihre Nachbarn so stark, dass viele von ihnen aus Furcht Richtung Westen ziehen. Im Norden kommt es zu schweren Stürmen und Überflutungen, darum verlassen die Stämme dort ebenfalls ihre Heimat. Immer wieder erscheinen nun fremde Völker an unseren Grenzen, um zu plündern oder Land zu erobern. Es ist noch nicht lange her, als wir die Sueben abwehren mussten, und kurz nach ihnen kamen die Friesen.«

Siegmund nickte mit ernster Miene, es waren kriegerische Zeiten, auch Xanten war nicht verschont geblieben. Einige Dörfer waren verwüstet worden, und sie hatten viele Männer verloren.

»Unsere Stärke bin ich«, fuhr Siegfried fort. »Die Krieger vertrauen auf meine Kraft, sie glauben, mit mir an der Spitze können sie alle Feinde besiegen. Doch ich bin nur *ein* Mann, meine Macht ist nicht grenzenlos.« Siegfried blickte ihnen fest in die Augen. In seinem Blick loderte ein Feuer, das sie ansteckte.

»Darum will ich mich unbesiegbar machen«, rief er aus. »Und der Schatz wird mir dazu verhelfen. Ich werde seinen Reichtum verwenden, um mir die besten Waffen zu beschaffen, die je ein Held besaß. Ein mächtiges Schwert, das auch die stärksten Panzerungen durchschlägt, und, wichtiger noch, eine Rüstung, der kein Feind etwas anhaben kann.«

Sein Vater blickte mit leuchtenden Augen auf ihn und fühlte sich mit einem Mal zwanzig Jahre jünger. Ja, von solchen Dingen träumte jeder Krieger, sie waren der Schlüssel zu Ruhm und Ehre.

»Niemand kann mich in offenem Kampf bezwingen«, sprach Siegfried weiter. »Aber jemand, der sich in meinem Rücken heranschleicht, könnte mich töten. Doch mit einer meisterlich gefertigten Rüstung bin ich unangreifbar. Dann kann kein Feind mehr Xanten gefährlich werden.«

Siegelind kam mit ausgebreiteten Armen auf ihn zu und drückte ihn an sich.

Als sie sich wieder von ihm löste, standen ihr Tränen in den Augen.

»Dann hol dir diese Waffen. Jedes Mal, wenn du ausreitest, mache ich mir Sorgen um dich. Wie leicht kann ein aus dem Hinterhalt abgeschossener Pfeil dich treffen, oder ein starker Krieger sucht seinen Ruhm zu mehren und fordert dich heraus.« Ihr Blick fiel auf die Truhe, in der sie die weiße Tunika verwahrte, die sie bei ihrer Hochzeit getragen hatte. »Und wenn du alle Feinde bezwungen hast, wirst du endlich auch Zeit haben, an deine Vermählung zu denken«, lächelte sie.

Siegfried war in zu guter Stimmung, um ihr zu widersprechen, also erwiderte er nur das Lächeln.

Sein Vater strich sich nachdenklich über seinen dünnen Bart. »Weit im Osten, im Suavawald, gibt es einen Schmied, von dem man sagt, er versteht sein Handwerk wie kein Zweiter. Nirgendwo wirst du bessere Waffen finden als bei ihm.«

»Dann auf in den Suavawald! Morgen mache ich mich auf den Weg«, lachte Siegfried.

3

Träge blinzelte Siegfried in den wolkenverhangenen Himmel, während er sich fröstelnd fester in den Mantel hüllte. Bald würde es wieder schneien, und die dicke Schneeschicht würde noch tiefer werden. Seit zehn Tagen ritt er nun schon ostwärts. Es war eine beschwerliche Reise. In den ausgedehnten Wäldern gab es kaum Wege, darum musste er sich oft zwischen umgestürzten Bäumen und scharfkantigen Felsen hindurchkämpfen, um voranzukommen. Für Grane war das besonders anstrengend, seine Fesseln wiesen viele blutige Kratzer auf.

Wieder einmal kamen sie zu einer Senke, in der der Schnee fast kniehoch lag. Siegfried saß ab, um den ausgelaugten Hengst am Zügel hinter sich herzuziehen. Mensch und Tier waren erschöpft und stießen ihren Atem als dichte Wolken aus.

Mehr als einmal hatte er sich verirrt, denn die hohen Bäume standen so dicht, dass er die Sonne oft nur schwer ausmachen konnte, und anders als die in seiner Heimat verloren sie im Winter nicht ihre Blätter. Vielleicht hätte er sich doch auf ortskundige Führer verlassen sollen, aber das war ihm zu riskant gewesen. Wie leicht konnte jemand wegen der schweren Satteltasche, die er auf dem Rücken seines Schimmels mit sich trug, auf dumme Gedanken kommen.

Plötzlich hörte er die lauten Schreie von zwei Kindern, die im Schnee miteinander rangen. Die beiden etwa sechsjährigen Jungen waren gleich stark, keiner wollte nachgeben, und so kämpften sie verbissen gegeneinander, während sie sich Beleidigungen ins Ohr schrien. Beruhigend strich er Grane über die Nüstern. Spielende Kinder bedeuteten, dass es hier eine Ansiedlung gab, und das bedeutete Gefahr. Die Sachsen waren ein kriegerisches Volk, das nicht zögerte, Angehörige anderer Stämme, die sich auf ihrem Gebiet befanden, ohne Warnung anzugreifen, erst recht, wenn sie so viel Gold dabeihatten wie er.

Wachsam suchte er mit den Augen die Umgebung ab. Dann sah er den Schein eines Feuers, von dem dünner Rauch aufstieg. Er band Grane an einen Ast und näherte sich vorsichtig, bis er zum Rand einer Lichtung kam. Besorgt hörte er das Knirschen seiner Stiefel im Schnee und hoffte, dass ihn niemand bemerkte. Er zählte ein Langhaus und fünf kleinere Häuser, also musste er mit bis zu zwanzig waffenfähigen Männern rechnen.

Eine ältere Frau saß an dem Feuer, das er entdeckt hatte, und briet etwas, der Größe nach zu urteilen einen Hasen. Siegfried hatte genug gesehen, jetzt galt es, unbemerkt zu verschwinden. Doch als er sich umdrehte, standen plötzlich die beiden Jungen vor ihm, die inzwischen wieder beste Freunde waren. Sie waren so in ihr Gespräch vertieft, dass sie ihn erst jetzt wahrnahmen. Mit großen Augen starrten sie ihn an. War er ein Krieger eines verfeindeten Dorfes, der sie auskundschaftete? So schnell es im dichten Schnee ging, jagte Siegfried auf die beiden zu. Den dunkelhaarigen erwischte er schnell und klemmte ihn sich unter den linken Arm, während er ihm mit der Hand den Mund zuhielt. Verzweifelt zappelte der Kleine in seinem Griff, aber er konnte sich nicht losmachen.

Dann jagte Siegfried auch dem anderen nach. Der zweite Junge war nicht so leicht zu packen, weil er geschickt Haken schlug und der Xantener durch das Kind unter seinem Arm behindert wurde. Der Junge rief laut um Hilfe. Siegfried musste ihn schnell einfangen, denn je länger er schrie, desto größer war die Gefahr, dass jemand im Dorf aufmerksam wurde.

Doch dann trat der Junge gegen eine unter der Schneedecke verborgene Baumwurzel und kam ins Straucheln. Der Xantener erkannte seine Chance, entschlossen packte er sich den kleinen Sachsen. Erleichtert atmete er auf. Mit etwas Glück hatte ihn niemand bemerkt.

Plötzlich biss der andere Junge ihn in die Hand. Als Antwort drückte Siegfried ihn so fest gegen seinen Körper, dass seine kleinen Rippen zu brechen drohten. Der Junge rührte sich nicht mehr, er wusste, was passieren würde, wenn er sich weiter wehrte.

Siegfried legte die Kinder in den Schnee, die Hände weiter auf ihre Münder gepresst.

»Wenn einer von euch noch mal so etwas versucht oder schreit, töte ich ihn«, herrschte er sie an.

Die Jungen rührten sich nicht mehr, ihr Widerstand war gebrochen.

Plötzlich hörte er Geräusche aus der Richtung des Dorfes. Einige Frauen näherten sich. Er bedeutete den Jungen noch einmal, still zu sein. Hastig nickten sie.

Die Frauen suchten die Umgebung ab und riefen nach

den Kindern. Siegfried atmete auf, es schienen keine Krieger im Dorf zu sein. Wahrscheinlich waren sie bei der Jagd oder auf einem Raubzug.

Er ließ die Jungen los, die sofort in die Arme ihrer Mütter stürzten.

Dann stand er auf, langsam erhob er die Hände zum Zeichen, dass er nichts Böses plante.

»Ich wollte ihnen nichts tun, sie sollten mich nur nicht verraten«, erklärte er.

Zwei der Frauen blickten ihn misstrauisch an, aber Siegfried sah in den Augen einer jüngeren Frau, dass sie ihm glaubte. Sie war hübsch, hatte große Brüste, und ihre grüne Tunika lag enger an als die weiten Kleider der anderen.

»Man sagt, die Sachsen sind gegenüber Fremden nicht sehr freundlich, darum war ich lieber vorsichtig.« Er lächelte sie an.

Die Frau blickte ihm aufmerksam ins Gesicht, der stattliche Fremde gefiel ihr und seine Kleidung verriet, dass er ein Mann von Rang war.

Ihre Begleiterinnen beobachteten sie gespannt, die kleinere hatte einen spöttischen Ausdruck im Gesicht.

»Bist du nicht aus unserem Land?«, fragte die Sächsin, die er angesprochen hatte.

Ihre Sprache klang seltsam, aber nicht so fremd, dass er sie nicht verstehen konnte.

»Nein, ich komme aus Niederland«, antwortete er, während er seine Hände langsam senkte.

»Da hast du eine weite Reise hinter dir«, wunderte sie sich.

Siegfried machte einen Schritt auf sie zu. »Wenn ich dabei eine schöne Frau treffe, hat sie sich schon gelohnt.«

Sie lachte geschmeichelt. Die rauen Männer, die sie kannte, machten nicht so schöne Worte.

»Du bist doch bestimmt nicht meinetwegen gekommen, oder?«, fragte sie herausfordernd.

»Da hast du recht. Ich suche einen Schmied namens Rone. Kennst du ihn?«

»Ich weiß, wo du ihn finden kannst«, nickte die Sächsin. Sie wandte sich zu ihren Begleiterinnen.

»Es ist alles gut, geht ruhig schon zurück, ich komme gleich nach.«

Die Frauen zögerten kurz, dann trotteten sie zurück zum Dorf.

»Du wirst müde sein von der langen Reise«, sagte sie. »Ich heiße Gelsa. Du kannst in meinem Haus rasten und etwas essen, während ich den Weg erkläre.«

Siegfried überlegte, bei der Art, wie sie ihn ansah, war offensichtlich, dass sie ihn nicht nur zum Essen einlud. Eigentlich hatte er auch gar nichts dagegen, sie gefiel ihm. Doch er hatte bemerkt, wie sie seine Satteltasche sehr interessiert gemustert hatte, da wollte er lieber kein Risiko eingehen.

»Das klingt sehr verlockend, aber ich bin in Eile«, bedauerte er. »Kannst du mir den Weg vielleicht auch hier beschreiben?«

Gelsa sah ihn verblüfft an. Es passierte nicht oft, dass ein Mann sie abwies.

»Na schön, dann werde ich dir den Weg in aller Eile erklären. Aber pass gut auf, denn *ich* habe keine Zeit, es zweimal zu tun«, schmollte sie.

◆◆◆

Ganz so nah, wie Gelsa gesagt hatte, war es nun doch nicht, dazu wurde das Vorankommen immer mühsamer, je weiter er in den Suavawald vordrang. Manchmal musste er steile Hänge hinaufsteigen, deren lockeres Gestein unter seinen Füßen wegbrach und geräuschvoll nach unten rutschte, wobei es große Schneemassen mit sich riss. Schon längst war er abgestiegen, seinen entkräfteten Schimmel zog er am Zügel hinter sich her. Trotz des kalten Windes brach ihm der Schweiß aus.

Vor Jahren war er mit seinem Vater im mächtigen Südgebirge gewesen, dessen Bergspitzen ewigen Schnee trugen. Die Gipfel dort waren gewaltig, sie erstreckten sich bis in den Himmel, wo sie in dichten Wolken verschwanden. Diese Berge hier waren nicht so hoch, aber manche Felsen waren so schmal und ragten so steil auf, dass er das Gefühl hatte, sie könnten jeden Moment über ihm zusammenbrechen.

Endlich erreichte Siegfried ein Haus, auf das die Beschreibung passte, die Gelsa ihm gegeben hatte. Es war eine schmucklos zusammengezimmerte verwitterte Kate mit einem kleinen Verschlag davor. Auf der anderen Seite des Häuschens pickten einige Hühner im Schnee herum. Im ganzen Umkreis gab es keine andere Hütte, das musste der richtige Ort sein. Er hörte die schweren Schläge eines Hammers, der ein ums andere Mal auf den Amboss traf.

Er band Grane an den Verschlag, lud sich seine Satteltasche auf die Schulter und schlich behutsam an das Haus heran. Der Suavawald lag im Grenzgebiet der Thüringer und Sachsen, wo es immer wieder zu Auseinandersetzungen kam, daher war es ratsam, vorsichtig zu sein. Wie leicht konnte man ihn für einen Feind halten.

Als er sich der halb geöffneten Tür näherte, sah er den Rücken eines hochgewachsenen Mannes, der sich prüfend über ein rot glühendes Stück Eisen beugte. Anscheinend arbeitete er gerade an einem Kurzschwert. Sein hellblondes Haar hatte er zu einem Zopf zusammengebunden, der ihm bis weit über die Schulter fiel. Die derbe Lederschürze, die er über seiner dunklen Tunika trug, war an einigen Stellen angesengt, anscheinend benutzte er sie schon länger. Im Halbdunkel der Hütte konnte Siegfried nicht sehr viel erkennen, doch ihm fiel auf, dass der Schmied breite Schultern hatte, aber oberhalb der Hüften ungewöhnlich schlank war.

Jetzt bemerkte ihn der Mann und wandte sich zu ihm um. Vor Erstaunen riss Siegfried die Augen weit auf. Vor ihm stand eine Frau, und als sie auf ihn zukam, war er wie gebannt. Ihre großen grauen Augen musterten ihn aufmerksam, während sie sich mit der Hand eine Haarsträhne zurückstrich, die sich gelöst hatte. Das längliche Gesicht wurde von hohen Wangenknochen umrahmt. Ihr Gang war geschmeidig wie der einer Tänzerin, und wenn sie ihre Arme bewegte, spielten die Muskeln unter der Haut.

Siegfried schluckte verwirrt. Rone war eine Frau, und noch dazu die schönste, die er jemals gesehen hatte.

»Was stehst du so unentschlossen in der Tür? Komm herein und sag mir, was dich zu mir führt«, forderte sie ihn auf.

Ihr Tonfall war freundlich, doch der wache Blick verriet, dass sie auf der Hut war.

»Nun, ich …«

Plötzlich stießen ihn drei bewaffnete Männer ungestüm zur Seite und traten in die Hütte. Ohne Rone oder Siegfried zu beachten, begannen sie, die Waffen zu untersuchen, die auf dem groben Holztisch lagen oder an den Wänden hingen. Der Xantener wich bis an die Wand zurück. Er erweckte den Eindruck, als ob er von den wild aussehenden Kriegern eingeschüchtert war und sich so klein wie möglich machen wollte. Doch in Wahrheit witterte er eine Gelegenheit, die schöne Schmiedin zu beeindrucken.

Den Männern gefiel die Ware. Schwerter, Speere, Dolche, Streitäxte, alles war beste Arbeit.

Rone betrachtete die Krieger misstrauisch. Die gierige Art, in der sie die Waffen prüften, wirkte, als ob sie sie schon in Besitz genommen hätten.

Der erste Krieger, der einen ungepflegten struppigen Bart trug, drehte zufrieden den Griff einer wuchtigen Axt in seiner Hand.

»Du verstehst dein Handwerk«, befand er, während die anderen weiter die Waffen prüften. »Meine Kameraden Eckwin, Ulf und ich würden uns gerne einmal umsehen.«

»Mein guter Ruf gründet auf meinem Handwerk.« Rone ließ keinen der Männer aus den Augen. »Und wer bist du?«, fragte sie den ersten Krieger.

»Ich bin Sarolf«, erwiderte er, ohne zu überlegen, also war es wohl sein richtiger Name.

Eckwin, dem eine breite Narbe quer über die Wange lief, hielt sich begeistert einen silbern glänzenden Schuppenpanzer vor die Brust.

»Der passt mir doch gut, oder?«, lachte er.

Ulf, ein untersetzter Mann mit schütterem dunkelblondem Haar, hatte sich einen Dolch genommen und führte einen schnellen Stoß nach vorn aus.

»Der ist für mich, mein alter ist rostig geworden, damit kann man nicht mal mehr das vertrocknete Brot schneiden, das mir meine Frau abends vorsetzt«, verkündete er.

»Ihr kennt euch aus, das sind vortreffliche Waffen. Aber gute Ware hat ihren Preis. Könnt ihr sie denn auch bezahlen?«, fragte Rone und schaute die Männer erwartungsvoll an.

Eckwin und Ulf grinsten sich an, während Sarolf, der der Anführer zu sein schien, die Schneide der Axt in seiner Hand wie zufällig vor Rones Brüste hielt.

Siegfried glaubte zu erkennen, wie ihre Augen für einen Moment hell aufblitzten, aber es ging so schnell, dass er sich auch getäuscht haben konnte. Er bewunderte den Mut der Schmiedin, aber er fürchtete, das würde ihr nicht viel nützen.

»Traust du uns etwa nicht? Es gehört sich nicht, so mit Männern von Ehre zu reden«, knurrte der Krieger, der seine Axt immer noch auf Rone richtete.

»Besonders nicht, wenn sie so schön ist wie du. Da könnten wir leicht die Beherrschung verlieren«, mischte sich Eckwin ein und setzte den Panzer ab.

Siegfried konnte nicht länger warten, entschlossen griff er zu seinem Schwert. Die Eindringlinge bemerkten es nicht, weil sie mit dem Rücken zu ihm standen. Als die Schmiedin ihn sah, bedeutete sie ihm mit Gesten und rollenden Augen, dass er es wieder in die Scheide stecken sollte.

Widerwillig nahm er die Hand von der Klinge. Was hatte das zu bedeuten, glaubte sie etwa, sie könnte die Krieger noch besänftigen?

»Wenn ihr die Waffen wollt, zahlt den gerechten Preis für sie. Wenn nicht, verlasst mein Haus«, erklärte sie mit fester Stimme.

Die Krieger schauten sie finster an.

»Die ist aber unverschämt«, grollte Ulf.

»Kommt, wir gehen, ich glaube, wir sind hier nicht willkommen«, entschied Sarolf und steckte sich die Axt hinter seinen breiten Gürtel.

Doch mit einer blitzschnellen Bewegung machte Rone einen Satz nach vorn und riss das Beil an sich.

Verblüfft schauten die Krieger sich an.

»Bei Thunar, du nimmst dir zu viel heraus!«, schrie Sarolf, während er wütend sein Schwert zog.

Aber wieder bewegte sich Rone mit unglaublicher Schnelligkeit, sie griff sich eine Klinge, die auf dem Tisch lag, und blockte damit seinen Schlag ab, während sie ihm gleichzeitig so heftig vor die Brust trat, dass er hintenüberstürzte.

Die anderen beiden zogen nun ebenfalls ihre Schwerter und drangen auf die Schmiedin ein. Siegfried zückte seine Klinge, aber wieder bedeutete sie ihm, er solle sich nicht einmischen. Kopfschüttelnd tat er es. Wenn sie glaubte, sie brauche seine Hilfe nicht, dann war das ihre Sache. Andererseits hatte er das Gefühl, sie wusste, was sie tat.

Die Männer bewegten sich langsam zu ihren Seiten; sie wussten nun, wie geschickt die Schmiedin als Kämpferin war, darum waren sie vorsichtig. Inzwischen hatte sich der Anführer wieder aufgerappelt. Rone wusste, dass sie sich nicht in die Enge treiben lassen durfte, also täuschte sie einen Ausfall nach links an, aber als Eckwin ihren Schlag abwehren wollte, griff sie plötzlich Sarolf an. Doch dem gelang es, nach hinten auszuweichen; Rone sah Ulfs Schwert heransausen, sie duckte sich, während sie gleichzeitig zustieß und ihn am Knie traf. Mit einem Aufschrei stürzte er zu Boden.

Herausfordernd sah die Schmiedin die anderen beiden an.

»Na, ihr tapferen Krieger, hat euch der Mut verlassen?«, höhnte sie.

Sarolf und Eckwin blickten sich unschlüssig an, während Ulf zu ihren Füßen ächzend sein stark blutendes Bein untersuchte.

»Vorwärts, tötet sie!«, rief er. »Worauf wartet ihr noch?«

Die Krieger sprangen gleichzeitig vor. Sarolf setzte zu einem Hieb gegen ihre rechte Schulter an, während Eckwin mit hocherhobenem Schwert Rones Kopf angriff. Doch wieder war die Schmiedin schneller. Sie wehrte zunächst Sarolf ab, dann wirbelte sie herum, unterlief Eckwins Klinge und stieß ihm ihr Schwert in den Leib.

Entsetzt sah Sarolf auf das Blut, das aus der Wunde seines sterbenden Kameraden spritzte, dann packte er den Arm des verwundeten Eckwin und schleppte sich mit ihm aus der Hütte.

Mit stolz erhobenem Kopf blickte Rone ihnen nach.

Lächelnd trat Siegfried auf sie zu.

»Wie ich gesehen habe, brauchtest du meine Hilfe wirklich nicht. Jetzt verstehe ich, warum du es dir leisten kannst, an diesem abgelegenen Ort eine Schmiede zu führen.«

»Deine Bereitschaft, einzugreifen, ehrt dich, aber ich wollte nicht, dass du in Gefahr gerätst«, erwiderte sie.

»Ich in Gefahr? Ein paar hergelaufene Wegelagerer können Siegfried von Xanten nicht in Gefahr bringen!«, rief Siegfried empört aus.

»Siegfried von Xanten? Den Namen habe ich nie gehört«, entgegnete Rone unbeeindruckt.

Er musste sich bezwingen, um nicht die Beherrschung zu verlieren. Das konnte doch wohl nicht wahr sein! In allen Hallen landauf, landab sang man Lieder über ihn. Und sie hatte noch nie von ihm gehört?

»Ihr lebt wirklich sehr zurückgezogen hier im Suavawald«, erwiderte er schließlich.

»Da hast du recht«, stimmte sie zu. »Vieles, was die Menschen in den flacheren Ländern treiben, bleibt uns verborgen, und wenn wir dann schließlich doch von ihren Taten erfahren, so erst mit großer Verzögerung.«

Siegfried gefiel der dunkle Klang ihrer Stimme, sie wirkte kraftvoll und ruhig zugleich.

»Aber *ich* habe von dir und deiner Schmiedekunst gehört«, sagte er.

Rone blickte auf den toten Eckwin, der in einer großen Blutlache auf dem Boden lag, in die sich nun geschmolzener Schnee mischte, der von seinem Kettenhemd heruntertropfte.

»Da liegt ja der vorlaute Krieger, der meinte, ehrenvolle Männer wie er könnten bei schönen Frauen leicht die Beherrschung verlieren.«

Sie spuckte verächtlich auf ihn, dann packte sie die Leiche an einem Bein.

»Nun, jetzt hat er sein Leben verloren«, sagte sie leichthin.

Damit zog sie ihn aus der Tür.

Siegfried fiel ihre enorme Stärke auf, Eckwin war ein schwergewichtiger Mann, aber sie bewegte ihn so leicht, als wäre er ein leerer Sack.

Als die Schmiedin wieder zurückkam, blickte sie Siegfried nachdenklich an.

»Dann hast du also einen Auftrag für mich.«

»So ist es und anders als die Unglücklichen, die dich angegriffen haben, kann ich auch bezahlen«, versicherte er.

Rone schaute an ihm vorbei in den Himmel, die Sonne stand bereits ziemlich tief. »Ich habe noch viel zu tun, darum geh nun. Unten im Tal ist ein Gasthaus, dort kannst du einkehren«, erklärte sie.

Siegfried starrte sie verblüfft an. »Aber du weißt doch noch gar nicht, was ich begehre!«

»Komm am Morgen in die Halle unserer Königin Brunhild am Ilsenstein, da kannst du alles besprechen«, entgegnete Rone ruhig.

»Aber warum soll ich dorthin gehen? Ich will doch etwas von dir, nicht von deiner Königin!«, rief Siegfried erstaunt.

»Nur Geduld, es wird sich alles finden«, lächelte die Schmiedin, während sie ihn sanft zur Tür hinausdrängte.

Verwirrt ging Siegfried auf Grane zu, der ihn wiehernd begrüßte. Der Schimmel freute sich bestimmt schon darauf, von diesem nebligen und kalten Ort verschwinden zu können. Während er sein Pferd durch den tiefen Schnee talwärts führte, dachte er über seine seltsame Begegnung mit Rone nach. Wie außergewöhnlich sie war! Er hatte noch nie von einer Frau gehört, die Eisen schmiedete. Die Kraft dazu besaß sie, das hatte er gesehen. Und sie verstand ihr Handwerk; nicht ohne Grund kannte niemand einen besseren Schmied als sie.

Seine Gedanken wanderten zum morgigen Tag. Dann sollte er die Königin vom Suavawald kennenlernen. Aber warum? Warum schickte ihn Rone zu ihr? Was hatte sie damit zu tun, dass er sich neue Waffen besorgen wollte? Er war gespannt auf die Königin. Wer weiß, vielleicht hatte ein Land, das eine berühmte Schmiedin beherbergte, eine ebenso bemerkenswerte Königin.

Sein Blick fiel auf die goldene, mit Edelsteinen besetzte Spange, die seinen Umhang zusammenhielt. Es war eine hervorragende Arbeit römischer Goldschmiede, die Rapold ihm geschenkt hatte. Ein kalter Windstoß traf ihn, darum zog er den blauen Mantel fester um sich. Er fragte sich, ob die sonnenverwöhnten Römer wohl jemals in diese raue Gegend vorgedrungen waren.

Dann dachte er wieder an Rone. Ihm war, als könnte er ihre dunkle Stimme hören, die genauso ungewöhnlich war wie alles andere an ihr. Er erinnerte sich noch gut daran, wie sie mit den Eindringlingen umgesprungen war! Sie kämpfte mit der Geschmeidigkeit eines jungen Rehs und der Kraft einer wilden Stute. Und dazu ihr Aussehen, er ahnte, dass er heute Nacht von ihren durchdringenden grauen Augen träumen würde.

4

Ein eisiger Wind pfiff über die Zelte der erschöpften Legionäre hinweg, die nun endlich etwas ausruhen konnten. Aus dem grauen Himmel schwebten ab und zu einige weiße Flocken zu Boden und verloren sich in einer dichten Schneedecke, die innerhalb des Lagers zu einem schmierigen Morast von Schneematsch und aufgewühltem Erdreich wurde. Nur selten durchbrach ein Sonnenstrahl die düsteren Wolken.

Während die meisten ihrer Kameraden in ihren klammen Zelten Zuflucht vor der Kälte suchten, saßen vier Soldaten um ein wärmendes Feuer herum und vertrieben sich die Zeit mit Würfelspielen. Sie harrten lieber im frischen Wind aus, statt sich von der feuchtkalten Luft unter den ledernen Zeltplanen den Atem nehmen zu lassen. Fest in ihre wollenen Mäntel gehüllt, blickten sie träge auf den wackligen Tisch in ihrer Mitte, auf dem die Würfel tanzten.

Winterfeldzüge in Germanien waren immer hart. Schnee, Kälte und Krankheiten waren ständige Begleiter der Legionäre. Missmutig blinzelte Quintus in die hinter einem dichten Dunstschleier kaum sichtbare blassgelbe Sonne. Sein volles Gesicht mit den breiten Backenknochen wurde noch einen Deut mürrischer. Bald würde die Sonne untergehen, hier im Norden versank sie um diese Jahreszeit schon früh hinter dem Horizont, dann würde wieder eine der ungeheuer langen Winternächte beginnen, die ihn so träge werden ließen, dass er am nächsten Morgen am liebsten gar nicht wieder aufstehen wollte. Fröstelnd nahm er einen Schluck aus seinem Becher mit heißem Wein, den sie zur Feier des Sieges erhalten hatten.

Quintus blickte auf einige großgewachsene Legionäre, die lachend um ein Feuer herumstanden und sich auf Gotisch unterhielten. Den Barbaren machten diese Bedingungen weniger aus als ihren Kameraden aus südlicheren Regionen, sie waren daran gewöhnt. Mittlerweile bestand der Großteil der Legionen aus Barbaren, zumeist Germanen. Soldaten aus Italien oder gar Rom wurden mehr und mehr zu einer Minderheit in der römischen Armee.

Das lag zum einen daran, dass nun mehr Kriege geführt wurden als früher. Es war sehr gefährlich geworden, Legionär zu sein. Seitdem die von den Hunnen aus ihren Siedlungsgebieten vertriebenen Goten die Donau überschritten hatten, setzten sich mehr und mehr Stämme in Bewegung und versuchten auf römischem Territorium Land zu erobern. Hatte es vorher nur vereinzelt Vorstöße von Barbaren ins Reich gegeben, so reihte sich nun ein Einfall an den anderen. Manchmal waren es auch koordinierte Angriffe von mehreren Stämmen, die gleichzeitig an verschiedenen Orten eindrangen, damit die Verteidiger gezwungen waren, ihre Kräfte aufzuteilen. Somit war die Gefahr, bei einem der vielen Feldzüge tot auf dem Schlachtfeld zurückzubleiben, sehr groß geworden, was die Rekrutierung neuer Legionäre aus Italien nicht eben erleichterte.

Dagegen wurde die Zahl der Barbaren in den Legionen immer größer. Sie verpflichteten sich gern in der Armee, denn dort bekamen sie regelmäßig Sold und hatten das Recht, nach Beendigung ihrer Dienstzeit innerhalb der Grenzen des Imperiums Grund und Boden zu erwerben. Viele zogen das bequeme Leben im römischen Reich dem raueren in ihrer Heimat vor, wo ihre Stammesbrüder und -schwestern sich ihre zugigen Behausungen aus Holz und Lehm mit dem Vieh teilten, während sie selbst in bequemen steinernen Häusern mit fließendem Wasser wohnten. So kam es, dass bei den Kriegen des Imperiums oft Barbaren gegen Barbaren kämpften, die gelegentlich sogar demselben Stamm angehörten.

Doch bei diesem Feldzug brauchte Quintus zur Abwechslung einmal nicht gegen Eindringlinge von außerhalb des Reiches zu kämpfen. Der Krieg gegen die Bagauden war anders als alle Feldzüge, an denen er bisher teilgenommen hatte. Die aufständischen Bauern, die sich zu räuberischen Horden zusammengeschlossen hatten, stellten sich nicht einer offenen Feldschlacht, darum musste jede dieser Banden einzeln verfolgt und zur Strecke gebracht werden.

Quintus hasste die Bagauden nicht, auch wenn sie der Grund dafür waren, dass er nun die Strapazen eines anstrengenden Winterfeldzugs auf sich nehmen musste. Er hatte früher selbst auf dem Feld gearbeitet, daher wusste er, wie rücksichtslos viele Grundbesitzer ihre Bauern ausbeuteten und wie grausam sie ihre Landarbeiter bestraften, wenn sie sich über Missstände beschwerten. Deshalb konnte er verstehen, dass sie sich auflehnten.

Doch nun war er Soldat, also war es seine Aufgabe, sie zu

töten. Und hier bei Aelia Augusta, einer der ältesten Städte Germaniens, war es endlich gelungen, die letzten von ihnen zu besiegen. Die Überlebenden der Schlacht würden zur Abschreckung hingerichtet werden, doch wenn sich nichts an den miserablen Lebensbedingungen der Bauern änderte, dürfte es bald wieder zu neuen Aufständen kommen.

Quintus hob neugierig den Kopf, als ein schlanker Mann mit einem purpurfarbenen Mantel und einem weißen Schal um den Hals sich durch die nassen Zelte hindurch auf sie zubewegte. Die Schritte seiner von schmutzigem Schnee bedeckten Stiefel waren fest und sicher; ein Mann, der es gewohnt war, dass andere ihm Respekt entgegenbrachten.

Als er näher kam und Quintus die eng stehenden Augen, die kräftige Nase und den entschlossenen Zug um den schmallippigen Mund sah, schluckte er nervös.

»Achtung, der Heermeister«, raunte er, stand hastig auf und hob salutierend den rechten Arm. Seine Kameraden sahen ihn überrascht an, dann erkannten sie Aetius, hektisch salutierten sie ebenfalls, wobei der untersetzte Vitus ungeschickt gegen den kleinen Tisch trat, so dass Weinbecher und Würfel in den mit Schlamm durchmischten Schnee fielen.

Aetius lächelte die Männer freundlich an, während er ohne Hast den Tisch wieder aufstellte. Quintus räumte eilig die Sachen weg, die auf den Boden gefallen waren, und füllte die Becher erneut mit Wein.

Der Oberbefehlshaber der römischen Armee in Gallien ließ einige Augenblicke verstreichen. Anscheinend genoss er die Verwirrung, die sein plötzliches Erscheinen ausgelöst hatte.

»Darf ich mich zu euch setzen, Legionäre?«, fragte er dann.

»Natürlich, General«, antwortete Octavius schnell, während er eilig die Kapuze seines Mantels herunternahm.

Cornelius, dessen krauses schwarzes Haar sich schon stark lichtete, reichte Aetius einen Becher erhitzten Weines, den dieser mit einem dankbaren Blick annahm.

Dann sah er den Männern fest in die Augen. »Legionäre, wir haben hier einen großen Sieg errungen. Nicht unseren größten, die Bagauden waren schließlich nur hergelaufene Banditen, aber einen wichtigen, denn wir haben unmissverständlich klargemacht, was es bedeutet, sich Rom zu widersetzen.«

Die Soldaten nickten schweigend, während Aetius weitersprach.

»Wir haben hier als Römer zusammen gekämpft und gesiegt für Rom.« Aetius blickte für einen Moment auf die im starken Wind heftig flatternde Standarte mit dem goldenen Drachenkopf, dann schaute er wieder eindringlich zu den Soldaten. »Ich frage euch, sollte es nicht immer so sein?«

Quintus hatte den Eindruck, als spreche Aetius ebenso zu sich selbst wie zu den Soldaten, als ob er sich selbst von etwas überzeugen musste. »Jawohl, zusammen für Rom«, hörte er sich im Chor mit seinen Kameraden antworten.

Der Feldherr fasste ihn energisch an beiden Schultern.

»Aber dennoch verlasse ich mich bei meinen Kriegen immer wieder auf Bundesgenossen. Ich frage euch, ist das richtig?«, sagte er eindringlich und blickte dabei von einem zum anderen.

Die Legionäre schauten sich verlegen an.

Aetius verstand, wie die Männer sich fühlten. Mit einem bitteren Zug um den Mund nahm er einen Schluck von dem heißen Wein, der bei dieser Witterung so wohltat.

»Vielleicht habt ihr davon gehört, dass zwei unserer Verbündeten, die Burgunder und die Hunnen, sich nahe dem Rhein gegenseitig abgeschlachtet haben«, fuhr er fort, während er mit gerunzelter Stirn eine geplatzte Naht an einem seiner Stiefel betrachtete. »So etwas ist nicht zum ersten Mal passiert. Die Barbaren halten sich einfach nicht an Vereinbarungen, die wir mit ihnen getroffen haben, sondern machen, was sie wollen.«

Sein Hals war rau geworden und schmerzte, er würde vor dem Schlafengehen wohltuende Kräuter inhalieren. Vielleicht war es noch früh genug, einer Erkältung vorzubeugen.

»Meine Gegner, vor allem Galla Placidia und Bonifacius, werfen mir vor, ich würde mich zu sehr auf meine Bundesgenossen verlassen. Sie sagen, die Kriege Roms sollten nur von römischen Soldaten geführt werden, denn nur diese seien vertrauenswürdig.« Er blickte erneut auf die Legionäre an seinem Tisch. »Haben sie recht?«, fragte er leise. »Ist es falsch, wenn ich Barbaren für Rom kämpfen lasse?«

Erwartungsvoll lehnte er sich zurück und blickte auf seine Soldaten. Jetzt war es an ihnen zu sprechen. Er war gespannt auf ihre Antwort.

Ein Mann in einem fleckigen Mantel trat aus einem Zelt, erschrocken erkannte er Aetius, worauf er sich hastig wieder in seine Behausung zurückzog.

Schließlich räusperte sich Vitus. »Wir sind nur einfache Soldaten, General. Es gibt bestimmt verständigere Leute als uns, die diese Frage beantworten können.«

Aetius schüttelte betrübt den Kopf. »Meine Offiziere und Berater sind mir in dieser Frage keine Hilfe. Sie sagen bei allem, was ich tue, dass ich ein untrügliches Gespür dafür hätte, immer das Richtige zu tun, und preisen meine Weisheit. Sie glauben, wenn sie mir schmeicheln, würde ich sie befördern, darum behalten sie ihre wahre Meinung für sich.«

Einige Augenblicke lang hörte man nur, wie der scharfe Wind über die Zelte pfiff.

»Was bleibt dir anderes übrig, Feldherr?«, erwiderte Quintus schließlich. »Wie willst du denn mit unseren Landsleuten Krieg führen? Viele Römer lesen doch nur noch die Schriften von blutleeren Gelehrten und diskutieren über philosophische Spinnereien, während sie sich in ihren warmen Bädern entspannen und über geheizte Fußböden wandeln. Was glaubst du, wie lange die es in einem germanischen Winterlager aushalten würden?«

»Philosophie und Literatur haben einen großen Wert, ich selbst schätze sie sehr«, erwiderte Aetius, während er Quintus wohlwollend die Hand auf den straffen Oberschenkel legte.

»Darum bist du solch ein Segen für Rom, General«, rief Octavius begeistert aus. »Wer wie du die Tugenden eines überragenden Geistes mit denen eines glänzenden Soldaten in sich vereint, der hat wahre Größe!«

Aetius' Miene blieb freundlich, auch wenn ihn solche Schmeicheleien verärgerten.

»Ganz ruhig bleiben, Lobgesänge will der Heermeister nicht hören, deshalb redet er doch gerade mit uns«, bremste Vitus die Begeisterung seines Kameraden

Quintus nahm seinen Faden wieder auf. »Die Barbaren

haben Mut und Ehrgefühl im Überfluss, während es den meisten Römern daran fehlt. Wir sollten froh sein, wenn sie an unserer Seite kämpfen.«

»Wenn sie nur mehr Disziplin hätten«, stöhnte Cornelius. »Wie oft haben sie sich schon gegen uns gestellt, weil ihnen andere törichte Versprechungen gemacht haben, bei denen selbst ein Säugling gewusst hätte, dass sie nicht eingehalten werden würden.«

»Oder aber ihre Seher erkennen böse Vorzeichen, und sie stellen von einem Moment auf den anderen das Kämpfen ein, so dass du plötzlich Hunderte von Männern weniger hast«, stimmte Vitus zu.

»Die vielen Götter, an die sie glauben, machen es auch nicht einfacher, mit ihnen umzugehen«, stöhnte ein Legionär.

»Na ja, es ist gar nicht lange her, da hatten wir auch noch so viele Götter«, schränkte Quintus ein.

Aetius blickte mit zerfurchter Stirn von einem zum andern. »Wie ich sehe, bewegen euch die gleichen Gedanken wie mich, ihr habt dazu genauso wenig eine klare Meinung wie ich selbst.«

Sein Blick fiel auf einige hölzerne Übungsschwerter, die zusammengestellt neben einem Bottich mit dreckigem Wasser standen.

Er stand auf und näherte sich den Waffen.

»Genug geredet. Sagtet ihr nicht, ihr habt mehr Schneid als die Weichlinge in Rom?«

Er packte eines der Übungsschwerter, worauf er es ein paarmal in der Luft herumwirbelte.

»Wer ist bereit, gegen mich zu kämpfen?«, fragte er herausfordernd.

»Ich wage es!«, rief Quintus, während er sich ebenfalls eine der Übungswaffen griff.

»Dann los, aber ich muss dich warnen, versuche nicht, mich zu schonen, sonst wird dein Urlaub in Tarentum gestrichen«, erwiderte der Heermeister grimmig.

Der muskulöse Quintus, der einen halben Kopf größer war als sein Gegner, sah ihn erstaunt an. »Woher weißt du, dass ich aus Tarentum bin?«

Aetius schmunzelte. Er kannte keinen anderen General, der so viel über seine Soldaten wusste wie er. »Ebenso wie Caesar bin ich stolz darauf, meine Männer gut zu kennen«, sagte er, während er in Angriffsstellung ging. »Nun verteidige dich; Legionär!«, rief er und drang mit erhobenem Schwert auf Quintus ein.

Der knapp dreißigjährige Soldat galt als einer der besten Kämpfer seiner Kohorte, deshalb war er zuversichtlich, den zehn Jahre älteren Aetius besiegen zu können. Doch der General attackierte pausenlos. Quintus hatte kaum einmal eine Möglichkeit, einen eigenen Angriff zu starten, so sehr war er damit beschäftigt, die Schläge seines Gegners abzuwehren, die von oben und unten, von links oder von rechts, auf ihn einprasselten.

Aetius genoss diesen Kampf, er liebte es, seinen Legionären zu zeigen, dass er nicht nur ihr kommandierender Offizier, sondern auch ein ausgezeichneter Schwertkämpfer war.

Inzwischen waren die Soldaten in den umliegenden Zelten durch das dumpfe Geräusch der gegeneinanderschlagenden Übungswaffen aufmerksam geworden, sie kamen heraus und bildeten einen Ring um die Kämpfenden. Nach der ersten Überraschung, als sie plötzlich ihren Feld-

herrn unter sich erkannten, feuerten sie die Gegner lautstark an, gebannt verfolgten sie das Duell.

Quintus' Arm begann zu erlahmen, er sah deutlich die
dichten Wolken, die sein Atem beim Ausatmen in der
kalten Luft bildete, während Aetius noch keinerlei Ermü-
dungserscheinungen zeigte. Aber endlich bot sich ihm eine
Gelegenheit. Bei einem weiten Ausfall, den Quintus mit
einem kräftigen Schlag gegen das Holz seines Gegners pa-
riert hatte, geriet der Feldherr ins Straucheln. Schnell stieß
Quintus zu. Doch Aetius hatte damit gerechnet, gewandt
machte er einen Schritt zur Seite und drückte seinem
Gegner die Waffe zwischen die Rippen.

Der General lächelte stolz, dann schaute er dem Soldaten in die Augen. »Du bist ein guter Krieger, aber wenn
ich ein Feind wäre, wärst du jetzt tot. Übe dich weiter
im Schwertkampf, damit dir so etwas nicht noch einmal
passiert«, mahnte er ernst.

Damit stellte er die Übungswaffe wieder zu den anderen
und verließ die Legionäre, die ihm ehrfürchtig nachblick-
ten.

Es dauerte eine Weile, bis einer von ihnen etwas sagte.

»Er ist der beste General, den ich je hatte«, erklärte Octavius mit Nachdruck, während Aetius zwischen den mit
Schnee verkrusteten Zeltreihen immer kleiner wurde und
schließlich ganz verschwand.

»Darum nennt man ihn den letzten Römer. Er ist der
Einzige, der das Erbe von Marius, Caesar oder Trajan
noch aufrechterhält«, pflichtete Cornelius ihm bei, bevor
er einen weiteren Schluck Wein nahm, der allerdings inzwischen kalt geworden war.

»Trotzdem habe ich bei ihm ein ungutes Gefühl. Ich traue

niemandem, der sich mit den Hunnen so gut versteht, sie sind wahre Teufel«, wandte einer der Soldaten ein, die der Lärm des Kampfes angelockt hatte.

Langsam verlief sich die Menge. Fröstelnd verschwanden die Männer wieder in ihren Zelten.

»Hast du sie lieber auf unserer Seite oder als Feind?«, fragte Quintus, während er begann, die Würfel in den Becher zu packen. Es hatte zu schneien begonnen, Zeit, sich zurückzuziehen.

»Ich glaube einfach nicht, dass man sich auf sie verlassen kann, das ist alles«, beharrte der Legionär, der sich ebenfalls erhob.

»Aetius schwört auf sie. Sie sind seine treuesten Verbündeten«, meinte Cornelius, der sich beim Aufstehen seine wollene Hose glatt strich. Er mochte dieses Beinkleid der Barbaren, bei dieser Witterung war es genau das Richtige.

»Sie sind bestimmt zuverlässiger als die germanischen Stämme«, fand Octavius und nahm den kleinen Tisch auf, an dem sie gesessen hatten. »Da gibt es doch so oft Streitigkeiten, bei denen sie sich aus nichtigen Gründen gegenseitig umbringen. Und ihre Familien nehmen dann Rache, was wiederum weitere Vergeltung nach sich zieht.« Er spuckte verächtlich aus. »Bei denen weißt du wirklich nie, was kommt.«

Der Legionär, der vorhin schnell in sein Zelt geflüchtet war, als er Aetius erkannte und erst wieder herauskam, als die Zahl an Soldaten, die dem Kampf zwischen dem Heermeister und Quintus zusahen, immer weiter anwuchs, wandte sich neugierig an Vitus. »Was wollte der Feldherr denn hier?«

»Er suchte Rat für seine Politik«, erwiderte dieser knapp.

Der Mann blickte ihn einen Moment erstaunt an, dann lachte er laut los. »Der Wein hat dir wohl das Gehirn vernebelt«, erwiderte er kopfschüttelnd, bevor er zu seinem Zelt zurückkehrte.

•••

Schwer atmend betrachtete Siegfried den verschneiten Pfad, den er hinaufgekommen war. Er war es nicht gewohnt, sich durch tiefen Schnee steile Anstiege emporzukämpfen. Aber wenigstens hatte der anstrengende Marsch seine Muskeln gelockert, die nach der Nacht in dem unbequemen Bett des Gasthauses ziemlich verspannt gewesen waren.

Dann blickte er noch einmal auf die königliche Halle vor sich. Er war nicht sehr beeindruckt. Sie unterschied sich kaum von den anderen sächsischen Häusern, die er auf seinem Weg in den Suavawald gesehen hatte. Ein schmuckloses hölzernes Langhaus, bedeckt von einem Dach aus getrocknetem Gras. Nur über dem großen Eingangstor gab es einige Schnitzereien, die Männer bei der Jagd zeigten. Im Hintergrund sah er einige nackte Felsen, das musste wohl der Ilsenstein sein.

Vor dem breiten Portal stand eine magere alte Frau in einer weiten schwarzen Tunika, die im böigen Wind heftig flatterte. Auf der Stirn war das Zeichen von Kaunaz mit blauer Tinte eintätowiert. Ihre offenen eisgrauen Haare wehten ihr aus dem Gesicht und zeigten Wangenknochen, die so scharfkantig wirkten, als ob sie die faltige Haut darüber sprengen wollten. Die schwarz geschminkten Augen blickten ihn unbewegt an.

»Bist du Siegfried von Xanten?«, fragte sie ihn mit versteinerten Gesichtszügen, als der Xantener sich dem Tor näherte.

»Der bin ich«, antwortete er mit dem gleichen Ernst.

»Dann komm mit, Königin Brunhild erwartet dich.«

Ohne ein weiteres Wort wandte sie sich um und ging in die düstere Halle, die kaum Fenster hatte. Wenigstens brannten einige Fackeln, so dass er nicht über die kleinen Bänke stolperte, die in seinem Weg standen. Schweigend gingen sie an einigen langen Tischen vorbei. An den Wänden und unter dem Dach hingen runde Schilde mit verschiedenen Bemalungen, dazwischen Geweihe von kapitalen Hirschen oder Schädel von mächtigen Keilern.

Sie näherten sich dem hinteren Bereich der Halle, wo sich ein mit Bernstein besetzter hölzerner Thron befand. Er war so aufgestellt, dass die Königin ihnen den Rücken zuwandte, Siegfried sah nur ihre langen blonden Haare, die locker über eine dunkelblaue Tunika fielen.

Warum zeigte sie sich ihm nicht? War dies ihre Art, Untergebenen ihren höheren Rang kundzutun? Verärgert sah Siegfried sich um, außer ihnen dreien war sonst niemand in der Halle.

Dann erhob sie sich langsam und wandte sich zu ihm um. Erstaunt riss er die Augen auf, er war wie vom Donner gerührt, vor ihm stand Rone, die Schmiedin!

Sie weidete sich an seiner Überraschung. Siegfried von Xanten, natürlich hatte sie gelogen, als sie sagte, sie habe noch nie von ihm gehört. Auch in den Suavawald kamen Barden aus fernen Ländern und sangen ihre Lieder über große Helden und ihre Taten. Doch sein stolzer Blick und seine selbstsicheren Bewegungen verrieten ein großes

Selbstbewusstsein, vielleicht sogar ein bisschen zu viel davon. Da konnte sie nicht widerstehen.

Sie musterte ihn genau. Er war ungewöhnlich groß und wirkte enorm kräftig. War er der Mann, an dem sich die alte Prophezeiung erfüllen sollte?

»Du bist eine Königin und keine Schmiedin«, sagte Siegfried leise.

»Ich bin beides«, lächelte Brunhild.

Siegfried blickte sie verwirrt an.

»Ich bin die Königin vom Suavawald, und ich liebe das Schmieden.«

»Wie kannst du beides sein?«

»Für die Welt bin ich die Königin, aber oft schleiche ich mich aus der Halle, um zu schmieden. Es macht mich froh, unübertroffene Waffen zu erschaffen.«

Siegfried verspürte ein Gefühl von ausgeprägter Schärfe bei ihren letzten Worten. Hinzu kam ihre Geschicklichkeit im Kampf, bei all ihrer Schönheit hatte sie auch etwas Bedrohliches an sich.

»Königin und Schmiedin, wie schaffst du es, beides zu tun?«, fragte er.

Sie rückte eine silberne Fibel zurecht, die ihren Mantel zusammenhielt.

»Es ist nicht leicht«, gab sie zu. »Für meine Untertanen gibt es zwei Frauen. Sie glauben, ich habe eine Zwillingsschwester, die mir gleicht wie ein Ei dem anderen.«

Siegfried nickte langsam. Es klang unglaublich, aber im Suavaland lebten nicht viele Menschen, das machte es leichter, die Täuschung aufrechtzuerhalten.

Die Königin deutete auf die alte Frau, die unbewegt bei ihnen stand und auf einen kunstvoll gewebten Wandteppich starrte, der Thunar im Kampf mit dem Steinriesen Hrungnir zeigte.

»Mein Volk hat sich an mein häufiges Fernbleiben gewöhnt. Wenn ich in der Schmiede bin, vertritt mich Frida beim Regieren, sie ist sehr … weise.«

Die Art, wie sie *weise* betonte, verriet Siegfried, dass die alte Frau ihre Seherin war, der sie bedingungslos vertraute.

»Frida ist mir treu ergeben, seit meinem ersten Atemzug ist sie bei mir«, fuhr Brunhild fort.

Sie beobachtete Siegfried genau, er war immer noch dabei, sich von seiner Überraschung zu erholen.

»Du sagtest, du hättest einen Auftrag für mich«, erinnerte sie ihn.

Sie konnte seine Verunsicherung, aber auch die Faszination, die er fühlte, deutlich spüren. Das war nichts Neues für sie, Männer gerieten in ihrer Gegenwart leicht aus der Fassung. Sie war nicht nur schön, sondern auch stark, das beunruhigte sie.

Doch zum ersten Mal ging es ihr ähnlich, auch wenn sie sich nichts anmerken ließ. Man sah Siegfried die enorme Kraft seines Körpers an, aber sie konnte fühlen, dass da noch mehr war, das ihn von anderen Helden unterschied. Frida hatte sie gelehrt, empfänglich zu sein für die unbestimmten Empfindungen, die die meisten Menschen gar nicht mehr bemerkten, deshalb ahnte sie, dass Siegfried eine besondere Bedeutung für sie haben würde.

Er lächelte sie an. »Es ist ein außergewöhnlicher Auftrag, der der Königin der Schmiede würdig ist.«

Sie runzelte die Stirn, das weckte ihr Interesse.

»Zuerst verrate mir, wie ich dich nennen soll, Rone oder Brunhild?«

»Nenn mich Brunhild«, schmunzelte sie. »Das ist mein erster Name, Rone wurde ich erst, als ich anfing zu schmieden.«

»Also gut, Brunhild«, erwiderte er. »Kannst du mir ein Schwert schmieden, das so scharf ist wie kein anderes, und willst du mir das beste Kettenhemd fertigen, das deine Kunst erschaffen kann?«

»Mehr nicht?«, fragte sie spöttisch.

»Kannst du es schaffen?«, drängte er.

»Nur wenn du Geduld hast. Für ein normales Schwert brauche ich zehn Tage, aber eins, wie du es willst, erfordert ungleich mehr Arbeit, genauso ist es auch bei dem Kettenhemd. Und ich habe viele andere Aufträge.«

Sie erkannte die Enttäuschung in Siegfrieds Augen. Es gefiel ihm nicht, dass sie in diesem Moment von anderen Aufträgen sprach.

»Ich werde dich sehr gut bezahlen«, versicherte er schnell.

Sie betrachtete ihn nachdenklich. »Das ist mir nicht wichtig. Aber wenn ich die allerbesten Waffen schmieden soll, so muss ich wissen, ob du ihrer würdig bist.«

Er machte einen Schritt auf sie zu. Das Strahlen seiner blauen Augen und das Lächeln der vollen Lippen wirkten wie betäubend auf sie.

Unsicher blickte Brunhild auf ihre Seherin.

»Frida, sagtest du nicht, du müsstest noch einige Kräuter sammeln?«

Die alte Frau warf ihr einen missbilligenden Blick zu, dann fügte sie sich.

»Jawohl, meine Königin«, antwortete sie und wandte sich ab, um die Halle zu verlassen.

Siegfried suchte wieder Brunhilds Blick. »Wie kann ich dir beweisen, dass ich deiner Arbeit würdig bin?«, fragte er eindringlich.

»Ich brauche keinen Beweis, ich weiß es«, flüsterte sie.

Er machte einen weiteren Schritt auf sie zu. Wie gebannt starrte sie in seine Augen. Dann fühlte sie, wie seine Hand ihre Wange berührte. Er nahm sie fest in seine Arme und küsste sie. Ungestüm erwiderte sie den Kuss, sie schmiegte sich an ihn, als ob sie mit ihm verschmelzen wolle, während ihre sehnigen Hände leidenschaftlich in seinem langen Haar wühlten.

Als sie sich voneinander lösten, nahm sie ihn strahlend bei der Hand und führte ihn in ihre Kammer. Glühend vor Verlangen folgte er ihr. Wie im Rausch ließen sie sich auf das große Bett fallen, wo sie sich stürmisch ihre Kleidung vom Leibe rissen.

Als Siegfried in sie eindrang, entrang sich beiden ein heftiges Stöhnen, sie drückte seinen Kopf fest auf ihre Brüste und überließ sich dem Verlangen.

•••

Erst als sie vollkommen erschöpft waren, ließen sie voneinander ab. Überwältigt blickte Brunhild auf einen der bunt bemalten Schilde an der Wand ihrer Kammer. Noch niemals hatte sie einen solchen Taumel der Leidenschaft erlebt, und sie war überzeugt, dass es Siegfried ebenso ging. Es gab eine ganz besondere Verbindung zwischen ihnen, das war ihr nun klar.

Der Xantener streichelte ihre Schulter liebevoll, während sie mit den Härchen auf seiner Brust spielte. Sein Blick fiel auf ihren Gürtel, einen breiten Ledergurt mit länglichen Taschen, den er ihr zusammen mit der Kleidung ausgezogen hatte.

»Was ist das, verbirgst du da drin kleine Dolche?«, wollte er wissen.

Brunhild folgte seinem Blick mit den Augen, dann schmunzelte sie. »Du liebst es, meine Geheimnisse aufzudecken«, stellte sie fest. »Zuerst findest du heraus, dass Rone und Brunhild dieselbe Person sind, und dann entdeckst du auch noch meinen magischen Gürtel.«

Überrascht sah er sie an.

»Magischer Gürtel? Hast du mich damit bezaubert?«

»Habe ich das nötig?«, lachte sie.

Zärtlich strich er ihr die Haare aus dem Gesicht.

»Ganz bestimmt nicht. Deine Schönheit ist dein Zauber.«

Sie gab ihm einen langen Kuss.

»Siegfried von Xanten, du machst schöne Worte. Aber dennoch gibt es da noch eine andere Magie«, erklärte sie geheimnisvoll.

Er runzelte die Stirn und richtete sich halb im Bett auf. »Eine andere Magie? Du machst mich neugierig.«

Mit einem Lächeln stand sie auf und ging zu dem Schemel, auf dem der Gürtel lag. Siegfried blickte bewundernd auf ihre langen Beine mit den festen Schenkeln, er musste sich beherrschen, um sie nicht gleich wieder an sich zu ziehen.

Brunhild öffnete eine der Taschen an dem Gurt, dann nahm sie ein metallenes Gefäß heraus. Behutsam öffnete sie es und schüttete einige Tropfen einer bräunlichen Flüssigkeit auf ihre Hand.

»Ist das eine Spezialität des Suavawalds?«, fragte Siegfried skeptisch.

»Spezieller, als du denkst«, erwiderte sie geheimnisvoll. »Es ist ein Trank, dessen Rezept ich von Frida habe, er verleiht mir besondere Kräfte.«

Er starrte sie einen Augenblick verblüfft an, dann erinnerte er sich wieder an seine erste Begegnung mit Brunhild.

»Das Aufblitzen deiner Augen bei dem Kampf mit den Räubern«, rief er aus.

»Das war der Moment, als die Wirkung einsetzte«, nickte sie.

»Unglaublich, du trinkst das, und schon bist du stark wie Sleipnir!«, rief Siegfried begeistert aus.

»Es wirkt nicht sofort«, schränkte Brunhild ein. »Aber ich habe die Räuber schon gesehen, bevor du reingekommen bist, da habe ich es getrunken. Der Trank erhöht nicht nur meine Stärke, ich fühle mich auch … wacher. Meine Sinne sind schärfer und meine Bewegungen schneller.«

Siegfried schaute sie bewundernd an.

»Was für eine einzigartige Frau du bist! Es gibt keinen Helden, der dir ebenbürtig ist.«

»Dieses Elixier ist nicht einzigartig«, bremste sie seine Begeisterung. »Ich glaube, es gibt auch andere Krieger, die solche Tränke in der Schlacht oder bei Kampfspielen verwenden.«

Siegfried schüttelte den Kopf. »Ich habe noch nie jemanden gesehen, der sich so schnell bewegt wie du.«

»Ja, kein Trank wirkt so wie der von Frida.«

Siegfried stand auf und kam langsam auf sie zu. Sie konnte spüren, wie die Erregung in ihr hochstieg, als seine muskulösen Arme sie umschlossen und an sich drückten.

»Schmiedin, Königin, Zauberin, was bist du noch?«, fragte er leise an ihrem Ohr.

»Liebende, hast du vergessen«, grinste sie verschmitzt und führte Siegfried an der Hand wieder zum Bett, wo sie sich auf seinen flachen Bauch setzte. Er verstand sofort, lehnte sich zurück und genoss die fließenden Bewegungen ihrer ausgeprägten Hüften.

•••

Am nächsten Morgen machten sie sich auf den Weg zur Schmiede. Siegfried hatte angeboten, Brunhild zur Hand zu gehen. Die Königin nahm die Hilfe zwar an, erklärte ihm aber auch, dass das Schmieden von Schwertern schwieriger war, als die meisten Menschen dachten. Das Knüpfen eines Kettenhemds war ebenfalls sehr mühsam und erforderte viel Geduld.

Sie gingen zu Fuß, denn es schneite heftig. Bei diesem Wetter nach unten zu reiten wäre zu gefährlich, vor allem für die Pferde, also ließen sie die Tiere lieber im Stall. Mühsam kämpften sie sich durch den tiefen Schnee. Beide hatten die Kapuzen ihrer Mäntel aufgesetzt. Die Sonne stand zwar schon am Himmel, doch sie wurde von dichten Wolken verdeckt, es war fast so dunkel wie bei Nacht.

Immer wieder mussten sie durch dichte Nebelbänke hindurch. Da nur wenige Menschen im Suavawald lebten, gab es kaum Pfade, an die man sich halten konnte, darum blieb ihnen nichts anderes übrig, als sich selbst einen Weg durch die Schneemassen zu bahnen. Dabei mussten sie sehr vorsichtig sein, denn ein falscher Tritt konnte bedeuten, dass sie einen steilen Abhang hinunterstürzten.

»Du willst also wirklich ganz besondere Waffen?«, wandte Brunhild sich an Siegfried.

»Natürlich, sonst hätte ich mich nicht auf den weiten Weg hierher gemacht. In Xanten gibt es auch gute Schmiede«, erwiderte er.

»Wie wäre es denn mit Waffen, die so außergewöhnlich sind, wie du es dir gar nicht vorstellen kannst?«

»Die wären mir am liebsten«, schmunzelte er.

Brunhild sah ihn bedeutungsvoll an. »Du hast wirklich Glück. Vor ein paar Tagen ist ganz in der Nähe ein Feuerstern vom Himmel gefallen.« Ihre Augen leuchteten auf, und sie packte ihn an den Schultern. »Das Eisen in Feuersternen ist härter als jedes andere Metall. Wenn ich es verarbeite, wirst du die besten Waffen haben, die je ein Krieger besessen hat.«

Sie löste langsam den Griff um seine Schultern, während ihre Stimme einen feierlichen Ton annahm.

»Ein Feuerstern, der auf die Erde fällt, ist ein Zeichen der Götter. Sie haben dich gesegnet, Siegfried von Xanten. Es ist dir bestimmt, der größte aller Helden zu werden, und sie haben mich auserwählt, dir dabei zu helfen.«

Sie konnte sehen, wie sein Körper sich straffte, ein stolzer Ausdruck erschien in seinen Augen.

»Willst du noch mehr hören?«, fragte Brunhild überschwänglich.

»Mehr, mehr, sag mir mehr, Brunhild vom Suavawald«, lachte er.

»Mit dem Eisen aus dem Feuerstern kann ich dein Kettenhemd so leicht und dünn anfertigen, dass du es kaum spüren wirst. Und ich werde es so einfärben, dass es deiner Haut gleicht. Die Menschen werden denken, du seist unverwundbar.«

Siegfried konnte nichts erwidern, so überwältigt war er.

Dann machte er einen Schritt auf sie zu und umschloss sie fest mit den Armen. Als er seinen Griff löste, standen sie Seite an Seite inmitten der sie wild umtanzenden Schneeflocken und schauten mit stolzem Blick auf eine steil vor ihnen aufragende Felswand.

In der Ferne schrie eine Eule. Brunhild erschrak.

»Es heißt, Hel ruft einen Menschen in ihr Reich, wenn man den Schrei einer Eule hört«, sagte sie leise. »Vielleicht ist es Gebbo, der Koch. Er ist schon lange krank.«

Siegfried blickte nachdenklich in die Richtung, aus der der Eulenschrei gekommen war.

»Glaubst du an solche Dinge?«

Brunhild überlegte kurz, dann ging sie weiter. Er musste sich beeilen, um mit ihr Schritt zu halten.

»Manches ja, anderes nicht«, erwiderte sie schließlich.

»Was glaubst du denn zum Beispiel?«

Sie zögerte, bevor sie antwortete.

»Die Runen haben vorhergesagt, dass ein Mann, der so stark ist wie ich, mich im Kampf besiegt und in ein fremdes Land führen wird.« Brunhild blieb stehen und blickte ihm ernst in die Augen. »Ich glaube, dieser Mann steht vor mir.«

Verblüfft blickte er sie an.

»Warum sollte ich gegen dich kämpfen?«, fragte er schließlich.

Brunhild zuckte die Achseln. »Wer weiß schon, welche Fäden die Nornen spinnen? Doch ich glaube daran, dass von allen Helden nur Siegfried von Xanten stark genug ist, mich zu überwinden.«

»Ich kenne auch eine Prophezeiung von einer starken Königin, die ein Held mit sich führt, aber der muss zuerst einen Feuerwall überwinden«, entgegnete er.

»Du darfst nicht alles so wortgetreu verstehen, damit ist das Feuer in den Öfen meiner Schmiede gemeint«, schmunzelte sie.

»Na ja, wenn das so ist …«

Er streichelte eine Strähne ihres blonden Haares, das unter der Kapuze hervorlugte. »Also mir gefallen beide Prophezeiungen, auch wenn mir nicht ganz wohl bei dem Gedanken ist, gegen dich kämpfen zu müssen«, grinste er.

Brunhild lachte und küsste die Hand an ihrer Wange, dann gingen sie weiter.

Doch nach wenigen Schritten sahen sie einen umgestürzten Baum quer auf ihrem Weg liegen. Wahrscheinlich hatte er die Schneemassen auf seinen Ästen nicht mehr tragen können. Er blockierte die ganze Breite des Pfades. Auf beiden Seiten des Weges gähnte ein steiler Abgrund, also blieb ihnen nichts anderes übrig, als über ihn hinwegzuklettern.

Doch plötzlich sprang ein riesiger Wolf auf den Baumstamm. Es war ein prächtiges Exemplar, so groß wie ein halbwüchsiges Rind. Das Tier stand regungslos da und betrachtete sie ruhig mit seinen stechend dunklen Augen.

Langsam zogen sie ihre Schwerter aus der Scheide. Ein einzelnes Tier konnte ihnen nicht gefährlich werden, aber wenn es zu einem Rudel gehörte, war das schon anders. In den Bergen gab es nicht viel Nahrung, da mussten Raubtiere jede Gelegenheit nutzen, die sich ihnen bot, deshalb würden sie vielleicht auch Menschen angreifen.

Ein zweiter Wolf sprang auf den gefallenen Baum. Er stellte sich neben das andere Tier, auch er rührte sich nicht, sondern starrte sie nur an. Dann hörten sie das unheimliche Heulen einiger Wölfe hinter ihnen. Siegfried wirbelte herum, aber er konnte keines der Tiere entdecken. Noch hielten sie sich verborgen; die Frage war nur, wie lange.

Die Tiere auf dem Baumstamm begannen zu knurren, drohend fletschten sie die Zähne.

»Hast du schon einmal gegen Wölfe gekämpft?«, fragte Brunhild und zückte mit der Linken ihren Dolch.

»Nein, in meinem Land greifen sie keine Menschen an«, antwortete Siegfried.

»Im Suavawald schon, hier stürzen sie sich auf alles, was sie kriegen können«, erklärte Brunhild. »Du musst so zuschlagen, dass du dein Schwert sofort wieder herausziehen kannst, denn der nächste wird dich schneller angreifen, als dir lieb ist. Und lass dich bloß nicht umwerfen.«

»Du sorgst dich ja mehr um mich als meine Mutter«, grinste Siegfried. »Ich habe einige der berühmtesten Helden des Landes getötet, da können so ein paar Wölfe mich bestimmt nicht schrecken.«

Das Geheul der Raubtiere hinter ihnen schwoll immer mehr an. Brunhild schätzte, dass sie es mit einem großen Rudel von bis zu fünfzehn Köpfen zu tun hatten. Die beiden Wölfe auf dem Baumstamm knurrten lauter und duckten sich sprungbereit. Beunruhigt sah sie, wie sich von rechts Nebelschwaden näherten. Wenn die Tiere, die sich im Dickicht verborgen hielten, angriffen, würden sie sie erst im letzten Moment sehen können.

Doch Siegfried konnte das nicht beeindrucken. Sie spürte, wie er auf den Kampf brannte.

»Ich werde dir heute ein paar neue Wolfsfelle schenken, Königin des Suavawalds. Ich hoffe, es macht dir nichts aus, wenn sie blutig sind«, lachte er mit leuchtenden Augen.

Sie sah ihn erstaunt an, dann lachte sie ebenfalls. Ja, sie liebte den Kampf genauso wie er. Sie waren wirklich wie geschaffen füreinander, ganz gleich, was man von Prophezeiungen hielt.

Unvermittelt hörte das Heulen auf, es wurde totenstill. Auch die beiden Wölfe auf dem Baumstamm knurrten nicht mehr. Brunhild schlug das Herz bis zum Hals. Sie stellte sich Rücken an Rücken mit Siegfried auf. So hatte sie die beiden Tiere vor sich im Blick, während der Xantener sich auf die Wölfe konzentrieren konnte, die noch im Unterholz verborgen waren.

Dann hörte sie das Knacken von Ästen und das Geräusch von durch den Schnee jagenden Tieren hinter sich. Der Angriff hatte begonnen. Doch sie wandte sich nicht um, denn sie wusste, dass die beiden Wölfe auf dem Baumstamm nur auf diesen Moment warteten, um sie anzuspringen. Es war an Siegfried, mit den anderen fertigzuwerden.

»Das sind ungefähr zehn Tiere, die da auf mich zukommen«, rief er ihr zu.

»Ziemlich viele für einen einzelnen Helden, brauchst du Hilfe?«, erwiderte sie.

»Nein, achte du auf die beiden vor dir, das sind die Anführer.«

Dann war der erste Wolf heran, kraftvoll sprang er ihn an. Siegfried streckte ihm sein Schwert entgegen, und das Tier spießte sich selbst auf. Schlaff stürzte es zu Boden. Während er die Klinge aus dem toten Körper herauszog, riss er mit der anderen Hand sein Kurzschwert aus dem Gürtel. Zwei der Raubtiere griffen ihn gleichzeitig an. Dem ersten schlug er mit einem mächtigen Hieb den

Kopf ab, während er dem anderen sein Sax in die geöffnete Schnauze rammte.

Brunhild hörte das Knurren der angreifenden Tiere, das Jaulen der getroffenen Wölfe und den dumpfen Aufprall, wenn sie auf den Boden stürzten. Die beiden Tiere vor ihr standen noch immer knurrend und zähnefletschend auf dem Baumstamm, doch sie rührten sich nicht. Was war mit ihnen los, warum griffen sie nicht an?

Sie hörte, wie Siegfried aufschrie, und wandte sich um. Einer der Wölfe hatte sich in seinen rechten Ellenbogen ver-bissen. Der Xantener tötete ihn mit dem Kurzschwert, und das Tier stürzte in den Schnee, der sich inzwischen blutrot gefärbt hatte. Im nächsten Moment sprangen die beiden Wölfe auf dem Baumstamm Brunhild an. Schnell wirbelte sie herum und durchbohrte einem der Tiere die Kehle.

Doch dem größeren Wolf, den sie zuerst gesehen hatten, gelang es, links neben ihr zu landen. Seine Schnauze schoss vor, um sie an der Hüfte zu packen. Aber bevor er zu-schnappen konnte, traf ihn Brunhilds Dolch ins Auge. Jau-lend brach er zusammen. Ein weiteres Tier griff von rechts an. Brunhild machte einen raschen Schritt zur Seite und hieb ihm mit ihrem Schwert die Hinterläufe ab. Hilflos fiel der Wolf in den Schnee.

Verbissen kämpften Siegfried und Brunhild gegen die immer wieder anstürmenden Raubtiere. Inzwischen lag mehr als ein halbes Dutzend tote oder verwundete Wölfe um sie herum auf dem Boden und die Blutlache zu ihren Füßen wurde immer größer. Doch die Tiere gaben nicht auf. Ein großer, fast schwarzer Wolf sprang gegen Brun-hilds Schulter und riss sie um. Im Fallen stieß sie ihm ihren Dolch zwischen die Rippen.

Das Tier stürzte zu Boden, riss dabei aber die Klinge mit sich, denn ein zweiter Wolf warf sich auf sie, wodurch sie unwillkürlich ihren Griff um das Heft der Waffe lockerte. Das Tier, das nun auf ihrer Brust lag, verbiss sich in den Schwertarm, mit dem sie sich zu schützen versuchte. Das Gewicht des Wolfes nahm ihr den Atem. Sie fühlte den stechenden Schmerz, als sich die Zähne in ihr Fleisch bohrten, roch den stinkenden Atem, spürte seinen heißen Geifer auf sie hinuntertropfen.

Doch plötzlich erschlaffte der Wolf, Blut spritzte ihr ins Gesicht und blendete sie für einen Moment.

Dann sah Brunhild die besorgten Augen Siegfrieds über sich auftauchen, während sie undeutlich wahrnahm, wie die verbliebenen Raubtiere flohen. Erleichtert stellte er fest, dass es ihr gut ging, er reichte ihr seine Hand und zog sie hoch.

»Die Bewohner des Suavawalds schulden uns Dank, jetzt gibt es ein paar Wölfe weniger, vor denen sie sich fürchten müssen«, grinste er.

»Und die Königin muss sich bei dir bedanken.«

Brunhild deutete auf den Wolf, den Siegfried eben getötet hatte.

»Es fehlte nicht viel und er hätte mich erledigt.«

Kurz darauf erreichten sie die Schmiede. Siegfrieds Blick fiel auf einige verblasste Blutflecken, die von Brunhilds Kampf mit den Eindringlingen herrührte, die teuer dafür bezahlen mussten, dass sie der Königin kein Geld für ihre Waffen geben wollten. Auf den Tischen lagen einige halbfertige Waffen. Skeptisch betrachtete Siegfried die rundlichen Öfen, den verwitterten Amboss und das Werkzeug.

Zweifelnd überlegte er, wie er sich wohl als Schmiedelehrbursche anstellen würde.

Rasch wechselte Brunhild ihre vom Schnee nasse Kleidung. Sie spürte Siegfrieds bewundernde Blicke ihren Körper liebkosen, als sie in eine frische Tunika schlüpfte. Es tat gut, von einem Mann wie ihm begehrt zu werden.

Dann verbanden sie ihre Wunden mit einigen Tüchern, die Brunhild aus einer Truhe hervorgeholt hatte. Die Verletzungen waren nicht schwer. Ihre dicken Mäntel hatten sie vor Schlimmerem bewahrt. Dennoch sah ihr Arm ziemlich mitgenommen aus.

»Kannst du so schmieden?«, fragte Siegfried besorgt.

»Sicher, ich werde einfach mit dem anderen Arm hämmern, dann ist es kein Problem«, erwiderte sie, während sie einen Kessel Wasser aufsetzte, um eine Suppe zu kochen.

»Das können wir jetzt gebrauchen«, fand Siegfried, während Brunhild Kräuter und Gemüse klein schnitt und in den Kessel warf. »Übrigens«, fuhr er fort, »du hast mir doch von so einer schönen Weissagung erzählt, bevor die Wölfe uns unterbrachen. Kennst du vielleicht noch mehr solche Geschichten? Ich kann gar nicht genug davon kriegen.«

Sie dachte kurz nach und rührte in dem Kessel herum.

»Es gibt da auch eine Mär aus dem Rheinland, von der du vielleicht gehört hast«, sagte sie dann.

»Aus meiner Heimat? Erzähl, die will ich hören«, drängte Siegfried.

»Hast du jemals vom Drachenfels gehört?«, begann Brunhild.

Sie spürte, wie er aufhorchte und seine Muskeln sich unwillkürlich anspannten. Da er nichts erwiderte, sprach sie weiter.

»Dort lebt ein furchtbarer Drache, der einen riesigen Schatz bewacht. Man sagt, Loki habe ihn einst den Rheinjungfrauen gestohlen, die ihn darum mit einem Fluch beluden. Im Laufe der Jahrhunderte ging er durch viele Hände; jetzt hat ihn der Drache, doch er wacht nicht nur über den Hort, sondern auch über seinen Fluch, denn er bringt jedem, der ihn gewinnt, den Tod. Die ...«

Sie sah, wie Siegfried kreidebleich wurde. Seine Mundwinkel zuckten angespannt.

»Was ist mit dir los?«, fragte sie erstaunt.

»Schnell, sprich weiter!«, stieß er atemlos hervor.

Sie runzelte die Stirn, warum benahm er sich so merkwürdig?

Schließlich nahm sie ihren Faden wieder auf.

»Die Kraft des Fluches wächst immer weiter. Bald wird er so stark sein, dass er ein ganzes Volk auslöschen wird.«

Siegfried starrte sie wortlos an. Brunhild erschrak, in seinen Augen konnte sie blankes Entsetzen lesen. Er wirkte wie jemand, der gerade in sein eigenes Grab herabblickte.

5

Der Hof von Burgund lag innerhalb eines vormals römischen Kastells, und da die Römer die damals Borbetomagus genannte Stadt erst vor zwanzig Jahren aufgegeben hatten, waren die steinernen Bauten, die sie errichtet hatten, noch in gutem Zustand. Nun herrschten hier die Burgunder, die in seinen Mauern eine prächtige Halle errichtet hatten, über deren Eingangstor ein riesiger, kunstvoll geschnitzter Adler thronte. Auch die sorgfältig gearbeiteten Bänke oder die großflächigen Teppiche an der Wand zeigten an, dass sich Burgund in den letzten Jahren zu einem mächtigen Reich entwickelt hatte.

An einem Fenster saß Kriemhild und stickte mit ihrer Mutter Ute bunte Blumen auf ein leinenes Tuch. Sie war eine siebzehnjährige Frau von auffallender Schönheit. Ihr seidiges rotblondes Haar, das sie offen trug, fiel ihr fast bis zu den Hüften herunter. Die Augen waren von einem tiefdunklen Blau, das manchmal fast schwarz schimmerte. Sie hatte eine schmale Nase über einem schmalen Mund, der aber wegen ihrer vollen Lippen eine große Wärme ausstrahlte. Die silberfarbene Tunika schmiegte sich eng um ihren schlanken Körper.

Ute war kräftiger gebaut und trug ihr dunkles Haar in

einem einfachen Zopf um den Kopf gebunden. Gut gelaunt schaute sie aus dem kleinen Fenster. Endlich regte sich die Natur wieder, die Bäume wurden allmählich grün, und bunte Blumen sprießten aus dem Boden. Die Sonne strahlte so hell vom Himmel, dass sie nun auch ohne Fackel sticken konnten.

»Cord hat dir also nicht gefallen?«, fragte sie ihre Tochter.

Kriemhild verdrehte die Augen. Schon wieder fing sie mit diesem Thema an. Aber das war wohl bei allen Müttern so. Immerfort machten sie sich Gedanken darüber, wen ihre Kinder einmal heiraten sollten.

»Dieser suebische Fürst mit dem dicken Bauch? Der soll sich lieber eine Braut suchen, deren Wuchs zu ihm passt«, erwiderte sie bestimmt.

»Er ist nicht dick, sondern stattlich«, schmunzelte Ute.

War das ihr Ernst? Glaubte sie wirklich, dieser ständig schwitzende Suebe war der Richtige für sie?

Kriemhild sah sie zweifelnd an. »Reden wir wirklich von demselben Mann?«

Sie blickten sich einen Moment an, dann begannen beide gleichzeitig zu kichern.

»Na ja, vielleicht ein bisschen zu stattlich«, gab Ute zu. »Aber der Sohn des Herzogs von Friesland, der das Julfest mit uns gefeiert hat, der ist doch gewachsen wie eine schlanke Tanne, warum ist der nichts für dich?«

Kriemhild schüttelte den Kopf. »Soll ich etwa an die Nordsee ziehen, wo es ständig regnet und das Land immer wieder überflutet wird?«

»Was ist mit Gebhard, dem jungen Fürsten der Langobarden? Er hat dir ja eine Hochzeitsreise nach Rom versprochen, das wäre bestimmt etwas für dich, oder?«

Kriemhild seufzte. Ihre Mutter war wirklich hartnäckig, so schnell würde sie nicht aufgeben.

»Dieser rohe Kerl mit dem struppigen Bart, in dem du den ganzen Tag lang sehen kannst, was er am Morgen gegessen hat? Das wirst du mir doch wohl nicht zumuten.«

Ute legte ihre Hände in den Schoß und sah Kriemhild ernst an. »Du kannst nicht alle Bewerber ablehnen. Irgendwann musst du dich vermählen.«

Kriemhild zögerte einen Moment. Ihre Mutter hatte wohl recht, Königstöchter mussten nun einmal irgendwann eine Ehe schließen, ob sie wollten oder nicht.

»Gunther hat mir versprochen, dass ich keinen Mann heiraten muss, der mir nicht gefällt«, sagte sie schließlich

Ute nahm zärtlich ihre Hand. »Die Liebe kommt mit der Zeit, sie entsteht, wenn du dich an einen Mann gewöhnt hast und feststellst, dass er der Richtige für dich ist.«

Kriemhild stöhnte auf. Wie oft hatte sie das schon gehört? Sie legte ebenfalls die Nadel beiseite.

»Das ist nichts für mich, Mutter«, erklärte sie. »Ich will einen Mann, bei dem ich sofort weiß, dass er der Richtige für mich ist.«

»Die leidenschaftliche Liebe, die du meinst, vergeht meist genauso schnell wieder, wie sie gekommen ist«, wandte Ute ein. »Außerdem kannst du nicht immerfort alle Bewerber zurückweisen. Männer wollen junge Frauen. In einigen Jahren wirst du schon zu alt sein, und dann kannst du froh sein, wenn dich überhaupt noch ein standesgemäßer Mann will.«

»Und wenn schon, dann heirate ich eben nicht«, widersprach sie. »Was kann es denn Schöneres geben, als für immer am Hof meiner Brüder zu leben?«

Ihre Mutter nahm die Nadel wieder auf und stickte weiter an ihrem Rosenstängel.

»Willst du etwa als alte Jungfer enden?«, fragte sie mit einem feinen Lächeln.

Kriemhild ließ sich nicht beirren.

»Es gibt Schlimmeres. Ich finde es besser, auf ewig Jungfrau zu bleiben, als die Gemahlin eines ungeliebten Mannes zu werden.«

Ute schüttelte den Kopf.

»Wenn dir deine Brüder wirklich so viel bedeuten, wäre es vielleicht besser, wenn du ihnen ein bisschen hilfst.«

Erstaunt sah Kriemhild ihre Mutter an. Worauf wollte sie hinaus?

Ute blickte auf ein gewaltiges Hirschgeweih an der Wand. »Die Welt ist in Aufruhr. Ganze Völker ziehen auf der Suche nach Land von Ost nach West und von Norden nach Süden, um neue Gebiete für sich zu erobern. Auch Burgund muss sich dieser kriegerischen Horden erwehren. Da wäre es gut, wenn wir durch Heirat einen mächtigen Bundesgenossen gewinnen könnten.«

Kriemhild überlegte, konnte ihre Mutter recht haben? War sie nicht vielleicht doch zu selbstsüchtig, wenn sie ihr eigenes Glück über das ihres Volkes stellte?

»Also gut«, entschied sie schließlich. »Gib mir noch etwas Zeit. Wenn sich innerhalb eines Jahres kein Bräutigam findet, der mir gefällt, werde ich zum Wohl Burgunds einen Mann heiraten, den ihr für mich bestimmt.«

Ute strahlte sie an. »Ist es dir damit wirklich ernst?«, vergewisserte sie sich.

»Ich verspreche es dir, Mutter«, versicherte Kriemhild mir fester Stimme und stickte weiter an ihrem weißen Lamm.

Währenddessen nutzten auch Gunther und Gernot das sonnige Wetter. Sie hatten im Hof eine Strohpuppe aufgehängt und übten sich im Speerwurf. Mittlerweile war die Figur schon ziemlich zerzaust, viel mehr Treffer würde sie wohl nicht mehr überstehen.

Giselher, der jüngste der drei Brüder, kam auf sie zu. Achtlos zertrat er einen Käfer, der sich durch das im Hof sprießende Unkraut hindurchkämpfte. Er war groß und hatte auffallend lange Beine. Seine eng stehenden Augen deuteten auf einen starken Willen hin. Das sandfarbene Haar trug er bis zu den Schultern. Am Kinn sprießten einige dünne Haare, die verrieten, dass er sich gern einen Bart wachsen lassen würde.

Gunther begrüßte ihn lächelnd. »Sieh an, du bist ja doch noch bei uns. Warum warst du gestern nicht auf dem Fest? Da ist es hoch hergegangen.«

»Warum hätte ich da hingehen sollen?«, erwiderte Giselher mit finsterer Miene. »Die Barden haben von unserem Sieg über die Hunnen gesungen, aber ich war nicht dabei.«

Gunther nickte ernst. Er wusste, wie sein jüngster Bruder sich fühlte. Auch er selbst hatte es nicht erwarten können, bis er endlich alt genug war, um in die Schlacht zu ziehen.

»Du wirst noch genug Gelegenheit haben, dir Ruhm und Ehre zu erwerben. Zum Ostarafest werden wir deine Schwertleite feiern, dann kannst du immer an unserer Seite kämpfen.«

Gernot deutete grinsend auf Giselhers Kinn. »Was ist denn dieser Flaum in deinem Gesicht?«

Dann wurde er wieder ernst.

»Genau wie diese Härchen noch warten müssen, bis ein Bart aus ihnen wird, so musst du Geduld haben, bis du alt genug bist, um in einer blutigen Schlacht zu kämpfen«, mahnte er.

Giselhers Miene hellte sich nicht auf. »Ich habe es satt zu warten. Wie kann sich ein Mann fühlen, dem man sagt, er ist noch nicht bereit zu kämpfen, obwohl er danach giert, sich auf dem Schlachtfeld zu bewähren?«

Gernots Stimme wurde um einen Deut schärfer. »Krieg ist kein Vergnügen, kleiner Bruder. Hast du die Verwundeten gesehen, die wir mit uns geführt haben? Denen Hände oder Arme abgeschlagen wurden? Oder deren Bäuche aufgeschlitzt wurden, so dass ihnen ihre blutigen Gedärme aus dem Körper herausquollen?«

Giselher schwieg betroffen.

»Glaub mir, wenn wir jeden jungen Burschen in den Kampf ziehen ließen, der danach trachtet, ein berühmter Held zu werden, dann wäre das so, als ob wir Lämmer zur Schlachtbank führen«, fuhr Gernot fort.

Gernot hatte ja recht, dachte Gunther, aber er zweifelte daran, dass Giselher sich überzeugen ließ. Sein jüngster Bruder war ein Hitzkopf, dessen größter Wunsch es war, bald in seiner ersten Schlacht zu kämpfen. »Vor allem muss ein Mann wissen, *wann* die Zeit zum Kämpfen ist, sonst erweist er sich als dummer Junge«, stimmte Gunther zu.

Energisch riss Giselher Gernot den Speer aus der Hand und warf ihn auf die Strohpuppe, die nach diesem kraftvollen Wurf endgültig auseinanderfiel.

»Wie könnt ihr es wagen, zu behaupten, ich sei noch nicht bereit«, rief er herausfordernd.

Gunther und Gernot sahen sich beeindruckt an, dann lachten sie anerkennend.

Der König stellte sich fröhlich zwischen seine Brüder und legte ihnen den Arm um die Schultern. »Also, ich würde sagen, beim Ostarafest ist er so weit, oder?«, lachte er.

»Und bis es so weit ist, kann er sich ja auch auf anderen Feldern beweisen, auf denen sich ein Mann auskennen sollte«, ergänzte Gernot.

Giselher schaute den König ratlos an.

»Ah, ich glaube, ich weiß, wovon er spricht«, vermutete Gunther. »Ein römischer Freund hat ihm doch einen Kodex geschenkt …«

»Über Geschichte und Philosophie«, fügte Gernot hinzu.

»Ja genau, so was«, bestätigte der König, bevor er sich an Giselher wandte. »Seitdem beschäftigt er sich mit solchen Sachen. Jetzt muss er nur noch einen Lehrer finden, der ihm beibringt, wie man liest, und noch dazu auf Latein.« Er blickte auf die zerfetzte Strohpuppe. »Aber bis dahin sollte er sich vielleicht noch etwas im Speerwurf üben. Bei seinen sieben Würfen hat er dreimal das Ziel verfehlt.«

»Und *du* solltest dich auch im Lesen und Schreiben üben, dann würdest du es leichter haben im Umgang mit den Römern«, erwiderte Gernot.

»Du hast ja recht«, seufzte Gunther. »Die Römer wollen immer alles schriftlich festhalten, egal, ob es dabei um Verträge, Handel oder einfache Unterredungen geht. Meistens erledigt Pater Osgard diese Dinge für mich, aber wenn er verhindert ist, muss ich mich selbst darum kümmern.«

Gernot blickte auf eine Taube, die zwischen einigen Steinen herumpickte. »Vielleicht könnte *er* mir ja Lesen und Schreiben beibringen«, überlegte er.

»Guter Einfall«, befand Gunther. »Warum sollen wir solche Dinge immer den Priestern überlassen?«

Er nahm einen Speer auf, zielte sorgfältig und durchtrennte mit seinem Wurf das abgenutzte Seil, das den kümmerlichen Rest der Strohfigur noch getragen hatte.

»So, der Feind ist vernichtet, Zeit, den Sieg zu feiern«, meinte er zufrieden, und die drei Männer wandten sich zur Halle.

Volker von Alzey trat aus der schwarzbraunen Hütte, die als Gästehaus diente. Er war ein großer, hagerer Mann um die dreißig, der sein dünnes rötliches Haar zu einem Zopf gebunden hatte, das er sich so um den Kopf schlang, dass es an der Seite einen dicken Knoten bildete. Über seiner breiten Nase saßen braune Augen, die sich oft unruhig hin und her bewegten.

Gunther begrüßte ihn freundlich. »Gut hast du für uns gesungen, Volker, dein Lied hat allen Gästen gefallen.«

»Wenn man nicht selbst bei so einem großen Sieg dabei sein kann, ist es das Nächstbeste, darüber zu erzählen«, erwiderte er.

Gunther bemerkte den bitteren Unterton in seiner Stimme.

»Ja, es ist schade, dass wir dich nicht rechtzeitig benachrichtigen konnten. Es wäre uns eine Ehre gewesen, dich an unserer Seite zu haben«, versicherte Gernot.

»So ist das eben bei uns Spielleuten. Wir ziehen von Hof zu Hof, um unsere Lieder zu singen, darum wissen Freunde und Verwandte oft gar nicht, wo wir gerade sind.«

Giselher sah den Sänger ehrfürchtig an. »Ich kenne keinen anderen Barden, der ein so großer Krieger ist wie du«, sagte er.

Volker lachte geschmeichelt. »Die meisten Sänger verirren sich nicht oft auf ein Schlachtfeld. Sie haben wohl

Angst, dass sie ihre Finger verlieren und dann die Leier nicht mehr spielen können.«

»Wer weiß, vielleicht kommt ja bald eine Gelegenheit für dich, ein paar Hunnen in die Hölle zu schicken. Ich denke nicht, dass wir die zum letzten Mal gesehen haben«, vermutete Gernot.

Volker spuckte verächtlich aus. »Eher zu Hel. Ich halte nichts von diesem Christenkram. Was für ein Glaube ist denn das, wo ich, wenn mich einer auf die Wange schlägt, ihm noch die andere hinhalten soll?«

Er spuckte erneut aus.

»Welcher Mann würde so etwas tun? Eine Hand, die mich schlägt, hacke ich ab, das könnt ihr mir glauben!«

Gunther blickte den Spielmann nachdenklich an. Er hatte ja recht, aber das Christentum breitete sich immer weiter aus, daher war es nicht klug, solche Dinge zu sagen.

»Die Römer sehen es gern, wenn ihre Foederati Christen sind«, sagte er schließlich.

Volker nickte, immer noch aufgebracht. »Deshalb habt ihr euch also damals vom Bischof in Gallien mit Wasser übergießen lassen.«

Gunther legte stumm den Arm um Volkers Schulter.

»Endlich hebt sich der graue Dunst. Kommt, lasst uns noch ein bisschen spazieren gehen.«

Die Männer verließen den Hof und schlenderten über die freie Ebene. Nach den vorhergegangenen dunklen Tagen schien die Sonne nun so hell, dass sie die Augen mit der Hand beschirmen mussten.

Gunther wandte sich abrupt zu Volker um. »Solange du an meiner Seite kämpfst, kannst du jedenfalls so viele Hände abhacken wie du willst«, sagte er entschlossen.

Volker lachte auf.

»Wenn ich nur meine Frau überzeugen kann. Sie glaubt, ich solle mich allein auf das Singen von Liedern beschränken, das wäre nicht so gefährlich.«

»Das ist aber nicht immer so«, fiel Gernot ein. »Weißt du noch, als du mit diesem fränkischen Grafen vereinbart hast, dass du singst, er hätte zwanzig Feinde getötet, aber in deinem Lied waren es dann nur zehn? Der hat dir dann doch ein paar Krieger hinterhergeschickt, die dich daran erinnern sollten, Absprachen einzuhalten.«

»Aber die haben dann festgestellt, dass du dein Schwert genauso gut führst wie deinen Fidelbogen, und mussten dann ohne Schild wieder heimkehren«, grinste Giselher.

»Du hast also auch davon gehört«, freute sich Volker.

»Darüber könntest du eigentlich auch ein Lied machen«, schlug Gernot vor.

»Ich bin tatsächlich in Versuchung geraten«, gab der Barde zu. »Aber mit Bernward ist nicht zu spaßen. Der würde mir dann wahrscheinlich noch mehr Männer auf den Hals hetzen.«

Er zwinkerte Giselher zu.

»Und ich habe nicht die Zeit, allen ihre Schilde abzunehmen.«

Gernot sah in der Ferne einen Reiter auftauchen, der im Galopp auf sie zukam.

»Schaut mal, der hat es aber eilig«, rief er seinen Begleitern zu.

Die anderen wandten ihre Köpfe und blickten auf die sich schnell nähernde Gestalt. Gunther kniff die Augen angespannt zusammen, was hatte das zu bedeuten?

Giselher erkannte den Rappen und den dunkelgrauen Mantel, der im Wind wehte. »Das ist Hagen! Er scheint wichtige Neuigkeiten für uns zu haben.«

Kurz darauf hatte sein Halbbruder sie erreicht. Mit einem ernsten Ausdruck im Gesicht stieg Hagen vom Pferd. Der Hengst schnaubte erschöpft, sein Atem bildete dichte Wolken in der kalten Luft.

»Schön, dich zu sehen, Hagen, gibt es einen Grund für deine Eile?«, erkundigte sich Gunther angespannt.

»Den gibt es, mein König, die Sachsen planen, in Burgund einzufallen«, entgegnete er grimmig.

Die Männer sahen sich erschrocken an.

»Wieder einmal!«, rief Gernot aus.

»Wie hast du davon erfahren?«, fragte Gunther.

»Ein Händler, der von ihnen Bernstein eingetauscht hat, erzählte mir davon«, erwiderte Hagen.

Volker blickte entschlossen auf die zerfetzte Strohpuppe.

»Wir brauchen noch mehr solche Figuren, um uns für den Kampf mit ihnen zu üben«, knurrte er.

»Was weiß der Kaufmann noch über diesen Feldzug?«, fragte Gunther.

»Sie kommen, um ihren Stammeshäuptling Elwin zu rächen, der im letzten Krieg gegen uns fiel«, berichtete Hagen weiter.

»Aber du hast ihn im ehrenvollen Zweikampf erschlagen!«, empörte sich Volker.

»Denkst du, das kümmert die Sachsen? Wir haben ihn getötet, das ist alles, was für sie zählt«, entgegnete Hagen finster und spuckte verächtlich aus.

»Sollen sie nur kommen«, rief Volker erregt. »Diese Schlacht werde ich nicht versäumen.«

Giselher blickte mit bangen Augen auf Gunther.

»Meine Schwertleite ist erst beim Ostarafest, hast du gesagt.«

Gunther verstand.

»Wir ziehen sie vor. Ich habe gesehen, wie gut du dich in den Kampfspielen auf dem Hof schlägst. Du bist so weit, in die Schlacht zu ziehen.«

Giselher strahlte ihn an.

»Du wirst es nicht bereuen, ich werde die Ehre Burgunds mit meinem Leben verteidigen«, versicherte er ernst.

»Das wird ein schwieriger Feldzug, die Sachsen kommen mit Tausenden von Kriegern. Da darf ein so tapferer Mann wie Giselher nicht abseits stehen«, meinte Hagen mit einem wohlwollenden Blick auf den jüngsten der Burgunderkönige.

Stolz erwiderte Giselher den Blick des berühmten Kriegers. »Ich danke dir für dein Vertrauen, Hagen«, erklärte er mit fester Stimme.

»Wann werden die Sachsen hier sein?«, fragte Gernot.

»Das weiß mein Gewährsmann nicht. Anscheinend sind sie noch mit den Vorbereitungen beschäftigt, ein wenig Zeit haben wir also noch«, vermutete Hagen.

Giselher sah ihn entschlossen an. »Egal wann, sie werden uns bereit finden.«

Entschlossen zog Volker sein Schwert und stieß es in den Himmel.

»Lasst sie nur kommen, ich werde dafür sorgen, dass sie noch mehr ihrer Fürsten betrauern müssen!«, rief er.

Auch die anderen zogen ihre Schwerter und hielten sie aneinander.

Gunther blickte seinen Männern fest in die Augen.

»Wir werden sie so vernichtend schlagen, dass sie es nie wieder wagen, uns anzugreifen. Für Burgund!«

»Für Burgund!«, riefen die Krieger mit leuchtenden Augen.

Als Gernot die Halle betrat, traf er auf Ute und Kriemhild, die immer noch vor dem Fenster stickten. Inzwischen waren zwei weitere Blumen auf ihrem Tuch hinzugekommen.

Ute deutete auf die lachenden Männer, die zu den Stallungen gingen. »Warum sind sie so guter Stimmung?«

Gernot blickte ebenfalls aus dem Fenster. »Sie wollen sehen, ob sie heute einen Hirsch erlegen können«, entgegnete er. »Ich habe bei dem Fest gestern wohl zu viel Wein getrunken, deshalb gehe ich in meine Kammer, um mich etwas auszuruhen.«

Kriemhild blickte ihn nachsichtig an. Fiel ihm wirklich nichts Besseres ein?

»Ich habe Worte gehört, die nach Feind und Krieg klangen. Was hat das zu bedeuten?«, fragte sie schnell, bevor er weitergehen konnte.

»Hagen hat uns die Nachricht gebracht, dass die Sachsen gegen uns ziehen«, erwiderte Gernot beiläufig.

Die beiden Frauen sahen sich entsetzt an.

»Die Sachsen kommen? Wisst ihr das genau?«, fragte Ute.

»Es sieht ganz danach aus«, nickte er.

Kriemhild legte das Stickzeug nieder. Ihre Augen rollten unruhig hin und her.

»Wenn Krieger von so weither kommen, ist es kein einzelner Überfall, sie planen einen Krieg«, hauchte sie tonlos.

Ute legte ebenfalls die Nadel ab. Dann erschien ein ärgerlicher Ausdruck auf ihrem Gesicht.

»Deswegen sind sie so ausgelassen, sie freuen sich auf die Schlacht.«

Kriemhild nickte bedrückt, ihre Mutter hatte recht.

»Warum auch nicht?«, ergänzte sie bitter. »Sie glauben, sie haben nichts zu verlieren. Entweder kehren sie siegreich heim, oder sie ziehen ehrenvoll in Walhalla ein, um mit Wodan zu speisen.«

»So ist es wohl«, seufzte Ute. »Zwar haben sie sich taufen lassen, aber im Grunde hängen sie noch den alten Göttern an.«

Gernot sah sie nachdenklich an, sagte jedoch weiterhin nichts.

Sie warf Kriemhild einen resignierten Blick zu. »Sie sagen ständig, sie kämpfen für uns, um die Ehre Burgunds zu verteidigen, aber in Wahrheit kämpfen sie nur für sich selbst. Für ihre eigene Ehre, die ihnen so viel wert ist.«

So hatte Kriemhild ihre Mutter noch nie reden hören. Für gewöhnlich unterstützte sie die Kampfeslust ihrer Söhne. War es die kürzlich erfolgte Taufe, die diesen Sinneswandel bewirkt hatte?

Aber Ute war noch nicht fertig.

»Wenn sie mit abgehauenen Armen vom Schlachtfeld zurückkehren oder sie nicht mehr gehen können und wir sie von morgens bis abends pflegen müssen, was ist dann mit ihrer Ehre, was haben sie dann davon?«, ereiferte sie sich.

Auf einmal erkannte Kriemhild den Grund für Utes plötzlichen Ausbruch. Ihr Bruder Rango, ein Fürst der Thüringer, war vor einiger Zeit bei einem Gefecht so unglücklich aus dem Sattel gestoßen worden, dass er seitdem seine Beine nicht mehr bewegen konnte. Ute hatte ihn kürzlich besucht und wirkte sehr niedergeschlagen, als sie wieder zurückkam.

Endlich entschied sich Gernot, etwas zu sagen. »Du solltest ehrenhaftes Verhalten nicht so gering schätzen«, widersprach er. »Sie ist das Wichtigste, was wir haben. Ohne Ehre ist ein Mann nicht wert zu leben.«

Betrübt beobachtete Kriemhild eine Katze, die vor dem Fenster mit ihrer Beute spielte.

»Ich fürchte, wir haben umsonst geredet«, wandte sie sich an Ute. »Ihre Ehre ist ihnen wichtiger als wir, daran können wir nichts ändern.«

»Es bleibt uns nur zu beten, dass dieser Krieg gut für uns ausgeht«, sagte ihre Mutter. Sie sah Gernot an. »Betest du mit uns?«

Er zögerte.

»Ich weiß schon, das Christentum ist für euch ein Weiberglaube«, stellte sie resigniert fest.

»Es geht mir wirklich schlecht, ich muss mich einen Moment hinlegen«, erwiderte Gernot und ging in seine Kammer.

Die beiden Frauen blickten ihm bekümmert nach.

»Er hat es nicht leicht«, seufzte Ute. »Einige machen sich über ihn lustig, weil er nicht so ein harter Bursche wie Gunther oder Hagen ist.«

Kriemhild nickte. »Wenn die Leute denken, dass er zu Gott betet, werden die sich nur bestätigt fühlen.«

Ute legte ihre Hand sanft auf die Kriemhilds. »Wir müssen Geduld haben. Es wird viele Jahre dauern, bis sich der wahre Glaube bei uns durchsetzen wird.«

Kriemhild schaute auf den Vorhang zu Gernots Kammer. »Im Herzen ist er Christ, aber er weiß es noch nicht«, sagte sie leise.

◆◆◆

In einer Ecke des Hofes standen sich die beiden jüngeren Könige von Burgund mit ihren Übungsschwertern und Schilden kampfbereit gegenüber. Eine Schar Gänse watschelte an ihnen vorbei und blieb kurz darauf stehen, als ob sie sich dieses Schauspiel nicht entgehen lassen wollte. Gernot blickte zur Halle hinüber, über deren Eingangstor zwei Krähen hockten. Es würde nicht lange dauern, bis man sie bemerkte.

Er würde gegen seinen jüngeren Bruder kämpfen, um sich und den anderen etwas zu beweisen. Warum hatten Kriemhild und Ute so mit ihm geredet? Doch wohl nur, weil sie glaubten, er würde genau so denken wie sie. Aber er war nicht der Weichling, für den sie ihn hielten. Er würde ihnen zeigen, dass auch er ein würdiger Sohn seines in der Schlacht ehrenvoll gefallenen Vaters Gibich war, bereit, jede Herausforderung mit dem Schwert in der Hand zu bestehen.

Und wer wäre dazu ein besserer Gegner als Giselher, den alle bewunderten wegen seiner Streitlust und seiner Meisterschaft im Kampf? Allerdings war er bei all seiner Geschicklichkeit mit dem Schwert manchmal noch zu ungestüm und vernachlässigte die Deckung.

Gernot sah die Zuversicht in Giselhers Augen. In den letzten Jahren hatte er seinen älteren Bruder immer geschlagen, warum sollte es diesmal anders sein? Doch er ahnte nicht, dass Gernot diesmal mit wilder Entschlossenheit kämpfen würde. Er gierte danach, Giselher zu besiegen, denn dann würden ihn alle als starken Kämpfer anerkennen müssen, den man auf dem Schlachtfeld gern an seiner Seite hatte.

Beide nickten sich zu, bereit zum Kampf. Langsam begannen sie, sich zu umkreisen, während sie auf eine Gelegenheit zum Angriff warteten. Gernot startete die erste Attacke mit einem kraftvollen Schlag gegen den Kopf, den Giselher allerdings mit dem Schild mühelos abfing. Darauf setzte er einen Stoß gegen den Hals, Giselher blockte ihn mit seinem Schwert ab. Doch Gernot setzte nach, er sprang vor und versuchte, seinen Gegner mit dem Schildbuckel zu treffen. Giselher wich zurück, stieß sein Schwert aber gleichzeitig gegen Gernots Hüfte. Da er in der Rückwärtsbewegung war, berührte er ihn nur leicht, so dass sein Bruder weiter unbeirrt angriff.

Giselher war erstaunt. Gewöhnlich kämpfte Gernot zurückhaltender. Entschlossen knirschte er mit den Zähnen. Na gut, dann musste er sich eben etwas mehr anstrengen als sonst.

Doch heute waren sie ebenbürtige Gegner. Giselher bewegte sich zwar geschmeidiger, aber dafür waren Gernots Schläge wuchtiger. Dazu griff er nicht nur gefährlich an, er verteidigte sich auch gut. Es gelang Giselher kaum einmal, seine Deckung zu durchdringen.

Bis zu dem Moment, als er einen von Gernots kraftvollen Schlägen mit dem Schild nach außen abwehrte und im selben Moment mit dem Schwert zustieß. Die Übungsschwerter waren zwar aus Holz, doch auch sie waren zugespitzt, so dass der Stoß eine blutende Wunde auf der Brust öffnete. Aber Gernot schien dies nichts auszumachen, er drang weiter ungestüm auf seinen Gegner ein. Giselher zuckte zusammen, als ihn ein Schlag schmerzhaft am Ellenbogen traf.

Sein älterer Bruder lächelte grimmig. Zu seiner Überraschung merkte er, dass er doch gut mit dem Schwert umgehen konnte, wenn er nur aufmerksam genug war.

Er sah, wie Gunther und Hagen aus der Halle traten. In ihren Mienen erkannte er die Anerkennung, die sie ihm und seinem Bruder für den guten Kampf bezeugten, den sie sich lieferten.

Doch Giselhers Gesichtszüge verkrampften sich. Dies war seine erste Herausforderung, nachdem ihm die Schwertleite in Aussicht gestellt worden war. Sollte er die etwa nicht bestehen? Energisch warf er sich mit wuchtigen Streichen auf seinen Bruder und trieb ihn zurück. Gernot geriet in Bedrängnis, Giselher deckte ihn mit so vielen Schlägen ein, dass er sie kaum kommen sah.

Schließlich traf ihn der Jüngste der Burgunderkönige schmerzhaft an der Schulter, als er einen Konter Gernots unterlief. Doch der hielt dagegen. Wieder drängte er Giselher mit dem Schild zurück und stieß dabei sein Schwert gegen das Knie seines zurückweichenden Bruders.

Hagen und Gunther wechselten einen anerkennenden Blick.

»Nicht nachlassen, Gernot, du kriegst ihn!«, rief der König aufgekratzt.

»Vorwärts, Giselher, zeig ihm, wer der Bessere ist«, setzte Hagen dagegen.

Der Kampf wogte hin und her. Beide wurden gelegentlich getroffen, kämpften aber immer weiter. Gernots Tunika war an der Brust aufgerissen, während Giselher einen Kratzer am Handgelenk hatte.

Schwer atmend standen die Brüder sich gegenüber, verbissen sahen sie sich in die Augen. Gunther wechselte einen Blick mit Hagen, dann sprang er zwischen die Kontrahenten.

»Genug für heute, ihr habt tapfer gekämpft«, entschied er.

Erschöpft blickten die beiden ihn an. Nun erst spürten sie die Hiebe, die sie hatten einstecken müssen. Gernot hielt sich die schmerzende Hüfte, während Giselher sein Knie betastete.

»Wenn ihr so gegen die Sachsen kämpft, werden sie schnell die Schilde auf den Rücken werfen und fliehen«, ergänzte Hagen wohlwollend.

»Gernot, du Teufelskerl. Warum hast du uns bisher verborgen, dass du so gut kämpfen kannst?«, grinste Gunther.

Hagen wandte sich an Giselher. »Du hast heute gemerkt, wie es ist, sich mit Erwachsenen zu messen statt mit den jungen Burschen, gegen die du sonst antrittst.«

»Sei nicht so streng mit ihm, Hagen«, mahnte Gunther. »Er hat seine Lektion gelernt: Unterschätze niemals einen Gegner, du könntest sonst eine böse Überraschung erleben.«

Gelöst blickte Gernot auf einen Habicht, der sich am Himmel in die Höhe schraubte. Endlich zollte Gunther ihm die Anerkennung, die er ihm so lange vorenthalten hatte.

In den nächsten Stunden war Osgard damit beschäftigt, Schreiben an die Fürsten und Edlen des Reiches zu verfassen, in denen Gunther sie dazu aufrief, mit allen ihren waffenfähigen Männern in Worms zu erscheinen, um der drohenden Gefahr durch die Sachsen zu begegnen. Es würde einige Zeit dauern, bis alle einträfen, aber dennoch war schon viel zu tun, denn Tausende von Kriegern mussten versorgt werden.

Unaufhörlich brachte ein nicht enden wollender Strom von Fuhrwerken riesige Mengen an Getreide, Obst und Gemüse in die königliche Burg, während Knechte und Mägde hektisch durcheinanderliefen, um es an einem passenden Ort zu lagern oder es an Ort und Stelle zu verarbeiten. Die weiten Ebenen rund um das ehemalige römische Kastell wurden zu ausgedehnten Viehweiden, neben denen Hunderte von Zelten für die Männer errichtet wurden, die aus allen Teilen des Reiches nach Worms strömen würden.

Hagens Bruder Dankwart, ein bulliger Mann mit dünnem blondem Haar, der die Besatzung der Burg befehligte, prüfte die Ausrüstung der Krieger. War ein Schwertgriff locker oder hatte ein Kettenhemd zu viele seiner Ringe verloren, musste dies sofort repariert werden, so dass die Schmiede von morgens bis abends Schwerstarbeit zu verrichten hatten.

Sie mussten sich so gut wie irgend möglich rüsten. Die Sachsen waren ein großer Stamm, der bereits den ganzen Norden bis zur Küste des Meeres unter seine Kontrolle gebracht hatte. Nur unter Anspannung aller Kräfte konnte Burgund diesen Krieg gewinnen, das war allen klar.

6

Erleichtert sahen sie sich an. Dann erstrahlte ein glückliches Lächeln auf Siegfrieds Gesicht. Endlich war es geschafft, er wusste nicht mehr, wie viele Wochen sie nun schon fast ununterbrochen an den Waffen arbeiteten, die Brunhild ihm versprochen hatte, doch nun waren sie fertig.

Die Spuren ihrer angestrengten Arbeit waren unübersehbar. Getrocknete Schlacke und ausgebrannte Kohlesplitter übersäten die Matten vor den Öfen und dem Amboss. Verformte Kettenglieder lagen auf den Werkbänken verstreut, gelbe und braune Farbspritzer klebten auf den Tischen.

Mit einem stolzen Lächeln reichte Brunhild ihm sein Kettenhemd. Fast ehrfürchtig nahm Siegfried es in die Hand. Wie ungewöhnlich es sich anfühlte! Seine Oberfläche war nicht rau wie bei anderen Kettenhemden, sondern ungewöhnlich nachgiebig, fast weich. Vorsichtig zog er es über seinen muskulösen Oberkörper, wobei sich die Narbe an seinem Rücken leicht verzog.

»Nur nicht so ängstlich«, lachte Brunhild. »Wenn es schon beim Anziehen kaputtgeht, ist es sowieso nichts wert.«

Ertappt grinste er sie an. Natürlich hatte sie recht. Doch das hier war etwas unglaublich Kostbares, darum fürchtete er unbewusst, er könnte es beschädigen.

Wie leicht es war! Es wirkte wie eine Tunika aus grobem Leinen. Und dann noch die Farbe! Es glich tatsächlich seiner Haut, aus einiger Entfernung war nicht zu sehen, dass er etwas über dem Körper trug.

Verblüfft betrachtete er sich in dem verblassten Spiegel vor dem Fenster. Wenn er nichts von dem Kettenhemd wüsste, würde es ihm selbst schwerfallen, es zu erkennen!

Brunhild nahm sich eines der an der Wand aufgehängten Schwerter. Mit dem Finger prüfte sie die Schärfe der Spitze, dann lächelte sie grimmig.

Siegfried betrachtete sie mit einem fragenden Blick, was hatte sie vor?

Plötzlich wirbelte sie herum und stieß die Klinge kraftvoll gegen seine Brust. Mit schreckgeweiteten Augen sah er das Schwert auf sich zuschießen, aber ihre Bewegung war so schnell, dass er nicht mehr reagieren konnte. Er spürte den Schmerz, als die Waffe ihn traf. Verwirrt sah er Brunhild an, warum hatte sie das getan?

Dann blickte er auf die Stelle, wo sie ihn getroffen hatte. Verwundert stellte er fest, dass er unverletzt war. Was er gefühlt hatte, war die Wucht von Brunhilds Stoß, aber er war nicht durch die Panzerung gedrungen.

Sie untersuchte das Schwert mit gerunzelter Stirn.

»Die Spitze hat sich verbogen«, erklärte sie verärgert. »Das beweist zwar die Stärke des Kettenhemds, aber trotzdem sollte sich das Eisen nicht verbiegen. Da habe ich nicht gut gearbeitet.«

Dann schaute sie Siegfried an. Als sie die Begeisterung in seinen Augen sah, lächelte sie stolz. Mit dieser Brünne hatte sie sich selbst übertroffen, noch niemals hatte sie etwas so Vollkommenes geschaffen.

»Wie kann etwas so Leichtes so stark sein?«, fragte Siegfried erstaunt.

Sie weidete sich an dem Hochgefühl, das er empfand, und strahlte ihn mit leuchtenden Augen an. Wenn es einen Menschen gab, der ihrer Kunst würdig war, so war es Siegfried, der Mann, den sie aus tiefstem Herzen liebte.

Er erwiderte den Blick mit der gleichen Leidenschaft, die sie empfand.

»Das ist das schönste Geschenk, das je eine Frau einem Mann gemacht hat. Ich kann dir gar nicht sagen, wie viel du mir bedeutest«, sagte er eindringlich.

Lächelnd trat sie auf ihn zu und küsste ihn stürmisch.

Als sie sich wieder voneinander lösten, griff sie nach dem Schwert, das sie zusammen geschmiedet hatten. Mittlerweile war es gehärtet, deshalb konnten sie es nun prüfen.

Dabei rutschte der Ärmel ihrer Tunika hoch, so dass die Wunde sichtbar wurde, die ihr der Wolf beigebracht hatte.

»Wie fühlt sich dein Arm an?«, erkundigte sich Siegfried.

Sie zuckte die Achseln.

»Er schmerzt nicht mehr, aber eine Narbe wird bleiben.«

Er küsste die Stelle.

»Jetzt wird es bestimmt besser heilen«, lächelte er.

Brunhild erwiderte das Lächeln und streichelte sein langes Haar.

»Solange du mich begehrst, macht mir keine Narbe etwas aus.«

»Wie kannst du nur daran zweifeln?«, fragte Siegfried verschmitzt, nahm ihr das Schwert aus der Hand und führte sie zu dem alten Bett neben den Werkbänken.

Erst nach geraumer Zeit waren sie wieder bereit, sich Siegfrieds neuem Schwert zuzuwenden. Beinahe ehrfurchtsvoll ergriff er den wuchtigen, von einem glänzenden Smaragd verzierten Knauf der Waffe, der genau in seine große Hand passte. Fasziniert betrachtete er die glatte, zweischneidige Klinge, auf der sich einige feine, sanft geschwungene Linien abzeichneten. Doch in der kleinen Hütte, die nur ein Fenster hatte, war es zu dunkel, um Einzelheiten zu erkennen, deshalb ging er vor die Tür.

Brunhild folgte ihm schmunzelnd. Sie sah, wie er das in der Sonne blitzende Schwert in die Höhe reckte und mit leuchtenden Augen zu ihm emporblickte.

»Es ist wunderschön«, hauchte er.

Er wirbelte die Waffe einige Male herum. Sirrend zerschnitt das Schwert die Luft, und manchmal blendete sie ein Lichtstrahl, der von der Klinge reflektiert wurde. Siegfried schaute sich suchend um, dann trat er an einen Baum, der in Kopfhöhe einen Ast trug, der so dick wie der Oberschenkel eines kräftigen Mannes war. Er visierte den Baum kurz an, dann schlug er zu – und der Ast fiel zu Boden.

»Was für ein großartiges Schwert!«, rief er aus.

Er musterte es nachdenklich.

»Eine besondere Waffe verdient einen Namen.« Immer noch blickte er wie gebannt auf die Klinge. »Ich werde es Balmung nennen.«

»Ein guter Name, er klingt nach Kraft«, befand Brunhild.

Siegfrieds Brustkorb hob und senkte sich immer noch in der Erregung, die er wegen seiner neuen Waffen fühlte.

»Wir haben lange genug in dieser kleinen Hütte ausgeharrt, lass uns nach oben zur Halle gehen«, schlug er vor.

»Du hast recht, die Königin muss wieder regieren«, nickte Brunhild.

Damit gingen sie wieder in die Schmiede, um ihre Sachen zusammenzupacken. Mit einem prüfenden Blick stellte er fest, dass sein neues Schwert gut in die fleckige Scheide an seinem Gurt passte. Doch sobald er zu Haus war, würde er sich eine neue anfertigen lassen. Eine so prachtvolle Klinge verdiente etwas Besseres.

Er nahm die alte Waffe heraus und steckte Balmung hinein. Innerhalb weniger Wochen war es nun schon sein viertes Schwert. Zunächst war da die Klinge, die am Schädel des Drachen zerbrach. Danach besorgte er sich zum Ersatz eine Waffe von dem Gutsherrn, dem er das Fuhrwerk abgekauft hatte, mit dem er den Hort aus der Höhle abtransportierte. Weil die von minderer Qualität war, hatte er von seinem Vater eine andere bekommen. Doch nun besaß er das beste Schwert, das er je gesehen hatte.

»Was mache ich jetzt mit meiner alten Waffe?«, fragte er eher zu sich selbst gewandt.

Brunhild nahm sie in die Hand und untersuchte sie eingehend. »Lass sie hier, sie ist von guter Qualität, da wird sich schon ein Käufer finden.« Siegfrieds Blick fiel auf das Kettenhemd, das auf einem der Tische lag. Es sah so unscheinbar aus, und doch war es der beste Schutz, den jemals ein Krieger besaß. Weil es so leicht und bequem war, zog er es gleich an. Wieder blickte er in den alten Spiegel, und wieder war er erstaunt, wie unmerklich das Panzerhemd sich an seinen Körper schmiegte.

Brunhild beobachtete ihn glücklich. Er wirkte immer noch wie ein großes Kind, dem man zum Julfest das schönste Geschenk seines noch jungen Lebens gemacht hatte.

Gut gelaunt warfen sie sich ihre dicken Mäntel über und verließen die Schmiede.

Als sie sich beim Aufstieg zur königlichen Halle dem umgestürzten Baumstamm näherten, an dem die Wölfe sie angegriffen hatten, verharrten sie unwillkürlich. Wenn dies hier das Jagdgebiet der Tiere war, befanden sie sich möglicherweise in der Nähe.

Angespannt zogen sie ihre Schwerter, während sie an den abgenagten Wolfsskeletten vorbeigingen. Wieder waren sie von dichten Nebelschwaden umgeben, so dass sie kaum die Hand vor Augen sahen. Ärgerlich fragte Siegfried sich, ob es im Suavaland jemals aufklarte.

Weit über ihnen schrie ein Raubvogel. Sonst hörten sie nichts außer dem gedämpften Geräusch ihrer eigenen Schritte im Schnee. Es war, als ob der Nebel alle anderen Laute verschlang. Doch Brunhild hatte das unbestimmte Gefühl, dass sie nicht allein waren. Sie spürte, dass auch Siegfried unruhig wurde.

Behutsam machten sie einen Schritt nach dem andern. Wenn hier wirklich Wölfe waren, durften sie nicht über einen unter der Schneedecke verborgenen Baumstumpf oder Felsbrocken stolpern, die Tiere würden sofort über sie herfallen.

Plötzlich riss der Nebel auf, und ein gleißender Sonnenstrahl fiel auf sie. Entsetzt sahen sie, wie links und rechts von ihnen Wölfe lauerten, kaum drei oder vier Schritte entfernt. Sie warfen sich einen schnellen Blick zu, dann stellten sie sich entschlossen Rücken an Rücken auf, während die Raubtiere begannen, sie anzuknurren. Das Knurren wurde lauter. Einige der Wölfe duckten sich zum

Sprung. Siegfrieds und Brunhilds Blicke bohrten sich in die schwarzen Augen der Raubtiere, sie waren bereit.

In diesem Augenblick legte sich der Nebel erneut über sie. Brunhild schluckte beklommen. Wenn die Tiere jetzt angriffen, konnten sie nicht alle abwehren, dazu waren sie zu nah.

Es war nervenzerreißend. Die Wölfe steckten irgendwo im Nebel und knurrten unaufhörlich. Aber sie griffen nicht an, fühlten sie sich vielleicht nicht stark genug? Sie waren nicht mehr so zahlreich wie bei ihrer letzten Begegnung an derselben Stelle, dafür hatten Siegfried und Brunhild gesorgt. Die Tiere wussten nun, dass diese beiden gefährlicher waren als andere Menschen, die ihnen zum Opfer gefallen waren.

Erneut riss der Nebel für einen Augenblick auf. Nichts hatte sich verändert, Menschen und Wölfe standen sich weiterhin unbeweglich gegenüber. Brunhild blickte auf das Tier, das ihr am nächsten war. Sein silbergrauer Pelz sträubte sich und es fletschte drohend die Zähne. Wahrscheinlich war dies der Leitwolf.

Plötzlich sprang er, riss ein Stück aus ihrem Mantel und jagte in den Dunst davon, der sich wieder auf sie gesenkt hatte. Dann begannen die Wölfe zu heulen, aber es klang allmählich leiser, als würden sie sich entfernen. Statt zu knurren, heulten sie nun. Doch allmählich wurde das Heulen leiser, die Tiere schienen sich zu entfernen.

Erleichtert atmeten sie auf, während der Nebel begann, sich aufzulösen.

»Genau zur rechten Zeit«, spottete Siegfried und deutete auf die davonlaufenden Wölfe. »Wenn die Gefahr vorbei ist, können wir wieder sehen. Ich liebe den Suavawald.«

Dann wandte er sich an Brunhild.

»Was hatte das eben zu bedeuten?«

»Du meinst den Leitwolf«, vermutete sie. »Der hatte wohl genauso viel Angst wie wir. Er traute sich nicht, uns anzugreifen, aber er wollte vor seinem Rudel auch nicht als Feigling dastehen. Also machte er einen Scheinangriff, bevor er sich zurückzog.«

»Du scheinst ja wirklich viel über Wölfe zu wissen«, sagte er beeindruckt.

Brunhild nickte. »Bei uns sind sie die größte Gefahr. Es ist notwendig, sie gut zu kennen.«

»Wo ich herkomme, sind feindliche Krieger die größte Bedrohung, besonders, seitdem viele Stämme ihre alte Heimat verlassen haben, um neues Land für sich zu gewinnen«, erwiderte Siegfried nachdenklich.

»Machst du dir Sorgen deswegen?«, erkundigte sie sich.

Er runzelte die Stirn. »Bisher ist Xanten von diesen Wirren verschont geblieben. Aber ich fürchte, früher oder später werden auch wir in den Strudel hineingezogen, die Zeiten sind zu unruhig.«

»Manchmal ist es gut, dass mein Land für andere zu karg ist«, überlegte Brunhild.

»Damit könntest du recht haben«, entgegnete er.

Er schwieg einen Moment.

»Und übrigens, ich hatte keine Angst«, sagte er dann.

Für einen Moment wusste Brunhild nicht, was er meinte. Dann lachte sie laut los.

»Natürlich, wie konnte ich das vergessen. Ein wahrer Held hat natürlich weder vor Wölfen noch sonst irgendetwas Angst. Er fürchtet nichts außer dem Zorn der Götter.«

Er sah sie ärgerlich an, dann grinste er.

»Und davor, mich im Nebel zu verlaufen«, entgegnete er lächelnd, bevor sie weitergingen.

◆◆◆

Als sie die Halle betraten, wurde es bereits dunkel. Frida saß mit einem Mann an der Feuerstelle. Die alte Seherin hatte die dunkle Farbe um ihre Augen frisch nachgezogen, so dass sie im flackernden Schein der Fackeln an der Wand noch unheimlicher wirkte als sonst. Ihr Besucher hatte lange blonde Haare, die ihm bis zur Hälfte des Rückens reichten, und einen dichten Bart. Er trug ein zerschundenes Kettenhemd unter seiner Tunika, die genauso wie die wollene Hose von einer dicken Schmutzschicht bedeckt war. Auf dem rechten Handrücken hatte er eine breite Narbe, die noch nicht ganz verheilt war. Neben ihm lag eine große Streitaxt auf dem Tisch.

Frida musterte Siegfried mit unverhohlenem Misstrauen. Brunhild fragte sich, was wohl der Grund für ihren Widerwillen war. Hatte sie Angst, Siegfried könnte zu viel Einfluss über sie gewinnen, war sie deshalb eifersüchtig?

»Sei willkommen, Alram«, begrüßte sie den Besucher. »Seit wann bist du wieder zurück?«

»Ich bin gerade erst gekommen, meine Königin«, antwortete er mit einem leichten Neigen des Kopfes.

»Kämpfst du nicht mehr mit den Sachsen?«, fragte sie weiter.

Er schüttelte den Kopf und zeigte auf einen prall gefüllten Sack zu seinen Füßen.

»Ich habe so viel Beute gemacht, wie ich tragen kann. Jetzt ist es an der Zeit, wieder nach Haus zurückzukehren. Blidgard wird bald unser zweites Kind bekommen.«

Brunhild sah ihm freundlich in die Augen. »Du bist ein guter Vater. Deine Frau kann sich glücklich schätzen, einen Mann zu haben, dem seine Familie so wichtig ist.«

»Alram bringt interessante Neuigkeiten«, fiel Frida ein.

Er nickte. »Die Sachsen rüsten zu einem großen Feldzug gegen Burgund«, sagte er knapp.

Siegfried horchte auf. Die Sachsen waren eine ständige Bedrohung für Xanten. Wenn sie mit dem Wormser Königreich verfeindet waren, würde es sich vielleicht lohnen, die Burgunder als Verbündete zu gewinnen, zumal sie nicht weit voneinander entfernt waren.

»Warum Burgund? Wenn sie auf Plündern aus sind, können sie das auch in ihrer Nähe tun«, erkundigte er sich.

Alram blickte ihn argwöhnisch an. Wer war dieser groß gewachsene Mann? Seiner Kleidung nach zu urteilen, war er von edler Herkunft.

Brunhild beantwortete seine unausgesprochene Frage. »Das ist Siegfried von Xanten. Er weilt seit einiger Zeit bei uns«, erklärte sie.

»Der Drachentöter?«, rief er überrascht aus.

Erstaunt blickte Brunhild auf Siegfried. Als sie in der Schmiede waren, um die Waffen anzufertigen, hatte sie ihm von der Legende um den Lindwurm vom Drachenfels erzählt. Hatte er das Untier erschlagen? Sie konnte sich noch gut an den Schrecken erinnern, den sein Gesicht zeigte, als sie ihm von der Mär erzählt hatte.

Er vermied ihren Blick.

»Die Kunde von dem Kampf verbreitet sich schnell«, sagte er mit belegter Stimme.

Brunhilds Gesichtszüge waren wie in Stein gemeißelt,

während sie ihn hart anstarrte. Warum hatte er ihr nichts davon gesagt?

Siegfried wünschte sich nichts sehnlicher, als dass dieser Moment schnell vorbeiginge. Wieso war dieser abgerissene Söldner ausgerechnet jetzt in der königlichen Halle erschienen? Wahrscheinlich hatte ihn Loki hierher geführt, denn er liebte es, mit den Menschen seinen Schabernack zu treiben. Seine hellen Augen bohrten sich verärgert in die dunklen Alrams.

»Willst du die Frage der Königin nicht beantworten, warum nehmen die Sachsen so eine weite Reise auf sich?«, fragte er gereizt.

Siegfried spürte, wie sich der Blick Brunhilds in seine Gesichtshaut brannte. Da war wieder die unbarmherzige Härte, die sie im Kampf gegen die Räuber in ihrer Schmiede gezeigt hatte. Auch der suavische Krieger fühlte die knisternde Spannung, die in der Luft lag, aber er wusste nicht, wo sie herrührte. Was spielte sich hier ab?

»Also?«, fragte Siegfried nach, dem das Unbehagen Alrams nicht verborgen blieb. Alle im Raum waren aufs Höchste angespannt – bis auf Frida, die ruhig auf ihrem Platz auf der massiven Holzbank saß und keine Miene verzog.

Der Söldner schluckte. »Sie wollen ihren Stammeshäuptling Elwin rächen, der vor Jahren im Kampf gegen Burgund fiel. Vidar hat ihnen offenbart, dass nun die Zeit der Vergeltung gekommen ist«, berichtete er.

Brunhild beruhigte sich langsam. Alram traf keine Schuld an dem, was nun zwischen Siegfried und ihr stand.

»Ich weiß nicht viel über Burgund«, gab sie zu.

Der Xantener atmete auf, sie schien langsam wieder zur Vernunft zu kommen.

»Es ist ein recht kleines Königreich am mittleren Rhein, aber sie sind Foederati Roms«, erklärte er.

»Können die Sachsen es sich denn erlauben, einen Krieg mit ihnen anzufangen?«, fragte Brunhild skeptisch.

»Ich glaube nicht, dass die Römer sich da einmischen. Die haben schon genug damit zu tun, ihre Grenzen zu sichern. Außerdem kommen sie nur sehr ungern nach Germania Magna«, vermutete Siegfried.

»Da hast du recht, Herr. Sie mögen unsere Wälder und Sümpfe nicht. Die erinnern sie immer an Arminius und Varus!«, lachte Alram.

»Deshalb würden sie bei einem Krieg zwischen Sachsen und Burgund wohl nicht eingreifen«, nickte Siegfried. »Ihre Kräfte reichen nicht mehr aus, um überall zu sein.«

Missbilligend merkte Frida, wie die Stimmung am Tisch sich wieder entspannte, der kritische Moment war vorüber.

»Ich bitte um die Erlaubnis, mich zurückzuziehen«, wandte sie sich an Brunhild.

Die Königin nickte lediglich, worauf Frida sich mühsam erhob und zu ihrer Kammer schlurfte.

Siegfried blickte ihr sinnend nach. Die Seherin wirkte erschöpft, obwohl man ihr normalerweise ihr hohes Alter nicht anmerkte. Dann blickte er wieder auf Alram.

»Du kennst die Sachsen am besten. Was glaubst du, wie dieser Feldzug ausgehen wird?«, erkundigte er sich.

Der erfahrene Krieger zuckte die Achseln. »Schwer zu sagen, Herr. Die Sachsen sind zahlreich, doch die Burgunder sind harte Kämpfer. Vor einiger Zeit haben sie ein hunnisches Heer besiegt.«

Siegfried zog überrascht eine Augenbraue hoch.

»Tatsächlich, so stark sind sie?«, fragte er zweifelnd.

»Nun, man erzählt sich, dass der hunnische König in der Nacht vor der Schlacht bei einem Gelage umgekommen ist. Darum waren sie führerlos, was den Burgundern natürlich entgegenkam.«

Alram stand auf und verbeugte sich vor Brunhild. »Ich muss nun gehen, meine Familie wartet auf mich«, sagte er steif.

Brunhild lächelte warm.

»Es gibt keinen Grund, sich zu entschuldigen, du hast sie schon lang genug warten lassen.«

Damit verließ er sie, Brunhild und Siegfried waren allein.

Die Königin wandte sich ihm schweigend zu und musterte ihn eingehend. Der Ausdruck ihres ebenmäßigen Gesichtes war schwer zu deuten. War es Wut oder doch eher Enttäuschung, die sie fühlte? Oder war sie sich selbst noch nicht im Klaren, was sie empfinden sollte?

Siegfried zog sein neues Schwert aus der Scheide, um ein weiteres Mal den makellosen blanken Stahl zu bewundern. Er wusste nicht, was in Brunhild vorging, aber er hatte nicht vor, sich von ihrem ausgedehnten Schweigen aus der Ruhe bringen zu lassen. Was bezweckte sie wohl damit? Wollte sie erreichen, dass er sich schuldig fühlte?

Immer noch sagte keiner von ihnen etwas. Die Stille lastete über der Halle wie ein bleiernes Tuch.

»Warum hast du mir nichts davon gesagt?«, fragte sie schließlich. Ein Anflug von Traurigkeit schwang in ihren Worten mit.

Für einen Augenblick betrachtete er sein Spiegelbild, das Balmung ihm entgegenwarf.

»Ein Held rühmt sich nicht seiner selbst. Ich hatte gehofft, irgendjemand würde dir schon davon erzählen«, erwiderte er beiläufig, wusste aber gleichzeitig, dass dies nicht sehr überzeugend klang.

Brunhild lachte höhnisch. »Siegfried von Xanten, du hast viele bewunderungswürdige Eigenschaften, aber Bescheidenheit gehört bestimmt nicht dazu«, erwiderte sie mit beißendem Spott. »Da leben wir nun schon seit vielen Wochen zusammen, und es muss erst ein herumziehender Söldner kommen, damit ich erfahre, dass du den Lindwurm vom Drachenfels getötet hast!«

Er sah sie mit seinen hellblauen Augen an. »Ist das denn so wichtig? Ich bin immer noch derselbe Mann, obwohl du jetzt weißt, dass ich den Drachen besiegt habe.«

Sie blickte überrascht auf, war es so einfach für ihn?

»Darum geht es nicht. Du hast es mir verschwiegen … obwohl ein Fluch auf dem Gold lastet«, beharrte sie.

»Ich wollte dich nicht beunruhigen, das ist alles«, stöhnte er ungeduldig.

Sie stand auf und blickte aus dem dreieckigen Fenster nach draußen. Es wirkte so, als ob sie mit dem Wind spräche.

»Hätte ich es damals schon gewusst, wäre ich gewarnt gewesen, dann wäre es vielleicht nicht so weit gekommen.«

Sie drehte sich wieder um und blickte ihm ernst ins Gesicht. Ihre Stimme nahm einen merkwürdigen, fast feierlichen Ton an. »Doch jetzt ist es zu spät. Unsere Schicksale sind aneinandergebunden, Siegfried von Xanten.«

Siegfried stand ebenfalls auf und trat neben sie. Er versuchte, ihre Hand zu fassen, doch Brunhild entzog sie ihm.

Betrübt begann er zu sprechen.

»Deine Furcht vor dem Fluch ist sehr groß«, begann er. »Doch wie kann etwas Schlimmes aus meinem Sieg über den Drachen entstehen? Seitdem ich ihn getötet habe, ist mir nur Gutes widerfahren. Ich besitze nun eine wunderbare Rüstung, ein vortreffliches Schwert und …« Er ließ einen Augenblick verstreichen, bevor er weitersprach. »… und ich habe *dich* kennengelernt. Wie kann all dies ein Fluch sein?«

Brunhild lächelte schwach. »Ich möchte dir so gern glauben.«

»Du weißt, wie es mit Weissagungen ist«, sagte er schnell. »Wie oft treffen sie nicht ein, und der Seher, der sie gemacht hat, erklärt uns dann, er habe die Zeichen eben falsch gedeutet.«

Sie nickte nachdenklich. »Meinen Eltern ist prophezeit worden, ihr erster Sohn werde einst ein mächtiger König mit einem riesigen Reich sein.«

»Was ist daraus geworden?«, fragte Siegfried.

Brunhild zögerte einen Augenblick.

»Eines Tages unternahmen sie eine Seereise auf der Nordsee«, sagte sie langsam. »Ein mächtiger Sturm kam auf und verschlug sie weit nach Nordwesten, noch viel weiter als das Land der wilden Pikten reicht. Sie versuchten zurückzukehren, aber sie schafften es nicht. Rings um sie herum war nur das weite Meer. Ihre Vorräte waren fast aufgebraucht, und sie fingen an zu verzweifeln. Endlich sahen sie die vereiste Küste eines Landes, das niemand kannte und in dem die Berge Feuer spien. Sie dachten schon, sie waren gerettet, und hielten auf den Strand zu, doch dann stießen sie gegen die Felsen vor der Küste, ihr Schiff versank im Meer und fast alle an Bord mit ihm.«

Siegfried legte ihr tröstend den Arm um die Schulter.

Brunhilds Blick war weit in die Ferne gerichtet. »Anders als mein Bruder war ich noch zu klein, um die Reise mitzumachen, darum blieb ich bei Frida, die sich seitdem um mich kümmert.«

»Hast du den Seher danach noch einmal wieder getroffen?«, fragte Siegfried leise.

»Ja, er behauptete, beim Werfen der Runen habe Loki ihn in der Gestalt einer schönen Frau abgelenkt, so dass er den Blick einen Moment abwendete, und da hätte der Ase die Runen vertauscht. Darum war seine Vorhersage falsch.«

Siegfried nickte langsam.

»Und was ist vorher passiert?«

Brunhild sah ihn fragend an.

»Na ja, ich meine, als der Seher die Weissagung über deinen Bruder gemacht hat, was haben deine Eltern damals gemacht?«

»Sie waren natürlich überglücklich und haben ihn zur Belohnung großzügig beschenkt«, erwiderte Brunhild.

Siegfried seufzte. »Seher machen Prophezeiungen oft nur, weil sie sich etwas davon versprechen. Trifft es dann nicht ein, reden sie sich irgendwie heraus.«

Die Königin schwieg für einen Augenblick. »Aber was ist dann mit Frida?«, fragte sie. »Vor vielen Jahren hatte sie einen großen Streit mit ihrer Schwester Rowena und verfluchte sie. Kurz darauf stürzte Rowena von einer Brücke in den Tod.«

»Menschen, die an die Kraft eines bösen Zaubers glauben, sind oft voller Furcht. Sie können nicht mehr schlafen, ihre Bewegungen werden fahrig, manchmal kommt es dann zu Unfällen«, entgegnete Siegfried sanft.

Brunhild blickte forschend in seine Augen. »Ist denn der Fluch des Rheingolds wirklich nur Einbildung?«, fragte sie, eher zu sich selbst gewandt.

Siegfried merkte, wie er Zweifel in ihr geweckt hatte. Lächelnd nahm er sie an der Hand, um sie in ihre Kammer zu führen. Brunhild folgte ihm mit leichtem Widerwillen.

Als sie den Vorhang hinter sich zugezogen hatten, nahm sie ein Bärenfell und eine Decke aus einer Truhe und breitete sie auf dem Boden vor dem weichen Bett aus.

»Du wirst hier schlafen«, sagte sie knapp.

Siegfried blickte sie überrascht an.

»Du vertraust mir nicht alles an, das missfällt mir«, beantwortete sie seine unausgesprochene Frage und blies die Kerze auf dem kleinen Tisch aus.

•••

Gedankenversunken saßen sie bei einem kargen Frühstück an einem Tisch in Brunhilds Kammer. Es gab nichts außer Brot mit Butter und Salz. Doch die Pflanzen hatten wieder zu wachsen begonnen, bald würde das Essen abwechslungsreicher werden.

Missmutig sah Siegfried auf die runden Schilde, die an den Wänden hingen. Brauchte man in dieser abgelegenen Gegend überhaupt Waffen? Hier lebten so wenige Menschen, dass es wahrscheinlich kaum einmal zu Auseinandersetzungen kam. Auch am königlichen Hof gab es nicht viel Leben. Die Einzigen, mit denen er gelegentlich sprach, waren der Truchsess Markulf und Frida. Die Knechte und Mägde waren zumeist sehr zurückhaltend, so dass er nur selten einige Worte mit ihnen wechselte.

Er blickte aus dem Fenster, wo ein Eichhörnchen über den Boden flitzte und gewandt einen Baum hinaufkletterte. Zu seiner Überraschung war der Himmel diesmal klar, es gab keinen grauen Dunstschleier über dem Boden.

Sie sprachen nicht viel miteinander. Den Streit von gestern erwähnten sie mit keinem Wort, doch er lastete noch auf ihnen. Zwar versuchten sie, sich so normal wie möglich zu benehmen, aber es gelang ihnen nicht.

»Ich habe über etwas nachgedacht«, sagte Siegfried, während er sich mit seinem Dolch ein Stück Brot abschnitt.

Brunhild sah ihn unwillkürlich scharf an.

»Wirklich, was ist es denn?«, fragte sie knapp.

Er strich sich etwas Butter auf sein Stück Brot, bevor er antwortete.

»Der Feldzug der Sachsen gegen Burgund könnte vorteilhaft für Xanten sein.«

Sie runzelte die Stirn. »Tatsächlich?«

»Burgund liegt nicht weit von Xanten entfernt, ein Bündnis mit ihnen wäre vorteilhaft für beide Seiten. Dieser Krieg könnte ein willkommener Anlass sein, um einen Pakt mit ihnen zu schließen.«

»Dazu ist es wohl ein bisschen zu spät«, erwiderte Brunhild. »Die Sachsen werden bald ziehen. Wie kannst du bis dahin ein Heer aufstellen?«

»Ja, das ist wahr«, erwiderte Siegfried langsam.

»Aber ich gebe zu, der Gedanke ist nicht schlecht«, erwiderte sie.

»Ein einzelner Reiter könnte rechtzeitig da sein«, sagte er beiläufig.

Brunhild runzelte die Stirn.

»Wie meinst du das denn?«

»Ganz einfach, ich werde nach Burgund reiten, um ihnen beizustehen.«

Ungläubig sah Brunhild ihm in die Augen.

»Du allein? Merkst du eigentlich, was du da sagst, was soll ein einzelner Mann denn ausrichten?«

Siegfried ließ sich nicht beirren.

»Vielleicht mehr, als du denkst. Es ist ja nicht nur mein Geschick mit dem Schwert. Allein der Gedanke, dass der Drachentöter an ihrer Seite kämpft, wird den Mut der Burgunder stärken und Furcht in die Herzen der Sachsen säen.«

Ein spöttischer Ausdruck erschien auf Brunhilds Gesicht. »Das mag stimmen, bevor die Schlacht beginnt. Aber wenn es erst einmal losgeht, kämpft jeder nur noch um sein Überleben. Da ist es dann egal, ob Siegfried von Xanten dabei ist oder nicht.« Der Ausdruck in ihrem Gesicht veränderte sich und sie wurde ernst.

»Ich halte das nicht für eine gute Idee. Du solltest nicht gedankenlos in den Krieg ziehen. Du sprichst wie ein unreifes Kind.«

»Warum nicht?«, beharrte Siegfried. »Ich bin ein Krieger. Und jetzt habe ich so wundervolle Waffen, es drängt mich, sie auszuprobieren.«

Brunhild schüttelte entschieden den Kopf. »Warte lieber auf eine andere Gelegenheit. Das ist nicht dein Feldzug.«

»Warten, warten, ich habe genug vom Warten!«, brauste er auf. »Hier im abgelegenen Suavaland passiert rein gar nichts. Das ist nichts für mich. Ich bin ein Krieger, und ein Krieger braucht den Kampf, dafür lebt er!«

Brunhild schwieg für einen Moment. Als sie sprach, klang ihre Stimme belegt.

»Dabei habe ich gedacht, du könntest vielleicht eines Tages meine Krone mit mir teilen.«

Überrascht blickte Siegfried sie an. Das hatte er nicht erwartet.

Er ließ einige Zeit verstreichen, bevor er antwortete. Dann reichte er mit der Hand über den Tisch und legte sie auf ihre. »Du wärest eine vollkommene Gemahlin für mich, das ist wahr«, lächelte er. »Doch dein Reich ist mir zu ruhig. Nichts geschieht hier, ich brauche Leben um mich.«

Brunhild nickte bedrückt. Es hatte sie große Überwindung gekostet, gegen die guten Sitten zu verstoßen, indem sie selbst um die Hand eines Mannes anhielt. Doch es war umsonst gewesen.

Sie schluckte ihre Bitterkeit hinunter, um noch einen letzten Versuch zu machen.

»Glaubst du nicht, du könntest dich an das Leben hier gewöhnen? Die Abgeschiedenheit hat auch ihre Vorteile«, entgegnete sie.

Siegfried betrachtete sie sinnend. Dann richtete er sich entschlossen auf.

»Darüber werde ich später nachdenken«, entschied er. »Jetzt geht es darum, wie ich auf dem schnellsten Weg nach Burgund gelangen kann.«

Brunhilds Enttäuschung verwandelte sich in Wut. »Es ist töricht, dich Burgund allein als Bündnispartner anzubieten!«, rief sie.

»Mein Entschluss steht fest. Nach dem Essen werde ich losreiten«, schrie er zurück.

Er zwang sich zur Ruhe.

»Kannst du mich denn nicht verstehen?«, fragte er eindringlich. »Du bist doch auch im Herzen eine Kriegerin, das habe ich an deiner Art zu kämpfen gesehen.«

Für einen Moment trat ein feuriges Leuchten in ihre Augen, es verschwand aber so schnell, wie es gekommen war.

»Es ist wahr, ich kämpfe gern«, erklärte sie. »Es ist ein großartiges Gefühl, wenn man sich einem Gegner überlegen erweist. Doch ich versuche, diesen Drang zu beherrschen, denn ich weiß, dass er viel Leid bringen kann.«

Sie blickte in Siegfrieds Augen und erkannte, dass ihre Worte nichts bewirkt hatten.

»Ich sehe, ich kann nichts gegen dein Vorhaben tun«, seufzte sie.

Sie überlegte einen Moment.

»Bist du wenigstens einverstanden, dass Frida die Runen wirft?«, fragte sie.

Siegfrieds skeptischer Gesichtsausdruck zeugte deutlich, was er davon hielt, aber er wollte Brunhild nicht noch weiter vor den Kopf stoßen.

»Also gut, lass sie kommen«, erwiderte er knapp.

Noch bevor Brunhild sie rufen konnte, wurde der Vorhang der Kammer beiseitegezogen, und Frida trat ein. Sie trug einen langen braunen Kittel; in die silbergrauen Haare hatte sie einige Zöpfe geflochten. Die Tinte auf ihrer Stirn schimmerte feucht, anscheinend hatte sie das Zeichen von Kaunaz noch einmal nachgezogen. In der Hand trug sie einen ledernen Beutel.

Sie deutete eine Verbeugung an. »Hier bin ich, meine Königin.«

Verblüfft blickte Siegfried auf die alte Seherin.

»Hast du uns belauscht?«, fragte er misstrauisch.

Ein verächtlicher Ausdruck erschien auf ihrem Gesicht.

»Ich brauche nicht zu lauschen, es gibt andere Wege.«

Siegfrieds Blick fiel auf eine Ratte, die soeben in einem Loch in der Wand verschwand.

»Bist du eine Gestaltwandlerin?«, fragte er erschrocken.

Frida sah ihn abschätzig an. Dann zuckte sie die Schultern. »Ich bin vieles.«

Brunhild spürte die Spannung zwischen ihnen. Sie hatten sich von Anfang an nicht verstanden, und je länger Siegfried hier war, desto stärker wurde ihre gegenseitige Abneigung.

Sie legte ihm beruhigend die Hand auf den Arm, während sie sich an die Seherin wandte. »Was sagen die Runen, Frida?«

Wortlos hockte sie sich hin und öffnete ihren Beutel. Sie holte die flachen Steine mit den eingeritzten Zeichen hervor und hielt sie einen Augenblick konzentriert in der Hand. Es sah fast aus, als ob sie mit ihnen sprach, ohne den Mund zu bewegen. Als sie bereit war, warf sie die Runen auf den Boden.

Siegfried war gegen seinen Willen fasziniert von dem feierlichen Ernst, den ihr Gesicht zeigte, als sie auf die Steine blickte. Ihre Stirn legte sich in Falten, während sie aufmerksam die Zeichen betrachtete. Manchmal berührte sie eine Rune kurz, wie um sich zu vergewissern, dass sie tatsächlich so gefallen war.

Er wechselte einen schnellen Blick mit Brunhild. Warum sagte sie nichts?

Schließlich richtete Frida sich wieder auf. Sie schaute noch einmal auf die markierten Steine, dann wandte sie sich mit starrer Miene an Brunhild. Sie sah durch Siegfried hindurch, als ob er gar nicht da wäre.

»Nimm dich in Acht vor dem Xantener, denn er wird dich verraten«, erklärte sie mit einer Grabesstimme, die Brunhild und Siegfried erschauern ließ.

Für einen Augenblick sahen sie sich entsetzt an, dann

trat Siegfried wütend gegen die Runen, so dass sie in allen Richtungen durch den Raum flogen.

»Sieh her, was ich mit deinen kostbaren Steinen mache«, tobte Siegfried. »Du warst von Anfang an gegen mich, und jetzt willst du die Runen gegen mich sprechen lassen!«

»Dein Zorn ändert nichts«, erwiderte Frida unbewegt.

Brunhild blickte immer noch entgeistert auf die überall in der Kammer verstreuten Steine.

Sie schluckte mühevoll.

»Frida, könntest du die Runen noch einmal werfen?«, fragte sie tonlos.

Die Seherin nickte nach kurzem Überlegen. Darauf suchte sie die Steine zusammen, sammelte sich und warf sie erneut auf den Boden.

Siegfried wusste nicht viel über Runen, doch das Muster, das er sah, schien dem zu ähneln, das sich vorher ergeben hatte.

Mit pochendem Herzen blickte er auf Frida. Im Schein der Fackel an der gegenüberliegenden Wand warf ihre auf dem Boden kauernde Gestalt einen gespenstischen Schatten, der wie ein riesiges sprungbereites Raubtier wirkte.

Eine unheimliche Stille erfüllte den Raum, die erst endete, als Frida mit ihrer dunklen Stimme zu sprechen begann. Wieder wandte sie sich nur an Brunhild, ohne Siegfried zu beachten.

»Ich sehe das Gleiche wie vorher. Der Drachentöter wird dich verraten, und er wird sich dabei im Verborgenen halten, so dass du ihn nicht erkennst.«

Brunhild sah sie stumm an. Dann sank sie kraftlos auf eine Bank nieder und starrte vor sich hin.

Siegfried heulte vor Zorn auf. »Fort mit dir, du alte Hexe!«, schrie er. »Ich habe dich und deinen Hass lange genug ertragen. Aus meinen Augen!«

Damit riss er den Vorhang auf und stieß sie so heftig hinaus, dass sie auf den Boden stürzte.

Als Frida sich ächzend wieder erhob, war ihr Gesicht vor Wut verzerrt.

»Flüche und Prophezeiungen sind so wahrhaftig wie Wodan und Hel, das wirst auch du erfahren, Siegfried von Xanten«, schleuderte sie ihm mit erhobener Stimme entgegen, während Siegfried aufgebracht den Vorhang der Kammer wieder zuzog.

Er wandte sich zu Brunhild, die immer noch starr auf ihrer Bank saß, und setzte sich auf einen Hocker ihr gegenüber.

»Du glaubst das doch wohl nicht etwa?«, erkundigte er sich sanft.

Sie betrachtete eingehend sein Gesicht und blickte in seine hellen blauen Augen.

»Ich will es nicht glauben«, erwiderte sie knapp.

Plötzlich nahmen sie gleichzeitig einen stechenden Geruch wahr.

»Was ist das?«, fragte er alarmiert.

»Das kommt aus der Halle!«, rief Brunhild, und beide stürzten aus der Kammer.

Hastig versuchten sie den Ursprung des Geruchs zu finden.

Brunhilds Blick fiel auf eine dünne Rauchwolke, die über einer Sitzbank in die Luft stieg. Auf der Bank lag Siegfrieds Kettenhemd. Daneben stand Frida und verbarg hastig ein gläsernes Gefäß hinter einem Schemel.

»Da!«, rief Brunhild während sie mit dem ausgestreckten Arm auf den Rauch zeigte.

Mit zwei gewaltigen Sätzen war Siegfried bei seiner rauchenden Brünne. Er wusste nicht, was das zu bedeuten hatte, woher kam der Rauch?

»Fass es nicht an!«, schrie Brunhild, aber es war schon zu spät. Verwirrt hatte Siegfried es in die Hand genommen, um es zu untersuchen.

Er spürte einen brennenden Schmerz, der ihn laut aufschreien ließ. Entsetzt rannte Brunhild zu ihm und tauchte seine Arme in einen großen Wasserbottich, mit dem die Magd am Morgen den Fußboden gewischt hatte.

Seine Hände brannten immer noch, als habe jemand kochendes Öl darauf gegossen.

»Was ist das? Was passiert mit mir?«, stöhnte er.

Die Königin konnte erkennen, dass er nicht schwer verletzt war. Glücklicherweise war nur eine geringe Menge der Flüssigkeit an seine Haut geraten. Aber der Schmerz würde noch lange anhalten.

»Du musst deine Hände eine Weile im Bottich lassen, damit es nicht schlimmer wird«, mahnte sie.

Siegfried ächzte erneut und nickte stumm.

Die Königin richtete sich auf und starrte erst auf den Becher mit der zerstörerischen Flüssigkeit, dann auf Frida. Ihr Blick war so kalt wie das Eis auf dem Dach der Halle.

»Wie konntest du das nur tun?«, zischte sie.

Die Seherin sah ihr verächtlich ins Gesicht. »Der Xantener ist dein Unglück, aber du bist blind vor Liebe, darum willst du es nicht sehen«, entgegnete sie wütend.

Unterdessen blickte Siegfried auf sein Kettenhemd. Es hatte aufgehört zu rauchen und er sah, dass die Rückseite an der linken Schulter beschädigt war. Es wirkte, als ob das Metall geschmolzen war.

Empört fuhr er auf, griff nach Balmung und stürzte auf Frida zu. »Ich werde dich töten!«, rief er.

Doch Brunhild war schneller. In einer einzigen fließenden Bewegung sprang sie zwischen die beiden und hielt Siegfried die Spitze ihres Schwertes an die Kehle.

»Das wirst du nicht tun«, sagte sie hart.

Er blickte sie grimmig an. Frida hatte ihn zu oft herausgefordert, das musste ein Ende haben.

Reglos standen sie sich gegenüber. Brunhild war fest entschlossen, nicht nachzugeben. Und sie war bereit zu kämpfen, ja, ein Teil von ihr sehnte sich sogar danach. Bisher hatte sie jeden Gegner bezwungen, aber würde sie auch den Drachentöter überwinden können? Sie gierte danach, es zu erfahren.

Langsam zog sie ihre Waffe zurück. Sie hielt sich die Klinge senkrecht vor das Gesicht und sah Siegfried herausfordernd an. Dann ging sie in Angriffsstellung.

Überrascht blickte er ihr in die Augen, doch sie zeigte keine Regung. Seine Gesichtszüge verfinsterten sich ebenfalls, und seine Hand schloss sich so fest um den Knauf von Balmung, als ob er ihn zerquetschen wollte.

Plötzlich schrie er auf und ließ die Waffe fallen. Schlagartig löste sich Brunhilds kämpferische Stimmung, besorgt stürzte sie auf Siegfried zu, fasste ihn an den Armen und tauchte seine Hände wieder in den Bottich.

»Ich habe dir doch gesagt, du musst sie noch eine Weile im Wasser lassen«, seufzte sie, während Frida die Halle verließ.

»Was hat sie mit dem Panzerhemd gemacht?«, stöhnte Siegfried.

Sie sah ihm prüfend in die Augen. Auch er war jetzt wieder klar im Kopf. Unfassbar, dass es zwischen ihnen fast zu einem Zweikampf gekommen wäre, der möglicherweise tödlich geendet hätte.

»Frida hat eine Flüssigkeit über der Brünne ausgeschüttet, die jedes Metall zerstört. Glücklicherweise sind wir dazugekommen, bevor sie alles ausgießen konnte«, erklärte sie.

Siegfried wollte aufstehen, um den Schaden an seinem Kettenhemd näher zu untersuchen, doch Brunhild hielt ihn zurück.

»Noch nicht, du musst die Wunde weiter kühlen«, warnte sie.

Eine Zeit lang verstrich, bis Brunhild ihm sagte, er könne die Arme nun aus dem Wasser nehmen. Während sie seine Hände prüfend betrachtete, atmete sie auf. Die Verletzungen waren tatsächlich nicht schwer. Links gab es eine Stelle, die sich gerötet hatte, und die Haut war aufgeplatzt, doch die rechte Hand war weitgehend verschont geblieben. Die leichten Rötungen würden wahrscheinlich innerhalb weniger Tage verschwinden. Was für ein Glück, dass Ricke den Bottich mit dem Waschwasser noch nicht ausgeleert hatte, sonst wären die Folgen viel schlimmer gewesen.

Siegfried erhob sich und blickte auf das beschädigte Panzerhemd. Seine kräftigen Backenknochen mahlten vor unterdrückter Wut. Auch Brunhild war aufgebracht. Diese Rüstung war ihr Meisterstück gewesen, noch nie hatte sie etwas so Vollkommenes erschaffen. Und es war ihr ganz besonderes Geschenk für Siegfried. Für ihn hatte sie so hart daran gearbeitet, dass diese Brünne alle anderen weit übertraf.

Sie begann, das Kettenhemd zu untersuchen. Sie betrachtete es eingehend und tastete es mit einem Holzstab ab.

Als sie aufblickte, schaute Siegfried sie erwartungsvoll an. Doch sie schüttelte betrübt den Kopf.

»Unterhalb der Schulter ist es stark beschädigt, an der Stelle bietet es keinen Schutz mehr.« Verärgert warf sie den Holzstab in eine Ecke. »Das Eisen des Feuersterns ist aufgebraucht, ich werde nie wieder solch eine Rüstung herstellen können«, fügte sie bitter hinzu.

Siegfried nickte bedrückt. »Könnten wir die Stelle nicht mit normalem Eisen ausbessern?«

Brunhild überlegte. Die beschädigte Fläche war ungefähr so groß wie ein Lindenblatt.

»Das wäre möglich«, erwiderte sie dann. »Aber die Ringe müssten sehr fein sein, damit es nicht auffällt. Etwas Farbe ist auch noch da.«

»Also auf zur Schmiede«, freute sich Siegfried.

Sie blickte ihn ernst an. »Aber die Panzerung wird unter der linken Schulter nicht so stark sein wie beim Rest des Kettenhemds. Willst du das wirklich?«

Er lächelte gelöst. »Das stört mich nicht. Wie wahrscheinlich ist es schon, dass ein Feind mich ausgerechnet an dieser Stelle trifft?«

7

Fröstelnd standen sie vor der Schmiede und sahen sich verlegen an. Es war Zeit, Abschied zu nehmen. Sie hatten das Kettenhemd – soweit es möglich war – repariert und hatten dabei gute Arbeit geleistet. Nur wenn man die Brünne ganz aus der Nähe betrachtete, waren die neuen Ringe zu erkennen.

Die Sonne strahlte von einem wolkenlosen Himmel, doch sie hatte noch nicht genug Kraft, um viel Wärme auszustrahlen. Siegfried hüllte sich fester in seinen tiefblauen Mantel, um sich gegen den kalten Wind zu schützen.

Brunhild erkannte die Unruhe in seinen Bewegungen. Er brannte darauf loszureiten, aber da war auch etwas, das ihn hier zurückhielt.

»Gibt es wirklich nichts, was dich von deinem Entschluss abbringen kann?«, fragte sie, obwohl sie die Antwort schon kannte.

Er schüttelte den Kopf. »Nein«, sagte er bestimmt. Dann lächelte er. »Aber mach dir nicht zu viele Sorgen um mich. Dank der wunderbaren Waffen, die du für mich geschaffen hast, bin ich unbesiegbar.«

»Auch die helfen dir nicht, wenn die Übermacht zu groß ist«, erwiderte sie bestimmt.

Siegfried ging nicht auf sie ein. »Ich werde Burgund helfen, die Sachsen zu besiegen – und danach komme ich wieder zu dir.«

Brunhild glaubte, sie hätte nicht richtig gehört.

»Du kommst noch einmal in den menschenleeren Suavawald?«, vergewisserte sie sich erstaunt.

Er nickte ernst. »Es gibt nichts hier, was mich reizt – außer der Königin. Ohne sie will ich nicht sein.«

Brunhild sah ihn mit weit aufgerissenen Augen an.

Ein strahlendes Lächeln erschien auf ihrem Gesicht, als sie auf ihn zutrat und ihm einen langen Kuss gab. Er erwiderte den Kuss voller Leidenschaft und die Welt um sie herum schien stillzustehen.

Als sie sich wieder voneinander lösten, sahen sie, wie ein riesiger Schwarm Krähen krächzend über sie hinwegflog. Es waren so viele, dass sie die Sonne verdunkelten. Staunend betrachteten sie das beeindruckende Schauspiel. Die schwarzen Vögel waren weit über ihnen, doch ihr heiseres Schreien kam aus so vielen Kehlen, dass der Lärm ihnen laut in den Ohren gellte.

»Hast du schon einmal so viele Krähen gesehen?«, fragte Brunhild mit gerunzelter Stirn.

»Vielleicht haben sie sich die ganze Zeit im Nebel versteckt«, schmunzelte Siegfried.

Mit einem seltsamen Gefühl der Beunruhigung blickte sie dem sich langsam entfernenden Schwarm nach.

Plötzlich hörten sie durch den Schnee gedämpftes Trappeln von Hufen. Erschrocken wandte sich Siegfried in die Richtung, aus der die Geräusche kamen. Ein Trupp Reiter kämpfte sich den steilen Weg zur Schmiede empor. Sie boten einen Achtung gebietenden Anblick. Alle trugen

Helme und frisch eingefettete Brünnen, dazu glänzten ihre blank polierten Waffen in der Sonne.

Siegfrieds Augen zogen sich angespannt zusammen, seine Hand legte sich unwillkürlich um Balmungs Knauf. Er zählte zwölf Krieger, was wollten sie hier?

Die Männer kamen langsam auf sie zu. Dann sah er, wie Brunhild vortrat und der Reiter an der Spitze des Trupps, ein mittelgroßer Mann mit schulterlangen dunkelblonden Haaren und einem dichten Bart, vom Pferd stieg und eine Verbeugung andeutete. Seine Hose und die Tunika unter dem Kettenhemd waren schwarz, wodurch sein hellbrauner lederner Brustpanzer sich deutlich vom Rest der Kleidung absetzte.

»Zu deinen Diensten, meine Königin«, begrüßte er sie.

»Ich freue mich, dich zu sehen, Nibel«, erwiderte Brunhild lächelnd. Dann wandte sie sich an Siegfried. »Wie gefällt dir deine Leibgarde?«

»Meine Leibgarde?«, wiederholte er verblüfft.

Brunhild nickte. »Sie werden mit dir reiten und dich mit ihrem Leben verteidigen.«

»Das kann ich nicht annehmen, diese Krieger wirst du vielleicht bitter nötig haben.«

Doch damit gab sich Brunhild nicht zufrieden. Natürlich machte ein Dutzend Krieger bei einer Schlacht, in der Tausende von Männern kämpften, kaum etwas aus, aber sie musste einfach irgendetwas tun, um Siegfried zu schützen. Immerhin hatte sie auch dazu beigetragen, dass er sich nun unnötig in Gefahr brachte. Wegen der Waffen, die sie für ihn geschaffen hatte, glaubte er, es könne ihm nichts passieren. Wie kindisch er sich doch manchmal benahm, niemand war unbesiegbar.

»Kein Mann von Rang zieht ohne Leibgarde in die Schlacht. Deine wird diesmal eben aus suavischen Kriegern bestehen«, bestimmte sie.

»Ich kann es nicht verantworten, dein Reich zu schwächen, weil deine Krieger mit mir ziehen«, beharrte er.

Brunhild rollte ärgerlich mit den Augen. »Mein Land ist karg. Wer sollte uns schon überfallen?«

Argwöhnisch sah Siegfried auf Nibel, den Anführer der Reiter, der ihn ebenfalls misstrauisch betrachtete.

Brunhild bemerkte, wie sie versuchten, sich gegenseitig einzuschätzen. Das war nicht ungewöhnlich; in diesen unruhigen Zeiten konnte jeder Fremde ein Feind sein.

Schließlich wandte Nibel sich an Brunhild. »Warum sollen wir mit jemand reiten, der uns nicht will?« Er maß Siegfried mit einem abschätzigen Blick.

»Wer ist das eigentlich, dass er sich so hochmütig benimmt?«

»Das ist Siegfried von Xanten, und er ist mein Gast«, erwiderte sie mit erhobener Stimme.

Nibel blickte erstaunt auf Siegfried, während es unter seinen Männern unruhig wurde. Verwundert sahen sie sich an.

»Der Drachentöter?«, rief einer von ihnen ungläubig aus.

»Der Held, der so tapfer ist, dass er immer ohne Helm in die Schlacht zieht?«, rief ein anderer.

Die Stimmung der Krieger, die bisher genauso skeptisch gewesen waren wie ihr Anführer, änderte sich schlagartig. Die Blicke, mit denen sie ihn nun betrachteten, wirkten ehrfürchtig. Sie begegneten nicht jeden Tag einem berühmten Helden, über den so viele Lieder gesungen wurden.

Doch Nibel zeigte sich unbeeindruckt. »Meine Königin,

wir haben geschworen, dir zu dienen. Warum sollen wir nun mit Siegfried reiten?«, fragte er mit fester Stimme.

Brunhild schaute ihn eisig an. »Ihr habt einen Eid abgelegt, mir Gehorsam zu leisten, und ich befehle euch, mit Siegfried zu ziehen«, sagte sie in einem Ton, der keinen Widerspruch duldete.

Einige der Krieger begannen zu murren, ihnen gefiel Nibels Zurückhaltung nicht. An der Seite des Xanteners würden vielleicht auch sie die Gelegenheit haben, Ruhm und Ehre zu erwerben.

Nibel blickte mit zusammengekniffenen Lippen zunächst auf seine Männer, dann auf Siegfried.

Schließlich fügte er sich. Er zwang sich zu einem Lächeln und deutete eine Verbeugung an.

»Wir stehen zu deinen Diensten, Herr«, erklärte er förmlich.

Siegfried blickte zögernd auf Brunhild. Sie nickte ihm entschlossen zu.

Er tat einen unterdrückten Seufzer, dann sah er auf Nibel und seine Männer.

»Reiten wir los«, sagte er knapp und stieg in den Sattel.

◆◆◆

In Gedanken versunken saß Aetius auf seinem mit weichen Fuchsfellen bespannten Stuhl in dem geräumigen Feldherrnzelt. Sein Oberkörper war jetzt in eine weite beigefarbene Tunika gehüllt, die Beine steckten in groben germanischen Hosen. Die Rüstung hatte er auf einem verrosteten Kleiderständer aufgehängt, der Gürtel mit dem Schwert in seiner schmucklosen Scheide baumelte von dem silbernen Harnisch herab. Sein Helm stand daneben auf dem Boden.

Endlich hatte er einmal Zeit, um zu entspannen. Er genoss die wohlige Wärme, die der große Ofen verbreitete. Außer ihm war nur noch sein Leibwächter im Raum. Der bullige Mann stierte unverwandt auf einen Punkt in der grauen Zeltwand. Aetius betrachtete ihn zufrieden. Der Legionär befolgte genau seine Anweisungen. Er versuchte, sich so unauffällig wie möglich zu verhalten, so dass niemand Notiz von ihm nahm.

Seufzend schaute er auf die Landkarte neben seinem Becher Wasser. Gegenwärtig lagerte er also in Vindobona. Für wie lange, wann würde es weitergehen, was würde seine nächste Station sein? Seit viel zu langer Zeit eilte er schon von einem Feldzug zum nächsten. Ständig gab es irgendeinen Feind zu bekämpfen, der verfolgt, gestellt und in die Knie gezwungen werden musste.

Im Normalfall gelang ihm das auch. Aetius war ein überaus erfolgreicher General, der seine Kriege zu gewinnen pflegte. Und doch würde es nicht lange dauern, bis sich wieder jemand gegen die Herrschaft Roms erhob und er erneut kämpfen musste. Obgleich er ein leidenschaftlicher Soldat war, dem es Genugtuung bereitete, seine Gegner auszumanövrieren und zu schlagen, gab es auch für ihn Grenzen. Es wurde dringend Zeit, wieder einmal ein paar Wochen in der Bequemlichkeit seiner luxuriösen Villa in Ravenna zu verbringen, wo seine Frau Cornelia und sein fünfjähriger Sohn Carpilio auf ihn warteten. Zwar war er im Allgemeinen kein Mensch, dem die Familie besonders wichtig war, aber ab und zu sehnte er sich schon nach der Geborgenheit seines Hauses, wo er nicht ständig auf der Hut vor seinen vielen Feinden sein musste.

Denn davon gab es mehr als genug. An den Grenzen

des Reiches lauerten die Barbaren, die immerfort auf eine Gelegenheit warteten, die in ihren Augen unermesslich reichen römischen Provinzen zu plündern. Er konnte sie durchaus verstehen, es war ja auch einfacher, anderen ihre Besitztümer wegzunehmen, als selbst etwas aufzubauen. Aber dulden konnte er es trotzdem nicht. Sobald eine Gruppe von Kriegern ohne Erlaubnis die Grenzen überschritt, war es seine Aufgabe, sie zu verjagen, und für den Fall, dass sie es schon einmal getan hatten, ihre Dörfer dem Erdboden gleichzumachen.

Doch schwieriger, als fremde Völker zu bekämpfen, fand er es, sich in den Intrigen der führenden Familien Roms zu behaupten. Auf dem Schlachtfeld konnte man seinen Feind sehen, man schätzte seine Stärke ein, verfolgte seine Truppenbewegungen und traf die erforderlichen Maßnahmen. Aber die verborgenen Ränke und Winkelzüge seiner innenpolitischen Gegner zu erkennen, das erforderte wahre Meisterschaft.

Na, wenigstens war es ihm gelungen, Felix loszuwerden, den ehemaligen Konsul für die westlichen Provinzen. Der aufgeblasene General, der nur aufgrund seiner guten Beziehungen zu Galla Placidia zu diesem Amt gekommen war, hatte versucht, ihn bei seinen eigenen Soldaten zu diskreditieren. Doch das war ihm schlecht bekommen, denn seine Legionäre waren ihm treu ergeben und exekutierten Felix gemeinsam mit seiner Frau und einem machtgierigen Diakon.

Aber Galla Placidia, die Mutter des elfjährigen Kindkaisers Valentinian, die in seinem Namen regierte, wusste, dass Aetius' Ehrgeiz sich erst zufriedengeben würde, wenn er die unumschränkte Macht im Reich innehatte. Daher förderte sie nun Bonifacius, den Gouverneur der reichen Provinz Africa. Drohte dieser jedoch zu viel Einfluss zu gewinnen, so unterstützte sie wiederum Aetius. Solange sie die beiden mächtigen Heerführer gegeneinander ausspielen konnte, würde keiner von ihnen stark genug sein, um die Macht an sich zu reißen.

Es gab einfach kein Ende dieser ermüdenden Auseinandersetzungen. In den letzten Jahren hatte er nacheinander die Westgoten, Franken, Bagauden und Juthungen besiegt und wurde vom Volk als Held und legitimer Nachfolger Caesars gefeiert. Doch vielen Patriziern war diese Beliebtheit ein Dorn im Auge, und sie versuchten beständig, seinen Einfluss auf die Geschicke des Reiches zu beschneiden.

Gähnend stand er auf und steckte sich ein paar der afrikanischen Trauben in den Mund, die ein Soldat gerade hereingebracht hatte. Wie lange würde es wohl dieses Mal dauern, bis er den nächsten Feind bezwingen musste? Würden es Barbaren sein, gegen die er auf dem Schlachtfeld antreten musste, oder reiche Römer, die auf dem Felde der Politik stritten und aus Langeweile beständig ihre Intrigen spannen?

Überrascht blickte er auf, als der Wachtposten ihm die Ankunft seines persönlichen Sekretärs Julius meldete. Wie immer war die Kleidung des jungen Schreibers tadellos, ja stilvoll. Er trug eine blütenweiße Tunika über einer dunkelroten Hose. Die braunen Lederstiefel waren reich verziert mit aufwendigen schlangenartigen Linien. Wenn er wie andere Legionäre im Feld kämpfen würde, wäre es ihm wohl nicht möglich, so stark auf sein Äußeres zu achten, überlegte Aetius. Der schlanke Mittzwanziger hatte feine Gesichtszüge und bewegte sich mit einer ausgeprägten Leichtfüßigkeit, seine Schritte waren kaum zu hören.

Aetius hatte ihn noch nie eine Frau liebkosen gesehen, einen Mann allerdings auch noch nicht. Was war los mit ihm, machte er sich etwa nichts aus der körperlichen Liebe? Wenn das stimmte, war es sehr schade um ihn, denn er schien wie geschaffen dafür.

Julius schwenkte eine noch versiegelte Rolle Papyrus.

»Gerade ist ein Brief für dich gekommen, General«, sagte er und blickte Aetius erwartungsvoll an.

»Wahrscheinlich eine neue Teufelei von Galla Placidia«, brummte der Heermeister.

»Diesmal nicht«, schmunzelte er. »Der Absender ist König Gunther von Burgund.«

Aetius runzelte die Stirn. »Der aus Borbetomagus, was will er denn von mir?«

Julius reichte ihm den Papyrus. Der Heermeister sah kurz auf das Siegel, dann riss er die Rolle auf und begann zu lesen.

Der Sekretär wartete geduldig, während sein Blick wohlgefällig die athletischen Schultern der Wache streifte.

Aetius blickte auf.

»Es ist eine Bitte um Beistand gegen einen Einfall der Sachsen«, erklärte er knapp.

»Da haben die Burgunder wohl etwas falsch verstanden. Foederati sollen *uns* Beistand leisten, nicht umgekehrt«, sagte Julius kühl.

»Darauf läuft es normalerweise hinaus. Aber pro forma können sie auch Unterstützung von uns anfordern.«

Aetius seufzte. »Ich habe wirklich nicht die geringste

Lust, nach Germania Magna zu ziehen, zumal die Sachsen kein leichter Gegner sind.«

»Und wie lösen wir das Problem mit dem Beistandspakt?«, erkundigte sich Julius.

Das war eine berechtigte Frage, aber der General hatte Übung darin, Verträge so zu deuten, wie es gerade passte.

»Da gibt es kein Problem«, stellte er nüchtern fest.

»Davon bin ich überzeugt«, lächelte der Schreiber.

»Die Sache ist nämlich komplizierter, als die Burgunder denken«, erklärte Aetius.

Julius blickte ihn gespannt an.

»Unser Vertrag mit ihnen ist ziemlich detailliert und beinhaltet einige Sonderregelungen«, fuhr er fort.

»Zweifelsohne zu unseren Gunsten«, vermutete der Sekretär.

»So ist es«, bestätigte der Heermeister. »Aber da die Barbaren sich schwertun mit dem Lesen, kennen sie diese vielleicht gar nicht.«

»Als da wären ...«, fragte Julius nach.

Zufrieden lehnte Aetius sich zurück. Er liebte diesen Jungen, der immer ganz genau wusste, worauf sein kommandierender Offizier hinauswollte.

»Ziemlich weit hinten im Vertrag und so klein geschrieben, dass man es leicht übersehen kann, gibt es einen Passus, der besagt, wir sind zum Beistand nur verpflichtet, wenn unsere Kräfte nicht anderweitig gebunden sind.«

»Dummerweise ist es zurzeit überall ruhig«, bedauerte Julius.

»Bist du dir da sicher?«, schmunzelte Aetius.

»Belehre mich eines Besseren, mein General«, forderte der Sekretär ihn im gleichen Tonfall auf.

»Nun, vielleicht gibt es ja gerade einen Aufstand irgendwo weit weg, zum Beispiel in Tripolitanien.«

Er steckte sich eine Traube in den Mund und warf Julius ebenfalls eine zu. Der Sekretär fing sie mit einem dankbaren Blick auf, bevor er sie genussvoll in seinen Mund schob.

»Wenn es nicht so wäre, würden die Burgunder wohl kaum davon erfahren«, stellte Julius fest.

»So ist es«, bestätigte Aetius zufrieden. »Gepriesen seien unsere Vorväter, weil sie uns ein so großes Reich hinterlassen haben.« Dann blickte er nachdenklich auf den Kleiderständer, der seine Rüstung trug. »Hilf mir auf die Sprünge, Julius. Ich kann mich nur ganz dunkel an diesen Gunther erinnern, wie sieht er denn aus?«

Der Schreiber überlegte einen Moment. »Ah ja, jetzt fällt es mir wieder ein. Er ist ziemlich groß und trägt gern prächtige Kleidung.«

»Diese Beschreibung trifft auf Dutzende von Barbarenherrschern zu«, brummte Aetius.

»Was ich sonst noch weiß, ist, dass Burgund zwar recht klein ist, aber über ein schlagkräftiges Heer verfügt«, ergänzte der Schreiber.

Aetius rollte den Papyrus wieder ein. »Hoffentlich schlagkräftig genug, um mit den Sachsen allein fertigzuwerden. Von uns können sie jedenfalls keine Hilfe erwarten.«

◆◆◆

Von einem erhöhten Podest aus beobachteten Gunther, Hagen und Gernot die exerzierenden Krieger. Vor ihnen lief Dankwart hektisch auf der Rampe herum. Er war etwas kleiner als sein hünenhafter Bruder, wirkte aber ebenfalls sehr kräftig. Seine lebhaften hellbraunen Augen waren ständig in Bewegung und verrieten höchste Aufmerksamkeit. Lautstark gab er den Männern Anweisungen und achtete genau darauf, dass sie sich an seine Worte hielten. Mittlerweile war etwa die Hälfte der waffenfähigen Männer Burgunds eingetroffen. Sie hatten sich auf der ausgedehnten Wiese am Ufer des Rheins eingefunden, um sich auf den Krieg gegen die Sachsen vorzubereiten.

In den letzten Tagen hatte es viel geregnet, so dass der Boden aufgeweicht war. Die Männer standen bis zu den Knöcheln im Schlamm, und während sie sich hier im Kampf übten, wühlten sie das Erdreich immer weiter auf. Dreckverschmiert schlugen sie mit ihren hölzernen Übungswaffen aufeinander ein, während sie schnaufend und grunzend versuchten, ihre Gegner zurückzudrängen. Und als die Reitertrupps noch hinzukamen, wurde der Boden so morastig, dass die Krieger noch weiter einsanken.

Schließlich gab Dankwart das Signal für die Reiter, sich zurückzuziehen. Bei diesen Bedingungen riskierten sie sonst, dass die Pferde sich schwer verletzten und getötet werden mussten.

Dann wandte er sich wieder den Fußtruppen zu. Es fing erneut an zu regnen. Einige der Männer fluchten, weil die Reiter ins Trockene durften, während sie selbst weiter im Schlamm wühlen mussten.

Erschöpft formierten sie erneut einen Schildwall und versuchten mit grimmigen Blicken, die Linien des Gegners zu durchbrechen. Wenn alle ihre Reihen geschlossen hielten, gelang dies gewöhnlich nicht, solange sie nur die Übungswaffen benutzten. Doch sie konnten es sich nicht leisten, ihre scharfen Klingen zu verwenden, sonst würden die Schilde bald so zerhauen sein, dass sie im Kampf nicht mehr zu gebrauchen waren.

Dankwart stieg von dem Podest herab, um sich unter die Krieger zu mischen. Mit entschlossenen Bewegungen und einem grimmigen Ausdruck im Gesicht zeigte er den Männern, wie man richtig in einem Schildwall kämpfte, und wies diejenigen zurecht, die ihren Schild falsch hielten, so dass er ihnen leicht aus der Hand geschlagen werden konnte.

Das Verharren in Schlachtreihen bereitete den Männern kein Vergnügen. Ohne die scharfen Waffen bestand ihre Tätigkeit hauptsächlich daraus, zu versuchen, den gegnerischen Schildwall vor sich herzuschieben. Die Luft war erfüllt vom Keuchen der gegeneinander drängenden Männer und dem Schweißgeruch ihrer zusammengepferchten Leiber.

»Dein Bruder hat die Männer gut im Griff«, sagte Gernot anerkennend.

»Er tut sein Bestes«, erwiderte Hagen.

Auch Gunther blickte zufrieden auf die exerzierenden Krieger. Sie würden es jedem Feind schwer machen, sie zu bezwingen.

»Gibt es Neuigkeiten über die Sachsen?«, erkundigte er sich.

Unwillkürlich blickte Hagen gen Norden. »Bis jetzt sind sie an unseren Grenzen noch nicht gesichtet worden.«

»Das ist gut. Es sind noch längst nicht alle Männer eingetroffen, die aus Spira fehlen noch«, sagte Gernot.

Hagen hatte etwas entdeckt und blickte wütend auf die hin und her wogende Masse an Kriegern vor ihnen. »Bei Wodan, wenn Meinrads Männer so kämpfen wie heute, werden die Sachsen unseren Schildwall umpusten!«, schimpfte er, als einige Moguntianer im Morast ausrutschten, so dass ihre Gegner aus Bingen unter lautem Jubelgeschrei vorpreschten.

Dankwart, der diese Worte gehört hatte, wandte sich nun mit mächtiger Stimme an den rothaarigen Herzog von Moguntia. »Meinrad, sag deinen Männern, was sie da in den Händen halten, sind Schilde und nicht die Stickrahmen ihrer Frauen!«, brüllte er.

Als Antwort auf diese Worte erhob sich ein gellendes Gejohle bei den Bingenern, während die Moguntianer sie finster anfunkelten.

Meinhard wurde rot vor Scham und Zorn und fuhr seine Krieger wütend an. »Nun nehmt endlich die Schilde hoch und drängt die Bingener zurück, sonst werfe ich euch dem Fenriswolf zum Fraß vor«, drohte er.

Gunther schmunzelte.

»Was glaubst du, Hagen, können sie gegen die Sachsen bestehen?«

Nach kurzem Zögern nickte sein groß gewachsener Halbbruder. »Sie sind nicht viele, aber gut ausgebildet, dafür sorgt Dankwart schon.«

Es regnete immer heftiger. Die Männer standen nun schon bis zu den Waden im Schlamm, der vor Kurzem noch eine blühende Uferwiese gewesen war. Dankwart blickte fragend auf Gunther. Der König nickte seinem Waffenmeister zu, für heute war es genug.

Hagen verstand die Entscheidung nicht. Auf dem Schlachtfeld konnte man sich auch nicht einfach zurückziehen, nur, weil es regnete. Mürrisch schüttelte er den Kopf.

Einem der Männer rutschte der Schild aus der von Regen und Schweiß nassen Hand und fiel zu Boden.

Wütend brüllte Hagen den jungen Krieger vom Podest aus an. »He, du!«

Der nervöse Mann, dem die nassen Haare wirr ins Gesicht hingen, tat zunächst so, als wüsste er nicht, wer gemeint war, und reagierte nicht. Doch das half ihm nichts, denn alle anderen hielten nun in der Bewegung inne und warteten darauf, was passieren würde. Sie wussten, dass Hagen in dieser Stimmung sehr gefährlich sein konnte.

»Was fällt dir ein, deinen Schild zu verlieren, Junge?«, raunzte er den schmächtigen Krieger an, der eingeschüchtert den Kopf gesenkt hielt. »Im Ernstfall wären nun nicht nur du, sondern auch deine Nebenleute tot. Das weißt du doch, oder?«

Der Mann nickte heftig, wagte aber immer noch nicht, aufzublicken.

Hagen sprang von der Rampe herunter und baute sich vor ihm auf. Langsam und bedachtsam zog er sein Schwert aus der Scheide.

»Wir können nicht dulden, dass ein Einzelner durch eine Nachlässigkeit seine Nebenleute in Gefahr bringt«, sagte er in drohendem Tonfall.

Entsetzt hob der Mann seinen Kopf und starrte Hagen an.

Der gefürchtete Kämpfer sah verächtlich auf ihn herab. »Stell dir vor, ich bin ein Sachse. Glaubst du, du könntest ohne Schild gegen mich bestehen?«

Mit einem flehenden Ausdruck im Gesicht blickte er Hagen ins Gesicht. »Ich habe es doch nicht mit Absicht getan, Herr«, stieß er hervor.

Hagens vorher so strenge Gesichtszüge entspannten sich. »Na los, nimm deinen Schild wieder auf, aber pass auf, dass dir so etwas nicht noch einmal passiert«, sagte er milde.

Der Mann lächelte schüchtern, griff nach dem Schild und wollte ihn aufnehmen. Doch das Holz, das in dem heftigen Regen noch glitschiger geworden war, glitt dem angespannten Krieger aus der Hand. Hastig griff er noch einmal nach dem Schild. Aber bevor er ihn hochnehmen konnte, trat Hagen kräftig dagegen, und der Schild fiel erneut in den Dreck.

Die Freundlichkeit war wieder aus Hagens Gesicht gewichen, und er blickte seinem Gegenüber hart in die Augen.

»Leider gibt es in der Schlacht oft keine Zeit mehr, einen verlorenen Schild wieder aufzunehmen. Wie willst du dich dann verteidigen?«

Der Krieger gab keine Antwort. Er wollte nur noch, dass diese Demütigung ein Ende nahm. Dann sah er entsetzt, wie Hagen sein Schwert hob.

»Nun zeig mir, wie du dich decken willst, Junge«, knurrte er, dann sauste die Waffe nieder.

Entsetzt machte der Mann sich auf den stechenden Schmerz gefasst, den eine durch menschliches Fleisch hindurchfahrende Klinge hervorruft. Doch er fühlte nichts als einen schnellen Lufthauch unterhalb seines Gesichtes.

Überrascht blickte er nach unten – und sah, wie sein dünner hellbrauner Bart langsam zu Boden sank.

Erleichtert lachten die Krieger auf. Zwar war es eine schwere Beleidigung, einem Mann den Bart abzuschneiden, aber es hätte schlimmer ausgehen können; mit Hagen war nicht zu spaßen. Das würden auch die Sachsen erfahren müssen. Unglaublich, mit welchem Geschick er sein Schwert gebrauchte. Er hatte dem jungen Krieger mit einer einzigen Bewegung den Bart abgeschnitten, ohne ihn dabei zu verletzen. Und wie scharf musste die Klinge sein, mit der er das geschafft hatte!

»Für heute ist es genug!«, rief Dankwart mit lauter Stimme.

Die Gesichter der Männer leuchteten erlöst auf, unter lebhaftem Stimmengewirr gingen sie auseinander. Endlich durften sie ins Trockene.

Auch Gunther und Gernot sprangen jetzt von dem Podest herunter und gingen auf Hagen zu.

»Die Männer fürchten dich mehr als die Sachsen«, meinte Gunther mit einem Lächeln.

»Wenn sie genauso viel Angst davor haben, sich in der Schlacht falsch zu verhalten, soll es mir recht sein«, brummte er.

Gernot blickte auf den gedemütigten Mann, der immer noch auf der schlammigen Wiese stand und seinen auf dem Boden liegenden Bart betrachtete. Schließlich schob er mit den Füßen einige Brocken Schlamm darüber und verließ langsam die Wiese.

Gernot sah ihm mitfühlend nach, er konnte den jungen Krieger gut verstehen. Er selbst war auch schon zur Zielscheibe von Hagens Spott geworden, auch wenn der Tronjer aufgrund seiner Stellung am Hofe ihm gegenüber niemals so weit gehen würde wie bei dem jungen Moguntianer.

Stirnrunzelnd stand Gunther mit seinen Brüdern an einem sorgfältig polierten Tisch in der Halle. Ein Windstoß kam von einem der Fenster herein und ließ den Papyrus in seiner Hand flattern.

»Das verstehe ich nicht. Ich halte hier ein Schreiben von Aetius in der Hand, in der er meine Bitte um Beistand gegen die Sachsen ablehnt.«

Er blickte Gernot und Giselher an, die ausdruckslos zurückschauten. Das hätten sie ihm gleich sagen können. Die Römer mischten sich bei Streitigkeiten unter germanischen Stämmen selten ein.

»Das Merkwürdige daran ist nur, dass ich ihn nie darum gebeten habe«, fuhr der König fort. Er schaute seine Brüder erneut an, diesmal aber mit einer Spur Schärfe in den Augen. »Wie kommt Aetius also dazu, auf einen Brief zu antworten, den ich nie geschrieben habe? Und dieses Schreiben wird wohl auch mein Siegel getragen haben, sonst hätte er es einer Antwort gar nicht für wert befunden.«

»Vielleicht ist der Brief nicht für uns bestimmt und irrtümlich hier gelandet«, vermutete Giselher. »Wir sind bestimmt nicht die Einzigen, deren Land die Sachsen ausplündern wollen.«

Gunther schüttelte den Kopf.

»Das glaube ich nicht, im Briefkopf steht *An König Gunther von Burgund.*« Er lächelte grimmig. »Übrigens hat er noch nicht einmal selbst unterschrieben, sondern sein Sekretär Julius. Um uns zu zeigen, dass wir seiner Zeit nicht wert sind.« Verärgert spuckte er auf den Boden.

Der Vorhang zu Utes Kammer öffnete sich, und seine Mutter trat zusammen mit Kriemhild zu ihnen.

»Wir haben gesehen, dass ein Bote gekommen ist. Gibt es Neuigkeiten?«, fragte sie.

»Wenn du es so nennen willst«, erwiderte Gunther geheimnisvoll.

Die beiden Frauen sahen ihn fragend an.

Er seufzte. »Ich habe ein Antwortschreiben von Aetius erhalten, dabei habe ich ihm gar nichts geschrieben, auf das er antworten müsste. Könnt ihr euch das erklären?«

»Ich habe ihm geschrieben«, erklärte Kriemhild beiläufig.

Alle Köpfe wandten sich ihr verwundert zu. Am wenigsten überrascht wirkte Ute, die vielleicht schon etwas geahnt hatte.

Gunther funkelte sie wütend an. »Wie kommst du dazu, in meinem Namen einen Brief zu schreiben?« Sein Blick fiel auf den bronzenen Siegelring, den er von einer Reise nach Gallien mitgebracht hatte. »Wahrscheinlich hast du auch noch mein Siegel benutzt«, fügte er vorwurfsvoll hinzu.

Kriemhild blieb ruhig. Ihr war klar, dass sie ihren Bruder hintergangen hatte, aber sie wusste auch, warum sie es getan hatte.

Sie schenkte ihm ihr süßestes Lächeln, mit dem sie Gunthers Zorn gewöhnlich besänftigen konnte.

»Wie du weißt, mache ich keine halben Sachen, mein König«, säuselte sie. Dann blickte sie entschlossen auf ihre Brüder. »Ich habe es getan, weil wir in Not sind. Ein schrecklicher Feind nähert sich uns, und wir müssen alles dafür tun, ihn zu überwinden.«

Gunther betrachtete mürrisch den Siegelring, der in einer Holzschachtel auf dem Tisch lag. »Aber warum hast du vorher nicht mit mir gesprochen?«, wollte er wissen.

Kriemhild senkte für einen Moment beschämt den Kopf. Doch schnell fasste sie sich wieder.

»Weil ich genau wusste, dass ihr zu stolz seid, um Hilfe zu erbitten. Für euch ist es eine Frage der Ehre, allen anderen und euch selbst zu beweisen, dass ihr allein mit euren Feinden fertigwerdet.«

Gunther schüttelte unwillig den Kopf. »Das hat überhaupt nichts mit Ehre zu tun. Ich wusste, die Römer würden uns nicht helfen.«

Kriemhild blickte ihn erstaunt an. »Aber sind wir nicht ihre Verbündeten? Dann müssen sie uns doch helfen!«

»Foederati, nicht Verbündete«, warf Giselher mit ernster Miene ein.

Ihre Verwirrung wurde immer größer. Was meinte er damit?

»Foederati sind Verbündete nach römischem Verständnis«, erklärte Gunther bitter. »Wir helfen ihnen, aber sie helfen uns nicht.«

»Das ist doch aber ziemlich einseitig. Was haben wir denn davon?«, wollte Kriemhild wissen.

»Land«, sagte Ute trocken. »Als wir hierherkamen, gehörte dieses Gebiet ihnen. Sie haben es uns überlassen, und im Gegenzug verpflichteten wir uns, die Rheingrenze gegen ihre Feinde zu verteidigen.«

»Die Sachsen gehören nicht dazu«, ergänzte Gernot. »Sie sind lange nicht mehr auf römisches Gebiet vorgedrungen.«

»Die Römer fürchten sich eher vor Sueben, Alemannen oder Vandalen, die sollen wir ihnen vom Leib halten«, bestätigte Gunther.

Kriemhild blickte frustriert von einem zum andern. Diese politischen Verwicklungen zählten für sie nicht, für sie war etwas anderes wichtiger.

»Aber ist es nicht ihre Pflicht als Christenmenschen, uns gegen die heidnischen Sachsen beizustehen?«, fragte sie beschwörend.

»Christenpflicht? Das spielt für Aetius überhaupt keine Rolle«, schnaubte Gernot. »Seine engsten Freunde sind die Hunnen, und gottlosere Geschöpfe als die gibt es nirgends auf der Welt!«

Gunther strich eine Falte seiner weichen goldfarbenen Tunika glatt, bevor er sich wieder an Kriemhild wandte. »Du siehst also, dein kleines Versteckspiel hat rein gar nichts eingebracht …« Unvermittelt sah er auf, sein Blick war so scharf, als ob er seine Schwester mit den Augen durchbohren wollte. »Außer, dass ich jetzt weiß, ich kann dir nicht vertrauen«, zischte er.

Kriemhild blickte ihn entsetzt an. Wie konnte er das sagen? Was hatte sie denn so Schlimmes getan?

Auch Ute schaute erschrocken auf ihren ältesten Sohn. »Aber sie hat es doch nur gut gemeint«, sagte sie betroffen.

»Und darum ist es nicht so schlimm, das willst du doch sagen, oder?«, wandte er sich an seine Mutter. Sein wütender Blick wanderte von einem zum anderen. »Kriemhild hat *meinen* Siegelring verwendet, um in *meinem* Namen Politik zu machen.« Er hielt einen Augenblick inne, bevor er weitersprach. »Doch Mutter glaubt, es ist nicht so schlimm.« Sein Blick hatte nun Kriemhild erreicht und verweilte bei ihr. »Aber *ich* sage dir, du hast mich hintergangen, *kleine Schwester.*«

Alle blickten betreten zu Boden. Kriemhild verstand nicht, warum er so aufgebracht war. Vielleicht hatte er eben als König gesprochen, nicht als Bruder, und vielleicht glaubte er, ein König müsse hart sein gegenüber all seinen

Untergebenen, selbst wenn sie aus seiner eigenen Familie stammten.

Ergeben senkte sie ihren Blick. »Verzeih mir, Gunther, ich habe einen großen Fehler gemacht«, presste sie leise hervor.

Der König ließ einen Moment verstreichen, bevor er antwortete. »Das hast du wohl, ich hoffe, es erwachsen uns keine schlimmen Folgen aus deiner Eigenmächtigkeit.«

»Mit deiner Erlaubnis ziehen wir uns nun zurück. Der Saum an deinem weißen Umhang ist ausgefranst, wir müssen ihn ausbessern«, brach Ute das kurze Schweigen, das auf Gunthers Worte folgte.

Er nickte knapp, und die beiden Frauen gingen wieder in Utes Kammer.

8

Siegfried wusste nicht, wie lange sie schon unterwegs waren. Es fühlte sich jedenfalls sehr lang an. Die vielen Tage, die sie im Sattel verbracht hatten, forderten ihren Tribut. Ihre Hinterteile waren wund geritten, und ihre Rücken schmerzten. Den Pferden ging es nicht besser. Sie wirkten erschöpft und trotteten müde vor sich hin. Immerhin merkten sie, dass sie vorankamen. Da der Frühling im Süden schneller einsetzt, wurden die Landschaften, durch die sie ritten, immer grüner.

Trotzdem konnten sie es sich nicht leisten, lange zu rasten. Sie wussten nicht, wo die Sachsen jetzt waren, aber Siegfried wollte Worms auf jeden Fall einige Tage vor ihnen erreichen. Darum legten sie nicht mehr Ruhepausen ein, als unbedingt nötig war. Sie ritten bei jedem Wetter, nur einmal gab es ein so heftiges Gewitter, dass ihnen nichts anders übrigblieb, als ihren Ritt für einen vollen Tag zu unterbrechen.

Dabei mussten sie dem Wind und dem Regen im Freien trotzen. Das Gesetz der Gastfreundschaft galt nicht für eine solch große Gruppe bewaffneter Männer, und Herbergen gab es hier nicht, anders als in den westlichen Regionen nahe der Grenze zu Rom. Deshalb verkrochen sie sich unter einigen kleineren Bäumen im Wald und warteten dort das Ende des Unwetters ab.

Wenigstens konnten sie in größeren Siedlungen Brot, Salz und auch etwas Wein gegen Siegfrieds Gold eintauschen, und gelegentlich erlegten sie auch ein paar Kaninchen oder Wildschweine, um diese karge Kost etwas aufzubessern.

Siegfried stellte fest, dass die Männer, die Brunhild ihm mitgegeben hatte, gute Reiter waren. Wahrscheinlich stammten sie alle aus den Randgebieten des Suavalands, denn in den gebirgigen Regionen gab es kaum Reitpferde.

Während der größte Teil ihres Trupps an einem kleinen Bach rastete, hatte Siegfried zusammen mit Botho ein großes Wildschwein erlegt. In Vorfreude auf den schmackhaften Braten, den sie gleich genießen konnten, trugen sie das schwere Tier gemeinsam zu ihren Pferden. Der Xantener mochte den untersetzten Mann mit dem in Zöpfen geflochtenen langen Bart. Er war schon älter, etwa um die vierzig, und gesprächiger als die anderen suavischen Krieger.

»Ihr seid schon ein ziemlich stiller Haufen. Man kann froh sein, wenn ihr mal zwei Sätze zusammenbringt«, bemerkte Siegfried scherzhaft.

Botho lachte amüsiert. »Ja, ich weiß, die Menschen am Rhein reden mehr, das ist wohl wahr.«

Siegfried blickte ihn überrascht an. »Warst du schon einmal am Rhein?«

»Das kann man wohl sagen«, erwiderte Botho. »Ich bin nicht im Suavaland geboren, sondern stamme aus einem Dorf nahe Antunnacum.«

»Tatsächlich? Das ist weit weg von Königin Brunhilds Reich.«

»Da hast du recht. Aber inzwischen lebe ich schon so lange am Suavawald, dass man es meiner Sprache nicht mehr anmerkt.«

Er stolperte über einen am Boden liegenden Ast und bemühte sich, das Gleichgewicht wiederzugewinnen. »Damals zog ich als Händler durchs Land«, fuhr er fort. »Aber das wurde mir bald leid, zu viele Wegelagerer, die meine Waren raubten. Im Norden kommt noch hinzu, dass es kaum Münzen gibt, und Tauschhandel ist nichts für mich. Oft ist nichts dabei, was ich gebrauchen kann.«

Er begann zu schnaufen und wischte sich einen Schweißtropfen von der Stirn. Hoffentlich waren sie bald bei den Pferden, die sie außerhalb des Wäldchens zurückgelassen hatten, in dem sie Wildschweine vermuteten. Siegfried schien es dagegen überhaupt nichts auszumachen, ihre schwere Last zu tragen.

»Jedenfalls bin ich ziemlich weit herumgekommen«, erklärte er. »Darum weiß ich, dass die Menschen im Rheinland gesprächiger sind als die im Norden.«

»Am schweigsamsten ist euer Anführer, von dem hört man kaum einmal ein Wort«, fand Siegfried.

»Ja, das stimmt wohl. Doch lass dich davon nicht täuschen. Nibel ist ein guter Kerl, aber er braucht sehr lange, um mit anderen warm zu werden. Außerdem ist er es gewohnt, unser Anführer zu sein. Er muss sich erst noch daran gewöhnen, dass du jetzt an seine Stelle getreten bist.«

Siegfried nickte. »Wahrscheinlich hast du recht. Mit euch scheint er zumindest sehr vertraut zu sein.«

»Wir haben ihn kennen- und schätzengelernt«, erklärte Botho ernst. »Er ist der beste Anführer, den man sich vorstellen kann, wir würden alle für ihn durchs Feuer gehen. Darum nennt man uns auch scherzhaft *Nibelungen*.«

»Nibelungen, das gefällt mir«, grinste Siegfried. »So werde ich euch ab jetzt nennen.« Er verscheuchte eine Mücke, die vor seinem Gesicht herumtanzte. »Was ist eigentlich eure Aufgabe? Man hört nie von Kriegen im Suavaland.«

»Das ist wahr, feindliche Heere trauen sich nicht in unsere Berge, aber dafür gibt es genug Räuber bei uns, die armen Dörflern ihre wenige Habe wegnehmen. Mit denen schlagen wir uns herum.«

Er packte die Wildsau fester, damit sie ihm nicht aus der Hand rutschte. Zum Glück war es nicht mehr weit bis zu den Pferden.

»Wir haben auch schon einige der Banden erwischt, die mich selbst überfallen haben«, lachte er.

Als sie die Pferde fast erreicht hatten, verharrte Siegfried plötzlich

»Still!«, raunte er.

Mürrisch blickte Botho auf den Xantener. Hatte er plötzlich keine Lust mehr, sich zu unterhalten? Doch sein Ärger verflog, als er sah, wie Siegfried sich angespannt flach auf den Boden legte. Schnell ließ er sich ebenfalls ins Gras fallen.

Eine gewaltige Ansammlung von Menschen zog in zweihundert Schritt Entfernung an ihnen vorbei. Es mussten Tausende sein, die auf dem Rücken ihrer Pferde langsam vorantrotteten, begleitet von mehreren Dutzend Wagen. Aus der Entfernung war es schwierig, Einzelheiten zu erkennen, doch es wirkte wie ein Kriegszug. Warum sonst sollte sich solch eine große Gruppe aufmachen? Entweder waren sie auf der Suche nach Land, das sie sich dann von einem anderen Stamm nehmen mussten, oder aber sie waren ausgezogen, um zu plündern und reich beladen mit Beute zurückzukehren.

Aber wer waren sie? Sie trugen keine Feldzeichen, darum wussten Siegfried und Botho nicht, mit wem sie es zu tun hatten. Doch der Xantener glaubte, einige Bärenfelle auf den Schultern von Kriegern und eine Anzahl langstieliger Äxte zu erkennen. Das würde dafür sprechen, dass sie aus dem Norden kamen. Waren sie hier etwa auf das Heer der Sachsen gestoßen?

Plötzlich hörten sie hinter sich das Schnauben eines Pferdes. Blitzartig wandten sie sich um. Eine angriffslustige Wespe schwirrte um Granes Hinterteil herum. Der Hengst wurde unruhig und versuchte sie mit seinem Schwanz zu vertreiben. Doch die Wespe wehrte sich und stach ihn in die Flanke. Verstört wieherte Grane auf.

Erschrocken blickten die beiden Männer auf den Kriegszug. Sie sahen, wie sich ein Dutzend Reiter aus dem großen Pulk löste und auf sie zu jagte. Siegfried und Botho sprangen auf, um zu ihren Pferden zu eilen. Die Reiter waren ihnen schon gefährlich nahe gekommen, als sie ihre Tiere erreichten und sich in die Sättel warfen.

Sie hatten nun noch etwa zwanzig Schritt Vorsprung vor dem ersten der feindlichen Reiter, die ein lautes Triumphgeheul ausstießen. Den schnellen Grane, der mit raumgreifenden Schritten über den Boden flog, würden sie wohl nicht erreichen können, doch Bothos Pferd war nicht in so guter Verfassung. Ihn würden sie gleich einholen.

Siegfried verlangsamte sein Tempo, er würde Botho nicht im Stich lassen.

Plötzlich tauchten hinter einer Bodenwelle die anderen Nibelungen auf und warfen sich den Kriegern entgegen.

Bothos Augen leuchteten erleichtert auf.

»Na endlich, wo wart ihr denn so lange?«, schrie er den Männern zu, während er sein Pferd wandte, um nun gemeinsam mit Siegfried und seinen Kameraden die feindlichen Reiter anzugreifen.

Der Xantener zog entschlossen Balmung aus der Scheide. Dies war die erste Bewährungsprobe für sein neues Schwert, nun würde sich zeigen, wie viel es wirklich wert war.

Ein gedrungener Krieger, der einen schmutzigen Lederpanzer trug, versuchte ihn mit seinem Speer zu treffen. Siegfried parierte die Waffe mühelos mit dem Schwert und schlug ihm mit dem Schildbuckel hart ins Gesicht. Der Mann verlor das Gleichgewicht und stürzte vom Pferd. Das Tier eines anderen der fremden Krieger scheute, doch als die Vorderhufe sich wieder senkten, zertrümmerten sie Siegfrieds Gegner den Schädel.

Schnell wandte er sich einem anderen Krieger zu und drang mit Balmung auf ihn ein. Schon der erste Schlag spaltete den Schild seines Gegners. Fassungslos wich der Krieger zurück. Solch einen heftigen Schlag hatte er noch nie erlebt. Doch er erholte sich schnell und attackierte Siegfried mit seinem Schwert. Blitzschnell duckte der Xantener sich und rammte ihm Balmung in den Bauch. Mit einem überraschten Gesichtsausdruck blickte sein Gegner an sich herunter, dann kippte er langsam vom Pferd.

Neben ihm war Botho mit einer Beweglichkeit, die man ihm gar nicht zugetraut hätte, einer Axt ausgewichen, hatte den Arm des Mannes gepackt und zog ihn mit einem kräftigen Ruck zu sich heran, so dass er in das Schwert des Nibelungen fiel, das dieser in der anderen Hand hielt.

Nibels Gegner war ein riesiger Krieger, der seine gewaltige Klinge mit beiden Händen führte und mächtige Schläge auf ihn herabregnen ließ. Nibel konnte die Hiebe mit seinem Schild oder dem Schwert abwehren, doch sie waren so kraftvoll, dass sein Pferd bei jedem Schlag tiefer in die Knie ging. Er drohte, ins Gras zu stürzen.

Das Gesicht des hünenhaften Kriegers leuchtete siegesgewiss unter seinem schweren Helm. Er wurde übermütig und beugte sich beim Schlag zu weit vor. Während Nibel den Hieb mit seiner Klinge abwehrte, ließ er den Schild aus seiner anderen Hand fallen, riss damit sein Kurzschwert aus dem Gürtel und stieß es dem Riesen ins Herz. Röchelnd sah dieser ihn mit großen Augen an, dann strömte Blut aus seinem Mund, und er stürzte vom Pferd.

Indessen griff Siegfried einen Feind an, dessen Lederpanzer nach einigen Schwerthieben in Fetzen von seiner Brust herabhing. Er kämpfte mit Dedo, einem der Nibelungen, und schlug immer wieder mit seiner schweren Axt auf ihn ein. Dedos Schild war schon ziemlich zerhauen, er würde bald auseinanderbrechen. Als der fremde Krieger merkte, dass Siegfried auf ihn zupreschte, war es zu spät. Er konnte sich zwar noch zu seinem neuen Gegner umdrehen, hatte aber keine Zeit mehr zu reagieren. Der Xantener stieß ihm das Schwert in die Kehle, und der Mann sackte zusammen.

Siegfried wirbelte herum, als er merkte, dass ein weiterer Feind auf ihn zukam. Gedankenschnell riss er den Schild hoch und wehrte den Hieb des Kriegers ab. Dann schlug er mit Balmung zu. Sein Gegner blockte den Schlag ab, doch Siegfried spürte, wie er unter dem Hieb erzitterte. Er griff weiter an und brachte den Krieger mehr und mehr in Bedrängnis, bis der sein Pferd wandte, um zu fliehen. Doch dabei traf er auf Erhard, ein Nibelunge, dessen strähnige blonde Haare ihm weit ins Gesicht hingen. Ungerührt schlitzte dieser ihm mit einem schnellen Schwerthieb die Brust auf, Blut spritzte auf seinen Sattel, bevor er langsam vom Pferd fiel.

Mit leuchtenden Augen sah Siegfried sich um. Fünf der Angreifer lagen tot oder verwundet am Boden, die anderen flohen zurück zur Hauptmacht des fremden Heeres. Er selbst war unverletzt, und von den Nibelungen hatte nur Rembert eine leichte Wunde am Arm.

Siegfried lenkte Grane neben Nibels Pferd. Angespannt blickten sie auf die fliehenden Feinde und das fremde Heer.

»Was werden sie tun? Setzen sie ihren Zug fort oder verfolgen sie uns?«, fragte er.

»Wir werden es gleich erleben«, erwiderte Nibel. Sein Pferd wieherte unruhig, es hatte eine leichte Wunde am Hals, aus der etwas Blut sickerte.

Einige Zeit verging, während die fremden Krieger sich zu beraten schienen.

»Du führst ein gutes Schwert«, bemerkte Nibel anerkennend zu Siegfried.

»Und du führst gut ausgebildete Krieger an«, grinste Siegfried.

Dann sahen sie, wie der fremde Kriegszug sich langsam wieder in Bewegung setzte.

Nibel atmete auf. »Anscheinend ist es ihnen wichtiger, schnell voranzukommen, als uns zu erwischen.«

»Zumal sie jetzt gemerkt haben, dass es gar nicht so einfach ist, uns zu kriegen«, ergänzte Siegfried.

»Vielleicht denken sie auch, wir sind nur die Vorhut eines größeren Heeres, und lassen uns deshalb in Ruhe«, vermutete Nibel.

Als sie sicher waren, dass die Fremden weiterzogen, stiegen sie von den Pferden und näherten sich dem Kampfplatz, wo die gefallenen Männer am Boden lagen.

Nibel winkte einen seiner Krieger heran. Der nickte und hockte sich am Waldrand ins Gras, um die Ebene vor ihnen im Auge zu behalten für den Fall, dass die Feinde es sich anders überlegten und zurückkamen.

»Warum haben sie uns überhaupt angegriffen?«, fragte Siegfried.

Nibel beugte sich über die Feinde, die sie getötet hatten.

Dann nickte er, es war, wie er vermutet hatte.

»Schau sie dir an, das sind alles Grünschnäbel. Nur einer von ihnen trägt einen Kriegerring um den Hals, die anderen haben noch niemals getötet.«

»Die jugendlichen Hitzköpfe konnten es wohl nicht erwarten, ihren ersten Feind zu erschlagen. Wahrscheinlich haben sie sich eigenmächtig vom Zug entfernt«, stimmte Siegfried zu.

Plötzlich hörten sie ein leises Stöhnen, alarmiert wandten sie sich in die Richtung, aus der es gekommen war.

Einer der Feinde rührte sich noch. Er hustete mühsam und spuckte einen Schwall Blut aus.

Siegfried hockte sich neben ihn. »Wer seid ihr? Warum seid ihr hier?«, fragte er hart.

Der Mann hustete erneut, erschöpft schloss er seine Augen für einen Moment. Als er sie wieder öffnete, starrte er sie müde an. Wieder stöhnte er vor Schmerz auf.

Siegfried wiederholte seine Frage.

Der sterbende Krieger blickte ihn ausdruckslos an, sagte aber nichts. Ein dunkler Blutfleck unterhalb des Brustkorbs wurde zusehends größer.

»Bei Wodan, wir werden es aus ihm herausprügeln müssen«, ärgerte sich der Xantener.

Nibel sagte etwas in einer eigenartig singenden Sprache.

Der Mann sah ihn mit einer Mischung von Erstaunen und Dankbarkeit an, dann versuchte er zu sprechen, doch es gelang ihm nicht.

Nibel hob vorsichtig seinen Kopf an. Der Krieger spuckte einige Tropfen Blut aus, dann presste er angestrengt eine Antwort hervor.

»Was hast du ihn gefragt?«, erkundigte sich Siegfried ungeduldig.

»Ob er von dem Kriegszug der Sachsen gegen die Burgunder gehört hat.«

Siegfried blickte ihn erstaunt an.

»Dann ist er also kein Sachse?«

Nibel schüttelte den Kopf. »Nein, Däne.«

Siegfried schaute überrascht auf den sich vor Schmerz krümmenden Krieger. »Was macht ein Däne so weit im Süden?«, fragte er den Suaver.

Nibel blickte auf seine Männer, die ihren Sieg feierten und sich gegenseitig erzählten, wie sie im Kampf ihre Gegner besiegt hatten. Leif, dem vor Jahren ein Schildbuckel die Vorderzähne ausgeschlagen hatte, versorgte die Wunde an Remberts Arm.

»Er sagt, sie werden sich bald mit den Sachsen vereinen, um gemeinsam gegen Burgund zu ziehen«, fuhr Nibel fort.

Der Xantener riss verblüfft die Augen auf.

»Sachsen und Dänen verbünden sich gegen Burgund?«, stieß er hervor.

Nibel nickte ernst. »Sie werden den Burgundern weit überlegen sein. Wir haben das dänische Heer gesehen, das der Sachsen wird mindestens genauso groß sein.«

Der Krieger stöhnte vor Schmerz auf. Er würde an seiner Wunde sterben, aber es konnte noch Stunden dauern, bevor es so weit war.

Nibel blickte zu Siegfried. Der Xantener nickte knapp.

Der Suave zog sein Kurzschwert und ging zu dem tödlich verwundeten Dänen.

Der Mann sah ihm dankbar entgegen. Mühevoll ergriff er sein Schwert, das rechts von ihm lag. Mit der Waffe in der Hand konnte er stolz in Walhalla einziehen.

Rasch schnitt Nibel ihm die Kehle durch. Der Däne röchelte noch einmal auf, Blut sprudelte aus der Wunde, dann war er still.

Zwei der Nibelungen standen auf, um mit Botho das Wildschwein zu holen, das er und Siegfried erlegt hatten. Andere machten sich mit strahlenden Gesichtern daran, ein Feuer anzuzünden oder schlugen Äste von den Bäumen, um das Tier daran aufzuspießen.

Der Xantener konnte sie gut verstehen. Es gab nur wenige Dinge, die einen Mann so mit Genugtuung erfüllten wie das Erschlagen von Feinden, die ihm das eigene Leben nehmen wollten.

»Willst du immer noch nach Burgund?«, unterbrach Nibel seine Gedanken.

Siegfried blickte erneut auf die Nibelungen. Sie bemühten sich, das Feuer in Gang zu bringen. Das feuchte Holz knackte in der Hitze.

»Jeder kann eine Schlacht gewinnen, wenn er im Vorteil ist. Helden aber siegen, wenn die Aussichten schlecht sind. Über sie werden Lieder gesungen«, sagte er, während er Nibel herausfordernd anblickte.

»Es gibt Menschen, für die es wichtiger ist, am Leben zu bleiben, als dass Lieder von ihren Heldentaten erzählen«, erwiderte der Suaver ruhig.

Siegfried nickte langsam.

»Ich kann nicht verlangen, dass ihr mit mir kommt«, sagte er dann. Er sah Nibel ernst in die Augen. »Hiermit entbinde ich euch von eurem Treueeid.«

Nibel überlegte. Es ging ihm nicht darum, ob er ein Held war oder nicht. Aber ein Mann lief nicht vor einem Kampf weg, sondern stellte sich ihm, und wenn es der Wille der Götter war, dass er nicht überleben sollte, würde er mit ihnen in Walhalla speisen.

»Das kannst du nicht«, sagte er schließlich. »Den Treueeid haben wir Königin Brunhild geschworen, nur sie kann uns davon entbinden.«

»Doch sie ist nicht hier. Ich tue es an ihrer Stelle«, beharrte Siegfried.

Nibel schüttelte energisch den Kopf. »Niemand außer ihr kann das tun.«

»Das sagst *du*, doch *ich* sage dir, dein Schwur gilt nicht mehr.« Siegfried sah ihm fest in die Augen.

»Ob es dir nun gefällt oder nicht, die Entscheidung liegt bei dir.«

Der Suaver seufzte, was sollte er tun?

»Kommt her und genießt mit uns den Braten!«, rief Botho ihnen von dem wackligen Bratspieß zu, den die Nibelungen errichtet hatten.

»Wenn das Feuer denn endlich brennt«, brummte der stiernackige Eilert neben ihm.

»Also, wohin führt euer Weg?«, fragte Siegfried.

Nibel blickte zögernd auf einen dicht mit Moos bewachsenen Baum, dann schmunzelte er. »Ich stelle mir gerade vor, wie mein Bruder reagiert, wenn er ein Lied über mich hört. Bisher hat noch zu keiner Gelegenheit jemand von mir gesungen.«

Siegfried schlug ihm lachend auf die Schulter. »Dann wird es Zeit, dass es jemand tut. Wie wäre es mit *Das Nibelungenlied*, klingt doch nicht schlecht, oder?«

»Wenn du es sagst, Herr«, grinste Nibel.

Damit standen sie auf und setzten sich um den Spieß, den die Nibelungen gebaut hatten.

◆◆◆

Tische und Bänke in der Halle waren frisch poliert, und alle Fackeln brannten. Gericht zu halten war eine der wichtigsten Tätigkeiten Brunhilds, darum hatte zu diesen Anlässen alles sauber zu sein. Bei schwerwiegenderen Streitigkeiten oder Angelegenheiten, die das ganze Reich betrafen, berief sie den Thing ein, aber kleinere Auseinandersetzungen regelte sie selbst.

Doch sie mochte diese Gerichtstage nicht. Häufig gab es keinerlei Anhaltspunkte, aufgrund derer sie ein gerechtes Urteil fällen konnte. Es stand einfach Aussage gegen Aussage, und sie hatte zu entscheiden, wer vertrauenswürdig war und wer nicht. Oft hatte sie Zweifel, wer im Recht war, aber es half nicht, ein Urteil musste gefällt werden.

Manchmal beneidete sie andere Fürsten, die da weniger zimperlich waren und einfach nach Gutdünken entschieden. Andere machten sich noch weniger Mühe und gaben einfach dem Recht, der ihnen mehr Fässer Met bot. Aber das kam für sie nicht infrage, deshalb bemühte sie sich, soweit es ihr möglich war, gerechte Urteile zu fällen.

Vielleicht sollte sie es so halten wie die Römer, die für alles genaue Regeln und Vorschriften erlassen und niedergeschrieben hatten. Diese Art, Recht zu sprechen, schloss Irrtümer sicherlich nicht aus, hatte bei undurchsichtigen Fällen aber zweifellos seine Vorteile.

Etwa ein Dutzend Menschen standen im Halbkreis vor ihrem eindrucksvollen Thron und blickten auf einen hageren Mann, der sich mit einer älteren Frau stritt, die ihr ergrautes Haar in zwei Zöpfe geflochten hatte. Erregt zeigte er mit dem Finger auf seine rundliche Gegnerin, die mit gelangweiltem Gesichtsausdruck neben ihm stand.

»… und darum trägt mein Acker keine Früchte mehr, sie hat ihn verflucht«, schloss er seine Anklage mit angriffslustig funkelnden Augen.

Brunhild blickte ihn argwöhnisch an. »Wie kommst du zu dieser Vermutung?«

Der Mann zögerte keinen Augenblick.

»Wie ich darauf komme? Alrun lebt ganz allein in ihrer Hütte. Sie hat keinen Mann und keine Kinder, weil sie so streitsüchtig ist, dass niemand es lange mit ihr aushält. Aus Langweile ersinnt sie böse Zauber.«

»Ich verstehe«, nickte Brunhild.

Seufzend blickte sie ihm in die Augen. »Hast du Beweise für deine Annahme?«

»Beweise?«, staunte er, als ob er das Wort zum ersten Mal gehört hätte. »Es muss so sein, ich weiß es genau«, erwiderte er bestimmt.

Unter den Zuschauern erhob sich zustimmendes Geraune. Offensichtlich hatte der Ankläger einige Freunde mitgebracht.

Die Königin wandte sich an Alrun. »Was sagst du zu diesen Anschuldigungen?«

»Wulfila baut schon seit Jahr und Tag immer wieder auf dem gleichen Acker Gerste an. Irgendwann ist der Boden dann eben erschöpft«, antwortete sie achselzuckend.

Der Mann spuckte verächtlich aus. »Jahrelang habe ich immer gute Ernten auf diesem Acker gehabt. Erst in diesem Jahr trägt er nicht mehr, das kann doch nicht mit rechten Dingen zugehen«, ereiferte er sich.

»Es dauert eben seine Zeit, bis der Boden ausgelaugt ist«, hielt Alrun dagegen.

Brunhild blickte in die Runde der Umstehenden. Sie war zu einer Entscheidung gekommen. Dann wandte sie sich an Wulfila. »Alrun weiß mehr über Ackerbau als du. Das ist kein Verbrechen. Du wirst ihr den Boden übergeben, mit dem du nicht mehr zufrieden bist. Ich bin zuversichtlich, dass sie ihn wieder fruchtbar machen wird.«

Wulfila öffnete den Mund, um etwas zu sagen, aber Brunhild schnitt ihm das Wort ab.

»Wir weisen dir einen anderen Acker zu, der allerdings ein Stück abseits des Dorfes liegt. Wir raten dir, dich um diesen Boden besser zu kümmern als um dein altes Land, denn du wirst keinen anderen bekommen«, fügte sie streng hinzu.

Wulfila blickte zunächst fassungslos auf Brunhild, dann warf er Alrun einen giftigen Blick zu, bevor er wütend die Halle verließ. Schweigend folgten ihm seine Anhänger. Kein Wort des Vorwurfs erhob sich gegen Brunhild; der Gerechtigkeitssinn der Königin wurde weithin gerühmt, darum erkannte jeder die Urteile an, die sie fällte.

Erleichtert vergewisserte Brunhild sich, dass dies der letzte Streitfall für heute war. Ihr Truchsess Markulf, ein massiger Mann mit dünnen rotblonden Haaren, erhob sich gewichtig von seinem Schemel.

»Alle Streitfälle sind entschieden, die Königin wird sich nun zurückziehen«, verkündete er mit lauter Stimme, während die Zuschauer sich langsam verliefen, bis nur noch Brunhild und Frida in der Halle waren.

»Diese Gerichtstage sind manchmal ziemlich ermüdend«, klagte die Königin.

Frida zögerte einen Augenblick mit ihrer Erwiderung. »Zumal du jetzt dringendere Probleme hast.«

Brunhild runzelte die Stirn. »Was meinst du damit?«

»Ich habe am Morgen die Ältesten des Landes empfangen«, erklärte die Seherin. »Sie erwarten, dass du dich vermählst. Sie sagen, das Volk will einen König an deiner Seite sehen.«

»Was maßen sie sich an?«, fuhr Brunhild zornig auf. »Es ist allein meine Angelegenheit, ob und wann ich heirate!«

»Es wäre an der Zeit«, erwiderte Frida sanft. »Die Kunde von deiner Schönheit hat sich weit herumgesprochen, es wird viele Bewerber geben, die um dich freien.«

Brunhild warf ärgerlich den Kopf zurück. Sie liebte ihr Volk, aber es würde nicht darüber bestimmen, wie ihre Königin zu leben hatte.

»Ich warte auf Siegfried, er hat versprochen zurückzukommen«, erwiderte sie.

Frida machte eine wegwerfende Geste. »Vergiss den Xantener, er wird nicht kommen, und du solltest froh darüber sein.«

Brunhild überlegte einen Moment. »Du sprichst von deiner Prophezeiung? Sie muss falsch sein, Siegfried würde mich niemals verraten«, sagte sie dann.

Die Seherin sah Brunhild herausfordernd an.

»Wie kannst du es wagen, meine Prophezeiung in Zweifel zu ziehen«, sagte sie mit erhobener Stimme.

»Ich kenne Siegfried gut genug, um zu wissen, dass er aufrichtig ist«, erwiderte sie bestimmt.

»Das wünschst du dir, aber deine Hoffnung trügt dich, die Nornen haben ihre Fäden schon gesponnen«, zischte die Seherin.

Brunhild warf ihr einen drohenden Blick zu. Frida sollte besser nicht zu weit gehen. »Du hast ihn von Anfang an verabscheut, daher rührt dein Misstrauen«, erklärte sie mit schneidender Stimme.

»Ich merke, du bist immer noch verstockt …«, begann Frida, doch sie kam nicht dazu weiterzusprechen.

»Wie kannst du es wagen, so mit mir zu reden?«, fuhr sie ihre Seherin an.

Frida biss sich auf die Lippen, sie wusste, sie hatte alles getan, um Brunhild zu warnen, aber es war umsonst gewesen. Unterwürfig senkte sie den Kopf. »Was soll ich den Ältesten antworten, meine Königin?«, fragte sie leise.

Brunhild dachte nach. Wenn die Fürsten des Landes eine Bitte an sie herantrugen, war es nicht klug, sie vor den Kopf zu stoßen.

»Berichte ihnen, ich werde mich vermählen … wenn es einem Freier gelingt, mich im Kampf zu besiegen.«

Frida sah sie ungläubig an. »Was sagst du da? Du weißt genau, dass niemand dich bezwingen kann.«

»Siegfried könnte es schaffen.«

Fridas Mundwinkel zuckten wütend. »Doch er wird nicht kommen«, gab sie zurück.

Brunhild zuckte die Achseln. »Dann werde ich so lange unvermählt bleiben, bis mich ein anderer überwindet.«

Die Seherin starrte ihre Königin einen Augenblick lang schweigend an, dann stürmte sie aufgebracht zur Tür.

Bevor sie die Pforte erreichte, drehte sie sich noch einmal um.

»Du hältst die Götter zum Narren, aber ihre Rache wird furchtbar sein!«, verkündete sie mit lauter Stimme, bevor sie die Halle verließ.

Als sie die Tür öffnete, blies ein heftiger Windstoß mit einem lauten Heulen in die Halle und warf einen hölzernen Wolf um, der auf einem schlichten Podest nahe dem Eingang stand. Krachend stürzte die Schnitzerei auf den Boden, wobei der Kopf abbrach. Erschrocken fuhr Brunhild zusammen, als sie das zerstörte Wappentier des Suavalands vor sich liegen sah.

9

Erleichtert atmete Siegfried auf, als die Umrisse von Worms am Horizont auftauchten. Die hohe Stadtmauer, die die Römer noch errichtet hatten, bot einen beeindruckenden Anblick. Im Hintergrund glitzerte das sanft geschwungene Band des Rheins im strahlenden Sonnenschein. Etwas abseits befand sich eine große Anzahl von Zelten, die wohl die zusammengerufenen Krieger des Reiches beherbergten.

Die Männer in dem überfüllten Lager, aus dem ihnen ein übler Geruch nach Abfällen, Schweiß und Fäkalien entgegenschlug, blickten ihnen gleichgültig entgegen. Es kamen jeden Tag neue Krieger an, das würde bis zu ihrem Abmarsch so weitergehen.

Langsam ritt Siegfried mit seinen Nibelungen auf die Stadt zu. Endlich war ihre lange Reise zu Ende, so dass sie sich nun ausruhen konnten. Und wenn der erste Eindruck nicht täuschte, würden sie dies bei gutem Essen und Wein tun können, denn Worms schien eine reiche Stadt zu sein. Die Gebäude, die sie sahen, befanden sich in gutem Zustand, und viele der Wege waren gepflastert.

Als Siegfried sich mit seinen Männern dem Stadttor näherte, wussten die Krieger auf den Wehrgängen nicht so recht, was sie von ihnen halten sollten. Kleidung und Waffen ließen auf Männer von Rang schließen, doch durch die lange Reise waren sie ziemlich verdreckt.

»Wer seid ihr und was führt euch zu uns?«, rief ihnen ein untersetzter Mann zu, dessen grauschwarzer Bart ihm bis weit über die Brust reichte.

»Hier steht Siegfried von Xanten mit seinem Gefolge. Wir haben wichtige Nachrichten für König Gunther von Burgund«, antwortete Nibel mit weithin hallender Stimme.

Auf den Wehrgängen wurde es lebendig und es erhob sich ein aufgeregtes Gemurmel. Hastig liefen die Wachen von anderen Abschnitten der Mauer zusammen, um einen Blick auf den berühmten Helden zu erhaschen.

»Er ist es wirklich!«, rief ein kahlköpfiger Krieger in einem löchrigen Kettenhemd. »Ich habe ihn einmal bei Kampfspielen in Colonia gesehen. Er hat alle seine Gegner mit Leichtigkeit besiegt.«

»Wie lange wollt ihr uns noch warten lassen?«, fragte Nibel mit einem verärgerten Unterton.

Der Krieger, der die Verantwortung für das Tor hatte, zögerte. Es waren nur dreizehn Männer, die kaum stark genug sein dürften, um die Stadt anzugreifen. Aber wenn es wirklich Siegfried war? Er galt als der mächtigste Krieger landauf, landab und stand im Ruf, unbezwingbar zu sein.

Schließlich schickte er einen Mann im Laufschritt zur königlichen Halle, um Gunther zu fragen, was er tun sollte.

»Kein besonders herzlicher Empfang, wenn man bedenkt, dass wir kommen, um zu helfen«, raunte Siegfried Nibel zu.

»Ich würde genauso handeln«, erwiderte der Suaver. »Sie sind im Krieg, da können sie sich kein Risiko erlauben.«

Schließlich öffnete sich das Tor, und sie ritten in die Stadt ein. Vor ihnen baute sich ein schwergewichtiger Mann auf, der seine dunkelblonden Haare an der linken Seite des Kopfes zu einem Knoten gebunden hatte.

»Ich bin Ortwin, der königliche Truchsess, und begrüße dich, Siegfried, im Namen von König Gunther von Burgund«, erklärte er mit einem strengen Ausdruck im Gesicht. Er gab einem mageren Jungen neben ihm einen Wink. »Gangolf wird eine Unterkunft für deine Männer besorgen, während ich dich zu König Gunther führe«, erklärte er knapp.

Misstrauisch verfolgte Siegfried, wie die Nibelungen in einer der Nebenstraßen verschwanden.

»Ich hoffe, man wird sich gut um sie kümmern«, bemerkte er.

Ortwin musterte ihn kühl. »Sei unbesorgt, es wird ihnen an nichts fehlen.«

Siegfried hoffte, dass der Truchsess die Wahrheit sagte. Ortwin machte nicht den Eindruck, als ob ihm irgendetwas am Wohlergehen von Menschen lag, die im Rang unter ihm standen.

Es war nicht weit bis zur königlichen Halle, einem eindrucksvollen Langhaus, dessen Bohlen blank gehobelt und mit kräftiger brauner Farbe angestrichen waren. Im Gegensatz zu anderen ehemals römischen Städten, in denen die Holzhäuser der neuen Herren neben aus Stein errichteten älteren Gebäuden standen, wirkten die hölzernen Bauten der Burgunder nicht ärmlich im Vergleich mit den römischen Bauwerken.

Als Siegfried mit Ortwin die Halle betrat, zeigte der Truchsess ihm eine kleine Kammer, in der er sich waschen und neue Kleidung anlegen konnte. Auch das war ein Anzeichen für den Wohlstand Burgunds. In Xanten – ebenso wie an den anderen Höfen, die er kannte – wuschen sich alle im Freien.

Kurz darauf ging er mit festen Schritten zum anderen Ende der Halle, wo Gunther ihn auf seinem mit funkelnden Edelsteinen besetzten Thron erwartete. Das von großen Fackeln erleuchtete Langhaus zeigte sich innen genauso prunkvoll wie außen. Boden, Tische und Bänke waren sorgfältig gereinigt, und an den Wänden hingen Teppiche mit aufwendigen Stickereien.

Der breitschultrige König trug eine prächtige Tunika aus blassblauer Seide mit eingearbeiteten Goldfäden. Auf dem Kopf hatte er einen goldenen Stirnreif, der ebenfalls reich mit Perlen und Edelsteinen ausgestattet war. Zu seiner Rechten befanden sich ein lang aufgeschossener Bursche mit einem noch flaumigen Bart und ein kräftiger Blondschopf, dessen nussbraune Augen ihn interessiert musterten. Links des Thrones stand in kerzengerader Haltung ein dunkelhaariger Hüne mit einem mächtigen schwarzen Lederpanzer. Er war ebenso groß wie Siegfried, und der Xantener hatte das unbestimmte Gefühl, dass der abschätzige Blick, mit dem er ihn maß, eine versteckte Herausforderung enthielt.

»Welche Ehre, den berühmten Drachentöter kennenzulernen«, begrüßte Gunther ihn freundlich.

»Die Ehre ist ganz auf meiner Seite«, erwiderte Siegfried und machte eine weit ausladende Geste mit dem Arm. »Wie ich sehe, sind die Berichte über den Reichtum Burgunds nicht übertrieben.«

»Ein Reichtum, der Begehrlichkeiten weckt«, seufzte

Gunther mit einem Blick auf die beiden Männer zu seiner Rechten, die ernst nickten.

»Sprichst du vom Feldzug der Sachsen?«, fiel Siegfried ein.

»Du hast davon gehört?«, zeigte Gunther sich überrascht.

»Wir sind dabei, unsere Krieger für den bevorstehenden Krieg zu sammeln, wie du sicherlich bemerkt hast«, sagte der Blondschopf.

»Das ist mein Bruder Gernot, neben ihm steht Giselher, mein jüngster Bruder«, erklärte Gunther. Dann wies er auf den dritten Mann. »Und das ist Hagen von Tronje.«

Siegfried betrachtete den berühmten Krieger aufmerksam. »Hagen von Tronje, ich habe viel von dir gehört. Die Sachsen werden schon aus Furcht vor dir erzittern.«

Hagen lächelte dünn. »Die Sachsen kennen keine Furcht, aber wir werden sie das Fürchten lehren«, knurrte er.

Gunther blickte auf Siegfried. »Der Wachtposten meldete mir, dass du eine Nachricht für mich hast.«

»Das ist richtig«, bestätigte der Xantener. »Doch sie wird euch nicht gefallen.« Er ließ einen Moment verstreichen, während die Burgunder ihn argwöhnisch betrachteten. »Auf meinem Weg hierher bin ich auf ein großes Heer gestoßen«, begann Siegfried.

»Die Sachsen ... wo stehen sie, wo hast du sie gesehen?«, fragte Giselher atemlos.

Der Xantener schüttelte den Kopf. »Es waren keine Sachsen, sondern Dänen.«

Die Männer blickten ihn verständnislos an. Was hatte das zu bedeuten?

»Sie werden sich mit den Sachsen vereinigen und zusammen gegen Burgund ziehen«, sprach er weiter.

Die Burgunder sahen sich bestürzt an. Niemand sagte etwas.

Schließlich brach Gunther das Schweigen. »Die Sachsen allein sind schon schlimm genug, aber mit den Dänen zusammen … Sie werden eine gewaltige Übermacht haben«, erklärte er tonlos.

Hagen räusperte sich. »Du hast einen ungünstigen Zeitpunkt für deinen Besuch gewählt. Aber wir wissen immer noch nicht, was dich zu uns geführt hat. Warum bist du gekommen, Siegfried von Xanten?«

Siegfried hatte die leichte Schärfe in der Frage bemerkt. Hagen war bekannt dafür, niemandem zu trauen. Seine ständige Wachsamkeit hatte sich schon oft als vorteilhaft für Burgund erwiesen. Er erkannte mögliche Gefahren bereits im Ansatz und arbeitete unermüdlich daran, sie zu beseitigen, bevor sie dem Reich Schaden zufügen konnten. Seitdem er zum wichtigsten Berater Gunthers aufgestiegen war, hatte Burgund einen deutlichen Aufstieg erlebt.

»Das bringt mich zu meiner zweiten Nachricht«, erklärte Siegfried. »Ich bin gekommen, euch meine Hilfe anzubieten.«

Wieder waren die Burgunder sprachlos.

Giselher war der Erste, der sich wieder fasste. »Ein Hoch auf Siegfried, wir sind gerettet!«, rief er. »Gemeinsam mit dem Xantener Heer werden wir siegen.«

Auch Gunther strahlte ihn an. »Wo lagern deine Krieger?«, fragte er Siegfried gelöst.

Der Xantener zögerte einen Augenblick. »Ich fürchte, ich muss euch enttäuschen. Ich bringe niemanden mit, außer den zwölf Männern meiner Leibgarde«, sagte er dann.

Gunther beugte sich ungläubig auf seinem Thron nach

vorn. »Du bietest uns ein Bündnis an, hast aber nur zwölf Krieger?«

»Willst du uns verhöhnen?«, empörte sich Giselher.

Siegfried schwieg. Aus den Augenwinkeln beobachtete er Hagen. Der Tronjer hatte noch nichts gesagt, doch er schien fieberhaft nachzudenken.

Schließlich hob Gunther beschwichtigend die Hände. Er zwang sich dazu, ruhig und besonnen zu sprechen, obwohl er den Zorn Giselhers verstehen konnte. »Siegfried von Xanten hat uns ein Bündnis angeboten. Wir sollten Dankbarkeit für seinen Vorschlag zeigen, auch wenn er uns nicht sehr …« Er suchte einen Moment nach dem passenden Wort. »… Erfolg versprechend erscheint«, endete er mit einem scharfen Blick auf Giselher. Er wandte sich erneut Siegfried zu. »Ist es wirklich dein Wunsch, mit uns gegen eine vielfache Übermacht zu kämpfen? Was versprichst du dir davon?«

Siegfried sah ihm fest in die Augen. »Die Sachsen sind auch Feinde Xantens. Wenn ich Burgund helfe, sie zu schlagen, so ist das ebenso ein Sieg für Xanten.« Mit leuchtenden Augen blickte er um sich. »So werden Legenden geboren. Ein Mann, der seine Krieger gegen ein Meer von Feinden führt und diese besiegt, der wird in den Gesängen der Völker wahrhaft unsterblich werden.«

Die Burgunder konnten sich der Faszination seiner Worte nicht entziehen. So wie Siegfried vor ihnen stand, groß und vor Kraft strotzend, würden sie ihm nur zu gern glauben, dass sie zusammen mit ihm die vereinigten Heere der Sachsen und Dänen schlagen konnten.

Schließlich brach Hagen das Schweigen. »Lasst Siegfried mit uns kämpfen. Was haben wir schon zu verlieren?« Mit einem Blick auf den Xantener fügte er noch hinzu: »Aber der Mann, der unsere Krieger anführen wird, ist Gunther von Burgund.«

•••

In der Mitte des durch den Regen der vergangenen Tage aufgeweichten Burghofes stand eine prächtige rotbraune Fuchsstute mit seidigem Fell. Nervös schnaubend blickte sie aus unruhigen Augen auf den kräftigen Mann, der sie fest am Zügel hielt. Ein weiterer Mann hatte seine linke Hand beruhigend auf den Rücken des Pferdes gelegt, in der rechten hielt er eine große Axt

Vor dem gereizt tänzelnden Tier stand Kriemhild und redete wild gestikulierend auf einen Seher mit strähnigen sandblonden langen Haaren und einem von eintätowierten Runen übersäten Gesicht ein. Hadmar blickte sie finster an und machte kein Hehl daraus, dass er überhaupt nicht einverstanden war mit dem, was ihm die Schwester des Königs sagte. Eine stetig anwachsende Menschenmenge verfolgte gespannt den Streit der beiden.

»Wie könnt ihr auch nur daran denken, Bleika zu opfern?«, rief Kriemhild erregt. »Wir sind doch Christen, Gott verbietet das Opfern von Menschen und Tieren!«

Der Seher blieb ruhig. Die Mehrheit der Umstehenden war auf seiner Seite, das gab ihm Zuversicht.

»Wir erkennen an, dass du und deine Familie zum Christentum übergetreten seid. Aber viele von uns vertrauen noch auf die Götter und erbitten ihren Beistand.«

Kriemhilds Ärger wuchs, sie hasste die Sturheit dieser Menschen, die so hartnäckig an ihrem althergebrachten Glauben festhielten.

»Dann betet sie weiterhin an, wenn ihr unbedingt wollt. Aber es wird kein Opfer geben, niemand wird Bleika anrühren!«, sagte sie bestimmt.

Ein Murren erhob sich in der Menge. War es nicht genug, dass die königliche Familie ohne Rücksicht auf den Glauben der Mehrheit des Volkes den Christengott verehrte? Wollten sie ihnen nun auch noch ihre religiösen Zeremonien verbieten?

»Es muss sein«, beharrte Hadmar. »Die Feinde aus dem Norden sind so zahlreich, dass der Christengott allein uns nicht vor ihnen retten kann. Darum benötigen wir auch den Beistand von Tyr, und er fordert von uns dieses Opfer.«

Er sah herausfordernd in die Menge. Beifälliges Gemurmel erhob sich.

»So ist es immer gewesen, bringen wir Tyr das Opfer, dann wird er uns helfen«, rief eine zahnlose alte Frau.

Kriemhild funkelte sie zornig an. »Das ist heidnischer Aberglaube, Gott ist allmächtig, er wird uns zum Sieg führen«, sagte sie eindringlich.

»Wie kannst du es wagen, den Glauben deiner Väter zu verspotten?«, herrschte der Seher sie an. Er blickte Kriemhild fest in die Augen. »Willst du dich etwa gegen Tyr stellen?«, fragte er lauernd.

Gespannt schauten die Umstehenden auf Kriemhild. Sie spürte, wie sich die Stimmung gegen sie wendete. Die Menschen hatten Angst vor dem bevorstehenden Krieg und beschlossen, sich auf das zu verlassen, was sie von alters her kannten.

Dann schaute sie auf Bleika. Die Stute wurde immer unruhiger, als ob sie wüsste, was geschehen sollte. Kriemhild war, als würde das Tier sie flehend ansehen.

»Niemand wird Bleika etwas antun«, erklärte sie mit fester Stimme.

Entschlossen fasste sie die Zügel und versuchte, sie dem Mann, der sie hielt, aus den Händen zu reißen. Aber der ließ nicht los. Er blickte unsicher zu Boden, weil er nicht wagte, sich offen gegen sie zu stellen, doch er behielt die Leinen in der Hand.

»Du bist verblendet«, rief Hadmar drohend. »Ich habe die Runen geworfen, und sie haben dein Pferd zum Opfer bestimmt, um Tyrs Beistand zu erbitten.«

Kriemhild blickte ihn wütend an. Es war nicht das erste Mal, dass sie mit dem verbohrten Seher in Streit geraten war, der alles dafür tat, dass die Menschen weiterhin an den alten Göttern festhielten, während sie versuchte, den wahren Glauben weiter zu verbreiten. Nun sah er eine Gelegenheit, sich an ihr zu rächen, denn er wusste, wie sehr sie an ihrer Stute hing.

»Und was ist, wenn die Sachsen Tyr ein noch besseres Opfer bringen als wir? Wem wird er dann helfen?«, höhnte sie zornig.

Hadmar zögerte einen Augenblick. »Es ist gleichgültig, was unsere Feinde tun. Wenn wir ihm Bleika opfern, werden wir siegen, so haben es die Runen gesagt«, beharrte er.

Wieder erhob sich ein zustimmendes Raunen in der Menge.

»Der Christengott hat noch nie etwas für uns getan. Warum sollen wir ihm vertrauen statt den Göttern, die schon unsere Väter verehrt haben?«, rief ein kleingewachsener Mann mit einem dicken Bauch.

Kriemhild wurde immer verzweifelter, sie schien ganz allein zu stehen. Der Großteil des Volkes hatte sich nicht taufen lassen, sie hielten nichts von der neuen Religion, die viele ihrer Edlen angenommen hatten.

Dann bemerkte sie, wie Gunther und Hagen, durch den Lärm aufmerksam geworden, auf sie zukamen. Begleitet wurden sie von einem auffallend großen Mann mit langen hellblonden Haaren. Sie atmete auf, endlich kam ihr jemand zu Hilfe.

»Gunther, du darfst das nicht zulassen, sie wollen Bleika opfern«, flehte sie ihren Bruder an.

Der König blickte unentschlossen zuerst auf Kriemhild, dann auf Hadmar.

»Wenn Tyr ein Opfer fordert, dürfen sich auch die Edlen des Reiches nicht gegen ihn stellen«, forderte der Seher. Dabei deutete Hadmar eine leichte Verbeugung an, doch er senkte nicht seinen Blick.

Gunther seufzte leise auf. Einmal mehr beneidete er die Fürsten in anderen Teilen der Welt. Dort würde es niemand wagen, sich dem Willen des Königs oder seiner Schwester zu widersetzen. Aber in den Ländern zwischen Rhein und Donau galt dies nicht, und es kam nicht selten vor, dass ein Volk seinen König einfach absetzte, wenn es mit ihm nicht mehr zufrieden war.

Er nahm Kriemhild sanft bei der Hand. »Die Menschen fürchten sich. Lass ihn ihren Willen, dann werden sie wieder zuversichtlicher«, raunte er ihr zu.

Entsetzt blickte Kriemhild ihn an. »Aber sie wollen Bleika schlachten! Das ist so, als ob sie einen Teil von mir auch töten würden.«

Gunther drückte ihren Arm fester. »Du bekommst ein noch schöneres Pferd als Bleika, das verspreche ich dir«, sagte er eindringlich.

Tränen der Wut und der Enttäuschung stiegen Kriemhild in die Augen.

»Ich will aber kein anderes Pferd, Bleika muss leben!«, klagte sie verzweifelt und riss sich von Gunter los.

Der König bemerkte, wie das Murren der Menge lauter wurde.

»Lass sie ihr Opfer haben, in dieser schweren Stunde müssen wir vereint stehen«, beschwor er sie.

Plötzlich trat der hünenhafte Fremde auf Bleika zu. Er strich der verängstigten Stute beruhigend über die Nüstern, dann riss er dem Mann, der sie am Zügel hielt, mit einem so kraftvollen Ruck die Riemen aus der Hand, dass er verstört zurückwich. Fassungslos betrachtete er seine Handflächen, aus denen feine Blutfäden austraten. Der Mann hinter ihm trat erschrocken einen Schritt zurück, behielt seine Hand jedoch auf dem Rücken des Tieres.

Der Fremde ließ seine hellen blauen Augen ruhig über die Menge schweifen. Kriemhild war fasziniert von ihm. Er wirkte so kraftvoll und so voller Selbstbewusstsein, als ob nichts und niemand ihm etwas anhaben könnte.

»Tretet zurück und macht euch wieder an eure Arbeit«, wandte er sich mit lauter Stimme an die Umstehenden. »Es wird kein Opfer geben. Der Glaube des Königs verbietet es.«

Es begann unruhig zu werden unter den Menschen. Der Seher blickte hasserfüllt auf den Fremden.

»Wer ist dieser Mann, der sich so anmaßend in unsere Belange einmischt?«, wandte er sich an Gunther.

Bevor der König antworten konnte, ergriff der Fremde selbst das Wort.

»Hier steht Siegfried von Xanten, und ich versichere

euch, ihr werdet den Krieg auch ohne dieses Opfer gewinnen, denn der Drachentöter wird euch zur Seite stehen!«, rief er mit erhobener Stimme.

Ein ungläubiges Raunen ging durch die Menge, war dies der berühmte Held aus den Niederlanden?

»Siegfried von Xanten? Ich habe schon so viele Lieder über ihn gehört«, rief eine Frau in einem verdreckten Kittel begeistert.

»Er ist der größte Held, der jemals gelebt hat!«, pflichtete ein Mann mit Halbglatze ehrfürchtig bei.

»Heil Siegfried, der mit uns kämpfen wird«, begeisterte sich eine Frau, die ihre blonden Zöpfe um den Kopf geflochten trug.

Hadmar warf ihr einen wütenden Blick zu, worauf sie beschämt verstummte.

Der Seher richtete sich zu seiner vollen Größe auf und blickte drohend auf die Umstehenden. »Kein Held kommt den Göttern gleich, und sei er auch noch so stark«, verkündete er mit feierlichem Ernst. Er wandte sich langsam zu seinem König um. »Was entscheidest du, Gunther von Burgund? Wirst du tun, was Tyr verlangt, oder willst du dich seinem Zorn aussetzen?«

Es wurde still auf dem Burghof, niemand sagte etwas. Alle Augen waren auf Gunther gerichtet. Kriemhild nahm verzweifelt seine Hand und blickte flehend zu ihm auf.

Gunther zögerte. Sollte er dem Willen des Volkes oder dem heißen Wunsch seiner Schwester folgen? Immerhin war die Menge durch Siegfrieds Eingreifen schwankend geworden. Sein entschlossenes Handeln und sein legendärer Ruf hatten so einen starken Eindruck hinterlassen, dass die Menschen an den Worten des Sehers zu zweifeln begannen. Und würde er nicht an Autorität verlieren, wenn er sein eigenes Gesetz missachtete und das Opfer erlaubte?

Verstohlen blickte Gunther auf Hagen, der ihm schon so oft mit seinem Rat tatkräftig zur Seite gestanden hatte. Doch das Gesicht des Tronjers war wie eine versteinerte Maske, es verriet keine Regung.

Plötzlich gab Siegfried der Stute einen gewaltigen Klaps auf ihr Hinterteil. Erschrocken wieherte sie auf, dann stob sie davon und floh durch das geöffnete Tor des Burghofes.

Der Xantener wandte sich wieder zu den Umstehenden. »Die Götter haben entschieden, sie wollen das Opfer dieses Pferdes nicht«, rief er aus.

Erstaunt blickte Kriemhild auf Siegfried, und ein glückliches Lächeln erschien auf ihrem Gesicht. Dann sah sie erwartungsvoll zu Gunther.

Ihr Bruder räusperte sich und blickte entschlossen auf seine Untertanen. »Das Gesetz gilt weiterhin, in meinem Reich wird es keine heidnischen Opfer geben«, verkündete er mit fester Stimme.

Hadmar funkelte ihn wütend an. »Tyr wird sich das nicht bieten lassen. Bete zu deinem Christengott, dass er dich vor seinem Zorn beschützt«, drohte er.

Langsam verliefen die Menschen sich wieder, die Entscheidung war gefallen, daran war nun nichts mehr zu ändern. Und vielleicht war das auch gut so. Zwar hatte Tyr sein Opfer nicht bekommen, aber dafür hatten sie nun Siegfried, den Drachentöter, an ihrer Seite. Außerdem hatte Hadmar die Runen wohl falsch gelesen. Warum sonst hätten es die Götter zugelassen, dass die Stute einfach davonlief?

Erleichtert blickte Gunther auf die sich zerstreuende Menge, das war noch einmal gut gegangen. Die Männer gingen zum Ausgang des Burghofes, um sich bei Dankwart über den Stand der Vorbereitungen für den Feldzug zu informieren, als Hagen sich plötzlich zu Siegfried umwandte.

»Du hast die Menge getäuscht«, sagte er vorwurfsvoll.

Siegfried blieb stehen und musterte ihn überrascht.

»Sie glauben an den Sieg, weil sie denken, dass du ein Heer mitbringst.«

»Woher willst du wissen, was sie denken?«, erwiderte er leichthin. »Freu dich lieber darüber, wie zuversichtlich sie nun sind. Hast du das Leuchten in ihren Augen gesehen, als ich ihnen sagte, ich würde für sie kämpfen?«

»Das sich in Schrecken verwandeln wird, wenn sie merken, dass du nur ein Dutzend Krieger bei dir hast«, entgegnete der Tronjer verächtlich.

Siegfried machte eine wegwerfende Handbewegung. »Es schadet nicht, wenn sie jetzt hoffnungsvoller in die Zukunft blicken.«

Gunther verfolgte den Wortwechsel der beiden besorgt. Sie verstanden sich nicht, das spürte er deutlich. Was für ein Jammer! Er hatte die beiden stärksten Krieger weit und breit in seinem Heer, doch das nützte ihm nichts, wenn sie miteinander verfeindet waren. Er hoffte, dass daraus kein Unheil entstehen würde.

Aber Hagen ließ nicht locker.

»Und wie kannst du dir anmaßen, zu entscheiden, was mit dem Pferd geschieht? Das ist Sache des Königs«, sagte er hart.

Siegfrieds Gesichtszüge verfinsterten sich.

»Was meinst du damit? Gunther hat seine Entscheidung doch gefällt«, erwiderte er im gleichen Tonfall.

»Du weißt genau, was ich meine, dem König blieb gar nichts anderes übrig, als dir zuzustimmen. Du hast dich aufsässig verhalten!«

Siegfried drehte sich langsam zu Hagen um und sah ihm fest in die Augen. Dann blickte er auf Gunther. »Bist du der Ansicht, ich habe mich aufsässig verhalten, König Gunther?«, fragte er.

Gunther holte tief Luft. Was machte Hagen da? Der Vorfall war doch beigelegt, warum musste er weiter darauf herumreiten?

»Du übertreibst, Hagen«, sagte er schließlich. »So wie es passiert ist, ist es gut.«

Siegfried warf dem Tronjer einen triumphierenden Blick zu.

»Da hast du recht, wir haben wirklich Wichtigeres zu tun, als uns über solche Nichtigkeiten zu streiten«, erklärte er.

»Die Autorität des Königs ist keine Nichtigkeit!«, widersprach Hagen scharf.

Siegfried blieb stehen und starrte den Tronjer düster an. »Beschuldigst du mich des Aufruhrs gegen den König?«, fragte er lauernd.

Gunther erschrak, er wusste, worum es hier eigentlich ging. Siegfried und Hagen waren die berühmtesten Krieger landauf, landab, und das machte sie zu Rivalen. Beide wollten sich und der Welt beweisen, dass sie der Bessere waren.

»Ich beschuldige dich, den nötigen Respekt vermissen zu lassen«, erwiderte Hagen. Nach einer kleinen Pause fügte er hinzu: »Und das nur, um ein Mädchen zu beeindrucken.«

Siegfrieds Augen blitzten wütend auf, und seine Hand legte sich auf den Knauf Balmungs. »Hätte mir das ein geringerer Mann als du gesagt, würde ich ihn für diese Worte züchtigen«, stieß er aufgebracht hervor.

Auch Hagen legte die Hand auf den Knauf seines Schwertes. »Es gibt nichts, wofür ich mich rechtfertigen müsste«, erwiderte er und blickte Siegfried entschlossen ins Gesicht.

Hastig stellte Gunther sich zwischen sie. Obwohl er selbst größer war als die meisten Männer, überragten ihn diese beiden noch um einen halben Kopf, so dass er sich zwischen ihnen wie ein Zwerg vorkam.

»Ich verbiete euch, diesen Streit weiterzuführen«, sagte der König scharf. »Es gibt keinen Anlass dafür, und ich dulde nicht, dass meine besten Krieger gegeneinander kämpfen.«

Für einen Moment schien es, als würden die beiden Hünen aufeinander losgehen, aber dann beruhigten sie sich. Gleichzeitig nahmen sie die Hand von der Waffe.

Gunther atmete auf. »Wir sind alle etwas angespannt wegen des bevorstehenden Krieges, aber das darf nicht dazu führen, dass wir uns untereinander streiten. Wir können nur siegen, wenn wir uns einig sind«, erklärte er, während sie ihren Weg zum Feldlager außerhalb der Stadtmauer wieder aufnahmen.

Weder Siegfried noch Hagen erwiderte etwas. Die Sache war noch lange nicht ausgestanden, und Gunther fürchtete, dass es zu weiteren Auseinandersetzungen zwischen ihnen kommen würde.

• • •

Kriemhild und Ute nutzten das gute Wetter, um einen Spaziergang am Rheinufer zu unternehmen. Der strahlende Sonnenschein und die warme Luft belebten sie. Dieser Winter war ungewöhnlich lang gewesen, doch endlich wich die grimmige Kälte. Entspannt blickten sie auf einige Hasen, die träge über ein Feld hoppelten.

Kriemhild verspürte einen unwiderstehlichen Drang, mit ihrer Mutter über die Ereignisse auf dem Hof zu sprechen. Ute war zwar nicht unter den Zuschauern gewesen, doch sie wusste ebenso wie alle anderen Bewohner der Burg genau, was geschehen war.

»Ohne Siegfried wäre Bleika jetzt tot, daran muss ich immer wieder denken«, begann sie vorsichtig.

»Ich weiß, wie sehr du an ihr hängst«, erwiderte Ute. »Ihr Tod hätte dich sehr mitgenommen.«

»Aber zum Glück war Siegfried von Xanten da, er hat sie gerettet«, sprach Kriemhild weiter.

Ute ahnte, was in ihrer Tochter vorging. »Wie ist er eigentlich, der berühmte Siegfried? Du hast ihn ja aus nächster Nähe erlebt«, fragte sie.

»Oh, er ist wunderbar!«, stieß Kriemhild hervor. »Ganz so, wie man es sich von ihm erzählt. Er ist groß und stark wie ein Baum und er hat helle blaue Augen«, schwärmte sie.

»Was für ein Held!«, lachte Ute.

Kriemhild dachte zurück an ihre Begegnung mit ihm, als er allein für Bleika einstand. Kein anderer kam ihr zu Hilfe; auch Gunther nicht, der erst eingriff, als Siegfried schon die Entscheidung herbeigeführt hatte.

»Jawohl, das ist er. Und er ist ein Held, der nicht nur seine Feinde tötet, sondern auch denen hilft, die sich nicht selbst helfen können.«

»Dann haben wir ja wirklich Glück, dass er bei uns ist«, pflichtete Ute ihr schmunzelnd bei.

»Ja, das ist wahr«, erwiderte Kriemhild.

Ein fragender Ausdruck erschien auf ihrem Gesicht. »Aber warum ist er eigentlich hier? Xanten ist weit entfernt«, überlegte sie.

»Es heißt, er ist gekommen, um uns gegen die Sachsen beizustehen«, erklärte Ute.

Nachdenklich blickte Kriemhild auf einen Bussard, der am Himmel seine Kreise zog. »Aber wo lagern dann seine Krieger?«

»Es muss ziemlich weit abseits sein. Niemand hat sie gesehen, nur seine Leibgarde. Ortwin hat sie im Gästehaus untergebracht«, antwortete Ute.

Es entstand eine kurze Pause.

»Ich muss mich unbedingt bei Siegfried dafür bedanken, was er für mich getan hat«, sagte Kriemhild.

Ute zögerte. »Nur keine Eile, dazu wird sich bestimmt bald eine Gelegenheit ergeben«, erwiderte sie schließlich.

Verstohlen blickte sie ihrer Tochter ins Gesicht. Sie sah, wie Kriemhild strahlte, sie konnte es nicht erwarten, ihn wiederzusehen. Bisher hatte ihrer Tochter noch nie ein Mann gefallen, aber diese Zeit war nun wohl vorbei.

»Gunther hat ihm doch sicherlich eine Kammer in der Halle gegeben, oder?«, erkundigte sich Kriemhild.

»Natürlich, er weiß ja, was sich gehört«, versicherte Ute.

Nachdenklich blickte sie auf die braunen Fluten des Rheins. »Du solltest nichts überstürzen. Schließlich bist du die Schwester eines Königs.«

Kriemhild runzelte die Stirn. »Was meinst du damit?«

Ute ließ einen Augenblick verstreichen.

»Männer haben meist nicht viel Achtung vor Frauen, die ihnen zu schnell ihr Herz öffnen. Sie wollen das Gefühl haben, eine Frau erobern zu müssen, erst dann entbrennen sie in feuriger Liebe.«

Kriemhild lachte laut. »Du sprichst ja so, als ob ...« Sie brach ab. Ja, ihre Mutter hatte recht. Sie wollte Siegfried nicht nur wiedersehen, weil er ihr geholfen hatte. Das war lediglich ein Teil ihres Verlangens. Aber da war noch mehr. Ein tiefes Gefühl, das sie unwiderstehlich anzog. Wahrscheinlich war sie verliebt in ihn. Erstaunt gestand sie es sich ein. Sie hatte schon gedacht, dieses Gefühl gäbe es gar nicht für sie. Ihre Freundinnen oder Mägde erzählten so viel davon, manchmal redeten sie von nichts anderem. Doch ihr war diese Welt bisher verschlossen geblieben, sie konnte nur darüber rätseln, wie es wohl war, so zu fühlen. Aber nun konnte sie nachempfinden, was in ihnen vorging, ihr ging es ja ebenso.

»Wie spreche ich?«, fragte ihre Mutter lächelnd.

Statt einer Antwort lachte Kriemhild nur.

»Ich habe vom Fenster der Halle aus den Streit um Bleika beobachtet«, fuhr Ute fort, »und ich habe gesehen, wie Siegfried dich angeschaut hat.« Sie blickte ihre Tochter bedeutungsvoll an. »Glaub mir, du kannst dir erlauben zu warten, bis er zu dir kommt.«

»Ist das wirklich wahr?«, fragte Kriemhild zweifelnd.

»Er müsste blind sein, wenn ihm deine Schönheit nicht aufgefallen wäre«, erklärte Ute.

Ein strahlendes Lächeln legte sich über Kriemhilds Gesicht, und sie hoffte von ganzem Herzen, dass ihre Mutter recht hatte.

10

Siegfried, Gunther und Hagen standen auf einer sanften Anhöhe und blickten hinab in das Tal, wo eine Kolonne von drei großen Wagen über das dichte Gras hinwegrollte. Im Gegensatz zu den beiden Burgundern, die voll gerüstet waren, trug der Xantener nur ein leichtes Lederwams. Hagen hatte Gunther einen verächtlichen Blick zugeworfen, als Siegfried am Morgen zu ihnen gestoßen war. Anscheinend hielt er es nicht für nötig, eine Rüstung zu tragen.

Die Fuhrwerke kamen nur langsam voran. Offensichtlich waren sie schwer beladen, auch wenn nicht zu erkennen war, was sich unter den leinenen Planen befand. Etwa fünfzig berittene Krieger in voller Rüstung begleiteten den kleinen Zug.

Kundschafter hatten ihnen berichtet, dass das Heer der Sachsen und Dänen, die sich inzwischen vereinigt hatten, in der Nähe war. Siegfried wandte den Kopf nach links und blickte entschlossen auf die Männer, die dort Stellung bezogen hatten. Sie standen neben mannshohen Heuballen, die mit in die Erde gerammten Pfählen gesichert waren. Dann sah er in den blauen Himmel, es würde trocken bleiben. Das Wetter war ihnen wohlgesinnt.

Unten im Tal waren die Fuhrwerke inzwischen noch langsamer geworden. Wie geplant hatten die Stämme aus dem Norden von dem sorgfältig ausgestreuten Gerücht erfahren, dass der Reichsschatz angesichts der zu erwartenden Niederlage an einen sicheren Ort gebracht werden sollte. Ebenso hatten sie herausgefunden, welchen Weg die kleine Kolonne nehmen würde; es war nur noch eine Frage der Zeit, wann sie hier auftauchen würden.

Siegfried beneidete die Männer nicht, die als Lockvogel herhalten mussten. Der Feind würde sich sofort auf sie stürzen, und sie hatten nur eine Chance zu überleben, wenn das burgundische Heer schnell genug war.

Endlich war es so weit. Das Heer der Sachsen und Dänen tauchte am Horizont auf. Es war eine gewaltige Masse an Menschen, die sich ins Tal ergoss. Er schätzte ihre Zahl auf etwa achttausend, während sie selbst weniger als dreitausend Krieger hatten.

Jetzt hatten sie die Wagen entdeckt. Eine große Gruppe von Reitern löste sich aus der Masse des Heeres und sprengte mit lautem Johlen im Galopp auf die Kolonne zu. Sie trugen als Feldzeichen den Kopf eines Keilers, wodurch sie als Sachsen zu erkennen waren.

Doch darauf hatte Gernot, der sich mit seinen Kriegern in einem Waldstück verbarg, nur gewartet. Er gab das Signal zum Angriff und stürmte mit seinen berittenen Kriegern auf die feindliche Flanke zu.

Die Sachsen waren überrascht über diesen plötzlichen Vorstoß, doch sie reagierten schnell, so wie sie es immer taten, wenn sie auf Reiter trafen. Sie saßen ab und bildeten einen Schildwall. Dies war ihre traditionelle Kampfweise, die sie die Jahrhunderte hindurch immer weiter vervollkommnet hatten. Auch die burgundischen Pferde und ihre Reiter würden in ihrem Wald von acht Ellen langen Speeren stecken bleiben und darin verbluten. Grimmig sahen die Krieger den herannahenden Reitern entgegen und schlugen dabei Äxte und Schwerter rhythmisch gegen ihre Schilde. Das dumpfe Geräusch des vibrierenden Holzes erfüllte die Luft.

Gernot schluckte, je näher sie dem Schildwall der Sachsen kamen, desto bedrohlicher wirkte dieser Lärm. Dann hob er den Arm, und die Pferde verlangsamten ihr Tempo, sie gingen nur noch im Schritttempo, schließlich blieben sie stehen

Die Sachsen blickten sich erstaunt an. Was war mit den Burgundern los? Wagten sie es nicht, sie anzugreifen? Dann begannen sie zu lachen. Es war ein lautes Hohngelächter, das dem Feind zeigen sollte, wie sehr sie ihn verachteten. Einige der Krieger zogen sich die Hosen runter und zeigten den Burgundern ihr Hinterteil, um sie zu verspotten. Dann nahmen sie energisch ihre Schilde auf und rückten gegen die Burgunder vor.

Angespannt blickte Gernot auf den Hügel an der gegenüberliegenden Seite des Tales. Warum passierte dort nichts? Seine Männer wurden unruhig. Einige Pferde begannen aufgeregt zu tänzeln. Doch auf der Anhöhe blieb alles ruhig. Hatten die Feinde etwa die Krieger dort entdeckt und getötet?

Die Sachsen kamen immer näher, die wilde Entschlossenheit in ihren Blicken jagte den Burgundern kalte Schauer über den Rücken, der Lärm ihrer gegen die Schilde schlagenden Waffen wurde ohrenbetäubend.

Doch endlich war es so weit, die Männer auf dem Hügel

zerschlugen die Pfähle, die die großen Heuballen gesichert hatten, und die Bündel rollten zu Tal. Überrascht wandten die Sachsen sich um und blickten entsetzt auf die Ballen, die immer schneller auf sie zurollten.

Dann sirrten plötzlich Wolken von Brandpfeilen durch die Luft. Viele Geschosse verfehlten ihr Ziel, aber diejenigen, die trafen, setzten die mit Pech eingestrichenen Strohbündel in Brand, so dass nun gewaltige Feuerbälle auf die Sachsen zujagten. Die verwirrten Feinde schrien aufgeregt durcheinander. Hastig rammten sie ihre Schilde in den Boden und versuchten so, die brennenden Heuballen aufzuhalten.

Grimmig blickte Gernot auf die verwirrten Sachsen, während er seine Reiter zurückzog, damit sie nicht auch in Gefahr gerieten, getroffen zu werden.

Die ersten Feuerbälle erreichten die Reihen der Sachsen. Sie hatten inzwischen so viel Fahrt aufgenommen, dass sie die ersten Männer, auf die sie trafen, einfach überrollten. Oft fing auch ihre Kleidung Feuer, und die Krieger liefen vor Schmerzen laut schreiend durcheinander oder wälzten sich am Boden, um die Flammen zu ersticken.

Das war der Moment, in dem Gernot mit seinen Reitern angriff. Die brennenden Heubündel hatten tiefe Breschen in die Reihen der Feinde geschlagen. Sie bildeten nun keinen undurchdringlichen Schildwall mehr, in dem die Krieger nicht nur sich, sondern auch die Nebenleute gegen feindliche Angriffe deckten. Jetzt konnten die Burgunder sie vom Rücken ihrer Pferde aus mit ihren Speeren durchbohren und mit Schwertern auf sie einhauen.

Doch obwohl viele der Sachsen fielen, ergaben sie sich nicht einfach in ihr Schicksal. Nach dem ersten Moment der Verwirrung warfen sie sich gegen die Burgunder, stachen mit ihren Lanzen auf die Pferde ein und brachten sie so zu Fall. Es entspann sich ein erbittertes Gemetzel; verbissen kämpfte Mann gegen Mann. Die einstmals grüne Wiese verwandelte sich unter dem Stampfen der miteinander ringenden Menschen und Tiere in einen von Blut und Gedärmen übersäten Morast.

Gernot stieß einem Feind sein Schwert zwischen die Rippen und ritt einen weiteren über den Haufen, der ihn nicht kommen sah, weil er mit einem Krieger seiner Leibgarde kämpfte. Er duckte sich tief, um mit dem Schild einen Speer abzuwehren, den ein Sachse seinem Pferd in den Bauch rammen wollte. Der Feind kam nicht mehr dazu, es ein zweites Mal zu versuchen, denn die Axt eines Burgunders riss ihm den Rücken auf, und er sackte blutüberströmt zusammen.

Dann sah Gernot, wie der Hauptteil des sächsischen Heeres von den Pferden stieg und mit lautem Geschrei auf sie zustürmte. Hastig blickte er zu der Anhöhe, von der aus Gunther, Siegfried und Hagen das Schlachtfeld überblickten. Jubelnd stieß er sein Schwert in die Höhe, als die zweite Welle von brennenden Heuballen den Hügel hinabrollte. Aber diesmal waren die Sachsen darauf gefasst, und den meisten Kriegern gelang es, den großen Bündeln auszuweichen.

Doch hinter den Heuballen und im Rauch des brennenden Heus nur schemenhaft zu erkennen, ritt Siegfried mit den Nibelungen in die Schlacht, begleitet von Giselher und seinen Kriegern. Es gelang ihnen, vom Rücken ihrer Pferde aus einige der Feinde zu töten, aber als die Sachsen ihren Schildwall formiert hatten, scheuten die Tiere vor den langen Speeren zurück, deshalb sprangen sie aus dem Sattel und griffen die Sachsen zu Fuß an.

Mit unglaublicher Wucht warf Siegfried sich gegen die feindlichen Schlachtreihen. Mit Balmung und seinem Schild wischte er die Schwerter, Speere und Äxte der Sachsen wie Spielzeug beiseite, während seine kraftvollen Hiebe unaufhörlich auf die Gegner niedersausten. Viele ihrer Schilde und Klingen zerbrachen schon bei Balmungs erstem Schlag, doch auch diejenigen, die diesem Angriff standhielten, konnten sich nicht lange gegen ihn behaupten.

Seine gewaltigen Hiebe schlugen eine tiefe Bresche durch die gegnerischen Reihen, so dass er links und rechts von Feinden umgeben war, doch wenn einer von ihnen versuchte, ihn im Rücken oder von der Seite zu attackieren, traf er auf die Nibelungen, die direkt hinter ihrem neuen Herrn kämpften und sich ebenfalls als mächtige Krieger erwiesen. Darauf folgte Giselher mit seinen Männern, so dass sie einen unaufhaltsamen Keil bildeten, der sich tief in die Reihen der Feinde hineinfraß.

Eine Woge der Begeisterung erfasste Siegfried, als er sah, wie sein Schwert die Linien der Sachsen zerschmetterte und die Waffen der Feinde, die durch seine Deckung drangen, wirkungslos an ihm abprallten. Wie wunderbar waren die Waffen, die Brunhild für ihn angefertigt hatte!

Gunther beobachtete das Geschehen aufmerksam von dem Hügel aus, von dem sie die Heuballen herabgerollt hatten. Das dänische Heer, das den Sachsen mit einigem Abstand folgte, hatte den Kampfplatz noch nicht erreicht. Sobald sie in Sicht kamen, würden er und Hagen sich um sie kümmern.

Er war nun wesentlich zuversichtlicher als zu Beginn der Schlacht. Siegfried hatte tatsächlich recht gehabt, sein Mitwirken sorgte dafür, dass sie diesen Krieg trotz ihrer zahlenmäßigen Unterlegenheit gewinnen konnten, auch wenn er nur zwölf Männer mitgebracht hatte. Der Plan, den er sich ausgedacht hatte, ging voll auf. Die Schlachtordnung der Sachsen war aufgebrochen, und sie hatten viele Krieger verloren.

Dann blickte er auf die Stelle, an der Siegfried unerbittlich unter den Feinden wütete. Seine Augen strahlten vor Bewunderung.

»Hast du jemals solch einen Helden gesehen?«, wandte er sich an Hagen.

»Er ist ein wahrhaft gewaltiger Krieger«, erwiderte der Tronjer beeindruckt.

»Stärker als du?«, grinste Gunther mit einem herausfordernden Blick.

Hagen zögerte einen Augenblick, bevor er antwortete. »So weit würde ich nicht gehen, mein König«, erwiderte er mit unbewegter Miene.

Inzwischen war die Spitze des dänischen Heeres um eine Wegbiegung gekommen. Alarmiert sahen sie, wie die Sachsen von den Burgundern bedrängt wurden, und preschten sofort auf das Schlachtfeld zu, um ihren Verbündeten zu Hilfe zu kommen. Das war das Signal für Gunther und Hagen, sich ebenfalls in den Kampf zu werfen.

Entschlossen stürmten sie mit ihren berittenen Kriegern die Anhöhe hinab, dicht gefolgt von den Fußtruppen, und fielen den Dänen so in die Flanke. Nach einem kurzen Augenblick der Verwirrung saßen die Nordmänner ab, um sich zu einem Schildwall zu formieren. Auch die Burgunder sprangen nun von ihren Pferden und bildeten eine Schlachtreihe.

Mit grimmigen Blicken standen sich die Krieger gegenüber. Die meisten Dänen hatten lange Haare und trugen dunkle Schminke um die Augen, damit sie furchterregender wirkten, und schwangen laut johlend ihre schweren Äxte. Dann rückten sie langsam gegen die Burgunder vor, die sie entschlossen erwarteten. Als die beiden Schlachtreihen aufeinanderstießen, erhob sich ein wildes Getöse von klirrenden Waffen und dröhnenden Schilden.

Angespannt blickte Gunther von seinem Pferd aus auf die ächzend und grunzend gegeneinanderschiebenden Krieger, die verbissen versuchten, einen Spalt im feindlichen Schildwall zu finden, durch die sie mit ihren Schwertern und Speeren stoßen konnten. Andere schlugen ihre Äxte in die Schilde ihrer Gegner und entrissen sie ihnen mit einem kräftigen Ruck, so dass sie wehrlos vor ihnen standen.

Die Edlen kämpften nicht im Schildwall, denn diese Art der Schlacht war zu unübersichtlich. Oft war es nicht möglich, den Angriff eines Feindes rechtzeitig zu erkennen, um auszuweichen oder ihn abzuwehren. Der Kampf im Schildwall war gnadenlos. Verschanzt hinter ihren Schilden sahen die Krieger den Feind nicht. Sie hörten nur sein Stöhnen und Schreien, nahmen den scharfen Geruch von seinem Schweiß und Blut wahr. Aber immer wieder stießen Speerspitzen oder Schwertklingen durch Lücken zwischen den Schilden und brachten ihnen tödliche Wunden bei. Dort, wo die Schlachtreihen aneinanderstießen, färbte sich der Boden blutrot und wurde so rutschig, dass es schwer war, einen festen Stand zu finden.

Gunther versuchte, die Zahl der Feinde zu schätzen. Bei ihrem ersten Angriff mit den brennenden Heuballen hatten die Sachsen viele Männer verloren, und wie es schien, würden Siegfried und Gernot dafür sorgen, dass ihre Verluste noch weiter anstiegen, deshalb hatte die feindliche Übermacht sich verringert.

Staunend wandte er seinen Blick nach links, wo Siegfried und Gernot gegen die Sachsen kämpften. Unaufhaltsam wie ein rasender Berserker kämpfte sich der Xantener durch die feindlichen Reihen. Er hatte noch niemals einen so mächtigen Krieger gesehen.

Siegfried hatte inzwischen die feindlichen Linien fast durchbrochen, nur noch ein einziger Mann stand zwischen ihm und dem freien Feld. Doch er zögerte. Erschöpft blickte er auf den Sachsen. In der Begeisterung über seine neuen Waffen hatte er versäumt, sich seine Kräfte einzuteilen, darum fühlte er nun die Anstrengungen des unablässigen Kampfes. Er hatte so viele kraftvolle Hiebe geführt und so viele Schläge der Feinde abgewehrt, dass seine Arme zu ermüden begannen.

Der Sachse, ein kräftiger Mann in einem eingeölten Kettenhemd, hatte dem hünenhaften Krieger, der sich unaufhaltsam seinen Weg durch die sächsischen Reihen gebahnt hatte, voller Furcht entgegengesehen, doch nun spürte er, wie abgekämpft Siegfried war. Der Xantener atmete schwer, und der Schweiß rann ihm in Strömen von der Stirn.

Der Mann blickte ihm entschlossen entgegen, entweder würde er diesen gewaltigen Krieger töten oder ehrenvoll kämpfend in Walhalla einziehen. Siegfried griff an, doch seine Schläge waren nicht mehr so kraftvoll wie zu Beginn der Schlacht, sein Gegner wankte zwar, aber er konnte sich behaupten. Seine Zuversicht wuchs, als er merkte, wie er Siegfried standhalten konnte, und er griff selbst an. Er stieß mit seinem Schwert so schnell zu, dass der Xantener seinen Schild einen Augenblick zu spät hochriss, und der Sachse ihn in die nur durch sein Lederwams geschützte Brust traf. Er jubelte laut auf, er musste das Herz des fremden Kriegers getroffen haben.

Doch dann merkte er ungläubig, dass seine Klinge nicht durch das Fleisch seines Gegners drang, sondern wirkungslos abglitt. Aber sein Erstaunen währte nur einen Moment, denn schon schlug ihm Siegfried mit einem gewaltigen Hieb den Kopf ab.

Vor Siegfried erstreckte sich die Weite des Tales, er hatte die feindlichen Schlachtreihen durchbrochen. Dann sah er kaum zehn Schritt vor sich einen Mann in einem schweren Schuppenpanzer und einem prächtigen vergoldeten Helm, der ihn von seinem riesigen Pferd aus finster anstarrte. Nur die mächtigsten Fürsten trugen solch eine prunkvolle Rüstung, das musste König Liudger von Sachsen sein.

Bevor er einen weiteren Gedanken fassen konnte, warf der König einen Speer auf ihn. Blitzschnell wich Siegfried aus, er spürte, wie der Luftzug des Geschosses seine Kehle streifte. Doch dabei rutschte er auf der Blutlache aus, die sich neben dem Körper des Kriegers bildete, den er soeben getötet hatte. Liudger setzte nach, bevor der Xantener wieder auf den Beinen war, ritt er auf ihn zu und schwang seine Axt. Siegfried fing den Schlag mit dem Schild ab, doch der kraftvolle Hieb warf ihn zu Boden.

Sofort sprang Liudger vom Pferd und stürzte sich auf ihn. Der Xantener war inzwischen zwar wieder auf den

Beinen, hatte aber noch keinen festen Stand. Erneut schwang der Sachse die riesige Axt. Siegfried riss seinen zerhauenen Schild in die Höhe und fing den Schlag ab. Doch die Schneide des Beils drang durch das Holz und blieb erst einen Fingerbreit vor seinem Gesicht stecken. Liudger machte einen Satz nach vorn und rammte seinen Gegner um.

Beide waren nun am Boden. Siegfried lag mit dem Rücken auf der Erde. Über ihm befand sich der sächsische König, zwischen ihnen der Schild mit der Axt darin. Liudger hatte das Beil mit beiden Händen ergriffen und presste nun mit seinem ganzen Gewicht dagegen, um seinem Gegner die Schneide ins Gesicht zu treiben, während Siegfried mit aller Kraft versuchte, den Schild nach oben zu drücken.

Doch es gelang ihm nicht. Entsetzt sah er, wie das blanke Metall seinem Gesicht immer näher kam. Er spannte all seine Muskeln an, doch es reichte nicht. Das blitzende Eisen war ihm nun so nahe, dass er die kleinen Einkerbungen sehen konnte, die entstanden waren, als die Schneide auf andere harte Gegenstände getroffen war.

Dann erschlaffte plötzlich der unnachgiebige Druck, mit dem sich das Beil auf sein Gesicht zubewegte, und der massige Körper Liudgers sackte nach vorn. Heißes Blut lief auf sein zerfetztes Wams. Schnell stieß Siegfried den König zur Seite und sprang auf die Füße. Im Rücken des Königs steckte ein Speer. Als er seinen Blick erhob, erkannte er, wer ihn geworfen hatte. Es war Hagen von Tronje, der um das Kampfgetümmel der Burgunder und Dänen herumgeritten war und von allen unbeachtet den Speer geschleudert hatte.

Wutentbrannt ritt Liudgers Leibgarde auf Hagen zu.

Mit herausforderndem Blick sah der Tronjer ihnen entgegen.

»Kommt nur her, euch wird es genauso ergehen«, rief er ihnen zu.

Nibel, der im Schildwall neben Siegfried gestanden hatte, stellte sich zu Hagens Rappen.

»Du kämpfst nicht allein, Herr«, sagte er bestimmt.

Mit entschlossenem Blick erwarteten sie den Angriff der Sachsen.

Der erste Reiter hatte Hagen inzwischen erreicht und legte seinen Speer an. Der Tronjer machte einen Schritt nach rechts, riss seinen Schild in die Höhe und drehte ihn so, dass der Stoß zur Seite abgelenkt wurde. Im selben Moment stieß ihm Hagen das Schwert in den Leib, und der Krieger sackte zusammen. Sein Pferd lief noch ein paar Schritte, bevor es stehen blieb und der Mann auf den Boden stürzte.

Ein anderer Reiter stürmte auf Nibel ein. Wieselflink duckte er sich vor dem Schwerthieb, den der Sachse mit einer sensenartigen Bewegung geführt hatte. Dabei versuchte er mit einem schnellen Schlag das Bein des Reiters zu treffen. Doch der brachte seinen Fuß nach oben, und das Schwert riss eine tiefe Wunde in die Flanke des Tieres. Das Pferd bäumte sich vor Schmerz auf. Während der Sachse versuchte, das verwundete Tier zu bändigen, packte Nibel ihn am Bein und zerrte ihn kraftvoll aus dem Sattel. Bevor der Krieger wieder auf die Beine kommen konnte, war Nibel schon über ihm und schnitt ihm die Kehle durch.

Zwei Reiter preschten mit gezückten Schwertern auf Siegfried zu. Energisch zog der Xantener den Speer aus Liudgers Rücken, dann warf er ihn mit einer solchen

Wucht auf einen der Sachsen, dass die Waffe durch Schild und Rüstung drang und ihn aus dem Sattel fegte. Entsetzt blickte der andere Sachse auf Siegfried, dann wendete er sein Pferd und jagte davon.

Inzwischen hatten die meisten Krieger auf dem Schlachtfeld erfahren, dass Liudger tot war. Sie hatten ihren König verloren, außerdem waren die Burgunder bessere Krieger, als ihre Fürsten gesagt hatten, warum sollten sie jetzt noch weiterkämpfen? Nach einem kurzen Moment der Verwirrung wandten sie sich zur Flucht. Als die Dänen das sahen, wussten sie, dass die Schlacht verloren war und schlossen sich an. Ein ohrenbetäubender Jubelschrei aus Tausenden burgundischen Kehlen brandete durch das Tal, als ihre Feinde geschlagen den Rückzug antraten.

•••

Gunthers aufwendig hergerichtete Halle war voll besetzt mit den Edlen des Landes und Gästen, die von außerhalb der Grenzen des Reiches angereist waren. Der König von Burgund war bekannt für die rauschenden Feste, die er ausrichtete, darum wollte sich niemand die Feier des Sieges über die vereinigten Heere der Sachsen und Dänen entgehen lassen. Farbige Bänder aus Leinen hingen von den dicken Balken des ausladenden Daches herunter, auf den blank polierten Tischen standen kunstfertig gearbeitete Schalen mit frischem Obst. Dutzende von Tieren waren geschlachtet worden, und Wein, Met und Bier flossen in Strömen.

Gunther, der am Kopf des größten Tisches saß, bot wie immer bei solchen Anlässen einen imposanten Anblick. Er trug eine nachtblaue Tunika mit goldenen Einsätzen an den Säumen und einen purpurfarbenen Umhang. Auch sein goldener Stirnreif zeigte, dass Burgund ein reiches und mächtiges Land war. Rechts von ihm saß Siegfried als sein Ehrengast. Dessen Kleidung war schlichter, und die Farben waren gedeckter als die Gunthers, aber mit seinen breiten Schultern und den wallenden gelockten Haaren wirkte er ebenfalls sehr eindrucksvoll.

Unaufhörlich liefen Mägde durch die Reihen zwischen den Tischen, räumten leere Schalen ab und brachten neue Köstlichkeiten für die Gaumen der Feiernden. Je länger das Fest dauerte, desto häufiger griffen betrunkene Krieger nach ihnen oder zogen sie auf ihren Schoß.

Der Höhepunkt der Stimmung war erreicht, als Volker, der während der Schlacht die ehrenvolle Aufgabe hatte, das Banner mit dem burgundischen Adler zu tragen, sein Lied von dem glorreichen Sieg über die Angreifer aus dem Norden anstimmte. Mit kraftvoller Stimme sang er von den vielen Gegnern, die Siegfried tötete, davon, wie Gernot ihm tapfer zur Seite stand, von Giselher, der seine ersten Feinde erschlug. Auch von Gunther, der den großartigen Plan ersonnen hatte, durch den es möglich war, das zahlenmäßig weit überlegene gegnerische Heer in die Flucht zu schlagen. Doch der größte Held seines Liedes war Hagen, der Siegfried aus tödlicher Gefahr errettete, indem er den furchtbaren König der Sachsen tötete.

Begeistert hörten sie dem erfahrenen Barden zu, der ganz genau wusste, wie er Hunderte von siegestrunkenen Kriegern in seinen Bann ziehen konnte. Immer wieder brachen die Männer in laute Beifallsrufe aus, wenn Volker von einzelnen Heldentaten erzählte, die einer von ihnen in der Schlacht vollbracht hatte. In anderen, ruhigeren Momenten, in denen er von der Erhabenheit des mächtigen Rheines oder der Einsamkeit des rauen Odenwalds sang, lauschten die Burgunder ihm stumm und andächtig.

Die Tage, die seit dem erbarmungslosen Kampf vergangen waren, und die berauschenden Getränke in ihren Bechern trübten die Erinnerung, und sie erinnerten sich nur noch an die ruhmreichen Taten, die sie vollbracht hatten. Manch einer von ihnen hatte im Angesicht der grimmigen Feinde in die Hosen gepisst oder sich übergeben, andere hatten von ihren Nebenmännern festgehalten werden müssen, damit sie nicht flohen. Doch all das war nun vergessen. Es war die Stunde, in denen die Sieger sich feierten, da war kein Platz für solche Dinge.

Doch Siegfried war nicht so gut gelaunt wie die anderen. Volker erwähnte mit keinem Wort, dass *er* es war, der den Schlachtplan ersonnen hatte, mit dem die Sachsen und Dänen geschlagen wurden. Zudem erzählte das Lied zwar davon, wie er eine große Zahl von Feinden erschlug, doch es erweckte den Eindruck, als hätte Hagen die größeren Taten vollbracht, weil er Liudger getötet hatte und Siegfried ihm sein Leben verdankte.

Gewöhnlich war *er* immer der unbestrittene Held in allen Liedern, in denen er vorkam, aber nicht dieses Mal. Er wusste zwar, was der Grund dafür war – er befand sich in einer burgundischen Halle, darum mussten burgundische Krieger die besten und die glorreichsten sein –, aber es gefiel ihm trotzdem nicht. Doch er musste es nun einmal erdulden; wer die Barden bezahlte, der erkaufte sich damit auch das Recht auf Ruhm und Ehre.

Nibel, der neben Siegfried saß, machte keinen Hehl daraus, dass er mit dem Lied nicht einverstanden war. Er strich sich missmutig durch seinen dichten Bart, dann stand er mit verkniffener Miene auf und gab vor, pissen zu gehen. Giselher stand von seinem Platz auf und setzte sich zu dem Xantener.

»Hagen ist ein großer Held, aber seitdem ich dich kämpfen gesehen habe, weiß ich, wer der mächtigste Krieger von allen ist«, sagte er.

Siegfried zwang sich zu einem Lächeln, das ihm allerdings nicht sehr gut gelang. »Vielleicht singt Volker ja noch eine Strophe, in der ich besser wegkomme«, sagte er.

Giselher ergriff energisch seinen Arm. »Ich habe an deiner Seite gekämpft, Siegfried, und ich habe niemals einen Helden gesehen, der dir gleichkommt.«

An einer anderen Ecke des Tisches stand Hagen auf, der wegen des vielen Mets, den er getrunken hatte, schon leicht schwankte.

Neugierig schauten die Gäste auf den schwarzhaarigen Hünen, der diesmal nicht das silbern schimmernde Kettenhemd angelegt hatte, das er sonst immer unter seiner Kleidung trug. Selbstbewusst schaute er sich unter den Gästen in der Halle um, bis er sicher war, dass alle ihm zuhörten, und erhob seinen Becher.

»Lasst uns trinken auf Siegfried von Xanten, den großen Helden aus Niederland«, sagte er mit erhobener Stimme.

Die Männer grölten laut und schlugen ihre Becher zum Zeichen der Zustimmung auf den Tisch vor ihnen.

Doch Hagen erhob seine Stimme erneut, offenbar war er noch nicht fertig. Es entstand eine angespannte Stille. Die Kunde von seinem Streit mit Siegfried nach der Auseinandersetzung um Kriemhilds Stute hatte sich herumgesprochen, und jeder konnte sich denken, was der eigentliche Grund dafür war.

Gunther warf dem Tronjer einen warnenden Blick zu, doch Hagen beachtete ihn nicht.

Seine Augen blitzten vergnügt. »Und darauf, dass er eines Tages ein noch größerer Held sein wird, wenn er erst gelernt hat, sich seine Kräfte besser einzuteilen«, sprach er weiter und hob den Becher zum Mund.

Die Männer jubelten erneut. Einige blickten mit einem hämischen Grinsen auf Siegfried. Wie würde der Xantener wohl reagieren?

Siegfried wusste, sie warteten nur darauf, dass es zu einem weiteren Streit zwischen ihnen kam. Seine kräftigen Backenknochen mahlten, als er mürrisch auf die Tischplatte vor sich blickte. Er sollte Hagen dankbar sein, weil er ihm das Leben gerettet hatte, aber die Art, wie der Tronjer sich nun über ihn erhob, war ungehörig und eines berühmten Kriegers nicht würdig.

Gernot, der an Gunthers linker Seite saß, war empört. Er hatte miterlebt, wie schnell sich die feindlichen Reihen vor Siegfried lichteten, und er wusste, was für ein unvergleichlicher Krieger der Drachentöter war.

Er stand ebenfalls auf und erhob sein Glas.

»Ein Hoch auf Siegfried von Xanten, der so viele Feinde getötet hat wie kein anderer«, rief er und setzte entschlossen seinen Becher an die Lippen.

Wieder erklang das Geräusch von gegen den Tisch schlagenden Trinkbechern, doch Siegfried hatte den Eindruck, dass es nicht so laut war wie vorher. Aber er war nun einmal in einer fremden Halle. Dies war Hagens Zuhause, schon allein deshalb waren die meisten Gäste auf seiner Seite.

An dem Tisch der Frauen, der etwas abseits stand, ging es wesentlich ruhiger zu. Sie tranken viel weniger Wein, und von dem berauschenderen Met schon gar nicht, schließlich gehörte es sich nicht für sie, sich zu betrinken.

Kriemhild, deren offenes Haar ihr in glänzenden Kaskaden über die schlanken Schultern fiel, sah verstohlen zu Siegfried hinüber. Es war ihm anzusehen, dass er nicht glücklich über Hagens Trinkspruch war.

»Er ist gekommen, um uns zu helfen, da hat er es nicht verdient, so behandelt zu werden«, raunte Ute ihr missbilligend zu.

»Er wirkt so, als ob er das ganz genauso sieht«, ergänzte Lamberta, die Fürstin von Spira, und befestigte einen der um ihren Kopf gebundenen honigblonden Zöpfe, der sich gelöst hatte.

Siegfried hatte Kriemhilds Blick bemerkt. Leicht schwankend stand er auf, dann bewegte er sich langsam durch die dicht gedrängten Tischreihen auf die Ecke zu, in der die Frauen saßen. Wie alle Männer war auch er nicht mehr nüchtern, trotzdem war ihm bewusst, dass es sich nicht schickte, einfach so zur Schwester des Königs zu gehen, um mit ihr zu reden. Aber das war ihm in diesem Moment gleichgültig, schließlich hatten die Burgunder sich auch nicht richtig verhalten, als sie ihn schmähten. Außerdem kannte er sie ja in gewisser Weise schon, auch wenn sie noch kein Wort miteinander gewechselt hatten.

Kriemhild blickte mit klopfendem Herzen starr auf die Tischplatte vor sich. Seit sie ihm das erste Mal begegnet war, an dem Tag, als er Bleika vor dem Opfertod bewahrt hatte, verging kaum eine Stunde, in der sie nicht an ihn dachte. Wie entschlossen hatte er sich vor die blutdürstige Menge gestellt! Er hatte keinen Zweifel daran gelassen, dass niemand ihre Stute anrühren würde. Schon allein diese Tatsache würde ihm auf ewig einen Platz in ihrem Herzen sichern.

Aber das war noch nicht alles. Er sah genau so aus, wie sie sich einen berühmten Helden immer vorgestellt hatte. Er war so groß, dass er die meisten Männer um mehr als einen Kopf überragte, die Schultern strotzten vor Kraft. Seine Arme und Beine wirkten wie feste Baumstämme. Und sie würde niemals den festen Blick seiner hellblauen Augen vergessen können, mit dem er den Menschen auf dem Hof seinen Willen aufgezwungen hatte.

Sie fühlte, wie er näher kam, das Herz schlug ihr bis zum Hals.

»Bei Fol, er kommt her!«, hauchte Gerda, die plumpe alemannische Prinzessin, während sie sich ungläubig die Hand vor den Mund schlug.

Der Xantener trat an ihren Tisch und räusperte sich mit einer Spur Unsicherheit. »Wie geht es deiner Stute, Frau Kriemhild? Ich kann mir vorstellen, dass der Aufruhr auf dem Hof sie ganz schön mitgenommen hat.«

Hastig stand Ute von ihrem Platz auf. »Setz dich doch zu uns, Siegfried«, sagte sie schnell. »Ich muss dringend einmal an die frische Luft.«

Gunther war es nicht entgangen, dass der Xantener zum Tisch der Frauen herübergegangen war. Gespannt beobachtete er, wie Ute ihren Platz für ihn frei machte.

Erleichtert blickte Kriemhild zu ihrer Mutter, offensichtlich hatte sie nichts dagegen, dass er mit ihr sprach.

»Hab Dank, Frau Ute«, erwiderte Siegfried und ließ sich neben ihrer Tochter nieder.

Die Sitzbank knarrte vernehmlich, als sich der riesige Xantener zu Kriemhild setzte, neben dem sie sich wie ein kleines Kind vorkam. Sie roch die Ausdünstungen von Wein und Met, doch anders als sonst störte es sie diesmal nicht.

»Bleika ist so gutmütig wie immer«, antwortete Kriemhild auf Siegfrieds Frage und hoffte, dass er das leichte Zittern in ihrer Stimme nicht bemerkte. »Wir reiten jeden Tag zusammen aus.«

»Das dachte ich mir, ich habe gleich bemerkt, dass es zwischen dir und deiner Stute ein besonderes Band gibt«, lächelte er.

Sie erwiderte sein Lächeln – und bemerkte überrascht, dass sie dabei länger in seine blassblauen Augen sah, als es schicklich war.

»Sag uns doch, Siegfried«, unterbrach Gerda ihre Gedanken mit ihrer hohen, leicht schrill klingenden Stimme, »was genau passiert ist, als du diesem schrecklichen Drachen gegenüberstandest. Jeder Barde scheint die Begebenheit anders zu erzählen.«

Der Xantener stöhnte unmerklich auf. Wie oft hatte er schon von seinem Kampf mit dem Lindwurm berichten müssen.

Zu seinem Glück kam gerade Ute mit einem bis zum Rand mit Met gefüllten Horn wieder zurück.

»Trink das, Siegfried, und vergiss das schlechte Benehmen, das einige Männer hier in der Halle gezeigt haben«, forderte sie ihn auf.

Dankbar nahm er das Horn entgegen. »Ich freue mich, dass sich dafür die Frauen umso besser zu benehmen wissen.«

Als Ute sich setzte, mussten alle zusammenrücken, um ihr Platz zu machen. Kriemhild durchfuhr ein heißer Schauer, als sie Siegfrieds kräftigen Schenkel an ihrer Seite spürte. Seine enorme Stärke schien sie wie magisch anzuziehen. Und so, wie er sie ansah, fühlte sie, dass es ihm genauso ging.

Für einen Moment schloss sie schwärmerisch die Augen, auch sie hatte einige Becher Wein getrunken und war nicht mehr Herrin ihrer selbst. Sie war versucht, sich an ihn zu lehnen. Wie würde er wohl reagieren? Siegfried war nicht nur stark wie kein anderer, er zeigte auch Mitgefühl. Er wusste genau, wie viel ihr Bleika bedeutete, darum hatte er auf dem Burghof eingegriffen.

Aus dem Augenwinkel sah sie, dass Ute mit einem zufriedenen Lächeln verfolgte, wie sie und Siegfried immer vertrauter wurden. Sie achteten kaum noch auf die anderen, die mit ihnen am Tisch saßen.

»Bleika geht es gut, aber Mori, ein Hengst, den ich manchmal reite, hat sich am Huf verletzt, er lahmt ein bisschen«, sagte Kriemhild.

»Wirklich? Dann lass uns nach ihm sehen, in Xanten verstehen wir uns auf Pferde«, schlug er vor.

Kriemhild sah ihn mit großen Augen an. »Jetzt gleich? Es ist doch dunkel«, erwiderte sie.

»Gibt es etwa keine Fackeln in Burgund?«, grinste er.

Aufgekratzt wandte sie sich zu Ute. »Dürfen wir gehen, Mutter?«

»Wenn es um Moris Gesundheit geht …«, entgegnete Ute mit einem Schmunzeln.

Gleichzeitig standen sie auf und bahnten sich mühsam einen Weg an sturzbetrunkenen Kriegern vorbei, die bewusstlos am Boden lagen. Gunther hob überrascht den Kopf, als er sie sah, und runzelte die Stirn, doch dann spielte ein feines Lächeln um seinen Mund.

Siegfried entriegelte das Tor. Erleichtert traten sie nach draußen. Befreit sogen sie die frische Nachtluft ein, nachdem sie mehrere Stunden in der stickigen Halle verbracht hatten, in der sich der Geruch von Wein, Bier und Met mit den Ausdünstungen der dicht aneinandergedrängten Menschen mischte. Der Xantener ergriff eine der im Hof aufgehängten Fackeln, Kriemhild nahm seine andere Hand.

»Komm mit, ich zeige dir die Ställe«, sagte sie ausgelassen.

Sie fühlte die Schwielen an der Haut, die vom Griff seines Schwertes herrührten, aber das machte ihr nichts aus, sie genoss die Berührung seiner warmen Hand, in der ihre fast verschwand.

Nach einigen Schritten verharrte sie einen Moment, es drehte sich alles vor ihren Augen.

»Was ist mit dir?«, fragte Siegfried besorgt.

»Es ist nichts, gehen wir weiter«, lachte sie.

Als sie die Ställe erreichten, entriegelte Kriemhild schnell die Tür, und sie gingen hinein.

Die Pferde blickten ihnen von ihrem Abteil hinter einem Weidenzaun aus neugierig entgegen.

Sie ging auf einen ziemlich kleinen Hengst zu, der in einer leicht verkrampften Haltung zwischen den anderen Tieren stand.

»Ganz ruhig, Mori, wir sind hier, um dir zu helfen«, sprach sie beruhigend auf das Tier ein.

Sie hielt den rechten Vorderfuß hoch und zeigte Siegfried eine entzündete Stelle. Der Hengst schnaubte nervös, als der Xantener die Fackel dicht an den Huf hielt, um ihn zu untersuchen. Seine Augen waren ängstlich auf die Flamme gerichtet. Kriemhild strich ihm über Rücken und Nase, während sie beruhigend auf ihn einredete.

»Ein braves Tier! Die meisten würden vor dem Feuer zurückschrecken«, raunte Siegfried. Aufmerksam betrachtete er den Huf, doch er konnte nichts finden, was die Entzündung ausgelöst haben könnte. »Ich muss mit der Fackel noch näher an den Huf, so kann ich nichts erkennen.«

Moris Unruhe verstärkte sich, wiehernd versuchte er Siegfried seinen Fuß zu entreißen, doch der hielt ihn mit eisernem Griff fest.

»Ruhig, Mori, es ist gleich vorbei«, murmelte er dabei.

Ungläubig blickte Kriemhild auf die dicken Muskelstränge an seinem Unterarm. Sie hätte es nie für möglich gehalten, dass ein einzelner Mensch ein ausgewachsenes Pferd festhalten konnte.

Der Hengst beruhigte sich etwas, er hatte eingesehen, dass er sich nicht von Siegfried losreißen konnte, und er hatte sich an die Flamme in seiner Nähe gewöhnt.

»Ich weiß, woran es liegt«, sagte der Xantener. Er zeigte Kriemhild einen kleinen Dorn im Huf, der inzwischen fast ganz im Fleisch des Fußes verschwunden war.

»Darum hat sich der Huf entzündet«, erkannte sie.

Siegfried sah sich in dem dunklen Raum um. Im flackernden Schein der Fackel warfen er und das Pferd einen riesigen Schatten an der hölzernen Wand des Stalls. Dann fand er, was er suchte.

Kriemhild folgte seinem Blick und sah ebenfalls die kleine Zange auf dem Schemel liegen. Sie nahm das Werkzeug, ergriff damit vorsichtig den Dorn und begann, ihn aus dem Huf herauszuziehen. Mori wieherte vor Schmerz, aber er wehrte sich nicht. Es schien, als ob er wüsste, dass sie ihm helfen wollten. Kriemhild strengte sich an, um nicht mit der Zange abzurutschen, dann war der Dorn frei.

Siegfried nickte anerkennend. »Jetzt noch ein paar Tage Ruhe, und dein Hengst ist wieder ganz gesund.«

Sie strahlte ihn an. »Das ist schon das zweite Pferd von mir, das du gerettet hast.«

»Kann ich der edlen Frau sonst noch zu Diensten sein?« Siegfried deutete spielerisch eine Verbeugung an.

Statt einer Antwort setzte sich Kriemhild auf den weichen, mit frischem Stroh gedeckten Boden und zog Siegfried an der Hand zu sich herunter. Lächelnd hockte er sich ihr gegenüber.

»Ja, das kannst du«, sagte sie mit einem warmen Lächeln und strich sich ihr langes Haar aus dem Gesicht. »Erzähl mir von dir, ich will mehr über dich erfahren.«

»Was willst du denn hören?«, fragte er weich und berührte ihre Wange. »Soll ich dir auch von dem Drachen berichten?«

Sie schmiegte ihren Kopf an seine Hand. »Nein, ich will nicht das hören, was alle von dir wissen. Erzähl mir etwas, was noch niemand weiß.«

Er streichelte sanft ihre Wange. »Ich fürchte, das alltägliche Leben eines Helden ist nicht so aufregend, wie sich das andere vorstellen, du könntest dich langweilen.«

»Niemals«, widersprach Kriemhild schnell. »Erzähl mir, was du willst, aber solange du bei mir bist, werde ich mich bestimmt nicht langweilen.«

Er lächelte sie an, dann streichelte er auch ihre andere Wange, zog sie an sich und küsste sie. Sie fühlte, wie die Welt um sie versank, als Siegfried ungestüm gegen sie drängte. Ihr Mund öffnete sich, und seine Zunge schlang sich um ihre. Er drängte weiter gegen sie. Sanft drückte er sie auf den Boden.

Etwas in ihr wehrte sich gegen das, was geschah. Es war nicht richtig, schließlich war sie die Schwester des Königs. Doch dieser Gedanke verschwand so schnell, wie er gekommen war. Sie wollte Siegfried, und sie wollte ihn jetzt. Leidenschaftlich schlang sie ihre Arme um ihn und erwiderte seinen Kuss. Undeutlich spürte sie, wie Siegfried den Gürtel ihres Kleids öffnete und es abstreifte. Wieder schoss ihr durch den Kopf, dass es nicht richtig war, es viel zu schnell ging, doch als er in sie eindrang, spürte sie nur noch glühendes Verlangen und nichts anderes zählte mehr.

• • •

Auf einer kleinen Wiese, die nach dem langen Winter noch viele kahle Stellen aufwies, standen sich zwei Kämpfer in voller Rüstung gegenüber. Ein Schwarm Spatzen hatte sich auf einer jungen Fichte niedergelassen; ihr munteres Gezwitscher erfüllte die Luft. Im Hintergrund glänzten die Felsen des Ilsensteins rotbraun in der Sonne.

Brunhild rückte sich noch einmal den matt glänzenden schmucklosen Helm zurecht und blickte entschlossen auf ihr Schwert, das noch in seiner Scheide steckte. Ihr Gegner war Alhard, ein fränkischer Fürst, dessen Schild ein zustoßender Falke zierte. Aufgrund seines dunklen Bartes war kaum etwas von seinem Gesicht zu erkennen, doch Brunhild konnte sich denken, was in ihm vorging. Es war zum einen die Hoffnung, eine schöne und berühmte Königin zu gewinnen, und zum anderen die Furcht, von einer Frau besiegt zu werden und dabei möglicherweise sein Leben zu verlieren.

Aber mittlerweile war es keine Schande mehr, im Kampf gegen Brunhild zu unterliegen. Mehr als ein Dutzend Freier hatte sie mittlerweile besiegt und einige von ihnen dabei so schwer verwundet, dass sie als bedauernswerte Krüppel in ihre Länder zurückkehren mussten. Daher wusste nun jeder, was für eine mächtige Kriegerin sie war. Man erzählte sich, es gebe einen Zauber, der ihr übermenschliche Kräfte verlieh, aber niemand wusste Genaueres darüber.

Hinter dem Fürsten hatte sich das kleine Gefolge versammelt, das ihn in den Suavawald begleitet hatte, drei Männer in Lederwämsern, alle mit in fränkischem Stil schulterlang geschnittenen Haaren. Sie wirkten nicht sehr zuversichtlich, anscheinend trauten sie der suavischen Königin mehr zu als ihrem Herrscher.

Brunhild blickte ihnen grimmig entgegen. Ihr langes Haar hatte sie zu einem dicken Zopf geflochten, der hinter dem Helm hervorquoll. Langsam zog sie ihr blitzendes Schwert aus der Scheide und machte ein paar Probeschläge durch die Luft, während sie Alhard herausfordernd ansah. Auch er zog nun seine Waffe, entschlossen blickte er ihr entgegen.

Markulf hob die Fahne mit dem Wappen des Suavalands, einem grauen Wolf auf rotem Grund, und der Kampf begann. Alhard näherte sich seiner Gegnerin mit langsamen federnden Schritten, während Brunhild reglos auf der Stelle verharrte. Nur ihre Augen verrieten höchste Wachsamkeit, während sie immer noch keinen Muskel rührte.

Plötzlich griff der Franke an. Er schwang sein Schwert gegen Brunhilds linke Schulter. Doch die Königin machte einen Schritt zurück, und die Klinge sauste wirkungslos durch die Luft. Alhard griff erneut an, diesmal stieß er das Schwert gegen Brunhilds Bauch. Sie blockte den Schlag mit dem Schild, dann machte sie einen Schritt nach vorn und traf Alhard mit dem Schildbuckel im Gesicht, Blut floss aus seiner Nase, während er hastig zurückwich.

Als der Franke merkte, dass Brunhild nicht nachsetzte, sprang er vor und schlug erneut zu. Achtlos parierte sie den Hieb mit ihrem Schwert. Alhard attackierte wieder und wieder, doch er kam nicht an ihrer Deckung vorbei, egal, was er auch versuchte. Brunhild wich all seinen Angriffen aus oder wehrte sie ab, und es schien ihr keine große Mühe zu bereiten, sie war einfach zu schnell für ihn.

»Willst du nicht lieber aufgeben und dir eine andere Braut suchen?«, fragte sie spöttisch.

Alhard blickte sie schwer atmend an. »Der Kampf ist noch nicht zu Ende«, stieß er wütend hervor und griff erneut an.

Brunhild machte einen Schritt zur Seite, dann sprang sie vor und schlitzte ihm mit einem schnellen Hieb den Arm auf. Verzweifelt blickte der Franke auf das aus seiner Wunde sprudelnde Blut. Er war dieser wieselflinken Kriegerin nicht gewachsen, was konnte er noch tun?

Ein dicklicher Mann aus Alhards Gefolge sprang mit erhobenen Händen zwischen die Kämpfenden und sah Brunhild an.

»Halt, der Kampf ist zu Ende«, sagte er bestimmt. Der Fürst schaute ihn einen Moment lang aufgebracht an, es fiel ihm schwer, die Niederlage anzuerkennen. Dann nickte er knapp, steckte sein Schwert in die Scheide und ging niedergeschlagen zu seinen Begleitern.

Frida, die dem Kampf mit unbeweglicher Miene zugeschaut hatte, kam auf Brunhild zu, die sich ihr Kettenhemd über den Kopf zog.

»Und ich hatte schon gehofft, Alhard könnte dich bezwingen, er wirkte so siegessicher.«

Brunhild lächelte. Sie hatte keinen Zweifel am Ausgang dieses Kampfes gehabt. »Wie viele andere vor ihm«, erwiderte sie knapp.

»Schade, die Franken wären mächtige Verbündete gewesen«, meinte die Seherin.

»Wir kommen auch ohne sie zurecht«, sagte Brunhild leichthin.

Dann blickte sie auf Alhard, dessen Wunde gerade versorgt wurde. Es war nur ein oberflächlicher Schnitt, bald würde außer einer kleinen Narbe nichts mehr zu sehen sein.

»So wie ihm wird es allen gehen, die noch kommen. Erst Siegfried wird mich bezwingen«, erklärte sie bestimmt.

◆◆◆

Langsam schlug Kriemhild die Augen auf, sie sah sich verwirrt um. Wahrscheinlich hatte eines der Pferde geschnaubt und sie so geweckt. Sie blickte zu der Fackel, die in der Halterung eines Pfahles steckte. Siegfried hatte sie dort aufgehängt.

Aber wo war er jetzt, warum war sie allein? Einen Moment lang fragte sie sich, ob sie vielleicht alles geträumt hatte. Doch dann merkte sie, dass ihr Kleid offen war, gleichzeitig spürte sie die Feuchtigkeit zwischen ihren Beinen, und sie sah einige Tropfen getrockneten Blutes. Nein, es war kein Traum, sondern Wirklichkeit. Aber wo war dann

Siegfried? Ratlos sah sie sich im flackernden Schein der Fackel in den Stallungen um. Doch er blieb verschwunden, hier war niemand außer ihr und den Pferden.

Sie erschrak und fühlte heiße Tränen in sich aufsteigen. Wie hatte das nur geschehen können? Lag es vielleicht an dem vielen Wein, den sie getrunken hatte und den sie nicht gewohnt war? Betrübt richtete sie sich auf. Wo war Siegfried? Gehörte er zu den Männern, vor denen ihre Mutter und ihre Verwandten sie immer wieder gewarnt hatten? Einer, der darauf aus ist, jungen Frauen die Unschuld zu rauben, um sich danach nicht mehr blicken zu lassen?

Und sie war auf ihn hereingefallen, war so vertrauensselig gewesen wie ein kleines Mädchen. Doch im Grunde genommen war sie das ja auch. Im Gegensatz zu anderen ihres Alters hatte sie nichts übrig für Neckereien mit Männern, sie hatte sich da immer herausgehalten. Und als sie dann das erste Mal diese Empfindungen verspürte, waren sie mit solcher Gewalt über sie hereingebrochen, dass sie sich nicht dagegen wehren konnte.

Trotz allem weigerte sie sich immer noch, schlecht von Siegfried zu denken. Er hatte so aufrichtig gewirkt. Konnte sie sich wirklich in ihm getäuscht haben? Aber dann schob sie diesen Gedanken wieder beiseite. Wahrscheinlich dachten alle Frauen, denen so etwas passiert war, wie sie. Es half nichts, wenn sie sich weiter etwas vormachte.

Langsam stand sie auf und wischte sich eine Träne aus dem Gesicht. Jetzt blieb ihr nur noch, stark zu sein, das war das Einzige, was sie tun konnte. Aber als ihr Blick auf Bleika in ihrem Stall fiel, musste sie wieder daran denken, wie unerschütterlich Siegfried vor der Stute gestanden hatte, um sie vor dem Opfertod zu bewahren, und eine weitere Träne rollte ihre Wange hinunter.

»Kannst du mir sagen, wo er ist?«, fragte sie das Tier leise.

Bleika blickte sie mit ihren großen, feuchten Augen an, dann senkte sie den Kopf, um etwas Heu vom Boden zu fressen. Kriemhild betrachtete sie kurz und verließ traurig den Stall.

Sie blickte zur Halle hinüber, deren Umrisse sie in der dunklen Nacht kaum erkennen konnte. Dort war inzwischen alles ruhig, anscheinend hatte Gunther das Fest inzwischen beendet. Sie freute sich darüber, meistens zogen sich die Gelage nach Siegesfeiern über Tage hin. Die Männer aßen und tranken in Unmengen, schliefen ein, wachten auf und aßen und tranken weiter, während sich viele Frauen allmählich zurückzogen. Aber vielleicht gab es einfach keine weiteren Vorräte mehr, um alle zu versorgen. Oder Gruppen von rivalisierenden Kriegern waren in Streit geraten, so dass man das Fest lieber abbrach, bevor es zu tödlichen Kämpfen kam.

Auf dem Burghof war es stockdunkel. Die schmale Sichel des Mondes verbarg sich hinter dichten Wolken, und nur noch eine einzige Fackel erhellte die Nacht. Ein leichter Wind rauschte in den Kronen der Apfelbäume. Sie stolperte über einen am Boden liegenden Mann. Doch er grunzte nur kurz, drehte sich auf die andere Seite und schlief weiter.

Als sich der Wind für einen Augenblick legte, hörte sie plötzlich ein anderes Geräusch. Sie wusste nicht, was es war oder woher es kam, aber es war ihr unheimlich, und die Härchen auf ihrem Rücken stellten sich auf. Es klang wie ein unterdrücktes Stöhnen aus Dutzenden von Kehlen. Dann hörte sie einen lauten Schrei, entsetzt rannte sie davon. Was immer das war, sie hoffte, in der Halle würde sie sicher sein.

Plötzlich stürzte sie zu Boden. Mit vor Schreck weit aufgerissenen Augen blickte sie sich um. Sie war über eine Leine gestolpert, die sich vom Boden schräg in die Höhe zog. Das Geräusch wurde jetzt so laut, als würde es von überallher kommen.

Auf einmal wusste sie, wo sie war. Dies war das Zelt der schwer Verwundeten, wo ihnen so gut geholfen wurde, wie es möglich war. Doch oft gab es nichts mehr, was man für sie tun konnte, so dass sie nur noch unter Schmerzen ihrem baldigen Tod entgegen siechten. Andere würden überleben und für den Rest ihres Lebens auf fremde Hilfe angewiesen sein. Nur die Glücklichen unter ihnen würden sich vollständig erholen – um bereit zu sein für die nächste Schlacht.

Kriemhild schauderte es. Warum mussten Menschen so etwas tun? Warum konnte nicht jeder in seinem Reich bleiben und in Frieden leben? Aber der Wunsch, fremde Länder zu erobern, schien übermächtig zu sein. Wieder und wieder führten Stammesfürsten ihre Männer in den Krieg, um Land, Ruhm und Ehre zu gewinnen. Das war schon seit jeher so gewesen und würde wahrscheinlich immer so bleiben.

Kriemhild sprang auf und lief so schnell sie konnte zur Halle. Keinen Moment länger durfte sie an dieser Stätte des Grauens verweilen.

Mühsam stemmte sie die schwere Tür auf. Im schwachen Schein der wenigen noch brennenden Fackeln konnte sie nicht viel erkennen. Die meisten Gäste hatten das große Langhaus inzwischen verlassen. Einige Krieger lagen schlafend am Boden, zwischen ihnen standen Essensreste und halb ausgetrunkene Becher herum. Gunther wusste schon, warum er die römischen Trinkgläser nicht auf die Tische stellen ließ, kaum eines hätte die Feier heil überstanden.

Langsam ging Kriemhild durch die Tischreihen. Dabei musste sie immer wieder Hindernissen wie einem Haufen von Erbrochenem oder einer am Boden liegenden Essensschale ausweichen, was bei der schwachen Beleuchtung gar nicht so einfach war.

Siegfried war nicht in der Halle. Doch sie musste unbedingt mit ihm reden, musste erfahren, warum er einfach so verschwunden war.

Dann sah sie den Führer seiner Leibgarde mit dem Kopf auf einem Tisch liegen. Auch er hatte so viel getrunken, dass er den Weg zum Gästehaus nicht mehr geschafft hatte. Sie zögerte einen Moment. Sollte sie ihn wirklich ansprechen? Er könnte vermuten, was passiert war. Doch das zählte jetzt nicht, sie brauchte Gewissheit.

Sanft rüttelte sie ihn an der Schulter. Aber der Krieger schlief fest, erst als sie stärker rüttelte, schlug er die Augen auf.

Mit sichtlichem Wohlgefallen musterte er Kriemhild. »Setz dich doch zu mir, schö…«

Schlagartig hob sich der Schleier seiner Trunkenheit, als er sie erkannte.

»O Frau Kriemhild, verzeih mir, ich habe dich nicht erkannt«, stotterte er verlegen.

»Schon gut, du brauchst mir nur zu sagen, wo Siegfried ist, dann ist alles vergessen«, lächelte sie.

Suchend schaute er sich in der Halle um. »Hier ist er nicht«, erwiderte er.

»Das sehe ich auch«, sagte sie mit einer Spur Ungeduld. »Wo könnte er denn sein?«

Nibel überlegte, was ihm offensichtlich in diesem Zustand nicht leichtfiel.

»Also, wenn er nicht in seiner Kammer ist, findest du ihn vielleicht an den Klippen oberhalb einer Biegung des Rheins. Dort sitzt er gern und genießt den Sonnenaufgang.«

Kriemhild nickte, sie kannte diese Stelle, Giselher hatte sie Siegfried gezeigt.

»Hab Dank«, erwiderte Kriemhild und eilte zu den Schlafräumen. Vorsichtig schlich sie sich zu der Tür vor Siegfrieds Kammer und lauschte angestrengt. Doch sie hörte nichts, kein Atmen oder sonstige Geräusche. Leise öffnete sie die Tür, das Bett war leer. Jetzt blieben ihr nur noch die Klippen, von denen der Leibgardist gesprochen hatte.

Nach kurzer Überlegung schloss sie die Tür wieder und verließ die Halle. Sie ging erneut zu den Stallungen, sattelte Bleika und führte die Stute nach draußen. Dann schwang sie sich in den Sattel.

Als sie kurz darauf die Felsen am Rheinufer erreichte, sah sie Siegfrieds Umrisse schon von weitem gegen die aufgehende Sonne. Etwas abseits von ihm labte sich sein Pferd an der saftigen Wiese.

Er hatte sie noch nicht bemerkt. Leise stieg sie ab und ging auf ihn zu.

Plötzlich schnellte er herum, überrascht sah er sie an, dann blickte er wieder auf den Fluss hinaus.

Kriemhild fühlte einen Stich im Herz. Noch vor wenigen Stunden war er so liebevoll gewesen, jetzt beachtete er sie überhaupt nicht.

»Darf ich mich zu dir setzen?«, fragte sie leise.

Er zuckte mit den Schultern. »Natürlich«, erwiderte er knapp.

Kriemhild setzte sich neben ihn. Gemeinsam blickten sie auf den sich langsam zu einem satten Rotbraun verfärbenden Himmel.

Sie seufzte schmerzlich. Die Gleichgültigkeit, die er zeigte, machte es ihr nicht leicht zu sprechen.

»Warum bist du so plötzlich verschwunden?«, fragte sie schließlich.

Er zögerte. »Ich musste allein sein«, sagte er dann.

Sie nickte langsam. »Aber warum konntest du nicht wenigstens so lange bleiben, bis ich aufgewacht bin? Ist deine Achtung vor mir so gering, dass du nicht darauf warten konntest?«, fragte sie mit Tränen in den Augen.

Er blickte sie an. Dann schaute er wieder auf den Fluss hinab.

»Ich musste es tun, damit es nicht noch schlimmer wird«, erklärte er tonlos.

Betroffen schaute sie ihm ins Gesicht. Hatte sie richtig gehört, war das, was in der vergangenen Nacht geschehen war, schlimm für ihn?

»Wie meinst du das?«, fragte sie mit erstickter Stimme.

Siegfried zögerte, er hob an, etwas zu sagen, überlegte es sich dann aber wieder anders. Mit verkniffener Miene sah er auf einige Enten, die auf dem Wasser schwammen.

Schließlich räusperte er sich mühsam.

»Ich habe einen großen Fehler gemacht«, sagte er.

Kriemhild war wie vor den Kopf geschlagen. So sah er also die Liebesnacht, die ihr so großartige Gefühle bereitet hatte wie niemals zuvor etwas in ihrem Leben.

Sie schluckte heftig, doch dann riss sie sich zusammen. Sie war aus königlicher Familie, da durfte sie sich nicht einfach so gehenlassen.

»Wenn es ein Fehler war, haben wir ihn beide begangen«, erwiderte sie und hoffte, dass er das leichte Zittern in ihrer Stimme nicht bemerkte.

Schweigend nahm er einen kleinen Stein auf und warf ihn ins Wasser.

»Warum bist du so bedrückt?«, wollte sie wissen. »Hast du Angst davor, was Gunther und meine Mutter sagen, wenn sie es erfahren?«

Er warf ärgerlich einen weiteren Stein ins Wasser.

»Ist es etwa nichts, wenn ich Menschen hintergehe, die mich so gastfreundlich empfangen haben? Zwar bin ich erst kurze Zeit hier, aber ich fühle mich schon jetzt mit Gunther in Freundschaft verbunden.«

Kriemhild atmete auf. Wenn das der Grund für Siegfrieds eigentümliches Verhalten war, brauchte sie sich nicht zu sorgen. Ihre Familie würde ihrem Glück nicht im Wege stehen, da war sie sicher.

»Gräm dich nicht deswegen«, erklärte sie schnell. »Überlass meine Familie nur mir, dann wird schon alles gut.«

Befreit stand sie auf und reichte Siegfried lächelnd ihre Hand.

»Lass uns eine Weile am Rhein spazieren gehen, das Wetter ist so schön«, forderte sie ihn auf.

Aber er ergriff ihre Hand nicht, sondern blickte weiterhin ernst in den sich langsam erhellenden Himmel.

»Das ist noch nicht alles«, sagte er.

Kriemhild runzelte die Stirn, was war denn noch?

Er starrte auf die golden schimmernden Fluten des Rheins.

»Ich bin versprochen«, sagte er knapp.

Kriemhild glaubte, ihren Ohren nicht trauen zu können.

»Du bist was?«, fragte sie atemlos.

»Ich habe eine Braut«, erklärte er. »Und ich muss sie heiraten.«

Ihr wurde schwindlig, verstört setzte sie sich. Eben hatte sie noch gedacht, alles sei wieder gut.

Er blickte sie traurig an.

»Jetzt verstehst du wohl, warum ich mich schlecht fühle«, sagte er bitter. »Glaubst du immer noch, Gunther würde es nicht kümmern, dass du mit mir zusammen warst?«

Kriemhild sah stumm auf den Boden. Siegfried hatte recht. Wenn herauskam, was in der letzten Nacht geschehen war, hätte sie ihrer Familie Schande bereitet. Und wahrscheinlich würde es nicht im Verborgenen bleiben. Der Krieger aus Siegfrieds Leibgarde ahnte vielleicht schon, was passiert war. Außerdem konnte sie jemand bei den Stallungen gesehen haben.

Sie war schließlich keine einfache Dienstmagd, bei denen solche Dinge häufiger geschahen. Nein, sie war aus königlichem Geblüt. Wenn ein Mann ihr die Jungfräulichkeit nahm und dann eine andere Frau heiratete, war ihre Ehre befleckt.

Wieder fühlte sie Tränen in sich aufsteigen. Doch sie wehrte sich dagegen. Ja, sie hatte einen Fehler gemacht, aber jetzt kam es darauf an, wie sie damit umging. Würde sie daran zerbrechen oder Stärke zeigen?

»Wer ist sie?«, fragte Kriemhild.

Er schüttelte den Kopf.

»Das kann ich dir nicht sagen, damit würde ich sie entehren.«

Eine wilde Hoffnung bemächtigte sich Kriemhilds. »Du sagtest, du musst sie heiraten. Heißt das, man will dich dazu zwingen?«

Er schüttelte den Kopf erneut. »Nein, ich muss, weil ich es versprochen habe.«

Nachdenklich blickte sie auf das gegenüberliegende Rheinufer, wo ein Bauer mit seinem Ochsen einen Acker umpflügte. Eine tiefe Traurigkeit erfasste sie. Langsam erhob sie sich, ging zu Bleika und stieg in den Sattel.

Betrübt sah Siegfried ihr nach. Er war erstaunt darüber, wie stark ihn die Liebesnacht mit Kriemhild beschäftigte. Es war wohl wegen der Vorwürfe, die er sich machte. Er fühlte sich Brunhild gegenüber verpflichtet. Sie hatte viele Tage damit verbracht, die besten Waffen zu schaffen, die je ein Held besaß. Und sie verstanden sich so gut, sie hatten beide das Herz eines Kriegers, beide schienen sie so stark, dass nichts ihnen etwas anhaben konnte.

Aber nun dies! Die Worte, mit denen er sich von Brunhild verabschiedet hatte, klangen ihm noch im Ohr: *Ohne die Königin des Suavawalds will ich nicht sein.* Er hatte das Gefühl, er hätte sie hintergangen, als ob er ihr einen Dolch in den Rücken gestoßen hätte. Und was war mit Kriemhild, was hatte er ihr angetan? Würde er es jemals wiedergutmachen können?

Er liebte Kriemhilds sanftes Wesen und die schwärmerische Verehrung, die sie ihm entgegenbrachte, ebenso wie Brunhilds Stärke und Selbstsicherheit. Und doch hatte er beide verraten. Er hatte soeben erlebt, wie verletzt Kriemhild war, und er hoffte von ganzem Herzen, er könne Brunhild das ersparen.

Bekümmert blickte er auf einen Reiher, der auf der

Suche nach Beute durch das Gras am anderen Ufer des Flusses stakte. Er hatte sich schändlich benommen, und es blieb ihm nur zu hoffen, dass daraus kein Unheil entstehen würde.

•••

Mit Unbehagen ging Siegfried auf den von Pfützen übersäten Burghof. Über Nacht hatte es geregnet, aber inzwischen war der Himmel wieder klar, und die Sonne schien. Die Nibelungen warteten bereits auf ihn, zum Aufbruch bereit. Ihre Pferde waren gesattelt, und das Gepäck verstaut. Adalwin und Gerthold trugen frisch gewechselte Verbände an Hand und Oberschenkel, und einige von ihnen hatten kleinere Kratzer im Gesicht. Zwei von ihnen waren tot auf dem Schlachtfeld zurückgeblieben, einer von ihnen war Botho, der immer so gute Laune verbreitet hatte.

Die Männer schauten Siegfried erwartungsvoll entgegen.

»Edle Nibelungen, wie ihr euch selbst mit Stolz nennt«, begann er. »Nun trennen sich unsere Wege. Ihr kehrt zurück in den Suavawald, und ich werde schon bald in mein Land, nach Xanten, ziehen.«

Mit festem Blick sah er ihnen in die Augen.

»Ich bin euch zu großem Dank verpflichtet. Ihr habt für mich in einem Feldzug gekämpft, der nicht der eure war, und habt dabei große Tapferkeit bewiesen.«

Er erhob seine Stimme.

»Darum sage ich euch, niemals hatte ein Mann bessere Krieger an seiner Seite!«

Begeistert rissen die Suaver ihre Fäuste in die Höhe und jubelten Siegfried laut zu. Von einem Helden wie ihm gepriesen zu werden war die höchste Auszeichnung, die sie sich denken konnten.

»Es macht uns stolz, gemeinsam mit dem Drachentöter auf dem Felde der Ehre gekämpft zu haben!«, rief der klein gewachsene Medard mit lauter Stimme.

Siegfried hob seine Hand zum Zeichen, dass er noch etwas sagen wollte, und die Nibelungen verstummten.

»Doch etwas erfüllt mich mit Trauer, Botho und Frowin werden nicht mit euch reiten, weil sie ihr Leben für uns gegeben haben«, erklärte er.

Nibel trat auf ihn zu und umfasste kräftig seine Unterarme. »Um sie brauchen wir uns nicht zu sorgen, sie sind nun in Walhalla und feiern mit den Göttern«, sagte er. Dann wandte er sich zu seinen Männern um. »Warum also sollten wir ihren Tod bedauern?«

Die Suaver jubelten ihrem Anführer zu.

»Auf Frowin und Botho, mögen sie für uns einen Platz in Wodans Halle freihalten!«, rief der dürre Sven.

Siegfried lächelte gelöst und klopfte jedem von ihnen auf die Schulter. »Gute Heimreise ins Suavaland. Aber seid wachsam, ihr könntet versprengten Sachsen und Dänen begegnen, sie ziehen schließlich auch nach Norden«, warnte er.

Adalwin spuckte verächtlich auf den Boden. »Die sind so schnell geflohen, dass sie uns sicher schon weit voraus sind, denen begegnen wir bestimmt nicht«, bekräftigte er.

Damit schwangen die Nibelungen sich in den Sattel.

»Grüßt Königin Brunhild von mir und sagt ihr, ich stehe tief in ihrer Schuld«, rief Siegfried ihnen zu, dann ritten die Nibelungen los.

Kurz darauf trat Gunther aus der Halle. Er war gerade aufgestanden und streckte seine Glieder.

Das war gerade noch einmal gut gegangen, dachte Siegfried, gewöhnlich stand Gunther später auf. Die Burgunder dachten, die Nibelungen seien Xantener Krieger, und das sollte auch so bleiben. Es war besser, wenn sie so wenig wie möglich über das Suavaland und Brunhild wussten, das war ihm nach seinem Gespräch mit Kriemhild klar.

»Warum reiten sie schon weg?«, fragte Gunther gähnend.

»Zwei von ihnen haben Verwandte unter den Alemannen, die sie besuchen wollen, daher habe ich ihnen erlaubt, nach Süden zu reiten«, antwortete Siegfried und hoffte, dass Gunther ihm glaubte.

Der König berührte ihn freundschaftlich am Ellenbogen. »Du bist ein bemerkenswerter Mann, Siegfried. Nicht viele sind so rücksichtsvoll wie du.«

»Aber auch ich werde Burgund bald verlassen, meine Eltern sind schon zu lang ohne Nachricht von mir«, erwiderte Siegfried.

»Darüber wollte ich gerade mit dir reden«, erklärte Gunther. Er wandte seinen Blick zum Tor des Burghofs. »Lass uns ein Stück über die Felder gehen. Ich muss doch sehen, wie die neue Saat gedeiht«, schlug er vor.

Überrascht schaute Siegfried ihn an.

»Natürlich, ich komme mit«, erwiderte er.

Gemächlich schlenderten sie über das Gelände vor der Stadt, während sie zusahen, wie der Tag allmählich erwachte. Entspannt betrachteten sie die auf den Äckern arbeitenden Bauern und die munter herumtollenden Kinder. Nachdem die Gefahr durch die Dänen und Sachsen abgewendet worden war, herrschte eine gelöste Stimmung, man sah viel mehr lächelnde Gesichter als noch vor einigen Tagen.

Immer wieder grüßten die Menschen sie. Es war offensichtlich, dass Gunthers Untertanen ihren König hoch achteten. Und warum auch nicht? Es ging ihnen gut und das war ein Zeichen, dass die Götter ihm wohlgesonnen waren.

Auf einem großen Feld gruben einige langhaarige Männer mit mürrischen Gesichtern die Erde um. Ein Krieger mit schussbereitem Bogen und einer mit einem langen Speer beobachteten sie aufmerksam. Pech für die Sachsen und Dänen, dachte Siegfried. Sie waren ausgezogen, um Beute zu machen, jetzt waren sie selbst zur Beute geworden.

An einem Marktstand feilschten zwei Frauen über den Preis eines Apfels. In Burgund waren römische Münzen weitverbreitet. Auch das war ein Grund für den Wohlstand des Landes, denn so ließen sich leichter Geschäfte machen als bei dem herkömmlichen Tauschhandel, der weiter im Osten vorherrschte.

Gunther kaufte einen Apfel für sich und einen für Siegfried. Als sie weitergingen, stritten die beiden Frauen immer noch.

»Weißt du, Siegfried, es freut mich wirklich, dass du dich mit Kriemhild so gut verstehst«, sagte Gunther, nachdem er den ersten Bissen der saftigen Frucht heruntergeschluckt hatte.

Siegfried zuckte erschrocken zusammen. Warum hatte er das gesagt. Wusste der König, was passiert war?

Falls der König Siegfrieds Erschrecken bemerkt hatte, ließ er sich nichts anmerken.

»Ich sage das«, fuhr er fort, »weil ich glaube, es wäre gut, wenn du meine Schwester heiratest. Das Bündnis von Xanten und Burgund hat den Segen der Götter, das hat unser Sieg auf dem Schlachtfeld gezeigt. Da wäre es doch sinnvoll, wenn wir diese Verbindung weiter stärken. Findest du nicht auch?«

Damit blieb er stehen und sah Siegfried freundlich ins Gesicht. Doch dabei lächelte nur der Mund, der Ausdruck seiner dunklen Augen blieb unergründlich.

In Siegfrieds Kopf überschlugen sich die Gedanken. Wie kam Gunther dazu, ihm auf einmal die Hand seiner Schwester anzubieten? Hatte er mit ihr gesprochen, wie viel wusste er von dem, was zwischen ihm und Kriemhild war?

»Na, du sagst ja gar nichts, hat es dir die Sprache verschlagen?«, fragte der Burgunder und biss ein weiteres Stück von seinem Apfel ab.

»Ich … ich bin nur so überrascht«, antwortete Siegfried verwirrt.

»Wirklich? Du musst doch gemerkt haben, was meine Schwester für dich empfindet«, wunderte sich Gunther.

In Siegfrieds Kopf drehte sich alles. Was sollte er tun?

»Hast du mit ihr darüber gesprochen? Will sie mich überhaupt heiraten?«, fragte er.

»Darüber brauche ich nicht mit ihr zu reden, ich weiß, dass sie es will. Man braucht deinen Namen nur zu erwähnen, und ihre Augen funkeln wie die Sterne in der Nacht«, versicherte Gunther.

Siegfried schluckte einen Bissen von seinem Apfel hinunter, dann blieb er stehen und blickte dem Burgunder in die Augen. »Gunther, ich fühle mich geehrt, dass du mir deine Schwester zur Frau geben willst, doch ich kann das nicht annehmen.«

Der König runzelte die Stirn. »Du kannst nicht, warum kannst du nicht?«

»Ich bin bereits versprochen«, erwiderte Siegfried ernst.

Überrascht hob Gunther den Kopf. Er ließ einen Moment verstreichen.

»Was bedeutet das? Hast du dich vor Zeugen verlobt?«

»Nein, wir …«

»Dann bist du nicht daran gebunden«, entschied Gunther schnell.

Siegfried erwiderte nichts.

»Warum weist du Kriemhild ab?«, fragte der König aufgebracht. »Ist sie dir nicht gut genug? Jedermann rühmt ihre Schönheit und Anmut.«

»Das ist es nicht. Aber ein Eheversprechen ist mir heilig, darum muss ich es halten«, entgegnete Siegfried bestimmt.

Gunther sah ihn kalt an. »Ach wirklich? Aber während unserer Siegesfeier war es dir wohl nicht heilig, oder?«, stieß er wütend hervor.

Betroffen schwieg Siegfried. Gunther wusste also, was in den Stallungen geschehen war.

Der Burgunder blickte ihn mit versteinertem Gesicht an und wartete auf seine Antwort.

»Ich weiß nicht, wie es passieren konnte«, erwiderte der Drachentöter schließlich. »Glaub mir, wenn ich es irgendwie ungeschehen machen könnte …«

»Aber du kannst es nicht«, erwiderte Gunther leise. »Keiner von uns kann das.«

Nach einem Moment legte er Siegfried die Hand auf den Arm. Unvermittelt strahlten seine Augen wieder die Freundlichkeit aus, die er an dem Burgunder kannte.

»Es ist ja auch nichts Schlimmes passiert. Heirate meine Schwester, und niemanden wird es kümmern, was vorher geschehen ist. Du hast die Hochzeitsnacht eben etwas vorgezogen, das ist alles«, lächelte er.

Verwirrt blickte Siegfried ihn an. Noch nie hatte er sich so gefühlt wie jetzt. Bisher hatten ihn seine gewaltige Kraft, der Ruhm seines Namens oder die Zuneigung, die die Menschen ihm wegen seines offenen Wesens entgegenbrachten, immer alle Schwierigkeiten überwinden lassen. Doch jetzt fühlte er sich hilflos. Was sollte er tun?

»Aber mein Versprechen …«, wandte er halbherzig ein.

»… entsprang lediglich einer Laune. Es ist nicht mehr wert als das kurze Vergnügen, das man bei dem flüchtigen Lächeln einer hübschen Frau empfindet«, beendete Gunther seinen Satz.

Unsicher blickte Siegfried auf einen Mann, der mühsam seinen Karren durch die enge Straße lenkte. Was sollte er nur tun? Wenn Brunhild erfuhr, was geschehen war, würde sie ihn wahrscheinlich ohnehin nicht mehr heiraten wollen. Und vermutlich würde sie davon hören. Gunther wusste es schon jetzt, und wahrscheinlich war er nicht der Einzige. Er erinnerte sich noch gut an den merkwürdigen Blick, den Nibel ihm zugeworfen hatte, als sie sich heute Morgen am Waschtrog begegnet waren.

Aber Brunhild war eine Frau von enormer Stärke, seine Treulosigkeit würde sie treffen, doch sie würde darüber hinwegkommen. Sie würde einen anderen Mann finden, der die Krone des Suavalands mit ihr teilte. Einen, der ihr gegenüber aufrechter war als er, dachte Siegfried bitter.

Aber was war mit Kriemhild? Sie war weicher und verletzlicher. Wenn er sie jetzt verließe, nachdem er ihr die Unschuld genommen hatte, würde sie es ertragen können, oder würde sie daran zugrunde gehen?

Verzweifelt biss er auf dem Kern seines Apfels herum. Es gab keine Lösung für seinen Zwiespalt, er musste eine der beiden Frauen verraten, die er so lieb gewonnen hatte.

Schließlich sah er Gunther widerwillig an.

»Also gut, ich bin einverstanden«, sagte er zögernd.

»Na also.« Gunther lächelte erleichtert. »Schon morgen senden wir Boten aus, die verkünden, dass Kriemhild von Burgund und Siegfried von Xanten heiraten werden!«

Siegfried nickte stumm. Was konnte er auch sonst noch tun?

11

Behutsam ritten die Nibelungen durch den dichten Wald. Im Gegensatz zum Suavaland, in dem es fast nur Fichten gab, wuchsen hier viele verschiedene Baumarten. Das Blätterdach des Waldes, das von den mächtigen Kronen der Buchen und Eichen bestimmt wurde, war manchmal so dicht, dass an einem trüben Tag wie diesem kaum ein Sonnenstrahl hindurchdrang. Der weiche Boden verschluckte das Geräusch der Hufe, dafür hörten sie den vielstimmigen Gesang der Vögel oder das Klopfen der Spechte umso deutlicher.

Nibel dachte zurück an Burgund und das wilde Gelage, das sie nach ihrem großen Sieg gefeiert hatten. Schmunzelnd erinnerte er sich daran, wie er die edle Kriemhild für eine Magd gehalten hatte und sie bat, sich zu ihm zu setzen. Aber sie wollte nur von ihm wissen, wo Siegfried war. Er konnte sich schon denken, warum sie nach ihm gefragt hatte. Schließlich waren sie bei dem Fest gemeinsam verschwunden, da war es leicht, sich auszumalen, was danach passiert war.

Was ihm ein ungutes Gefühl verursachte, war, dass er vermutete, der Xantener hatte auch etwas mit Königin Brunhild. Immerhin hatte sie ihm zwölf ihrer besten Krieger als Leibwache mitgegeben, das war schon ziemlich ungewöhnlich.

Er seufzte. So war das eben bei berühmten Helden, die Frauen flogen auf sie, und gewöhnliche Männer wie er gingen leer aus. Doch Siegfried war im Gegensatz zu anderen großen Helden, die er kennengelernt hatte, kein bisschen eitel. Er war ein gewaltiger Krieger, doch er behandelte andere deshalb nicht herablassend.

Gegenüber ihm und seinen Männern hatte der Xantener sich immer höchst anständig verhalten, und er hatte auch dafür gesorgt, dass sie einen gehörigen Anteil der Beute aus dem Tross der Sachsen erhielten, obwohl einige Burgunder darüber gemurrt hatten.

Nein, er würde Brunhild nichts von dem berichten, was zwischen Siegfried und Kriemhild geschehen war, daraus würde nur Unfriede entstehen, und das hatte der Xantener nicht verdient.

• • •

Als Gunther und Siegfried zum Burghof zurückkehrten, waren die Knechte und Mägde dabei, nach dem Fest aufzuräumen. Einige trugen Speisereste, Essgeschirr und Trinkgefäße in die Hütte, in der das Essen zubereitet wurde, andere reinigten Halle und Burghof. Trotz der Geschäftigkeit um sie herum lagen einige Krieger immer noch am Boden und schliefen ihren Rausch aus.

»Ich muss noch schnell nach meinem Pferd schauen. Gestern hat es nichts gefressen, hoffentlich ist es nicht krank«, erklärte Siegfried knapp und eilte zu den Stallungen.

Der König nickte. »Dann kümmere dich besser gleich darum, bevor es schlimmer wird«, riet er.

Siegfried atmete auf, als er merkte, dass er richtig vermutet hatte. Bleika stand nicht an ihrem Platz, also war Kriemhild zu ihrem morgendlichen Ritt aufgebrochen. In dem durch den Regen aufgeweichten Boden waren die Abdrücke der Hufe deutlich zu erkennen. Es gab nur eine Spur, die zum Tor des Hofes führte, das musste ihre sein.

Entschlossen sattelte er Grane; er verließ die Burg langsam, doch sobald er außer Sichtweite war, folgte er Bleikas Fährte im Galopp. Bald ahnte er, wohin es Kriemhild gezogen hatte, er näherte sich den rotbraunen Klippen über dem Rhein, dem Ort, an dem er ihr gesagt hatte, er würde eine andere Frau heiraten.

Sie blickte ruhig auf die grauen Fluten des Flusses herab. Leise stieg er vom Pferd und näherte sich ihr. Ein Zweig zerbrach unter seinem Fuß, erschreckt drehte sie sich um. Als sie ihn erkannte, zögerte sie einen Moment, dann wandte sie sich wieder dem Rhein zu.

Ohne ein Wort setzte Siegfried sich zu ihr. Eine Weile saßen sie still nebeneinander.

Schließlich brach Kriemhild das Schweigen.

»Warum bist du gekommen?«, fragte sie ruhig.

»Weil ich etwas wissen muss«, antwortete er in dem gleichen Tonfall.

»Was ist noch?«, seufzte sie.

Er zögerte einen Moment.

»Hast du mit jemand über uns gesprochen?«

Überrascht sah sie ihn an.

»Warum sollte ich mit jemand darüber sprechen? Ich muss allein mit meiner Schande fertigwerden«, erwiderte sie bitter. Sie blickte ihm forschend in die Augen. »Warum stellst du mir diese Frage?«

Ein junges Pärchen näherte sich ihnen, anscheinend waren diese Felsen ein beliebter Ort, um sich ungestört zu treffen. Doch als sie merkten, dass der Platz besetzt war, entfernten sie sich wieder. Glücklicherweise waren sie zu weit weg gewesen, um sie zu erkennen.

»Weil es eben nicht nur dich betrifft, sondern auch mich«, erklärte Siegfried.

Es war besser, wenn Kriemhild nichts von der Rolle erfuhr, die Gunther bei dieser Angelegenheit spielte. Er wusste selbst nicht genau, was der König damit eigentlich bezweckte. Wollte er den Ruf seiner Schwester retten, oder wollte er Xanten als Verbündeten gewinnen?

»Du brauchst dir keine Sorgen zu machen, von mir wird niemand etwas erfahren«, sagte Kriemhild tonlos. Sie streifte einen Käfer ab, der an ihrem schlichten braunen Kittel emporkletterte. »Jetzt hast du deine Antwort, also lass mich nun allein«, fügte sie hinzu.

Wieder blickte Siegfried ihr ins Gesicht. Er las in ihren Augen, dass dies nur Worte waren. In ihrem Inneren wollte sie nicht, dass er ging.

Langsam nahm er ihre Hand und führte sie an seine Lippen. »Heirate mich«, flüsterte er.

Ungläubig starrte sie ihn an.

»Willst du dich über mich lustig machen?«, fragte sie verwirrt.

Er blickte ihr weiter in die Augen. »Ich habe viel nachgedacht, und jetzt weiß ich, was ich tun muss«, erwiderte er.

»Warum hast du deine Meinung geändert?«, fragte sie leise.

Er zögerte.

»Ich habe erkannt, dass es so das Beste ist«, sagte er.

Einen Moment fragte sie sich, was er damit meinte, aber sie war viel zu glücklich, um länger darüber nachzudenken.

»Und was ist mit der anderen Frau?«, erkundigte sie sich mit zitternder Stimme.

Siegfried zögerte erneut. Doch dann erhob er seinen Kopf und lächelte sie an. »Das ist Vergangenheit, es zählt nicht mehr. Wir sind jetzt zusammen, und so soll es immer bleiben.«

Für einen Augenblick sah sie ihn zweifelnd an, doch dann breitete sich ein strahlendes Lächeln auf ihrem Gesicht aus. Sie nahm Siegfrieds Gesicht in beide Hände und küsste ihn.

Er erwiderte den Kuss mit einer seltsamen Mischung aus Erleichterung und Beklommenheit; die Entscheidung war gefallen, nun galt es, nach vorn zu schauen.

•••

Als sie zur Burg zurückkehrten, waren die Aufräumarbeiten schon ziemlich weit fortgeschritten. Inzwischen schlief niemand mehr. Die Krieger waren damit beschäftigt, die Zelte abzubauen und ihre Sachen zusammenzupacken.

Vor den Stallungen stand Gunther und lächelte ihnen zu. Siegfried hatte das unangenehme Gefühl, dass er alles wusste, was in und um die Burg herum passierte.

»Mutter braucht deine Hilfe bei der Ausbesserung eines Vorhangs, der bei der Feier zerrissen ist. Sie wartet in der Halle auf dich«, wandte Gunther sich an Kriemhild.

»Natürlich, ich gehe sofort«, erwiderte sie und eilte zum Tor des Langhauses.

Dann blickte er auf Siegfried.

»Komm mit, ich will dir etwas zeigen«, forderte er den Xantener auf und ging in den Stall.

Siegfried folgte ihm beunruhigt. Was hatte Gunther vor?

Der König zeigte stolz auf einen großen Falken, der auf einer der Trennwände zwischen den Pferden saß.

Eine Stute schnaubte leise. Obwohl von dem Raubvogel keine Gefahr für sie ausging, schien sie doch beunruhigt zu sein.

Gunther zeigte stolz auf den Falken.

»Das ist Geri. Willst du einmal sehen, wie er jagt?«, fragte er.

»Warum nicht?«, erwiderte Siegfried erleichtert. Er hatte schon befürchtet, der König würde ihn noch einmal wegen seiner Liebesnacht mit Kriemhild zur Rede stellen.

Schnell sattelten sie ihre Pferde. Gunther zog sich einen dicken Lederhandschuh an, auf den sich der Falke sofort setzte, und sie ritten los. Nachdem sie sich eine Weile langsam durch die engen Gassen von Worms bewegt hatten, gelangten sie schließlich auf eine weite Ebene.

Konzentriert blickte Gunther sich um, er schien nach etwas zu suchen.

»Na endlich«, sagte er und deutete auf eine Gruppe von Rebhühnern, die in einem frisch gepflügten Acker herumpickten. Er schlug seinem Pferd die Fersen in die Flanken, und gemeinsam sprengten sie auf die Hühner zu, die sich erschrocken in die Luft hoben.

Gunther reckte den linken Arm in die Höhe. Sofort flog der Falke auf den Pulk der aufgescheuchten Hühner zu. Nach kurzer Zeit hatte er eines in den Fängen und landete neben Gunthers Pferd auf dem Boden, wo er begann, an dem leblosen Körper des Rebhuhns zu zerren.

Der König betrachtete Geri begeistert, wie er blutige Fetzen Fleisch aus seiner Beute herausriss, um sie gierig zu verschlingen.

»Ich habe gesehen, wie du heute Morgen mit Kriemhild ausgeritten bist. Habt ihr dabei auch über das geredet, was wir besprochen haben?«, erkundigte er sich beiläufig.

Überrascht blickte Siegfried ihn an. Also war Kriemhild doch der eigentliche Grund für ihren kleinen Ausflug.

»Mach dir keine Sorgen, es wird alles genau so passieren, wie wir es besprochen haben«, erwiderte er mit einer Spur Bitterkeit.

»Das ist gut«, urteilte Gunther.

Er zögerte, während er zusah, wie sein Falke ein langes Stück Darm aus seiner toten Beute herausriss.

»Es gibt dabei aber noch etwas zu bedenken, von dem ich dir bisher noch nichts gesagt habe«, fuhr er fort.

Siegfried runzelte die Stirn und sah den König fragend an.

»Für mich wird es auch Zeit zu heiraten«, sagte Gunther bedeutungsvoll.

Der Xantener nickte. Er schätzte Gunther auf etwa dreißig, die meisten Könige waren in dem Alter schon vermählt.

»Immerhin bin ich mehr als zehn Jahre älter als Kriemhild, da wirst du mich bestimmt verstehen«, erklärte Gunther.

Siegfried begriff nicht, warum der König so viel Aufhebens darum machte. Natürlich sollte er heiraten, da brauchte er sich doch nicht vor ihm zu rechtfertigen.

»Es freut mich, dass du dich auch vermählen willst. Da können wir ja vielleicht sogar eine Doppelhochzeit feiern«, erwiderte er und schlug Gunther freundschaftlich auf die Schulter. »Wer ist denn die Braut?«

Gunther ließ einen Moment verstreichen.

»Ich habe eine ausgewählt, die ich freien will«, sagte er dann mit bedeutungsvollem Blick.

»So hat sie noch nicht zugesagt?«, erkundigte sich Siegfried.

»Hast du von Königin Brunhild vom Suavaland gehört?«, erwiderte Gunther.

Siegfried erstarrte. Hatte er richtig gehört? Der Burgunder wollte die Frau heiraten, der er die Ehe versprochen hatte? Die er verraten musste, weil Gunther es von ihm verlangte?

»Was ist mit dir? Du bist ja so bleich wie Schnee!«, fragte Gunther verwirrt.

Siegfried schluckte und zwang sich, ruhig zu bleiben. Er blickte auf den Falken, vor dessen Füßen sich inzwischen nur noch eine formlose Masse aus blutigem Fleisch, Knochen und Federn befand.

»Brunhild aus dem Suavaland. Nein, ich habe noch niemals von ihr gehört«, stieß er mühsam hervor.

Gunther betrachtete ihn lauernd, irgendetwas war mit ihm. Als er Brunhilds Namen genannt hatte, war der Xantener für einen Augenblick völlig außer sich geraten. Doch jetzt hatte er sich anscheinend wieder in der Gewalt.

»Sie ist eine mächtige Königin und gewaltige Kriegerin aus dem Suavaland im Norden. Man sagt, es gibt keine schönere Frau auf der Welt«, erklärte Gunther. »Ich muss sie haben, nur sie wäre eine gebührende Königin für mich.«

Siegfried fühlte sich immer noch wie vor den Kopf geschlagen. Brunhild! Er hatte verzweifelt versucht, nicht mehr an sie zu denken, doch nun hatte Gunther all seine Anstrengungen wieder zunichtegemacht.

»Hast du sie schon gefreit?«, fragte er mit belegter Stimme.

Gunther merkte, dass Siegfried immer noch nicht ganz bei sich war. Seine Augen verengten sich angespannt.

»Noch nicht, aber ich werde es bald tun«, antwortete er.

»Sie wird sich geehrt fühlen, wenn ein so bedeutender König wie du um sie wirbt«, sagte der Drachentöter mit wieder festerer Stimme.

»Leider ist es nicht ganz so einfach«, seufzte Gunther. Er blickte auf Geri, der inzwischen seine Beute vertilgt hatte. Erwartungsvoll sah er zu seinem Herrn. Der König streckte die behandschuhte Linke aus, und der Raubvogel hob ab, um sich auf dem Handschuh niederzulassen.

»Brunhild hat geschworen, nur einen Mann zu heiraten, der sie im Kampf besiegt«, erklärte Gunther, während er Siegfried aufmerksam betrachtete.

Erstaunt blickte Siegfried den König an. Dann lachte er angestrengt. »Das ist ja eine seltsame Art, einen Bräutigam zu wählen.«

Gunther erwiderte nichts, sondern nickte nur ernst.

»Und du glaubst, du schaffst das nicht?«, gab Siegfried sich überrascht.

»Es gibt einen Zauber, der ihr übermenschliche Kraft verleiht. Niemand kann sie bezwingen. Viele haben es versucht, aber niemandem ist es gelungen. Manche haben sogar ihr Leben dabei verloren«, fuhr Gunther fort.

»Also, wenn das so ist, solltest du dir vielleicht doch eine andere Braut suchen«, erwiderte Siegfried vorsichtig.

Der Falke auf Gunthers Faust stieß laute Schreie aus, die über das weite Feld hallten.

»Nein, ich muss sie haben!«, stieß Gunther entschlossen hervor. »Ich habe nicht umsonst so lange gewartet, bis ich mich verheirate. Erst jetzt habe ich eine Frau gefunden, die meiner würdig ist.«

Siegfried schwieg. Doch er hatte das Gefühl, Gunther wartete darauf, dass er etwas erwiderte.

»Wenn ich dir irgendwie helfen könnte …«, begann er verlegen.

»Das kannst du«, unterbrach der Burgunder ihn hastig.

Er ließ einen Moment verstreichen.

»Willst du mit deiner gewaltigen Stärke für mich kämpfen?«, fragte er dann.

Siegfried blickte ihn verwundert an. »Aber sagtest du nicht, Brunhild würde nur einen Mann heiraten, der sie im Kampf besiegt? Was hilft es dir denn da, wenn *ich* sie bezwinge?«

Gunther lächelte zuversichtlich. »Sie wird dich nicht erkennen, sondern glauben, dass ich es bin.«

Siegfrieds Erstaunen wurde immer größer.

»Wie soll das möglich sein?«

Gunther lächelte weiterhin. »Mach dir deswegen keine Sorgen, es ist alles vorbereitet.«

Verwirrt sah der Xantener auf die grauen Wolken am Himmel. Dies kam ihm so unwirklich vor wie ein Traum. Er sollte an Gunthers Stelle gegen Brunhild kämpfen? Wie sollte das vonstattengehen? Aber selbst wenn der König irgendeinen Weg gefunden hatte, es einzurichten, so war es ihm unmöglich, sich auf diese Täuschung einzulassen. Er hatte Brunhild bereits hintergangen, als er sein Wort ihr gegenüber brach. Sollte er sie jetzt etwa noch ein weiteres Mal betrügen?

Er blickte wieder auf Gunther, dann schüttelte er entschieden den Kopf.

»Nein, Gunther, ich bin dir gefolgt, als du von mir verlangt hast, mein Eheversprechen zu brechen, um Kriemhild zu heiraten. Begnüge dich damit, denn ich werde nicht im Verborgenen für dich kämpfen, damit du dir eine Braut gewinnst. Daraus kann nur Unheil entstehen.«

Gunther schaute ihn regungslos an. Seine Miene verriet nicht, was in ihm vorging.

Schließlich stöhnte er in einem Ton auf wie ein Vater, der zu seinem uneinsichtigen Sohn spricht.

»Niemand wird etwas davon erfahren, Siegfried. Du bezwingst Brunhild, sie wird meine Frau, und damit ist alles getan. In einem Jahr wirst du dich an das Geschehen überhaupt nicht mehr erinnern.«

Erstaunt erkannte er, wie hartnäckig Gunther seinen Plan verfolgte, er ließ sich nicht davon abbringen. Und jetzt verstand er auch, warum der König ihn unbedingt an sich binden wollte. Siegfried sollte ihm dabei helfen, Brunhild zu gewinnen.

Doch auch der Drachentöter war entschlossen. Er hatte Brunhild schon genug angetan, sollte er sie jetzt etwa auch noch heimtückisch hinters Licht führen? Nein, das war zu viel, dabei würde er nicht mitmachen.

»Gunther von Burgund, du verlangst Unmögliches«, sagte er mit finsterer Miene. »Diese Täuschung ist nicht mit meiner Ehre vereinbar.«

Auch die Gesichtszüge des Königs verhärteten sich, während er langsam nickte. Siegfried sah seine Backenknochen in unterdrückter Wut mahlen. Der Falke auf seinem Arm begann nervös zu flattern, er schien die Anspannung seines Herrn zu spüren.

»Du solltest wissen, dass es dann auch keine Hochzeit mit Kriemhild gibt«, sagte Gunther langsam.

Überrascht blickte Siegfried auf. Glaubte er etwa, ihn damit umstimmen zu können? Es war Gunther, der ihn dazu überreden wollte, Kriemhild zu heiraten.

»Wenn du es so willst«, erklärte er.

Der Burgunder räusperte sich. »Das würde auch bedeuten, dass ich die Schande meiner Schwester an dem Schuldigen und seiner Familie rächen muss. Ich müsste an der Spitze meines Heeres nach Xanten ziehen, um es in Schutt und Asche zu legen.«

Siegfried blickte ihn entsetzt an.

»Und es gibt nichts, was ihr dagegen tun könntet«, fuhr Gunther fort. »Zwar bist du ein unvergleichlicher Krieger, aber wir sind eurem Heer vielfach überlegen, es wäre ein ungleicher Kampf.«

»Das würdest du tun?«, fragte Siegfried betroffen. Tränen des Zorns und der Ohnmacht stiegen in ihm auf. Sollten seine Eltern etwa auch noch in diese Sache mit hineingezogen werden?

Gunther merkte, dass er den Bogen vielleicht überspannt hatte. Wenn er sich jetzt nicht vorsah, würde der Xantener ihm möglicherweise nie wieder vertrauen können. Und da er ja bald zur Familie gehören würde, durfte das nicht passieren.

Er lenkte sein Pferd zu Siegfried hinüber und fasste ihn versöhnlich am Arm.

»Was bedeutet dir schon eine fremde Königin? Willst du

dafür etwa dein Glück und das deiner Familie aufs Spiel setzen?«, fragte der Burgunder eindringlich.

Entschlossen riss Siegfried sich los und blickte Gunther finster in die Augen. »So sei es, ich tue, was du verlangst. Aber bete zu den Göttern, dass dieser Betrug niemals ans Tageslicht kommt, denn sonst wird es uns alle ins Verderben reißen!«

Gunther zuckte unwillkürlich zurück, und der Falke flog erschrocken auf. Ungläubig stellte der König fest, dass Geri diesmal nicht wieder zu ihm zurückkam, so hoch er seinen Arm auch in die Luft reckte. Der Raubvogel wurde immer kleiner und verschwand schließlich am Horizont, auf dem nun dunkle Wolken aufzogen.

12

Vorsichtig bewegte sich die prächtig geschmückte Sänfte durch die staubigen Straßen Ravennas. Galla Placidia wusste eben, was sich gehörte. Die kräftigen Träger, die sie geschickt hatte, waren in schlichte, aber saubere Tuniken gehüllt und achteten darauf, dass ihr bedeutender Gast eine bequeme Reise hatte.

Aetius zog die dünnen Vorhänge auseinander und blickte nach draußen. Er mochte diesen von Sümpfen umgebenen Ort nicht. Ravenna war zwar nun die Hauptstadt des weströmischen Imperiums, aber es wirkte immer noch wie die unbedeutende Provinzstadt, die es bis vor dreißig Jahren noch gewesen war.

Es fehlte einfach die Aura von Macht und Reichtum, die Rom immer noch umgab. Doch die Stadt am Tiber war einfach zu groß geworden. Überall türmten sich die stinkenden Abfallhaufen von einer Million Menschen. Die Straßen waren oft so verstopft, dass selbst die Sänften der Kaiser Mühe hatten durchzukommen, und immer wieder kam es zu Unruhen, weil es nicht möglich war, genügend Wasser und Nahrung für die Bewohner bereitzustellen.

Daher entschloss man sich, Rom als Hauptstadt aufzugeben. Für mehr als ein Jahrhundert war Mediolanum das politische Zentrum des Imperiums gewesen, und dann wurde Ravenna zur Hauptstadt erklärt. Der hauptsächliche Vorzug der kleinen Stadt an der Adria war seine Lage inmitten schwer zugänglicher Sumpfgebiete, denn so war sie leicht gegen Feinde zu verteidigen.

Doch nur wenige Jahre nachdem Ravenna zur Hauptstadt geworden war, zeigte sich, dass dieser Vorteil nicht so bedeutend war, wie man damals angenommen hatte, denn als die Westgoten in Italien einfielen, umgingen sie die Stadt einfach und verwüsteten weite Teile des Landes. Die drei Tage anhaltende Plünderung Roms war ein Schandfleck der Geschichte des Imperiums, der sich nie wieder ausmerzen lassen würde.

Inzwischen waren sie angekommen, und die Träger setzten die Sänfte behutsam ab. Etwas steif stieg Aetius aus. Es war eine stürmische Überfahrt von Arelate aus gewesen, und sein Magen hatte sich noch nicht so ganz wieder erholt. Das Bett in der Herberge, in der er die Nacht verbracht hatte, war zwar bequem, aber die Tage auf dem Schiff steckten ihm immer noch in den Knochen.

Skeptisch sah er sich um. Na ja, wenigstens der Kaiserpalast wirkte durch die neu errichteten Marmorsäulen etwas repräsentativer als bei seinem letzten Besuch hier.

Ein Mann, der eine ebensolche Tunika trug wie seine Sänftenträger, führte ihn in das Gemach Galla Placidias. Die Regentin empfing ihn auf einem bequemen Diwan und deutete mit einer Handbewegung auf einen gepolsterten Stuhl ihr gegenüber. Ein junger Sklave kam herein und reichte ihnen frisches Obst.

Die zweifach verwitwete Galla war eine verhärmt wirkende Frau mit einem ovalen Gesicht, das von einer langen dünnen Nase dominiert wurde. Ihre dunklen Locken trug sie kurz und hinter die Ohren gesteckt. Der schmale Mund und die tief liegenden Augen erweckten den Eindruck einer großen Ernsthaftigkeit.

»Sei gegrüßt, Aetius, ich freue mich, dich endlich einmal wiederzusehen«, begrüßte sie ihn mit einem wohldosierten Lächeln.

»Das Vergnügen ist ganz auf meiner Seite, obwohl du in letzter Zeit eher auf den Rat von Bonifacius als auf den meinigen gehört hast«, erwiderte Aetius im gleichen Tonfall.

»Was soll ich machen? Nachdem du dich so überaus geschickt Felix' entledigt hast, brauche ich doch jemand, der den Thron vor deinem übergroßen Ehrgeiz schützt«, seufzte sie.

»Du tust mir Unrecht, erhabene Regentin, es waren meine mir treu ergebenen Soldaten, die ihn wegen Verrats verurteilt und hingerichtet haben, nicht ich«, widersprach Aetius mit gespielter Empörung.

»Worüber du sicherlich bittere Krokodilstränen vergossen hast«, entgegnete Galla Placidia trocken.

Aetius lächelte. Er mochte diese geistreichen Wortgefechte, die sie sich bei jedem Zusammentreffen lieferten. In solchen Momenten wirkte die unscheinbare Regentin durch ihre intelligenten Augen fast attraktiv.

»Wie dem auch sei, es würde mir nicht einmal im Traum einfallen, nach dem Thron zu streben«, nahm er den Faden wieder auf.

Galla Placidia betrachtete ihn nachdenklich.

»Das glaube ich dir sogar«, sagte sie dann. »Dir genügt es, der mächtigste Mann des Reiches zu sein. Wer unter dir Kaiser ist, kümmert dich nicht, habe ich recht?«

Aetius blickte auf den breitschultrigen Sklaven, der scheinbar teilnahmslos an der Tür des Gemaches in einer Ecke stand. Er würde dafür sorgen, dass sie niemand störte, deshalb konnten sie es sich leisten, offen zu reden. Sie waren Rivalen um die Macht im Reich, aber sie brauchten einander.

Galla führte zwar anstelle ihres elfjährigen Sohnes die Staatsgeschäfte, doch ein Großteil der Armee war Aetius treu ergeben, daher war es sehr riskant, zu versuchen, ihn auszuschalten. Doch auch der Heermeister musste vorsichtig sein. Seine Gegenspielerin regierte immerhin im Namen des Imperators, selbst wenn er nur ein Kind war, und er durfte auf keinen Fall den Fehler begehen, das Ansehen dieses Titels zu unterschätzen, auch wenn die letzten Kaiser alles dafür getan hatten, um dieses Ansehen zu untergraben.

»Verehrte Galla Placidia, Valentinian ist Imperator, und solange er noch zu jung ist, um sein Amt auszuüben, regierst du das Reich. Ich wäre ein Dummkopf, wenn ich das jemals vergessen würde«, versicherte Aetius liebenswürdig.

»Ein Dummkopf bist du ganz bestimmt nicht«, lächelte sie. »Nichtsdestotrotz gibt es Dinge, die mir Kummer bereiten, geschätzter Heermeister.«

Er runzelte die Stirn. »Du siehst mich ratlos. Ich habe nicht die geringste Ahnung, was du meinen könntest.«

Galla räusperte sich. »Nun, zum Beispiel denke ich, es war ein Fehler, dich in deiner Jugend als Geisel zu den Hunnen zu schicken.«

Aetius breitete in einer Geste der Unschuld die Arme aus. »Aber ich habe dort immer im Interesse Roms gehandelt«, beteuerte er.

»Wenn sie mit deinen übereinstimmten«, ergänzte Galla nüchtern.

»Gleichwohl bin ich der loyalste Bürger Roms, zumindest unter seinen Generälen«, erklärte er.

Galla lachte amüsiert. »Du hast schon immer einen feinen Sinn für Humor gehabt, geschmeidiger Aetius.«

»Nichtsdestotrotz hast du die Zeit deines Aufenthalts bei diesen verabscheuungswürdigen Barbaren dazu genutzt, um wichtige freundschaftliche Verbindungen zu knüpfen …«

»Im besten Interesse Roms«, warf der Heermeister ein.

»… die so eng sind, dass manche sagen, sie seien eine Gefahr für Rom«, fuhr Galla Placidia fort, ohne auf Aetius' Einwurf einzugehen. Sie blickte ihm fest in die Augen. »Darum frage ich dich, haben sie recht, muss ich mir deswegen Sorgen machen?«

Plötzlich öffnete sich die Tür, und Valentinian stürmte ins Zimmer. Anscheinend hatte der schmächtige, dunkel gelockte Junge im Garten gespielt, denn seine weiße Tunika hatte überall erdfarbene Flecken.

»Aetius, du bist wieder da!«, rief er überschwänglich. »Du musst mir unbedingt mehr von deinen Kämpfen gegen die Barbaren erzählen.«

Begeistert lief er zu ihrem Besucher. Lächelnd stand der Heermeister auf, beugte sich zu ihm hinunter und umarmte ihn.

»Natürlich, Imperator, du wirst alles erfahren, was du wissen willst«, erklärte er lächelnd.

Galla warf ihrem Sohn eine reife Pflaume zu, die dieser geschickt auffing.

»Aetius kommt zu dir, wenn wir hier fertig sind. Wir haben gerade eine wichtige Besprechung«, erklärte sie.

Valentinian blickte seine Mutter einen Moment lang an, dann merkte er, dass es ihr ernst war.

»Na gut, dann warte ich eben«, sagte er enttäuscht und ging wieder aus dem Zimmer.

»Er ist ein guter Junge«, stellte der General fest.

»Das stimmt, aber er muss noch lernen, nicht den falschen Menschen zu vertrauen«, entgegnete Galla.

Aetius schwieg einen Moment. »Wo waren wir gerade … Ach ja, die Hunnen … Ich gebe zu, sie wirken auf den ersten Blick ziemlich furcherregend, aber ich denke nicht, dass sie eine dauerhafte Gefahr darstellen.«

Sie schaute ihn einen Moment lang überrascht an, dann forderte sie ihn mit einer Handbewegung auf weiterzusprechen.

»Die Hunnen sind ein nomadisches Volk, sie ziehen ruhelos von einem Ort zum anderen. Es liegt ihnen nicht, ein mächtiges Reich aufzubauen und zu verwalten«, meinte Aetius. »Ich glaube, sie werden bald genauso schnell wieder verschwinden, wie sie gekommen sind.«

Galla Placidia dachte nach. Konnte ihr mächtigster General recht haben?

»Viele sagen, sie werden früher oder später Rom angreifen«, bemerkte sie.

»Ich denke nicht«, widersprach Aetius. »Und selbst, wenn ich mich irren sollte … Ich wüsste, wie ich sie schlagen könnte. Ich weiß, wie sie denken und fühlen, und bin vertraut mit ihrer Art zu kämpfen.« Er blickte Galla Placidia entschlossen in die Augen. »Glaube mir, diesen Krieg würden wir gewinnen.«

Sie nahm eine Weintraube aus der silbernen Obstschale und steckte sie sich in den Mund. »Du bist der Einzige, der sagt, wir hätten von den Hunnen nichts zu befürchten«, gab sie zu bedenken.

Er beugte sich nach vorn. »Wir dürfen die Augen nicht vor einer anderen, viel größeren Gefahr verschließen, erhabene Regentin«, sagte er eindringlich.

»Und die wäre?«, fragte Galla knapp.

»Die wahre Bedrohung für uns sind die Germanen. Seit Jahrhunderten fallen immer wieder germanische Stämme in unser Land ein, um zu brandschatzen und zu plündern. Hast du etwa schon vergessen, dass die Westgoten erst vor zwanzig Jahren in Rom selbst eingezogen sind?«

»Aber wir haben doch Bündnisverträge mit ihnen, oder nicht?«, erkundigte sich Galla.

»Keiner weiß, wie lange diese Verträge halten«, erwiderte Aetius. »Inzwischen gibt es so viel Handel über die Rheingrenze hinweg, dass die Germanen genau wissen, welche Reichtümer es in Gallien gibt, verglichen mit dem armseligen Leben, das sie selbst führen. Besonders Belgica hat es ihnen angetan. Ich fürchte, da werden sie bald einfallen.«

Galla sah nachdenklich auf das große gläserne Fenster vor dem Garten, hinter dem nur zu ahnen war, dass dort Valentinian mit seinen tönernen Legionären spielte. Wer weiß, vielleicht würde es einiges Tages auch Glas geben, durch das man hindurchschauen konnte.

»Vielleicht haben wir beide recht«, sagte sie langsam. »Wir müssen die Germanen im Auge behalten, aber ebenso auch die Hunnen.«

Die Tür öffnete sich, und Valentinian stürmte erneut ins Zimmer.

»Jetzt habt ihr aber genug geredet«, sagte er vorwurfsvoll. Er setzte eine gewichtige Miene auf. »Der Heermeister muss mir nun unbedingt von der Front Bericht erstatten«, erklärte er.

Galla Placidia lachte auf und wandte sich zu ihrem Besucher. »Na gut, dann geh jetzt mit Valentinian, um deine Schlachten nachzuspielen.«

Glücklich fasste der Junge seine Hand und sie eilten hinaus.

Nachdenklich blickte Galla Placidia ihnen nach. Ob sie wohl immer noch so vertraut sein würden, wenn Valentinian erst Kaiser war?

•••

Missmutig saßen Ute, Kriemhild, Gernot und Giselher beim Frühstück in der Halle. Nach den Leckereien, die sie in den Tagen der Siegesfeier genießen konnten, gab es nun wieder den üblichen Getreidebrei.

Kriemhild wandte sich an ihre Mutter. »Wollte Gunther nicht Boten aussenden, um meine baldige Hochzeit mit Siegfried zu verkünden? Aber unsere Männer sind alle noch da, keiner ist weggeritten.«

»Es ist besser, nichts zu überstürzen«, antwortete ihre Mutter und nahm einen Schluck Wasser.

Kriemhild sah sie fragend an.

»Schließlich wollt ihr ja zur gleichen Zeit heiraten, du und Gunther, das habt ihr doch so vereinbart, oder?«, fuhr Ute fort.

Kriemhild nickte, wusste jedoch nicht, worauf ihre Mutter hinauswollte.

»Wer weiß, was im Suavawald passiert?«, fragte Ute. »Möglicherweise unterliegt er ja im Kampf gegen Brunhild, und das wäre vielleicht auch besser so. Eine Frau, die nur einen Mann wählt, der sie im Kampf bezwingt, wäre keine gute Ehefrau. Braut und Bräutigam sollen sich mit Achtung begegnen, nicht gegeneinander kämpfen.«

»Ein bisschen merkwürdig ist es schon«, räumte Kriemhild ein. »Aber wir wissen nichts über das Suavaland. Vielleicht ist es im Norden so Sitte.«

Bevor jemand darauf antworten konnte, sprach sie schnell weiter.

»Aber ich finde es auch seltsam, dass nur Siegfried und Hagen Gunther begleiten. Wäre es nicht angemessen, mit einem größeren Gefolge zu reisen?«

Gernot nickte. »Er hat weder mir noch Giselher erlaubt, mit ihm zu reiten.«

»Siegfried hat er wohl mitgenommen, weil er nach unserem Sieg über die Sachsen und Dänen glaubt, mit ihm an seiner Seite würde ihm alles gelingen«, vermutete Giselher.

»Und Hagen ist dabei, weil Gunther niemandem mehr vertraut als ihm«, ergänzte Ute.

Kriemhild blickte in die ernsten Gesichter der anderen am Tisch.

»Warum seid ihr alle so schlecht gestimmt?«, fragte sie. »Ist Gunther nicht ein starker Krieger? Da wird er doch wohl eine Frau besiegen können, oder?«

Ute schluckte einen Löffel Brei hinunter.

»Brunhild ist keine gewöhnliche Frau, sie besitzt Zauberkräfte und hat schon manchen Freier getötet«, erwiderte sie düster.

Gernot wurde aufmerksam.

»Was ist das für ein Zauber, der ihr diese Kraft verleiht?«, fragte er.

»Man erzählt sich, sie sei Wodans Tochter, darum hat er ihr diese Stärke gegeben«, sagte Giselher.

Ute warf ihm einen verärgerten Blick zu.

»Sie gebietet über eine berühmte Seherin mit dem Namen Frida«, erklärte sie. »Wahrscheinlich kommt der Zauber von ihr.«

Überrascht sah Gernot sie an.

»Das sagst *du*? Ich dachte, die Christen glauben nicht an die Macht von Seherinnen.«

Ute blickte ihn einen Moment lang stumm an.

»Es gibt viele Kräfte, die im Verborgenen wirken, alte und neue«, entgegnete sie ernst.

Giselher hatte seine Schüssel leer gegessen und stellte sie auf dem Tisch ab. »Na, ich bin jedenfalls gespannt darauf, sie kennenzulernen«, erklärte er schmunzelnd. »Eine sehr mächtige Kriegerin, die alle Männer bezwingt. Es wäre doch eine Ehre für Burgund, Brunhild als Königin zu haben.«

»Gleichgültig, wie sie ist, wir müssen sie willkommen heißen. Gunther hat lange genug gewartet, bis er sich entschlossen hat zu heiraten, da wird er doch bestimmt die Richtige gewählt haben«, stellte Kriemhild fest.

Ute sah sie lächelnd an. »Du bist so unbeschwert, weil du frisch verliebt bist, darum siehst du nur Gutes um dich herum. Doch wir dürfen unsere Augen nicht vor möglichen Gefahren verschließen.«

»So schlimm wird es schon nicht sein«, meinte Gernot. »Was kann Gunther schon passieren, Siegfried und Hagen, die beiden stärksten Helden zwischen Rhein und Elbe, begleiten ihn.«

»Wenn Brunhild wirklich so eine großartige Kriegerin

ist, kann sie mich vielleicht im Schwertkampf unterrichten«, meinte Giselher.

Kriemhild stieß ihn spielerisch in die Seite. »Ganz bestimmt. Und ich werde ihr zeigen, wie man einen Mann liebt, statt gegen ihn zu kämpfen«, lachte sie.

•••

Erschöpft hielten sie inne, endlich war der lange Aufstieg zu Brunhilds Halle geschafft. Im Hintergrund zeichneten sich die nackten Felsen des Ilsensteins gegen den blauen Himmel ab. Der letzte Teil des Weges war so steil gewesen, dass sie ihre Reitpferde und das Packtier an den Zügeln mit sich führen mussten.

Einige Krieger kamen ihnen entgegen, um sie zu begrüßen.

Gunther kramte in einer Satteltasche auf dem Rücken des Packpferdes herum, dann holte er einen seltsam geformten Helm hervor und klemmte ihn sich unter den Arm. Siegfried hatte diese Art Helm schon einmal bei den Angeln gesehen, einem Stamm, der noch nördlich von den Sachsen lebte. Er bedeckte das ganze Gesicht, nur die Augen blieben frei.

Während sie den Männern entgegengingen, fiel Siegfried auf, dass Gunther größer und breitschultriger wirkte als sonst, er schien fast so groß wie er selbst. Wie war das möglich? Hatte er sich während einer Rast, die sie kurz vor dem Ilsenstein eingelegt hatten, etwa dicke Sohlen in die Stiefel gelegt und Schulterpolster unter sein silbernes Kettenhemd gestopft? Siegfried musste unwillkürlich lächeln. Anscheinend war es ihm wichtig, vor Brunhild als kraftstrotzender Krieger zu erscheinen.

Als die Männer näher kamen, atmete Siegfried auf, er kannte sie nicht. Trotzdem stieg seine Anspannung. Gleich würde er Brunhild wiedersehen, die Frau, der er versprochen hatte, das Suavaland mit ihr zu teilen. Wie würde sie reagieren, wenn sie erfuhr, dass er für einen anderen warb? Doch es half jetzt nicht, darüber nachzudenken, dazu war es nun zu spät.

»Hier steht König Gunther von Burgund mit seinem Gefolge, Hagen von Tronje und Siegfried von Xanten«, verkündete er mit lauter Stimme, als die Krieger herangekommen waren.

Beeindruckt musterten die Suaver ihre Besucher, sie hatten nicht oft so berühmte Gäste.

»Wir grüßen Königin Brunhild und bitten um Einlass.«

Einer der Männer, der im Gegensatz zu den anderen keinen Lederpanzer, sondern ein Kettenhemd trug, deutete eine Verbeugung an, nahm ihre Waffen entgegen und führte sie in die Halle. Siegfried fühlte, wie sein Herz schneller schlug, als sie den Mittelgang entlang bis zu Brunhilds Thron gingen. Neben ihr stand Frida, die Einzige, die wusste, wie nah er und die Königin sich standen.

Er sah das vor freudigem Erstaunen strahlende Gesicht Brunhilds als sie ihn erkannte, während Fridas Miene wie versteinert blieb.

Die Königin öffnete den Mund, doch bevor sie etwas sagen konnte, ergriff Siegfried das Wort.

»Königin Brunhild, König Gunther ist gekommen, dich zu freien«, sagte er hastig.

Mit weit aufgerissenen Augen starrte sie ihn an; sie konnte nicht fassen, was er gerade gesagt hatte.

Gunther trat vor und deutete eine Verbeugung an.

»Herrscherin des Suavawalds, die Kunde über dich ist wahr, nie sah ich eine schönere Frau«, erklärte er beeindruckt.

Brunhild blickte verwirrt von einem zum anderen, noch immer, ohne ein Wort zu sagen.

Siegfried brauchte seine gesamte Willenskraft, um nicht auf sie zuzugehen und sie in die Arme zu schließen. Die leidenschaftlichen Gefühle, die sie in ihm geweckt hatte, waren wieder da und er fühlte den unwiderstehlichen Drang, ihr die Wahrheit zu sagen.

»Vergiss nicht«, raunte Gunther ihm zu, »wenn ich Brunhild nicht heirate, wirst du auch Kriemhild nicht bekommen, und ich wäre gezwungen, ihre Schande zu rächen.«

Heiße Wut stieg in ihm auf. Am liebsten hätte er sich auf den Burgunder gestürzt und ihm das Genick gebrochen, doch er bezwang sich und knirschte nur ohnmächtig mit den Zähnen. Die Entscheidung war gefallen, er hatte keine andere Wahl.

Er spürte, wie Brunhild darauf wartete, dass er etwas sagte, doch als er schwieg, sah er einen Moment lang grenzenlose Enttäuschung in ihren Augen – und dann loderte brennender Hass in ihnen auf.

»Wenn du um mich werben willst, musst du mich im Zweikampf besiegen«, schleuderte sie Gunther entgegen. »Wir kämpfen in einer Stunde, ohne Schilde, und bis zum Tod!«

Hagen und Gunther sahen sich bestürzt an.

»Aber wir haben einen weiten Weg hinter uns. Gewähre König Gunther einen Tag, um sich zu erholen«, protestierte der Tronjer.

Sie starrte ihm hart in die Augen. »In einer Stunde – oder gar nicht!«, fuhr sie ihn an.

Sie winkte Hendrik, einem der Knechte. Schnell kam er herbei und führte sie ins Gästehaus, wo er ihnen ihre Kammer zeigte. Dabei warf er einen verwunderten Blick auf Siegfried, aber der Xantener gab vor, ihn nicht zu bemerken.

Als sie die Tür hinter sich geschlossen hatten, begann Gunther seine Kleidung auszuziehen. Er legte das glänzende Kettenhemd, die dunkelgrüne Tunika, die er darunter trug, die braune Hose und die ledernen Stiefel auf einem alten Bett ab.

»Na los, du auch!«, forderte er Siegfried auf.

Er verstand nicht sofort. Doch dann fiel sein Blick auf den Helm, den Gunther mitgebracht hatte. Der König hatte ihm bisher nicht verraten, wie er Brunhild glauben machen wollte, dass sie gegen ihn kämpfte statt gegen Siegfried. Er hatte nur gesagt, er solle sich darüber keine Sorgen machen, es werde sich alles finden. Aber jetzt begriff er, er schaute noch einmal auf den Helm, dachte an die dicken Sohlen und die Schulterpolster, dann begann er ebenfalls, sich seiner Kleidung zu entledigen.

Kurz darauf waren sie umgezogen. Siegfried trug die Kleider von Gunther und der König die des Drachentöters. Glücklicherweise war Gunther ebenfalls ungewöhnlich groß und kräftig, die Kleidung spannte zwar etwas, aber das würde ihn nicht behindern. Zum Schluss setzte er den Helm auf.

Es war ungewohnt, einen Helm zu tragen. Sorgfältig schnürte er die breiten Metallplatten an den Seiten fest. Noch seltsamer fühlte es sich an, eine dicke Eisenschicht vor dem Gesicht zu haben. Glücklicherweise waren die Sehschlitze groß genug, so dass seine Sicht kaum behindert war.

Gunther betrachtete Siegfried prüfend.

»Sehr gut, jetzt siehst du aus wie ich«, stellte er zufrieden fest. »Und wenn du deiner schönen Gegnerin nicht allzu tief in die Augen blickst, fällt es auch nicht auf, dass deine ein bisschen heller sind als meine«, schmunzelte er.

»Das könnte klappen«, stimmte Siegfried zu und wunderte sich dabei über den eigentümlich hallenden Klang seiner Stimme.

Gunther lachte laut, dann wandte er sich an den Tronjer.

»Wer spricht da? Erkennst du die Stimme, Hagen?«, fragte er amüsiert.

Der Hüne sah ihn verblüfft an. »Es klingt überhaupt nicht wie Siegfried«, gab er zu.

Gunther lachte erneut und klopfte beiden auf die Schulter. »Glaubt mir, auch Brunhild wird nichts merken.«

Nachdenklich blickte Siegfried auf die Burgunder. Könnte Gunthers verrückter Plan tatsächlich aufgehen?

Er wollte sich auf das Bett setzen, doch dabei trat er gegen einen Schemel, den er übersehen hatte.

»Ich glaube, wir müssen noch ein bisschen üben, damit du dich an den Helm und deine neuen Waffen gewöhnst«, sagte Gunther und ergriff Balmung. Der Xantener nickte, nahm Gunthers Schwert und Schild auf und parierte seinen Hieb.

Es dauerte nicht lange, bis Siegfried sich auf sein eingeschränktes Gesichtsfeld eingestellt hatte. Selbst Hagen, der zunächst verkniffen geschwiegen hatte, als Siegfried mit Gunther Kleidung und Rüstung tauschte, sah inzwischen zuversichtlicher aus.

Kurz vor dem vereinbarten Zeitpunkt des Kampfes ging der Tronjer hinaus und erkundigte sich nach den genauen Bedingungen des Duells. Während die Suaver abgelenkt waren, gelang es Gunther, sich unbemerkt in einen nahen Wald zu stehlen.

Herausfordernd blickte Brunhild den Burgundern entgegen, als Hendrik sie zum Kampfplatz führte, wo Markulf schon mit gewichtiger Miene auf sie wartete. Sie waren nur noch zu zweit, Siegfried war nicht mehr bei ihnen. Was hatte das zu bedeuten? Entschlossen band sie sich ihren silbern glänzenden Helm fest.

Gunther hatte bereits seinen anglischen Kopfschutz aufgesetzt. Seltsam, sie hatte noch nie davon gehört, dass auch Krieger aus dem Süden diese Art Helm trugen. Noch einmal schaute sie sich nach Siegfried um, aber sie konnte ihn nirgends entdecken.

Ihre Augen verengten sich vor Wut, als sie an ihn dachte. Er hatte ihr versprochen, ihre Krone mit ihm zu teilen, und nun hinterging er sie, indem er im Namen Gunthers um sie warb! Dabei hatte sie ihm die besten Waffen geschmiedet, die je ein Held besaß, und sie hatte ihm eine Leibgarde gestellt, als er sich so überraschend entschloss, für Burgund gegen die Sachsen zu kämpfen. Oder war das vielleicht gar nicht so überraschend? Möglicherweise war er ja schon lange Gunthers Gefolgsmann.

Eine neue Woge des Zorns überkam sie. Oh, könnte sie jetzt nur gegen Siegfried kämpfen statt gegen Gunther, der vielleicht gar nichts von dem wusste, was zwischen ihnen war! Trotzdem würde er nun für Siegfrieds Verrat büßen müssen. Jeder Schlag, den sie führte, würde für den Drachentöter bestimmt sein und sie hoffte, dass sie irgendwie auch ihn damit treffen konnte.

Doch sie konnte den Xantener nirgends entdecken. Wo mochte er sein?

Hämisch blickte sie auf ihren Gegner.

»Wo ist denn der Gefolgsmann, der für dich geworben hat? Will er die Niederlage seines Königs nicht mit ansehen?«, fragte sie höhnisch.

»Du hast recht, er hat nicht viel Zutrauen zu mir. Er war von Anfang an dagegen, dass ich dich freie«, antwortete ihr Gegner.

Seine Stimme hallte unnatürlich in dem massiven Helm, und sie musste sich konzentrieren, um ihn zu verstehen.

»Siegfried von Xanten ist weiser als du selbst, Gunther von Burgund«, erwiderte sie hochmütig. Sie blickte spöttisch auf den schweren Helm. »Hast du so viel Furcht vor mir, dass du deinen ganzen Kopf mit Eisen bedeckst?«

»Hat die Frau, die keinen Mann fürchtet, etwa Angst vor einem Helm?«, erwiderte ihr Gegner.

Brunhild funkelte ihn böse an. »Nein, aber ich will den Männern ins Gesicht sehen, die ich erschlage!«, zischte sie.

Entschlossen nickte sie Markulf zu. Der Truchsess hob die Fahne des Suavawalds, und der Kampf begann. Langsam zog Brunhild ihren Schwertarm hinter den Kopf zurück und zielte mit der ausgestreckten Klinge auf ihren Gegner. Sie überlegte, wie sie seinen massiven Helm zu ihrem Vorteil nutzen konnte. Wahrscheinlich war das Metall so dick, dass sie mit dem Schwert nicht durchdringen konnte. Doch sein Gesichtsfeld war eingeengt. Wenn sie immer in Bewegung bliebe, wäre es schwer für ihn, sie jederzeit im Auge zu behalten.

Langsam begann sie, ihren Widersacher zu umkreisen. Er war groß und kräftig, es würde nicht leicht werden. Doch sie hatte schon viele starke Krieger besiegt, und es würde diesem nicht anders ergehen als seinen Vorgängern. Ihr Gegner drehte sich langsam im Kreis, er folgte jeder ihrer Bewegungen.

Urplötzlich machte Brunhild einen Ausfall und stieß zu. Auch ihr Gegner war schnell, als er zurückwich, aber nicht schnell genug. Brunhild traf ihn unterhalb der Schulter. Sie spürte den Widerstand, als das Schwert auf das Kettenhemd traf. Doch es trat kein Blut aus. Anscheinend war ihr Gegner so rasch zurückgefallen, dass der Anprall nicht heftig genug war, um ihn zu verwunden.

Dann griff er an, er deckte sie mit wuchtigen Schlägen ein. Zwar konnte sie die Hiebe parieren oder ihnen ausweichen, doch er trieb sie immer weiter zurück. Die Schwerter schlugen so heftig gegeneinander, dass ihr Klirren weithin zu hören war. Die Wucht seiner Angriffe überraschte Brunhild, sie hatte noch nie so schwere Schläge abwehren müssen. Beunruhigt stand sie vor ihrem Widersacher. Dieser Burgunder war der härteste Gegner, gegen den sie bisher angetreten war.

Doch dann rutschte er aus. Sofort sah sie ihre Chance und griff selbst wieder an. Aber ihr Widersacher hatte sich inzwischen auf ihre Geschwindigkeit eingestellt, er ließ sich nicht mehr so leicht überraschen und parierte den Schlag.

Aus den Augenwinkeln sah sie, wie Frida, Markulf und Hagen den Kampf voller Spannung verfolgten. Wieder umkreiste sie ihren Gegner mit hinter dem Kopf erhobenem Schwert. Sie wusste nun, dass es ein langer Kampf werden würde. Dieser König aus dem Süden war ein ebenbürtiger Gegner. Gleichzeitig blieben sie stehen. Für einen Moment standen beide Kämpfer sich bewegungslos gegenüber und versuchten, ihren Widersacher einzuschätzen. Als Brunhild auf den eigentümlich geformten Helm Gunthers blickte, hatte sie für einen Moment ein Gefühl, als ob sie einer riesigen Wespe gegenüberstand.

Der Burgunder griff an. Mit mächtigen Schlägen versuchte er, Brunhild zurückzutreiben. Sie konnte seine Hiebe abwehren, doch er schlug so hart, dass ihr Schildarm zu schmerzen begann, die Wucht der Hiebe war unfassbar. Ihr Arm war fast taub, er fühlte sich an, als hätte ein Pferdehuf sie getroffen.

Sie brauchte einen Moment, um sich zu erholen. Behände wich sie zurück und begann erneut, ihren Widersacher zu umkreisen. Geschickt versuchte sie, aus seinem beengten Gesichtsfeld herauszukommen. Doch ihr Gegner war trotz seiner Größe erstaunlich schnell, er folgte jeder ihrer Bewegungen. Plötzlich stolperte sie, der Burgunder erkannte seine Chance und stieß zu. Doch es war nur eine Finte, Brunhild hatte damit gerechnet, lenkte den Stoß mit ihrer Klinge zur Seite, duckte sich und versuchte, sein Bein zu treffen. Doch ihr Gegner zog es rechtzeitig hoch, der Schlag ging ins Leere.

Verbissen setzte die Königin nach, sie sprang auf ihn zu und traf ihn am Bauch. Triumphierend schrie sie auf, doch dann erkannte sie, dass ihr Gegner unverletzt war, seine Brünne musste den Stoß erneut abgefangen haben. Wie war das möglich? Diesmal hatte sie ihn hart genug getroffen, um das Kettenhemd zu durchschlagen.

Ihr Kontrahent nutzte den kurzen Moment ihrer Verwirrung, um wieder auf sie einzudringen. Unaufhörlich prasselten seine kraftvollen Schläge auf sie ein, mit jedem Hieb, den sie parierte, wurde ihr Schildarm heftiger durchgerüttelt, sie ermüdete immer stärker, und schließlich schlug ihr ein Hieb die Waffe aus der Hand. Entsetzt versuchte sie nach der auf dem Boden liegenden Klinge zu greifen, doch ihr Gegner stellte seinen Fuß auf die Waffe. Er holte mit dem Schwert aus und blickte auf sie nieder.

»Genug!«, rief Frida laut. »Der Kampf ist entschieden.«

Der Burgunder nahm seine Waffe herunter und blickte auf Brunhild, die immer noch am Boden hockte. Dann steckte er seine Waffe in die Scheide und streckte ihr die Hand hin. Brunhild achtete nicht auf ihn, langsam erhob sie sich und ging traurig auf Frida zu. Die Seherin sah sie mitfühlend an, während Brunhild ausdruckslos in die Ferne starrte.

»Die Königin braucht einen Moment für sich allein«, wandte Frida sich an den Sieger des Kampfes.

Er nickte, und Brunhild ging mit ihr zur Halle.

Siegfried sah ihnen bedrückt nach. Er konnte sich gut vorstellen, was in der Herrscherin des Suavawalds vorging. Niemals hatte er einen Kampf so ungern gewonnen wie diesen, und wenn er nicht das Panzerhemd getragen hätte, das Brunhild selbst für ihn angefertigt hatte, hätte er ihn verloren.

Er hatte einen bitteren Geschmack im Mund, als er mit Hagen zum Gästehaus ging, in dem Gunther bereits auf sie wartete. Als alle wie gebannt dem Kampf zuschauten, hatte er sich hineingeschlichen und die Geschehnisse von dort verfolgt.

Der König empfing den Xantener überschwänglich. »Du

hast es geschafft, Siegfried, ich stehe für immer in deiner Schuld!«, jubelte er.

Der Drachentöter nahm seinen schweren Helm ab. Die blonden Haare hingen ihm schweißverklebt ins Gesicht, der Kampf hatte auch ihm alles abverlangt.

»Mögest du es niemals vergessen, König von Burgund und jetzt auch des Suavalands«, erwiderte er mit finsterer Miene.

Gunther und Hagen sahen sich betroffen an, Siegfrieds Worte klangen wie eine Drohung.

13

Langsam rumpelten die beiden großen Wagen durch den Wald. Es roch muffig, denn im gebirgigen Suavaland benutzte man nur selten Kutschen, deshalb hatten die kastenförmigen Fuhrwerke lange Zeit unbenutzt in einer Ecke des Stalles gestanden. Aber nun, da Brunhild nach Worms zog, konnte sie die Gefährte gut gebrauchen. Zwar nahm sie nicht viele Dinge mit sich, sie kannte andere Fürstinnen, die bei ihrer Vermählung mit vier oder fünf Wagen aufgebrochen waren, aber es gab doch einige Dinge, die sie nicht missen wollte. Dazu zählten etwa die römischen Trinkgefäße aus Glas, die ein Vetter ihr geschenkt hatte, oder der große kupferne Bär, der neben ihrem Thron gestanden hatte.

Sie blickte auf Frida, die ihr schweigend gegenübersaß und dabei fest ein Amulett mit dem Abbild Vidars umklammerte, damit der Gott der Rache sie auch in der Fremde nicht verließ. Außer Frida begleitete sie nur noch Ricke auf der Reise zu ihrem neuen Zuhause. In ihrer Abwesenheit würde ihre Base Hergard das Suavaland regieren. Hergard verfügte über zwei große Vorzüge. Zum einen hatte sie nicht den Ehrgeiz, ihr den Thron streitig zu machen, und zum anderen besaß sie genug Durchsetzungsvermögen, um sich gegen Männer zu behaupten, die glaubten, eine Frau sei nicht in der Lage, über ein Land zu herrschen.

Während sie in einem Gasthaus eine Rast einlegten, war Gunther gekommen, um mit ihr zu reden, doch er merkte schnell, dass sie das nicht wollte. Seitdem ließ er sie in Ruhe. Sie waren nun seit ungefähr zwei Wochen unterwegs, lange konnte es nicht mehr dauern, bis sie ihr Ziel erreichten.

Brunhild blickte erneut auf Frida. Wie gewöhnlich war sie äußerlich ruhig, doch das täuschte. Ihre Seherin machte sich Sorgen, denn viele in Burgund hingen dem christlichen Glauben an, und sie war schon öfter mit Anhängern ihres Gottes in Streit geraten, wenn diese bei ihrem Anblick beunruhigt das Zeichen des Kreuzes machten.

»Du hast mich vor Siegfried gewarnt«, seufzte Brunhild. »Du hast vorhergesagt, dass er mich verraten wird. Wenn ich dir doch nur geglaubt hätte.«

Frida sah sie einen Moment stumm an.

»Es ist zu spät, sich deswegen zu grämen«, sagte sie schließlich.

Brunhild beugte sich vor und blickte ihr in die Augen. »Du besitzt das Wissen der Alten, das uns verborgen bleibt. Sag mir, siehst du noch mehr?«, fragte sie eindringlich.

Frida sah sie ernst an. »Siegfrieds Verrat ist größer, als es den Anschein hat«, erwiderte sie langsam.

Brunhild runzelte die Stirn.

»Was meinst du damit?«

Die Seherin zögerte.

»Ich kann keine Einzelheiten erkennen, doch er hat dich zweimal verraten«, erwiderte sie mit ihrer dunklen Stimme.

Plötzlich hörten sie Menschen, die ihnen zujubelten und »Heil König Gunther« oder »Heil Burgund!« riefen.

Argwöhnisch schauten sie aus dem Fenster der Kutsche. Anscheinend hatten sie Worms erreicht, ihre neue Heimat. Erstaunt blickten sie auf die gepflasterten Straßen und die großen Häuser der Stadt. Es war unübersehbar, dass sie sich hier in der Nähe der Grenze zum römischen Reich befanden.

Doch trotz des offensichtlichen Reichtums Burgunds sträubte sich immer noch etwas in ihr dagegen, Gunthers Gemahlin zu werden. Ihre Niederlage gegen ihn schmerzte noch zu stark. Und Siegfrieds Rolle dabei. Wie konnte er die Dreistigkeit haben, nicht nur sein Eheversprechen zu brechen, sondern auch noch für einen anderen zu werben? Warum hatte er das getan? Hatte sie sich so in ihm getäuscht?

Sie hörte, wie sich knarrend ein großes Tor öffnete. Sie waren am Eingang der Burg angekommen.

Kurz darauf öffnete Gunther die Tür des Wagens und reichte ihr seinen Arm. Zögernd nahm sie ihn, dann stieg sie aus.

Ihr Blick fiel auf Siegfried, der gerade vom Pferd stieg. Er ging zu einer festlich gekleideten jungen Frau mit einem strahlenden Lächeln im Gesicht, die ihn mit einem Kuss empfing.

Brunhild erstarrte. Jetzt verstand sie. Darum hatte er sein Versprechen gebrochen. Sie sah hinüber zu Frida.

»Das also meinst du mit dem zweiten Verrat.«

Aber die Seherin schüttelte den Kopf.

»Nein, dieser Verrat ist noch im Dunklen«, erwiderte sie tonlos.

Eine kräftig gebaute ältere Frau in einem weiten grauen Kleid kam lächelnd auf sie zu. Ihre von einem weißen Tuch verhüllten Haare und das große hölzerne Kreuz auf ihrer Brust wiesen sie als Christin aus. Brunhild fühlte, wie sich in ihr eine abwehrende Haltung gegen diese Frau aufbaute, doch das Lächeln auf ihrem Gesicht war warm, darum ließ ihr Widerwillen nach.

»Ich bin Ute, Gunthers Mutter, und ich heiße dich in allen Ehren willkommen«, sagte sie und umfasste vertraulich Brunhilds Schultern.

Während Brunhild die eindrucksvolle Halle betrachtete, traf sich ihr Blick mit dem Siegfrieds. Einen Moment sahen sie sich in die Augen, dann schaute er verlegen zur Seite.

•••

Die beiden Männer hatten gerade das soeben erlegte Reh ausgeweidet und wuschen sich nun ihre blutigen Hände in einem Bach. Rote Schleier glitten im klaren Wasser langsam an den moosbewachsenen Kieseln im Bett des Rinnsals vorbei.

Der dunkelhaarige Eike trug einen sorgfältig gestutzten Bart, auch die gelockten Haare waren kurz geschnitten. Seine braunen, wachen Augen schienen immer in Bewegung zu sein. Der blonde Herwin war klein und drahtig, Haar und Bart trug er länger als sein Begleiter. Frische Blutflecke leuchteten auf seinem ledernen Wams.

»Burgund erlebt gerade großartige Zeiten, oder?«, sagte Herwin gelöst.

»Ach ja?«, erwiderte Eike nur, der nicht wusste, worauf sein Freund hinauswollte.

»Nun, die größten Krieger zwischen Rhein und Elbe leben an unserem Hof. Zuerst hatten wir nur den von allen gefürchteten Hagen, dann kam Siegfried, der Drachentöter dazu, danach die unbesiegbare Brunhild – jedenfalls bis unser König sie bezwang. Kennst du irgendein anderes Land, in dem es so viele berühmte Helden gibt?«, fragte er stolz.

»Da hast du recht, Burgund ist tatsächlich etwas Besonderes«, schmunzelte er.

»Was meinst du, wer ist der Größte von ihnen?«, erkundigte sich Herwin.

»Gute Frage«, gab Eike zu. Er überlegte einen Moment. »Also, ich denke ja, einem Mann, der einen Drachen besiegt hat, gebührt diese Ehre.«

»Aber ohne Hagen wäre er tot. Er hat den Sachsenkönig erschlagen, als der dabei war, Siegfried zu erledigen«, wandte Herwin ein.

»Und wie viele Feinde hat Siegfried vorher getötet, während Hagen sich die Schlacht vom Rücken seines Pferdes aus tatenlos angeschaut hat?«, fragte Eike. »Es waren eine ganze Menge.«

Herwin schüttelte den Kopf. »So ist nun einmal die Welt. Die Edlen sitzen auf ihren Pferden, während einfache Krieger wie wir im Schildwall kämpfen müssen, ob uns das nun gefällt oder nicht.«

»Siegfried war sich nicht zu schade, im Schildwall zu stehen«, entgegnete Eike.

Herwin reckte seinen Kopf angriffslustig vor. »Und hätte dabei fast sein Leben verloren. Unsere Anführer dürfen nicht zu Fuß kämpfen, wie leicht könnten sie sonst getötet werden. Wer sollte uns dann führen?«

Eikes Miene verfinsterte sich. »Ach, und was ist mit uns? Wenn wir im Schildwall sterben, kümmert das keinen, willst du das damit sagen?«

Herwin holte tief Luft und zwang sich, ruhig zu bleiben, er wollte sich nicht weiter über dieses Thema streiten. »So ist es nun mal, weder du noch ich können daran etwas ändern, die Welt ist, wie sie ist.«

Eike wollte etwas erwidern, bezwang sich dann aber. Herwin hatte recht, solche Auseinandersetzungen hatten sie schon früher gehabt, und sie führten zu nichts. Wie oft hatten sie sich dabei schon mit hochrotem Kopf angeschrien? Sie waren enge Freunde, aber in diesem Punkt waren sie einfach zu verschieden. Er konnte sich mit vielem nicht so einfach abfinden wie Herwin, für den diese Dinge selbstverständlich waren.

»Was Hagen angeht«, beendete Herwin die kleine Pause, die entstanden war, als ihre Gemüter sich erhitzt hatten, »so habe ich ihn schon in einigen Schlachten erlebt, darum kann ich dir sagen, er hat auch schon viele Feinde getötet. Und er ist mit dem Schwert so geschickt wie kein anderer. Weißt du noch, wie er vor der Schlacht gegen die Sachsen und Dänen diesem Krieger aus Moguntia mit einem Streich seiner Klinge den Bart abrasiert hat?«

»Ich gebe zu, das war schon ziemlich beeindruckend«, nickte Eike.

Ihre Hände waren wieder sauber, und sie gingen zurück zu dem Baum, an den sie ihre Pferde gebunden hatten.

»Vielleicht werden wir ja bald erfahren, wer der Stärkere von beiden ist«, überlegte Herwin, während er den Zügel seines Schecken losband.

Eike blickte ihn fragend an.

»Hast du von dem Streit gehört, den sie wegen Kriemhilds Pferd hatten? Da wären sie fast aufeinander losgegangen. Wenn noch mal so etwas passiert …«, Herwin beendete seinen Satz nicht, sondern sah Eike vielsagend an.

»Das würde dir gefallen, was?«, erwiderte dieser kopfschüttelnd.

»Na ja, jeder will wissen, wer von ihnen der Bessere ist«, räumte Herwin ein.

Eike hatte inzwischen seinen Braunen losgebunden. »Also, ich bin froh, dass sie nicht gegeneinander gekämpft haben, sonst hätten wir jetzt vielleicht einen unserer großen Helden weniger, das wäre doch schade, oder?«, grinste er.

Während Herwin noch über eine passende Erwiderung nachdachte, fiel Eike ihre künftige Königin ein.

»Aber was ist eigentlich mit Brunhild? Sie hat doch lange Zeit alle Freier besiegt, so dass es hieß, sie sei unbezwingbar.«

»Bis König Gunther kam, er hat sie besiegt«, sagte Herwin stolz.

Eike lud das tote Reh auf sein Pferd. »Ein bisschen wundere ich mich da schon. Ich meine, wir wissen alle, dass der König ein großer Krieger ist, sonst würden wir ihm ja nicht folgen. Aber dass er sogar Brunhild trotz ihrer Zauberkräfte bezwingt, hätte ich ihm nicht zugetraut.«

Herwin sah ihn einen Moment lang nachdenklich an. »Man sagt, sie stamme von Wodan ab, darum hat er ihr diesen Zauber verliehen. Aber Wodan ist wankelmütig. Was er an einem Tag gibt, kann er an einem anderen wieder nehmen.«

•••

Die voll besetzte Kirche in Worms war etwa so groß wie Gunthers Halle auf dem Burghof. Auch sie war reich geschmückt. Vergoldete Leuchter standen am mit Schnitzereien verzierten Altar, und kostbare Teppiche säumten die Wände. Vergeblich schaute Brunhild sich nach Frida um. Die Seherin hatte ihr versprochen, bei der Hochzeitszeremonie dabei zu sein, aber wahrscheinlich konnte sie sich doch nicht überwinden, in das christliche Gotteshaus zu kommen. Sie konnte es verstehen, Fridas Verbindung zu den Göttern war dafür wohl zu eng. Doch es hätte ihr Kraft gegeben, und es würde ihr leichter fallen dies hier durchzustehen.

Gunther hatte ihr erklärt, er achte ihren Glauben an die Götter, aber aus politischen Gründen sei es wichtig, dass die Trauung in einer Kirche stattfinde. Das verstand sie zwar nicht, aber sie konnte sich damit abfinden. Was machte es schon, wenn zu den alten Göttern ein neuer hinzukam? Siegfried dachte offenbar genauso. Auch er war kein Christ, doch jetzt kniete er einige Schritte entfernt neben Kriemhild auf einer Bank und ließ sich in einer christlichen Zeremonie vermählen.

Auch Gunther kniete nun nieder. Brunhild zögerte einen Moment, dann folgte sie ihm.

Widerwillig sah sie, wie der Pfarrer auf sie zukam. Verächtlich blickte sie ihm entgegen. Die Priester, die sie kannte, traten mit würdevollem Stolz und festem Blick vor die Menschen, aber die hier falteten ängstlich ihre Hände und hielten demütig den Kopf gesenkt. Sie begriff nicht, wie die Römer mit diesem kraftlosen Glauben so viele Länder erobern konnten.

Jetzt stand der Pfarrer vor ihnen und band ihre Hände

mit einem Stück Tuch zusammen. Er schwenkte ein Kreuz über der Schleife und fragte sie, ob sie Gunther zum Mann nehmen wolle.

Sie zögerte einen Moment, während sie spürte, wie die Augen aller erwartungsvoll auf sie gerichtet waren. Wie von selbst fiel ihr Blick auf Siegfried. Er sah sie verwirrt an, dann schaute er weg.

»Ja«, antwortete sie schließlich.

Wieder schaute sie hinüber zu Siegfried und Kriemhild. Gunthers Schwester strahlte ihren neuen Gemahl glücklich an. Auch Siegfried freute sich, aber sie konnte in seinem Gesicht auch noch etwas anderes erkennen, es wirkte wie Zweifel oder Bedauern. Dann sah sie, wie Kriemhild sie argwöhnisch betrachtete, und Zorn stieg in ihr auf.

Das anschließende Fest in der Halle war eine Qual für die neue Königin Burgunds. Sie litt immer noch unter ihrer Niederlage gegen Gunther, die dazu geführt hatte, dass sie nun hier neben ihm an der Tafel saß. Sie rührte die erlesenen Speisen kaum an und trank wenig von dem Wein oder Met, den man ihr reichte.

Nicht weit entfernt saßen Siegfried und Kriemhild. Der Anblick ihres offensichtlichen Glücks schmerzte zudem. Was fand er nur an Kriemhild? Gewiss, sie war schön, vielleicht sogar so schön wie sie selbst, aber was hatte sie sonst noch zu bieten? Sie machte den Eindruck eines braven jungen Mädchens, das immer genau das tat, was man von ihm verlangte. Sie selbst dagegen war wild und unabhängig. Sie machte, was sie wollte.

Als sie sich in den Kopf gesetzt hatte, das Schmiedehandwerk zu erlernen, ließ sie sich von niemandem davon abbringen, obwohl so viele dagegen sprachen, weil sie glaubten, es sei keine Tätigkeit für eine Frau. Und als sie den Einfall hatte, eine Zwillingsschwester zu erfinden, damit sie ungestört schmieden konnte, gab es auch wieder viele, die ihr davon abrieten. Doch sie ließ sich nicht beirren, sondern tat einfach, was sie wollte.

Sie hatte das Gefühl, Siegfried gefiel diese Unabhängigkeit, die ihr so wichtig war. Doch womöglich hatte sie ihn falsch eingeschätzt, vielleicht gehörte er doch zu denjenigen Männern, die lieber ein unterwürfiges kleines Mädchen heirateten.

Brunhild merkte, wie Gunthers Gefühle schwankten zwischen dem Stolz, sie zu besitzen, und Zweifeln darüber, wie es nun weitergehen würde. Niemandem in der Halle entging es, wie betrübt sie war, und das konnte ihm nicht gefallen. Immer wieder versuchte er, sie mit freundlichen Worten aufzumuntern oder schenkte ihr eigenhändig Wein ein, aber damit hatte er keinen Erfolg, Brunhild starrte weiter trübsinnig vor sich hin.

Die Königin atmete auf, als Gunther einsah, dass er nichts tun konnte, um ihre Stimmung zu heben, und zerknirscht das Fest für beendet erklärte.

Kurz darauf hatten alle Gäste die Halle verlassen. Brunhilds Anspannung stieg, während Gunther die Tür seiner Kammer öffnete. Schnell holte sie eines der kleinen Gefäße aus ihrem Gürtel hervor und trank daraus. Wenn der König sich mit ihr vergnügen wollte, musste er sie ein zweites Mal überwinden. Und es würde sich zeigen, ob er dazu in der Lage war.

Der Raum war ziemlich groß. Kunstvoll bestickte Teppiche und frisch polierte Schilde zierten die dunkelrot gestrichenen Wände. Auch hier zeigte sich, dass Burgund ein reiches Land war.

Langsam kam Gunther auf sie zu und versuchte, ihre Hüften zu umfassen. Der Geruch nach Alkohol und Speisen stieg ihr unangenehm in die Nase.

Sie sah ihm kühl in die Augen und wich zurück.

Gunther schien nicht überrascht zu sein. Er blickte sie mitfühlend an.

»Ich weiß, wie sehr es dich schmerzt, dass du jetzt hier in Burgund bist, statt weiter im Suavaland zu regieren«, begann er in sanftem Ton. »Doch du bist nun meine Frau. Lass uns die Vergangenheit vergessen und gemeinsam in die Zukunft gehen.«

Brunhilds Augen schienen bei diesen Worten Blitze zu sprühen.

»Vergiss die Vergangenheit, wenn du willst, ich werde es niemals tun!«, schleuderte sie ihm entgegen. Dann blickte sie ihn herausfordernd an. »Wenn du mich willst, musst du mir noch einmal deine Kraft beweisen, Gunther von Burgund.«

Sie sah, wie er zögerte, doch sie erkannte auch das Verlangen in seinen Augen.

»Aber Brunhild, die Zeit zum Kämpfen ist vorbei«, sagte er eindringlich. »Nun ist die Zeit der Liebe gekommen.«

Sie schnaubte verächtlich. »Liebe, wen du willst, aber nicht mich. Ruf eine deiner Mägde, wenn dein Begehren so stark ist«, höhnte sie. »Mich bekommst du nur, wenn du mich ein zweites Mal besiegst.«

Gunther schaute sie überrascht an. »Warum verweigerst du dich mir? Ich habe dich ehrenvoll im Zweikampf überwunden, jetzt bist du mein«, entgegnete er wütend.

»Dann nimm mich, starker König«, erneut sah sie ihn herausfordernd an, »wenn du kannst.«

Gunther versuchte, sie zu packen, doch Brunhild war schneller, sie fasste seine Arme, drehte sich und schleuderte ihn quer durch den Raum. Krachend landete Gunther auf dem Boden. Seine Lippe platzte auf, und er wischte sich stöhnend das Blut ab.

Mühsam erhob er sich.

»Das ist doch verrückt. Lass uns diesen unwürdigen Streit beenden«, keuchte er. »Schließlich sind wir König und Königin von Burgund. Willst du, dass die Menschen sich die Mäuler über uns zerreißen?«

Brunhild beruhigte sich wieder etwas, der zornige Ausdruck in ihren Augen verschwand.

»Du hast recht, beenden wir es«, erklärte sie lächelnd.

Gunther atmete auf, er lächelte ebenfalls und kam auf sie zu.

Unvermittelt trat sie ihm kraftvoll in den Unterleib. Er schrie auf und stürzte. Während er sich vor Schmerzen auf dem Boden krümmte, nahm Brunhild ihren Gürtel ab und begann ihn damit zu fesseln.

»Ich weiß nicht, wie du mich im Suavawald bezwingen konntest, aber es wird nicht noch einmal passieren«, zischte sie dabei.

Fassungslos merkte Gunther, wie sie ihm Hände und Füße zusammenband.

»Dieser Gurt ist meine Stärke. Du wirst seine Kraft jetzt am eigenen Leib erfahren«, fauchte sie.

Er schrie auf vor Schmerz, als sie den Gürtel fester zog.

»Brunhild, was tust du da, binde mich sofort los!«, forderte er energisch.

»Sei still, sonst hole ich alle herbei, die an deinem Hof leben, und zeige ihnen, was ich mit dir gemacht habe. Willst du das, König Gunther?«, erwiderte sie spöttisch.

Entsetzt biss er sich auf die Unterlippe und schwieg.

••••

Gelöst ging Siegfried zum Waschtrog. Die Hochzeitsnacht mit Kriemhild war ganz anders als ihr erstes Beisammensein im Pferdestall während der Feier des Sieges über die Sachsen und Dänen. Diesmal hatten sie sich die Zeit genommen, einander zärtlich zu liebkosen, bevor sie sich liebten, und es dauerte Stunden bis sie zusammen einschliefen.

Das Einzige, was ihn bedrückte, war, dass keiner aus seiner Familie an der Hochzeitsfeier teilnehmen konnte. Doch im Norden tobte ein heimtückisches Fieber, das hässliche und stinkende Beulen am Körper wachsen ließ. Fast niemand, der daran erkrankte, gesundete wieder, und der einzige Schutz gegen die furchtbare Krankheit schien es zu sein, nicht aus dem Haus zu gehen. Deshalb hatte er seinen Eltern schweren Herzens einen Boten geschickt, um sie zu bitten, nicht an der Hochzeitsfeier teilzunehmen. Doch sie hatten den Wagen mit dem Hort geschickt, den er in der Höhle des Drachen gewonnen hatte. Er befand sich mittlerweile in Gunthers Schatzkammer, wo er sicher war.

Als er an den Wasserbottich herantrat, sah er den König, der ihm mit zerknirschter Miene entgegenblickte.

»Was ist los mit dir, Gunther? Wie kannst du nach der Hochzeitsnacht nur ein so schlecht gelauntes Gesicht machen?«, fragte er erstaunt.

»Dazu habe ich allen Grund«, entgegnete Gunther finster.

Siegfrieds Befremden wuchs, während der König ihn am Arm berührte.

»Komm, lass uns zu den Stallungen gehen«, forderte der König ihn auf.

»Warum, willst du wieder mit dem Falken jagen?«, fragte Siegfried, dessen Erstaunen immer größer wurde.

»Geri ist nicht wieder zurückgekommen«, erwiderte Gunther knapp.

»Das ist wirklich schade, er war ein prächtiger Vogel«, bedauerte Siegfried.

Sie hatten den Stall erreicht, und Gunther öffnete hastig das Tor. Der stickige Geruch von getrocknetem Pferdemist stieg ihnen in die Nase. Grane schnaubte erfreut, als er Siegfried erkannte.

Es dauerte einen Moment, bis die Augen des Xanteners sich an das Halbdunkel gewöhnt hatten.

»Wir sind nicht wegen Geri hier«, sagte der Burgunder ungeduldig. »Aber hier ist der einzige Ort der Burg, an dem wir ungestört sind.« Seine Anspannung legte sich etwas. »Manchmal wünsche ich mir, ein römischer Statthalter zu sein und nicht ein König in Germania Magna. Die haben riesige Villen, und es gibt immer genügend stille Ecken, in die man sich zurückziehen kann«, seufzte er.

Er stellte sich nahe dem Eingang hin, so dass er jeden sehen konnte, der sich dem Stall näherte.

Siegfried blickte ihn erwartungsvoll an.

Gunther lächelte zaghaft, dann blickte er unentschlossen auf einen großen Käfer, der über den Boden lief.

Schließlich gab er sich einen Ruck und sah dem Xantener ins Gesicht.

»Brunhild ist immer noch nicht besiegt«, sagte er leise.

Verwirrt schaute Siegfried ihn an. »Ich verstehe nicht …«, begann er.

»Sie weigert sich, bei mir zu liegen«, erklärte er mit gesenktem Blick.

Einen Moment war es still.

»Ich hatte es befürchtet«, erwiderte Siegfried ernst. »Sie ist keine Frau … Ich meine, sie wirkt nicht wie eine Frau, die sich einfach so in ihr Schicksal ergibt.«

Bei Siegfrieds Versprecher betrachtete Gunther ihn einen Moment lang misstrauisch.

»Aber das darf nicht sein, sie ist meine Königin«, erwiderte er eindringlich.

Siegfried nickte nachdenklich. »So rächt es sich, was wir getan haben.«

Gunther sah ihn einen Moment lang stumm an.

»Doch *du* kannst etwas dagegen tun«, sagte er eindringlich.

»Ich? Auch wenn ich wollte, ich wüsste nicht, wie«, entgegnete er abweisend.

Der Betrug an Brunhild war ganz allein Gunthers Idee gewesen. Jetzt sollte er auch allein mit den Folgen fertigwerden.

»Ich werde dir sagen, wie«, sagte Gunther unbeirrt. »Ihre Kraft steckt in ihrem Gürtel. Nimm ihn ihr weg, und sie ist nicht stärker als eine normale Frau.«

Siegfrieds Miene war immer noch abweisend. »Selbst wenn du recht hast, warum sollte ich es tun?«

Gunther trat einen Schritt auf den Drachentöter zu.

»Siegfried, du musst mir helfen. Du bist Teil unserer Täuschung, jetzt gibt es kein Zurück mehr«, beschwor er ihn.

Doch der Xantener sah ihm kühl in die Augen. »Ich lasse

mich nicht noch einmal von dir für deine dunklen Ränke benutzen.«

Plötzlich trat Hagen hinter dem Tor zu den Stallungen hervor. Verblüfft sah Siegfried ihn an. Gunther hatte doch aufgepasst, dass niemand in ihre Nähe kam. Hatte er den Tronjer übersehen, oder war Hagen in seine Pläne eingeweiht?

»Du kannst dich deiner Pflicht nicht entziehen, Siegfried von Xanten«, sagte er hart. »Du bist jetzt durch verwandtschaftliche Bande an Burgund gefesselt, darum musst du dem Bruder deiner Frau – deinem König – helfen.«

Siegfrieds Hand fuhr erregt auf den Knauf von Balmung. »Was mischst du dich da eigentlich ein, Hagen? Das ist eine Sache zwischen Gunther und mir«, knurrte er.

Der Tronjer erwiderte den zornigen Blick, griff jedoch nicht an sein Schwert. »Um Burgund zu dienen. Der König braucht einen Erben«, entgegnete er mit Nachdruck.

Gunther legte Siegfried sanft die Hand auf die Schulter. »Es gibt keinen treueren Gefolgsmann Burgunds als Hagen von Tronje, das kann dir jeder versichern«, beteuerte er ernst. Er räusperte sich, während er auf den Hof hinausblickte. »Ich lag die ganze Nacht am Boden, gebunden wie ein Stück Vieh«, sagte er mit vor Scham und Wut zitternder Stimme. »Erst am Morgen band sie mich los. Wenn die Menschen davon hören sollten, ist mein Ansehen und das von Burgund dahin. Man würde mich überall als den Hund seiner Königin verspotten.«

Siegfried beruhigte sich langsam wieder, während Gunther ihn an den Schultern fasste. »Nimm ihr den Gurt, dann steht Burgund – und besonders sein König tief in deiner Schuld.«

Der Drachentöter zögerte, während der Zorn langsam aus seinen Augen wich.

»Zu viel ist passiert«, drängte Hagen. »Es bleibt uns nichts anderes übrig, als den Weg zu Ende zu gehen, den wir beschritten haben.«

Siegfried trat einen Schritt zurück und betrachtete sie einen Moment nachdenklich.

»Gut, ich bin einverstanden«, sagte er schließlich.

Gunther und Hagen sahen sich erleichtert an.

»Wenn du mir etwas versprichst«, schränkte der Xantener ein.

»Alles, was du willst«, erwiderte Gunther glücklich.

»Zu viel Unrecht ist schon geschehen, das muss ein Ende haben.« Langsam zog er Balmung und streckte das Schwert in Schulterhöhe nach vorn. »Es wird das letzte Mal sein, dass ich dir in dieser Angelegenheit helfe, Gunther von Burgund, das schwöre ich, bei diesem Schwert«, verkündete er feierlich.

Gunther und Hagen wechselten einen kurzen Blick, dann legten sie zum Zeichen der Zustimmung ihre Hände auf die Klinge.

•••

Behaglich rekelten sich Kriemhild und Siegfried in ihrem bequemen Bett. Wie die meisten Kammern der Halle war auch dieser Raum geschmackvoll eingerichtet. Eindrucksvolle Hirschgeweihe und Felle von Wölfen und Füchsen hingen neben kunstvollen Stickereien an den Wänden.

Kriemhild dachte an Gunther und seine neue Gemahlin. Sie hatte Brunhild noch nicht ein einziges Mal lächeln gesehen. Sie konnte nur hoffen, dass die suavische Königin auftaute, wenn sie mit Gunther allein war, andernfalls würde ihr Bruder nicht viel Freude mit ihr haben.

»Was hältst du eigentlich von Brunhild?«, wandte sie sich an Siegfried. »Sie schaut immer so mürrisch, dass man Angst vor ihr bekommen könnte.«

»Vielleicht braucht sie Zeit, um sich an Burgund zu gewöhnen. Es ist jetzt vieles neu für sie«, erwiderte Siegfried.

»Besonders finster schaut sie, wenn sie Gunther ansieht«, meinte Kriemhild. »Ich habe kein gutes Gefühl bei den beiden.«

»Sie ist eine stolze Kriegerin, wahrscheinlich macht ihr die Niederlage gegen ihn immer noch zu schaffen«, vermutete Siegfried.

Nachdenklich blickte sie auf einen der blank polierten Schilde an der Wand.

»Ich glaube, es steckt mehr dahinter als nur Schwierigkeiten, sich an ihr neues Zuhause zu gewöhnen, und ich denke auch nicht, dass sie sich so einfach damit abfinden wird, gegen Gunther verloren zu haben.«

»Warum machst du dir so viele Gedanken über sie?«, seufzte Siegfried. »Gib ihr ein paar Tage Zeit, und es wird schon alles in Ordnung kommen.«

Doch Kriemhild ließ nicht locker. »Man hat ihr ihren Widerwillen auch in der Kirche angesehen. Und nach der Vermählung hat sie uns einfach stehenlassen, um zu ihrer heidnischen Seherin zu gehen. Das sind keine guten Vorzeichen für ihre Ehe.«

»Es bringt auch Unglück, sich zu viele Sorgen zu machen«, erwiderte Siegfried. »Ich glaube auch nicht an den Christengott. Siehst du etwa ebenso Schwierigkeiten auf uns zukommen?«

»Vielleicht ändert sich das ja noch«, schmunzelte Kriemhild.

»O nein, lass das nicht zwischen uns stehen«, stöhnte er.
»Ich bin ein Krieger, und euer Gott schätzt keine Krieger.
Er sagt, man soll seine Feinde lieben. Wie soll das denn
gehen? Feinde muss man besiegen, sonst töten oder unter-
werfen sie dich.«

Kriemhild stützte sich auf einen Ellenbogen und blickte ihn trotzig an. »Aber die Römer sind Christen. Sag
mir, kannst du die Völker zählen, die sie unterworfen haben?«

»Die Römer waren auf dem Höhepunkt ihrer Macht,
als sie noch ihre alten Götter hatten. Jetzt, da sie Christen
geworden sind, fällt es ihnen schwer, die Gebiete zu verteidigen, die sie haben«, widersprach der Drachentöter.

»Kennst du die Geschichte vom heiligen Konstantin?«,
setzte Kriemhild dagegen.

»Nein, erzähl sie mir.«

Sie setzte sich im Bett auf und sah ihn konzentriert an.

»Konstantin war ein römischer Feldherr, der sich mit
anderen Heerführern um die Kaiserkrone stritt. Am Vor-
abend einer entscheidenden Schlacht hatte er eine Erscheinung. Er sah ein Kreuz mit der Aufschrift *In diesem Zeichen
wirst du siegen*, darum ließ er es auf die Schilde seiner Soldaten malen. Am nächsten Tag gewann er die Schlacht und
wurde Kaiser. Danach erließ er ein Gesetz, dass Christen in
Rom nicht mehr verfolgt werden durften.«

Siegfried sah sie beeindruckt an. »Das ist eine schöne Geschichte«, fand er. »Sie klingt ganz so wie diejenigen, die
unsere Priester erzählen. Bei uns sind die richtigen Runen
auch sehr wichtig.«

Kriemhild wusste nicht so recht, was sie von diesen Worten halten sollte, darum ging sie nicht darauf ein.

»Weißt du, bei dir merkt man gar nicht, dass du Heide bist. Du bist den Menschen gegenüber sehr offen, deswegen mögen sie dich«, erklärte sie. »Aber Brunhild ist so düster, sie macht mir Angst.«

Verstohlen blickte sie auf den Xantener. Die Königin des Suavalands beunruhigte sie. Es war nicht nur sie, die Siegfried heimliche Blicke zuwarf, manchmal erwischte sie ihren Ehemann auch dabei, wie er Brunhild heimlich anschaute. Und es war ja auch kein Wunder bei ihrer Schönheit, auch wenn es eine kalte Schönheit war, die viele abstieß. Außerdem war sie eine mächtige Kriegerin, so wie Siegfried ein starker Krieger war, das verband sie. Gegen ihren Willen spürte Kriemhild, wie ein Gefühl der Eifersucht in ihr entstand.

»Findest du Brunhild schön?«, hörte sie sich fragen.

Siegfried lachte. »Auf diese Frage antworte ich nicht, da kann ein Mann nur verlieren. Sage ich Nein nennst du mich einen Lügner. Wenn ich mit Ja antworte, wirst du eifersüchtig. Da schweige ich lieber.«

Sie sah ihn ärgerlich an, so leicht würde er nicht davonkommen.

»Nein, ich meine es ernst, ich will eine Antwort«, beharrte sie.

Er rollte ärgerlich mit den Augen. »Na gut, dann werde ich dir deine Antwort geben«, gab er nach. »Landauf, landab wird ihre Schönheit gerühmt, dann muss es wohl so sein«, sagte er knapp.

Das versetzte ihr einen Stich, aber sie hatte damit gerechnet, darum tat es nicht sehr weh.

»Du hast recht, sie ist schön, aber es ist nicht die Art, die einem die Herzen zufliegen lässt, dazu ist sie zu stolz«, erwiderte sie.

Siegfried schien etwas erwidern zu wollen, aber dann überlegte er es sich anders und schwieg.

»Wolltest du noch etwas sagen?«, fragte Kriemhild.

»Ach, nichts«, wehrte er ab. »Ich würde nur gern wissen, warum du so viele Fragen über sie stellst.«

Sie zögerte.

»Es ist nur, weil sie dich oft so komisch ansieht.«

Siegfried blickte sie erstaunt an.

Kriemhild lachte laut auf. »Nun tu bloß nicht so, als ob du es nicht gemerkt hättest, es ist ziemlich auffällig.«

»Ach, das bildest du dir nur ein.« Er legte sich auf die von Kriemhild abgewandte Seite. »Lass uns nun lieber schlafen, statt weiter über Brunhild zu reden, so wichtig ist sie nicht.«

Doch sie hatte sein kurzes Zögern bemerkt. Da war irgendetwas zwischen ihnen, sie musste wachsam sein.

•••

Nachdenklich saß Brunhild auf ihrem weichen Bett. Sie hatte noch niemals ein so prunkvolles Bett gehabt. Es war sehr groß, und alle vier Bettpfosten waren kunstvoll verziert. Doch das konnte sie nicht trösten. Sie war als Gefangene hier, und das würde sie niemals vergessen können.

Sie nahm einen Schluck des Tranks aus ihrem Gürtel. Wahrscheinlich würde Gunther es heute Nacht wieder versuchen, also musste sie gewappnet sein.

Die Tür öffnete sich, und ein Schatten schlüpfte hinein.

»Brunhild, bist du hier?«, fragte eine Stimme.

Sie verharrte reglos. Das war Siegfrieds Stimme, was machte er hier?

»Es ist so dunkel hier, ich kann nichts sehen«, sagte er.

Sie hatte richtig gehört, es war tatsächlich der Drachentöter.

Sie bewegte sich nicht und versuchte, so ruhig wie möglich zu atmen, damit er sie nicht hören konnte. Neben dem Bett war ein Fenster, durch das der Mond hineinschien, gleich würde er sie bemerken.

Zögernd kam er näher, wahrscheinlich verwirrte es ihn, dass sie nichts sagte. Sie merkte, wie er an das Bett herantrat.

Plötzlich sprang sie ihn von hinten an, umschlang seinen Hals und drückte zu.

»Du wagst es, nach deinem Verrat zu mir zu kommen?«, fauchte sie. »Das hättest du nicht tun sollen. Aber das war dein letzter Fehler!«, presste sie wütend zwischen den Zähnen hervor.

Verzweifelt rang Siegfried nach Luft, doch Brunhilds Finger umklammerten seinen Hals so fest wie die Zangen in ihrer Schmiede, er konnte den Griff nicht brechen. Sie fühlte, wie seine Adern anschwollen, weil das Blut nicht mehr zu seinem Kopf fließen konnte. Keuchend ging er in die Knie. Siegessicher drückte sie noch fester zu. Jetzt konnte es nicht mehr lange dauern.

Unvermittelt stand er auf und warf sich rückwärts gegen sie. Brunhild prallte mit dem Rücken gegen einen Bettpfosten, sie stöhnte vor Schmerz auf, ihre Finger lockerten sich für einen Augenblick, und er konnte sich losreißen. Nach Luft röchelnd befühlte er seine Kehle.

»Brunhild, ich bin gekommen, um mit dir zu reden«, keuchte er.

Sie schlug ihm hart ins Gesicht, Blut lief ihm aus der Nase.

»Wie kannst du es wagen, hierher zu kommen, nach dem, was du getan hast«, zischte sie.

Sie schlug erneut zu, doch diesmal war er vorbereitet und konnte den Schlag abwehren. Dann griff sie nach ihrem Kurzschwert, das auf einem Schemel lag, doch Siegfried war schneller und trat mit dem Fuß dagegen, so dass es durch die Luft flog und erst fünf Schritte entfernt auf dem Boden landete. Wütend warf sie sich auf ihn und schlug mit den Fäusten auf ihn ein. Er versuchte, sich so gut wie möglich zu decken, aber er konnte nicht alle Hiebe abwehren.

Doch schließlich bekam er ihre Hände zu fassen und drückte sie auf das Bett nieder.

Er sah ihr beschwörend in die Augen.

»So beruhige dich doch, ich will nur mit dir reden«, sagte er sanft.

Ihre Augen schienen Blitze zu sprühen.

»Du hast versprochen, mich zu heiraten, doch dann kommst du und wirbst für einen anderen. Glaubst du, diese Demütigung lasse ich mir gefallen?«

Plötzlich rammte sie ihr Knie mit aller Kraft in seine Leber. Siegfried schrie auf und krümmte sich vor Schmerz. Sie nutzte diesen Moment, um ihn abzuschütteln, sprang aus dem Bett und packte ihr Kurzschwert. Sie warf sich auf den noch benommenen Xantener. Mit der linken Hand drückte sie ihn auf das Bett, während sie mit der rechten die Klinge über seinem Kopf schwang.

Sie blickte in seine vor Entsetzen weit aufgerissenen Augen. Doch sie zögerte einen Moment, dann verrauchte ihre Wut. Langsam ließ sie das Schwert sinken, hielt ihn aber immer noch auf dem Bett fest.

»Sag mir, warum du gekommen bist, damit ich weiß, was ich mit dir mache«, sagte sie hart.

Siegfried atmete auf. »Lass mich erst los, damit wir vernünftig miteinander reden können«, erwiderte er leise.

Sie nickte und nahm ihre Hand von seinem Hals.

»Ich hätte dich nicht getötet, ich wollte nur, dass du begreifst, was du mir angetan hast.«

»Damit hast du Erfolg gehabt«, entgegnete er heiser. Langsam setzte er sich auf und betastete erneut seine Kehle. »Es geht um Gunther«, sagte er. »So kann es nicht weitergehen.«

Brunhild blickte ihn überrascht an. »Hat der Weichling dir etwa erzählt, was letzte Nacht passiert ist? Dieser würdelose König hat überhaupt kein Ehrgefühl«, erwiderte sie voller Verachtung.

»Er hat als Freund zu mir gesprochen, der sich keinen Rat wusste«, sagte Siegfried ernst.

»Und welchen Rat hast du ihm gegeben, Siegfried von Xanten?«, höhnte sie.

»Ich habe ihm gesagt, es werde seine Zeit dauern, bis du dich an alles gewöhnst, aber dann würdest du dein Verhalten ändern.«

Sie sah ihn mit funkelnden Augen an. »Dann hast du ihn belogen. Ich werde ihm niemals zu Willen sein!«

Siegfried starrte einen Moment durch das Fenster in die dunkle Nacht.

»Aber so geht es nicht, versteh das doch!«, beschwor er sie.

Sie zuckte nur wortlos die Schultern und sah ihm trotzig ins Gesicht.

»Du bist jetzt die Königin von Burgund, ganz gleich, wie es dazu gekommen ist«, sagte er sanft. »Deshalb solltest du dich auch wie eine Königin benehmen und nicht wie ein eigensinniges Kind.«

»Aber er ist nicht stark genug, um mich zu bezwingen!«, fuhr sie ihn an. »Ich weiß nicht, wie er es geschafft hat, vielleicht kann Frida es mir eines Tages sagen, aber er hat mich getäuscht. Das kann ich ihm nie verzeihen.«

Siegfried betrachtete sie nachdenklich. Sie durfte nie erfahren, dass er es war, der sie an Gunthers statt besiegt hatte, sonst würde sie ihn töten.

»Gunther ist ein guter Mann, selbst wenn er nicht so stark ist, wie er dir im Suavawald erschien«, entgegnete er. »Darum kannst du stolz an seiner Seite stehen als die mächtigste Königin weit und breit.«

»Wie kann ich mit einem Mann glücklich sein, der mich durch Betrug gewann?«, setzte sie dagegen.

Ihr vorher so harter Ton war eine Spur weicher geworden, und Siegfried schöpfte wieder Hoffnung, dass er sie doch noch umstimmen konnte.

»Denk auch an dein Volk im Suavawald«, mahnte er. »Burgund ist reich und mächtig. Deine Untertanen würden sich über solche Verbündete freuen.«

Ihre Wut ließ langsam nach. Hatte Siegfried recht, sollte sie nun Größe zeigen und sich mit dem Unvermeidlichen abfinden?

»Du kannst immer noch gut reden«, sagte sie und lächelte matt.

Siegfried erwiderte das Lächeln. »Lass die Vergangenheit

ruhen und denk lieber an eine gute Zukunft – für dich und dein Volk.«

Brunhild überlegte. Dann sah sie ihm in die Augen. »Ich werde über deine Worte nachdenken – unter einer Bedingung«, kündigte sie an.

Erleichtert atmete er auf. »Nenne sie, sie wird erfüllt werden.«

»Lass uns noch einmal beieinanderliegen, bevor ich Gunther zu Willen bin«, sagte sie.

Verblüfft sah Siegfried sie an. »Aber ich bin doch jetzt mit Kriemhild verheiratet und du mit Gunther …«

Während Siegfried noch nach den richtigen Worten suchte, stand Brunhild auf, reckte sich zu ihrer vollen Größe und strich ihr Nachthemd glatt, so dass die Silhouette ihres muskulösen Körpers sich deutlich unter dem weißen Stoff abzeichnete. Dann zog sie es sich langsam über den Kopf.

»Oder gefalle ich dir etwa nicht mehr?«, hauchte sie.

Sie sah ihm tief in die Augen, während sie ihn an der Hand nach oben zog und seine andere Hand auf ihre feste Brust legte.

Siegfrieds Atem ging schneller, während sie an ihm nach unten blickte.

»Wie ich sehe, will mich zumindest ein Teil von dir.« Sie drückte ihn auf das Bett nieder und ergriff sein steifes Glied.

Dann streckte sich auch seine andere Hand nach ihr aus und zog sie zu sich herunter.

Sofort war die alte Leidenschaft wieder da. Sie liebten sich voller Begierde, umschlangen sich immer wieder und konnten nicht genug voneinander bekommen. Manchmal lagen sie sich einfach nur in den Armen, dann wiederum fielen sie wild übereinander her und schienen den anderen verschlingen zu wollen.

Es dauerte lange Zeit, bis sie zur Ruhe kamen. Erschöpft lagen sie auf dem Bett und rangen nach Atem.

»Jetzt weiß ich erst, was mir hier in Burgund gefehlt hat«, sagte Siegfried.

Brunhild ließ einen Moment verstreichen, bevor sie antwortete.

»Ist es mit Kriemhild nicht so?«, fragte sie dann.

Er schüttelte den Kopf. »Sie ist sehr zärtlich und liebevoll, aber auch zurückhaltend. Sie hat nicht dein Feuer«, erwiderte er leise.

Brunhild wandte ihm den Kopf zu. »Das wundert mich nicht. Man sagt, die Christen liegen nur beieinander, um Kinder zu bekommen, weil es für sie etwas Unreines ist.«

Siegfried entgegnete nichts darauf, doch er widersprach auch nicht.

Brunhild stand auf und griff zu ihrem Nachthemd. Bewundernd glitten Siegfrieds Augen über ihre schlanke Taille und den straffen Po. Sie warf sich das Nachthemd über und blickte ihn kühl an.

»Das ist meine Rache an dir, Siegfried von Xanten. Du wirst so etwas nie wieder erleben. Immer wenn du mit deiner kleinen Christin zusammen bist, sollst du daran denken, wie es mit mir war.«

Siegfried schluckte. Erneut wurde ihm klar, wie sehr er sie verletzt hatte.

Vor der Tür zur Kammer stand Gunther und ballte ohnmächtig die Fäuste. Widersprüchliche Gefühle gingen ihm durch den Kopf, und er brauchte all seine Selbstbeherrschung, um nicht vor Wut laut aufzuheulen.

Dort, auf der anderen Seite der Tür, war Brunhild, seine schöne Königin, die er mit jeder Faser seines Körpers begehrte, aber die sich ihm verweigerte. Und gerade hatte er erlebt, mit welcher Leidenschaft sie sich Siegfried hingegeben hatte. Ihr lustvolles Stöhnen in seinen Armen ließ eine alles andere hinwegfegende Woge der Eifersucht in ihm entstehen.

Andererseits musste Siegfried so handeln, er hatte es selbst gehört. Brunhild hatte es von ihm gefordert. Dennoch konnte er sich nicht damit abfinden, Brunhild war *seine ihm* angetraute Frau. *Er* sollte jetzt in ihrem Bett sein, nicht Siegfried.

Plötzlich hörte er Schritte in der Kammer, die sich der Tür näherten. Einen Augenblick später öffnete Siegfried die Tür und bedeutete ihm mit einer Handbewegung hereinzukommen.

Langsam trat Gunther ein. Siegfried ging zum Bett, in dem Brunhild lag, und winkte ihm, zu folgen. Gunther schluckte, zögernd näherte er sich.

Als Brunhild ihn erkannte, flammte für einen Moment Zorn in ihr auf, doch dann blickte sie zu Siegfried und erinnerte sich an ihr Gespräch. Sie richtete sich auf und sah Gunther erwartungsvoll an. Sie konnte seine Unsicherheit deutlich spüren, er fürchtete, sie könne ihn erneut demütigen.

Dann fasste er Mut, setzte sich vorsichtig auf das Bett und sah ihr gebannt in die Augen.

»Du bist so unglaublich schön«, flüsterte er, während er ihr Haar streichelte.

Sie lächelte warm und küsste ihn.

Mit einer schnellen Handbewegung nahm Siegfried ihren Gürtel an sich, der auf einem Schemel gelegen hatte, und verbarg ihn unter seiner weiten Tunika. Dann verließ er den Raum.

Das Knarren der Tür zu ihrer Kammer weckte Kriemhild. Siegfried schlüpfte leise hinein. Anscheinend war er aufgestanden, während sie schlief. Er hielt etwas Längliches hinter seinem Rücken, mehr konnte sie in der Dunkelheit nicht erkennen. Dann öffnete er leise eine Truhe und steckte den Gegenstand hinein.

Was konnte das sein? Sie brannte darauf, es zu erfahren, aber noch musste sie sich bezähmen. Sie würde sicherlich noch Gelegenheit haben, herauszufinden, was es damit auf sich hatte.

14

Brunhild erwachte, als eine Krähe krächzend am Fenster vorbeiflog. Neben ihr sah sie Gunther, der noch schlief. Sie fühlte Bitterkeit in sich aufsteigen. Jetzt war es also doch dazu gekommen, dass sie bei ihm gelegen hatte. Durch Siegfried; er hatte sie dazu gebracht, Gunther zu Willen zu sein.

Doch das Gefühl der Bitterkeit schwand wieder, als sie an die letzte Nacht dachte. Gunther war sehr zärtlich gewesen, er bewunderte ihren festen Körper so sehr, dass er sie unaufhörlich streichelte. Einmal hatte sie dabei sogar Tränen in seinen Augen gesehen. Warum hatte er geweint? Waren es Tränen des Glücks, weil sie nun endlich sein war?

Und Gunther war ebenfalls stark, nicht so wie Siegfried, aber auch er hatte harte Muskeln, die sie gern berührte. Außerdem war er mächtiger als Siegfried, er war König eines bedeutenden Reiches. Der Drachentöter war nur der Thronfolger eines kleinen Landstrichs am Niederrhein.

Nein, es gab Schlimmeres, als Königin von Burgund zu sein. Sie erinnerte sich an die alte Prophezeiung von dem Mann, der sie besiegen und in ein fremdes Land führen würde. Die Nornen hatten wohl schon vor langer Zeit entschieden, dass es dazu kommen würde. Wer war sie denn schon, um sich dem Willen der Götter zu widersetzen?

Aufmerksam lauschte Kriemhild, während Siegfrieds Schritte sich entfernten. Er war auf dem Weg zum Waschbottich, also war sie ungestört. Vorsichtig öffnete sie die Truhe, in die Siegfried den Gegenstand gelegt hatte, mit dem er in der letzten Nacht in die Kammer gekommen war, und schaute hinein. Doch sie sah nichts, was nicht schon vorher in der Kiste gewesen war. Verwirrt blickte sie auf Stoffreste, die beim Sticken übrig geblieben waren, ein Messer, bei dem sich die Klinge gelöst hatte, oder alte Teller, die sie nicht mehr verwendeten, weil ihnen Verwandte neue geschenkt hatten.

Hatte sie sich gestern nur eingebildet, Siegfried an der Truhe gesehen zu haben? War es vielleicht nur ein seltsamer Traum gewesen? Plötzlich fiel ein Sonnenstrahl in die Kiste und wurde von etwas Glänzendem zurückgeworfen. Sie runzelte die Stirn und schaute genauer hin.

Es war ein Stück Bernstein, das sie gesehen hatte. Entschlossen griff sie danach – und stellte fest, dass der Bernstein zu einem breiten ledernen Gürtel gehörte. Gespannt zog sie ihn hervor, um ihn genauer zu betrachten. Es war ein unscheinbarer Gurt mit mehreren länglichen Taschen, der Bernstein war der einzige Schmuck daran.

Sie kannte diesen Gürtel, irgendwo hatte sie ihn schon einmal gesehen. Dann fiel es ihr siedend heiß ein. Es war Brunhilds Gurt, sie trug ihn unter ihrer Kleidung, Kriemhild hatte ihn einmal gesehen, als der Wind ihr Kleid aufbauschte. Wie kam Siegfried an diesen Gürtel und warum hatte er ihn dort versteckt?

Entsetzt dachte sie an die heimlichen Blicke zwischen ihnen. Was hatten sie zu bedeuten, was war zwischen ihnen? Sie verspürte ein brennendes Gefühl der Eifersucht, das sich wie eine heiße Klammer um ihr Herz legte. Bitter dachte sie daran, dass es bis vor kurzer Zeit keinen Mann gegeben hatte, für den ihr Herz schlug. Doch nun konnte sie den Gedanken, dass Siegfried ihr möglicherweise untreu geworden war, nicht ertragen.

Es drängte sie danach, etwas zu zerschlagen. Ihr Blick fiel auf eine grobe Schere neben der Truhe. Sollte sie den Gurt zerschneiden? Doch dann bezwang sie sich, sie legte ihn wieder in die Kiste und begann ruhelos in der Kammer auf und ab zu gehen. Konnte es eine harmlose Erklärung für Siegfrieds Verhalten geben? Aber welche? Ihr fiel beim besten Willen nichts ein.

Je länger sie nachdachte, desto klarer wurde ihr, dass es ein Geheimnis zwischen Siegfried und Brunhild gab. Warum hatte Gunther ihn zu seiner Brautwerbung um Brunhild mitgenommen, obwohl ihn noch nicht einmal seine Brüder begleiten durften? Irgendeine Verbindung musste es wohl geben. Kannten sie sich vielleicht schon vorher? Und, sie wagte es kaum zu denken, war sie vielleicht sogar die Frau, die er ursprünglich heiraten wollte?

Diese quälenden Gedanken gingen ihr nicht mehr aus dem Kopf und ließen sie nicht zur Ruhe kommen. Sie war so glücklich gewesen, als sie ihn geheiratet hatte, und jetzt, nur wenige Tage später, lag er bei einer anderen Frau. Konnte das sein, oder war sie einfach zu misstrauisch?

Sie musste hinaus aus der Kammer, sich irgendwie ablenken, vielleicht würde das helfen. Rasch warf sie sich einen Kittel über und ging in die Halle. Sie sah Ute, wie sie an einem Tisch saß und etwas polierte, aber sie konnte nicht erkennen, was es war. Das erinnerte sie daran, dass sie Gunther vorschlagen wollte, die Fenster zu vergrößern. Die Häuser der Römer wirkten viel gemütlicher, weil sie breitere Fenster hatten, die mehr Licht hineinließen.

Doch er würde wahrscheinlich wieder sagen, dass sie dazu Glasscheiben einsetzen mussten, damit im Winter der eisige Wind nicht durch die Halle pfiff, und Glas gab es nicht in Germania Magna. Zwar hatten auch viele römische Häuser keine gläsernen Scheiben, aber bei ihnen wurde es auch nicht so kalt, deshalb konnten die Menschen sich das erlauben.

Einen Moment war sie versucht, ihrer Mutter zu erzählen, was sie beschäftigte, aber dann verwarf sie den Gedanken wieder. Sie war kein kleines Kind mehr, darum musste sie versuchen, selbst mit dieser Sache fertigzuwerden.

Dann sah sie, was Ute putzte. Es war ein eigentümlich geformter Helm. Neugierig trat sie näher, so etwas hatte sie noch nie gesehen.

Ute bemerkte sie und lächelte ihr zu.

»Ist das nicht ein schöner Helm? Gunther hat ihn von den Sachsen erbeutet, da kommt so leicht keine Waffe durch, oder?«

»Er umschließt den ganzen Kopf«, sagte Kriemhild erstaunt.

»Gunther hat ihn mitgenommen in den Suavawald. Gegen so eine mächtige Kriegerin wie Brunhild konnte er ihn bestimmt gut gebrauchen«, nickte Ute.

Verwundert betrachtete Kriemhild den Helm.

»Er ist nicht nur ein guter Schutz, sondern auch eine Maske«, sagte sie langsam.

»Du kannst ihn ja beim nächsten Ostarafest tragen, wenn er dir nicht zu schwer ist«, schmunzelte ihre Mutter.

Kriemhild streckte die Hand nach dem Helm aus.

»Darf ich?«

»Natürlich.« Ute reichte ihn ihr.

Gespannt setzte Kriemhild ihn auf. »Es fühlt sich sonderbar an, ihn zu tragen. Ich fühle mich so beengt«, sagte sie und stellte fest, dass ihre Stimme unnatürlich hallte.

»Jetzt klingst du wie ein Brummbär«, lachte Ute.

Wie ein Blitz durchfuhr es Kriemhild. In ihrem Kopf drehte sich alles. Wie gut, dass sie den Helm trug, denn sie war bestimmt ganz bleich vor Schreck geworden. Unter diesem Kopfschutz konnte man weder Gesicht noch Stimme erkennen. Jetzt begriff sie, Gunther hatte den Helm aus einem einzigen Grund mitgenommen. Siegfried sollte ihn tragen und damit unerkannt Brunhild besiegen.

Sie hatte sich ohnehin schon gefragt, wie Gunther sie überwinden konnte. Zwar war er ein starker Krieger, aber nicht stark genug, um gegen Brunhilds übernatürliche Kraft zu bestehen. Sie kannte nur einen, der das konnte: Siegfried. Er musste sie unentdeckt an Gunthers Stelle bezwungen haben.

Als Kriemhild sich etwas erholt hatte, gab sie Ute den Helm wieder zurück.

»Ich gehe in meine Kammer, bin noch etwas müde«, sagte sie.

»War wohl eine anstrengende Nacht«, bemerkte Ute mit einem verschmitzten Lächeln.

Kriemhild nickte lediglich, öffnete die Tür und warf sich aufs Bett. Sie weinte hemmungslos. Bisher hatte sie nur geahnt, dass Siegfried bei Brunhild gelegen hatte, aber jetzt war es zur Gewissheit geworden. Es passte alles zu gut zusammen, Siegfrieds Verschwinden in der Nacht, Brunhilds Gürtel, den er vor ihr versteckte, der Helm, hinter dem er sich verbergen konnte.

Die suavische Königin hatte inzwischen wohl gemerkt, dass Gunther nicht so stark war, wie sie gedacht hatte, und sich deshalb Siegfried zugewandt. Bitter dachte Kriemhild daran, wie schnell es damals bei Siegfried und ihr gegangen war. Brunhild würde sicherlich auch nicht lange gezögert haben.

Doch dann regte sich ihr Stolz. Immerhin war sie aus dem ruhmreichen Geschlecht der Gibichungen, sie würde sich nicht so einfach geschlagen geben. Brunhild würde sich noch über sie wundern. Kriemhild hatte in ihrem verachtungsvollen Blick gesehen, wie gering die Königin sie schätzte. Aber sie würde noch erleben, was es bedeutete, ihr den Mann wegnehmen zu wollen.

•••

Auf einer blühenden Wiese hockte Inken, eine kleingewachsene Frau mit kurzen pechschwarzen Haaren, und sammelte verschiedene Kräuter, mit denen sie den eintönigen Getreidebrei, den sie gewöhnlich aßen, etwas verfeinern konnten. Ihr schlichter grauer Kittel war schmutzig, anscheinend hatte sie ihn schon länger nicht mehr gewaschen.

Die Sonne schien von einem wolkenlosen blauen Himmel, und die Luft war erfüllt von dem lauten Gesang der Vögel. In dem mit Löwenzahn und Gänseblümchen dicht bedeckten Gras tummelten sich so viele Bienen, dass sie aufpassen musste, um nicht eine von ihnen zu berühren.

Leise sang sie in einer fremdartigen Sprache vor sich hin, während sie ihren Korb aus geflochtenen Weidenzweigen immer weiter auffüllte.

In ihrem Rücken schlich sich ein Mann mit fast kahlem Kopf über einem buschigen Bart vorsichtig an sie heran. Während Inken weiterhin vorsichtig Brennnesselblätter einsammelte, bemerkte sie ihn nicht. Als der Mann nahe genug herangekommen war, warf er sich mit vor Begierde leuchtenden Augen auf sie. Keuchend drehte er sie auf den Rücken.

Aber er erstarrte, als er ihre geschlitzten Augen und die flache Nase sah.

»Du siehst ja aus wie eine Hexe«, stieß er unwillig hervor.

Inken blickte ihn finster an, erwiderte jedoch nichts. Der Mann überlegte einen Moment.

»Na egal, ich werde trotzdem meinen Spaß haben«, brummte er und begann, ihren Kittel zu zerreißen. »Na also«, er grinste, »darunter siehst du ja ganz normal aus.«

Eilig zog er sich seine Hose herunter.

»Warum sagst du eigentlich nichts?«, fragte er aufgebracht. »Du könntest wenigstens versuchen zu schreien, dann würde es mir mehr Vergnügen machen.«

Er wollte gerade in sie eindringen, da riss Inken einen Dolch aus ihrem Gürtel und stieß ihn dem Mann seitlich in den Hals. Mit weit aufgerissenen Augen sackte er zusammen, und sein Körper erschlaffte. Schnell schob sie ihn von sich, bevor noch mehr von seinem Blut ihren Kittel besudelte.

Dann nahm sie ihr Lied wieder auf und fuhr fort, Kräuter zu sammeln. Kurz darauf war ihr Korb gefüllt, also machte sie sich auf den Rückweg. Der Mann, der sie angegriffen hatte, hatte wohl noch nie eine Hunnin gesehen. Deshalb reagierte er so überrascht. Das war ja auch verständlich, vermutlich war sie die Einzige ihres Volkes in weitem Umkreis.

Vor einigen Monden hatte sie sich im Tross des hunnischen Heeres befunden, das die Burgunder geschlagen hatten, und war daraufhin in Gefangenschaft geraten. Hagen übergab sie Abbo, einem seiner Krieger, als Sklavin, womit ihr Leidensweg begann. Sie musste den ganzen Tag lang hart für ihn arbeiten, er ließ ihr keine Ruhe.

Meistens war sie mit Putzen beschäftigt. Als sie zu ihm kam, stank das Haus widerlich, weil es seit Jahren niemand mehr gereinigt hatte. Doch da er nun eine Sklavin hatte, meinte er wohl, es müsse sich alles ändern. Er bestand darauf, dass jede Ecke des Hauses immer blitzsauber war, und wenn er etwas Staub auf den Bänken fand, prügelte er sie mit einem Stock.

Eine zusätzliche Schwierigkeit war die Sprache. Inken wusste oft nicht, was er von ihr wollte. Zwar verstand sie einige Brocken des mit der burgundischen Sprache verwandten Gotisch, das auch im Hunnenreich gesprochen wurde, aber das reichte nicht aus. Wenn es zu Missverständnissen kam, gab es weitere Prügel, und eines Nachts floh sie aus Abbos Haus. Er machte keinerlei Anstalten, sie zu verfolgen. Wahrscheinlich freute er sich, dass er sie los war, und hoffte, bald eine neue Sklavin zu bekommen.

Als sie das abgelegene Haus am Waldrand erreichte, das sie mit drei anderen Frauen bewohnte, atmete sie auf. Zwar hatte die unscheinbare Hütte nur ein winziges Fenster, und das Grasdach wirkte an einigen Stellen schon ziemlich zerrupft, doch hier fühlte sie sich geborgen. Inzwischen konnte sie besser Burgundisch, und es gab kaum noch Probleme bei der Verständigung.

Ortrud rannte ihr aufgeregt entgegen, während ihre langen hellblonden Zöpfe im Wind wehten.

»Wie siehst du denn aus, wo hast du dich so verletzt?«, fragte sie besorgt.

»Keine Angst, Blut ist von Mann, hat mich überfallen, musste ihn töten«, antwortete Inken lachend.

Inzwischen war auch Marhild hinzugekommen und betrachtete sie eingehend mit ihren braunen Augen.

»Da musstest du ihn eben töten«, wiederholte sie ungläubig.

»Na und, er war ja auch selber schuld«, meinte Lerke, die ebenfalls in dem Haus lebte, während sie das Blut auf Inkens Kittel betrachtete. Sie trug ihr goldblondes Haar in einem Kranz um den Kopf, so dass ihr Gesicht noch runder wirkte als sonst.

Marhild nickte langsam. »Ich hoffe nur, dass das keinen Ärger gibt«, sagte sie ernst.

Zwei große Hunde liefen auf Inken zu und sprangen übermütig an ihr hoch. Lächelnd tätschelte sie ihre Köpfe. Grimm und Kaya waren die treuesten Freunde der Bewohnerinnen des Hauses. Sie waren ihnen gegenüber verspielt, knurrten jedoch jeden Fremden an, der sich näherte.

Die vier Frauen, die sich die Hütte teilten, lebten aus verschiedenen Gründen nicht mehr bei ihren Familien. Ortrud war vor ihrem ständig betrunkenen Mann geflohen. Da ihre Sippe wegen der wertvollen Geschenke, die er ihnen machte, meist auf seiner Seite war, blieb ihr nichts anderes übrig als die Flucht. Marhild war die einzige Überlebende eines Überfalls der Hunnen auf ihr Dorf. Weil sie niemanden mehr hatte, zog sie in das *Haus der Frauen*, wie die Hütte von allen genannt wurde. Zunächst war sie verständlicherweise sehr misstrauisch gegenüber Inken gewesen, doch das gab sich mit der Zeit, und jetzt hatte sie keine Angst mehr vor der Hunnin. Lerke hatte eine Liebesbeziehung mit einem verheirateten Mann in Worms gehabt, und nachdem dies bekannt geworden war, wendete sich sowohl ihre Familie als auch der Mann von ihr ab, so dass auch für sie das *Haus der Frauen* ihre Zuflucht wurde.

Nun lebten sie zu viert in dieser verfallenen Hütte, auf die niemand Anspruch erhob. Sie besaßen einen kleinen Acker, einige Ziegen und ein paar Hühner und hatten genug zum Leben.

Natürlich gab ein Haus, in dem nur Frauen lebten, Anlass zu vielerlei Gerüchten. Besonders auf die Männer der Umgebung übte die Hütte einen besonderen Reiz aus, und so machten sich immer wieder abenteuerlustige Burschen auf den Weg zu ihrer Bleibe, vor allem, wenn sie betrunken waren. Darum hatten sie die Hunde scharf abgerichtet und übten sich regelmäßig im Gebrauch ihrer Waffen. Zwar hatte keine von ihnen ein Schwert, doch inzwischen waren sie sehr geschickt im Umgang mit Speeren, Äxten und Dolchen.

Mittlerweile hatte sich die Kunde von ihrer Wehrhaftigkeit herumgesprochen, daher wurden sie nur noch selten gestört. Auch hatten sich die Menschen inzwischen an sie gewöhnt. Wenn sie jetzt auf den Märkten erschienen, um Stoffe zu erwerben oder Eier zu verkaufen, erregten sie kein Aufsehen mehr.

Inken ging ins Haus und zog sich eine saubere Tunika über. Als sie wieder herauskam, standen die anderen immer noch zusammen und diskutierten über ihre tödliche Begegnung mit dem Mann, der sie überfallen hatte.

»Also, ich habe keine Lust mehr, länger über diesen Kerl zu reden. Vielleicht war er nur irgendein Landstreicher, den niemand vermissen wird«, sagte Lerke mit einem entschlossenen Blick.

»Hoffentlich hast du recht«, erwiderte Marhild zweifelnd.

Das kurze Schweigen, das auf ihre Worte folgte, nutzte Ortrud, um das Thema zu wechseln. »Als ich vor ein paar Tagen in Worms war, um Schuhe zu kaufen, kam ich gerade noch rechtzeitig, um eine große Hochzeit am Königshof zu sehen.«

Lerke schlug sich die Hand vor den Mund. »Hat Gunther endlich geheiratet?«, fragte sie atemlos.

Ortrud nickte. »Hat er, aber nicht nur er. Es war eine Doppelhochzeit, Kriemhild hat sich auch vermählt.«

»Wirklich? Erzähl!«, forderte Inken erregt.

»Gunther hat Brunhild aus dem Suavaland geheiratet und Kriemhild Siegfried von Xanten«, berichtete Ortrud, der es sichtlich gefiel, dass sie diejenige war, die den anderen berichten konnte, was in der Hauptstadt des Reiches passiert war.

»Siegfried von Xanten ist hier?«, rief Marhild erstaunt aus.

»Wer ist denn diese Brunhild?«, wollte Lerke wissen.

»Sie ist eine Königin und berühmte Kriegerin aus dem Norden, die geschworen hat, nur einen Mann zu heiraten, der sie im Kampf besiegt. Viele haben es versucht, aber keiner hat es geschafft – bis Gunther kam und sie bezwang«, erklärte Ortrud mit gewichtiger Miene.

»Ja, Gunther ist große Krieger«, bestätigte Inken.

Ortrud warf ihr einen verschwörerischen Blick zu. »Ja, aber trotzdem wundern sich einige, denn Brunhild soll Zauberkräfte haben.«

»Erzähl uns lieber von Siegfried, wie ist er denn so?«, forderte Marhild ungeduldig.

»Also, das ist wirklich ein toller Mann«, schwärmte Ortrud. »Er ist groß wie ein Riese, mit langen blonden Haaren und einem wirklich edlen Gesicht.«

»Na, dann kann sich Kriemhild ja freuen, dass sie so einen Mann bekommen hat«, meinte Lerke, während sie eine Fliege verscheuchte, die um ihren Kopf kreiste.

Inken blickte lächelnd auf Marhild. »Pech für dich, ist jetzt nicht mehr frei«, kicherte sie.

»Nun sei nicht töricht«, erwiderte Marhild und schlug spielerisch nach ihr.

»Diese Doppelhochzeit war dann ja ein großer Tag für Burgund«, stellte Lerke fest.

Doch Ortrud runzelte die Stirn. »Vielleicht ja, vielleicht auch nicht«, sagte sie geheimnisvoll. »Brunhild hat Kriemhild bitterböse Blicke zugeworfen, irgendetwas scheint zwischen ihnen zu sein, das sind böse Vorzeichen.«

Lerke war jedoch nicht gewillt, sich ihre gute Stimmung verderben zu lassen. »Welche der Bräute sah denn besser aus?«, wollte sie wissen.

Ortrud überlegte kurz. »Beide waren wunderschön«, sagte sie dann. »Kriemhild trug ein weißes Kleid mit einem goldenen Gurt voller Edelsteine und Brunhild ein himmelblaues. Die silbernen Fibeln an ihren Schultern waren mit Schmuck in vielen glänzenden Farben besetzt. Aber Gunther und Siegfried brauchten sich nicht vor ihnen zu verstecken. Ihre kostbaren Tuniken waren aus den feinsten Stoffen.« Sie blickte bedauernd auf die anderen. »Zu schade, dass ihr es nicht auch sehen konntet.«

•••

Egilmar war einer der reichsten Männer in Worms, manche sagten sogar, er sei reicher als der König. Sein Wohlstand entsprang einem klugen Einfall. Er baute anderen Menschen ihre Häuser. Normalerweise errichteten Familien ihr Heim selbst. Das klappte mal mehr, mal weniger gut, je nachdem, wie geschickt die Männer waren. Viel zu oft klafften große Lücken zwischen den Brettern, das Flechtwerk zwischen den Pfosten hielt nicht lang, oder die Grasdächer lösten sich mit der Zeit auf.

Doch Egilmar bot den Menschen an, ihre Häuser für sie zu bauen. Er sammelte die besten Hausbauer der ganzen Gegend und ließ sie deren Häuser errichten. Zu diesem Zweck bezahlte er seine Arbeiter in regelmäßigen Abständen mit römischen Münzen. Das konnte er sich leisten, weil die stolzen Besitzer ihm selbst große Mengen davon gaben. Schnell sprach es sich herum, dass die von Egilmar und seinen Männern gebauten Häuser sehr stabil waren und lange hielten, deshalb ließen sich immer mehr Menschen ihre Heime von ihm errichten.

Um den Bewohnern der Stadt seine Dankbarkeit zu zeigen, gab er ein großes Fest, bei dem die Doppelhochzeit am Königshof noch einmal bejubelt werden sollte. Außer den Brautpaaren hatte er noch viele andere Gäste geladen, die sich erwartungsfroh vor seiner prächtigen Halle versammelten. Beim Bau seines Langhauses hatte Egilmar streng darauf geachtet, dass es auf keinen Fall größer sein würde als Gunthers, um den König nicht zu beleidigen. Allerdings war das Holz sauberer gearbeitet, und die Halle hatte sogar ein römisches Glasfenster. Der Boden vor dem Haus war nach einem heftigen Regen schlammig und voller Pfützen, so dass die festliche Kleidung einiger Gäste schmutzig geworden war.

Etwas abseits stand Kriemhild mit Ute, während Brunhild und Frida sich am anderen Ende des Hofes vor der Halle befanden und gleichmütig die Menge betrachteten. Gunther und Siegfried waren noch nicht angekommen, ebenso wenig wie die anderen Männer des Königshauses. Sie hatten am Morgen einen kleinen Jagdausflug unternommen und waren wahrscheinlich wegen des Regens irgendwo untergekommen, wo sie im Trockenen warten konnten, bis es aufklarte.

Die Menschen begannen, unruhig zu werden. Viele hatten noch nichts gegessen, weil sie wussten, dass Egilmar sie mit erlesenen Speisen bewirten würde. Also hatten sie auf den üblichen Getreidebrei verzichtet, um es sich bei seinem Fest so richtig gut gehen zu lassen.

Ein Bote kam angeritten und überbrachte Egilmar eine Botschaft. Dessen Miene verfinsterte sich, während er zuhörte, was der Mann ihm ins Ohr flüsterte.

Dann blickte er in die Menge, bis es still wurde und alle Augen auf ihn gerichtet waren.

»König Gunther und sein Gefolge werden heute nicht mehr kommen«, verkündete er mit lauter Stimme. »Sie sind während des Unwetters bei Graf Lando eingekehrt und bleiben den Tag über dort.«

Egilmar war nicht sonderlich überrascht, Gunther hatte seine Einladung von Anfang an nicht gefallen, weil er fürchtete, durch dieses Fest würden alle erfahren, dass sein Reichtum mindestens so groß war wie sein eigener. Er schwieg einen Moment und ließ seinen Blick über die enttäuschten Gesichter der Menschen schweifen, die fürchteten, das Fest werde nun ausfallen.

Dann erschien ein Lächeln auf seinem breiten Gesicht. »So feiern wir eben ohne König Gunther«, rief er.

Jubel brandete auf. Egilmar hatte recht. Sie brauchten den König nicht, um ein Fest zu feiern.

Kriemhilds Herz schlug schneller, als der Baumeister erst Brunhild und darauf sie selbst anblickte und so aufforderte, die Halle zu betreten. Eigentlich mochte sie Auseinandersetzungen nicht, sie ging ihnen lieber aus dem Weg. Eine starke Kriegerin wie Brunhild war in solchen Dingen sicherlich geübter. Doch wenn ihr etwas wichtig war, konnte sie durchaus dafür kämpfen. So war es auch gewesen, als der Priester Bleika opfern wollte. Und die Empörung, die sie fühlte, gab ihr zusätzliche Kraft.

Die Menschen traten zurück, um eine Gasse für die Königin frei zu machen. Brunhild nickte ihnen freundlich zu und trat mit gemessenen Schritten auf das Tor zu, gefolgt von Frida.

Doch Kriemhild und Ute gingen mit schnellen Schritten an ihr vorbei. Überrascht blickte Brunhild auf sie. Warum tat sie das? Das stand ihr nicht zu.

»Tritt beiseite, Kriemhild. Deiner Königin gebührt der Vortritt vor allen von niederem Rang«, sagte Brunhild in schneidendem Ton.

Kriemhild wandte sich zu ihr um und hob trotzig den Kopf. »Ich bin die Schwester des Königs. Ich habe ebenso wie du das Recht, als Erste einzutreten«, erwiderte sie im gleichen Tonfall. »Darum lass dir gesagt sein, weder ich noch mein Mann stehen im Rang unter dir.«

Erstaunt schaute Brunhild sie an. Sie hatte Kriemhild nicht als so kämpferisch eingeschätzt.

Die Menschen hinter ihnen begannen, miteinander zu raunen. Gespannt harrten sie darauf, wie es weiterging. Brunhild merkte, dass ihr Ansehen in Gefahr geriet. Sie musste jetzt entschlossen reagieren.

»Warum redest du so anmaßend?«, entrüstete sie sich. »Der König selbst hat mir Siegfried als seinen Gefolgsmann vorgestellt, als er um mich warb. Daher fordere ich dich noch einmal auf, nicht den dir gebührenden Rang zu vergessen.«

Sie warf ihrer Rivalin einen stolzen Blick zu und trat auf das Tor zu.

»So hat Siegfried Gunther auch als Gefolgsmann gedient, als er in der letzten Nacht bei dir war?«, rief Kriemhild ihr nach.

Brunhild erstarrte in der Bewegung, während die Menschen um sie herum den Atem anhielten. Wie konnte Kriemhild davon wissen? Langsam wandte sie sich zu ihr um.

»Was hast du gesagt?«, fragte sie. Sie hatte es ihrer Rivalin in anklagendem Ton entgegenschleudern wollen, wie eine Mutter, die zu ihrer kleinen Tochter spricht, nachdem sie gerade etwas Furchtbares getan hat. Aber es gelang ihr nicht, dazu war sie zu erschüttert.

Kriemhild genoss ihren Triumph. »Ich brauche es nicht zu wiederholen, du hast mich sehr gut verstanden«, antwortete sie hochmütig. »Und das ist noch nicht alles, denn Siegfried hat dich auch bei der Brautwerbung besiegt«, schloss sie.

Sie weidete sich an dem entsetzten Flackern in den Augen der Königin.

Brunhild merkte, wie ihre Knie zu zittern begannen. Hoffentlich sahen die Menschen es nicht. Natürlich, warum war sie nicht eher darauf gekommen? Der Krieger unter dem dicken Helm, der sie am Ilsenstein bezwungen hatte, das musste Siegfried gewesen sein. Doch das durfte niemand erfahren, sonst würden ihre Untertanen Gunther und sie bis zum Ende ihres Lebens mit Spottliedern verfolgen.

Sie nahm all ihre Kraft zusammen, um Kriemhild böse anzufunkeln.

»Ich brauche mir deine Lügen nicht weiter anzuhören. Geh mir aus den Augen!«, zischte sie.

Doch Kriemhilds Zorn schien sich immer weiter zu steigern. Oh, wie falsch hatte sie diese Schlange eingeschätzt. Sie tat nur so sanft, in Wahrheit war sie wie ein rasendes Tier. Ihre Augen schienen Blitze zu sprühen.

»Ich bin also nicht nur die Frau eines niederen Gefolgsmannes, sondern auch eine Lügnerin?«, fauchte sie. »Dann sag mir, was das ist!«

Bei diesen Worten schlug sie ihren Umhang auseinander. Fassungslos blickte Brunhild auf ihre Rivalin. Einen Augenblick hoffte sie, dass ihre Augen ihr einen Streich spielten. Doch so war es nicht. Sie hatte richtig gesehen, es war tatsächlich ihr magischer Gürtel, den Kriemhild um die Hüften trug.

Sie nahm alle Kraft zusammen, die sie noch hatte, und sah Kriemhild fest in die Augen. »Woher hast du meinen Gürtel? Hast du ihn gestohlen?«

Kriemhild erwiderte ihren Blick trotzig. »Wer außer Siegfried könnte ihn dir abnehmen?«, höhnte sie. »Er nahm ihn dir letzte Nacht in deinem Schlafzimmer und gab ihn mir.«

Brunhild stand reglos vor ihr, während Kriemhild mit Ute an ihr vorbeistürmte.

»Jetzt weißt du genau, wem von uns beiden der Vortritt gebührt«, zischte sie dabei.

Die Königin rührte sich immer noch nicht. Warum hatte Siegfried das getan? Niemand hätte etwas erfahren, wenn er den Gürtel nicht genommen hätte. Doch nun trug ihn Kriemhild, und sie hatte dafür gesorgt, dass sie und Gunther dem Spott ihrer Untertanen preisgegeben waren.

Dann blickte Brunhild auf die Menge. Immer noch war es totenstill auf dem Hof. Die Menschen spürten ihren Schmerz, einige blickten betreten zu Boden, während sie auf den Gesichtern anderer Schadenfreude erkennen konnte. Es gab immer einige, die frohlockten, wenn die Mächtigen stürzten.

Düster sah sie zu Frida, deren Gesicht einen Ausdruck unendlichen Mitleids zeigte. Ihre Vorhersage war eingetreten, Siegfried hatte sie verraten. Doch sie erkannte keine Genugtuung in der Miene ihrer Seherin, sondern nur eine große Trauer über das, was ihr Ziehkind nun durchmachte.

Langsam ging Frida zu ihr, nahm ihren Arm, und sie verließen gemeinsam den Hof. Schweigend machten die Menschen ihnen Platz.

15

Mit bangem Blick sah Kriemhild auf Siegfrieds hohe Gestalt im Sattel vor ihr. Von dem Gefühl des Triumphes, den sie am Morgen verspürt hatte, war nichts mehr übrig geblieben. Stattdessen plagten sie nun bohrende Schuldgefühle, verbunden mit der tiefen Sorge, was nun kommen möge. Sie wusste, dass sie sich von ihrer Eifersucht hatte mitreißen lassen und schweren Schaden angerichtet hatte.

Endlich erreichten sie das Wäldchen nahe Worms, das Siegfried ausgewählt hatte, damit niemand mitbekam, was sie hier besprechen würden. Die Räume der Halle waren für diesen Zweck viel zu hellhörig. Ohne ein Wort stiegen sie ab und führten die Pferde am Zügel in den dichten Wald hinein. Der weiche Boden verschluckte das Geräusch ihrer Schritte, während sie nach einem geeigneten Platz suchten. Normalerweise liebte Kriemhild den frischen Duft der Bäume, der so viel angenehmer war als der faulige Geruch der Stadt, wo der Abfall auf den Straßen verrottete. Doch dieses Mal hatte sie keinen Sinn dafür.

Siegfried hatte einen geeigneten Platz gefunden, eine kleine Lichtung, umgeben von dichtem Gestrüpp. Er sah sich suchend um, hier schienen sie unter sich zu sein. Immer noch schweigend banden sie die Pferde an.

Dann wandte Siegfried sich abrupt zu Kriemhild um und starrte ihr hart in die Augen.

»Wie konntest du nur so etwas tun? Weißt du, was du damit angerichtet hast?«, fuhr er sie an.

Sie senkte schuldbewusst den Kopf.

»Ich war rasend vor Eifersucht, es tut mir so leid«, erwiderte sie mit weinerlicher Stimme.

Er schüttelte verständnislos den Kopf, und als er weitersprach, schmerzten seine Worte wie Peitschenhiebe.

»Und dann auch noch vor all den Menschen. Hättest du ihr das wenigstens gesagt, wenn ihr unter euch gewesen wäret. Aber nein, du musstest sie unbedingt vor ganz Worms bloßstellen! Schwerer hättest du sie nicht beleidigen können.«

»Ich weiß es doch selbst«, jammerte sie. »Wenn ich nur irgendetwas tun könnte, um es wiedergutzumachen!«

Siegfried warf ihr einen spöttischen Blick zu. »Ich wüsste nicht, wie, oder fällt dir etwas ein?«

»Ich habe großes Unheil angerichtet und bereue zutiefst, was passiert ist«, sagte sie leise. Zaghaft hob sie ihren Kopf und sah ihm in die Augen. »Aber sag mir, warum du ihren Gurt hattest«, fragte sie mit einem Anflug von Schärfe.

Er zögerte und fuhr sich verlegen durch die Haare.

»Das kann ich dir nicht sagen«, antwortete er schließlich.

Kriemhild richtete sich auf, ein ärgerlicher Ausdruck erschien auf dem bisher so schuldbewussten Gesicht.

»Wenn das so ist, hast du keinen Grund, mich zurechtzuweisen, Siegfried«, entgegnete sie hart.

Er sah sie einen Moment schweigend an. »Na gut, du sollst es erfahren«, entschied er dann.

Das Herz schlug ihr bis zum Hals. Vielleicht hätte sie nicht danach fragen sollen, sie wusste nicht, ob sie die Antwort ertragen konnte.

»Gunther hat es von mir verlangt«, sagte Siegfried.

Kriemhild war einen Moment sprachlos.

»Was hast du gesagt?«, fragte sie dann.

»Brunhild hat sich geweigert, bei ihm zu liegen, der Gurt gab ihr die Kraft dazu. Darum wollte er, dass ich ihr den Gürtel abnehme«, erklärte er knapp.

Kriemhild schüttelte ungläubig den Kopf. Konnte das wahr sein, oder versuchte Siegfried, sich auf diese Weise herauszureden?

»Es ist wohl auch so, dass der Gurt sie an ihre Vergangenheit als Kriegerin erinnert, die gegen Männer kämpft«, fuhr er fort. »Solange sie ihn trug, sah sie Gunther als ihren Feind an, den sie bekämpfen musste. Ohne den Gürtel ist sie sanfter und kann ihn als ihren Mann akzeptieren.«

Sie sah ihn immer noch schweigend an und dachte an die Truhe, in der sich der Gürtel befand.

»Vielleicht hat er tatsächlich etwas an sich, das seinen Träger streitsüchtig macht. Ich selbst war in meinem ganzen Leben noch nie so zornig wie während meines Streits mit Brunhild«, überlegte sie.

Sie streckte langsam die Hand nach Siegfried aus und streichelte seine Wange.

»Ich glaube dir«, entschied sie dann.

Er ergriff ihre Hand und küsste sie. »Es ist die Wahrheit«, erwiderte er ernst. Dann blickte er sie sorgenvoll an. »Aber jetzt kommt es darauf an, wie es weitergeht. Du hast Brunhild und auch Gunther tödlich beleidigt. Die Frage ist nun, was werden sie tun?«

Ängstlich sah Kriemhild ihn an. »Was können sie denn tun?«

»Ich weiß es nicht, aber wir müssen wachsam sein«, entgegnete er ernst. Er blickte auf eine Raupe, die an einem Baum emporkletterte. »Was ist ihr nur alles angetan worden!«, sagte er bitter. »Zuerst hat sie den Ruf der unbezwingbaren Kriegerkönigin verloren und ist die Frau eines Mannes geworden, der sie durch Betrug gewann. Dazu steht sie auch noch als ehrlose Ehebrecherin dar. Wie kann sich wohl eine Frau fühlen, der solche Dinge widerfahren?«

Kriemhild merkte, wie sehr er mit der Suavin litt, und sah ihn zärtlich an.

»Sie ist die Frau, die du heiraten wolltest, nicht wahr?«, fragte sie sanft.

Er zögerte.

»Ja, das ist sie«, antwortete er schließlich.

Sie legte leicht die Hand auf sein Bein.

»Und du liebst sie immer noch?«, fragte sie leise.

»Ja«, nickte er.

Verzweifelt schlug sie sich die Hände vor den Mund und sah Siegfried mit einem entsetzten Blick an.

Siegfried umfasste ihre Schultern. »Aber ich liebe dich auch, genauso stark wie sie«, sagte er eindringlich.

Er küsste sie, und es war ihr, als ob sie seine verwirrten Gefühle spüren könnte. Er sagte die Wahrheit, er liebte sie beide.

Als sie sich voneinander lösten, lief ihr eine Träne über die Wange. Siegfried wischte sie zärtlich ab.

»In einigen Tagen reisen wir nach Xanten ab, dann können wir das alles hinter uns lassen. Es wird uns helfen zu vergessen«, sagte er.

Kriemhild nahm seine Hand. »Das hoffe ich so sehr«, erwiderte sie weich. Dann sah sie ihn beunruhigt an. »Versprich mir, dass du bis dahin immer dein Panzerhemd tragen wirst«, beschwor sie ihn.

»Zeig es mir noch einmal«, forderte sie ihn auf.

»Wie du willst«, entgegnete Siegfried. Er legte seine Tunika ab und zog sich das Kettenhemd über den Kopf.

Sie betrachtete es eingehend und betastete das Eisen. Nachdenklich betrachtete sie den Teil, wo es ausgebessert worden war.

Siegfried legte den Finger darauf. »Da ist die Panzerung schwächer als an dem Rest der Rüstung«, erklärte er.

Kriemhild runzelte die Stirn. »Mir wäre es lieber, wenn sie dich überall schützen würde.«

Siegfried lachte. »Sie ist immer noch besser als jede andere Brünne.«

Ihre Sorge legte sich etwas. Siegfried hatte ja recht, es war nur eine kleine Stelle. Was sollte das schon ausmachen?

Nur wenige Schritte von ihnen entfernt hockte Hagen hinter einem dichten Busch. Er hatte hier Kaninchen jagen wollen, doch als er Siegfried und Kriemhild bemerkte, verbarg er sich hastig im Unterholz. Und es hatte sich tatsächlich gelohnt. Er sah seine Vermutung bestätigt, Siegfrieds angebliche Unverwundbarkeit rührte von einem Kettenhemd her. Aber diese Rüstung war beschädigt. Der Tronjer lächelte grimmig, auch Siegfried von Xanten hatte eine schwache Stelle.

•••

Nachdenklich stand Brunhild am Ufer des Rheins und blickte mit ernstem Gesicht auf seine grauen Fluten. Ihr

Haar hatte sie zu einem langen Zopf gebunden, auf ihrer Stirn war eine frische Hagalaz-Rune eingestochen. Sie war schon immer gern am Wasser gewesen, deshalb empfand sie es als passend, dass ihr Leben hier enden sollte. Nach ihrer Schande bei Egilmars Fest erschien ihr dies als der einzige Ausweg.

Sie hatte das Schwimmen in einem anderen großen Fluss gelernt, der Elbe, die durch die Gebiete der Thüringer und Sachsen floss. Dort lebte eine Schwester ihrer Mutter, die sie als Kind oft besuchte, und immer wenn sie dort war, genoss sie es, in dem Strom zu baden. Leider gab es im Suavaland keine Gewässer, die sich zum Schwimmen eigneten, doch wann immer sich ihr auf Reisen eine Gelegenheit bot, ging sie ins Wasser. Als sie halbwüchsig war, verbot man es ihr, weil es für Mädchen als unschicklich galt, doch nachdem sie Königin geworden war, ließ sie sich von niemandem mehr daran hindern.

Brunhild legte ihre Kleidung ab und watete in den Rhein. Sie schwamm bis zu einem Abschnitt, der ihr tief genug erschien. Dann tauchte sie unter. Nach wenigen Armzügen erreichte sie den Grund. Unbewegt setzte sie sich auf den Boden des Flussbettes. Hier würde sie warten, bis das Wasser in ihre Lungen eindrang und sie ertrank.

Sie hatte gehofft, sie könnte in einem Zustand friedlicher Ruhe auf den Tod warten, doch es gingen ihr zu viele Gedanken durch den Kopf. War es richtig, was sie tat, oder war es nicht eher Flucht, einfach so aus dem Leben zu scheiden? Sie war immer stolz darauf gewesen, eine Kämpferin zu sein, der nichts etwas anhaben konnte. Und nun brachten sie die harten Worte einer anderen Frau so weit, dass sie sich töten wollte? Nein, das durfte nicht sein. Sie musste Stärke zeigen, um diese Probe zu bestehen, die ihr das Schicksal auferlegt hatte.

Und was war mit ihren Untertanen im Suavawald, die sie so verehrten? Sie hatte ihre Heimat mit dem Versprechen verlassen, der Reichtum von Burgund würde auch ihnen zugutekommen, darum hatte sie ihnen versprochen, sie werde immer wieder zurückkehren, um zu sehen, wie das Land ohne sie zurechtkäme. Sie wären tief enttäuscht, wenn ihre Königin sich in der Ferne tötete.

Brunhild spürte den Druck des Wassers auf ihre Lungen, lange würde es nicht mehr dauern. Sie zögerte noch einen Moment, dann drückte sie sich vom Boden ab, wie ein Pfeil schoss sie nach oben. Sie durchbrach die Oberfläche und schnappte krampfhaft nach Luft. Ein heftiger Husten schüttelte sie, während sie einen Schwall Wasser ausspuckte, das in ihre Atemwege gelangt war. Ihre Augen tränten so stark, dass sie kaum etwas erkennen konnte. Erschöpft schwamm sie ans Ufer und setzte sich in den Schlamm.

Sie blinzelte in den grauen Himmel. Die Götter wollten nicht, dass sie starb, dann sollte sie sich auch nicht gegen ihren Willen auflehnen.

Sie ging wieder ins Wasser, doch diesmal tauchte sie nicht auf den Boden hinab, sondern glitt mit der Strömung durch die Fluten. Sie genoss das Gefühl, stromabwärts zu treiben und sich dabei von den Fluten des Rheins sanft umschmeicheln zu lassen. Eine Entenfamilie kam ihr entgegen und schwamm in einigen Schritt Entfernung an ihr vorbei. Die Mutter beobachtete sie wachsam, während der Pulk ihrer Küken langsam an Brunhild vorbeizog.

Am linken Ufer sah sie einige Bauern, die ihre Felder bestellten. Am rechten Ufer rumpelte ein altes Fuhrwerk über einen matschigen Weg. Ein Lächeln spielte um Brunhilds Mund, sie fühlte sich eins mit dem Fluss, der um diese Jahreszeit nicht mehr kalt war. Sie wendete und schwamm nun in die andere Richtung. Die Strömung war nicht stark, doch sie musste schon dagegen ankämpfen, um voranzukommen. Es bereitete ihr Freude, die Kraft ihrer Muskeln zu spüren, während sie gegen den Strom schwamm.

Erst als sie zu frösteln begann, schwamm sie zu der geschützten Stelle am Ufer, an der sie ihre Kleidung abgelegt hatte, und zog sich an. Erstaunt stellte sie fest, dass der Ärger, den sie empfunden hatte, bevor sie ins Wasser ging, verflogen war. Anscheinend beruhigte sie das Schwimmen im Rhein, das würde sie jetzt öfter tun.

Während Gunther an einem Tisch in der Halle saß und düster auf den großen Schädel eines Keilers an der Wand starrte, kam Hagen herein. Wie immer waren seine Schritte fest und sicher, wie die eines Mannes, der genau wusste, was er tat.

Gunther sah ihn gedankenverloren an. »Komm, setz dich zu mir«, forderte er ihn schließlich auf.

»Jawohl, mein König«, erwiderte der Tronjer und setzte sich Gunther gegenüber.

»Wenigstens du hast noch Achtung vor mir.« Gunther lächelte mühsam.

»Jeder in Burgund achtet dich, Herr«, sagte Hagen schnell.

Der König sah ihn herausfordernd an. »Auch nach dem, was am Morgen passiert ist?«, fragte er bitter.

Hagen ließ einen Moment verstreichen.

»Ich teile deinen Kummer«, sagte er dann.

Gunther lachte spöttisch. »Hagen von Tronje, der du immer Rat weißt, weißt du auch jetzt, wie du deinem König dienen kannst?«

Sein Halbbruder sah ihm durchdringend in die Augen. »Ich kann dir sagen, wer schuld ist an deinem Schmerz, wenn du es nicht schon selbst weißt.«

Gunther blickte ihn fragend an.

»Siegfried muss Kriemhild erzählt haben, was passiert ist. Von wem kann sie es sonst wissen? Und er hat ihr den Gürtel gegeben. Ist das nicht Schuld genug?«, sprach der Tronjer weiter.

Der König nickte langsam. »Ja, es stimmt, er hat einen großen Fehler begangen.«

»Aber dennoch bist du derjenige, der dafür bezahlen muss!«, zürnte Hagen. »Die Menschen zerreißen sich das Maul darüber, dass Siegfried bei der Königin gelegen hat und dass du zu schwach warst, um sie bei der Brautwerbung zu besiegen.«

Gunther schlug wütend mit der Faust auf den Tisch. »Das brauchst du mir nicht zu sagen, Hagen, ich weiß es selbst«, fuhr er den Tronjer an.

Dann sackte er zusammen und blickte niedergeschlagen auf den Tisch vor sich.

»Doch es ist nun einmal geschehen, was bleibt mir nun noch zu tun?«

Sein Halbbruder beugte sich nach vorn. »Es ist wahr, wir können nicht ungeschehen machen, was passiert ist. Aber wir können verhindern, dass noch weiteres Unheil entsteht.«

Der König sah ihn hoffnungsvoll an.

»Es gibt nur einen Weg dazu«, sagte Hagen düster. Wieder bohrte sich sein Blick in Gunthers Augen. »Siegfried von Xanten muss sterben.«

Gunther riss entsetzt die Augen auf. »Ihn töten? Aber er ist mein Freund, und er hat so viel für uns getan. Er hat uns geholfen, die Sachsen und Dänen zu besiegen, und er hat dafür gesorgt, dass Brunhild meine Frau wurde.«

Hagen blickte ihn finster an. »Ist er wirklich dein Freund, oder hat er diese Dinge nur getan, um seinen eigenen Ruhm zu mehren?«

Gunther nickte nachdenklich, während der Tronjer siegessicher weitersprach.

»Ich weiß nicht, wie du ihn dazu gebracht hast, in deiner Maske gegen Brunhild zu kämpfen, aber wenn du ihn gezwungen hast, hat er Kriemhild vielleicht aus Rache alles erzählt.«

Gunther warf ihm einen argwöhnischen Blick zu. Vorsichtig sah Hagen ihn an. Er wusste, dass er Gunther nicht zu sehr reizen durfte.

»Bedenke auch, mein König, was seine Hilfe bewirkt hat«, sagte er eindringlich. »Es herrscht Zwietracht auf der Burg. Nur die Götter wissen, welches Unheil noch aus dem Streit zwischen Kriemhild und der Königin erwächst. Solange er lebt, wird niemals wieder Friede in die Mauern Burgunds einziehen.«

Gunther sah einen Moment unschlüssig auf die Tischplatte vor sich. Dann schüttelte er den Kopf. Hastig griff er nach einem Krug Wein und zwei Bechern.

»Nein, Hagen, du siehst zu düster in die Zukunft. Der Zank auf dem Fest war ein unwürdiges Schauspiel, aber

Burgund wird auch das überstehen«, sagte er und füllte die Becher.

»Was aber ist, wenn Brunhild ein Kind zur Welt bringt? Die Menschen werden sich fragen, ob nicht Siegfried sein Vater ist.«

Gunther schaute Hagen einen Augenblick unsicher ins Gesicht, dann hob er seufzend seinen Becher. »Nimm einen Schluck, Hagen, vielleicht bessert sich so deine Stimmung.«

»Ich trinke nicht, wenn mein König zum Hahnrei wird«, erwiderte Hagen finster.

Gunther sah wütend auf den Trinkpokal in seiner Hand. Ja, Siegfried hatte bei Brunhild gelegen, er hatte es selbst miterlebt. Und wie leidenschaftlich sie gewesen war!

Seine Hand krampfte sich um den Becher, als ob sie ihn zerdrücken wollte. Grimmig schaute er Hagen an.

»Wie immer siehst du die Dinge so, wie sie sind. Tu, was du für nötig hältst«, sagte er knapp.

Der Tronjer erwiderte nichts.

»Aber was immer du tust, ich will nichts davon wissen«, fügte der König hinzu.

Hagen nickte ernst und stand auf.

»Und zu niemandem ein Wort darüber, was wir besprochen haben, Hagen von Tronje«, sagte Gunther mit verkniffener Miene.

◆◆◆

Eike und Herwin ritten schon seit geraumer Zeit durch die grünen Wiesen und lichten Wälder südlich von Worms. Ihre Pferde freuten sich über die forsche Gangart, die sie anschlugen, auch ihnen gefiel es, bei sonnigem Wetter durch die blühende Landschaft zu galoppieren.

Als ihr Ziel in Sicht kam, verlangsamte Herwin sein Tempo und grinste Eike breit an.

»Warst du schon mal in einem Haus voller Frauen? Also, ich bin schon sehr gespannt.«

»Ganz ruhig bleiben, Herwin«, schmunzelte Eike. »Ich weiß ja nicht, was du dir da so vorstellst, aber es ist bestimmt nicht so wie im *Haus Manneskraft*.«

»Was soll denn der abfällige Ton?«, beschwerte sich Herwin. »Immerhin bin ich im Gegensatz zu dir nicht verheiratet, da werde ich doch wohl ab und zu ein Freudenhaus besuchen dürfen, oder?«

»Hab ich mich etwa beschwert?«, schmunzelte Eike.

Sie hatten die Hütte erreicht, zügelten ihre Pferde und wollten absteigen, doch zwei Hunde stürmten bellend auf sie zu. Die Tiere der Männer begannen ängstlich zu tänzeln, beruhigend klopften sie ihnen auf die Hälse, aber da die Hunde nicht aufhörten zu bellen, während sie ihnen langsam näher kamen, wurden die Pferde immer erregter.

Die Tür der Kate öffnete sich, Lerke und Marhild traten mit misstrauischen Mienen heraus. Lerke tätschelte dem schmutzig-braunen Hund, der ihnen am nächsten gekommen war, beruhigend den Kopf.

»Ruhig, Grimm, es ist alles in Ordnung«, sagte sie leise.

Der Hund hörte auf zu bellen und blickte entspannt zu ihr auf. Auch das andere Tier beruhigte sich nun.

Eike wandte sich an die Frauen. »Wir kommen im Auftrag von König Gunther. Seid unbesorgt, wir werden euch nicht lange behelligen.«

Die beiden wechselten einen überraschten Blick.

»Seit wann interessiert sich der König für uns?«, fragte Marhild.

»Ein Mann ist hier in der Nähe getötet worden. Wir wollen herausfinden, was passiert ist«, erwiderte Eike.

Wieder wechselten die Frauen einen Blick. Sie versuchten, sich nichts anmerken zu lassen, doch sie wirkten beunruhigt.

Herwin beugte sich im Sattel leicht nach vorn. »Eine Blutspur führt von dem Toten bis in die Nähe eures Hauses. Sie endet erst ein paar hundert Schritt von hier.«

Ortrud und Inken traten jetzt auch aus der Hütte.

»Was ist denn los? Warum sind die Reiter hier?«, fragte Ortrud mit einem freundlichen Seitenblick auf Herwin, dessen frisch eingefettetes Lederwams in der Sonne glänzte.

»Ein Mann ist getötet worden, darum sind sie hier«, erwiderte Marhild.

Inken erschrak, doch sie blieb äußerlich ruhig, ihr Gesicht verriet keine Regung.

Eike betrachtete die Frauen aufmerksam. Er hatte das Gefühl, dass sie mehr wussten, als sie sagten.

»Habt ihr überhaupt nichts gesehen?«, fragte er eindringlich.

Sie schüttelten die Köpfe.

»Wir würden euch gern helfen, aber wir wissen nichts darüber«, bedauerte Lerke.

Herwin blickte auf Inkens grauen Kittel. Er glaubte, einen roten Schimmer auf dem Stoff zu erkennen. Aufmerksam schaute er genauer hin. Ja, er hatte richtig gesehen, da war ein roter Fleck. Man hatte versucht, ihn herauszuwaschen, aber er war nicht ganz verschwunden.

»Ist das Blut da auf deinem Kleid?«, fragte er die Hunnin.

Jetzt blickte auch Eike auf den Kittel. Die beiden Männer schauten sich kurz an, dann stiegen sie ab und sahen mit ernsten Mienen auf Inken.

Grimm begann zu knurren. Nach kurzem Zögern folgte auch der andere Hund, ein kräftiger schwarz-weiß gefleckter Rüde.

»Kaya, Grimm, ruhig«, beschwichtigte Marhild die Tiere.

»Habe Huhn geschlachtet, Blut geht nicht leicht abwaschen«, erklärte Inken mit einem Schulterzucken.

Eike nickte verständnisvoll. »Das ist wahr, Blut geht nicht so leicht aus den Kleidern.« Er sah sich auf dem kleinen Hof um. »Ihr habt nicht viel Getier«, stellte er fest. »Könnt ihr es euch denn leisten, einfach so eins zu schlachten?«

»Das Huhn war schon alt, wir mussten es töten«, erwiderte Lerke, während sie eine Falte in ihrem einfachen Kittel glättete.

Die Hunde spürten die gespannte Atmosphäre, und Grimm begann wieder zu knurren. Erneut musste Marhild sie beruhigen.

»Wo sind denn die Überreste von dem Huhn?«, mischte sich Herwin ein.

Lerke schüttelte den Kopf. »Da gibt es nichts mehr. Was übrig geblieben ist, haben wir den Hunden gegeben.«

Eike konnte spüren, dass die Frauen nicht die Wahrheit sagten. »Der Tote, ein Stallbursche mit dem Namen Otta, war ein ziemlich übler Kerl. Er hat gestohlen und ist immer wieder mit anderen in Streit geraten«, sagte er.

»Solche Männer gibt es viele, aber ich kenne ihn nicht«, erwiderte Marhild bestimmt. Sie blickte auf die anderen Bewohnerinnen der Kate. »Habt ihr so einen gesehen?«

Die Frauen schüttelten erneut die Köpfe.

»Wir wohnen ziemlich abgelegen, hier kommt kaum einmal jemand hin«, erklärte Lerke.

Doch Herwin gab noch nicht auf. »Es gab auch immer wieder Klagen darüber, dass Otta Frauen belästigt hat.«

Marhild lachte höhnisch. »Seit wann stört es euch denn, wenn Frauen belästigt werden?«

Eike sah sie ernst an. »Es stört uns immer, aber es passiert nun mal so oft, dass wir uns nicht um alles kümmern können.«

Lerke schaute ihn gleichgültig an. »Wenn wir etwas hören, lassen wir euch eine Nachricht zukommen, aber im Moment können wir euch nicht weiterhelfen«, sagte sie.

Herwin blickte unschlüssig auf Inkens blutbeflecktes Kleid. Sollten sie wirklich schon aufgeben? Es gab Mittel und Wege, um die Wahrheit aus ihnen herauszubekommen.

Eike nickte. »Mein Hof liegt in nördlicher Richtung, nicht weit von der Stelle, wo sich der Altrhein mit dem Rhein trifft. Aber ihr könnt auch zur Halle des Königs kommen. Wendet euch an Hagen.«

»Da halten wir uns lieber an euch«, meinte Ortrud, während sie mit einem ihrer langen Zöpfe spielte. Sie lächelte Herwin zu. »Und wo ist *dein* Hof?«

Der blonde Krieger sah sie verdutzt an. Es dauerte einen Moment, bis er antwortete.

»Mein Hof? Äh, er ist nicht weit von da. Man erkennt ihn an dem Hirschgeweih über der Tür«, stotterte er verwirrt.

Die beiden Männer saßen auf und ritten davon.

»Ich glaube, wenn sich tatsächlich eine von ihnen meldet, wird es die mit den blonden Zöpfen sein«, schmunzelte Eike.

Herwin verzichtete darauf, zu antworten. Es machte ihn verlegen, wenn eine Frau so offen zeigte, dass er ihr gefiel. So etwas gehörte sich nicht für ein anständiges Mädchen. Er hatte zwar nichts gegen gelegentliche Abenteuer einzuwenden, aber dann musste es von ihm ausgehen. Er wollte eine Frau erobern; eine, die sich ihm anbot, hatte keinen Reiz für ihn.

»Warum sind wir eigentlich einfach so wieder weggeritten?«, fragte er stattdessen. »Die hatten doch bestimmt etwas zu verbergen.«

Eike seufzte. »Was hätten wir denn tun sollen, sie foltern?«

»Warum denn nicht? Bei dem Räuber gestern hattest du keinerlei Bedenken«, hielt Herwin dagegen.

»Ja, weil er schuldig war. Es ging darum, die anderen Mitglieder seiner Bande zu erwischen, deshalb mussten wir zu solchen Mitteln greifen.«

»Ach ja, und was war mit diesen Frauen? Glaubst du etwa, die sind unschuldig?«

Eike überlegte, hatte Herwin nicht recht? Es hätte bestimmt nicht lange gedauert, bis die Wahrheit herausgekommen wäre, und sie hätten ihren Auftrag erfüllt gehabt. Trotzdem widerstrebte ihm dieser Gedanke.

»Das kannst du nicht vergleichen«, widersprach er. »Diese Räuber sind üble Burschen, die ständig rauben und plündern. Außerdem vergreifen sie sich immer an den Armen, weil die meist keine Waffen haben, und nehmen ihnen das Wenige weg, das sie haben. Die müssen wir unbedingt kriegen.«

Herwin sah ihn spöttisch an. »Na und, wäre es dir etwa lieber, wenn sie Leute wie uns überfallen?«

»Warum nicht? Dann würde sich zeigen, wie hart diese Kerle wirklich sind«, erwiderte Eike.

Herwin lachte. »Das stimmt, es würde mir auch gefallen, ein paar von diesen Wegelagerern die Bäuche aufzuschlitzen.« Er lachte erneut. »Der Lump, den wir gestern rangenommen haben, wird fürs Erste nicht mehr in der Lage sein, andere zu überfallen. Vor dem sind die Menschen sicher.«

Sie kamen an dem Ort vorbei, an dem der tote Stallbursche gefunden wurde.

Herwin blickte nachdenklich auf die Stelle im Gras, an der immer noch einige getrocknete Blutflecken zu erkennen waren. »Und Otta wird nie wieder andere ausplündern«, sagte er.

Eike räusperte sich. »Ich denke ja auch, dass es die mit dem blutigen Kleid war, aber er hat es ja auch nicht anders verdient. Diesmal hat er sich an einer vergriffen, die sich zu wehren wusste.«

»Warum haben wir sie dann nicht mitgenommen?«, fragte Herwin unwillig. »Hagen hätte uns zur Belohnung wahrscheinlich wieder einen Tag freigegeben.«

»Sie hat die Gegend von einer Plage befreit, wir sollten ihr dankbar sein«, entgegnete Eike bestimmt.

Herwin schwieg für einen Moment. »Wie merkwürdig sie aussah, diese pechschwarzen Haare und die schmalen Augen«, überlegte er.

»Sie war bei dem hunnischen Heer, das wir besiegt haben, und wurde Abbo als Sklavin zugeteilt. Aber sie ist ihm weggelaufen.«

Herwin runzelte überrascht die Stirn. »Tatsächlich? Na, das wäre ja noch ein Grund mehr, sie mitzunehmen.«

Eike lachte. »Abbo war nicht traurig darüber, dass sie abgehauen ist. Er hat jetzt eine neue Sklavin, die ihm besser gefällt.«

Herwin war immer noch nicht zufrieden, aber was sollte er machen, er war Eike unterstellt. Außerdem lohnte es sich nicht, wegen dieser Sache einen Streit vom Zaun zu brechen.

»Na gut, dann lassen wir sie eben noch mal davonkommen«, brummte er.

16

Bestürzt schreckte Kriemhild im Bett auf und sah sich verwirrt um. Es dauerte einen Augenblick, bevor sie begriff, dass sie nur geträumt hatte. Was für ein merkwürdiger Traum war das gewesen! Zwei Adler stürzten sich in der Luft auf einen prächtigen Falken und zerrissen ihn. Die lauten Schreie des gequälten Vogels schienen ihr immer noch in den Ohren zu gellen.

Plötzlich stürmte Siegfried schwungvoll herein.

»Hör dir das an«, rief er begeistert. »Gunther hat zu einer Jagd aufgerufen, um uns vor unserer Abreise noch einmal gebührend zu ehren.«

Kriemhild starrte ihn entsetzt an. Mit einem Mal begriff sie, was ihr Traum zu bedeuten hatte! Siegfried befand sich in großer Gefahr! Die beiden Adler waren bestimmt Gunther und Hagen, und der Falke, den sie getötet hatten, war Siegfried. Verzweifelt dachte sie nach, sie musste unbedingt verhindern, dass er an der Jagd teilnahm.

»Eine Jagd, ausgerechnet jetzt?«, erwiderte sie.

Die Gedanken rasten in ihrem Kopf. Bei einer Jagd liefen so viele Menschen an so vielen verschiedenen Orten wild durcheinander, dass alles geschehen konnte.

»Hast du vergessen, was du mir versprochen hast? Du

wolltest dich bis zu unserer Abreise nicht mehr in Gefahr begeben«, drängte sie erregt.

Siegfried schaute sie verständnislos an. »Was redest du da? Es ist nur eine Jagd, was soll da schon geschehen?«

»Sehr viel kann da geschehen«, beharrte sie. »Jäger, Treiber, Wild und Hunde, alle rennen hin und her. Eine Gruppe jagt einen Hirsch, während eine weitere Gruppe an einem anderen Ort einen Keiler verfolgt. Wie leicht kann man in diesem Durcheinander einen Hinterhalt legen.«

Er schüttelte amüsiert den Kopf. »Du siehst überall Gefahren. Das ist für lange Zeit die letzte Gelegenheit, mit deinen Brüdern zu feiern, so etwas lasse ich mir doch nicht entgehen.«

Kriemhild sprang aus dem Bett und nahm verzweifelt sein Gesicht in beide Hände.

»Ich beschwöre dich, geh nicht, Siegfried! Ich könnte es nicht ertragen, wenn dir etwas zustößt.«

Sie konnte in seinen Augen lesen, dass er entschlossen war, bei der Jagd dabei zu sein.

Mit großer Anstrengung zwang sie sich zur Ruhe. Sie musste ihn überzeugen.

»Ich habe im Traum böse Vorzeichen gesehen, du darfst nicht gehen«, sagte sie eindringlich.

Er sah sie verständnislos an. »Darum soll ich nicht mitreiten, weil du schlecht geträumt hast?«

»Ich habe alles ganz deutlich gesehen, du musst mir glauben!«, flehte sie.

Siegfried schüttelte den Kopf. »Ich werde nicht wegen eines bösen Traumes auf die Jagd verzichten.«

Sie hatte es befürchtet, er glaubte nicht an Träume, die die Zukunft verrieten.

Behutsam nahm er ihre Hände und zog sie von seinem Gesicht. »Es wäre eine Beleidigung für Gunther, wenn ich nicht dabei wäre, versteh das doch.«

Ratlos sah sie ihn an. Was konnte sie noch tun? Er glaubte einfach nicht, dass er in Gefahr war. Und warum sollte er auch, er war ja unverwundbar. Jedenfalls *fast* unverwundbar, und das bereitete ihr Sorgen. Was wäre, wenn durch irgendeinen dummen Zufall seine schwache Stelle getroffen würde?

»Dann lass ihn eben beleidigt sein, ich will nicht, dass du gehst«, entgegnete sie entschlossen.

Siegfried sah sie verständnislos an. Warum sperrte sie sich so gegen diese Jagd?

»Du weißt, ich schlage dir nicht gern etwas ab. Aber das hier? Es gibt wirklich keinen Grund, diese Jagd abzusagen. Deshalb will ich dabei sein.«

Kriemhilds Geduld ging zu Ende, warum wollte er es nicht begreifen?

»Du hast selbst gesagt, dass ich Gunther und Brunhild bei Egilmars Fest tödlich beleidigt habe und dass wir deshalb auf der Hut sein müssen. Hast du das etwa schon vergessen?«, erinnerte sie ihn trotzig.

Er machte eine wegwerfende Handbewegung. »Ach, da habe ich ein bisschen übertrieben. Gunther ist mein Freund und dein Bruder. Er weiß, dass man Worte, die im hitzigen Streit gefallen sind, vergessen und vergeben muss.«

»Das waren keine Worte, die man so leicht vergessen und vergeben kann«, sagte Kriemhild bitter.

Wie oft hatte sie schon den Tag verflucht, an dem sie den verhängnisvollen Streit mit Brunhild begonnen hatte.

Doch das änderte nichts daran, dass es passiert war, und nun mussten sie mit den Folgen leben.

»Und wenn du glaubst, er würde es je verzeihen, so kennst du ihn schlecht«, fügte sie mit finsterer Miene hinzu. »Du erinnerst ihn immer daran, dass er zweimal nicht stark genug war, um Brunhild zu bezwingen. Diese Schmach wird er niemals vergessen.«

Siegfried sah sie ernst an.

»Du machst dir Vorwürfe wegen der bösen Worte, die du Brunhild gesagt hast, das macht dich überempfindlich und du siehst überall Gefahren«, erwiderte er sanft.

Kriemhild wurde immer verzweifelter. Wie konnte sie ihn nur dazu bringen, auf sie zu hören? Sie blickte ihm flehend in die Augen.

»Auch wenn du mir nicht glaubst, tu es einfach mir zuliebe. Nimm nicht an der Jagd teil!«, beschwor sie ihn eindringlich.

Unschlüssig sah er sie an, so hatte er Kriemhild noch nie erlebt.

»Selbst wenn ich wollte, wie kann ich einfach so fortbleiben?«, fragte er schließlich. »Welchen Grund soll ich ihnen angeben?«

Kriemhild strahlte ihn an. Hatte sie es doch geschafft, ihn umzustimmen?

Überglücklich küsste sie ihn. »Sag einfach, ich will es nicht, dann kann dir keiner etwas vorwerfen.«

Seufzend schaute er aus dem kleinen Fenster. »Und heute ist so schönes Wetter zum Jagen.«

»Bitte, tu es für mich«, drängte sie.

»Na gut«, willigte er schließlich ein. »Aber eins kann ich dir sagen. Schon bald nach unserer Ankunft wird es in

Xanten eine große Jagd geben, und ich werde alle deine Brüder einladen.«

Ausgelassen fiel sie ihm um den Hals. »Alles, was du willst«, erwiderte sie erleichtert.

An einem großen Tisch saßen Aetius und Julius gemeinsam mit einem klein gewachsenen Mann, dessen rechte Hand ein klobiger edelsteinbesetzter Ring zierte, und studierten eingehend die vor ihnen ausgebreiteten Papyrusrollen. Marcus, der Statthalter von Belgica I, war ein gewissenhafter Verwalter der Provinz, der seit seiner Ankunft in Treverorum schon viele Rollen beschrieben hatte, die peinlich genau alle Einnahmen und Ausgaben seines Bezirks aufführten.

Aetius zweifelte nicht daran, dass der schmächtige Mann zuverlässig war, dennoch verzichtete er nicht darauf, seine Arbeit gelegentlich eingehend zu überprüfen. Im Laufe seiner verschiedenen Tätigkeiten für das Imperium hatte er festgestellt, dass es von Vorteil war, möglichst viele Aufgabenbereiche in einer Hand zu vereinen. Auf diese Weise konnte ihm niemand hineinreden, und er behielt immer die Kontrolle.

Natürlich war es bei der Vielzahl an Dingen, mit denen er sich beschäftigen musste, manchmal schwierig, den Überblick zu behalten, aber glücklicherweise gab es Julius. Sein umsichtiger Sekretär besaß ein feines Gespür dafür, um welche Probleme er sich zuerst zu kümmern hatte, was einen Aufschub vertrug und welche Aufgaben von anderen erledigt werden konnten.

Somit bestand der Heermeister des Westens darauf, regelmäßig Einsicht in die Verwaltung der Provinzen Galliens zu nehmen, unter denen Belgica I eine große Bedeutung gewonnen hatte. Lange Zeit war dieses Gebiet arm gewesen, doch die Wirtschaft der Region hatte sich in den letzten Jahren enorm entwickelt. Das galt besonders für das Tal der Mosella, wo man Wein anbaute, der auch in Rom heiß begehrt war.

Aetius blickte vom Tisch auf und lächelte Marcus gelöst an. »Das sieht alles sehr gut aus, was du uns hier vorweist. Die Regentin wird mit dir zufrieden sein«, lobte er den Statthalter.

»Wenn alle Provinzen so aufblühten wie deine, würde das Reich besser dastehen«, ergänzte Julius.

Marcus' Gesicht leuchtete vor Stolz. »Ich tue mein Bestes, Heermeister.« Doch dann legte sich seine Stirn in Falten. »Dennoch gibt es etwas, das mir Sorge bereitet.«

Der General sah ihn überrascht an. »Was meinst du damit?«

Marcus räusperte sich. »Nun, du weißt, wie es ist, wenn es einer Familie gut geht. Die Nachbarn betrachten dich missgünstig, und dein Wohlstand weckt Begehrlichkeiten. So ist es auch hier, immer wieder gibt es Überfälle von germanischen Stämmen. Bisher waren es zumeist kleinere Gruppen, die kurze Raubzüge unternahmen. Aber in den letzten Wochen haben wir so viele Spione aufgegriffen, die unsere Verteidigungsanlagen auskundschaften sollten, dass ein größerer Feldzug bevorstehen könnte.«

Julius nickte. »Das ist typisch für die Barbaren. Sie sind nicht in der Lage, selbst Reichtümer zu erwirtschaften, deshalb rauben und plündern sie lieber römische Gebiete.«

»Genau so ist es, Julius«, stimmte der Statthalter zu. Dann blickte er auf den Heermeister. »Die Gefahr geht vor allem von Burgund aus. Wenn du ein oder zwei Legionen an der Grenze zu Gunthers Reich stationieren könntest, wäre das eine große Hilfe für uns. Und wenn sie dazu noch in voll ausgebauten Kastellen untergebracht wären, würde ich mich umso mehr freuen, denn dann wüssten die Germanen, dass die Soldaten nicht so schnell wieder abziehen.«

Aetius dachte eine Weile nach, während Marcus ihn mit seinen dunklen Augen gespannt anblickte. Wenn der General seine Bitte gewähren sollte, wäre eine große Gefahr für den Wohlstand seiner Provinz abgewendet, dessen war er sich sicher.

»Ich kann deine Sorge verstehen, und ich weiß, dass sie berechtigt ist«, sagte der Heermeister schließlich. »Doch leider sind alle unsere Kräfte anderweitig gebunden. Die Sueben sind ein ständiger Unruheherd, ebenso wie die Franken. Ich brauche jeden einzelnen Legionär, um diese Stämme ruhig zu halten.« Er zuckte bedauernd die Achseln. »So leid es mir tut, du musst mit den Soldaten auskommen, die bereits vor Ort sind.«

Enttäuscht sank Marcus zusammen. Zählte es denn gar nicht, dass er seine Provinz so gut im Griff hatte? Konnte man ihm da nicht wenigstens ein paar zusätzliche Legionäre zugestehen?

»Ich dachte, du hättest die Franken besiegt«, wandte er missmutig ein.

Aetius lachte bitter. »Das ist es ja gerade. Ich habe sie bezwungen, und nun wollen sie ihre Niederlage rächen. Der Krieg mit ihnen ist noch lange nicht vorbei.«

»Belgica I könnte ein glanzvolles Vorbild für andere Provinzen des Reiches sein«, gab Julius zu bedenken. »Aber wenn die Menschen sehen, dass Rom den Wohlstand seiner Regionen nicht gegen Angriffe der Barbaren verteidigt, könnten sie darüber nachdenken, ob es sich wirklich lohnt, hart für ihren Reichtum zu arbeiten.«

Marcus nickte düster. »Mit den wenigen Soldaten, die in Titiliacum und Meduantum stationiert sind, kann ich einem größeren Angriff nichts entgegensetzen.«

Aetius blickte ihn nachdenklich an. Dann sah er auf das grünlich schimmernde Fenster, hinter dem man schemenhaft den großen Brunnen vor Marcus' Villa erkennen konnte.

Schließlich schaute er mit einem bedauernden Gesichtsausdruck auf den Statthalter. »Ich kann wirklich nichts für dich tun, Marcus. Es gibt einfach keine Legionen, die ich dir schicken kann, das ist die traurige Wahrheit.«

Sein Blick fiel auf die Papyrusrolle mit den Ausgaben für die Verteidigung der Provinz. Es war wirklich eine erstaunlich niedrige Summe, der Statthalter hatte durchaus recht damit, mehr Soldaten anzufordern.

»Aber eins kann ich dir versprechen, Marcus«, fügte er hinzu. »Wenn die Burgunder es tatsächlich wagen sollten, hier einzufallen, werden wir mit aller Härte zurückschlagen und sie vernichten, das schwöre ich dir.«

•••

Unruhig lag Siegfried auf dem Bett seiner Kammer, während es in der Burg lauter wurde. Immer mehr erwartungsfrohe Männer trafen ein und liefen erregt über den Hof. Ärgerlich dachte er an Kriemhild, die wieder einmal zusammen mit ihrer Mutter eine neue Tunika für Gunther webte, obwohl der König schon so viele davon hatte. Die

beiden konnten mühelos einen halben Tag vor dem Web-
stuhl sitzen oder einen Stickrahmen ausfüllen. Er würde
es nie schaffen, so lange still sitzen zu bleiben, er musste
immer in Bewegung sein.

Der Lärm der durcheinanderlaufenden Männer und das
Gebell der Hunde schwollen immer weiter an. Lange würde es nicht mehr dauern, bis es losging. Betrübt richtete
er sich im Bett auf, er musste fort von hier. Es machte
ihn verrückt, tatenlos mit anzusehen, wie die anderen sich
fröhlich auf eine Jagd vorbereiteten, während er nicht dabei
war. Aber er hatte es Kriemhild nun einmal versprochen,
jetzt stand er im Wort.

Doch er konnte es nicht länger ertragen. Entschlossen
stieg er aus dem Bett. Er würde auf Granes Rücken über
Felder und Wiesen schweifen, das würde ihn auf andere
Gedanken bringen.

Auf dem Weg zu den Stallungen traf er auf Hagen und
Volker. Der Spielmann war einer der wenigen Freunde des
verschlossenen Tronjers und war auch zur Jagd eingeladen
worden.

Hagen kam Siegfried lächelnd entgegen. Der Xantener wunderte sich, hatte er den Tronjer überhaupt schon
einmal lächeln sehen?

»Da bist du ja endlich, wir haben uns schon gefragt, wo
du bleibst«, begrüßte ihn Hagen.

»Reitet nur los, ich bin diesmal nicht dabei«, erwiderte
Siegfried hastig.

Hagen und Volker sahen sich überrascht an.

»Kriemhild hat im Traum böse Vorzeichen gesehen, deshalb habe ich es ihr versprochen«, fügte er hinzu.

Der Tronjer lachte höhnisch.

»Der große Siegfried lässt sich von einer Frau verbieten, auf die Jagd zu gehen, weil sie schlecht geträumt hat?«, fragte er spöttisch.

Er blickte zum Spielmann.

»Hast du das gehört, Volker? Darüber solltest du ein Lied machen. Ein Held, der nicht auf die Jagd geht, weil sein Weib es ihm nicht erlaubt. Das würde bestimmt überall an den Höfen des Landes gesungen werden.«

»Kein schlechter Einfall, die Frauen würden es lieben und die Männer darüber lachen«, höhnte Volker.

Siegfried fühlte Wut und Scham in sich aufsteigen.

»Es wird andere Gelegenheiten zum Jagen geben. König Gunther wird bestimmt nichts dagegen haben, wenn ich dem Wunsch seiner Schwester folge.«

»Das glaube ich nicht«, widersprach Hagen energisch. »Meinst du, dem König wird es gefallen, wenn der berühmteste Krieger an seinem Hof es ablehnt, an einer Jagd teilzunehmen, die er zu seinen Ehren ausruft?«

»Ich habe nicht um diese Ehre gebeten«, entgegnete Siegfried barsch. »König Gunther wird es verstehen. Richtet ihm aus, dass es mir sehr leidtut, aber das Wohlergehen Kriemhilds verbietet es mir, mit euch zu jagen.«

»Oh, das Wohlergehen Kriemhilds verbietet es«, äffte Volker ihn verächtlich nach.

»Oder reicht deine Tapferkeit etwa nicht aus, um Auerochsen und Bären zu jagen? Wir stellen heute nur denen nach, anderes Wild beachten wir nicht«, ergänzte Hagen lauernd.

Volker legte ihm die Hand auf den Arm. »Komm, gehen wir, ich kann es gar nicht erwarten, meinen Speer auf einen Bären zu werfen.«

In Siegfried brodelte es. Ja, er hatte Kriemhild versprochen, nicht mit dabei zu sein, doch eine Jagd gehörte zu den größten Vergnügen eines Mannes. Sollte er nur wegen eines bösen Traumes darauf verzichten?

»Aber wer weiß, vielleicht treiben wir auch ein paar Hasen auf, die kannst du dann jagen«, spottete Volker.

Wütend fuhr Siegfrieds Hand zum Schwert. »Für diese Worte wirst du bezahlen, Volker«, rief er.

Auch der Sänger ergriff den Knauf seiner Klinge, finster blickten sie sich in die Augen.

Hagen legte dem Drachentöter leicht die Hand auf die Schulter. »Mäßige dich, Siegfried«, mahnte er in versöhnlichem Ton. »Ist es nicht genug, wenn du den König beleidigst, indem du an der Jagd nicht teilnimmst? Musst du dazu auch noch Blut vergießen?«

Gernot, der auf den Streit aufmerksam geworden war, trat zu ihnen. »Was geht hier vor?«, fragte er scharf. »Ihr könnt es wohl nicht erwarten, Wild zu erlegen, und zieht die Waffen schon gegen eure Gefährten.«

Gleichzeitig nahmen Siegfried und Volker die Hand von ihren Waffen und blickten auf Gernot, der ein schwarz glänzendes Lederwams trug.

»Wusstest du schon, dass Siegfried nicht bei der Jagd dabei sein will?«, wandte sich Hagen an ihn.

Überrascht blickte Gernot auf den Xantener.

»Ich habe es Kriemhild versprochen«, sagte Siegfried.

»Weil sie einen bösen Traum hatte«, ergänzte Hagen spöttisch.

»Das ist wirklich schade. Diese Jagd sollte ein gebührender Anlass sein, um dich und Kriemhild in Ehren zu verabschieden«, wandte Gernot sich an den Drachentöter.

Siegfried blickte ihn unschlüssig an. Bis auf Kriemhild wollten alle, dass er bei dieser Jagd dabei war.

»Komm schon, Männer, die immer auf ihre Frauen hören, führen ein armseliges Leben«, sagte Hagen aufmunternd.

Siegfried überlegte, Kriemhild hatte wirklich kein Recht, es ihm zu verbieten. »Woher willst du das denn wissen? Man sagt, du machst dir nichts aus Frauen«, grinste er.

»Das stimmt nicht ganz, manchmal gefällt ihm schon eine, aber niemals für längere Zeit«, entgegnete Volker leutselig.

»Du hast wohl überall deine Spione. Jetzt weiß ich, woher deine ganzen Geschichten kommen«, erwiderte Hagen mit gespielter Empörung.

Die Männer lachten in guter Stimmung, während die Spannung zwischen ihnen sich wieder legte.

»Also schön, ihr habt recht, ich bin dabei«, verkündete der Xantener gelöst.

»Gut so, Siegfried. Wenn du einmal nicht auf meine Schwester hörst, wird schon kein Unheil daraus erwachsen«, sagte Gernot.

•••

Gunthers neue Tunika war inzwischen fast fertig, daher legten Ute und ihre Tochter eine Pause ein. Kriemhild stand auf und ging hinüber zu ihrer Kammer, um Siegfried zu fragen, was er von dem Gewand hielt. Doch der Raum war leer, auch seine Waffen konnte sie nirgends finden. Beunruhigt eilte sie zum Stall. Es war, wie sie befürchtet hatte, Grane stand nicht mehr in seinem Abteil.

Vor ihren Augen drehte sich alles. Siegfried hatte sich also doch entschlossen, mit auf die Jagd zu gehen. Ihr stockte der Atem, als sie erkannte, welch großen Fehler sie gemacht hatte. Warum war sie nicht bei ihm geblieben? Wie konnte sie nur so töricht sein, ihn allein zu lassen? Sie wusste doch genau, wie sehr es ihn schmerzte, bei der Jagd nicht dabei zu sein, und sie konnte sich vorstellen, wie die anderen Männer ihn deswegen schmähten. Irgendwann konnte er es wohl nicht mehr ertragen und hatte sich überreden lassen. Wäre sie bei ihm geblieben, hätte sie ihm die Kraft geben können zu widerstehen!

Hektisch sattelte sie Bleika und führte sie aus dem Stall. Dann signalisierte sie den Wachen, das Tor zu öffnen, worauf sie ungeduldig losritt. Sie kannte die Gegend, in der Gunther für gewöhnlich jagte. Auch die Hufabdrücke in dem noch vom Tau feuchten Gras und die Kothaufen der Pferde wiesen den Weg dorthin.

Sie galoppierte so schnell sie konnte. Verzweifelt betete sie, dass es noch nicht zu spät war. Sie wusste nicht genau, was geschehen würde, wenn sie die Jagdgesellschaft erreichte. Schließlich konnte sie Siegfried nicht einfach wie einen ungezogenen Jungen wieder nach Haus schicken, die anderen Männer würden sich über ihn lustig machen. Doch sie musste einfach irgendetwas tun, denn sie würde sich auf ewig Vorwürfe machen, wenn ihm etwas passierte.

Enttäuscht schaute Siegfried sich im dichten Wald um, der sie einhüllte. Von den Bären und Auerochsen, die Hagen angekündigt hatte, fand sich keine Spur. Aber immerhin hatten sie einige Wildschweine, Rehe und Hirsche erlegt. Wildschweine zu jagen war einfach, weil man an sie leichter herankam als an andere Tierarten. Allerdings wussten die männlichen Tiere sich zu wehren, so dass es nicht ganz ungefährlich war, sich ihnen zu nähern. Viele Hunde waren schon von in die Enge getriebenen Keilern getötet worden und gelegentlich hatten sie auch einen der Jäger erwischt. Rehe oder Hirsche waren scheuer, es kostete viel Mühe, sie aufzuspüren. Auch die Verfolgung der schnellen Tiere war anstrengend, vor allem an schwülwarmen Tagen wie diesem.

»Wo sind denn die Bären und Auerochsen, die du mir versprochen hast?«, wandte Siegfried sich ungeduldig an Hagen, der sich einige Schritte neben ihm durch das Dickicht kämpfte.

»Ich weiß es auch nicht. Aber vielleicht haben sie gehört, dass der Drachentöter kommt, und sind deshalb geflohen«, grinste der Tronjer.

»Hast du es ihnen verraten?«, grinste Siegfried zurück.

Er war erstaunt über die gute Stimmung Hagens. Normalerweise wirkte er ziemlich mürrisch, doch heute schien es anders zu sein.

Der Xantener wischte sich den Schweiß von der Stirn. »Das Jagen macht durstig. Wo ist der Wein?«, fragte er.

»Wein gibt es nicht«, antwortete Hagen zerknirscht. »Ich habe keinen Wagen mit Fässern bestellt, weil ich dachte, Ortwin würde sich darum kümmern, doch er hat keinen angefordert, weil er dachte, ich hätte es schon getan.«

»So ein Pech, was machen wir denn jetzt?«, stöhnte Siegfried.

Hagen überlegte einen Moment. Dann hellte seine Miene sich auf. »Wein haben wir nicht, aber es gibt eine Quelle nicht weit von hier. Das Wasser ist sehr klar, da können wir trinken.«

»Nicht so gut wie Wein, aber besser als gar nichts«, entschied der Xantener.

»Sie ist etwa zweihundert Schritt von hier«, sagte der Tronjer und zeigte auf eine große Linde. »Geh schon vor, mir ist ein Stein in den Stiefel gerutscht, ich komme gleich nach.«

»Wie du willst, dann werde ich mich schon mal erfrischen«, entgegnete Siegfried und lief in die angegebene Richtung.

Hagen sah sich um, keiner achtete auf sie. Einige Männer standen um einen kapitalen Hirsch herum, den Gunther mit zwei Pfeilschüssen erlegt hatte, und priesen das Jagdglück des Königs. Außer ihnen war niemand in der Nähe.

Entschlossen nahm er seinen Speer auf und folgte Siegfried.

Gegen ihren Willen zwang sich Kriemhild, langsamer zu reiten. Es ging nicht anders, denn Bleika war völlig erschöpft und würde unter ihr zusammenbrechen, wenn sie in diesem Tempo weitergaloppierte. Sie verzweifelte fast, denn sie war überzeugt davon, dass Siegfried in großer Gefahr schwebte.

Glücklicherweise war die Spur der Jagdgesellschaft leicht zu verfolgen. Niedergetrampeltes Gras, abgebrochene Zweige und Spuren von Blut zeigten deutlich an, wo Gunther mit seinem Gefolge langgezogen war. Da, war das eben nicht Hundegebell? Ihr Herz schlug schneller, sie mussten in der Nähe sein. Beruhigend klopfte sie ihrer Stute auf den schweißnassen Hals.

»Halte durch, Bleika, gleich sind wir da«, sagte sie leise.

Kriemhild erblickte eine Traube von Männern, die ein paar Schritte abseits des Weges um irgendetwas herumstanden. Mit bangem Herzen lenkte sie die Stute auf die Jäger zu. War sie zu spät gekommen? Doch dann erkannte sie, dass es ein großer Hirsch mit einem gewaltigen Geweih war, den die Männer betrachteten. Zwei Pfeile staken in seinem Rücken. Blut floss aus den Wunden auf den Boden und vereinigte sich mit der Lache unter dem Kopf des Tieres, wo Gunther ihm die Kehle durchgeschnitten hatte. Man merkte ihm den Stolz über seine prächtige Jagdbeute an.

Jetzt sah er sie. Er wirkte überrascht und beunruhigt.

»Kriemhild, ist etwas geschehen? Du siehst ja so erschöpft aus«, erkundigte er sich besorgt.

»Wo ist Siegfried?«, stieß sie schnell hervor, ohne auf seine Frage einzugehen.

Die Männer wechselten erstaunte Blicke. Warum war die Schwester des Königs so erregt?

»Ich habe ihn eben mit Hagen gesehen«, sagte Giselher.

»Mit Hagen?«, erwiderte Kriemhild entsetzt.

»Ja, sie haben sich ganz gut verstanden. Vielleicht werden sie ja doch noch Freunde«, entgegnete ihr jüngster Bruder.

»Wo hast du sie gesehen?«, fragte Kriemhild angespannt.

Er zeigte auf einen umgefallenen Baumstamm in der Nähe. »Ich glaube, es war dort drüben.«

Ohne ein weiteres Wort rammte Kriemhild ihrer Stute die Fersen in die Seiten und ritt auf die von Giselher angegebene Stelle zu.

Verdutzt blickten die Männer ihr nach, sie konnten sich Kriemhilds seltsames Betragen nicht erklären.

Geräuschlos näherte sich Hagen der Quelle. Keine zwanzig Schritt vor ihm hockte Siegfried am Boden und trank. Entschlossen nahm er den Speer fester in die Hand, dann zog er den Arm zurück. Sorgfältig zielte er auf die verwundbare Stelle, die der Drachentöter Kriemhild gezeigt hatte, als er sie vor einigen Tagen im Wald belauschte.

Doch dann nahm er den Speer wieder herunter. Wie leicht konnte der Wurf abrutschen, oder Siegfried bewegte sich gerade in dem Moment, in dem er warf. Nein, das war zu unsicher. Er beschloss, sich näher an den Xantener heranzuschleichen.

Behutsam pirschte er sich an Siegfried heran. Der Schweiß stand ihm auf der Stirn; er bewegte sich mit äußerster Vorsicht, doch er durfte auch nicht zu langsam sein, denn er musste Siegfried erreichen, bevor er seinen Durst gelöscht hatte.

Dann war er nur noch zwei Schritte entfernt, er konnte die kleine Stelle nicht verfehlen.

Entschlossen warf er den Speer, und die metallene Spitze bohrte sich tief in Siegfrieds Rücken. Der Xantener schrie auf vor Schmerz. Ungläubig schaute er sich um. Als er Hagen erblickte, verzerrte sich sein Gesicht vor Wut. Zornig sprang er auf und blickt auf den Strom von Blut, der sich aus der Wunde ergoss und sein Wams rot färbte. Entschlossen zog er sein Jagdmesser. Ebenso wie die anderen Männer hatte er sein Schwert nicht mitgenommen, da es bei der Jagd hinderlich war, deshalb stürzte er sich mit dem Dolch auf Hagen.

Der Tronjer wich zurück und riss sein eigenes Messer aus dem Gürtel. Entsetzt blickte er auf Siegfried. Wie konnte er mit solch einer Wunde noch auf die Beine kommen?

Doch dann knickten die Knie des Xanteners ein, sein Blick flackerte unsicher, und mit einem kraftlosen Stöhnen brach er zusammen.

Hagen atmete auf. Er hatte das Unmögliche vollbracht und den Drachentöter getötet. Mit einem Gefühl des Stolzes zog er den Speer aus der Wunde, um ihn im klaren Wasser der Quelle zu reinigen. Plötzlich hörte er den Hufschlag eines sich schnell nähernden Pferdes. Er blickte auf. Es war Kriemhild, die rasch auf ihn zuritt.

»Wo ist Siegfried?«, schrie sie, sobald sie in Rufweite war.

Im nächsten Augenblick sah sie ihn blutüberströmt am Boden liegen. Entsetzt sprang sie vom Pferd und warf sich auf ihn. Doch sein lebloser Körper rührte sich nicht mehr. Dicke Tränen liefen ihr die Wangen hinunter. Hemmungslos schluchzend lag sie auf ihm und überließ sich ihrem Schmerz.

Schließlich blickte sie mit tränennassen Augen zu Hagen auf.

»Wie konnte das passieren? Wieso hat jemand die einzige verwundbare Stelle an seinem Körper getroffen?«, fragte sie bitter.

Der Tronjer zuckte gleichgültig die Schultern. Dann spielte ein hämisches Lächeln um seine Mundwinkel.

»Wer weiß, vielleicht wurdest du ja belauscht, als du dir von Siegfried die schadhafte Stelle in seinem Kettenhemd zeigen ließest«, erwiderte er spöttisch.

Es dauerte einen Moment, bis Kriemhild begriff, was Hagen da gesagt hatte. Sie selbst war schuld an Siegfrieds Tod! Sie hatte über sein Geheimnis gesprochen, und ein böser Zufall wollte es, dass der Tronjer zugehört hatte. Erneut strömten ihr heiße Tränen die Wange hinunter, sie

musste sich an einen Baum lehnen, um nicht zusammen-
zusacken.

Dann sah sie die Genugtuung in Hagens Gesicht. Mit
enormer Willensanstrengung zwang sie sich, Stärke zu zeigen. Ja, sie trug eine Mitschuld an Siegfrieds Tod. Dieser
Gedanke würde sie bis ans Ende ihres Lebens verfolgen,
das wusste sie. Dennoch, der Mann, der ihn heimtückisch
getötet hatte, stand ihr nun gegenüber.

Sie legte alle Verachtung, zu der sie fähig war, in ihren
Blick und bohrte ihre Augen in seine.

»Diese Tat wirst du bereuen, Hagen von Tronje!«, zischte
sie.

Er lachte höhnisch auf. »Wieso denn? Außer dir weiß
doch niemand, was passiert ist.«

Gelassen nahm er seinen Speer wieder auf, an dessen
Spitze immer noch Spuren von Siegfrieds Blut klebten.

Kriemhild sah ihm mit schreckgeweiteten Augen entgegen.

Dann sah sie, wie Gernot und Giselher um eine Weg-
krümmung bogen und auf sie zukamen. Erleichtert atmete
sie auf, während Hagen den Spieß zähneknirschend wieder
ablegte.

Bestürzt sahen ihre Brüder den am Boden liegenden
Siegfried. Sie blickten auf seinen reglosen Körper, das Blut,
das aus seiner Wunde sickerte. War er tot? Wie war das
möglich, wie konnte der Unverwundbare tot sein?

»Was ist hier geschehen?«, fragte Giselher fassungslos.

Kriemhild trocknete sich die Tränen ab.

»Fragt Hagen, er soll es euch sagen«, erwiderte sie mit
einem Zittern in der Stimme.

Sie sah, wie Gunther sich ihnen nun ebenfalls näherte.

»Ich habe es für Burgund getan«, erwiderte Hagen entschlossen. »Siegfried hat den König und die Königin entehrt. Das durfte nicht ungesühnt bleiben.«

»Was weißt du schon von Ehre, du feiger Mörder? Du hast nicht darüber zu entscheiden, ob etwas gerächt werden muss, das mit dem König zu tun hat«, schrie Kriemhild.

Inzwischen hatte Gunther sie erreicht. Erschüttert blickte er auf den in seinem Blut liegenden Xantener. Hagen hatte es also tatsächlich getan.

»Siegfried ist tot?«, stammelte er.

Kriemhild beobachtete ihn genau. Gunther hatte es noch nie verstanden, seine Gefühle vor ihr zu verbergen. Sie war sicher, dass sein Entsetzen nur gespielt war.

»Warum bist du so überrascht? Hagen hat es doch getan, um deine Ehre zu retten«, sagte sie mit beißendem Spott. »Oder denkst du etwa, dass irgendjemand glaubt, der dir treu ergebene Hagen von Tronje könnte so etwas ohne das Wissen seines Königs tun?«

Sie trat einen Schritt zurück, hob stolz den Kopf und blickte die Männer eisig an.

»Hört mich an, damit ihr es nie vergesst«, sagte sie mit vor Zorn bebender Stimme. »Bei Siegfrieds Leiche schwöre ich, dass ich blutige Rache üben werde an seinem Mörder und allen, die mit ihm schuldig sind!«

Voller Verachtung blickte sie noch einmal auf Hagen und Gunther, dann drehte sie sich langsam um und stieg auf ihr Pferd.

TEIL
II

17

Inzwischen waren drei Jahre vergangen. Zunächst hatte Kriemhild Worms, den Ort ihres größten Schmerzes, so schnell wie möglich verlassen wollen. Aber dann hatte sie sich von Ute und ihren Brüdern überreden lassen, noch am Hof von Burgund zu bleiben. Zwar war sie seit der Vermählung mit Siegfried Prinzessin von Xanten, doch sie kannte niemanden am Niederrhein. Wer weiß, wie es ihr dort ergehen würde. Als Fremde ohne Hausmacht wäre sie ganz auf sich allein gestellt und würde zum Spielball von intriganten Höflingen werden. Dagegen hatte sie hier noch ihre Familie, und sie durfte auch nicht vergessen, dass ihre Mutter mit zunehmendem Alter immer mehr auf ihre Hilfe angewiesen sein würde.

Außerdem war der Hort, den Siegfried errungen hatte, hier sicherer als in Xanten. Burgund war ein mächtiges Reich, dem man nicht einfach so seinen Besitz rauben konnte. Der kurze Krieg gegen die Sachsen hatte gezeigt, wie wehrhaft das Wormser Reich war. Und dieser Schatz hatte eine besondere Bedeutung für Kriemhild. Es verging kein Tag, an dem sie nicht an ihre Rache für Siegfried dachte, und der Hort sollte der Schlüssel dazu sein. Zwar war sie nur eine schwache Frau, die sich – anders als Brunhild – nicht darauf verstand, mit dem Schwert zu kämpfen, doch sie hatte den Reichtum, sich starke Verbündete zu gewinnen.

Beunruhigt beobachteten Gunther und Hagen, wie sich Kriemhild mit kostbaren Geschenken mehr und mehr der Fürsten des Landes gewogen machte. Die Stimmung im Land begann sich gegen sie zu wenden, und schon hörte man vereinzelt Forderungen, dass Siegfrieds Mörder zur Rechenschaft gezogen werden müssten.

•••

Gunther und Hagen ritten gemeinsam über die Wiesen und Felder östlich von Worms. Einige Zeit, nachdem Geri verschwunden war, hatte der König sich einen neuen Falken besorgt, den er Fjok nannte. Auch mit ihm ging er häufig auf die Jagd, und immer öfter begleitete ihn Hagen dabei. Es war, als ob der Mord an Siegfried die ohnehin schon enge Bande zwischen ihnen noch verstärkt hatte.

Gunther blickte mit Fjok auf der Faust in den grauen Himmel. Das Wetter war bedeckt, doch es gab keine Regenwolken, es würde wohl trocken bleiben. Weit und breit war keine Beute für den Falken zu sehen. Er beschloss, den Vogel einfach fliegen zu lassen, er würde schon etwas finden.

Hagen blickte Fjok nach, wie er sich immer höher in die Luft schwang. Mit Sorgenfalten auf der Stirn wandte er sich Gunther zu. »Wir dürfen nicht zulassen, dass Kriemhild weiterhin Unfrieden stiftet, das könnte gefährlich werden.«

Gunther überlegte einen Moment. »Da hast du recht«, erwiderte er. »Aber was sollen wir dagegen tun?«

»Wir müssen ihr den Hort nehmen und an einem sicheren Ort verbergen«, erwiderte Hagen bestimmt.

Gunther blickte ihn nachdenklich an. Dann schüttelte er den Kopf. »Es widerstrebt mir zutiefst, was du sagst. Wir haben ihr schon den geliebten Mann genommen. Müssen wir ihr nun auch noch den Schatz rauben?«

»Sie zwingt uns dazu«, beharrte Hagen. »Es ist der einzige Weg, uns vor ihr und ihrer Rachsucht zu schützen.«

Gunther überlegte erneut. »Es stimmt wohl, wir können nicht auf halbem Weg stehen bleiben. Wir haben den verderblichen Pfad beschritten, jetzt müssen wir ihn auch zu Ende gehen«, murmelte er.

Der Tronjer blickte ihn besorgt an. Gunther machte sich immer noch Vorwürfe wegen Siegfrieds Tod. Doch späte Reue nützte niemandem etwas. Es war nun einmal geschehen, und damit mussten sie nun alle leben. Ihn selbst plagten keine Zweifel daran, ob er richtig gehandelt hatte. Seine Treue gehörte dem König, und mit dem Mord an Siegfried hatte er seine Redlichkeit bewiesen. Nun würde es niemand mehr wagen, das Herrscherhaus von Burgund so in den Schmutz zu ziehen, wie der Xantener es getan hatte.

Fjok hatte anscheinend etwas entdeckt. Er kreiste nun nicht mehr am Himmel, sondern flog rasch auf ein Wäldchen zu. Gunther und Hagen drückten ihren Pferden die Fersen in die Seite und folgten dem Falken, der jetzt auf den Boden zustürzte. Zwei-, dreimal änderte er die Richtung, dann schlug er seine Klauen in die Beute.

Doch dem anderen Tier, das sie aus der Ferne nicht genau erkennen konnten, gelang es, den Raubvogel abzuschütteln, und es rannte davon. Als sie sich dem Geschehen näherten erkannten sie, dass es ein Hase war, der verzweifelt versuchte zu entkommen. Der zweite Angriff war jedoch sein Ende. Fjok hatte ihn fest im Genick gepackt und nach kurzem Kampf rührte er sich nicht mehr.

Hagen und Gunther galoppierten heran. Während der Falke begann, seine Beute zu zerrupfen, stieg der König rasch vom Pferd, griff mit seiner behandschuhten Hand nach dem Hasen und legte das Tier vor sich auf den Rücken des Pferdes. Fjok betrachtete ihn widerwillig, aber als Gunther den linken Arm ausstreckte, flog er heran, um sich auf den Handschuh zu setzen.

Der König wandte sich zu Hagen. »Der Hase ist ein Geschenk.«

Überrascht blickte der Tronjer ihn an. Ein Geschenk? Für wen? »Er wird bestimmt gut schmecken«, erwiderte er lediglich.

»Was hältst du davon, wenn wir ihn zu der Hütte bringen, zu der du jeden Abend reitest?«, fragte Gunther.

Hagen sah ihn verblüfft an. »Woher weißt du davon?«

Gunther lächelte. »Du solltest eigentlich wissen, dass mir nichts verborgen bleibt, was in meinem Reich geschieht, jedenfalls nichts, was mit meinem Hof zu tun hat.«

Hagen schwieg einen Moment.

»Wie du wünschst, mein König«, entschied er darauf.

Es dauerte nicht lange, bis sie eine kleine Kate erreichten, die nicht größer war als Gunthers Kammer in seiner Halle. An den verwitterten Brettern war zu erkennen, dass sie vor langer Zeit erbaut worden war, doch ihr Zustand war gut. Offensichtlich wurde sie regelmäßig instand gehalten.

Sie banden die Pferde an den niedrigen Zaun, der die Hütte umgab.

Hagen blickte unschlüssig zu Gunther. »Willst du wirklich mit hineinkommen? Es … riecht nicht gut.«

Gunther stieg ab und ergriff den toten Hasen. »Glaubst du etwa, ich bin hierher geritten, um draußen zu warten?«

Hagen nickte knapp, dann klopfte er an die Tür. Eine schwache Stimme antwortete, und sie traten ein.

Gunther prallte zurück, der Tronjer hatte nicht gelogen, ein durchdringender Gestank nach Pisse und feuchtem Schmutz empfing sie. Für einen Augenblick war er versucht, wieder hinauszugehen, aber dann hätte er sich den ganzen Weg auch sparen können, also blieb er.

In einer Ecke des Zimmers stand ein solides Bett, auf dem eine alte Frau lag. Die kurzen aschgrauen Haare waren am Hinterkopf zu einem Knoten zusammengebunden. Sie hatte ein schmales Gesicht mit feinen Wangenknochen und einer geraden Nase. Gunther vermutete, dass sie in früheren Jahren eine Schönheit gewesen war.

Ihre wässrigen Augen leuchteten erfreut auf, als sie Hagen sah. Mühsam richtete sie sich im Bett auf.

»Du kommst heute früher als sonst«, stellte sie mit brüchiger Stimme fest.

»Ja, und ich bin auch nicht allein«, erwiderte er.

»Du hast einen Besucher mitgebracht?«, fragte sie erschrocken und richtete sich mühsam im Bett auf.

Die Frau trug einen abgewetzten braunen Kittel, der an einigen Stellen schon fadenscheinig war. Sie betrachtete ihn eingehend, was ihr in dem Halbdunkel der Hütte, die nur ein winziges Fenster hatte, nicht leichtfiel.

»Wer bist du?«, fragte sie beeindruckt. »Deiner Kleidung nach zu urteilen kommst du aus einem edlen Haus.«

Hastig nahm Hagen den prall gefüllten Nachttopf auf und ging hinaus, um ihn zu leeren.

Gunther bemerkte, dass der Gestank abnahm, aber immer noch da war.

»Ich bin Gunther von Burgund, Gibichs Sohn«, erwiderte er leise. Er hielt den Hasen in die Höhe. »Ich habe dir auch etwas mitgebracht.«

Die Frau erschrak. Mit großen Augen starrte sie ihn an. Dann blickte sie auf den Hasen in seiner Hand.

»König Gunther?«, rief sie erstaunt.

Er nickte.

»Warum bist du gekommen?«, fragte sie atemlos, während Gunther das Tier auf einem fleckigen Schemel ablegte.

Hagen kam mit dem leeren und ausgewaschenen Nachttopf wieder herein.

»Er bestand darauf, hierherzukommen, ich konnte ihm seinen Wunsch nicht abschlagen«, erklärte er.

Ihre Augen bewegten sich verwirrt zwischen Hagen und Gunther hin und her. Dann stand sie mit schmerzverzerrter Miene auf und neigte den Kopf vor ihm.

»Verzeih die Unordnung, mein König. Ich habe starkes Gliederreißen, darum kann ich die Hütte nicht so in Ordnung halten, wie es nötig wäre, um hohen Besuch zu empfangen«, stöhnte sie.

Sie begann zu zittern, erneut erschien ein schmerzvoller Ausdruck auf ihrem Gesicht. Schnell eilte Hagen an ihre Seite und zog einen wackligen Stuhl heran. Unsicher setzte sie sich und blickte dankbar zu ihm auf. Liebevoll tätschelte sie seine Wange. »Hagen ist immer so besorgt um mich.«

Der Tronjer blickte verlegen auf Gunther. Doch der König lächelte ebenfalls.

Zögernd blickte sie auf den König. »Verzeih, dass ich noch einmal frage, Herr, aber es drängt mich zu wissen, warum du gekommen bist.«

Gunther ließ einen Augenblick verstreichen.

»Aus Neugier. Ich wollte die Frau kennenlernen, die mein Vater zuerst geliebt hat«, sagte er schließlich.

Unwillkürlich straffte sich ihre vorher zusammengesunkene Haltung, und ein Anflug von Stolz erschien auf ihrem Gesicht, als sie sich an längst vergangene Zeiten erinnerte.

»Dein Vater war ein mächtiger Mann, aber nicht stark genug, eine Frau zu heiraten, die im Rang unter ihm stand«, sagte sie mit einer festen Stimme, die nun viel kräftiger wirkte als bei den ersten Worten, die er von ihr gehört hatte.

Hagen nickte düster. »Utes Vater war der mächtige Fürst Sighsten, eine Heirat mit ihr brachte Gibich viele Vorteile.«

»Und somit wurde Hagen zum Bastard, während die Söhne, die ihm Ute gebar, zu Königen wurden«, ergänzte sie hart.

»Die Nornen haben es so beschlossen, ich habe mich ihrer Entscheidung gefügt«, erklärte Hagen.

Erstaunt stellte Gunther fest, dass keinerlei Bitterkeit in den Worten seines Freundes mitschwang. Auch jetzt zeigte er sich als der treue Diener Burgunds, der er schon immer gewesen war.

»Wir haben ihn niemals wie einen Bastard behandelt, sondern halten ihn in hohen Ehren«, erklärte Gunther.

»Das ist wahr«, bestätigte Hagen. »Ich genieße eine hohe Stellung am Hof und diene dem Reich so gut ich kann.«

Gunther umfasste lächelnd seine Unterarme. »Burgund kann sich glücklich schätzen, dich zu haben. Ohne dich wäre das Reich nicht das geworden, was es jetzt ist«, sagte er voller Wärme.

Hagens Mutter blickte mit gemischten Gefühlen auf ihren Sohn. Wäre es anders gekommen, hätte er König von Burgund sein können, und sie würde nun in der königlichen Halle residieren. Doch Hagen war offensichtlich mit seinem Los zufrieden, er genoss die Achtung und die Anerkennung Gunthers, und das schien ihm zu genügen.

Als sie später wieder nach Worms ritten, war Gunther einmal mehr froh darüber, Hagen an seiner Seite zu wissen. Der grimmige Tronjer wirkte auf die meisten Menschen schroff und abweisend. Es gab nicht wenige, denen er unheimlich war, so dass sie ihn mieden. Doch diejenigen, denen er sich verbunden fühlte, konnten sich seiner unverbrüchlichen Treue sicher sein. Hagen würde sie niemals im Stich lassen.

•••

Gunther und Brunhild saßen in der Halle und ließen sich das Essen schmecken, das der Koch Rumold zubereitet hatte. Neben dem üblichen Gemüseeintopf ließen sie sich ein frisches Huhn schmecken. Brunhild lebte gut als Königin von Burgund, an ihrem Hof im Suavaland gab es nicht so oft Fleisch oder Geflügel zu essen.

Doch das Zusammenleben mit Gunther war schwierig. Der Betrug, durch den er sie gewonnen hatte, lag immer noch wie ein tiefer Graben zwischen ihnen, den sie vielleicht niemals überwinden würden. Aber sie tröstete sich damit, dass sie nicht die einzige in einer freudlosen Ehe gefangene Frau war. Wenn ihr wirklich einmal alles zu viel wurde, ging sie zum Rhein hinunter und stürzte sich in seine Fluten. Dort fühlte sie sich geborgen, das Gefühl, eins zu sein mit dem mächtigen Strom, gab ihr ein Gefühl der Kraft, das sie vermisste, seitdem sie in Burgund war.

Auch ihre gelegentlichen Reisen ins Suavaland, bei denen sie von ihren Untertanen umjubelt wurde, machten es leichter, ihr Los zu ertragen. Hergard, die in ihrer Abwesenheit das Reich mit Umsicht regierte, behandelte sie immer mit dem größten Respekt, so dass sie ihre Heimat jedes Mal mit dem beruhigenden Gefühl verließ, die Regierungsgeschäfte in die richtigen Hände übergeben zu haben.

Brunhild stellte ihren Trinkpokal ab und nahm sich einen Schenkel des gegrillten Huhns.

»Du bist heute wieder lange Zeit mit Hagen ausgeritten«, bemerkte sie. Sie hatte es leicht dahinsagen wollen, doch es gelang ihr nicht ganz, das Missfallen darüber zu unterdrücken.

»Ich weiß, du magst ihn nicht …«

»Er hat Siegfried ermordet, die große Stütze Burgunds. Was machst du nun, wenn wieder ein so starker Feind wie die Sachsen und Dänen in unser Reich einfällt?«, unterbrach ihn Brunhild gereizt.

»Es gefällt mir auch nicht, was passiert ist. Ich wünschte, es wäre nicht dazu gekommen. Aber Hagen hat es für uns getan. Um unsere Schande zu rächen«, erwiderte Gunther.

Brunhild betrachtete ihn kalt. »Was mich betrifft, gab es nichts zu rächen«, erklärte sie ruhig.

»Was sagst du da?« Gunther beugte sich empört nach vorn. »Er hat dich bei der Brautwerbung getäuscht und bezwungen. Außerdem hat er sich damit gebrüstet, bei dir gelegen zu haben, obwohl du die Frau eines anderen bist. Und dann sagst du mir, dass er deine Ehre nicht in den Schmutz gezogen hat? Wie kann das sein?«

Sie starrte bitter auf die Tischplatte, damit hatte Gunther recht. Wie hatte Siegfried sie nur so hintergehen können?

»Ich verstehe nicht, warum er das getan hat, das passt nicht zu ihm«, sagte sie leise. Doch dann hob sie ihren Kopf wieder und starrte ihm hart in die Augen. »Aber das ändert nichts daran, dass Hagen mit seinem feigen Mord *deine* Schande gerächt hat, nicht *meine*. Es gibt nichts, wofür ich mich schämen müsste. Es ist keine Schande, gegen den größten Krieger landauf, landab im Kampf zu unterliegen, und ebenso wenig bereue ich es, bei ihm gelegen zu haben.«

Wütend schlug Gunther mit der Faust auf den Tisch. »Genug, du bist meine Frau, die Königin von Burgund, ich verbiete dir, so zu reden!«, schrie er. »Siegfried hat die Ehre der königlichen Familie verletzt, zu der du nun auch gehörst, vergiss das nicht!«

Brunhild schwieg einen Moment, sie wollte keinen Streit anfangen, das würde zu nichts führen, also zwang sie sich zur Ruhe.

»Ich weiß, dass Siegfried sich nicht immer richtig verhalten hat«, begann sie. Doch dann wurde ihre Stimme wieder härter. »Aber sag mir nicht, du hast Hagen gewähren lassen, um *meine* Ehre wiederherzustellen. Diese Unaufrichtigkeit kann ich nicht ertragen«, zischte sie.

»Also ist Siegfried für dich unschuldig«, erwiderte Gunther spöttisch.

Brunhild überlegte einen Augenblick. »Die Hauptschuldige ist Kriemhild. Hätte sie mich nicht vor der ganzen Stadt gedemütigt, wäre nichts von dem geschehen, worüber wir jetzt reden.«

Gunther blickte sie nachdenklich an. »Meine Schwester ist genug gestraft, sie macht sich selbst die größten Vorwürfe. Seit Siegfrieds Tod sieht man sie kaum einmal lachen, dabei war sie vorher so lebensfroh«, sagte er betrübt.

...

Mit einer toten Maus in der Hand ging Gunther früh am nächsten Morgen zu den Stallungen, um Fjok zu füttern. Begierig sog er die frische Morgenluft ein, der Himmel erstrahlte in einem satten Blau, es versprach ein schöner Tag zu werden. Als er den Stall betrat, erschrak er. Er war nicht allein.

Doch der König atmete auf, als er seinen Halbbruder erkannte.

»Du bist es, Hagen, was machst du hier?«, fragte er.

»Ich bringe gute Nachrichten«, erwiderte der Tronjer.

»Gute Nachrichten sind mir immer willkommen«, entgegnete Gunther gelöst.

»Um Kriemhilds Hort brauchen wir uns nicht mehr zu sorgen«, sagte Hagen knapp.

Gunther sah ihn fragend an. Sie hatten erst gestern über die Gefahr gesprochen, die der Schatz für sie bedeutete. Hatte er schon etwas unternommen?

»Ich habe ihn an einer tiefen Stelle im Rhein versenkt. Jetzt kann sie keinen Unfrieden mehr stiften«, knurrte er.

Überrascht blickte Gunther auf den Tronjer. »Im Rhein?« Er überlegte einen Moment. »Ja, ich glaube, das ist ein guter Platz.«

»Ich habe die Wache vor der Schatzkammer bestochen, den Hort auf einen Wagen geladen und dann an den Fluss gebracht. Niemand außer mir kennt die Stelle.«

»Bist du sicher, dass dich keiner gesehen hat?«

Hagen nickte bestimmt.

»Ich habe mich immer wieder umgeschaut, aber da war niemand. Alle schliefen fest.«

Gunther blickte mit einem überraschten Ausdruck im Gesicht auf den Falken, der ungeduldig schrie. Er sah Gunther mit der Maus in der Hand vor ihm stehen, doch der König kam nicht näher.

»Schon gut, Fjok, du hast lange genug gewartet«, schmunzelte Gunther und hielt dem Vogel die Maus hin. Gierig schnappte der Falke danach. Nachdenklich sah er zu, wie der Raubvogel kleine Stücke aus seiner Beute herausriss.

»Wieder haben wir ein Unrecht begangen, aber es musste sein«, sagte er in einem Ton, als ob er zu sich selbst spräche. »Wir konnten nicht zulassen, dass Kriemhild den Reichtum des Horts gegen uns wendet.«

»Danke, mein König, ich habe es für Burgund getan«, erwiderte Hagen und verließ mit Gunther den Stall.

• • •

Wütend stürmte Kriemhild mit Ute in die Halle, wo Gunther, Hagen, Gernot und Giselher miteinander Wein tranken.

»Wie niederträchtig ihr doch seid!«, rief sie Gunther und Hagen vor Zorn bebend zu. »Ihr wollt mir jede Erinnerung an Siegfried nehmen, indem ihr mir nun auch noch den Hort raubt!«

Gunther sah sie erstaunt an. »Wovon sprichst du, Kriemhild?«

»Das weißt du ganz genau«, zischte sie. »Wo ist der Schatz?«

Die Männer schauten sie verdutzt an. Auch Hagen wirkte so, als wüsste er nicht, was mit dem Hort passiert war.

Verärgert blickte Kriemhild sich um. Sie hätte es sich denken können. Nur Ute war auf ihrer Seite. Die anderen konnten sich entweder nicht vorstellen, dass Gunther seiner Schwester so etwas antun konnte, oder sie billigten es sogar.

»Der Schatz ist nicht mehr da, wir müssen ihn wiederbekommen«, forderte Ute streng.

Für einen Moment herrschte Stille, niemand sagte etwas.

»Wie konnte das passieren?«, fragte Giselher schließlich.

»Die Wache hat gesagt, jemand hat ihn von hinten niedergeschlagen, und als er gefesselt wieder aufwachte, war der Hort nicht mehr da.« Kriemhild schnaubte empört. »Ich glaube ihm kein Wort, er hat überhaupt keine Verletzungen.«

»Aber was ist dann passiert?«, überlegte Gernot, während er sich nachdenklich an der Nase kratzte.

»Wenn ihr es nicht schon selbst wisst, werde ich es euch erklären«, sagte Kriemhild in schneidendem Ton. »Gunther und Hagen haben den Schatz gestohlen, weil sie fürchten, ich könnte mir mit seiner Hilfe mächtige Verbündete gewinnen, um Siegfried zu rächen.«

Giselher sah die beiden entsetzt an. »Ist das wahr?«, fragte er tonlos.

»Natürlich nicht«, erwiderte Gunther bestimmt. »Räuber müssen sich eingeschlichen und den Hort mitgenommen haben.« Er blickte hart auf Kriemhild. »Meine Schwester ist seit Siegfrieds Tod nicht mehr sie selbst, sie weiß nicht, was sie sagt.«

»Ich schicke sofort einen Trupp Reiter los, sie sollen die Räuber verfolgen«, schlug Hagen vor.

»Spar dir deine Verstellung, mich kannst du nicht täuschen, du feiger Mörder«, fuhr Kriemhild ihn an. »Sag es, wo hast du den Schatz versteckt?«

Plötzlich hörten sie den durchdringenden Ton des Signalhorns. Kriemhild warf ihrem Halbbruder noch einen verachtungsvollen Blick zu, dann gingen sie nach draußen, um zu sehen, warum es geblasen wurde.

Von der Burgmauer aus sahen sie zu, wie sich ein Trupp von etwa zehn Reitern näherte. Sie trugen frisch eingefettete Brünnen, und auch ihre Waffen glänzten hell in der Sonne, so dass die Krieger einen beeindruckenden Anblick boten. Am Ende des kleinen Zuges trotteten einige Packtiere.

»Das ist Herzog Rüdiger von Bechelaren!«, rief Hagen erfreut.

Der Quade Rüdiger war ein unscheinbarer Mann mit breitem Gesicht und offenem Blick. Freundlich hob er die Hand, als er zur Burgmauer hinaufschaute. Das dunkle Haar, das ihm noch blieb, war leicht gekräuselt. Sein Reich lag am Nordufer der Donau nahe Vindobona, und er gehörte nun zum Gefolge des Hunnenkönigs Attila, der ein riesiges Reich regierte, das sich von der Mitte Europas bis zum Kaukasus erstreckte. Den größten Teil des Jahres verbrachte er – ebenso wie andere germanische Herrscher, die Attila unterworfen hatte – mit seiner Familie in der hunnischen Hauptstadt, nahe dem ehemals römischen Aquincum.

»Rüdiger, lang haben wir uns nicht mehr gesehen!«, rief Gunther ihm lächelnd zu und ließ das Tor öffnen.

Es dauerte nicht lange, bis ein köstliches Essen für die Gäste angerichtet war. Bei gegrilltem Schwein und edlem Wein sprachen sie darüber, was sich im Hunnenreich und am Rhein ereignete.

Rüdiger füllte erneut seinen Becher, während er sich an Gunther wandte. »Ich hatte mich darauf gefreut, die berühmte Kriegerkönigin Brunhild kennenzulernen, aber ich sehe sie nirgends.«

Gunther zögerte unmerklich, bevor er antwortete. »Du kommst zur Unzeit, sie macht gerade einen Besuch in ihrer Heimat, dem Suavawald«, sagte er dann.

»Wie schade«, bedauerte Rüdiger.

Er räusperte sich.

»Ich wäre ein schlechter Gast, wenn ich mit leeren Händen gekommen wäre«, erklärte er dann und klatschte in die Hände. Die Tür der Halle öffnete sich, und einige Knechte erschienen, die erlesene Geschenke hereinbrachten. Feine Gewänder aus prunkvollen Brokatstoffen, kostbares Essgeschirr von Gold und Silber und Kämme aus weiß glänzendem Elfenbein wurden vor den staunenden Burgundern hereingetragen.

Rüdiger stand auf und nahm einem der Knechte ein besonders prächtiges Kleid aus purpurfarbener Seide ab, das mit Goldfäden durchwirkt war. Dann ging er zu Kriemhild und überreichte es ihr mit einer tiefen Verbeugung.

Sprachlos starrte sie ihn an, sie hatte noch nie etwas so Schönes gesehen.

»Dies schenkt dir Attila, der König der Könige«, rief Rüdiger feierlich.

»Sendet ihm meinen tief empfundenen Dank«, erwiderte Kriemhild strahlend.

»Willst du ihn nicht selbst überbringen?«, fragte der Herzog.

Kriemhild sah ihn überrascht an. »Ich verstehe dich nicht, wie meinst du das?«

Rüdiger verbeugte sich erneut. »Mein Herr bittet dich durch mich um deine Hand.«

Verblüfft starrte sie ihn an. Der mächtige Attila wollte sie zur Frau?

»Der Ruf deiner Schönheit reicht bis nach Pannonien, darum freit er um dich, Kriemhild«, fuhr Rüdiger fort.

Kriemhild sah den Herzog freundlich an. Über die letzten Jahre hatte es viele Freier gegeben, die durch ihren Liebreiz und die Aussicht, einen Teil Burgunds zu besitzen, angelockt worden waren, doch sie hatte keinen von ihnen ernsthaft in Erwägung gezogen. Niemand konnte an Siegfried heranreichen, daher zog sie es vor, den Rest ihrer Tage als Witwe zu verbringen.

»Sende Attila meinen Dank für die edlen Geschenke, aber sag ihm auch, dass ich nie wieder mein Herz an einen Mann verschenken werde«, erklärte sie mit einem traurigen Lächeln.

Gunther wandte sich mit mühsam unterdrücktem Zorn zu Rüdiger. »Ich bin sehr überrascht über Attilas Werben. Seit Jahren werden unsere östlichen Gebiete immer wieder von Hunnen überfallen. Wie kann er es da wagen, um die Hand meiner Schwester anzuhalten?«

Rüdiger nickte langsam, als ob er diese Worte erwartet hätte. »Diejenigen, die in euer Gebiet eindringen, sind Abtrünnige. Wegelagerer, die nicht unter Attilas Kommando stehen. Sie unternehmen ihre Raubzüge eigenmächtig.« Er blickte sich entschlossen um. »Wenn Kriemhild sich mit Attila vermählt, wäre er verpflichtet, den Besitz ihrer Familie zu schützen. Er würde diese Räuberbanden so gnadenlos zerschmettern, wie man eine lästige Fliege erschlägt.«

Die Burgunder wechselten vielsagende Blicke. Wenn das stimmte, wäre ihnen eine große Sorge abgenommen.

Rüdiger wandte sich wieder zu Kriemhild. »Denk daran, wie mächtig Attila ist. Er könnte dir jeden Wunsch erfüllen.«

Ihre Augen verengten sich. Ja, das könnte er. Wenn sie es geschickt anstellte, würde er das Werkzeug ihrer Rache für Siegfried sein.

Hagen blickte misstrauisch auf den Herzog. »Wir haben vor Jahren ein hunnisches Heer vernichtet. Wird Attila dafür nicht Vergeltung üben wollen?«, fragte er.

»Ganz im Gegenteil«, lachte Rüdiger. »Damit habt ihr ihm einen Gefallen getan. Es war Octars Heer, das ihr vernichtet habt. Damit habt ihr Attilas Gegner am Hunnenhof geschwächt, so dass er die Möglichkeit hatte, selbst den Thron zu besteigen. Er ist euch also zu Dank verpflichtet.«

Gunther sah ihn nachdenklich an. Dann wandte er sich langsam zu Kriemhild. »Hast du das gehört? Vielleicht solltest du doch noch einmal über Attilas Werbung nachdenken.«

Der König wusste gar nicht, wie recht er damit hatte. In Kriemhilds Kopf überschlugen sich die Gedanken, und je länger sie über Attilas Werbung nachdachte, desto besser gefiel ihr die Vorstellung, seine Frau zu werden. Dennoch, so ganz allein am Hunnenhof zu sein, ohne Unterstützung, war das nicht zu gewagt?

Sie lächelte den Herzog an. »Beantworte mir noch eine Frage, Rüdiger. Willst du mein Gefolgsmann und Vertrauter sein, der mir hilft, mich in der Fremde zurechtzufinden?«

Der Herzog lächelte ebenfalls und neigte leicht den Kopf. »Es wäre mir eine Ehre«, antwortete er.

Eine kurze Pause trat ein, bevor Kriemhild weitersprach. »Schwöre mir deine Treue und Freundschaft, dann will ich es wagen.«

Rüdiger hob die Hand zum Schwur. »Ich gelobe es«, sagte er in feierlichem Ton.

Kriemhild sah sich in der Halle um. »So hört denn alle meinen Entschluss«, hob sie an.

Alle Köpfe wandten sich nach ihr um. Es entstand eine atemlose Spannung in der Halle. Das einzige Geräusch, das zu hören war, kam aus der Küche, wo die Mägde das Geschirr säuberten.

Sie hob stolz den Kopf.

»Sage deinem Herrn, dass ich seine Werbung annehme«, erklärte sie mit lauter Stimme.

Im Saal brach lauter Jubel aus. Begeistert tranken ihre Brüder sich zu. Vielleicht würde Kriemhild jetzt wieder zu leben beginnen. Seit Siegfrieds Tod hatte sie sich mehr und mehr zurückgezogen, und außer ihrer Mutter gab es kaum jemanden, mit dem sie ein Wort wechselte.

Nur einer ließ sich nicht von dem Glücksgefühl um ihn herum anstecken. Hagen war nicht nach Feiern zumute. Grimmig blickte er auf Kriemhild, die ihm herausfordernd in die Augen sah.

18

Beeindruckt sahen die drei Könige der Burgunder von einem kleinen Hügel aus gemeinsam mit Hagen auf Augusta Treverorum herab. Hinter ihnen befand sich das burgundische Heer, doch es war offensichtlich, dass ihr Feldzug nun zu Ende sein würde. Sie hatten noch nie eine so große Stadt gesehen. Schnurgerade Straßen durchschnitten ein Meer von steinernen Häusern mit weißen Mauern und roten Dächern. Der Wohlstand der gallischen Hauptstadt war unübersehbar. Es hieß, dass Belgica I die reichste römische Provinz nördlich der Alpen sei, und keiner der Burgunder bezweifelte es.

Doch ihre Kundschafter hatten recht gehabt, so prunkvoll und verlockend Treverorum auch vor ihnen lag, es blieb ihnen nichts anderes übrig, als die Stadt aus der Ferne zu betrachten. Sie war einfach zu stark befestigt. Ganz Treverorum war von hoch aufragenden dicken Mauern umgeben. Die vier Zugänge zur Stadt wurden von gewaltigen Wachhäusern geschützt, von denen jedes Platz für mehrere Hundert Soldaten hatte. Innerhalb dieses steinernen Rings befanden sich zwei große Gebäude, in denen römische Soldaten untergebracht waren. Vielleicht würden sie später einmal mit schweren Belagerungsgeräten wieder zurückkommen, aber jetzt blieb ihnen keine andere Wahl, als umzukehren.

Immerhin hatten sie auf ihrem Raubzug durch die Provinz reiche Beute gemacht. Das Land war übersät von großen Höfen und Villen, die sie plündern konnten. Ihre Wagen waren voll beladen mit Gold, Silber, Edelsteinen und Münzen aller Art, also war ihr Einmarsch in Belgica ein voller Erfolg gewesen.

Gunther rückte sich seinen glänzenden Helm zurecht. »Hier kommen wir nicht weiter. Es gibt keine Möglichkeit, Treverorum zu nehmen«, stellte er nüchtern fest.

»Wenn die Römer eins können, dann ist es, feste Mauern zu bauen«, stimmte Hagen widerwillig zu. »Ich habe gehört, in Konstantinopel bauen sie gerade Befestigungsanlagen, die nicht einmal die Götter überwinden könnten.«

»Heiße Bäder können sie auch bauen«, meinte Gernot mit einem Lächeln.

»Und gläserne Fenster«, ergänzte Giselher.

Gunther grinste breit. »Ihr würdet wohl lieber in Rom leben, was?

Hagen blickte sie einen Moment lang nachdenklich an. »Vielleicht sollten wir unser Reich ja dorthin verlegen«, sagte er schließlich.

Die Brüder wechselten erstaunte Blicke. Was meinte Hagen damit? Stirnrunzelnd sahen sie ihn an. Ihr Halbbruder sagte nicht einfach so Dinge daher, er musste sich etwas bei diesen Worten gedacht haben.

»Sprich weiter, Hagen«, forderte Gunther ihn auf.

Der Tronjer blickte mit einer Spur Unsicherheit von einem zum andern. Gunther hatte sich bisher noch nie gegen Rom aufgelehnt, möglicherweise würde ihm sein Vorschlag nicht gefallen.

»In Germania Magna gibt es zu viele missgünstige Nachbarn, die uns von einem Tag auf den anderen überfallen können, und unsere östlichen Bereiche werden immer wieder von Hunnen geplündert, auch nach Kriemhilds Vermählung mit Attila. Es wäre klug, in Richtung Westen auszuweichen. Je weiter wir vom Hunnenreich entfernt sind, desto besser.«

Gunther nickte langsam. Hagen hatte recht, in Belgica würden sie wohl tatsächlich mehr Sicherheit vor feindlichen Angriffen haben.

Plötzlich stürzte ein Kundschafter heran.

»Mein König, zwei römische Legionen nähern sich aus westlicher Richtung«, meldete er hastig.

»Das werden Truppen aus Titiliacum oder Meduantum sein«, vermutete Gernot.

»Wann werden sie hier sein?«, fragte Gunther.

»In zwei bis drei Stunden.«

Der König nickte nachdenklich. Dann drehte er sich im Sattel zu den Kriegern hinter ihm um. »Wir reiten los, zurück nach Burgund«, rief er.

Während die Männer ihre Pferde wandten, hob er die Hand.

»Aber schaut euch die Gegend hier gut an, wir werden wiederkommen«, rief er ihnen zu.

•••

Zufrieden schaute Kriemhild sich in ihrer geräumigen Kammer um. Wie andere Angehörige vornehmer hunnischer Familien und die germanischen Fürsten, die an

Attilas Hof lebten, wohnte sie zusammen mit ihrer Magd Hilde, die sie aus Worms mitgebracht hatte, in einer Halle aus Holz. Das war besser als die leichten Jurten, die die meisten Hunnen bewohnten.

Als Hauptfrau Attilas hatte sie ein geräumiges und geschmackvoll eingerichtetes Heim. Das galt besonders für ihre prunkvolle Kammer. In der Mitte stand ein riesiges Bett mit schweren goldbestickten Bezügen, und die seidenen Kissen waren so groß, dass man in ihnen versinken konnte. Kostbare Teppiche aus dem Sassanidenreich bedeckten den Boden.

Bei ihrer ersten Begegnung mit Attila war sie überrascht, als er sie auf Latein ansprach. Niemand hatte ihr gesagt, dass der Hunnenkönig in seiner Jugend eine Zeit lang als Geisel am Hof des damaligen römischen Kaisers Honorius gewesen war, wo er die Sprache der Römer gelernt hatte. Am Anfang ihrer Ehe verständigten sie sich auf Latein, aber das war mühsam, denn die wenigen Grundkenntnisse, die sie von Pater Osgard in Worms gelernt hatte, reichten nicht aus, um eine Unterhaltung zu führen. Dann versuchten sie es mit dem in Pannonien weitverbreiteten Gotisch. Das klappte besser, weil es mit dem Burgundischen verwandt war. Schließlich waren die Burgunder vor Beginn ihrer langen Wanderung nach Westen Nachbarn der Goten gewesen, und ihre Sprachen wiesen viele Gemeinsamkeiten auf. Im Laufe der Zeit hatte sie dann genug Hunnisch gelernt, um sich auch in dieser Sprache verständlich zu machen.

Entgegen ihrer Befürchtung hatte sich Attila als umgänglicher Ehemann erwiesen. Es gab viele schreckliche Geschichten über ihn, in denen er als Teufel in Menschengestalt erschien, dem es Vergnügen bereitete, Tausende von Menschen niederzumetzeln oder sie grausam zu pfählen. Doch diese Berichte kamen von seinen Feinden, die gegen ihn kämpften. Bei Personen, die ihm nahestanden, konnte er auch großzügig und liebevoll sein.

Zunächst fiel es ihr schwer, zu erdulden, dass Attila außer ihr noch viele Nebenfrauen hatte, doch was blieb ihr anderes übrig? Dies war Teil ihres neuen Lebens bei den Hunnen, also musste sie sich daran gewöhnen, zumal sie wusste, dass sie ihm mehr bedeutete als die anderen. Der Grund dafür war ihr Sohn Ortlieb, der bald drei Jahre alt werden würde. Attila liebte ihn am meisten von allen seinen Kindern. Er war fasziniert von seinem blonden Schopf, der zwar nicht so hell war wie der von Kriemhild, aber doch ganz anders aussah als die glatten schwarzen Haare der Hunnen. Wenn er mit Ortlieb spielte, strich er ihm oft über den Kopf und nannte ihn seinen kleinen Germanen.

Sie blickte hinüber zu dem reich geschmückten Bett, in dem ihr Sohn schlief. In einer anderen Ecke der Halle polierte Hilde einige Trinkgefäße. Kriemhild beschloss, ihre Freundin Melisande zu besuchen, die mit ihrem Mann, dem ostgotischen Fürsten Amalrich, ebenfalls hier lebte. Es war nicht weit bis zu ihrem Haus, doch die Hunnen fanden es seltsam, wenn ihre Königin zu Fuß ging, darum hatte sie sich angewöhnt, jedes noch so kleine Stück Wegs auf einem Pferd zurückzulegen.

Also ging sie zu Bleika, die sie aus Worms mit sich geführt hatte, und sattelte die Stute. Vielleicht war es gar nicht so schlecht zu reiten. Durch den Regen am Morgen war der Boden tief. Auf Bleikas Rücken würden ihre Schuhe und Tunika sauber bleiben.

Gemächlich ritt sie an den runden Jurten vorbei, in denen die meisten Bewohner der Stadt wohnten. Bevor sie Attila hierher gefolgt war, hatte sie gedacht, Zelte seien immer zugig und den Unbilden des Wetters ausgesetzt. Doch die Hunnen verstanden es, ihre Jurten so zu bauen, dass es im Innern gemütlich war. Der Filz aus Schaffellen, den sie auf dem Holzgerüst befestigten, kühlte die Luft im Sommer und hielt sie im Winter warm.

Nachdem sie etwa hundert Schritt geritten war, erreichte sie Melisandes Haus und band die Stute an den Zaun vor der Tür. Die Gotin hatte sie durch die offene Tür gesehen und trat lächelnd aus dem Haus. Sie war groß, mit kräftigen langen Armen. Ihr rundes Gesicht wirkte durch den dunklen Haarkranz, den sie um den Kopf geflochten trug, noch eine Spur breiter.

»Schön, dich zu sehen«, begrüßte sie Kriemhild.

»Ich wollte mal nach Alwina und Narin schauen, wie geht es ihnen denn?«, fragte die Königin, als sie das Haus betrat.

»Schau sie dir an, streitsüchtig wie immer«, seufzte Melisande und deutete auf die kleinen Mädchen, die sich um eine Puppe stritten. Neben ihnen lag eine weitere Puppe, die genauso aussah, aber die beachteten sie überhaupt nicht.

Mit einem Lächeln stand sie auf, holte einen Krug mit Wein und füllte zwei Becher. Voller Vorfreude blickte Kriemhild auf die Trinkgefäße. Das war mal etwas anderes als der allgegenwärtige Kumys. Zwar hatten sie sich inzwischen an den säuerlichen Geschmack der vergorenen Stutenmilch gewöhnt, aber munden würde sie ihnen wahrscheinlich nie.

Kriemhild fiel auf, dass ihre Freundin nicht so fröhlich wirkte wie sonst. »Und wie geht es dir, alles in Ordnung?«, erkundigte sie sich.

Melisande sah sie einen Moment an, dann blickte sie wieder auf ihre Töchter. Inzwischen hatte Alwina Narin die Puppe entrissen, und ihre kleinere Schwester weinte leise vor sich hin.

»Heute ist wieder so ein Tag, an dem ich meine Familie vermisse«, sagte sie traurig. Dann blickte sie wieder auf Kriemhild. »Das Leben hier ist nicht immer so einfach, wie du weißt. Aber Amalrich sagt, wir müssen noch ein paar Jahre bleiben, weil das gut für unsere Zukunft ist. Er glaubt, Attila wird bald Alleinherrscher aller Hunnen sein, und dann wird das Reich noch mächtiger sein als jetzt.«

Damit konnte Amalrich recht haben. Zurzeit teilte Attila sich die Königskrone mit seinem älteren Bruder Bleda, der den östlichen Teil regierte, aber damit war er nicht zufrieden, er wollte das Reich allein führen. Und Kriemhild kannte seine Rücksichtslosigkeit, es würde sie nicht wundern, wenn Bleda eines Tages etwas zustoßen würde.

»Für mich gibt es keinen Weg zurück«, erwiderte sie tonlos. »Ich werde den Rest meines Lebens bei den Hunnen verbringen.«

Melisande legte ihr mitfühlend eine Hand auf den Arm. »Du darfst nicht so reden. Dein Mann ist der mächtigste Herrscher der Welt, und du bist seine Königin, du solltest stolz auf dich sein.«

Sie zwinkerte Kriemhild schelmisch zu. »Sag, ist Attila in der Liebe auch so stark wie als Krieger?«

»Nicht so stark wie Siegfried«, platzte es aus Kriemhild heraus, bevor sie etwas dagegen tun konnte.

Melisande seufzte bekümmert. Kriemhilds Trauer über Siegfrieds Tod war immer noch genauso stark wie am ersten Tag. Sie fragte sich, ob ihre Freundin jemals darüber hinwegkommen würde. Die Gotenfürstin konnte sie verstehen, es wäre für jede Frau ein schwerer Schlag, einen Mann wie Siegfried zu verlieren, doch das Leben ging weiter, sie musste lernen, mit ihrer Verzweiflung umzugehen. Auch andere Frauen verloren geliebte Menschen, sie selbst hatte zwei Brüder bei einer Schlacht gegen die Vandalen verloren.

Doch wahrscheinlich war es auch die Art und Weise von Siegfrieds Tod, die ihre Trauer nicht enden ließ. Der feige Verrat durch ihre eigenen Brüder hatte neben ihrem Schmerz auch ein Feuer des Zorns entfacht, das nicht verlöschen wollte. Und sie hatte das Gefühl, Kriemhilds Wut richtete sich auch gegen sich selbst. Als sie einmal mittags zusammen geruht hatten, begann sie, im Schlaf zu weinen und sagte immer wieder *Liebster, warum habe ich dein Geheimnis verraten?* Melisande wusste nicht, was das zu bedeuten hatte, aber es lief ihr kalt den Rücken hinunter.

Sie beschloss, das Thema zu wechseln. »Ortlieb hat ja bald Geburtstag, da werdet ihr doch bestimmt ein großes Fest geben, oder?«, fragte sie.

»Was sagst du?«, erwiderte Kriemhild.

Melisande merkte, wie sich langsam ein Schleier von den Augen ihrer Freundin hob. Sie war mit ihren Gedanken weit weg gewesen, und die Gotenfürstin konnte sich denken bei wem.

»Es gibt doch sicher eine große Feier zu Ortliebs Geburtstag«, wiederholte sie.

»O ja, dafür wird Attila schon sorgen«, bekräftigte Kriemhild.

Melisande fiel etwas ein, sie schaute ihre Freundin mit leuchtenden Augen an. »Was hältst du denn davon, wenn Attila deine Familie einlädt? Seitdem du hier bist, hast du sie nie wiedergesehen. Es wäre doch schön, wenn ihr zu diesem Anlass endlich wieder einmal zusammenkommt.«

Kriemhild sah sie mit einem merkwürdigen Ausdruck im Gesicht an, den sie nicht zu deuten wusste.

Ja, Melisande hatte recht, dachte sie.

»Das stimmt, es würde mich wirklich sehr glücklich machen«, sagte sie darauf.

»Ich stelle mir gerade das Strahlen auf euren Gesichtern vor, wenn ihr euch nach so langer Zeit wieder in den Armen haltet«, freute sich die Gotenfürstin.

Kriemhild blickte aus dem kleinen Fenster auf die weite Steppe, welche die Stadt umgab. Vielleicht war das die Gelegenheit zu ihrer Rache, auf die sie so lange gewartet hatte.

•••

Als Gunther zu den Stallungen ging, um Fjok zu füttern, traf er dort auf Hagen, der seinen Rappen striegelte.

»Jara ist ein prächtiges Tier«, begrüßte er seinen Halbbruder.

»Er verdient gute Pflege«, bestätigte Hagen.

Als Fjok das tote Küken in seiner Hand sah, reckte er erwartungsfroh den Kopf. Doch dann verharrte der König und blickte ernst auf Hagen. »Haben die Römer immer noch nichts wegen unseres Einfalls in Belgica unternommen?«, fragte er besorgt.

Der Tronjer schüttelte den Kopf. »Unsere Kundschafter haben nichts gehört, es gibt keine Anzeichen für einen Feldzug.«

Gunthers Miene entspannte sich. »Dann stimmt es wohl, dass Aetius mit den Bagauden alle Hände voll zu tun hat und sich deshalb keinen weiteren Krieg leisten kann.«

»Es ist möglich«, erwiderte Hagen vorsichtig.

Der König ließ einen Moment verstreichen.

»Ich habe ein bisschen über deinen Rat nachgedacht, unser Reich nach Belgica auszudehnen«, sagte er dann.

»Es spricht vieles dafür«, erklärte Hagen.

»Leider würde das Aetius überhaupt nicht gefallen«, überlegte Gunther, während er Fjok das Küken hinhielt.

Hastig beugte der Vogel sich vor und riss ihm das Tier aus der Hand.

»Gierig wie ein Hunne auf Raubzug«, meinte Gunther lächelnd, während Fjok sich daranmachte, seine Beute zu zerkleinern. Er wandte sich wieder Hagen zu. »Glücklicherweise ist er ein vielbeschäftigter Mann, vielleicht hat er weder die Zeit noch die Männer, sich um uns zu kümmern. Wenn wir schnell handeln und gleichzeitig klarmachen, dass wir uns weiterhin als Foederati betrachten, wird er uns vielleicht gewähren lassen.« Er klopfte Hagen wohlwollend auf die Schulter. »Bisher haben wir nichts von ihm gehört, das ist ein gutes Zeichen.«

Der Tronjer bezweifelte, dass Aetius es einfach so hinnehmen würde, wenn Foederati sich eigenständig ein neues Siedlungsgebiet auf römischem Boden suchten. Doch er widersprach Gunther nicht; es wäre zu schön, wenn er recht hatte und der Heermeister nicht in der Lage war, etwas dagegen zu unternehmen.

Fjok hatte inzwischen das Interesse an seinem Küken verloren, er pickte nur noch halbherzig daran herum.

Gunther runzelte die Stirn. »Ich glaube, wir müssen dich etwas weniger füttern, du bist zu verwöhnt. Wenn das so weitergeht, willst du bald nicht mehr jagen.«

Wie als Antwort darauf begann der Falke, laut zu kreischen.

»Sei unbesorgt, wir lassen dich schon nicht verhungern«, lachte Gunther, während er mit Hagen die Stallungen wieder verließ. Sie hatten die Halle schon fast erreicht, als sie den mächtigen Klang des Signalhorns hörten. Überrascht blickten sie zum Wehrgang über dem Burgtor.

»Rüdiger von Bechelaren und sein Gefolge bitten um Einlass«, rief eine Wache zu ihnen hinunter.

Ein Lächeln erschien auf Gunthers Gesicht. »Worauf wartet ihr, öffnet das Tor! Gute Freunde sind uns immer willkommen.«

Auch Gernot, Giselher und Ute kamen nun aus der Halle. Ute bewegte sich langsam und zögerlich. Sie war nicht mehr gut zu Fuß, ihr rechtes Knie machte ihr zu schaffen.

Während seine Gefolgsleute noch etwas steif aus den Sätteln stiegen, umfasste Rüdiger bereits Gunthers Unterarme und deutete vor Ute eine Verbeugung an.

Wie schon bei seinem letzten Besuch bereitete Rumold edle Speisen zu, aber dieses Mal wurde es ein größeres Fest. Gunther rief zu Rüdigers Ehren alle Gefolgsleute zusammen, die ihre Höfe in der Nähe hatten. Auch Eike und Herwin gehörten dazu. Der König war sehr zufrieden mit ihren Erfolgen bei der Ergreifung von Übeltätern, deshalb hatte er sie ebenfalls eingeladen.

Volker war im Land der Alemannen unterwegs, um dort seine Lieder zu singen, also hatte Gunther einen anderen Spielmann kommen lassen, der von den Heldentaten der Krieger in der Halle erzählte. Er sang auch über den Sieg gegen die Sachsen und Dänen, doch er erwähnte Siegfried mit keinem Wort. Es war, als ob jedes Andenken an ihn ausgelöscht werden sollte.

Als der Spielmann eine Pause einlegte, wandte Rüdiger sich neugierig an Gunther. Seine Augen glänzten von dem Met, den er getrunken hatte.

»Ich sehe Brunhild ebenso wenig wie bei meinem letzten Besuch hier. Versteckst du sie vor mir, damit ihre berühmte Schönheit mich nicht betören kann?«, neckte er.

»Seitdem Siegfried tot ist, lebt kein Mann mehr, den ich betören will«, sagte eine dunkle Stimme hinter ihm.

Erschrocken fuhr Rüdiger herum. Vor ihm stand Brunhild, die ebenso wie Frida die Kunst beherrschte, sich heimlich zu nähern. Niemand hatte bemerkt, wie sie hereingekommen war. Schnell stand Gernot auf, und die Königin setzte sich zu Gunther.

Jetzt hatten auch andere sie gesehen. Es wurde still in der Halle. Einige hatten gehört, was Brunhild zu Rüdiger gesagt hatte, und sie flüsterten es ihren Sitznachbarn zu. Viele erinnerten sich daran, was vor Jahren bei dem Fest Egilmars geschehen war.

Die angespannte Stille hielt an, bis der Herzog sich verblüfft an Gunther wandte. »Aber ich dachte …«

»Die Königin wird oft von Schwermut geplagt, dann darf man ihre Worte nicht so ernst nehmen«, erwiderte Gunther schnell und legte seine Hand auf die Brunhilds.

»Da ich krank bin, ist es wohl am besten, wenn ich mich zurückziehe«, sagte sie mit verhaltenem Zorn, während sie sich wieder erhob. Auch Rüdiger stand auf und verbeugte sich.

Brunhild nickte ihm zu, dann verließ sie die Halle ohne Hast.

Nach dem Gespräch mit Siegfried, in dem er sie aufgefordert hatte, trotz allem, was passiert war, Gunther als ihren Gemahl anzuerkennen, hatte sie sich bemüht, seinen Rat zu befolgen. Sie fühlte keine Leidenschaft für Gunther, aber sie war freundlich ihm gegenüber. Doch nach dem Mord an Siegfried, der mit seinem Wissen geschah, war es mit ihrer Zurückhaltung vorbei, und sie zeigte dem König deutlich ihre Verachtung. Er war zu schwach, um die Wahrheit ertragen zu können, darum hatte er den Drachentöter heimtückisch ermorden lassen.

Der Herzog schaute ihr verdutzt nach. »Na, das war ja ein kurzes Vergnügen.« Er nahm einen weiteren Schluck Met. »Schön ist sie ja, aber ich weiß trotzdem nicht, ob du froh darüber sein kannst, dass du sie damals im Suavawald besiegt hast«, sagte er mit schwerer Zunge.

Gunther sah ihn einen Augenblick ernst an. »Schweigen wir davon, auch andere Könige haben es nicht leicht mit ihrer Königin«, erwiderte er dann.

Rüdiger klopfte ihm wohlwollend auf die Schulter. »Trinken wir lieber noch einen Becher, dann können wir unbotmäßige Frauen leichter ertragen«, schlug er vor.

Gunther knirschte mit den Zähnen, er wollte nicht noch weiter über Brunhild reden.

»Du hast uns noch gar nicht gesagt, was dich zu uns führt«, fragte er seinen Gast.

Rüdiger lächelte. »Der Grund meiner Reise wird dich erfreuen.« Er blickte auf die Brüder des Königs und auf Ute. »Und nicht nur dich.«

Bei diesen Worten hatte er seine Stimme erhoben, so dass er nun die Aufmerksamkeit aller in der Halle genoss. Langsam stand er auf.

»Ich bringe eine Botschaft von Kriemhild. Ihr Sohn Ortlieb hat bald seinen dritten Geburtstag. Es wäre ihr eine große Ehre, wenn ihr bei diesem Fest dabei sein könntet«, verkündete er mit lauter Stimme.

Die Gäste in der Halle warfen sich erstaunte Blicke zu.

Gunther war zu überrascht, um sofort antworten zu können. Das erste Mal seit ihrer Vermählung mit Attila hörten sie wieder etwas von seiner Schwester. Aber war das eine gute Nachricht? Es drängte ihn danach, Kriemhild nach so langer Zeit wieder in die Arme zu schließen. Aber er hatte auch noch den Schwur im Ohr, den sie an Siegfrieds Leiche geleistet hatte, und er erinnerte sich an den abgrundtiefen Hass, den er damals gespürt hatte. Das war nicht einfach so dahingesagt, es war ihr bitterer Ernst gewesen.

»Lädt sie auch mich ein?«, fragte Hagen lauernd.

»Alle ihre Verwandten, natürlich auch dich, Hagen von Tronje«, erwiderte Rüdiger.

Gunther fragte sich, wie viel der Herzog wohl von dem Geschehen um den Mord an Siegfried wusste. Verstand er, warum die Burgunder vorsichtig sein mussten?

Hagen sah herausfordernd um sich. »Merkt ihr denn nicht, was Kriemhild bezweckt? Warum wohl sollte sie mich einladen, den Mann, dem sie die Schuld an Siegfrieds Tod gibt?«

Niemand antwortete ihm, also sprach Hagen selbst mit finsterer Miene weiter.

»Das ist kein Freundschaftsbesuch. Sie wird nicht eher ruhen, bis sie Vergeltung geübt hat«, sagte er hart.

Gunther spürte die Blicke aller Gäste in der Halle wie eine zentnerschwere Last, die ihm den Atem nahm.

Schließlich erhob sich der König. »Unsere Antwort muss reiflich überlegt sein«, sagte er. Dann blickte er auf Gernot, Giselher und Hagen, die ebenfalls aufstanden.

Lächelnd sah der König auf die Gäste. »Feiert einstweilen ohne uns weiter, wir müssen uns beraten.«

Mit diesen Worten verließen die vier Männer die Halle und stellten sich in eine dunkle Ecke vor der Burgmauer. Es war ein lauer Sommerabend, die Wipfel der Bäume rauschten leise im Wind. Manchmal hörten sie Jubelrufe, die vom Fest herüberdrangen. Anscheinend sang der Spielmann gerade davon, wie Eike und Herwin mit ihren Kriegern eine gefürchtete Bande von Räubern zerschlugen.

»Endlich sehen wir unsere Schwester wieder, ich kann es kaum erwarten«, meinte Gernot.

»Und ich freue mich darauf, Ortlieb kennenzulernen«, pflichtete Giselher ihm fröhlich bei. »Ich kann kaum glauben, dass Kriemhild jetzt Mutter ist.«

»Hoffentlich ist ihre Rachsucht nicht so groß wie eure Freude,« mahnte Gunther ernst.

»Du siehst zu schwarz«, wehrte Gernot ab. »So viel Zeit ist seitdem vergangen, da wird sie sich doch nicht gegen ihre Brüder wenden.«

»Was ist mit Attila? Können wir ihm trauen?«, überlegte Gunther.

»Das könnt ihr, das Gesetz der Gastfreundschaft ist ihm heilig«, sagte Rüdiger, der soeben aus der Halle trat.

Ruckartig wandten die Burgunder sich um, doch sie entspannten sich sofort wieder, als sie den Herzog erkannten.

»Worauf warten wir dann noch? Nehmen wir die Einladung an«, bekräftigte Giselher.

»Aber es ist eine Falle. Wollt ihr sehenden Auges hineingehen?«, warnte Hagen.

»Du traust niemandem, das ist bekannt, doch wir verlassen uns auf das Wort unserer Schwester«, hielt Giselher dem Tronjer entgegen.

Gernot blickte Hagen fest in die Augen. »Wenn du eine Falle befürchtest, kannst du ja hierbleiben. Niemand zwingt dich, mit uns zu kommen.«

Sein Halbbruder erwiderte den Blick. »Es geht nicht um mich. Hagen von Tronje geht keinem Kampf aus dem Weg. Doch wenn ihr an meiner Seite steht, wird euch Kriemhilds Rache genauso treffen wie mich, das ist meine Sorge.«

Gunther blickte ratlos von einem zum andern. »Ihr habt alle recht mit dem, was ihr sagt. Doch was sollen wir nun tun?«, fragte er, halb zu sich selbst gewandt.

»Ich bürge mit meinem Leben dafür, dass euch kein Leid geschieht«, versicherte Rüdiger feierlich. »Attila wird euch nicht angreifen, wenn ihr euch nichts zuschulden kommen lasst, denn als Gäste steht ihr unter seinem persönlichen Schutz.«

»Da hört ihr's, es besteht keine Gefahr«, drängte Gernot. »Und wer weiß, vielleicht gelingt es uns sogar, Attila zum Verbündeten zu gewinnen.«

Gunther blickte unschlüssig von einem zum andern. Als König lag es an ihm, die Entscheidung zu treffen. Er wünschte sich sehnlich, seine Schwester und ihren Sohn zu sehen. Vielleicht hatte Kriemhild sie ja wirklich eingeladen, um sich endlich mit ihrer Familie auszusöhnen. Doch wenn es nicht so war, konnte es sie alle das Leben kosten.

»Also gut, es scheint mir das Beste, ins Hunnenreich zu reiten. Es wäre unehrenhaft, die Einladung unserer Schwester abzulehnen«, erklärte er schließlich.

Hagen verzog keine Miene, es war ihm nicht anzusehen, wie sehr ihm die Entscheidung Gunthers missfiel. »Jawohl, mein König. Doch ich rate dazu, eine große Anzahl Krieger mit uns zu nehmen. Wir könnten sie nötig haben.«

Gunther nickte, dann wandte er sich zu Rüdiger. »Unser Entschluss steht fest, wir kommen mit großem Gefolge.«

»Ihr seid hochwillkommen«, erwiderte der Herzog mit einem Lächeln.

...

Am nächsten Morgen sandte Gunther Boten an die Fürsten des Landes aus und befahl ihnen, den dritten Teil ihrer Krieger an den königlichen Hof nach Worms zu schicken. Mehr konnte er nicht verlangen, denn die Männer wurden bei der Ernte benötigt. Zudem konnte er das Land nicht schutzlos zurücklassen, sonst würden räuberische Nachbarn wie die Chatten oder die Alemannen die Gelegenheit nutzen, um in Burgund einzufallen.

Der König trug den Boten auf, nichts davon zu erwähnen, dass sie nach dem Hunnenland ziehen würden, denn er wusste, wie viel Furcht die Männer vor den berittenen Kriegern aus der Steppe hatten. Doch das nützte nichts.

Diejenigen, die beim Fest zu Rüdigers Begrüßung gewesen waren, wussten, worum es ging, und sie verbreiteten die Kunde weiter.

Es war nicht nur die Angst vor den Hunnen, die die Männer zurückhielt, sie fürchteten auch den Zorn Kriemhilds. Jeder im Reich wusste von ihrem Racheschwur, und viele zweifelten daran, dass sie sich jemals wieder mit ihren Brüdern aussöhnen würde.

19

Betroffen standen Aetius und Marcus vor den Trümmern Concordias und betrachteten mit grimmigen Mienen die Spuren der Verwüstung, die das burgundische Heer bei seinem Raubzug in Belgica hinterlassen hatte. Überall lagen verkohlte Trümmer auf dem durch einen seit Tagen anhaltenden Dauerregen aufgeweichten Boden. Die Leichen von Menschen und Tieren hatten die Bewohner inzwischen beiseitegeschafft, doch es war leicht, sich auszumalen, wie die Angreifer hier gewütet hatten. Männer waren damit beschäftigt, die Häuser, die nicht total zerstört worden waren, wiederaufzubauen, während die Frauen sich um die Sterbenden und Verwundeten kümmerten.

»Du hast recht behalten, die Burgunder haben Belgica erneut überfallen«, sagte der Heermeister bitter.

Marcus legte die Stirn in Falten. »Erst vor Treverorum haben sie haltgemacht. Wenn das so weitergeht, wird von Belgicas Reichtum bald nichts mehr übrig sein.«

»Das können wir nicht zulassen«, erwiderte Aetius düster.

»Es liegt mir fern, dich an dein Versprechen zu erinnern«, begann der Statthalter zögernd.

»Das ist auch nicht nötig. Ich weiß, was ich gesagt habe«, entgegnete der Heermeister barsch, während er einige

Männer betrachtete, die ein beschädigtes Dach flickten.

Marcus wartete einen Augenblick, bevor er weitersprach. »Die Burgunder müssen schwer bestraft werden, damit sie und alle anderen Barbaren sehen, was passiert, wenn sie auf römisches Territorium vordringen«, erklärte er leise, aber mit Nachdruck.

Aetius überlegte fieberhaft. Der Statthalter hatte ja recht, aber er sah keine Möglichkeit, seinem Wunsch nachzukommen.

»Ich bedaure, dir sagen zu müssen, dass sich nichts geändert hat, was die Verfügbarkeit von Truppen betrifft. So gern ich es tun würde, ich habe einfach keine Soldaten, die ich dir schicken kann.«

Marcus nickte langsam, als ob er nichts anderes erwartet hätte. »Ein Burgunder hat der Frau, die er geschändet hat, erzählt, sie könne sich schon auf das nächste Mal freuen, denn sie würden bald wiederkommen, um dieses Gebiet ihrem Reich einzuverleiben«, berichtete er beiläufig.

Abrupt wandte der Heermeister sich zu ihm um. »Das hat er gesagt?«, vergewisserte er sich.

Marcus nickte bedeutungsvoll.

»Diese unverschämten Barbaren, was nehmen sie sich heraus?«, rief der Heermeister aufgebracht.

Für einen Moment schwiegen sie.

Dann räusperte sich der Statthalter. »Es ist wirklich schade, dass dir keine Legionäre zur Verfügung stehen. Doch man rühmt überall die guten Beziehungen, die du zu den Hunnen hast. Wäre vielleicht auf diesem Wege etwas möglich?«, erkundigte er sich vorsichtig.

»General, wir können nicht länger bleiben, du wirst noch

vor Sonnenuntergang in Noviomagus erwartet. Es geht um die Bestellung der neuen Rüstungen«, rief Julius von dem Wagen herüber, in dem er zusammen mit Aetius und Bergen von Papyrusrollen hierhergefahren war.

Die berittenen Legionäre saßen bereits auf ihren Pferden, sie warteten nur noch auf das Zeichen zum Aufbruch.

»Kann Liberius das nicht selbst erledigen?«, rief Aetius zurück.

Julius löste sich aus der Menge der Soldaten und kam auf ihn zu.

»Heermeister, darf ich dich daran erinnern, dass er genau das vorgeschlagen hat?«, rief er.

»Ich weiß, ich weiß«, erwiderte Aetius resigniert.

Der Sekretär hatte ihn inzwischen erreicht und stellte sich lächelnd vor den General. »Und weißt du auch noch, was du damals geantwortet hast?«

»Ich habe darauf bestanden, mich persönlich darum zu kümmern, wie immer, ich gebe es zu«, seufzte Aetius. Er legte Julius die Hand auf die Schulter. »Es dauert nicht mehr lang, wir brechen gleich auf«, sagte er sanft.

Die Legionäre warfen sich vielsagende Blicke zu. Anscheinend stimmte es, was man sich über den General und seinen hübschen Sekretär erzählte.

Julius ging zurück zum Wagen, während Aetius sich wieder Marcus zuwandte.

Der Heermeister blickte in die verbitterten Gesichter der Menschen, denen die Burgunder ihren wertvollsten Besitz geraubt hatten.

»Wir sprachen gerade über deine engen Beziehungen zu den Hunnen«, erinnerte ihn der Statthalter.

»Ich weiß wirklich nicht, ob hunnische Krieger verfügbar sind …«, begann Aetius.

»Natürlich, das ist gewiss«, versicherte Marcus. »Doch gewöhnlich braucht man ihnen nicht lange zuzureden, wenn man ihnen nur reichen Sold verspricht und sie so viel plündern lässt, wie es ihnen beliebt.«

»Ganz so einfach ist es nicht«, erwiderte der Heermeister zurückhaltend.

Marcus spürte, dass er Aetius zum Nachdenken gebracht hatte, darum sprach er schnell weiter. »Wird nicht demnächst ein neuer Konsul ernannt? Ein General, der einen großen Sieg über ein Barbarenvolk erringt, hätte da bestimmt einen Vorteil.«

Der Heermeister erwiderte nichts, was Marcus als gutes Zeichen ansah.

»Burgund wäre ein perfekter Gegner«, beharrte er. »Stark genug, dass man es in Rom kennt und als Gefahr wahrnimmt, aber nicht so stark, dass es einem entschlossenen Angriff überlegener Kräfte widerstehen könnte.«

Der Heermeister überlegte, während er einen Regentropfen aus seinem Gesicht wischte.

»Du hast einen schlauen Kopf, Marcus«, sagte Aetius mit einem matten Lächeln. »Ich werde darüber nachdenken.«

◆◆◆

Aus allen Teilen des Landes folgten die Krieger dem Ruf König Gunthers und zogen nach Worms, so dass das Heerlager der Burgunder von Tag zu Tag immer weiter anschwoll. Doch je länger die Männer beisammen waren, desto mehr wuchs die Unruhe unter ihnen. Sie erzählten sich grauenerregende Geschichten über die Mordlust der Hunnen, die plötzlich wie aus dem Nichts auftauchten und überall, wohin sie kamen, Männer, Frauen und Kinder auf entsetzliche Weise folterten und töteten, bevor sie genauso schnell verschwanden, wie sie gekommen waren.

Sie berichteten Wunderdinge darüber, wie die Steppenkrieger mit ihren Pferden verwachsen schienen und sich auch noch auf der Flucht plötzlich umdrehten und in schneller Folge treffsicher ihre Pfeile abschossen, die jede Rüstung durchschlagen konnten. Vielen der Männer war nicht wohl bei dem Gedanken, in das Herz ihres Reiches vorzudringen, auch wenn sie von Attila eingeladen worden waren.

Hagen und Volker saßen entspannt auf einer Rheinwiese und brieten einen Hasen, den sie erlegt hatten. Der würzige Geruch des Fleisches ließ ihnen das Wasser im Mund zusammenlaufen.

Der Tronjer blickte nachdenklich in die Richtung des Heerlagers vor der Stadt. »Ich habe die Männer noch nie in einer Stimmung wie vor diesem Feldzug erlebt. Das macht mir Sorgen«, sagte er.

Volker nickte. »Es ist wie eine Seuche, einer steckt den andern mit seiner Angst an.«

Hagen drehte an dem kleinen Spieß, den sie gebaut hatten. »Dabei wissen sie doch, wie man Hunnen töten kann. Das haben wir damals bei der Schlacht im Odenwald gesehen.«

»Na ja, da habt ihr sie überrumpelt, sonst wäre es vielleicht anders ausgegangen«, entgegnete Volker, während er sich ein Horn Met eingoss.

»Unsinn, die Hunnen sind auch nur Menschen, sie können ebenso gut getötet werden wie wir«, brummte der Tronjer.

»Aber besonders hässliche Menschen mit ihren platten Nasen und geschlitzten Augen«, grinste Volker, worauf beide laut lachten.

»Dabei verstehe ich die ganze Aufregung sowieso nicht, es ist doch ein Freundschaftsbesuch, oder?«, fragte der Spielmann.

»Glaubst du etwa daran?«, knurrte Hagen.

»Genau so wenig wie du«, erwiderte Volker.

Plötzlich sahen sie, wie zwei Gestalten sich auf sie zubewegten. Als Hagen sie erkannte, grinste er.

»Anscheinend gefallen dir hunnische Frauen, Eike. Du konntest wohl nicht abwarten, bis wir in ihr Land ziehen«, begrüßte er den Anführer seiner Garde.

»Du täuschst dich, Herr. Ich habe sie nur mitgebracht, weil sie uns im Hunnenland von Nutzen sein könnte«, entgegnete Eike.

Hagen und Volker wechselten einen überraschten Blick.

Dann verstand der Spielmann. »Ich glaube, er hat recht, oder kannst du etwa Hunnisch?«, fragte er den Tronjer.

Hagen sah argwöhnisch auf den abgetragenen dünnen Kittel von Inken, die seinen Blick trotzig erwiderte.

»Können wir uns auf sie verlassen? Was ist, wenn sie uns verrät?«, fragte er.

Inken blickte ihm selbstbewusst in die Augen. »Wem ich meine Dienste anbiete, der wird es nicht bereuen«, erklärte sie mit einem leichten Akzent.

Hagen war überrascht. »Unsere Sprache hast du inzwischen gut gelernt, das gebe ich zu«, stellte er fest.

»Wer ist das?«, fragte Volker dazwischen.

»Eine Hunnin, die vor sechs Jahren mit Octars Heer zu uns gekommen ist. Ich habe sie einem meiner Männer als Sklavin zugeteilt, aber sie ist ihm abgehauen«, erklärte Hagen mit einem scharfen Blick auf Inken.

Sie schaute Eike vorwurfsvoll an. Genau das hatte sie erwartet, Hagen verzieh ihr nicht, dass sie damals weggelaufen war. Was würde nun passieren? Würde er sie wieder gefangen nehmen? Der Gardist hatte ihr versichert, Hagen würde seinen Wert für sie erkennen und darüber hinwegsehen, aber danach sah es jetzt nicht aus.

»Das ist schon so lange her und Abbo ist mit der Sklavin, die er stattdessen bekam, viel glücklicher, sie haben schon drei Kinder miteinander«, berichtete Eike.

Volker betrachtete das fremdartig wirkende Gesicht. »Woher wissen wir, dass sie sich nicht wieder davonmacht, wenn wir im Hunnenland sind?«, fragte er.

»Ich sehe, dass ihr mir nicht traut«, erwiderte Inken ruhig. »Vielleicht ist es, weil ich anders aussehe als ihr. Doch ich kann euch nur sagen, dass mein Zuhause jetzt hier ist. Die Frauen, mit denen ich ein Haus teile, sind sehr gut zu mir. Sie sind wie eine Familie für mich.«

Etwas an ihrer Art, sich zu geben, beeindruckte Hagen. Sie hatte es sicher nicht leicht gehabt, ganz allein im Land des Feindes. Er konnte sich gut vorstellen, wie sie als Angehörige eines Volkes, das alle fürchteten und verabscheuten, gelitten haben musste. Wie man sie geschmäht und herabgesetzt hatte. Doch sie hatte sich durchgesetzt. Genau wie die anderen Frauen, mit denen sie zusammenlebte, gehörte sie nun ebenso selbstverständlich zu Worms wie seine anderen Bewohner.

»Sie könnte nicht nur dolmetschen, sondern uns auch mit den Sitten und Gebräuchen der Hunnen vertraut machen«, beharrte Eike.

»Vielleicht kann sie auch einige der hunnischen Lieder dolmetschen, die ich bei meinen Reisen über die Höfe des Landes verwenden könnte«, überlegte Volker.

Hagen schmunzelte. »Gesänge über hunnische Helden? Ich weiß nicht, ob du damit viel Erfolg haben wirst.« Dann blickte er auf Eike und Inken. »Also gut, sie kommt mit«, entschied er.

•••

Mit einem Anflug von Stolz blickte Gunther auf den gewaltigen Zug, der sich vor den Toren von Worms formiert hatte. Etwa tausend Krieger waren hier versammelt, hinzu kam der Tross, in dem sich allein zehn Wagen mit Verpflegung befanden. Es würde eine lange Reise werden bis zu Attilas Hauptstadt im Osten Pannoniens. Da sie nicht im Krieg waren, konnten sie sich nicht einfach das nehmen, was das Land ihnen bot, durch das sie kamen. Also mussten sie sich mit dem begnügen, was sie mitnehmen konnten, hin und wieder ergänzt durch frisches Wild.

Nicht alle aus der königlichen Familie zogen mit an Attilas Hof. Utes Gesundheit ließ längere Reisen nicht mehr zu, während Brunhild sich weigerte mitzukommen. Als die letzten Krieger eintrafen, versuchte Gunther ein letztes Mal, die Königin umzustimmen, die mit unbewegter Miene neben ihm stand, während sie den aufbruchbereiten Zug betrachtete.

Schon äußerlich bildete sie einen deutlichen Gegensatz zu Gunther. Der König trug eine weiße, mit Goldfäden

durchwirkte Tunika über seinem eingefetteten Kettenhemd, dazu einen purpurroten Umhang. Demgegenüber
war Brunhild nur mit einem schlichten grünen Kittel be-
kleidet, dazu hatte sie eine Halskette aus Bernsteinen um
den Hals gelegt. Dennoch wirkte ihre hochgewachsene
Gestalt in Verbindung mit dem selbstsicheren Blick mindestens genauso beeindruckend wie Gunthers Pracht.

»Die stolze Kriegerkönigin könnte mit uns zu den ge-
fürchtetsten Kriegern der Welt reiten«, wandte er sich an
die Königin. »Willst du dir wirklich diese Gelegenheit entgehen lassen?«

»Spar dir deine Worte, Kriemhild will mich sicher ebenso wenig wiedersehen wie ich sie«, entgegnete sie kühl.

»Weil sie dir bei Egilmars Fest die Wahrheit gesagt hat?«,
stichelte Gunther.

»Nicht deshalb, die Wahrheit ist, wie sie ist, damit muss
ich leben«, erklärte sie. »Aber, dass sie sie mir vor allen Leu-
ten ins Gesicht gesagt und mich damit gedemütigt hat, das
werde ich ihr nie vergessen.«

Gunther nickte, doch er gab noch nicht auf. Er wusste,
wie gern Brunhild kämpfte. Manchmal übte sie sich mit
Gernot und Giselher im Schwertkampf, deshalb wusste er,
wie gut sie immer noch mit ihrer Klinge war.

»Wir könnten dich auch auf dem Schlachtfeld gebrauchen. Wer weiß, was an Attilas Hof geschieht«, sagte er.

Langsam wandte sie sich zu ihm um. »Ich werde niemals
für Burgund kämpfen, dessen sei gewiss«, zischte sie und
ging zurück zur Stadt.

Gunther blickte ihr einen Moment verkniffen nach. Jahrelang hatte er die geheimnisumwobene schöne und starke
Königin aus dem Suavaland begehrt und mit Siegfrieds

Hilfe geschafft, sie für sich zu gewinnen. Doch alles war anders gekommen, als er es sich erträumt hatte. Mit dem Betrug im Suavawald, als der Xantener unerkannt für ihn kämpfte, begann ein Unheil bringender Strudel von Ereignissen, der ihn unwiderstehlich mit sich gerissen hatte. So bitter er auch bereute, was geschehen war, nun blieb ihm nichts anderes übrig, als zu versuchen, den Kopf über Wasser zu halten.

Doch vielleicht war noch nicht alles verloren. Wenn es gelang, sich mit seiner Schwester zu versöhnen, würden die Nornen vielleicht Erbarmen mit ihm haben, und Freude könnte endlich wieder in sein Leben einziehen. Mit diesem Gedanken stieg er auf sein Pferd und lenkte es neben Rüdigers Fuchs. Mit dem König und dem Herzog an der Spitze ritten sie los.

• • •

Zunächst kamen sie schnell voran. Zügig ritten sie durch die dicht bewaldeten Gebiete südöstlich von Worms, während sie die sanften Hügel auf ihrem Weg weiträumig umgingen. Aber bald verschlechterte sich das Wetter. Es regnete tagelang ohne Unterbrechung, so dass der Boden tief wurde und sie nur noch langsam vorankamen.

Als sie die Donau erreichten, waren sie nicht überrascht zu sehen, dass der Strom Hochwasser führte.

Hagen bot sich an, nach einer Furt zu suchen, doch es hatte einfach zu viel geregnet. Nirgendwo gab es eine flache Stelle, an der sie den Fluss überqueren konnten. Während er an den schnell fließenden Wassermassen entlangritt, rief ihn plötzlich eine Frau an, neben der ein halb gefüllter Eimer mit Kräutern stand. Sie trug eine ausgebleichte Tunika und hatte ihr langes Haar am Hinterkopf lose zusammengebunden. Um den Hals hatte sie eine Kette mit hölzernen Runen.

»He, Fremder, gehörst du zu den Burgundern?«, fragte sie.

Der Tronjer blickte sie überrascht an. »Woher weißt du das?«

Sie ließ einen Moment verstreichen.

»Ich weiß noch mehr«, antwortete sie schließlich. »Willst du erfahren, was auf eurem Zug weiter geschieht?«

Hagen betrachtete sie eingehend, während er versuchte, sie einzuschätzen. »Kannst du es mir sagen?«, fragte er dagegen.

Die Frau zögerte. Die Rüstung und die Waffen des Kriegers waren wertvoll.

»Gegen zwei Goldstücke sollst du es hören«, entschied sie dann.

Hagen spuckte verächtlich aus. »Du geldgieriges Weib, behalt deine Weissagungen für dich, ich brauche sie nicht.«

Die Haltung der Frau straffte sich, und sie funkelte ihn böse an. »Traust du meinen Fähigkeiten etwa nicht? Was glaubst du, woher ich wusste, dass du zu den Burgundern gehörst?«

»Unser Zug ist groß genug, so dass viele davon erfahren haben. Das ist kein Beweis für deine Kunst«, erwiderte er geringschätzig und ritt weiter.

»Dann wisse dies, Hagen von Tronje!«, rief sie ihm mit lauter Stimme nach. »Von euch allen wird nur der Priester nach Worms zurückkehren, alle anderen werden umkommen, so wird es geschehen.«

Hagen lachte laut, doch als er sich noch einmal umdrehte, erstarb ihm sein Lachen im Hals. Die Frau war nicht mehr zu sehen. Verwirrt schaute er sich um, doch er konnte sie nicht finden, sie blieb verschwunden.

Was hatte das zu bedeuten? Warum wusste die Frau seinen Namen? Lag es an seinem auffallenden Helm? Aber wie war sie so plötzlich verschwunden? Als ob sie sich in einen Vogel verwandelt hätte, um einfach davonzufliegen. Plötzlich hörte er ein Krächzen über sich. Er blickte in den Himmel und sah, wie ein Rabe über ihn hinwegflog. Ein kalter Schauer lief ihm den Rücken hinunter. Hastig drückte er seinem Rappen die Fersen in die Seiten.

Er war noch nicht lange geritten, als er am gegenüberliegenden Ufer der Donau einen Fährmann mit seinem Kahn sah. Vielleicht konnte er sie in das Gebiet der Markomannen übersetzen.

Erleichtert bildete der Tronjer mit seinen Händen einen Trichter vor dem Mund. »Du kommst zur rechten Zeit. Ich bin mit einem großen Zug unterwegs, du kannst dir heute viele Goldstücke verdienen«, rief er hinüber.

Der Mann antwortete nicht. Möglicherweise hatte er ihn nicht gehört, schließlich war der Fluss durch das Hochwasser hier mehr als hundert Schritt breit. Doch dann sah er, wie das Boot sich langsam in Bewegung setzte. Geschickt steuerte der Fährmann den Kahn mit seiner langen Stange auf ihn zu.

Kurz vor dem Ufer hielt er die Fähre an.

»Wie viele Köpfe zählt euer Zug?«, fragte er.

»Tausend Mann«, erwiderte Hagen.

Der Fährmann sah ihn überrascht an. Dann schüttelte er den Kopf.

»So viele setze ich nicht über. Meine Herrin, die edle Else von Ratisbon, erlaubt nicht, dass so viele fremde Krieger in unser Land kommen.«

Hagen erschrak, wie sollten sie ohne die Fähre den Fluss überschreiten? Bei diesen Wassermassen würde sich kaum eine Furt finden lassen.

»Wir verweilen nicht in eurem Reich, unser Ziel ist das Hunnenland«, rief er zurück.

»Das mag stimmen oder auch nicht«, erwiderte der Fährmann und stieß sich mit der Stange ab. »Ich kann euch nicht helfen, meine Herrin hat es verboten.«

Wütend blickte Hagen ihm nach, dann griff er nach seinem Speer und warf ihn nach dem Mann. Er traf den Fährmann im Rücken. Mit einem Aufschrei brach er zusammen. Schnell lief der Tronjer ins Wasser und watete auf das Boot zu, das sich langsam vom Ufer entfernte. Angespannt kämpfte er sich durch die hüfthohen Fluten. Der tiefe Schlamm und lange, im Wasser schwebende Gräser, die sich zu dünnen Schlingen geformt hatten, behinderten ihn, er schien dem allmählich vom Ufer wegdriftenden Kahn kaum näher zu kommen. Der Tronjer verdoppelte seine Anstrengungen. Er musste die Fähre zu fassen kriegen, bevor sie ins tiefe Wasser abtrieb.

Als er sie fast erreicht hatte, gelangte sie in die Strömung und bewegte sich schneller. Mit einem gewaltigen Satz hechtete Hagen nach ihr. Seine ausgestreckten Hände landeten auf dem Boot, während der Rest seines Körpers ins Wasser klatschte. Mühsam zog er sich hoch, bis er total durchnässt und nach Atem ringend auf der Fähre lag. Erleichtert sah er die Stange neben dem toten Fährmann liegen, sie war nicht in den Fluss gefallen.

Er stand auf und ergriff den Stab, während das Wasser von ihm abtropfte und kleine Pfützen um ihn herum bildete. Mit sorgfältigen Stößen drückte er sich vom Grund ab und steuerte so die Fähre an Land.

Plötzlich hörte er Hufschlag, er wandte sich um, vier Reiter näherten sich dem Ufer. Hastig zog er den Speer aus der Leiche des Fährmanns und warf ihn über Bord.

Gelfrat, ein stiernackiger Mann mit krausem blondem Haar, der einen blitzenden Schuppenpanzer trug, blickte argwöhnisch auf den Krieger mit dem auffälligen Helm. »Wo ist Meinrad, der Fährmann?«, fragte er misstrauisch.

»Das wüsste ich auch gern«, erwiderte Hagen. »Ich muss über die Donau setzen, und als ich den Kahn sah, dachte ich, der Fährmann könnte mich fahren. Aber das Boot war leer, wie ihr seht.«

Gelfrat lenkte sein Pferd ganz dicht an Hagen heran, so dass es ihm fast an die Brust stieß. »Warum sollte er die Fähre allein lassen?«, knurrte er und legte die Hand auf seinen Schwertknauf.

Hagen blickte scheinbar ahnungslos zu ihm auf. »Frag nicht mich, Herr, ich kann es dir nicht sagen«, antwortete er achselzuckend.

Der Tronjer bemerkte, wie die Männer einen Halbkreis um ihn und die Fähre bildeten. Gleichzeitig begannen sie, mit den Augen die Umgebung abzusuchen. Utto, dem eine lange Narbe über die Nase lief, schien etwas entdeckt zu haben. Er stieg ab, um eine Stelle neben dem Boot genauer zu betrachten. Die anderen Markomannen saßen ebenfalls ab, wobei sie den Tronjer nicht aus den Augen ließen.

Hagens Muskeln spannten sich unwillkürlich, es konnte nicht mehr lange dauern, bis sie den Fährmann entdeckten. Utto bückte sich, dann fasste er ins Wasser. Mit grimmiger Miene richtete er sich wieder auf.

»Das ist Meinrad, der Fremde hat ihn …«

Weiter kam er nicht, denn Hagen schleuderte seinen Speer nach ihm, röchelnd sackte der Krieger zusammen.

Entschlossen zückten die anderen Männer ihre Waffen. Hagen riss Balmung aus der Scheide. Er hatte die starke Klinge nach Siegfrieds Tod mit den Worten an sich genommen, er sei nun der mächtigste Held in Burgund, darum gebühre ihm das Schwert, und niemand hatte gewagt, sich ihm zu widersetzen.

Der Tronjer überlegte. Nun hatte er noch drei Männer gegen sich, das konnte er schaffen, obwohl er im Gegensatz zu den Markomannen keinen Schild trug, denn seiner hing noch an seinem Pferd. Die Krieger griffen an. Der untersetzte Harro versuchte, mit dem Schwert Hagens Brust zu treffen, Gelfrat stürmte mit seiner langstieligen Axt auf ihn ein, während der glatzköpfige Eckhard versuchte, in seinen Rücken zu geraten.

Hagen wirbelte herum und traf dabei Harro am Oberarm, Blut spritzte auf sein Kettenhemd. Schon griff der Tronjer den nächsten Gegner an, er durfte nicht stillstehen, sonst würden sie ihn einkreisen, und die Hiebe würden von allen Seiten auf ihn einprasseln, so dass er nicht alle abwehren konnte. Ein Schlag traf seine Schulter, aber er war im letzten Moment nach hinten ausgewichen, darum streifte ihn die Klinge nur und glitt an seinem Kettenhemd ab. Doch dabei geriet er in die Reichweite Eckhards, und der schlitzte ihm mit einem schnellen Hieb den Oberschenkel auf. Hagen spürte den scharfen Schmerz, als die Klinge in sein Fleisch eindrang. Zähneknirschend sah er in die siegesgewissen Gesichter der Markomannen.

Wütend machte er einen Satz auf Gelfrat zu, während er sich duckte, um seinem Axthieb auszuweichen. Gelfrat war der Anführer; wenn er ihn tötete, konnte er vielleicht auch die anderen bezwingen. Mit aller Kraft stieß er sein Schwert auf den Hals des Kriegers zu, doch der wischte den Schlag mit einer Bewegung seines Schildes zur Seite. Ein Hieb traf Hagens Helm und riss den Kopf zur Seite.

Auf einmal wurde ihm bewusst, dass er diesen Kampf nicht überleben würde. Seine Gegner kämpften gut, sie nutzten ihre Überzahl geschickt aus, und er war verwundet. Sollte es tatsächlich hier mit ihm zu Ende gehen, schon bevor sie das Hunnenland erreichten?

Plötzlich sah er, wie ein Reiter herangaloppierte und Harro einfach über den Haufen ritt. Erleichtert erkannte der Tronjer Dankwart, der ihm im letzten Moment zu Hilfe kam. Gelfrat schlug seine Axt tief in den Hals des Pferdes, und es stürzte laut wiehernd neben dem sterbenden Markomannen zu Boden, ein Schwall warmen Blutes ergoss sich über die feuchte Erde. Dankwart sprang behände vom Rücken des Tieres, so dass Gelfrats nächster Hieb nur den Sattel spaltete. Voller Zorn warf sich der Burgunder auf den Anführer der Feinde.

»Du hast Laxi getötet, das wirst du bereuen«, rief er ihm zu.

»Das sagst *du*, aber wer das Pferd erschlägt, sollte auch den Reiter töten«, entgegnete Gelfrat trotzig und holte mit seiner Axt aus. Dankwart hob den Schild zur Abwehr, Gelfrat drehte das Beil so, dass es im Holz stecken blieb. Mit einem kräftigen Ruck riss er Dankwart den Schild aus der Hand, während er sein Sax aus dem Gürtel zog, um es dem Burgunder in den Bauch zu rammen. Doch der hatte damit gerechnet und wich geschickt aus.

Inzwischen brachte Hagen Eckhard trotz seiner Wunde schwer in Bedrängnis. Der Schild des Markomannen war schon so zerhackt, dass er ihn kaum noch schützte. Der Tronjer legte alle Kraft in den nächsten Schlag. Eckhard blockte den Hieb mit dem Schwert, doch als es auf Balmung traf, zerbrach die Klinge. Mit zerstörtem Schild und abgebrochener Klinge stand der Markomanne entsetzt vor dem turmhohen Burgunder, der ihm entschlossen das Schwert ins Herz stieß.

Gelfrat war jetzt allein, und er wusste, dass er zwei mächtigen Feinden gegenüberstand. Entschlossen schwang er seine Axt und als Dankwart zurückwich, warf er sich auf sein Pferd, um zu entkommen. Doch der Burgunder bekam sein rechtes Bein zu fassen und versuchte den Markomannen aus dem Sattel zu zerren, aber der schlug mit dem Beil nach ihm und Dankwart musste loslassen. Verärgert blickte er dem Markomannen nach.

Mit entschlossenem Blick zog Hagen die Lanze aus Uttos totem Körper, zielte sorgfältig und schleuderte den Speer. Er traf Gelfrat in den Rücken, aber anscheinend stak der Spieß wirkungslos in seinem dicken Panzer, denn der Markomanne ritt weiterhin zielstrebig auf ein kleines Wäldchen zu. Doch dann sahen sie, wie sein Körper sich langsam zur Seite neigte, und einen Augenblick darauf kippte er aus dem Sattel.

Hagen und Dankwart blickten einen Moment schweigend auf den leblosen Gelfrat.

»Keiner wirft den Speer so zielsicher wie du«, stellte Dankwart anerkennend fest.

»Du bist gerade noch rechtzeitig gekommen, da musste ich mich doch erkenntlich zeigen«, erwiderte Hagen mit einem matten Lächeln.

Dankwart blickte besorgt auf die stark blutende Wunde an Hagens Oberschenkel. »Wie schlimm ist es?«, fragte er.

»Nur ein Kratzer«, erwiderte Hagen geringschätzig.

»Ein ganz schön großer Kratzer. Kannst du damit reiten?«

Hagen lächelte erneut. »Kennst du mich so schlecht? Solange ich am Leben bin, kann ich auch reiten.«

Sie saßen auf. Dankwart stieg auf eines der Pferde der Markomannen, das auf der Uferwiese graste. Der Braune wieherte unwillig, als er den ungewohnten Reiter auf seinem Rücken spürte, aber er gewöhnte sich schnell an ihn.

Dankwart warf einen wehmütigen Blick auf den toten Laxi, dann drückte er dem Fuchs die Fersen in die Seiten und sie galoppierten los.

Hagen sah argwöhnisch auf eines der Pferde, das in einiger Entfernung gemächlich durch das dichte Gras trabte. Sein eingefetteter leerer Sattel glänzte auffällig in der Sonne.

»Wir müssen uns beeilen. Ich möchte nicht mehr hier sein, wenn die Markomannen erfahren, was passiert ist«, mahnte er.

Als sie den Zug erreichten und die Burgunder Hagens blutbefleckten Sattel sahen, trafen sie alarmierte Blicke.

»Was ist passiert?«, fragte Gunther.

»Ich habe eine Fähre gefunden, aber die Markomannen wollten sie uns nicht überlassen«, erwiderte Hagen knapp.

»Wir müssen uns beeilen, sie werden versuchen, uns am Überschreiten der Donau zu hindern«, ergänzte Dankwart.

Gunther überlegte einen Moment. »Gut, du reitest voran, wir folgen dir«, entschied er.

Dankwart nickte und setzte sich an die Spitze des Zugs. Hagen folgte ihm, Schweiß stand auf seinem Gesicht.

Gunther ritt neben ihn und ergriff den Zügel seines Pferdes. »Dein Platz ist jetzt auf dem Wagen des Wundschers«, sagte er.

»Aber die Verletzung ist nicht schwer«, protestierte der Tronjer.

»Das wird der Wundscher entscheiden«, erwiderte Gunther in einem Ton, der keinen Widerspruch duldete.

Seine Augen zogen sich angespannt zusammen. »Wir wissen nicht, was uns am Hunnenhof erwartet, da muss jeder Krieger im Vollbesitz seiner Kräfte sein.«

•••

Die Burgunder standen am Nordufer der Donau und warteten darauf, übergesetzt zu werden. Zwei der Männer im Zug halfen manchmal ihrem Bruder, der Fährmann auf dem Rhein war, daher wussten sie, wie man den Kahn steuerte. Es war eine mühselige Arbeit, die sich über viele Stunden hinzog. Die Fähre war recht klein, nur zwanzig Männer konnten eine Fahrt zusammen machen. Die Pferde wurden an den Seiten des Bootes angebunden und überquerten den Fluss schwimmend. Glücklicherweise war das bald nicht mehr nötig, denn als die Tiere sahen, dass einige von ihnen schon auf der anderen Seite waren, schwammen sie selbstständig hinüber.

Am schwierigsten war es, die Wagen hinüberzuschaffen. Die meisten von ihnen waren bis zum Rand mit Nahrung oder wichtiger Ausrüstung beladen, so dass sie vor der

Überfahrt sorgfältig festgezurrt werden mussten. Sollten sie in Bewegung geraten, konnte die Fähre kentern.

Nachdem etwa hundert Mann übergesetzt hatten, sahen sie einige Krieger am Südufer der Donau auftauchen, die sich dreihundert Schritt entfernt ins Gras hockten und ein Lagerfeuer anzündeten. Im Lauf der Zeit wurden es immer mehr. Gunther und Rüdiger betrachteten sie beunruhigt. Manchmal schrie jemand etwas herüber, aber auf die große Entfernung konnten sie nichts verstehen.

Gunther konnte sich gut vorstellen, was das zu bedeuten hatte. Wahrscheinlich warteten sie auf Verstärkung, um anzugreifen, wenn sie genug Männer beisammenhatten. Es sah aus, als ob sie Hörner mit Met herumgehen ließen, was einige wahrscheinlich dazu ermutigte, wüste Schmähungen zu ihnen herüberzurufen.

Rüdiger runzelte die Stirn. »Das gefällt mir nicht, ich habe bisher immer gute Beziehungen zu Fürstin Else gehabt, aber bei dem Zwischenfall mit der Fähre ist zu viel Blut geflossen. Ich weiß nicht, ob ich mich jetzt noch auf ihre Freundschaft verlassen kann.«

Erneut traf ein Trupp Reiter im Lager der Markomannen ein.

»Wenn das so weitergeht, werden sie uns bald überlegen sein«, stellte Gunther besorgt fest.

Rüdiger blickte auf den Fluss. Die meisten hatten inzwischen übergesetzt. Aber sie mussten noch die Wagen herüberbringen, das würde Zeit kosten.

Einige burgundische Krieger standen auf und gingen auf den Platz der Markomannen zu, bis sie wohl glaubten, sie seien nahe genug herangekommen, damit die Feinde sie verstehen konnten, und riefen ihrerseits Beschimpfungen hinüber. Ein paar Markomannen erhoben sich ebenfalls und antworteten ihnen.

Die beiden Lager waren immer noch zu weit voneinander entfernt, um die Worte verstehen zu können, aber es kam immer mehr Unruhe auf. Gunther spürte, wie die Erregung der Männer um ihn herum wuchs. Bei den Markomannen würde es genauso sein. Besorgt schaute er zur Donau hinüber. Das Übersetzen würde bestimmt noch zwei Stunden dauern.

Dann hörte er einen vielstimmigen Jubelschrei im Lager der Markomannen. Alarmiert blickte er zu ihnen hinüber.

Eine größere Gruppe Reiter war eingetroffen. An ihrer Spitze glaubte er ein Feldzeichen mit einem blauen Eber auf weißem Grund zu erkennen.

»Das ist Else, jetzt bin ich gespannt, was passiert«, sagte Rüdiger.

In die Männer im anderen Lager kam Bewegung, es sah aus, als ob sie sich in Schlachtreihen formierten. Die burgundischen Krieger bemerkten es ebenfalls. Sie sprangen auf und griffen erregt nach ihren Waffen. Einige blickten fragend auf Gunther, was würde ihr König entscheiden?«

Rüdiger stieg auf sein Pferd. Seine sonst so gutmütig wirkenden Gesichtszüge zeigten Entschlossenheit. Er nahm seine Lanze und befestigte ein buntes Freundschaftsband an ihrer Spitze.

»Komm mit, wenn wir jetzt nicht schnell handeln, geht unsere Reise an Attilas Hof hier vielleicht schon zu Ende.«

Gunther nickte und stieg ebenfalls in den Sattel.

Mit in den Himmel gehobenem Freundschaftsband ritten sie langsam auf das Lager der Markomannen zu. Nach einem Moment näherten sich zwei Reiter aus ihren Reihen, ebenfalls mit einem Freundschaftsband an der Spitze einer Lanze.

Als sie sich trafen, erkannte Gunther eine zierliche Frau mit lockigen roten Haaren und einen groß gewachsenen glatt rasierten Mann mit einem Schwert, das so lang war, dass es fast den Boden erreichte.

Die Augen der Frau schienen Feuer zu sprühen, als sie Rüdiger in herrischem Ton anfuhr. »Herzog Rüdiger, seit wann suchst du die Gesellschaft von gemeinen Mördern?«, fragte sie mit angriffslustig vorgerücktem Kopf.

Rüdiger ging nicht auf die Beleidigung ein. »Ich grüße dich, Fürstin Else von Ratisbon. Neben mir reitet König Gunther von Burgund. Wir bitten um Erlaubnis, dein Land durchziehen zu dürfen«, sagte er verbindlich.

Else verzichtete auf eine förmliche Begrüßung. »Dazu ist es zu spät! Ihr seid schon in unser Gebiet eingedrungen«, erwiderte sie scharf.

Rüdiger nickte bekümmert. »Das hätte nicht passieren dürfen.«

Gunther sah ihn unwillig an. Es geziemte sich nicht, in dieser unterwürfigen Art mit der Markomannin zu reden. »Meine Männer wurden angegriffen, sie mussten sich verteidigen«, sagte er mit fester Stimme.

Else musterte ihn kalt. »Das ist eine Lüge, ihr habt den Kampf begonnen, zwei Bauern haben es gesehen«, erwiderte sie schroff.

Rüdiger warf dem Burgunder einen warnenden Blick zu, es war nicht ratsam, die Fürstin zu reizen.

»Es tut uns sehr leid, was geschehen ist«, erklärte der Herzog.

»Dein Bedauern ehrt dich, auch wenn König Gunther dein Gefühl nicht teilt«, entgegnete Else. Dann wurde ihr Ton wieder schärfer. »Ihr seid ohne Erlaubnis in unser Gebiet eingedrungen und habt fünf unserer Männer getötet, von denen einer ein Verwandter von mir war. Wir müssen sie rächen.«

Gunthers Spannung stieg. Eine Schlacht schien unvermeidlich. Inzwischen war er nah genug an ihrem Lager, um in die finsteren Gesichter der Krieger sehen zu können. Sie waren kampfbereit.

»Der Streit war auf der nördlichen Seite der Donau, außerhalb eures Landes«, sagte er.

Else lenkte ihr Pferd wütend auf Gunther zu. »Er war bei der Fähre und die Fähre gehört uns«, zischte sie.

Gunther war nicht bereit, sich von ihr einschüchtern zu lassen. Immerhin war er ein König.

Er sah ihr hart in die Augen.

»Mäßige dich, Fürstin, vergiss nicht, mit wem du sprichst«, hielt er ihr entgegen.

Else warf stolz den Kopf in die Höhe. »Ich weiß genau, mit wem ich rede. Du bist ein dreister Eindringling …« Sie wartete einen Augenblick, bevor sie weitersprach. »… und einer der Mörder Siegfrieds von Xanten!«

Gunther erbleichte. Die Markomannin hatte ihn daran erinnert, was man sich landauf, landab über ihn erzählte. Zwar hatte Hagen es getan, aber seinen König machte man gleichfalls für die Tat verantwortlich.

»Gebt uns die Krieger heraus, die unsere Männer getötet haben«, forderte Else gebieterisch.

Gunther spürte die Blicke Rüdigers, Elses und des Kriegers neben ihr, der noch kein Wort gesagt hatte, auf sich lasten. Doch er konnte Hagen und Dankwart nicht herausgeben. Sie waren seine Halbbrüder und hatten dem Reich immer treu gedient.

»Das können wir nicht tun, sie haben sich nur verteidigt«, erwiderte er schließlich.

»Wenn es zur Schlacht kommt, werden auf beiden Seiten viele Männer sterben«, mahnte Rüdiger ernst. »Es gibt noch eine andere Möglichkeit. Wir sind bereit, ein großzügiges Wergeld zu zahlen.«

Else sah ihn trotzig an. Dann blickte sie an ihm vorbei auf das Lager der Burgunder, sie hatten ein großes Heer. Es würde eine erbitterte Schlacht werden, bei der niemand wusste, wie sie ausgehen würde.

Dann schaute sie auf den Mann neben ihr. »Das muss Brun entscheiden. Gelfrat war sein Bruder, er spricht für seine Familie und die der anderen getöteten Krieger.«

Der Mann überlegte, wobei sich seine hohe Stirn in Falten legte. Mit dem Wergeld könnte er endlich ein größeres Haus bauen, davon träumte er schon lange. Doch er konnte sich nicht sofort darauf einlassen, sonst würde man ihn für gierig und unehrenhaft halten.

Er blickte auf Gunther und Rüdiger. »Kein Geld der Welt kann mir meinen Bruder ersetzen«, erklärte er würdevoll.

»Das wissen wir«, erwiderte Gunther. »Das Wergeld soll ein Zeichen unseres Bedauerns und eine Ehrung für die Tapferkeit deines Bruders sein. Darum bitten wir dich, es anzunehmen.«

Brun hob stolz den Kopf. Noch nie hatte ihn ein König um etwas gebeten. Er schaute Rat suchend zu seiner Fürstin, die ihm unmerklich zunickte. Dann räusperte er sich. »So sei es, wenn das Wergeld zu unserer Zufriedenheit ist, seid ihr frei, eures Weges zu ziehen.«

Else und Rüdiger wechselten einen erleichterten Blick, und auch Gunther atmete auf.

Nach zähen Verhandlungen kamen sie endlich zu einer Einigung. Zehn Pfund Silber und acht Pfund Gold mussten die Burgunder für jeden der getöteten Markomannen zahlen. Missmutig wog Ortwin das Wergeld ab, füllte alles in einen Sack und schnürte ihn sorgfältig zu.

Gunther und Rüdiger standen mit betrübten Mienen dabei.

»Die Markomannen bekommen alle unsere Geschenke für Attila und Kriemhild. Wir werden mit leeren Händen in Pannonien ankommen«, stellte der König missmutig fest.

Rüdiger klopfte ihm wohlwollend auf die Schulter. »Attila wird es verschmerzen. Er erhält so hohe Tributzahlungen, dass er gar nicht weiß, wohin mit all seinen Schätzen. Selbst die Römer zahlen dafür, dass er sie nicht angreift. Die aus Ravenna ebenso wie die aus Konstantinopel«, erklärte er.

Endlich konnten auch die am Nordufer verbliebenen Burgunder über die Donau setzen. Sie mussten sich beeilen, denn dunkle Wolken zogen auf, wahrscheinlich würde es bald ein Gewitter geben. Als Letztes war der Wagen des Wundschers Herulf an der Reihe. Neben dem sorgfältig festgebundenen Fuhrwerk standen Hagen, der einen dicken blutdurchtränkten Verband um den Oberschenkel trug, Pater Osgard, Herulf und Inken, die dem Wundscher zugeteilt worden war, weil sie sich mit heilenden Kräutern auskannte.

Während sie den durch das mitgerissene Erdreich braun gefärbten Strom überquerten, schaute Hagen nachdenklich auf den Priester. Die Fähre kam an einen kleinen Wirbel und neigte sich leicht zur Seite.

»Hoffentlich kentert das Boot nicht, ich kann nicht schwimmen«, wandte er sich an Osgard.

»Ich auch nicht, Herr«, erwiderte der schmächtige Mann.

In Hagens Augen blitzte es kurz auf, er packte den Priester und stieß ihn ins Wasser. »Dann versuch jetzt mal, nach Worms zurückzukommen!«, rief er ihm zu.

Entsetzt blickten Herulf und Inken erst auf Hagen, dann auf Osgard. Der Wundscher kniete nieder und streckte die Hand nach dem Priester aus, doch der begann bereits zu versinken.

Ein abgebrochener Ast trieb auf Osgard zu. Verzweifelt streckte er sich nach dem großen Stück Treibholz, das eine Mannslänge maß. Tatsächlich gelang es ihm, den Ast zu packen und sich daran festzuklammern. Langsam trieb er auf das Nordufer der Donau zu.

Durch die aufgeregten Schreie der burgundischen Krieger aufmerksam geworden, blickten auch Gunther und Rüdiger auf das Wasser, ebenso wie Else und Brun.

»Wie gut, dass Hagen bei euch bleibt, da kann er noch mehr von euch töten«, spottete die Fürstin.

Osgard gelangte an eine Biegung des Flusses und wurde dort an Land gespült. Dankbar hob er seine Hände zum Himmel. Im selben Moment donnerte es. Das Gewitter, das sich schon seit einiger Zeit angekündigt hatte, brach mit Urgewalt los. Ströme von Wasser ergossen sich über sie, dicke Wolken schoben sich vor die Sonne; es wurde dunkel wie die Nacht. Gewaltige Blitze durchzuckten den schwarzen Himmel, so dass Burgunder wie Markomannen ängstlich zusammengekauert versuchten, sich vor den auf sie einstürzenden Regenmassen zu schützen.

Hagen blickte grimmig auf Osgard, der soeben am Horizont verschwand. Sollte diese geldgierige Wahrsagerin etwa recht behalten mit ihrer düsteren Prophezeiung?

20

Während die Männer am Ufer, fest in ihre Mäntel gehüllt, das Ende des Gewitters abwarteten, fuhr von ihnen unbemerkt ein römisches Boot stromabwärts vorbei. In dem schmalen Aufbau an Deck saßen Aetius und Julius und redeten über ihre Reise in das Herz von Attilas riesigem Reich. Dabei mussten sie laut sprechen, um sich beim Trommeln des Regens auf dem Dach verstehen zu können. Glücklicherweise hatten sie ein kleineres Schiff genommen, so war es unwahrscheinlich, dass ein Blitz bei ihnen einschlug, während die Legionäre an den Rudern unter Deck ohnehin geschützt waren.

»Was für ein Unwetter!«, rief Aetius aus. »Aber falls die Burgunder jetzt in dieser Gegend unterwegs sind, soll es mir recht sein.«

Julius lächelte. »Dein Hass auf germanische Stämme wird dich wahrscheinlich bis an dein Lebensende begleiten.«

»Dazu habe ich ja auch allen Grund«, erklärte der Heermeister und betrachtete missbilligend ein kleines Rinnsal, das sich vom Dach des Aufbaus bis auf den Boden hinzog. »Wie oft haben sie uns schon Probleme bereitet? Ich weiß gar nicht, ob es überhaupt einen Stamm gibt, gegen den ich noch nicht kämpfen musste. Goten, Franken, Juthungen, Sueben, allen scheint es einen Riesenspaß zu machen, sich gegen uns zu erheben.«

Julius nickte. »Bisher bist du ja mit allen fertiggeworden, außer den Vandalen, aber das Königreich, das die in Nordafrika errichtet haben, ist wenigstens weit von unserem Reich entfernt.«

»Für meinen Geschmack nicht weit genug. Die sind ein ständiger Unruheherd«, entgegnete Aetius.

Julius griff in eine tönerne Obstschale. »Hier sind übrigens Pflaumen aus Afrika. Gelüstet es dich danach?«, fragte er und sah dem General dabei tief in die Augen.

Aetius zögerte einen Moment. Dann beugte er sich mit geöffnetem Mund zu Julius hinüber, der ihm die Frucht auf die Zunge legte. Der Heermeister kaute sie genüsslich. »Glaub mir, wir müssen auf der Hut sein. Wenn wir nicht aufpassen, werden die Germanen eines Tages unser Untergang sein«, erklärte er darauf.

Sein Sekretär seufzte. »Und deshalb bist du also jetzt wieder auf einem Feldzug gegen Germanen.«

»Die vor Kurzem in Belgica eingefallen sind und sich damit eine Bestrafung redlich verdient haben«, ergänzte Aetius. Besorgt blickte er nach oben, wo sich ein zweites Rinnsal mit Regenwasser gebildet hatte. »Doch das Schicksal hat es gut mit uns gemeint. Wenn wir Glück haben, erledigen die Hunnen diese Arbeit für uns«, fuhr er fort.

Julius runzelte die Stirn. »Das musst du mir noch mal erklären, damit ich es auch wirklich verstehe.«

Der General goss ihnen beiden noch etwas Wein nach. »Eine von Attilas Hauptfrauen ist eine burgundische Prinzessin, Kriemhild mit Namen. Sie hat die Burgunder zur Geburtstagsfeier ihres Sohnes eingeladen.«

»Nett von ihr«, meinte Julius.

»Vielleicht aber auch nicht«, erwiderte Aetius geheimnisvoll. »Es ist nämlich so, dass sie ihrer Familie blutige Rache geschworen hat, weil die ihren Mann, Siegfried von Xanten, umgebracht hat.«

»Siegfried von Xanten, der Name sagt mir etwas«, grübelte Julius. »Ach, jetzt weiß ich, soll der nicht einen Drachen getötet haben?«

»Du bist gut informiert«, lobte der General.

Julius schüttelte den Kopf. »Diese abergläubischen Barbaren!«

Aetius nahm einen Schluck Wein. »Nach meinen Informationen ist sie absolut besessen von ihrer Rache. Ich glaube nicht, dass sie die Burgunder zum Vergnügen eingeladen hat.«

»Du hast überall deine Augen und Ohren, das ist weithin bekannt«, nickte der Sekretär.

Aetius blickte zufrieden auf den Wein in seinem Glas. »Es macht sich bezahlt, dass ich damals als Geisel an den königlichen Höfen von Uldin und Charaton war.«

»Hast du dabei auch Attila kennengelernt?«, fragte Julius.

»Während meiner Zeit bei den Hunnen habe ich ihn nicht gesehen, aber ich kannte ihn schon vorher. Damals befand er sich als Geisel am Hof von Honorius in Ravenna, doch da war er erst zwölf Jahre alt.«

Julius zog eine Augenbraue hoch. »Geisel zu sein ist offensichtlich eine gute Voraussetzung, um es später weit zu bringen. Attila ist jetzt der mächtigste König Europas, und du bist der wichtigste Mann in Rom«, stellte er fest. Er blickte auf. »Kennst du auch einen Hof, an dem ich als Geisel dienen könnte, mein General?«

Aetius lächelte. »Ich fürchte, dazu bist du nicht wichtig genug.« Als er die Enttäuschung im Gesicht seines Sekretärs sah, beugte er sich leicht nach vorn. »Aber wer weiß, vielleicht könnte ich dich ja in meiner Villa in Arelate unterbringen. Würde dir das gefallen, mein ehrgeiziger Julius?«

»Ich stehe stets zu deinen Diensten, wo immer du mich brauchst«, erwiderte der Sekretär leise.

»Nun, so weit ist es noch nicht. Reden wir lieber von der Gegenwart. Ich kann mir vorstellen, dass Kriemhild den Burgundern eine Falle gestellt hat, aber ich vermute, Attila ahnt nichts davon. Er ist zwar ein rücksichtsloser Barbar, aber das Gesetz der Gastfreundschaft ist ihm heilig, er wird es nicht von sich aus brechen.«

»Aber wie will sie es dann schaffen?«, überlegte Julius.

Der Heermeister beugte sich angespannt vor. »Genau das frage ich mich auch. Ich weiß nicht, wie sie es anstellen will. Aber wenn sie es allein nicht schafft, können wir ihr vielleicht dabei helfen«, erklärte er.

Julius schwieg einen Moment. Dann nickte er beeindruckt. »Ein guter Plan, General. Lass uns auf gutes Gelingen trinken.«

◆◆◆

Erst in der Nacht hörte der Regen endlich auf. Während einige der Männer sich schlafen legten, hockten andere um ein Feuer und spielten mit Würfeln oder sprachen darüber, was sie auf ihrer Reise noch erwartete.

Hagen war damit beschäftigt, Balmung zu schärfen, als Rüdiger zu ihm trat.

Der Herzog legte ihm freundlich die Hand auf die Schulter. »Auf ein Wort, Hagen«, sagte er und deutete mit dem Kopf auf ein kleines Gebüsch in der Nähe.

Überrascht stand der Tronjer auf und folgte ihm humpelnd ins Unterholz. Die Wunde an seinem Bein behinderte ihn beim Gehen, es würde noch eine Weile dauern, bis sie heilte.

Als sie den Busch erreichten, blieben sie stehen.

Rüdiger sah Hagen ernst in die Augen. »Else und ich waren bisher gute Nachbarn, ja sogar Freunde. Aber durch dein Handeln ist das nun vorbei«, begann er.

Hagen zuckte die Achseln. »Der Fährmann wollte uns nicht übersetzen, also musste ich ihm das Boot wegnehmen, es ging nicht anders.«

»Warum hast du mich nicht geholt?«, entgegnete Rüdiger. »Man kennt und achtet mich hier. Wir hätten bestimmt eine Lösung gefunden.«

Hagen war verärgert über den angriffslustigen Tonfall Rüdigers. »Er hat mir deutlich gesagt, eine so große Zahl an Männern würde er nicht übersetzen, da gab es nichts zu reden«, erwiderte er mit finsterem Blick.

»Und deshalb musstest du ihn gleich töten?«, fragte Rüdiger gereizt. »Ja, das ist deine Natur. Wenn es schwierig wird, tötest du eben.«

Hagens Unmut wuchs. Seit seiner Schwertleite vor vielen Jahren hatte niemand es gewagt, so mit ihm zu reden, noch nicht einmal sein König. Und nun kam dieser Herzog daher und beschimpfte ihn?

»Manchmal ist es das Beste, jemand zu töten, auch wenn es nicht alle verstehen«, erwiderte er mit mühsam unterdrücktem Zorn.

Wütend trat Rüdiger einen Schritt auf Hagen zu. Der

Tronjer überragte ihn um einen Kopf, aber das hielt ihn nicht auf.

»Ach ja? Dann erklär mir mal, warum du Siegfried töten musstest«, verlangte er.

Hagens Hand fuhr an den Knauf von Balmung. »Du nimmst dir zu viel heraus, Herzog. Ich fordere Genugtuung für dein ungebührliches Benehmen!«, rief er empört.

Auch Rüdigers Hand flog zum Schwert, aber dann zog er sie wieder zurück. »Es würde mir nicht viel Ehre einbringen, einen verwundeten Mann zu erschlagen.«

Gernot, der auf den erregten Wortwechsel aufmerksam geworden war, trat zu ihnen. »Was geht hier vor?«, fragte er scharf.

»Rüdiger wirft mir vor, dass ich den Fährmann getötet habe«, knurrte Hagen.

»Ich hätte es vorgezogen, zu verhandeln«, nickte der Herzog.

Gernot blickte sie einen Moment nachdenklich an, dann wandte er sich an den Tronjer. »Rüdiger hat recht. Manchmal kann man durch die richtigen Worte unnötiges Blutvergießen vermeiden.«

Hagen starrte ihn verständnislos an. Stellte sich jetzt auch sein eigener Halbbruder gegen ihn? »Ihr seht doch, was passiert ist. Wir sind alle über die Donau gekommen, jetzt können wir weiterziehen«, sagte er mürrisch.

»Ja, ihr könnt weiterziehen und seht die Markomannen wahrscheinlich nie wieder. Aber für mich sind sie unruhige Nachbarn an meiner Westgrenze. Das Geschehen an der Fähre hat für böses Blut gesorgt. Wer weiß, was daraus noch erwächst«, erklärte Rüdiger aufgebracht. Er blickte

Gernot und Hagen besorgt an. »Das sind keine guten Vorzeichen für unsere weitere Reise«, fürchtete er.

•••

Ortlieb, der fast dreijährige Sohn Attilas und Kriemhilds, saß auf dem Rücken eines der struppigen kleinen, aber ungeheuer ausdauernden Pferde, die die Hunnen züchteten. Der Hunnenkönig hielt es an einer langen Leine und ließ es langsam im Kreis um ihn herumlaufen.

Der Gebieter der Steppenkrieger war kaum größer als Kriemhild. Doch mit seiner breiten Brust und den finsteren dunklen Augen wirkte er sehr Respekt einflößend. Seine Augen waren immer in Bewegung, und die herrische Art, wie er seine Umgebung betrachtete, machte klar, dass man gut daran tat, niemals zu vergessen, wie mächtig er war.

Immer wieder blickte er voller Stolz auf den Jungen. Sein Sohn hatte zunächst etwas ängstlich zusammengekauert auf dem ungewohnten Pferderücken gesessen, aber inzwischen hatte er seine Angst verloren und saß nun aufrechter auf dem eigens für ihn angefertigten kleinen Sattel.

Neben dem Tor der Halle saßen Kriemhild und Melisande auf bequemen Stühlen und betrachteten Ortliebs erste Reitversuche.

»Sieh her, Kriemhild, ich wette, es gibt in ganz Burgund keinen Knaben, der in dem Alter schon reiten kann«, lachte Attila glücklich.

»Da hast du recht«, erwiderte Kriemhild. »Ortlieb ist der jüngste Reiter, den ich je gesehen habe.«

»Wenn deine Brüder kommen, werden ihnen vor Staunen die Augen aus dem Kopf fallen«, kündigte der König gelöst an.

Ein Reiter galoppierte bis dicht an die ebene Fläche heran, auf der Attila seinem Sohn das Reiten beibrachte, stoppte abrupt ab und sprang aus dem Sattel.

Das kleine Pferd, auf dem Ortlieb saß, scheute erschrocken, und der Junge fiel auf den Boden. Als er im Staub landete, fing er laut zu weinen an. Entsetzt lief Attila zu ihm und nahm ihn hoch. Sofort begann er, seinen Sohn abzutasten, nach einer Weile atmete er auf. Es war anscheinend nichts gebrochen, außer einer Platzwunde an der Stirn und einigen blauen Flecken würde wohl nichts zurückbleiben.

Darauf übergab er den Jungen Kriemhild, die ihn auf ihren Schoß setzte. Ortliebs Weinen ließ bereits nach.

»Was für ein tapferer Krieger, ein solcher Sturz macht ihm nichts aus«, sagte er erleichtert.

Dann ging er zu dem Reiter, der, als Ortlieb vom Pferd fiel, sich sofort verängstigt auf den Boden geworfen hatte und dort mit in den Staub gedrückter Stirn wartete.

»Steh auf!«, sagte der König ruhig.

Der Mann erhob sich, wagte aber immer noch nicht, Attila in die Augen zu schauen.

Der König musterte ihn einen Moment. »Ich kenne dich doch«, überlegte er. »Richtig, Kursich ist dein Name«, stellte er fest, zufrieden, dass er sich an den Namen des Boten erinnerte.

Der Krieger nickte hastig. »Kursich, Sohn des Basich, mein König«, antwortete er mit einem leichten Zittern in der Stimme.

»Sprich, Kursich, was für Nachrichten bringst du, die so wichtig sind, dass du nicht die Zeit hast, dein Pferd anzuhalten, wenn ich mit meinem Sohn spiele?«, fragte Attila lauernd und bohrte dem Boten seinen Blick fest in die Augen.

Kursichs Knie begannen zu schlottern, er starrte Attila mit schreckgeweiteten Augen an. »Es sind die Alanen, Herr. Sie weigern sich, den jährlichen Tribut zu zahlen«, stieß er hervor.

»Die Alanen also,« nickte Attila. »Und du glaubst, deswegen kannst du das Pferd scheu machen, auf dem mein kleiner Sohn reitet?«, donnerte er Kursich an.

Der Krieger blickte starr zu Boden. Sein Zittern wurde immer stärker, und seine Hosenbeine wurden feucht.

Mit einer blitzschnellen Bewegung zog Attila seinen Dolch aus dem Gürtel, stieß ihn tief in den Bauch des Mannes und riss die Klinge mit einem kräftigen Ruck nach oben. Kursich schrie laut auf, während ihm seine Eingeweide vor die Füße fielen. Dann brach er stöhnend zusammen.

Als er am Boden lag, spuckte Attila angewidert auf ihn herab.

Mit finsterem Blick sah er auf einige Frauen, die dabei waren, Tuniken aus Murmeltierfellen zu weben.

»Erzählt allen, was ihr gesehen habt. Niemand darf es wagen, durch unbedachtes Verhalten meinen Sohn in Gefahr zu bringen«, rief er mit erhobener Stimme.

Kriemhild schaukelte Ortlieb beruhigend auf ihrem Oberschenkel. Der Junge hatte wieder zu weinen begonnen, als das Blut aus Kursichs Wunde schoss und ein Tropfen der warmen Flüssigkeit auf seine Nase spritzte.

Schweigend blickte die Königin auf den sich vor Schmerz krümmenden todgeweihten Krieger, vor dessen Bauch sich eine immer größer werdende Blutlache bildete. Sie hatte geahnt, was passieren würde, als Ortlieb vom Pferd fiel. Solche plötzlichen Gewaltausbrüche hatte sie schon häufiger erlebt. Der Hunnenkönig konnte sehr warmherzig und gutmütig erscheinen, vor allem gegenüber engen Freunden oder Gästen von hohem Rang. Doch diese Stimmung schlug manchmal von einem Moment auf den anderen um. Geschah etwas, das ihn reizte, war er plötzlich ein Mann voller Brutalität und Willkür. Am deutlichsten zeigte sich seine Grausamkeit bei Abtrünnigen, die zum Feind übergelaufen waren. Er drohte denjenigen, die ihnen Unterschlupf gewährten, sofort mit Krieg und erzwang so deren Herausgabe. Darauf wurden die bedauernswerten Männer gepfählt, wobei Attila streng darauf achtete, dass die Pfähle nicht zu spitz zuliefen, damit das qualvolle Sterben sich über viele Stunden oder gar Tage hinzog.

Kriemhild und Melisande gingen mit Ortlieb in die Halle. Nach diesem Sturz würde er sich an diesem Tag sowieso nicht mehr auf das Pferd trauen. Sie gaben ihm seine Spielzeugkrieger aus Holz und sahen zu, wie er sie aufstellte und gegeneinander kämpfen ließ.

»Attila liebt Ortlieb wirklich sehr, er kann es nicht ertragen, wenn ihm etwas geschieht«, stellte Melisande fest.

»Er liebt ihn mehr, als ich es tue«, erwiderte die Königin bedrückt.

Melisande blickte sie erstaunt an. War das ihr Ernst?

»Es liegt wohl daran, dass er zu meinem zweiten Leben gehört. Das erste endete mit Siegfrieds Tod und das zweite bedeutet mir nicht viel«, fuhr Kriemhild fort.

Die Gotenfürstin nickte bedächtig. »Siegfried wurde dir genommen, als ihr noch frisch verliebt wart, darum ist deine Liebe für ihn noch ungebrochen«, sagte sie, während sie einen berittenen Krieger wieder aufstellte, den Ortlieb mit einer ungeschickten Bewegung umgeworfen hatte. Der Junge lächelte sie glücklich an.

»Wie meinst du das?«, fragte Kriemhild mit gerunzelter Stirn.

»Na ja, ihr wart so kurze Zeit zusammen, dass ihr gar keine Gelegenheit hattet, auch die unangenehmen Seiten des anderen kennenzulernen.«

Kriemhild sah sie verdutzt an. Dann verhärteten sich ihre Gesichtszüge. »Es gab keine unangenehmen Seiten an Siegfried«, erklärte sie entschieden.

Ihre Freundin schüttelte den Kopf. »Jeder hat seine Fehler, und seien sie auch noch so klein.«

Kriemhilds Unmut wuchs.

»Wie kannst du nur so etwas sagen, du kanntest Siegfried doch überhaupt nicht«, entgegnete sie empört.

Doch Melisande ließ sich nicht beirren. »Und es ist ja nicht nur das. Wenn man lange Zeit zusammenlebt, gibt es auch manchmal Streit, oder man langweilt sich miteinander. All das habt ihr nicht kennengelernt.«

»Wir haben uns nie gelangweilt«, erwiderte Kriemhild trotzig.

»Weil ihr nur so kurz …«

»Ich muss jetzt Ortlieb in den Schlaf wiegen, du solltest besser gehen«, sagte Kriemhild barsch.

Melisande nickte schweigend und ging. Kriemhild war nicht die Einzige, die so empfindlich war, wenn man ihr diese Dinge sagte.

•••

Die Feier in und um Rüdigers Halle war in vollem Gange. Das betagte Langhaus des quadischen Fürsten war nicht groß genug, um alle Gäste aufzunehmen, darum hatte man auf dem kreisrunden Platz vor dem Tor noch einige Zelte aufgebaut. Erneut wurde deutlich, wie eng Rüdiger sich den Burgundern verbunden fühlte. Seine Mägde servierten nur die besten Speisen von edlem Wild und frischem Obst, dazu flossen Wein und Met in Strömen. Stimmgewaltige Barden sangen ihre Lieder über die Heldentaten von Quaden und Burgundern und sorgten so dafür, dass die Stimmung immer ausgelassener wurde.

Etwas abseits des lauten Trubels schlenderten Giselher und Dietlinde, die Tochter Rüdigers und seiner Frau Gotelind, Arm in Arm durch einen kleinen Wald. Dietlinde hatte goldgelbe, zu zwei Zöpfen geflochtene Haare und ein rundes Gesicht mit einer winzigen Nase darin.

Giselher, der so mutig in der Schlacht kämpfte, benahm sich eher scheu, wenn er mit einer Frau zusammen war. Er bewegte sich sehr vorsichtig neben ihr, denn er war ängstlich bemüht, der Fürstentochter nicht mit seinen langen Beinen auf die Füße zu treten.

»Als ich dich das letzte Mal sah, warst du noch ein Kind … und jetzt bist du eine Frau und wunderschön dazu«, sagte er so leise, dass Dietlinde ihn kaum verstehen konnte.

»Von dem Knaben, der du damals warst, ist auch nicht mehr viel übrig«, entgegnete sie geschmeichelt.

Ermutigt von diesen Worten, sah Giselher ihr ernst in die Augen. »Dietlinde, kannst du dir vorstellen, statt an der Donau am Rhein zu leben?«, fragte er mit pochendem Herzen.

»Wenn es mit dem richtigen Mann wäre …«, strahlte sie.

»Darf ich hoffen, dieser Mann zu sein?«, fragte er weiter.

Glücklich fasste sie ihn an den Händen. »Ich dachte schon, du würdest mich nie fragen«, lachte sie.

Giselher lachte ebenfalls und küsste sie. »Wir müssen es sofort Gunther und deinem Vater sagen.«

Überrascht sah Dietlinde ihn an. »Jetzt gleich? Die sind doch bestimmt alle sturzbetrunken in der Halle. Sollten wir nicht besser noch warten?«

»Das ist genau die richtige Gelegenheit. Sie sind gerade so guter Stimmung, da werden sie bestimmt nichts dagegen haben.«

»Dann los, ich verlasse mich darauf, dass du recht hast.«

Ausgelassen eilten sie zur Halle. Wie Giselher es vorausgesagt hatte, waren dort alle bester Laune. Die Barden sangen weiter ihre Lieder, aber es hörten ihnen nur noch wenige zu, denn in dem dichten Stimmengewirr der feiernden Menge konnte man kaum sein eigenes Wort verstehen. Die Mägde, die zwischen den Tafeln und Bänken herumliefen, um Speisen, Wein und Met zu bringen, mussten sich vorsehen, damit sie nicht in Pfützen von verschüttetem Wein ausrutschten oder über auf dem Boden abgestellte Helme stolperten.

Mühsam kämpften Dietlinde und Giselher sich durch die engen Gassen zwischen den Tafeln bis zum größten Tisch, an dessen Kopfende Gunther und Rüdiger saßen. Es dauerte eine Weile, bis Gunther verstand, was sein jüngerer Bruder ihm sagen wollte. Doch dann grinste er breit und erzählte es Rüdiger. Der Herzog lauschte zunächst mit gerunzelter Stirn, aber seine Miene hellte sich schnell auf, als er merkte, dass Gunther einverstanden war.

Leicht schwankend erhoben sich König und Herzog. Auf eine Handbewegung von Gunther hin wurde es langsam still in der Halle.

»Herzog Rüdiger gibt uns hier ein großartiges Fest, und wir alle genießen seine weithin berühmte Gastfreundschaft, aber ich glaube, wir werden uns noch besser fühlen, wenn ich euch sage, dass Giselher und Dietlinde sich verloben werden«, verkündete er überschwänglich.

Rüdiger, der auch nicht mehr ganz sicher auf den Beinen war, legte eine Hand auf die Schulter seiner Tochter und eine auf die ihres künftigen Gemahls. »Ich kann mir keinen besseren Mann für meine Dietlinde vorstellen als den tapferen Giselher«, sagte er stolz. Darauf hob er seinen Pokal in die Höhe. »Nun füllt eure Becher bis zum Rand und trinkt mit mir auf das Glück des jungen Paares«, rief er laut.

Ein vielstimmiger Jubelschrei folgte auf diese Worte, während Giselher und Dietlinde sich glücklich anstrahlten.

•••

Nun waren sie fast am Ende ihrer langen Reise. In Bechelaren war ihr Zug noch größer geworden, denn mit Rüdiger ritten etwa siebenhundert Krieger, die Attila für einen Feldzug gegen die Gepiden benötigte. Auch Dietlinde war dabei, sie konnte es nicht ertragen, bis zu ihrer Rückkehr auf Giselher zu warten, darum hatte sie ihren Vater überredet mitzukommen. Nur noch etwa ein Tagesritt, dann würden sie Attilas Hof erreichen. Es wurde auch höchste Zeit, denn die Burgunder – und vor allem ihre Pferde – waren völlig erschöpft, auch wenn es in den letzten Tagen einfacher für sie geworden war, da sie sich nun im flachen Grasland Pannoniens befanden. Es gab keine anstrengenden Steigungen mehr, die sie bewältigen mussten, und Nahrung war im Überfluss vorhanden.

Plötzlich sah Gunther, wie sich ihnen ein kleiner Trupp Reiter näherte.

Er runzelte die Stirn, wer konnte das sein?

Rüdiger trieb sein Pferd an und ritt auf sie zu. Überrascht erkannte er die Frau an der Spitze der Gruppe.

»Was machst du hier, Melisande?«, rief er. »Du konntest es wohl nicht erwarten, bis wir kommen!«

Gunther ritt auf die beiden zu. Nun erkannte er die Reiterin ebenfalls. Er hatte sie vor Jahren auf einer Feier des Ostarafests bei den Langobarden kennengelernt.

»Melisande, Fürstin der Goten, willst du dich unserem Zug anschließen?«, lächelte er.

»Nein, König Gunther, ich muss sofort wieder zurück, bevor man meine Abwesenheit bemerkt«, entgegnete sie mit einem unruhigen Flackern in den Augen.

Rüdiger und Gunther wechselten einen besorgten Blick. Sie schauten auf Melisandes Wachen, die außerhalb ihrer Hörweite warteten.

»Warum bist du gekommen?«, fragte Rüdiger.

Die Gotenfürstin zögerte einen Augenblick. »Ich will euch zur Vorsicht mahnen«, erwiderte sie ernst.

Gunthers Augen zogen sich alarmiert zusammen. »Zur Vorsicht mahnen, warum?«

»Es ist wegen Kriemhild«, erklärte sie leise.

Gunther lächelte beim Gedanken daran, wie lange er sie nicht gesehen hatte. Er dachte oft daran, wie fröhlich und unbeschwert sie vor Siegfrieds Tod war, und die Erinnerung an ihre Bitterkeit danach wurde immer undeutlicher.

»Meine liebe Schwester, freut sie sich schon auf unser Kommen?«, fragte er.

Melisande lächelte schwach. »Wenn du es so nennen willst.«

Rüdiger betrachtete sie nachdenklich. »Du sprichst in Rätseln. Sag uns, was dir auf dem Herzen lastet.«

Die Fürstin schluckte. »Sie trauert immer noch sehr um Siegfried, doch seitdem sie weiß, dass ihr kommt, ist sie wie verwandelt. Sie wirkt wieder lebendiger und tatkräftiger.«

Gunther nickte. »Uns geht es auch so. Wir können es gar nicht erwarten, sie wiederzusehen.«

Melisande blickte auf den Zug, der hinter ihnen wartete. »Ja, vielleicht ist es das, vielleicht aber auch etwas anderes«, sagte sie.

Gernot, der jetzt zu ihnen aufschloss, hatte die letzten Worte gehört. »Was meinst du damit?«, fragte er.

»Ich brauche euch bestimmt nicht an ihren Racheschwur erinnern …« Sie zögerte erneut. »Möglicherweise ist sie deshalb so fröhlich …«

»… weil er sich nun erfüllen kann«, ergänzte Gunther düster.

Die Fürstin nickte mit Tränen in den Augen. »Ich weiß es ja selbst nicht … Vielleicht irre ich mich ja … und wie kann ich dann so etwas sagen? Schließlich bin ich ihre Freundin …« Bedrückt wischte sie sich eine Träne aus dem Gesicht.

Rüdiger legte ihr die Hand auf den Arm. »Du brauchst dir keine Vorwürfe zu machen, Melisande, wir können deine Sorge verstehen«, sagte er sanft. Dann wandte er sich zu Gunther und Gernot. »Ich kenne Attila gut, seine Gäste sind bei ihm sicher, darauf gebe ich euch mein Wort«, versicherte er.

Melisande wischte sich die Tränen ab. »Hoffentlich hast du recht«, erwiderte sie und versuchte zu lächeln. Sie blickte auf die hunnischen Wachen, die mit versteinerten Gesichtern auf ihren Pferden saßen. »Ich muss wieder zurück, bevor man mich vermisst«, sagte sie und ritt mit den Kriegern davon.

Die Männer schauten ihr mit gemischten Gefühlen nach.

»Das war ja ein seltsamer Besuch«, meinte Gernot.

Der Quade kratzte sich nachdenklich in seinem mit Spuren von Grau durchsetzten nussbraunen Bart. »Ich kenne Melisande, sie tut so etwas nicht ohne Grund.«

»Wir werden auf alles vorbereitet sein. Bei uns sind tausend burgundische Krieger, dazu noch siebenhundert Quaden, wir werden uns zu verteidigen wissen«, erwiderte Gunther grimmig.

21

Früh am nächsten Tag erreichten sie Attilas Hauptstadt, eine große Ansammlung von verschiedenartigen Gebäuden, in der runde Jurten aus Filz neben hölzernen Langhäusern standen. Anders als an germanischen Höfen blies niemand ein Horn bei ihrer Ankunft, stattdessen schlug ein Mann gegen einen riesigen Kessel aus Bronze, und ein lang anhaltender singender Ton erscholl.

Während sie langsam durch die staubigen Straßen ritten, trafen sie viele finstere Blicke. Wahrscheinlich hatten einige der Bewohner Freunde oder Verwandte bei den Kämpfen gegen die Burgunder verloren und würden nur zu gern an ihnen Vergeltung üben. Doch sie waren auch begierig, Hagen zu sehen, den Mann, der den berühmten Helden Siegfried von Xanten erschlagen hatte, den ersten Mann Kriemhilds. Beeindruckt senkten sie den Blick, wenn sie in seine grimmigen Augen sahen. Selbst auf dem Rücken seines Pferdes konnten sie erkennen, wie groß und breitschultrig er war.

Der Tronjer, dessen oberflächliche Wunde am Bein inzwischen verheilt war, ritt in herrischer Haltung an den Menschen vorbei, die er keines Blickes würdigte. Hastig wichen die Bewohner der Hauptstadt seinem großen Rappen aus, der genauso hochmütig wie sein Reiter wirkte. Eine Frau geriet ins Straucheln und wäre beinahe unter seine Hufe geraten. Neben ihm ritt Volker angespannt zwischen den Jurten und Häusern hindurch. Sie befürchteten jeden Moment einen Hinterhalt und wollten sich nicht überraschen lassen.

»Es sind nicht viele Krieger hier, bei einem Angriff könnten wir entkommen«, knurrte Hagen.

»Für meinen Geschmack immer noch zu viele«, erwiderte Volker.

Auch Gunther konnte die Anspannung deutlich spüren. Er fragte sich, ob es die richtige Entscheidung gewesen war, Kriemhilds Einladung anzunehmen.

Als er zu Attilas Halle kam, staunte er. Er hatte außerhalb des römischen Reiches noch nie ein so großes Haus gesehen. Auf einem steinernen Sockel stand ein prunkvoller hölzerner Palast, an dessen Ecken sich vier große Türme über das matt in der Sonne glänzende Dach erhoben. Noch nicht einmal Theoderich, der König der Westgoten, hatte solch eine prächtige Halle. Aber wieso überraschte ihn das eigentlich? Attilas Macht überstrahlte die aller anderen Könige, also besaß er natürlich auch den prächtigsten Palast.

Die Edlen unter den Burgundern wurden in die Halle geleitet, während man die Knechte zu einem Gästehaus führte. Auch im Inneren von Attilas Residenz war der Reichtum des Hunnenkönigs offenkundig. Sie schritten über weiche Teppiche in kräftigen Farben an reich verzierten hölzernen Säulen vorbei. Von der Decke hingen seidene und leinene goldbestickte Vorhänge herab.

Während Attila seine Gäste begrüßte, betrachtete Kriemhild sie mit klopfendem Herzen. Sie waren Teil ihres ersten

Lebens in Burgund, wo sie so unbeschwerte Jahre verbracht und später ihre viel zu kurze Liebe zu Siegfried gelebt hatte. Doch der Anblick Gunthers erinnerte sie auch daran, was diese Zeit unwiderruflich beendet hatte. Ihr war nicht klar, wie viel Gunther von Hagens Plan wusste, Siegfried zu töten, aber ganz ahnungslos war er bestimmt nicht gewesen.

Eine kleine schwarzhaarige Frau, die neben Gunther stand, übersetzte Attilas Worte. Kriemhild kannte sie nicht. War sie aus Burgund mitgekommen? Dann sah sie Hagen, ihre Augen zogen sich zusammen vor Hass; der Mann, der ihr das Liebste auf der Welt genommen hatte, war also tatsächlich mitgekommen, er fürchtete ihre Rache nicht.

Mit trotziger Miene erwiderte der Tronjer ihren Blick. Wie zufällig strich er über die Scheide seines Schwertes, das er nach der Sitte geladener Gäste in der Armbeuge trug, und Kriemhild wurde bleich. Der glänzende Smaragd im Griff, die vergoldete Scheide mit dem roten Rand, es war Balmung, Siegfrieds Schwert, das er ihr wie zum Hohn zeigte!

Doch mit einer gewaltigen Anstrengung schaffte sie es, sich nichts anmerken zu lassen. Er sollte nicht die Genugtuung haben, zu wissen, wie sehr er sie getroffen hatte.

Lächelnd stand sie auf und umarmte Gernot und Giselher, dann blickte sie kühl auf ihren ältesten Bruder.

»Sei willkommen, Gunther«, sagte sie lediglich.

Hagen und der König wechselten einen schnellen Blick, Kriemhilds Herz war immer noch voller Bitterkeit.

Attila betrachtete die Burgunder aufmerksam; seine Stirn legte sich in Falten. So hatte er sich das Wiedersehen seiner Frau mit ihren Verwandten bestimmt nicht vorgestellt.

Kriemhild lächelte dem Hunnenkönig zu, dann nahm sie Gernot und Giselher bei den Händen und zog sie in eine Ecke.

»Wollt ihr nicht bei mir in der Halle die Nacht verbringen, wir haben uns so viel zu erzählen«, drängte sie.

Ihre Brüder wechselten einen schnellen Blick.

»Es geht nicht, wir sind in Feindesland, darum müssen wir zusammenbleiben«, erwiderte Gernot.

Beunruhigt blickte Kriemhild sie an. Ihre jüngeren Brüder hatten mit ihrer Rache nichts zu tun, aber solange sie in Hagens Nähe blieben, waren sie ebenfalls in Gefahr.

»In Feindesland? Wie könnt ihr so etwas glauben? Solange ihr meine und Attilas Gäste seid, wird kein Hunne euch etwas zuleide tun«, bekräftigte sie.

Giselher schüttelte entschlossen den Kopf. »Wir sind zusammen hierher geritten, und wir werden auch jetzt zusammenbleiben, was immer geschieht.«

»Was ist los mit euch? Vertraut ihr mir nicht?«, fragte Kriemhild ungläubig.

Die Brüder zögerten einen Moment.

»Wir vertrauen darauf, dass du uns nichts Böses willst. Aber gilt das auch für Gunther und Hagen?«, entgegnete Gernot schließlich mit einem festen Blick in ihre Augen.

Verzweifelt bemühte Kriemhild sich, ihren freundlichen Gesichtsausdruck beizubehalten, damit niemand merkte, worüber sie gerade redeten. Keiner hier am Hof sprach Burgundisch. Wer ihnen zusah, sollte annehmen, sie führten eine freundliche Unterhaltung unter Geschwistern.

»Was habt ihr mit den beiden gemein, ihr habt euch nie etwas zuschulden kommen lassen?«, erwiderte sie mit einem aufgesetzten Lächeln.

Gernot sah, wie Gunther sie mit gerunzelter Stirn betrachtete. »Genug geredet, wir bleiben bei den anderen«, entschied er und ging gemeinsam mit Giselher wieder zu den Burgundern hinüber.

Mit versteinerter Miene blickte Kriemhild ihnen nach. Ihre eigenen Brüder stellten sich gegen sie; das erschwerte ihre Vergeltung.

Sie winkte einen schlanken Hunnen mit einem dünnen Schnurrbart zu sich heran.

»Reite zu unseren Kriegern in Partiscum, sie sollen so schnell wie möglich herkommen«, befahl sie ihm.

»Jawohl, meine Königin«, erwiderte er und verließ die Halle.

Unterdessen bemerkte Attila, wie erschöpft seine Gäste von ihrer langen Reise waren. Er wies ihnen ein großes Langhaus zu, und es dauerte nicht lange, bis alle Burgunder fest schliefen.

•••

Am nächsten Morgen saßen Attila und Kriemhild bereits am mit bunten Bändern festlich geschmückten Tisch an der Stirnseite der königlichen Halle, als die Burgunder eintrafen. Überrascht blickte der Hunnenkönig auf seine Gäste. Sie erschienen voll gerüstet, mit Kettenhemden, Helmen, Schilden und Schwertern. Inken war die Einzige unter ihnen, die keine Rüstung trug.

»Ihr seht mich erstaunt«, sagte er. »Warum kommt ihr mit all euren Waffen?«

»Es ist so Sitte in Burgund«, erwiderte Hagen mit lauter Stimme. Er blickte zunächst auf Attila, dann herausfordernd auf Kriemhild, die seinen Blick trotzig erwiderte.

Der Hunnenkönig zögerte, es war eine Beleidigung und ein Zeichen von Misstrauen, gewappnet zu diesem Fest zu erscheinen. Doch er bezwang sich, es hatte viele Kämpfe zwischen Burgundern und Hunnen gegeben, da war die Vorsicht seiner Gäste verständlich.

Dann sah er zu Kriemhild. Die feindseligen Blicke zwischen ihr und Hagen waren ihm nicht entgangen, und er hatte das unbestimmte Gefühl, dass die Burgunder ihretwegen die Waffen angelegt hatten.

Er lächelte schwach. »Wenn das so ist, achten wir die Sitte unserer Gäste«, sagte er schließlich und lud sie mit einer Handbewegung ein, sich zu setzen.

Gunther atmete auf, während Inken seine Worte übersetzte. Überrascht stellte er fest, dass auch zwei Männer, die Tuniken in römischem Stil trugen, am Tisch saßen. Als der Größere von ihnen, der ihm den Rücken zuwandte, sich umdrehte, erstarrte der König. Er sah in die kalten Augen von Aetius, der ihm spöttisch zulächelte. Und den jüngeren Mann neben ihm kannte er auch, richtig, das war Julius, sein Sekretär.

»Salve, Rex Gundobad«, begrüßte ihn der General.

Verwirrt erwiderte der Burgunder den Gruß. In seinem Kopf drehte sich alles. Wieso war der Heermeister des weströmischen Reiches zu dieser Feier anlässlich des dritten Geburtstages von Attilas Sohn gekommen?

Der Hunnenkönig bemerkte Gunthers Bestürzung. Warum war er so betroffen?

»Aetius weilt bei uns, um ein paar strittige Dinge zwischen uns und den Römern zu besprechen. Daher habe ich ihn auch zu unserem Fest eingeladen«, erklärte er.

»Ich nehme doch an, ihr seid diesmal nicht zum Plündern

gekommen, ehrenwerter Gunther«, sagte Aetius lauernd. »In Belgica hattet ihr Erfolg, weil ihr den Gegner überrumpelt habt, aber das wird euch nicht noch einmal gelingen.«

Während Gunther verlegen nach einer passenden Erwiderung suchte, hatte Inken Zeit, sich für einen Augenblick zu entspannen. Aetius und Attila sprachen Hunnisch, und sie hatte alle Mühe, in der Kürze der Zeit für den Burgunder zu übersetzen.

»Du siehst mich ratlos«, sagte er schließlich. »Was redest du da von Belgica?«

»Nun, deine Ratlosigkeit rührt wohl eher von meiner Gegenwart her. Damit hast du bestimmt nicht gerechnet«, erwiderte der Heermeister genüsslich.

Eike und Herwin, die an einer anderen Tafel saßen, verfolgten das Gespräch an Attilas Tisch argwöhnisch. Sie konnten zwar nicht die Worte verstehen, die gesprochen wurden, aber sie konnten an Gunthers Gesicht ablesen, dass er sich überhaupt nicht wohlfühlte.

»Was haben denn die beiden Römer hier zu suchen?«, fragte Eike misstrauisch.

»Das wüsste ich auch gern«, erwiderte Herwin.

Eike blickte nachdenklich auf seinen Weinbecher. »Noch ein Grund zur Beunruhigung. Die Blicke zwischen Kriemhild und Hagen gefallen mir auch nicht und die Art, wie die Hunnen uns ansehen, ebenso wenig.« Er trank einen Schluck. »Ich werde jedenfalls verdammt froh sein, wenn wir hier wieder weg sind«, fügte er hinzu.

Herwin schaute auf die Gaukler, die sich vor Attilas Tisch brennende Fackeln zuwarfen, und steckte sich einen gebratenen Gänseschenkel in den Mund. »Aber bis dahin lass uns das Fest genießen. Das Essen ist wirklich gut. Sie haben hier einen alemannischen Koch, der das Essen für uns zubereitet hat, es schmeckt ganz so wie zu Haus«, erklärte er.

Eike sah noch einmal zu Attilas Tafel hinüber. »Ich werde später Inken einmal fragen, worüber die da reden, das lässt mir keine Ruhe.«

Attila klatschte in die Hände, und die Männer mit den Fackeln verschwanden, stattdessen betraten nun einige Tänzerinnen die kleine Bühne.

»Ich würde doch zu gern wissen, warum ihr so viel über diese unbedeutende kleine Provinz im Nordwesten redet«, wandte sich der Hunnenkönig an seine Gäste.

»So unbedeutend ist sie gar nicht«, erwiderte Julius und schluckte eine Traube hinunter. »Immerhin gab es dort so viel zu holen, dass die Burgunder dort eingefallen sind und angekündigt haben, sie würden wiederkommen.«

»Ist das wahr?«, grinste Attila. »Na, wenn sie wirklich so reich ist, sollte ich vielleicht auch einmal einen Besuch dort abstatten.«

Aetius spürte, wie ihm die Zornesröte ins Gesicht stieg. Es war eine Mischung von Wut und Scham, die er verspürte. Wie gern würde er all diese Barbaren in den Staub treten, die es wagten, in das römische Reich einzudringen und seine Reichtümer zu rauben, wie es ihnen gefiel. Doch das war ihm nicht möglich. Die Zeiten, in denen Rom jeden Feind zerschmettern konnte, waren längst vorbei.

Attila schlug Aetius wohlwollend auf die Schulter. »Aber mach dir keine Sorgen, General. Solange ihr immer schön euren Tribut bezahlt, habt ihr von mir nichts zu befürchten.«

Gunther wandte sich zu Hagen, der neben ihm saß. »Was hat das zu bedeuten? Wir haben befürchtet, dass Kriemhild uns Böses will, aber jetzt ist auch noch Aetius hier. Langsam glaube ich doch, dass es ein Fehler war herzukommen.«

»Sorg dich nicht, mein König, wir haben die größte Kriegerschar hier am Ort, uns kann nichts passieren«, erwiderte Hagen.

Kriemhild hatte diese Worte gehört. Ein triumphierendes Lächeln spielte um ihre Mundwinkel. Was der Tronjer gesagt hatte, stimmte zwar im Moment, aber wenn die Krieger aus Partiscum erst eintrafen, würden *sie* eine erdrückende Übermacht haben.

•••

Als die Burgunder nach dem Fest wieder in ihr Gästehaus zurückkehrten, erboten sich Hagen und Volker, während der Nacht das Tor zu bewachen. Gunther wollte zunächst ablehnen, aber Aetius' Auftauchen beunruhigte ihn, darum willigte er ein.

Während sich die anderen schlafen legten, setzten sich der Tronjer und der Spielmann vor den Eingang.

»Jetzt haben wir es nicht nur mit Kriemhild und den Hunnen, sondern auch noch mit Aetius zu tun. Mit dem ist nicht zu spaßen«, brummte Hagen.

»Er weiß, dass ihr Belgica überfallen habt, das wird er nicht so einfach schlucken«, stimmte Volker zu.

»Unsere Lage wird immer bedrohlicher«, nickte der Tronjer.

»Wenigstens sind wir im Vorteil. Es sind nicht genug Krieger hier, um uns anzugreifen«, meinte Volker.

»Darauf können wir uns nicht verlassen«, knurrte Hagen. »Sie können jeden Moment Verstärkung bekommen.«

Volker sah ihn ernst an. »Vielleicht hast du recht. Aber was willst du dagegen unternehmen?«

Hagen räusperte sich. »Es wird auf jeden Fall zum Kampf kommen, Kriemhild und Aetius werden einen Weg finden. Darum ist es besser, wenn die Schlacht beginnt, solange wir noch in der Überzahl sind.«

Volker sah ihn überrascht an, während Hagen entschlossen auf Attilas Halle blickte, in der er Kriemhild vermutete.

Doch die Hunnenkönigin war nicht dort. Stattdessen ging sie unruhig in einem kleinen Wäldchen nahe Attilas Hof auf und ab. Ärgerlich wischte sie eine Ameise ab, die an ihrem Kittel hochkletterte.

Endlich traf der Mann ein, auf dessen Ankunft sie ungeduldig gewartet hatte. Edeco, ein ehrgeiziger Höfling, der schon einige heikle Aufträge für sie erledigt hatte. Der drahtige Alane mit den eng stehenden Augen war verschwiegen und zuverlässig, darum schien er ihr der geeignete Mann zu sein.

»Endlich, warum kommst du so spät?«, fragte sie vorwurfsvoll.

»Es hat lange Zeit gedauert, bis meine Frau endlich eingeschlafen ist, deshalb konnte ich nicht eher kommen, Herrin«, entschuldigte er sich. Er blickte sie erwartungsvoll an. »Darf ich hoffen, dass du mich wieder so großzügig belohnen wirst, wie ich es gewohnt bin?«, fragte er lauernd.

Kriemhild nickte bedeutungsvoll. Sie ließ eine Pause eintreten.

»Kannst du Hagen von Tronje für mich töten?«, fragte sie dann.

Edeco blickte überrascht auf.

»Ich weiß nicht, ob das möglich ist«, erwiderte er langsam. »Er ist Gast des Königs und steht unter seinem Schutz. Außerdem ist er immer von den anderen Burgundern umgeben, wie soll ich da an ihn herankommen?«

Kriemhild lächelte. »Ich habe nicht gesagt, dass es leicht sein würde. Darum beträgt der Verdienst ja auch fünfzig Goldstücke.«

Der Alane pfiff durch die Zähne, er hatte noch niemals auch nur annähernd so viel Lohn erhalten.

»Hagen von Tronje ist so gut wie tot«, entgegnete er entschlossen.

Viele der Burgunder hatten immer noch stark unter den Strapazen des langen Ritts zu leiden. Einige legten sich heilende Kräuter auf wunde Stellen ihres Gesäßes, andere badeten ausgiebig in großen Bottichen, um den Staub abzuwaschen, der sich seit Wochen auf der Haut angesammelt hatte und zusammen mit ihrem Schweiß ein übelriechendes Gemisch bildete, wieder andere kümmerten sich um ihre lahmenden Pferde.

Mit mürrischem Gesicht saß Hagen auf einem wackligen Schemel und betrachtete einige spielende Kinder. Schließlich stand er auf und stieg auf seinen Rappen.

»Ich reite hinaus. Ich muss wissen, ob sich in der Nähe des Hofes noch mehr Hunnenkrieger herumtreiben«, rief er Volker zu, dann ritt er davon.

Edeco, der mit einem Freund in der Nähe Würfel spielte, wurde aufmerksam, darauf hatte er gewartet. Als Hagen etwa fünfhundert Schritt entfernt war, schwang er sich ebenfalls in den Sattel und ritt langsam vom Hof. Vorsorglich hatte er die Hufe seines Pferdes mit Lappen umwickelt.

Dadurch konnte er zwar nicht so schnell galoppieren, aber der Hufschlag seines Fuchses war kaum zu hören. Hagen würde ihn nicht bemerken, bis es zu spät war.

Der Tronjer ritt auf eine kleine Anhöhe zu, wohl weil er dort die Umgebung von Attilas Hauptstadt am besten überblicken konnte. Sein großer Rappen mühte sich, die Steigung hinaufzukommen, so dass Edeco ihm nun näher kam. Nicht mehr lange und er würde auf Schussweite heran sein.

Mit klopfendem Herzen nahm er fünf Pfeile aus dem Köcher an seinem Gürtel, einen spannte er auf die Sehne, während er die anderen vier in der Hand behielt, die den Bogen umschloss. Er war zuversichtlich, dass er sein Opfer gleich mit dem ersten Schuss treffen würde, aber es konnte nicht schaden, auf alles vorbereitet zu sein.

Dann war es so weit. Sorgfältig legte er auf Hagen an. In diesem Moment sah der Tronjer etwas Glänzendes am Boden liegen, war das ein Kriegerring? Er bückte sich, um es näher zu betrachten, da hörte er plötzlich das Geräusch eines über ihn hinwegsirrenden Pfeiles. Sofort wendete er sich in die Richtung, aus der das Geschoss kam.

Er sah gerade noch rechtzeitig, wie ein Reiter einen weiteren Pfeil anlegte. Blitzschnell riss er den Schild hoch, und der Pfeil bohrte sich in das Holz.

Wütend spornte er sein Pferd an und jagte auf den Reiter zu. Der Angreifer floh vor ihm, aber plötzlich drehte er sich im Sattel um und schoss noch einen Pfeil auf ihn ab. Diesmal konnte Hagen sich nicht rechtzeitig decken, um das Geschoss abzublocken, doch er traf die Pfeilspitze mit dem Schildrand und lenkte so seine Flugbahn ab, der Pfeil prallte gegen seinen Helm, dann fiel er zu Boden.

Hagen kam dem Krieger immer näher, der sich erneut umdrehte und auf ihn zielte. Der Tronjer richtete seine ganze Aufmerksamkeit auf den Moment, in dem das Geschoss die Sehne verließ, er nahm nichts anderes mehr wahr. Jetzt war es so weit, der Pfeil jagte auf seine Körpermitte zu, jäh riss er den Schild vor den Bauch. Gleichzeitig spürte er, wie der Pfeil auf den Schild traf; er hatte es tatsächlich geschafft, auch diesen Schuss konnte er abwehren.

Er hatte den Bogenschützen fast erreicht, aber er wusste, je näher er dem Reiter kam, desto gefährlicher wurde es für ihn, denn er würde keine Zeit mehr haben, um auf einen Schuss zu reagieren. Und wenn er den Schild zu früh bewegte, war der Rest seines Körpers ohne Deckung, und der Krieger würde ihn dort treffen.

Während der Tronjer an den Mann heranritt, konzentrierte er sich ganz auf seine Augen. Er hatte immer schon einen scharfen Blick gehabt. Bereits als Kind konnte er auf achthundert Schritt Entfernung die Feldzeichen einer Gruppe sich nähernder Krieger erkennen. Jetzt, in diesem Moment war sein scharfer Blick so wichtig wie nie zuvor. Er wusste, dass die Augen eines Schützen sich im Moment des Schusses für einen winzigen Augenblick zusammenzogen. Diesen Zeitpunkt musste er genau abpassen.

Als die Augen des Kriegers zuckten, riss er den Schild blitzartig hoch. Die Spitze des Pfeils war bereits an ihm vorbeigeflogen, da traf der Rand des Schildes auf den Schaft des Pfeils, das Geschoss drehte sich in der Luft, dann fiel es auf den Sattel. Im nächsten Moment war Hagen heran. Entschlossen zog er Balmung und drang auf den Mann ein. Auch Edeco zückte sein Schwert. Es gelang ihm, Hagens Schlag abzuwehren, doch der schwere Hieb erschütterte ihn und sein kleines Pferd.

Wieder griff Hagen an, doch der Fuchs seines Gegners machte zwei kurze Schritte zurück, und sein Schlag ging ins Leere. Der Tronjer war überrascht, er hatte noch niemals ein Pferd rückwärtsgehen sehen, doch die Steppenkrieger beherrschten ihre Tiere meisterhaft. Hagen lenkte seinen Rappen auf Edeco zu, doch der Alane wich aus und versuchte in seinen Rücken zu geraten. Der Tronjer schwang Balmung in einer sensenartigen Bewegung herum, und Edeco musste sein Pferd anhalten. Er duckte sich unter dem Schwerthieb und stieß vor, um Hagens Bauch aufzuschlitzen. Doch der Tronjer hatte es geahnt und blockte den Schlag mit dem Schild ab.

Dann versuchte er seinerseits, die Körpermitte zu treffen. Schnell zog Edeco sein Pferd zurück, aber er war nicht schnell genug, und Hagen erwischte ihn mit der Schwertspitze. Hätte der Alane ein Kettenhemd getragen wie die Burgunder, wäre der Schlag an der Rüstung abgeglitten, doch wie viele Steppenkrieger trug er nur ein dickes ledernes Wams. Damit war er zwar beweglicher, aber kaum geschützt, so dass er eine tiefe Wunde davontrug.

Entsetzt schaute er an sich hinunter und sah, wie das Blut aus seinem Bauch hervorquoll. Hagen versetzte ihm mit der flachen Seite Balmungs einen Hieb gegen die Seite, und Edeco stürzte zu Boden. Der Tronjer stieg ab und betrachtete den mit schmerzverzerrtem Gesicht im Staub liegenden Alanen. Er wusste, wie schmerzhaft Wunden am Bauch waren. Diese hier war nicht sofort tödlich, der Mann würde lange leiden.

Hagen blickte düster auf den sich am Boden krümmenden Edeco. »Wer hat dich geschickt?«, fragte er auf Gotisch, das viele im Hunnenreich verstanden.

Edeco blickte ihn stöhnend an, sagte aber kein Wort.

Hagen trat auf die Wunde, und Edeco schrie gequält auf.

»Sag mir, wer dich geschickt hat, dann gebe ich dir einen schnellen Tod«, wiederholte er grimmig.

Erschöpft sah der Mann zu ihm auf. Hagen hob erneut seinen Fuß.

Der Alane hustete. »Kriemhild«, sagte er schwach.

Hagen nickte mit versteinerter Miene. Genau wie er es sich gedacht hatte. Dann kniete er nieder und schnitt dem Mann die Kehle durch. Mit einem heiseren Röcheln starb Edeco.

Hagens Blick fiel auf das Pferd des Alanen, dann begriff er, warum er so schnell zu dem Steppenkrieger aufschließen konnte. Er hatte die Hufe des Pferdes mit Lappen umwickelt, doch sein kluger Plan war ihm zum Verhängnis geworden.

Hagen legte den toten Edeco auf sein Pferd und zog es am Zügel hinter sich her. Dann ritt er zurück zu Attilas Hauptstadt. Während er mit den beiden Pferden gemächlich durch die Stadt ritt, bildete sich eine immer weiter anwachsende Menschenmenge, die Hagen nachlief. Einige der Bewohner erkannten Edeco und riefen dem Tronjer Schmähungen zu. Hagen ließ sich dadurch nicht beeindrucken und ritt weiterhin mit unbeweglicher Miene auf Attilas Hof zu.

Als er ihn erreichte, stieg er mit einem verächtlichen Blick auf die Umstehenden ab und übergab den Zügel seines Pferdes einer von Attilas Wachen. Der Hunnenkönig und Kriemhild waren durch den Lärm vor der Halle aufmerksam geworden und kamen heraus.

Erstaunt blickte der Hunnenkönig auf Hagen und den toten Mann auf dem Pferd.

»Was hat das zu bedeuten?«, fragte er den Tronjer mit grimmiger Miene.

Hagen erwiderte den Blick. »Dieser Krieger wollte mich töten und ist dabei umgekommen«, entgegnete er knapp.

Attila ging zu Edecos Pferd und hob den blutverschmierten Kopf an. »Ich kenne ihn, er hat manchmal Aufträge für Kriemhild erledigt«, stellte er fest.

»Diesmal hatte er keinen Erfolg, Herr König«, erwiderte Hagen. »Bevor er mich töten konnte, habe ich ihn selbst erschlagen.«

Attila blickte mit gerunzelter Stirn auf Kriemhild.

»Hagen hat den Tod tausendfach verdient«, zischte sie.

Der Hunnenkönig ließ einen Moment verstreichen.

»Hagen von Tronje, ich freue mich, dass dir nichts passiert ist, denn du bist mein Gast«, sagte er dann. »Aus welchem Grund auch immer dieser Mann dich angegriffen hat, es war ein Irrtum.«

Hagen warf einen bösen Blick auf Kriemhild. »Du solltest darauf achten, was dein Weib tut, Herr König, damit so etwas nicht noch einmal geschieht.«

»Genug!«, schrie Attila plötzlich mit donnernder Stimme, und die Zornesröte stieg ihm ins Gesicht. »Beim Fest heute Abend ist alles wieder vergessen … So ist mein Wunsch«, fügte er drohend hinzu.

Kriemhild und Hagen schwiegen betroffen. Wenn Attila in dieser Stimmung war, riskierte jeder, der etwas sagte, was ihm missfiel, den Tod.

22

Zum Fest kamen nicht nur die Burgunder, sondern auch die Hunnen, mit ihren Waffen. Die Spannung, die seit der Ankunft der Germanen über Attilas Hof lastete, hatte sich nach dem Angriff auf Hagen noch verstärkt. Beide Seiten misstrauten dem Frieden; niemand wusste, was geschehen würde.

Doch je länger sie beisammensaßen, desto mehr beruhigte sich die Lage in der Halle. Die Gäste genossen das gute Essen und schauten den vielen Darbietungen von Gauklern, Tänzern und Sängern zu, so dass die Stimmung immer entspannter wurde. Einzig Hagen und Volker hockten mit mürrischen Gesichtern am Tisch. Es war, als ob sie nur darauf warteten, dass der Frieden gebrochen würde.

Auch Aetius und Julius saßen wieder an der Tafel Attilas und beobachteten aufmerksam das Geschehen.

»Kriemhilds erster Zug war nicht von Erfolg gekrönt, aber ich kann mir nicht vorstellen, dass sie schon aufgibt«, erklärte der Heermeister.

Julius nickte. »Ich glaube, deine Informanten hatten recht. Wenn ich mir ihre hasserfüllten Blicke auf Hagen ansehe, denke ich auch, sie wird es weiter versuchen.«

Von einem anderen Tisch aus beobachteten Eike und Herwin die Römer argwöhnisch.

»Solange die beiden in der Halle sind, ist mir nicht wohl«, sagte Eike. »Sie planen unser Verderben.«

Herwin überlegte einen Moment. »Glaubst du, Aetius weiß, dass wir in Belgica waren? Wir hatten keine Feldzeichen dabei.«

Eike lächelte dünn. »Aetius ist nicht umsonst zum mächtigsten Mann des Römischen Reiches aufgestiegen. Er weiß solche Dinge.«

Unterdessen wandte sich an Attilas Tisch der Heermeister Julius zu. »Jetzt wird es wohl nicht mehr lange dauern – wenn du überzeugend warst«, sagte er.

»Sorge dich nicht, sie haben keine Zweifel. Als ich Edecos Brüdern erzählt habe, dass Hagen ihn aus dem Hinterhalt angegriffen hat, sind sie in große Wut geraten.«

Aetius lächelte zufrieden. »Also werden sie jetzt in der ganzen Stadt deine Version verbreiten und nach Vergeltung schreien.«

»Sie waren so aufgebracht, dass ich sie kaum zurückhalten konnte«, berichtete der Sekretär. »Aber als ich ihnen sagte, dass Hagen am Abend bei den Knechten sein wird, beschlossen sie, ihn dann anzugreifen.«

»Tja, nun ist er hier und nicht bei den Knechten, aber leider wissen die rachedurstigen Krieger das nicht«, lächelte Aetius.

»Es hat sich sehr viel Hass gegen Hagen aufgestaut, seitdem er hier ist. Das begann schon, als er hier so herrisch eingeritten ist und dabei fast eine Frau über den Haufen geritten hat.«

»Wir könnten uns keinen besseren Mann bei den Burgundern wünschen als ihn, es fällt nicht schwer, ihn zu hassen«, meinte der Heermeister.

◆◆◆

Während die Edlen in der königlichen Halle feierten, fand in hundert Schritt Entfernung vor einem anderen Haus ein Fest für die Knechte statt. Auch hier war für alles gesorgt. Es gab Essen und Trinken im Überfluss und Gaukler und Sänger, die für Unterhaltung sorgten.

Doch während die Burgunder es sich gut gehen ließen, schlichen von allen Seiten hunnische Krieger an sie heran. Geschickt jede Deckung ausnutzend, kamen sie langsam näher, der Ring um die Germanen schloss sich allmählich.

Im Laufe des Abends wurden die Burgunder und ihre Gastgeber immer vertrauter. Inken, die viel und gern übersetzte, war oft Mittelpunkt von gemischten Gruppen, die miteinander tranken. Donat, der älteste Bruder von Edeco und Anführer der Schar, die sich vorgenommen hatte, Vergeltung für seinen Tod zu üben, blickte zu den Bogenschützen, die sich hinter Holzpfosten und Bänken postiert hatten, dann schüttelte er den Kopf. Zu groß war das Risiko, die eigenen Leute zu treffen. Außerdem hatten sie genug Männer, um mit den Burgundern, von denen viele ihre Waffen nicht griffbereit hatten, auch so fertigzuwerden.

Dann gab er entschlossen das Zeichen, und plötzlich warfen sich seine Krieger mit dem Ruf »Rache für Edeco« auf die vollkommen überraschten Burgunder, von denen viele keine Zeit mehr hatten, nach ihren Speeren zu greifen. Hastig brachten sich die Hunnen, die eben noch mit den Gästen gefeiert hatten, in Sicherheit, während Donats

Männer die Germanen gnadenlos niedermachten. Einer von ihnen tötete auch Inken, die er als Verräterin an ihrem Volk ansah.

Dankwart, der das Kommando über die Knechte hatte, kämpfte wie ein verwundeter Keiler, während um ihn herum ein Burgunder nach dem anderen erschlagen wurde. Er hatte bereits drei Feinde getötet, aber es war aussichtslos, die feindliche Übermacht war zu groß. Mit wutverzerrtem Gesicht zog er einem Hunnen die Klinge quer durch das Gesicht, so dass dieser vor seinen Füßen zusammensackte. Aber hinter diesem standen zwei weitere Feinde, die sich nun auf ihn stürzten. Aus dem Augenwinkel sah er, wie ein Krieger seinen Bogen auf ihn anlegte.

Er machte einen Satz nach vorn und stand nun zwischen den beiden, die ihn angriffen. Mit einer schnellen Bewegung schlitzte er dem linken Mann den Bauch auf, duckte sich und rammte dem anderen von unten sein Sax zwischen die Leisten. Blutige Gedärme fielen ihm vor die Füße, aber das sah Dankwart nicht mehr, weil er zur Straße blickte. Die einzige Möglichkeit zu überleben war, zu versuchen, sich zu den anderen durchzukämpfen.

Von den Knechten lebten nur noch zwei oder drei, und in wenigen Augenblicken würden auch sie tot sein. Donat und einige Männer hinter ihm riefen immer wieder »Wo ist Hagen?«. Verbissen versuchte Dankwart, die Straße zu erreichen. Einem Hunnen, der in seinem Weg stand und nicht schnell genug den Schild in die Höhe riss, stieß er sein Schwert in die Brust.

Dann wich er behände dem Hieb eines Kriegers aus, der plötzlich links hinter ihm auftauchte. Dabei rutschte er auf einer Blutlache aus und strauchelte, doch hinter ihm stand ein Holzpfosten und fing seinen Fall auf. Das war sein Glück, denn sollte er stürzen, würde dies das Ende sein, das war ihm klar. Im nächsten Moment machte er einen Schritt nach links, um einem Schwerthieb auszuweichen. Der Hunne traf den Pfahl, und mit einer schnellen Bewegung trennte Dankwart ihm das Handgelenk ab.

In der königlichen Halle beendete ein Sänger sein Lied über Maglor und Hunor. Die Söhne des Riesen Menrot, die vor Jahrhunderten in der großen asiatischen Steppe gelebt hatten, verfolgten über Wochen einen prächtigen Hirsch und gerieten dabei immer weiter nach Westen, bis an das Schwarze Meer. Dort fanden sie zwar nicht den Hirschen, aber das fruchtbare Land gefiel ihnen, deshalb ließen sie sich dort nieder. Sie nahmen sich Frauen aus der Gegend, bekamen Kinder und wurden so die Stammväter aller Hunnen.

Attila mochte dieses Lied sehr, darum wurde es zuerst auf Hunnisch und dann auf Gotisch gesungen. Als der Barde das Lied zum zweiten Mal beendet hatte, hob Attila Ortlieb auf die Tafel vor ihm. Der Junge trug eine kostbare Tunika aus goldfarbener Seide über einer kurzen schwarzen Hose.

»Seit jenen Tagen wissen wir Hunnen, dass unser Glück im Westen liegt …«

Einige der Steppenkrieger grinsten hämisch bei diesen Worten und machten höhnische Bemerkungen. Ja, der Zug in den Westen hatte sich tatsächlich als weise Entscheidung erwiesen, seine großen Besitztümer waren eine nie versiegende Quelle an reicher Beute.

Attila machte eine herrische Handbewegung. Er wollte diesen Spott nicht hören. »Seht Ortlieb an, meinen Sohn«, sagte er stolz. »In seinen Adern mischt sich östliches und westliches Blut. Und auch hier, in dieser Halle, feiern Ost und West zusammen.« Er blickte bedeutungsvoll auf die versammelten Gäste. »Es hat viele Kämpfe gegeben zwischen Hunnen und Burgundern, doch damit soll es nun genug sein. Lasst meinen Sohn ein Symbol dafür sein, dass die Zeit der Feindschaft zwischen unseren Völkern nun zu Ende ist«, schloss er.

Ortlieb lief auf dem Tisch zu den Burgundern hinüber. Er zögerte kurz und schaute zu Kriemhild, die ihm unmerklich zunickte. Gunther lächelte ihn an, Kriemhilds Sohn war ein schönes Kind. Als er zu Hagen kam, sah er noch einmal fragend zu seiner Mutter hinüber.

»Der Kleine traut sich nicht zu dir. Das kommt daher, dass du immer so mürrisch dreinschaust«, lachte Gernot.

Plötzlich zog sich Ortlieb mit erstaunlicher Schnelligkeit seine kurze Hose hinunter und pisste auf Hagens Hand. Außer sich vor Zorn sprang der Tronjer auf und ohrfeigte den Jungen mit aller Kraft. Ortlieb stürzte steif von der Tafel auf den Boden.

Aetius und Julius wechselten einen schnellen Blick.

»So also hat sie es geplant, diese Teufelin!«, entfuhr es dem Heermeister.

Attila starrte einen Moment fassungslos auf Hagen, der voller Verachtung auf Kriemhild blickte, dann eilte er zu seinem Sohn, der still auf dem Boden lag. Vor seinem Kopf bildete sich eine immer größer werdende Blutlache.

Im gleichen Moment stemmte sich jemand von außen gegen das Haupttor der Halle, und Dankwart schleppte sich mit blutbeschmiertem Kettenhemd und Schwert herein.

»Verrat, die Knechte sind alle tot«, schrie er. »Sie haben uns heimtückisch überfallen!«

Hinter ihm drängten hunnische Krieger hinein und versuchten, ihn zu töten. Die Burgunder fuhren hoch von ihren Bänken, ergriffen ihre Schwerter und sprangen ihm zur Seite, während Rüdiger mit seinen Quaden die königliche Familie abschirmte. Hastig liefen sie an den kämpfenden Kriegern vorbei aus dem Palast.

Mit seinem Sohn auf dem Arm blickte Attila auf das Kampfgetümmel in seiner Halle.

Aetius, der neben ihm lief, deutete auf den leblosen Ortlieb. »Da siehst du, was die Burgunder von deinen Friedensplänen halten, Herr König«, sagte er bitter.

Immer mehr Hunnen drängten durch das Tor hinein und warfen sich in den Kampf gegen die Burgunder. Doch in der Mitte der Halle stand Hagen und wütete unter den Steppenkriegern wie ein rasender Bär. Zu seinen Füßen lagen bereits mehrere tote Feinde, doch Balmung fuhr immer wieder unter die auf ihn zustürzenden Hunnen und suchte sich neue Opfer. Brunhilds meisterhaft gefertigtes Schwert schnitt durch ihre ledernen Panzer wie ein scharfes Messer durch Butter, und kein Hunne kam nahe genug an ihn heran, um ihn in Gefahr zu bringen.

An Hagens Seite kämpfte Gunther, der zunächst zu schlichten versucht hatte. Doch er sah schnell ein, dass das Töten nicht mehr aufzuhalten war; kraftvoll wehrte er die Angriffe der Feinde ab, hackte einem Steppenkrieger den Arm ab und schlug einem anderen den Schild so kraftvoll ins Gesicht, dass er in den Speer seines Hintermannes stürzte.

Auch Volker tötete mit schnellen, kraftvollen Schlägen

einen Hunnen nach dem anderen. Im Kampf Mann gegen Mann waren die leicht gerüsteten Hunnen den Burgundern unterlegen. Ihre Stärke war es, die Feinde vom Rücken ihrer Pferde aus entweder mit ihren Pfeilen zu töten oder mit Speeren zu durchbohren.

Doch immer mehr Hunnen stürzten durch das Tor hinein. Wie lange würden sie sich noch halten können?

»Wir müssen raus aus der Halle, hier sitzen wir in der Falle!«, schrie Gunther. Hagen nickte grimmig, dann rief er Gernot und Giselher zu, mit ihren Kriegern eine Schlachtreihe zu bilden. Die Burgunder nahmen ihre Schilde hoch, stellten sich nebeneinander auf und rückten gegen die Hunnen vor. Mit dieser Taktik hatten sie Erfolg, die Steppenkrieger konnten ihnen nicht standhalten, die vorderen Männer stürzten auf die hinter ihnen, so dass die Burgunder sie zum Tor hinaus drängen konnten.

Gunther blickte auf die riesige Pferdekoppel vor der Stadt, wo ihre Tiere grasten. Das konnte die Rettung sein.

»Zu den Pferden!«, brüllte er seinen Kriegern zu. Auch sie sahen nun die Koppel und die Hoffnung auf Rettung beflügelte sie. Entschlossen kämpften sie sich zur Straße vor und machten alle Hunnen nieder, die sich ihnen in den Weg stellten. Verzweifelt hasteten sie an Häusern und Jurten vorbei und rannten auf die Pferde zu. Doch dabei wurden sie von Bogenschützen angegriffen, die aus sicherer Deckung ihre Pfeile auf sie abschossen. Mehr und mehr der Burgunder sanken getroffen zu Boden, und bald war die Straße übersät von toten und verwundeten Germanen.

Dann tauchten plötzlich Hunderte von Reitern auf und ergossen sich in die Stadt. Es waren die Krieger, nach denen Kriemhild geschickt hatte. Sie warfen sich nun den

Burgundern entgegen und schlugen vom Rücken ihrer Pferde aus auf sie ein.

»Zurück zur Halle!«, rief Gunther, und sie wandten sich zur Flucht. Auf ihrem Weg zurück wurden viele von Reitern oder Bogenschützen getötet, doch als sie das prächtige Gebäude erreichten, stellte Gunther erleichtert fest, dass die Hunnen in dem Durcheinander nicht daran gedacht hatten, die Halle zu besetzen. Bis auf die herumliegenden Toten und Verwundeten war der Bau leer. Schnell rannten sie hinein, verfolgt von den Hunnen.

Hastig stellten sich Hagen, Volker und Giselher vor das Tor. Sie waren wie eine lebende Wand mit todbringenden Armen. Unermüdlich fuhren ihre Schwerter zwischen die Steppenkrieger und machten jeden nieder, der versuchte, hineinzukommen. Vor ihnen türmten sich die erschlagenen Feinde zu Leichenbergen, und das viele Blut machte den Boden so glitschig, dass sie aufpassen mussten, um nicht darin auszurutschen.

Endlich wagte sich niemand mehr vor, und sie sprangen schnell zur Seite, bevor die Bogenschützen sie erreichen konnten. Sofort schlossen einige Männer das Tor, und sie hörten, wie sich ein Dutzend Pfeile in das Holz bohrten.

Doch die Hunnen ließen ihnen keine Ruhepause, sie schleppten einen Rammbock heran. Durch die Fenster sahen die Burgunder entsetzt zu, wie der Wagen mit dem schweren Baumstamm in seiner Mitte auf das Tor zugeschoben wurde.

»Wir sind verloren, damit werden sie das Tor aufbrechen!«, rief Gernot bestürzt.

Hagen überlegte einen Augenblick. »Lasst sie nur kommen, hier drin sind wir im Vorteil«, erwiderte er dann. Er beobachtete, wie die Steppenkrieger den Rammbock in Stellung brachten und sich darauf vorbereiteten, den mit Seilen an einem dicken Holzgestell befestigten Balken gegen das Tor krachen zu lassen. Aber kurz bevor der Stamm auf das Portal traf, öffneten es die Burgunder, und die siegessicheren Hunnen preschten vor, ohne auf Widerstand zu treffen. Von beiden Seiten stürzten sich nun die Burgunder auf sie und schlugen und stachen mit ihren Schwertern auf sie ein. Die krummen Säbel der Steppenkrieger, die sich so gut dafür eigneten, vom Rücken ihrer Pferde herab klaffende Wunden zu schlagen, waren beim Kampf Mann gegen Mann den langen Klingen der Germanen unterlegen.

Doch da mehr und mehr Hunnen nachkamen, gelang es ihnen dennoch, die Burgunder zurückzudrängen, und das Kriegsglück schien sich zu wenden. Besorgt betrachtete Hagen, wie seine Kameraden unter den Schlägen der Hunnen fielen. Er überlegte einen Moment, dann winkte er Volker, Eike und Herwin zu sich heran. Sie kämpften sich bis zum Tor vor und bildeten dort einen Schildwall. Sie erschlugen jeden Angreifer, der sich näherte, niemand kam an ihnen vorbei, so dass die Hunnen im Inneren der Halle keine weitere Verstärkung mehr bekamen.

Schließlich zogen die Feinde sich zurück und hofften, dass die Bogenschützen die mächtigen Krieger töteten, die diese undurchdringliche Mauer bildeten. Doch die Burgunder wichen schnell in die Halle zurück, und erneut wurde das Tor geschlossen. Sofort stürzten die Germanen sich auf die umzingelten Hunnen, und nach kurzer Zeit hatten sie alle getötet.

Als der Schlachtenlärm verebbte, sahen sich die Burgunder erschöpft an. Der Angriff der Hunnen war abgeschlagen, während sie selbst nur geringe Verluste erlitten hatten. Dankwart, der beim plötzlichen Angriff auf die Knechte keine Zeit gehabt hatte, seinen Schild aufzunehmen, nahm sich jetzt mit versteinerter Miene den eines getöteten Kriegers, der oft an seiner Seite gestanden hatte. Dann sank er auf eine Bank und ließ sich den verletzten linken Arm verbinden.

Mit bitteren Mienen schauten die Männer um sich. Sie standen bis zu den Knöcheln in Blut, um sie herum lagen erschlagene Krieger zwischen abgehauenen Gliedmaßen und zerhackten Gedärmen auf dem Boden herum. Die meisten Toten waren Hunnen, aber es gab auch viele Burgunder darunter. Für dieses Mal hatten sie gesiegt, aber was nützte ihnen das schon? Wie sollten sie jemals hier herauskommen und an den Rhein zurückkehren?

Trübsinnig betrachteten sie Attilas prunkvolle Halle, die schweren goldenen Vorhänge, die kostbaren Schnitzereien. Dies war ein Ort, um große Feste zu feiern, aber nun gab es hier ein blutiges Schlachtfeld mit Hunderten von Toten.

In Hagens Gesicht war nicht nur die wilde Entschlossenheit im Angesicht des Feindes zu lesen, die alle an ihm kannten, sondern es war auch Trauer und tiefes Bedauern zu erkennen. Er wusste, er war dafür verantwortlich, dass viele seiner Kameraden sterben mussten und die verbliebenen auch nicht überleben würden. Hatte Rüdiger recht, als er ihm an der Donau vorgeworfen hatte, der Tod sei sein ständiger Begleiter?

Plötzlich hörten sie einen lauten Schrei vor dem Tor. Noch einmal ertönte der Ruf. Es war Dietlinde, die nach ihrem Verlobten rief.

»Giselher!«, schrie sie noch einmal.

Einen Moment darauf hörten sie die schneidende Stimme von Kriemhild. »Hörst du das, Giselher? Deine Verlobte verlangt nach dir.«

Sie ließ einen Moment verstreichen.

»Aber nicht nur Giselher kann herauskommen. Jeder von euch bekommt freien Abzug gewährt, ich will nur Hagen«, verkündete sie mit lauter Stimme.

Keiner der Burgunder sagte ein Wort, viele blickten betroffen zu Boden. Keiner wagte es, den Tronjer anzuschauen.

Nach einer langen Zeit der Stille ergriff Hagen sein Schwert und legte es auf einer Tafel ab. Dann ging er langsam auf das Portal zu. Noch immer sagte niemand etwas.

Doch Gunther nahm das Schwert auf, trat zu ihm und drückte es ihm wieder in die Hand.

»Hagen von Tronje, du hast deinem König ewige Treue geschworen. Willst du in der Stunde der Gefahr deinen Eid brechen und ihn alleinlassen?«, fragte er mit erhobener Stimme.

Er blickte auf die anderen Männer, deren Rüstungen von ihrem eigenen Blut und dem der Hunnen verklebt waren. »Doch ihr alle solltet nun gehen … solange ihr noch könnt«, fuhr er fort.

»Giselher!«, erneut scholl Dietlindes Schrei zu ihnen herüber.

»Hörst du, Giselher, geh zu deiner Verlobten, genieß das Glück mit ihr, sie wartet auf dich«, beschwor ihn Gunther.

Sein jüngerer Bruder sah ihn verwirrt an, dann schaute er zum Tor, schließlich verhärteten sich seine Gesichtszüge, er blickte fest auf Gunther und legte die Hand auf sein Schwert.

Traurig schaute der König Giselher an. Dann blickte er zu den anderen. »Was ist mit euch? Seid ihr auch so starrsinnig, bis zum bitteren Ende bleiben zu wollen? Oder wollt ihr euch nicht doch lieber retten und zu euren Familien zurückkehren?«

Niemand antwortete ihm. Einige schauten verlegen zu Boden, während andere ihm trotzig in die Augen sahen.

Gunther nickte betrübt. Er wusste, was in ihnen vorging. Ihr Ehrgefühl ließ es nicht zu, den König und seinen berühmtesten Krieger im Stich zu lassen, nichts war ihnen wichtiger als Treue und Ehre. Aber verdienten sie diese Treue überhaupt, oder hatten sie das Recht darauf in dem Moment verwirkt, als sie den Mord an Siegfried planten, dem Mann seiner Schwester, der Burgund vor den Sachsen und Dänen gerettet hatte?

Eikes Herz schlug schneller, als er auf seine erschöpften Kameraden blickte. Er hatte lange mit sich gekämpft, noch nie hatte er vor seinen Königen das Wort ergriffen, aber nun hatte er das Gefühl, er musste es tun. Zögernd stellte er sich in die Mitte der Männer. Doch als er sah, dass die Augen aller auf ihn gerichtet waren, wurde er ruhiger und blickte entschlossen um sich.

»Was ist das nur für ein Wahnsinn?«, begann er. »Draußen steht Kriemhild, die Schwester unseres Königs, und ist bereit, uns alle ihrer Rache zu opfern. Doch auch unter uns ist einer, der sich wie ein Wahnsinniger verhält. Seit unserer Ankunft hier hat er sie gereizt und herausgefordert, wo er nur konnte. Ja, er hat sogar ihren dreijährigen Sohn umgebracht.«

Vorwurfsvolle Blicke trafen Hagen, der starr nach vorn sah.

Eike schaute den Kriegern ernst in die Augen. »Sollen wir zulassen, dass diese beiden Getriebenen unser Untergang werden? Ich sage Nein. Lasst uns tun, was Kriemhild von uns verlangt. Es ist nicht unehrenhaft, einem Mörder die Treue aufzukündigen!«

Während Eikes Rede schien es einen Moment, als wolle Hagen sich auf ihn stürzen, doch er bezwang sich und nickte bedrückt.

Erregt sprang Herwin vor und stellte sich neben Eike. »Krieger von Burgund, ist es wirklich das, was ihr wollt? Was werden eure Freunde und Familien sagen, wenn sie hören, dass ihr eure Kameraden treulos im Stich gelassen habt? Werden sie nicht vor euch ausspucken? Es ist leicht, über Ehre zu reden, doch in der Stunde der Bewährung zeigt sich, wer wirklich Ehre im Blut hat«, rief er.

»Was nützt uns ehrenhaftes Verhalten, wenn wir alle sterben?«, erwiderte Eike ruhig.

Herwin blickte ihn ungläubig an, als ob er nicht verstehen könne, wie man eine solche Frage stellen konnte.

»Ohne Ehre sind wir nichts und das Ansehen unserer Familien wäre auf Generationen beschmutzt«, rief er aus. »Doch wenn wir im heldenhaften Kampf für Burgund sterben, können wir stolz in Walhalla einziehen und selbst die Götter werden uns Achtung erweisen.«

Eike sah enttäuscht in die glänzenden Augen der Männer um ihn herum, von denen einige ihre Schwerter begeistert in die Luft stießen.

Volker musterte ihn abschätzig. Er riss seine Klinge aus der Scheide und deutete mit ihr zum Tor. »Geh hinaus und lebe ehrlos weiter, wenn du willst«, sagte er mit vor Verachtung triefender Stimme. »Aber hüte dich vor den Menschen, die davon hören werden, was hier geschieht, denn sie werden dich anspucken«, höhnte er.

Eike blickte einen Moment lang in Volkers wütendes Gesicht. Dann sah er von einem der Männer zum anderen. Hatten sie nicht recht, war ein ehrenvoller Tod nicht das Beste, was ein Krieger sich wünschen konnte?

Dann riss er sein Schwert in die Höhe. »Ich streite an eurer Seite, Kameraden. Vereint für Burgund!«, rief er.

Mit erregten Gesichtern stießen nun auch die anderen ihre Waffen in die Höhe.

»Vereint für Burgund«, brüllten sie.

Gunther betrachtete sie traurig. Er hatte getan, was er konnte, aber es war umsonst gewesen. Nun konnte nichts mehr das große Gemetzel aufhalten. Er hatte schon oft erlebt, wie Männer im Namen der Ehre freudig in den Tod gingen. Oft sagten sie dabei, sie täten es zum Wohl ihres Hauses, um den Ruhm und das Ansehen ihrer Familie zu mehren. Aber als Herrscher Burgunds kannte er die bittere Wahrheit. Für die Familien wäre es besser gewesen, einen Ernährer im Haus zu haben, einen Vater, Bruder oder Ehemann, und so gerieten sie oft in bittere Not. Es war leicht, selbst in den Tod zu gehen, aber für die Hinterbliebenen war es schwer, mit den Folgen zu leben.

Doch hatte er wirklich alles getan, um das große Schlachten abzuwenden? Was wäre geschehen, wenn er Hagen hätte gehen lassen? Hätten andere den Tronjer an seiner statt aufgehalten, oder hätte er sich tatsächlich Kriemhild ergeben können und sie alle wären gerettet gewesen? Er wusste es nicht, aber er musste so handeln. Er fühlte sich ebenso schuldig wie Hagen, darum war es ihm unmöglich, ihn auszuliefern.

Plötzlich hörten sie klopfende Geräusche an den Wänden und dem Dach der Halle, dann bemerkten sie Brandgeruch. Schließlich sahen sie feine Rauchschwaden in das Gebäude dringen. Anscheinend hatten die Hunnen erkannt, dass die Burgunder Hagen nicht ausliefern würden, und beschossen Attilas prächtige Halle nun mit Brandpfeilen. Je mehr Pfeile einschlugen, desto stärker wurde der Geruch, dazu schleuderten die Steppenkrieger brennende Fackeln auf das Dach, und bald sahen sie die ersten Flammen ins Innere schlagen. An immer mehr Stellen loderten kleine Brandherde auf.

In den letzten Tagen hatte es ab und zu geregnet, deshalb dauerte es eine Weile, bis das Holz, aus dem der Großteil des Gebäudes bestand, Feuer fing. Doch als es so weit war, breiteten sich die Flammen schnell aus. Verzweifelt bemühten die Männer sich, die Brände zu löschen, aber wie sollten sie das tun? Sie hatten kaum Wasser. Das Einzige, was ihnen blieb, war, zu versuchen, die Flammen mit ihren Umhängen oder Schilden zu ersticken, doch es stellte sich schnell heraus, dass das nichts nützte, denn oft fingen diese auch Feuer.

Bald stand die ganze Halle in Flammen. Brennende Balken stürzten vom Dach auf die Burgunder nieder, während der beißende Rauch sie zu ersticken drohte. Hustend hielten sich die Männer ihre Schilde über den Kopf und schmiegten sich eng an die Wände aus Lehm, um dort Schutz zu finden.

Aber viele wurden dennoch getroffen und von den schweren Streben zu Boden geworfen. Ein dicker Balken begrub Gernot unter sich, der gellend aufschrie, als die

Flammen seine Haut ansengten. Zwei Krieger räumten die Strebe ächzend zur Seite, doch einer von ihnen wurde dabei von einem anderen Trümmerstück erschlagen. Ein weiterer Balken stürzte auf Herwin. Niemand konnte ihm zu Hilfe kommen, denn dieser Teil der Halle stand in hellen Flammen, so dass er qualvoll verbrannte.

•••

Aetius und Julius saßen mit gefüllten Weinbechern vor sich in dem kleinen Holzhaus, das ihnen Attila zur Verfügung gestellt hatte. Sie hatten einen guten Blick auf die Halle, darum waren sie genau darüber informiert, was sich dort ereignete.

Fasziniert blickten sie auf den brennenden Palast, der sich deutlich gegen das Dunkel der Nacht abzeichnete.

»Ein großartiges Spektakel, das uns die Hunnen und Burgunder hier bieten, findest du nicht auch, Julius?«, meinte der Heermeister lächelnd.

»Ganz ohne Zweifel«, bestätigte sein Sekretär.

»Und was noch wichtiger ist, die Burgunder werden aus dieser Falle nicht mehr herauskommen«, ergänzte Aetius.

Julius schüttelte den Kopf. »Dass Kriemhild den eigenen Sohn ihrer Vergeltung opfert … Diese Frau ist besessen von ihrer Gier nach Rache.«

»Was sie zu unserer wichtigsten Verbündeten macht«, erklärte Aetius. Er schaute erneut zur brennenden Halle hinüber. »Die Vernichtung der Burgunder ist besiegelt. Jetzt gilt es zu überlegen, wie wir das am besten für uns nutzen können«, überlegte er weiter.

»Ich bin überzeugt, dein gerissener Kopf wird einen Weg finden«, erklärte Julius.

»Hoffen wir, dass du recht hast, mein hübscher Sekretär«, lächelte er, nahm Julius bei der Hand und führte ihn zu seinem bequemen Bett.

•••

Verärgert saßen Kriemhild und Attila in einer der kleineren königlichen Hallen. Hier gab es weniger Goldschmuck, und die Teppiche waren dünner als die in dem Palast, den Kriemhild in Brand stecken ließ, doch auch dieser Bau zeugte von der Macht und dem Reichtum des Hunnenkönigs.

Mürrisch schickte Attila einen hageren Offizier mit einer frischen Wunde am Hals aus dem Saal. Nachdem das Feuer in der Halle erloschen war, hatte er mit seiner Einheit erkunden sollen, ob es Überlebende gab. Doch als sie das schwere Tor geöffnet hatten, das ebenso wie die Mauern aus Lehm weitgehend unversehrt geblieben war, fielen die Burgunder über sie her und schlugen sie blutig zurück. Fast die Hälfte seiner Krieger war dabei getötet worden.

Attila blickte finster auf den blutroten Teppich vor seinem Thron. »Solange sie da drin sind, können meine Krieger sie nicht bezwingen. Sie sind zu stark im Schwertkampf.«

»Dann hungern wir sie eben aus«, schlug Oebarsius vor, einer von Attilas engsten Beratern. »Sie haben da drin kein Wasser und nur das Essen, das wir ihnen beim Fest gebracht haben. Sie werden jetzt schon unter Durst leiden.«

»So lange will ich nicht warten«, knurrte Attila. »Sie haben meinen Sohn getötet, ich will sie jetzt haben!«

Kriemhild blickte nachdenklich auf einen runden Schild an der Wand. »Es stimmt, dass sie sehr geschickt mit dem Schwert sind«, überlegte sie, »dann schicken wir eben andere gute Schwertkämpfer gegen sie«, erklärte sie kalt. Sie blickte Attila entschlossen in die Augen. »Sende nach Rüdiger und seinen Quaden, sie werden die Burgunder vernichten.«

In Attilas Halle wurde die Lage der Burgunder immer trostloser. Die Männer litten unter entsetzlichem Durst, doch Wasser gab es nicht mehr. Daher war es auch nicht möglich, die Wunden der Verletzten auszuwaschen, so dass die Verwundeten nicht richtig versorgt werden konnten. Zahlenmäßig waren sie immer noch eine starke Streitmacht, doch Erschöpfung und Durst zehrten an ihren Kräften.

Gunther wandte sich mit zerfurchter Miene an Hagen. »Und wenn wir versuchen würden auszubrechen?«

Der Tronjer schüttelte entschieden den Kopf. »Wir würden willkommene Ziele für die Pfeile der Hunnen abgeben. Nach kurzer Zeit wären wir alle tot.«

»Was bleibt uns also?«, fragte Gunther niedergeschlagen.

»Ehrenvoll zu sterben«, erwiderte Hagen mit versteinerter Miene.

Gunther schaute auf seinen jüngsten Bruder. »Du kannst sie retten, Giselher«, beschwor er ihn. »Du bist verlobt mit der Tochter von Rüdiger, der hohes Ansehen an Attilas Hof genießt. Geh vor das Tor und bitte um freien Abzug für dich und die anderen, sie werden ihn euch gewähren«, drängte er.

Giselher schüttelte den Kopf. »Auch ich weiß, was Ehre bedeutet. Wir kämpfen gemeinsam, und wir sterben gemeinsam«, erwiderte er entschlossen.

◆◆◆

Gelöst ritt Rüdiger neben Attilas Boten durch die staubigen Straßen der Stadt. Es war sicher ein gutes Zeichen, dass Attila nach ihm schickte. Er war wohl vertraut mit beiden Seiten, den Hunnen und den Burgundern, darum war er der richtige Mann, um zwischen ihnen zu vermitteln, damit das Gemetzel endlich aufhörte.

Doch als er die Halle betrat, blickte er in Attilas und Kriemhilds kalte, entschlossene Mienen. Sie sahen nicht aus, als ob sie bereit wären zu verhandeln. Plötzlich begann er zu ahnen, warum sie ihn gerufen hatten, und lähmende Angst beschlich ihn.

Ungeachtet der Bestürzung, die auf seinem Gesicht zu sehen sein musste, lächelte Attila ihn freundlich an. »Rüdiger von Bechelaren, ich freue mich, in der Stunde der Not einen so treuen Freund und Gefolgsmann zu sehen.«

»Ich diene dir mit Freuden, mein König«, erwiderte der Herzog vorsichtig.

»Heute kannst du mir einen wahrhaft großen Dienst erweisen«, erklärte Attila. Er ließ einen Moment verstreichen, dann blickte er Rüdiger fest in die Augen. »Hagen hat meinen Sohn getötet, räche ihn für mich!«, verlangte er.

Kriemhild sah das Entsetzen in den Augen des Quaden. Sie wusste, wie er sich fühlte, und verstand ihn, aber sie konnte keine Rücksicht auf ihn nehmen. Wenn ihre Brüder so verstockt waren, zu Hagen zu stehen, statt ihn ihrer Rache auszuliefern, gab es keinen anderen Weg. Dann musste Rüdiger für ihre Vergeltung kämpfen.

Erschüttert blickte der Herzog Attila an. »Aber wie kann ich das tun, mein König? Ich habe sie als Gäste in meiner Halle bewirtet, habe sie als deine Gäste hierher geleitet, wie kann ich nun gegen sie kämpfen?«

»Sie haben ihren Schutz verwirkt«, erwiderte Attila kalt. »Die Burgunder haben den Frieden gebrochen, und sie haben Ortlieb getötet, dafür werden sie bezahlen.«

Dietlinde, die ihrem Vater in einiger Entfernung hinterher geritten und in die Halle gefolgt war, schrie laut auf. »Vater, tu's nicht!«, rief sie. »Um der Liebe deiner Tochter willen, tu's nicht!«

Attila blickte zornig auf zwei Krieger in ihrer Nähe. Die Männer packten sie und hielten sie fest, während sie Rüdiger weiterhin flehend ansah.

»Tu's nicht!«, flehte sie.

Verzweifelt machte Rüdiger einen Schritt auf sie zu, doch zwei weitere Krieger stellten sich ihm in den Weg.

Niedergeschlagen wandte er sich zu Attila um. »Warum *ich*, warum soll *ich* gegen die Burgunder kämpfen? Niemand hier am Hof steht ihnen so nah wie ich, Giselher ist mit meiner Tochter verlobt. Warum tust du mir das an, mein König?«, fragte er.

Nachdenklich betrachtete Kriemhild ihn. Rüdiger tat ihr leid. Ja, es war traurig, was Attila von ihm verlangte. Aber auch nicht trauriger als das, was das Schicksal ihr auferlegt hatte; sie musste sich gegen ihre eigenen Brüder stellen, damit ihre Rache sich erfüllen konnte.

»Herzog Rüdiger, hast du all die Ländereien und Schätze vergessen, die dir Attila als Lohn für deine Treue übergeben hat? Nun zeig, dass du dieser Gaben würdig bist«, sagte sie in schneidendem Ton.

Der Quade sah beide hilflos an, dann fiel er auf die Knie. »Nehmt mir all meinen Besitz wieder ab, aber zwingt mich nicht, gegen die zu kämpfen, die ich liebe!«, erwiderte er.

Attila blickte ihm hart in die Augen. »Wenn du dich als treulos erweist, ist es nicht damit getan, dass ich deinen Besitz zurückfordere«, sagte er finster. Er zeigte auf Dietlinde, die tief betrübt zwischen den Männern stand, die sie inzwischen aus ihrem Griff entlassen hatten. »Deine Tochter und deine Frau werden die Ersten sein, die ich für deinen Ungehorsam bestrafe. Sie sollen all meinen Kriegern zu Willen sein, die für sie bezahlen können«, stieß er hervor.

Mit einem Aufschrei brach Dietlinde weinend zusammen, Rüdiger wollte zu ihr eilen, doch die beiden Hunnen standen immer noch vor ihm.

Er wandte sich entsetzt zu Attila um und starrte ihn wortlos an.

»Was ist mit dir, Herzog?«, fuhr der Hunnenkönig ihn an. »Ich fordere von dir nicht mehr als von meinen anderen Gefolgsmännern. Bedingungslose Treue hast du mir geschworen, und die sollst du mir nun erweisen.«

Ein Krieger, der hinter Rüdiger stand, trat an ihn heran. »Oder bist du ein Verräter?«, zischte er.

Mit wutverzerrtem Gesicht drehte der Herzog sich zu ihm um und schmetterte ihm seine Faust ins Gesicht. Ohne einen Laut sackte der Hunne zusammen, Blut tropfte aus Mund und Nase auf den Boden.

Der Quade fuhr herum, als er Kriemhilds kalte Stimme hörte.

»Herzog Rüdiger, hast du etwa vergessen, was du mir geschworen hast, als du für Attila um mich geworben hast?«

Betroffen senkte er den Kopf und blickte schweigend zu Boden.

»Du hast gelobt, mir an diesem Hof immer zu Diensten zu sein. Nur unter dieser Bedingung kam ich hierher«, fuhr Kriemhild mit eisiger Stimme fort.

Sie blickte ihm fest in die Augen.

»Ich fordere diesen Schwur nun ein. Bring mir Hagens Kopf!«

Rüdiger sah tief betrübt auf die Königin. »Aber deine Brüder verteidigen ihn mit ihrem Leben«, entgegnete er ungläubig.

»Ja, das tun sie«, sagte Kriemhild bitter. »Weil sie nichts von Treue verstehen. Sie halten einem heimtückischen Mörder die Treue und halten das für ehrenhaftes Verhalten«, höhnte sie.

Sie bohrte ihre Augen tief in seine.

»Nun zeig uns, was deine Treue wert ist. Halte deine Schwüre zu mir und zu deinem König, Rüdiger von Bechelaren!«, rief sie mit erhobener Stimme.

Der Herzog starrte sie an, dann sah er zu Dietlinde, die seinen Blick mit unendlicher Traurigkeit erwiderte.

»Und wenn du schon die Eide missachtest, die dich an uns binden, dann missachte doch nicht das Wohl deiner Frau und deiner Tochter«, fügte Kriemhild kalt hinzu.

Zorn wallte in Rüdiger auf, und einen Moment sah es so aus, als ob er sich auf sie stürzen würde, doch dann sackte er kraftlos zusammen. Schicksalsergeben blickte er vor sich hin.

»Nun säume nicht länger und sammle deine Krieger«, bestimmte Attila. »Bring uns Hagen!«

•••

Trübsinnig saßen die Burgunder auf dem Boden und warteten ab, was weiter passieren würde. Viele waren verwundet, alle erschöpft und durstig.

Dankwart rieb sich unruhig die Wunde an seinem linken Arm. »Ich sterbe vor Durst«, klagte er.

Hagen sah ihn nachdenklich an. Dann blickte er auf den von Leichen übersäten Boden. Er stand auf und nahm einen herumliegenden Becher. Mit gerunzelter Stirn hockte er sich neben den Kopf eines Hunnen, den er beim letzten Angriff der Steppenkrieger erschlagen hatte, schnitt ihm die Halsschlagader auf und sammelte das Blut in dem Trinkpokal.

Die Männer beobachteten ihn aufmerksam, als er das Blut trank, und spürten dabei, wie trocken ihre eigenen Kehlen waren.

Der Tronjer setzte den Kelch erst wieder ab, nachdem er ihn ausgetrunken hatte. Er lächelte, während sein Bart sich rot zu färben begann. »Wenn ihr Durst habt, trinkt Blut, es ist genug da«, forderte er die Krieger auf.

Zwei Männer folgten seinem Beispiel, zuerst tranken sie zögernd, dann leerten sie ihre Becher schnell. Schließlich taten es immer mehr Burgunder ihnen nach.

Gernot sah ihnen kopfschüttelnd zu, während er unwillkürlich die Brandwunde rieb, die der herabstürzende Balken verursacht hatte. »Warum trinken wir nicht lieber von dem übrig gebliebenen Wein? Der schmeckt bestimmt besser«, sagte er.

»Ich fühle mich sicherer, wenn du Blut trinkst«, grinste Giselher und schnitt den Hals eines Hunnen auf. »Wenn du zu viel Wein trinkst, kannst du vielleicht nicht mehr Freund von Feind unterscheiden und spaltest mir den Kopf.«

Nach und nach tranken alle Burgunder. Vielen war ihr Widerwille deutlich anzusehen, einigen Männern fiel es schwer, das Blut hinunterzuschlucken, doch es half tatsächlich gegen den entsetzlichen Durst. Als sie sich erfrischt hatten, boten sie einen furchterregenden Anblick. Mit blutverschmierten Gesichtern und Zähnen saßen sie auf dem Boden und stierten dumpf vor sich hin.

Es blieb ihnen nichts anderes übrig, als den nächsten Angriff abzuwarten. Mit sehr viel Glück konnte es möglich sein, in der Nacht auszubrechen, doch der Tag hatte gerade erst begonnen. Sie mussten versuchen, ihn zu überstehen, um es dann im Schutz der Dunkelheit zu wagen.

Doch nichts geschah. Alles blieb ruhig, niemand griff sie an.

»Was ist mit den Hunnen? Warum kommen sie nicht? Wollen Sie, dass wir an Langeweile sterben?«, rief Volker ungeduldig und kratzte etwas getrocknetes Blut von seinem kantigen Kinn.

»Rüdiger kommt!«, rief Berald, ein Krieger, der an einem der Fenster stand, um die Umgebung der Halle zu beobachten.

Die Männer sahen sich glücklich an, einige jubelten laut.

»Vater, er wird uns retten«, rief Giselher.

Berald wandte sich mit finsterer Miene zu ihnen um. »Ich wäre mir da nicht so sicher«, knurrte er.

Die Freude auf den Gesichtern der Krieger erstarb. Gunther eilte zum Fenster und riss Berald ungeduldig zur Seite, dann prallte er entsetzt zurück.

Die Krieger blickten sich beunruhigt an, was hatte das zu bedeuten?

Sie hörten ein kräftiges Klopfen an der Tür. Der König nickte ernst, und einige Männer öffneten.

Vor dem Tor stand nicht nur Rüdiger, alle seine Krieger waren bei ihm. Sie trugen volle Rüstung und hatten die Schwerter gezückt.

Die Burgunder blickten sie fassungslos an.

»Wir kennen dich als guten Freund, aber du siehst nicht aus, als ob du in Freundschaft kommst«, empfing ihn Gunther ungläubig.

Der Herzog blickte ihn mit einem schmerzvollen Ausdruck im Gesicht an. »Als Gefolgsmann König Attilas stehe ich hier, in der schwersten Pflicht, die mir je auferlegt wurde«, erwiderte er bedrückt.

Langsam erkannten die Burgunder, warum er gekommen war, und die Freude, die sie empfunden hatten, als sie hörten, dass er vor dem Tor stand, verwandelte sich in Bestürzung.

Gunther sah ihn hart an. »Wie kannst du unsere Freundschaft und die verwandtschaftlichen Bande zwischen uns nur so verraten?«, fragte er voller Bitterkeit.

Rüdiger schwieg einen Moment, die quälenden Emotionen, die er fühlte, waren deutlich an seinem Gesicht abzulesen. »Es widerstrebt mir zutiefst. Aber ich muss es tun«, sagte er bedrückt.

Volker lachte höhnisch auf. »Was meinst du damit? Musst du es tun, damit du von Attila noch mehr Schätze bekommst?«, fragte er mit beißendem Spott.

Wütend fuhr Rüdiger zu ihm herum. »Was weißt du schon, Fiedler?«, knurrte er.

»Es wäre nicht das erste Mal, dass Geldgier über Freundschaft triumphiert«, entgegnete Volker angriffslustig.

Rüdigers Backen mahlten in unterdrücktem Zorn. »Wie wenig du mich kennst, eitler Spielmann!«, entgegnete er scharf. Er wandte sich wieder an Gunther. »Übergebt mir Hagen«, forderte er gebieterisch.

Entschlossen stellten Dankwart und Volker sich mit gezogenen Schwertern vor ihn.

»Niemals geben wir einen von uns auf!«, erwiderte Hagens Bruder.

Grimmig riss der Quade seine Klinge in die Höhe. »Ihr habt es nicht anders gewollt«, rief er und stürzte sich mit seinen Männern auf die Burgunder. »Nun wirst du mir für deine Beleidigungen büßen!«, schrie er Volker zu und eilte auf ihn zu.

»Damit du mich im Schlachtgetümmel nicht suchen musst, komme ich so schnell ich kann«, erwiderte der Sänger und warf sich ihm entgegen.

Laut klirrten ihre Waffen, als sie aufeinandertrafen und versuchten, eine Lücke in der Deckung ihres Gegners zu finden. Doch beide merkten schnell, dass sie es mit einem ebenbürtigen Gegner zu tun hatten. Volker war der Flinkere von beiden. Immer wieder zuckte seine Klinge vor, er traf Rüdiger an der Wade. Aber es war nur eine oberflächliche Wunde, die den Herzog nicht behinderte.

Verbissen blockte Rüdiger alle Hiebe mit seinem Schild ab oder parierte sie mit dem Schwert. Plötzlich duckte sich der Sänger und versuchte, ihm von der Leiste aus mit einem Stich nach oben den Bauch aufzuschlitzen. Im letzten Moment bemerkte der Quade, was Volker vorhatte, und schlug seinen Schild auf die Klinge. Der Hieb war so hart, dass dem Spielmann fast die Waffe aus der Hand fiel.

Rüdiger setzte nach und trieb seinen Gegner mit wuchtigen Schlägen zurück, Risse klafften in Volkers Schild.

Die Männer in der Halle schlugen verbissen aufeinander ein. Je länger die Schlacht anhielt, desto mehr ermüdeten die Burgunder. Sie kämpften schon seit vielen Stunden – gegen feindliche Krieger, Feuer, Hunger und Durst. Viele von ihnen waren verwundet.

Doch wenn sie auf Hagen blickten, vergaßen sie ihre Erschöpfung und fassten neuen Mut. An der hoch aufragenden Gestalt des Tronjers, dessen kraftvolle Schläge einen Quaden nach dem anderen töteten, richteten sie sich immer wieder auf. Um ihn herum türmten sich die Leichen von erschlagenen Feinden. Ein grausiger Berg von verstümmelten, in ihrem Blut liegenden Leichen, aufgehackten Gedärmen und abgeschlagenen Gliedmaßen umgab ihren besten Krieger. Nichts schien ihm etwas anhaben zu können, keiner der Quaden, die ihm entgegentraten, war ihm gewachsen, er schien unbezwingbar.

Gunther stand Hagen kaum nach. Auch er erschlug alle Feinde, die sich ihm näherten. Seinen Schild, der nach vielen Treffern ohnehin schon stark zersplittert war, hatte er weggeworfen. Jetzt kämpfte er mit seinem Schwert in der rechten Hand und dem Sax in der linken. Trotz eines Stiches in den Oberschenkel bewegte er sich noch schnell genug, um alle Hiebe abzuwehren und die Krieger zu töten, die sich die Ehre verdienen wollten, den feindlichen König erschlagen zu haben.

Doch Gernots Kräfte begannen allmählich zu erlahmen, seine Bewegungen wurden langsamer. Als er verzweifelt seinen Schild in die Höhe riss, um sich gegen den Angriff eines Kriegers auf den Kopf zu decken, schlitzte ihm ein anderer mit seinem Speer die Seite auf. Gernot stürzte zu Boden, sofort war der Quade über ihm und stach ihm sein Kurzschwert in den Hals. Kurz darauf wurde auch Dankwart erschlagen. Die Wunde an seinem Arm war wieder aufgebrochen, so dass er heftig blutete. Als zwei Quaden ihn gleichzeitig angriffen, war er zu geschwächt, um sich gegen sie wehren zu können, und sie töteten ihn nach hartem Kampf.

Volker und Rüdiger kämpften immer noch erbittert gegeneinander. Doch der Spielmann wich immer weiter zurück, sein rechter Unterarm blutete stark. Durch Rüdigers wuchtige Schläge kam er nicht mehr dazu, selbst anzugreifen. Beim Rückwärtsgehen stürzte er über einen am Boden kriechenden Mann, aus dessen aufgerissenem Bein sich ein Strom von Blut ergoss. Der Herzog setzte sofort nach und rammte ihm sein Schwert in den Bauch. Mit schmerzverzerrtem Gesicht blickte der Spielmann zu ihm auf.

»Diese Schlacht kämpfe ich mit blutendem Herzen, aber dich erschlage ich mit Freude«, zischte er und stieß dem Sänger das Schwert in die Kehle. Ein Schwall von Blut ergoss sich aus der Wunde.

Zur selben Zeit starben viele andere Krieger. Das Keuchen und Grunzen der kämpfenden Männer und ihre gellenden Todesschreie mischten sich mit dem Getöse gegeneinanderklirrender Waffen und dem dumpfen Aufprall eiserner Klingen auf hölzerne Schilde. Man roch ihren Schweiß und den metallischen Geruch des Blutes. Es wurde immer schwerer, sich auf dem mit Leichen übersäten Boden zu bewegen.

Eike rammte einen Krieger mit seinem Schild zu Boden, dann stieß er ihm das Schwert in die Brust. Schnell woll-

te er es wieder herauszuziehen, aber es hatte sich im Brustkorb des Mannes verkeilt. Während er versuchte, es freizubekommen, traf ihn ein Speer in die Seite. Ein weiterer
durchbohrte sein Rückgrat. Mit einem Aufschrei fiel er auf
die Knie, stürzte vornüber und starb.

Giselher hatte einem Quaden mit einem mächtigen
Hieb den Hals aufgeschlitzt und wirbelte zu seinem nächsten Gegner herum, als er sah, dass Rüdiger vor ihm stand.
Einen Moment sahen sie sich in tiefer Traurigkeit an, dann
warfen sie die Schilde weg und rannten mit ausgestreckten
Schwertern ineinander. Mit weit aufgerissenen Augen starben sie Brust an Brust.

23

Bangend blickten Kriemhild, Attila und Dietlinde, die inzwischen zur Halle gekommen waren, auf das vom Feuer beschädigte Gebäude. Der Kampfeslärm war verstummt. Nicht weit von ihnen entfernt standen Aetius und Julius. Argwöhnisch schauten sie auf die stetig anwachsende Menge an Zuschauern, die sich auf dem Platz vor der Halle versammelt hatte.

Die meisten waren Germanen, von denen es in der hunnischen Hauptstadt sehr viele gab. Ein großer Teil der von Attila angeführten Konföderation an Steppenkriegern bestand aus Germanen. Ostgoten, Gepiden, Sciri, Sueben, Heruler, Rugier oder Lombarden verstanden sich zwar im Allgemeinen nicht besonders gut, aber nun bewunderten sie gemeinsam den heldenhaften Kampf der Burgunder gegen eine erdrückende Übermacht. Mit lautstarken Rufen machten sie kein Geheimnis daraus, auf wessen Seite sie standen. Aetius beschloss, sie im Auge zu behalten. Die aggressive Stimmung unter ihnen bereitete ihm Sorge.

Knarrend öffnete sich das Tor der Halle. Bogenschützen legten ihre Waffen an, doch Attila gab ihnen ein Zeichen, und sie nahmen die Bogen wieder herunter. Langsam erschienen Gunther und Hagen. Jeder von ihnen schleppte einen leblosen Körper nach draußen und legte ihn vor dem Tor ab. Kriemhild und Dietlinde schrien auf, als sie die blutverklebten Rüstungen von Gernot und Giselher erkannten, während einige zornige Rufe unter den Germanen auf dem Hof erklangen.

Aetius wandte sich hastig zu seinem Sekretär. »Schnell, hol die Legionäre, sie sollen sofort kommen!«

Julius nickte und hastete zum Gästehaus, in dem die Soldaten untergebracht waren, mit denen sie hierhergekommen waren.

Hagen und Gunther blickten auf Kriemhild. Beiden waren die Strapazen der langen Kämpfe deutlich anzusehen. Gunther blutete aus mehreren Wunden an Brust und Armen, während Hagen an der rechten Hand verletzt war.

»Zwei Brüder sind schon tot, Kriemhild, was soll mit dem dritten geschehen?«, rief der Tronjer in herausforderndem Ton.

Kriemhild sah ihn durch einen dichten Tränenschleier hindurch an. Das war mehr, als sie ertragen konnte, ihre Knie begannen zu zittern. Doch dann richtete sie sich stolz auf und sah Hagen trotzig an. »Das ist alles deine Schuld, Hagen. Ohne dich wären alle noch am Leben«, hielt sie ihm entgegen.

»Du betrügst dich selbst, du bist verantwortlich für das große Schlachten. Ich habe einen umgebracht, du aber Tausende!«, höhnte Hagen.

»Nein, nein, ich will nichts mehr hören, du wirst für deinen feigen Mord büßen«, kreischte sie hysterisch.

Attila legte ihr beruhigend den Arm auf die Schulter. »Schon gut, Kriemhild, es ist alles gesagt«, mahnte er leise.

Mit grimmiger Miene nickte er den Kriegern zu, die die Halle umstellt hatten, und sie bewegten sich langsam auf die Burgunder zu.

Ein unterschwelliges Murren erhob sich unter den Umstehenden, die die vorrückenden Männer mit finsteren Blicken anstarrten.

In diesem Moment kam Julius mit den sechs Legionären angelaufen. Attila runzelte die Stirn, während Aetius zu ihm trat, um ihm etwas ins Ohr zu flüstern. »Großer König, wenn du jetzt den Männern den Befehl gibst, Gunther und Hagen anzugreifen, riskierst du einen Aufruhr unter deinen germanischen Gefolgsleuten. Überlass das lieber uns, dann richtet sich der Zorn gegen Rom.«

Attila überlegte, während er die aufgebrachten Mienen der Umstehenden betrachtete, dann nickte er. »Also gut, sie gehören dir.«

Mit einer Handbewegung gab er seinen Kriegern das Signal, sich wieder zurückzuziehen.

Aetius winkte den Legionären. Gemeinsam rückten die Römer gegen die Burgunder vor.

Gunther und Hagen sahen sich einen Moment an, dann gingen sie in Kampfstellung. Doch als Gunther das Schwert heben wollte, brach er kraftlos zusammen. Mit einer verzweifelten Anstrengung versuchte er auf die Beine zu kommen, aber er schaffte es nicht mehr. Seine Beine zuckten noch einmal, dann starb er.

Kriemhild schloss voller Schmerz die Augen. Aber dann gab sie sich einen Ruck, sie war fast am Ziel, jetzt gab es niemand mehr, hinter dem sich Hagen verstecken konnte.

Als die Römer nur noch wenige Schritte von ihm entfernt waren, wandte der Tronjer sich auf Gotisch an Aetius.

»Aetius, Heermeister des Weströmischen Reiches, gewähre mir die Ehre, im Zweikampf gegen dich anzutreten!«, rief er.

Es wurde totenstill auf dem Hof. Hagen hatte so laut gesprochen, dass alle ihn verstanden hatten, bis auf die Legionäre, die aus Gallien stammten. Doch als sie die unnatürliche Stille bemerkten, blieben sie verwirrt stehen.

Jetzt hielt auch Aetius inne. Er betrachtete Hagen nachdenklich. Der Tronjer war einen Kopf größer als er und strotzte vor Kraft. Er sollte sich nicht auf die Herausforderung einlassen. Doch wenn er sie annahm und Hagen besiegte, konnte er etwas für das Ansehen Roms unter den Barbaren tun. Außerdem hatte er heute aus irgendeinem Gefühl heraus das Spatha umgeschnallt, nicht den Gladius, den er normalerweise trug. Das längere Spatha, das im dichten Gedränge auf dem Schlachtfeld unhandlich sein konnte, eignete sich besser für einen Zweikampf. War das ein Zeichen des Schicksals? Mit dem Gladius hätte er den Zweikampf nicht gewagt, doch mit dem Spatha waren seine Aussichten zu siegen besser.

Einer der Germanen auf dem Hof schlug seinen Speer gegen seinen Schild. Ein anderer machte es ihm nach, drei weitere folgten, bis alle ihre Waffen rhythmisch gegen die Schilde schlugen. Die Luft war erfüllt vom Dröhnen der Schwerter, Äxte oder Speere auf den hölzernen Schilden.

Hagen betrachtete Aetius immer noch herausfordernd, er wartete auf eine Antwort. Was sollte der Heermeister tun? Er hatte Hagen genau beobachtet und wusste, dass der Burgunder nicht mehr im Vollbesitz seiner Kräfte war. Er war erschöpft und verwundet, seine Bewegungen waren schwerfällig. Das konnte er ausnutzen. Er brauchte den Kampf nur in die Länge ziehen, dann würde sich ihm irgendwann die Möglichkeit bieten, den Tronjer entscheidend zu treffen.

Dennoch würde es nicht leicht werden. Er hatte von Hagens Taten auf dem Schlachtfeld gehört, er war ein gewaltiger Krieger. Und das Wenige, das er hier von ihm gesehen hatte, bestätigte diesen Ruf.

Das Dröhnen der Schilde wurde immer lauter, er konnte nicht mehr länger warten. Aetius blickte auf Hagen, dann auf die Menge, schließlich auf Attila, dessen Gesicht wie versteinert wirkte.

Dann ging er zu einem der Umstehenden und deutete auf seinen Schild. Der Mann reichte ihn Aetius ohne ein Wort. Darauf gab der Heermeister seinen Soldaten das Zeichen, sich zurückzuziehen. Langsam zog er sein Schwert aus der Scheide und wandte sich zu Hagen.

Der Tronjer lächelte grimmig. »Ich hatte gehofft, dass wir uns eines Tages gegenüberstehen würden, General«, knurrte er.

Aetius lief ein kalter Schauer über den Rücken, als er die wilde Entschlossenheit in den Augen seines Gegners sah. Unwillkürlich fasste er Schwert und Schild fester. Sein Plan stand fest, er würde Hagen angreifen lassen, bis er erschöpft war, und dann selbst zuschlagen.

Er brauchte nicht lange auf den Tronjer zu warten, denn der stürmte sofort mit hocherhobenem Schwert auf ihn ein. Aetius fiel auf, was für eine prächtige Waffe er hatte. Sie glänzte hell in der Sonne und schien noch nicht einen Kratzer zu haben, obwohl er nun schon seit vielen Stunden damit kämpfte. An den Rändern des blanken Stahls waren feine schlangenförmige Linien zu erkennen, die ebenfalls anzeigten, wie hervorragend das Schwert gearbeitet war.

Aetius fing den Hieb mit seinem Schild ab, doch das Holz splitterte. Noch so ein Schlag, und er war nicht mehr zu gebrauchen. Das Schwert war genauso gefährlich, wie es aussah, dazu kam Hagens gewaltige Kraft. Erst jetzt merkte der General, auf was er sich eingelassen hatte. Sein Gegner war zwar angeschlagen, aber immer noch gefährlich.

Aber er blieb ruhig, schließlich hatte er schon andere kritische Situationen überstanden. Dem nächsten Hieb wich er zur Seite aus, und Hagen schlug ins Leere. Er hörte, wie der Tronjer vor Anstrengung aufstöhnte. Es kostete Kraft, den eigenen Schwung abzufangen. Doch Hagen setzte nach. Mit seinen schweren Schlägen drängte er Aetius immer weiter zurück, so dass der Römer keine Möglichkeit hatte, selbst anzugreifen.

Aetius verteidigte sich geschickt. Jedes Mal, wenn er einen Hieb mit Schild oder Schwert abwehrte, machte er eine leichte Rückwärtsbewegung, um den Aufprall zu mildern, damit Hagens mächtige Klinge seine eigenen Waffen nicht beschädigte. Der Tronjer begann, schwerer zu atmen. Aetius war schnell, er ließ sich nicht stellen.

Der Heermeister lenkte einen Hieb Hagens mit dem Schild nach oben ab und die Körpermitte seines Gegners war für einen Augenblick ungedeckt. Mit der Geschwindigkeit einer Schlange stieß Aetius sein Schwert nach vorn. Aber auch Hagen war schnell, er wich nach hinten aus. Aetius' Klinge bohrte sich in seinen Lederpanzer, aber drang nicht durch das Kettenhemd darunter. Doch der General griff weiter an und schwang seine Waffe gegen

Hagens Schwertarm. Der Tronjer blockte den Hieb mit seinem Schild.

Auch Aetius atmete nun nicht mehr so leicht wie zu Beginn des Kampfes. Die beiden Gegner umkreisten sich langsam. Plötzlich trat der Römer auf einen Stein und geriet ins Straucheln. Sofort sprang Hagen vor, um ihm das Schwert in die Kehle zu rammen. Doch damit tat er genau das, was Aetius wollte. Der Heermeister wich aus und versuchte, Hagens linke Seite zu treffen. Aber der Tronjer hatte damit gerechnet, dass das Stolpern möglicherweise eine Finte war, und deckte sich rechtzeitig mit dem Schild.

Gebannt verfolgten die Umstehenden den Zweikampf. Hier standen sich zwei meisterhafte Schwertkämpfer gegenüber, und es war nicht abzusehen, wer gewinnen würde.

Hagen griff erneut an. Er deckte Aetius mit schweren Schlägen ein und versuchte immer wieder, mit einem schnellen Stoß die Körpermitte zu treffen. Doch seine Bewegungen wurden langsamer und der Heermeister merkte, wie er beim Schlagen manchmal leicht zusammenzuckte, wahrscheinlich machte ihm sein verwundetes Handgelenk zu schaffen. Doch ihm verlangte dieser Zweikampf auch alles ab. Seine Arme, die immer wieder von Hagens kraftvollen Schlägen durchgerüttelt wurden, schmerzten ebenfalls.

Dann attackierte Aetius. Er täuschte einen Hieb gegen den Kopf vor, duckte sich aber plötzlich und versuchte Hagen im Schritt zu treffen, um ihn so von unten zu durchbohren. Der Tronjer konnte den Schlag gerade noch mit dem Schwert abwehren, kam aber aus dem Gleichgewicht. Aetius wollte nachsetzen, aber dann sah er, dass Hagen sich wieder gefangen hatte.

Der Heermeister ärgerte sich, er war zu langsam gewesen, um den Stolperer seines Gegners auszunutzen. Aber er fragte sich auch, ob er einen Fehler gemacht hatte, als er Hagens Herausforderung annahm. Der Tronjer war durch die vorangegangenen Kämpfe nicht so stark geschwächt, wie er vermutet hatte.

Hagen griff erneut an, und Aetius musste vor seinen schnellen, kraftvollen Schlägen immer weiter zurückweichen. Der Tronjer trieb seinen Gegner auf den Platz zu, wo Attila, Kriemhild und Dietlinde standen. Dort würde der Römer keine Möglichkeit mehr haben, sich noch weiter zurückzuziehen, und er könnte den Kampf beenden.

Kriemhild hatte das Gefühl, dass er sie hämisch angrinste, als ob er sagen wolle, auch diesmal würde sie ihn nicht kriegen, diese Probe würde er ebenfalls bestehen.

Die beiden Kämpfer waren jetzt direkt vor Kriemhild und Attila, nur einen Schritt von ihnen entfernt. Aetius machte einen schnellen Schritt zur Seite und Hagen drehte sich, um dem Römer zu folgen.

Blitzschnell zog Kriemhild einen Dolch aus ihrem Gürtel und stieß hin Hagen tief in den Hals. Blut spritzte ihr und Attila ins Gesicht, während der Tronjer sich langsam umwandte und Kriemhild ungläubig anstarrte. Mit hasserfülltem Blick zog sie die Klinge aus der Wunde und stach noch einmal zu. Stöhnend brach Hagen zusammen.

Während der Tronjer sterbend am Boden lag, versuchte er, nach seinem Schwert zu greifen, das neben ihm auf den Boden gefallen war. Mit der Waffe in der Hand konnte er in Walhalla einziehen. Aber sie lag zu weit entfernt, er konnte sie nicht erreichen. Einer der Umstehenden nahm die Klinge auf und reichte sie ihm ohne ein Wort.

Mit einem dankbaren Blick schloss Hagen seine Finger um Balmungs Knauf. Doch Kriemhild hockte sich neben ihn auf den Boden und versuchte, ihm das Schwert zu entreißen. Der Tronjer wehrte sich, er hielt die Klinge fest. Kriemhild zog verzweifelt, aber Hagen ließ nicht los. Es schien ihr endlos zu dauern, bis der Tronjer endlich starb und seine Finger sich lockerten. Sie atmete tief auf, als sie mit Balmung in der Hand aufstand.

Aetius steckte erleichtert sein Schwert in die Scheide. Er atmete tief durch. Ohne das Eingreifen der Königin läge er jetzt vielleicht tot im Staub.

Unter den Germanen wurde es laut. Sie waren verärgert darüber, dass Kriemhild Hagen von hinten erstochen hatte. Einige griffen zu ihren Waffen.

Mit finsterer Miene gab Attila ein Kommando, und Hunderte von Bogenschützen legten auf die murrenden Zuschauer an, die darauf ihre Schilde hoben.

Der Hunnenkönig blickte mit vor Zorn funkelnden Augen auf die Germanen. »Der Kampf ist vorbei. Es gibt nichts mehr zu sehen, räumt den Hof!«, donnerte er sie an.

Doch keiner rührte sich, trotzig sahen sie ihm entgegen.

»Die Königin hat den Kampf auf unwürdige Art beendet!«, rief ein großer Mann mit einem rotblonden Knoten an der Seite seines Kopfes.

Attila sah ihn drohend an. »Hagen hat den Größten aller Krieger heimtückisch erschlagen, damit hat er große Schuld auf sich geladen. Seine Frau hat ihn gerächt und so der Gerechtigkeit Genüge getan.«

Er sah weiter fest auf den Mann, der eben gesprochen hatte, dann blickte er auf die anderen Zuschauer.

Einen Moment herrschte Schweigen, dann beruhigten sich die Umstehenden langsam und nahmen die Hände von ihren Waffen. Doch keiner verließ den Hof. Es war, als ob sie fühlten, dass es noch nicht zu Ende war.

Kriemhild sah auf das Tor zur ausgebrannten Halle, wo die Leichen ihrer Brüder lagen. Langsam ging sie zu ihnen und kniete vor ihnen nieder. Eine ungeheure Traurigkeit lag in ihrem Blick.

Dietlinde näherte sich der knienden Kriemhild. Die Königin wandte sich zu ihr um, und ein schwaches Lächeln erschien auf ihrem Gesicht. Sicherlich wollte die Quadin ihr in dieser schweren Stunde beistehen, sie trösten.

Doch mit einer schnellen Bewegung ergriff Dietlinde das Schwert, das Kriemhild neben sich abgelegt hatte, und stieß es ihr in den Bauch. Kriemhild schrie auf und sah Dietlinde entsetzt an.

»Sieh, was du angerichtet hast, Kriemhild«, zischte die Quadin hasserfüllt. »Du nennst dich eine fromme Christin, aber dennoch hat deine blinde Rachsucht Tausende das Leben gekostet. Mein Vater, deine Brüder, dein Sohn, alle sind tot.«

Sie ließ Balmung los, das noch immer in Kriemhilds Bauch steckte, hockte sich auf den Boden und nahm Giselhers bleiches Gesicht in beide Hände, während das Kleid der vor Schmerz stöhnenden Königin sich rot zu färben begann.

»Mit Giselher wollte ich glücklich werden, aber du hast ihn mir genommen«, sagte sie bitter.

Kriemhild nickte langsam. Zitternd streckte sie die Hand nach Dietlinde aus, dann floss ein Schwall Blut aus ihrem Mund, und sie kippte vornüber in den Staub.

Allmählich verlief sich die Menge der Umstehenden. Attila betrachtete Dietlinde nachdenklich, die immer noch zärtlich Giselhers Kopf umfasste. Mit ernstem Gesicht trat er zu ihr und legte ihr mitfühlend die Hand auf die Schulter.

Dann wandte er sich zu Aetius um. »Der Feldzug gegen die Gepiden muss noch warten. Wir ziehen nach Worms, ich will nicht, dass auch nur ein Burgunder am Leben bleibt«, sagte er düster.

»Eine weise Entscheidung, großer König«, erwiderte der Heermeister mit einem Lächeln.

EPILOG

Der schöne Sommertag, an dem das Summen der Bienen die Luft über den satten Rheinwiesen erfüllte, erschien Brunhild wie eine Einladung zum Bad im Rhein. Entspannt ließ sie sich von den sanften Fluten des Flusses umspülen, während sie geschmeidig durch das warme Wasser glitt und das Gefühl genoss, eins zu sein mit dem mächtigen Strom.

Sie befand sich etwas unterhalb der Stelle, wo sie normalerweise schwamm. Hier war sie noch nie gewesen. Der Rhein hatte hier eine ungewöhnliche Tiefe, sie konnte den Grund im trüben Wasser kaum erkennen. Es reizte sie, ein Stück unter der Oberfläche dahinzugleiten, und sie holte Luft, um unterzutauchen. Ihr Blick bewegte sich über moosbewachsene Steine, einen Krebs, der langsam über den Boden stakste, und einen Schwarm kleiner Fische.

Plötzlich sah sie etwas Glitzerndes, vielleicht war ein Sonnenstrahl bis zum Grund vorgedrungen. Neugierig bewegte sie sich zu der Stelle, wo sie das Aufblitzen gesehen hatte. Als sie näher kam, erkannte sie erstaunt einen großen goldenen Armreif. Daneben lag eine glänzende Halskette, ebenfalls aus Gold und mit Perlen besetzt. Fassungslos sah sie sich um und entdeckte immer mehr Kostbarkeiten.

Sie musste wieder an die Oberfläche, um Luft zu holen. Aufgeregt schöpfte Brunhild Atem, dann tauchte sie wieder auf den Grund. Sie sah eine große Truhe mit goldenen und silbernen Münzen, dessen Deckel sich gelöst hatte. Vor ihr lagen wertvolle Ringe mit leuchtenden Edelsteinen. War das Kriemhilds verschwundener Schatz? Hatte ihn jemand hier versenkt, so dass sie ihn nicht für ihre Rache nutzen konnte?

Überwältigt blickte sie auf den Hort vor ihr. Hatten die Nornen sie hierhergeführt, damit sie ihn findet? Wenn sie ihn an sich nähme, würde sie unermesslich reich sein. Es wäre eine Art Wiedergutmachung für das, was die Burgunder ihr angetan hatten.

Erneut musste Brunhild auftauchen. Verwirrt stieg sie aus dem Wasser, trocknete sich ab und warf sich ihren Kittel über. Dann lehnte sie sich an einen Baum, um nachzudenken. Wie sollte sie den Schatz ans Ufer bekommen? Er lag an einer tiefen Stelle, die schwer zugänglich war.

Aber dann dachte sie an den Fluch des Hortes. Wenn dies tatsächlich das Rheingold war, so hatte es Siegfried schon ins Verderben gerissen, und wer wusste schon, was sonst noch geschehen würde? Frida hatte böse Vorzeichen gesehen, als Gunthers Zug ins Hunnenland aufbrach.

Schweren Herzens kam sie zu dem Entschluss, den Schatz nicht anzurühren. Dennoch glaubte sie, dass der Hort und Fridas Vorahnungen Zeichen der Götter waren, damit sie Burgund verließ. Worms war nicht der richtige Ort für sie. Zwar hatte sie sich in den letzten Wochen, als sie die Regierungsgeschäfte führte, viel Respekt bei ihren Untertanen erworben, aber es gab immer noch viele, die sie als nichtswürdige Hure ansahen, weil sie bei Siegfried gelegen hatte.

Außerdem vermisste sie die Berge ihrer Heimat, ebenso wie ihr Volk. Am meisten fehlte ihr Nibel, hatte sie überrascht festgestellt. Bevor sie Siegfried kennenlernte, hatte sie viel Zeit mit dem Anführer ihrer Garde verbracht. Sie mochte seine ruhige, aber bestimmte Art und schätzte in vielen Angelegenheiten seinen Rat. Einigen am Hof gefiel es nicht, dass sie sich mit einem Mann von niedriger Geburt so gut verstand, aber so etwas hatte sie noch nie gekümmert. Sie ließ sich ihren Umgang mit Nibel ebenso wenig verbieten wie das Kämpfen, Schmieden oder Schwimmen; sie tat, was sie für richtig hielt.

Mit einem Lächeln warf sie den Kopf in die Höhe, ihr Entschluss stand fest, morgen in der Frühe würde sie mit Frida in Richtung Norden aufbrechen.

NACHWORT

Es gibt eine Vielzahl von unterschiedlichen Legenden, die den Sagenkreis um Siegfried und das kurzlebige Burgunderreich am Rhein erzählen, von denen die bekanntesten das deutsche *Nibelungenlied,* die norwegische *Thidrekssaga* sowie die isländische *Völsunga Saga* sind.

Bei meiner Version der Geschichte stütze ich mich hauptsächlich auf das Nibelungenlied, das in Deutschland die bekannteste der drei Quellen ist, aus denen sich der Mythos speist. Daneben ist es mir wichtig, dass die historischen Eckdaten stimmig sind, was zu einigen Abweichungen von dem mittelhochdeutschen Epos führt.

So werden einige Kenner dieses Werkes und der Thidrekssaga möglicherweise die Figur des *Dietrich von Bern* vermissen, der nach der gängigen Lehrmeinung mit dem ostgotischen König *Theoderich der Große* gleichgesetzt wird. Dieser wurde jedoch erst zwanzig Jahre nach dem historischen *Burgunderuntergang* geboren, daher kann er mit dem Geschehen nichts zu tun gehabt haben, so dass seine Rolle wohl erst nachträglich hinzugefügt wurde, um eine weitere bekannte Persönlichkeit in der Handlung unterzubringen.

Im Nibelungenlied ist Brunhild Königin von Island, doch die große Insel zwischen Skandinavien und Grönland wurde erst im 9. Jahrhundert besiedelt. Daher folge ich in diesem Fall der Thidrekssaga, nach der Brunhild im Suavawald residiert, dem heutigen Harz. Zwischen 930 und 1050 war Island ein bedeutendes Zentrum nordischer Literatur, das vor allem für seine *Sagas* bekannt war, die heroische Ereignisse erzählten. Ein besonders populärer Stoff war die *Nibelungensage*, daher erscheint es mir nachvollziehbar, dass man ein wenig Lokalkolorit hineinbringen wollte, indem man Brunhild nach Island verpflanzte. Der bis heute unbekannt gebliebene Dichter des Nibelungenlieds, der sein Werk um etwa 1200 niederschrieb – also fast 800 Jahre nach den Ereignissen, die es erzählt –, hat dies möglicherweise einfach übernommen.

Aetius hatte recht mit seiner Prognose, dass die Hunnen keine dauerhafte Gefahr für das Weströmische Reich darstellten. Zwar fiel Attila zweimal in das Imperium ein, musste sich aber beide Male wieder zurückziehen. Während des ersten Krieges im Jahr 451 kam es dabei zur großen *Schlacht auf den Katalaunischen Feldern*, in der eine von Aetius mit großem diplomatischem Geschick zusammengestellte Koalition von Römern und Barbaren das hunnische Heer zum Rückzug zwang.

Bei Attilas zweitem Überfall auf Rom ein Jahr später hatte der weströmische Heermeister nicht genügend Soldaten zur Verfügung, um Attila zur Schlacht zu stellen, schaffte es aber immer wieder, den Hunnen durch Angriffe aus dem Hinterhalt empfindliche Verluste zuzufügen und ihren Vormarsch stark zu behindern, was mit dazu beitrug, dass sie kurz vor Rom ihren Feldzug abbrachen und nach Pannonien zurückkehrten.

Trotz dieser Verdienste um den Fortbestand des West-römischen Imperiums blieb das Verhältnis zwischen Aetius und Kaiser Valentinian nicht so gut, wie es war, als Galla Placidia noch die Staatsgeschäfte geführt hatte. Der mit der Regierung des Reiches überforderte Imperator sah nach der Abwendung der Gefahr durch die Hunnen die Gelegenheit, sich des erfolgreichen Generals zu entledigen, dem er sein hohes Ansehen neidete, und tötete ihn 454 gemeinsam mit seinem Kämmerer Heraclius. Bezeichnenderweise rief einer seiner Berater dabei entsetzt aus, er habe sich soeben mit seiner linken Hand die rechte abgeschnitten.

Ein Jahr darauf wurde Valentinian von Optelas und Thraustelas, zwei hunnischen Anhängern von Aetius, ermordet, wobei die Leibwache des Imperators keinen Finger rührte, um ihn zu schützen, denn auch sie hatten sich dem Heermeister mehr verbunden gefühlt als ihrem unbeliebten Kaiser.

Aetius behielt auch recht mit seiner Vorhersage, dass die Germanen auf Dauer eine größere Gefahr für Rom darstellten als die Hunnen. Die Steppenkrieger überfielen das Imperium nur zweimal, doch germanische Stämme drangen immer wieder auf römisches Territorium vor und errichteten dort ihre eigenen Königreiche. Im Jahre 476 schließlich setzte Odoaker, dessen Mutter von den Skiren abstammte und dessen Vater Thüringer war, den letzten weströmischen Kaiser, Romulus Augustulus, ab und regierte danach in Ravenna. Dieses Ereignis gilt unter Historikern als das Ende des weströmischen Reiches.

GEOGRAPHISCHE NAMEN ZUR ZEIT
DER HANDLUNG UND HEUTE

Aelia Augusta | Augsburg

Antunnacum | Andernach

Aquincum | Budapest

Arelate | Arles

Belgica | eine der römischen Provinzen in Gallien. Sie umfasste den Norden und Osten des heutigen Frankreichs, das westliche Belgien, die Westschweiz und den Jura, Luxemburg sowie das Einzugsgebiet der Mosel bis 50 km vor der Mündung in den Rhein

Bonna | Bonn

Colonia | Köln

Concordia | Stadt in Belgica nördlich des heutigen Straßburg

Mediolanum | Mailand

Meduantum | römisches Kastell, nahe dem heutigen Bastogne.

Moguntia | Mainz

Mosella | Mosel

Noviomagus | römisches Kastell nahe Trier

Partiscum | Szeged

Pannonien | Landschaft im westlichen Ungarn

Ratisbon | Regensburg

Spira | Speyer

Suavawald | Harz

Südgebirge | Alpen

Vindobona | Wien

BEGRIFFE

Asen	*die nordischen Hauptgötter*
Brünne	*Sammelbegriff für verschiedene Arten von Rüstungen*
Foederati	*Bundesgenossen Roms*
Freyja	*nordische Göttin der Liebe und der Ehe*
Gladius	*Standardschwert der römischen Legionäre, etwa 55 Zentimeter lang*
Hagalaz	*Runensymbol für Verlust, Zerstörung, Wandel (siehe Runen)*
Hel	*in der nordischen Mythologie Herrscherin über das Reich der Toten*
Julfest	*religiöses germanisches Fest, das um die Wintersonnenwende gefeiert wird*
Kaunaz	*Runensymbol für Wissen und Feuer*
Kodex	*in der Spätantike gebräuchliche Vorform des Buches*
Loki	*nordischer Gott des Schabernacks*
Nornen	*in der nordischen Mythologie schicksalsbestimmende weibliche Wesen*
Ostarafest	*germanisches Frühlingsfest*
Rheinjungfrauen	*mythische Wesen, die im Rhein leben*
Runen	*nordische Buchstaben oder Zeichen, die magische Funktionen haben*
Sax	*germanisches Kurzschwert, in den meisten Varianten etwa 30 Zentimeter lang*
Schwertleite	*rituelle Aufnahme in den Kreis der Wehrfähigen*

Sleipnir	*achtbeiniges Pferd Wodans (siehe Wodan)*
Südgebirge	*Alpen*
Thing	*Ratsversammlung der Germanen*
Thunar	*germanischer Gott des Donners*
Truchsess	*Verantwortlicher für die Einhaltung des Protokolls an einem fürstlichen Hof*
Tyr	*germanischer Kriegsgott*
Vidar	*germanischer Gott der Rache*
Waffenmeister	*für die Ausbildung und Ausrüstung der Krieger zuständiger Offizier*
Wodan	*oberster germanischer Gott. Er ist Göttervater, Kriegs- und Totengott*